# HOW TO
# READ A
# NOVELIST

존 프리먼의
# 소설가를
# 읽는 방법

최민우

김사과

옮김

|주|자음과모음

# 작가 소개

**가즈오 이시구로**Kazuo Ishiguro(일본/영국)   1954년 일본 출생. 1982년에 첫 소설『창백한 언덕 풍경』을 발표했다. 1989년『남아 있는 나날』로 부커상을 수상했고 2008년에『더 타임스』는 그를 '1945년 이후 가장 훌륭한 영국 소설가 50인' 중 한 명으로 꼽았다.『나를 보내지 마』,『녹턴』등 작품에서 인간과 문명에 대한 비판을 특유의 문체로 잘 녹여냈다는 평가를 받는다. 대영제국 훈장과 프랑스 문예훈장을 받은 바 있다.

**귄터 그라스**Günter Grass(독일)   1927년생. 1958년 세계적인 명성을 얻게 된 대작『양철북』의 미완성 초고를 47그룹에서 강독하여 그해 47그룹문학상을 받았다. 이후 출간한 『양철북』으로 게오르크 뷔히너상, 폰타네상, 테오도어 호이스상 등 수많은 문학상을 수상했고 1999년에 노벨문학상을 받았다.『고양이와 쥐』,『개들의 시절』이『양철북』과 함께 '단치히 3부작'으로 높이 평가받는다. 2015년 4월 타계했다.

**나딘 고디머**Nadine Gordimer(남아공)   1923년생. 남아프리카공화국의 인종차별 정책이 흑인과 백인 모두에게 미치는 악영향에 대해 비판적으로 다룬 작품『명예로운 손님』으로 1971년 제임스 테이트 블랙 기념상을 수상했다. 또한『보호주의자』로 부커상을 수상하며 세계 문단에 조국의 현실을 알리는 데 기여했으며 1991년 노벨문학상을 수상하며 남아공을 대표하는 작가로 인정받았다. 2014년 7월 요하네스버그의 자택에서 별세했다.

**노먼 메일러**Norman Mailer(미국)   1923년생. 소설가, 저널리스트, 극작가, 영화감독, 배우, 정치인이었다. 트루먼 커포티와 톰 울프와 함께 논픽션을 예술의 영역으로 끌어올렸다는 평을 받았다. 전쟁 체험을 바탕으로 한『나자裸者와 사자死者』는 가장 우수한 전쟁 문학 중 하나로 인정받았고, 베트남 전쟁을 다룬『밤의 군대』로는 풀리처상을 받았다.

**데이브 에거스**Dave Eggers(미국)   1970년생. 프랑스 메디치상 등을 수상한 미국의 젊은 작가로 문학잡지『맥스위니』를 발행하여 출판사로 확장시켰다. 대표작 중 하나인『왕을 위한 홀로그램』은『뉴욕 타임스』,『퍼블리셔스 위클리』가 뽑은 2012년 최고의 책 10권 등에 이름을 올렸고, 영화로도 제작될 예정이다.

**데이비드 미첼**David Mitchell(영국)  1969년생. 1999년 첫 소설『유령이 쓴 책』을 발표하며 단숨에 영미 문단과 언론의 주목을 받았다. 이 소설로 존 루엘린 라이스상을 수상했으며, 가디언 신인작가상 최종후보에도 올랐다. 이후에도『넘버나인드림』,『클라우드 아틀라스』,『블랙스완 그린』등 발표하는 작품마다 맨부커상 등 각종 문학상 후보에 올리며 문학적 역량을 인정받았다.

**데이비드 포스터 월리스**David Foster Wallace(미국)  1962년생. 1996년 두번째 장편소설『인피니트 제스트』를 발표한 이후 평단과 대중으로부터 '20세기 가장 혁신적인 소설가'라는 찬사를 받았다. 오헨리상, 래넌문학상 등을 수상했고, 십여 년간 집필한 것으로 알려진 미완성 유작『창백한 왕』이 2012년 퓰리처상에 후보로 오르기도 했다. 2008년 우울증으로 자살했다.

**도리스 레싱**Doris Lessing(영국)  1919년 이란 출생. 1950년 영국에서 첫 소설『풀잎은 노래한다』를 발표했다. 장르소설과 사실주의 소설을 넘나드는 작품 활동을 통해 여성주의 색채를 짙게 드러냈으며 폭력과 기술, 사회 구조의 모순을 탐구했다. 대표작으로는『황금 노트북』이 있으며『마라와 댄』,『다섯째 아이』등이 있다. 2007년에 역대 최고령으로 노벨문학상을 수상했다. 이후 2013년 11월 별세했다.

**돈 드릴로**Don DeLillo(미국)  1936년생. 동시대 주요 이슈를 블랙유머와 아이러니 섞인 언어로 파고들며 특히 9·11 사태 이후 그 예언적인 면모가 부각되고 있다. 1999년 미국 작가로서 최초로 예루살렘상을 수상했으며, 전미도서상, 벨크냅상, 펜포크너상 등을 수상했다.『코스모폴리스』,『화이트 노이즈』,『리브라』등으로 유명하다.

**돈나 레온**Donna Leon(미국)  1942년생. 범죄사건 리뷰어이자 오페라 전문가이며, 대표적인 추리소설가 중 한 명이다. 베네치아를 무대로 한 추리소설 '코미사리오 귀도 브루네티' 시리즈로 인기 작가의 대열에 올랐다. 1991년 이 시리즈의 첫 작품인『라 트라비바타 살인 사건』으로 일본 산토리상을 수상했으며,『거물급 친구들』로 추리소설작가협회 맥컬런 은검상을 수상했다.

**로렌스 펄링게티**Lawrence Ferlinghetti(미국)  1919년생. 시인, 화가, 활동가이며 샌프란시스코 시티라이트 서점/출판사의 창립자이다. 비트 문학의 선구자로 미국 문학계의 전설적인 인물로 불린다. 대표작으로 『사라진 세계의 그림들』, 『마음속의 코니아일랜드』 등이 있다.

**로버트 M. 피어시그**Robert M. Pirsig(미국)  1928년생. 미국의 철학자이자 작가로 아홉 살에 IQ 170을 기록한 수재로, 15세에 미네소타 대학에서 생화학을 공부했다. 이후 군에 입대하여 한국에서 근무했으며, 이를 계기로 동양철학에 관심을 갖게 되었다. 저서로는 『선과 모터사이클 관리술』과 『라일라』가 있다. 『선과 모터사이클 관리술』은 오랜 시간 동안 베스트셀러 자리를 지켰지만, 『라일라』는 보편적인 사랑을 받지 못했다.

**루이스 어드리크**Louise Erdrich(미국)  1954년생. 미국 원주민 관련 작품을 주로 쓰며 원주민 문화 르네상스의 제2기 작가에 해당하는 인물이다. 『리틀 노 호스에서 일어난 기적에 대한 마지막 기록』으로 전미도서상 최종후보에 올랐고, 『비둘기 재앙』으로 퓰리처상 최종후보에 오른 데 이어 『라운드 하우스』로 2012년 전미도서상, 2013년 미네소타도서상을 수상했다. 2014년에는 '지속적인 작업과 한결같은 성취로 미국 문학계에 큰 족적을 남긴 작가'에게 수여되는 펜/솔 벨로상을 받았다.

**리처드 파워스**Richard Powers(미국)  1957년생. 세상에서 가장 지적인 작가 중 하나이자 미국인들이 가장 사랑하는 작가이기도 하다. 『뉴욕 타임스』의 '주목할 만한 책'에 5차례 이름을 올렸고, 2003년에는 7개의 매체에서 올해 최고의 책으로 꼽혔다. 『춤추러 가는 세 명의 농부들』, 『황금벌레 변주곡』, 『갈라테이아 2.2』 등 다양한 소재와 장르를 넘나들며 작품 활동을 하였고, 『메아리를 만드는 자』로 2006년 전미도서상을 수상했다.

**리처드 포드**Richard Ford(미국)  1944년생. 1986년 발표한 『스포츠라이터』를 통해 작가로서 입지를 굳혔다. 미국 사회를 무정한 시선으로 날카롭게 그려내어 '가장 미국적인 소설을 쓰는 작가'라는 평을 받는다. 『스포츠라이터』의 후속작 『독립기념일』로 퓰리처상과 펜/포크너상을 수상했으며 그 외에 펜/말라무드상, 프랑스예술문학상 등을 받았다.

**마가렛 애트우드**Margaret Atwood(캐나다)  1939년생. 캐나다를 대표하는 작가, 현대 페미니즘 문학을 대표하는 작가로 잘 알려져 있다. 캐나다와 캐나다인의 정체성을 비롯해 외교 관계, 환경 문제, 인권 문제, 현대 예술 등의 다양한 주제도 폭 넓게 다룬다. 『신탁 여인』, 『시녀 이야기』, 『고양이 눈』, 『그레이스』, 『인간 종말 리포트』 등을 꾸준히 발표하였고, 2000년에 『눈먼 암살자』로 부커상을 수상했다. 현재 국제사면위원회, 캐나다 작가협회, 민권운동연합회 등에서 활동 중이다.

**마이클 온다체**Michael Ondaatje(캐나다)  1943년생. 스리랑카 출생의 캐나다인 소설가이자 시인으로 특정한 장르에 국한되지 않는 것으로 유명하다. 1992년에 영화로도 제작되어 전 세계에 널리 알려진 대표작 『잉글리시 페이션트』로 영연방 최고의 문학상인 부커상을 수상했고, 이외에도 『아닐의 유령』, 『집안 내력』, 『사자의 탈을 쓰고』 등의 소설을 발표했다.

**마이클 커닝햄**Michael Cunningham(미국)  1952년생. 미국에서 작품성과 대중성을 겸비한 작가로 손꼽히는 커닝햄은 1998년에 출간한 소설 『세월』로 퓰리처상을, 1999년에는 펜/포크너상을 받았다. 이 소설은 2002년에 동명 영화로 제작되기도 했다. 이후 『그들 각자의 낙원』, 『아웃사이더 예찬』, 『휘트먼의 천국』 등을 발표하면서 꾸준히 독자의 사랑을 받고 있다.

**마크 Z. 다니엘레프스키**Mark Z. Danielewski(미국)  1966년생. 2000년에 첫 소설 『나뭇잎의 집』을 발표했고, 이후 『오직 혁명뿐』, 『낯익음』 등의 작품을 통해 다층적 서사 구조와 책면의 실험적인 레이아웃으로 주목받았다.

**메릴린 로빈슨**Marilynne Robinson(미국)  1943년생. 소설과 비소설 두 방면에서 활발히 활동하는 작가다. 『하우스키핑』으로 퓰리처상 후보에 올랐고, 2004년에는 『길리아드』로 퓰리처상과 전미도서비평가협회상을 수상했다. 데뷔 이래 근 30년간 단 세 편의 소설을 발표한 작가이지만 독보적인 작가 정신과 기예로 호평과 사랑을 받고 있다.

**모신 하미드**Mohsin Hamid(파키스탄/영국)  1971년생. 파키스탄에서 태어나 미국으로 이주한 후 경영컨설턴트로 일하다 소설을 쓰기 시작했다. 첫 소설 『나방 연기』는 파키스탄과 인도에서 큰 인기를 얻고 이탈리아에서는 오페레타로 제작되기도 했다. 두번째 소설 『주저하는 근본주의자』는 전 세계적인 베스트셀러가 되었고 영화로도 제작되어 2012년 베니스국제영화제 개막작으로 선정되었다.

**모옌**Mo Yan(중국)  1955년생. 1987년에 발표한 『붉은 수수밭』으로 서양권 독자들에게 알려졌고, 이 작품은 후에 장이모우 감독에 의해 동명 영화로 제작되기도 했다. 중국의 마르케스나 포크너로 불리며, 2012년 중국 최초로 노벨문학상을 받았다.

**무라카미 하루키**Murakami Haruki(일본)  1949년생. 1979년 『바람의 노래를 들어라』로 데뷔했고, 이 작품으로 군조신인문학상을 수상했다. 어린 시절부터 심취해 있던 서양 음악과 문학에 영향을 받았는데, 기존 일본 소설가들과 차별화됐다는 평을 받는다. 1987년 『노르웨이의 숲』을 발표하며 '무라카미 붐'을 일으켰고, 『댄스 댄스 댄스』, 『태엽 감는 새』, 『1Q84』 등을 통해 문학적 성취를 입증해냈다.

**비크람 찬드라Vikram Chandra(인도)**   1961년생. 뉴델리에서 태어났고, 후에 미국으로 건너갔다. 뉴욕 컬럼비아 대학에서 영화를 전공하고 발리우드 영화계에 잠시 발을 들여놓았다. 그러나 1996년 첫 소설 『붉은 대지와 빗줄기』를 쓰면서 그만두었고, 이 작품으로 영연방작가상을 수상했다. 후에 발간한 『신성한 게임』은 미국과 영국에서 큰 호응을 받아 베스트셀러 자리에 등극했다.

**살만 루시디Salman Rushdie(영국/인도)**   1947년생. 두번째 작품인 『한밤의 아이들』로 부커상을 받았으나 네번째 소설 『악마의 시』는 인도와 파키스탄의 이슬람 단체의 비난을 받는 것도 모자라 이란의 호메이니는 처형 명령까지 내렸다. 그럼에도 작품 활동을 멈추지 않은 그는 『수치심』, 『그녀 발 아래의 대지』, 『분노』, 『광대 살리마르』 등을 출간하였다.

**세바스찬 융거Sebastian Junger(미국)**   1962년생. 1997년 『퍼펙트 스톰』이 출간되고 '젊은 헤밍웨이'라는 평을 받았으며, 이 책의 성공은 논픽션 어드벤처에 대한 관심을 불러일으켰다. 그는 계속해서 자신의 경험을 논픽션으로 써냈으며, 내셔널 매거진 어워드와 듀퐁-콜롬비아 어워드 등을 수상했다. 아프가니스탄에서의 경험을 토대로 만든 다큐멘터리 영화 〈전선으로 가는 길〉은 아카데미상 다큐멘터리 부문에 후보로 선정되었고, 선댄스 영화제 다큐멘터리 부문에서 심사위원상을 받았다.

**셰이머스 히니Seamus Heaney(아일랜드)**   1939년생. 아일랜드의 시인이자 극작가, 번역가로 1995년 노벨문학상을 수상했다. 예이츠 이후로 가장 중요한 아일랜드의 시인이라 불린다. 주요 작품으로 『어느 자연주의자의 죽음』, 『겨울나기』, 『스테이션 아일랜드』 등이 있다.

**수잔나 클라크Susanna Clarke(영국)**   1959년생. 2004년 데뷔작 판타지소설 『조나단 스트레인지와 마법사 노렐』을 발표하며 주목받았다. 이 작품으로 2004년 〈타임〉이 선정한 올해의 소설, 2005년 브리티시 북 어워드와 휴고 어워드 베스트 소설상 등을 수상했고, 맨부커상과 휘트브레드 어워드, 가디언 어워드 등에 후보로 이름을 올리기도 했다.

**시리 허스트베트 & 폴 오스터Siri Hustvedt & Paul Auster(미국/미국)**   시리 후스베(1955년생)

는 폴 오스터의 부인으로 미국보다는 유럽에서 더 사랑받는 작가이다. 그녀의 소설 『눈가리개』를 원작으로 만들어진 영화 〈La Chambre des Magiciennens〉는 베를린영화제 국제비평가상을 받았으며, 『내가 사랑했던 것』과 『남자 없는 여름』은 페미나상 후보에 올랐다. 폴 오스터(1947년생)는 사실주의적 경향과 신비주의적 경향을 혼합한 독창성을 지닌 작가이다. 1993년 메디치외국문학상을 수상한 『거대한 괴물』 외에 『우연의 음악』, 『공중곡예사』 등 작품을 발표했으며, 종종 프란츠 카프카나 사뮈엘 베케트에 비견되는 성향을 지녔다.

**아미타브 고시**Amitav Ghosh(인도)  1956년생. 1986년부터 7권의 소설과 2권의 논픽션, 3권의 에세이집을 냈다. 첫 장편소설 『이유의 순환』으로 메디치상을, 『캘커타 염색체』로 아서클라크상을 수상했다. 근작 『유리 궁전』은 영국에서만 50만 부 이상 팔린 국제적 베스트셀러가 되어 세계적인 작가 반열에 올랐다.

**아유 우타미**Ayu Utami(인도네시아)  1968년생. 수하르토 정권 붕괴 후 새로운 세대로 떠오른 인도네시아 작가 중 대표 주자이며, 인도네시아 여성들에게 금기였던 성과 정치를 다룬 소설들로 유명하다. 데뷔작 『사만』은 1998년 수하르토 정권 붕괴 몇 주 전에 출간되어 새로운 문화의 흐름을 촉발시킨 것으로 알려진 명작이다. 이 외에도 우타미는 『라룽』과 『빌랑안 푸』 등을 발간하는 등 활발한 창작 활동을 벌였다.

**알렉산다르 헤몬**Aleksandar Hemon(보스니아/미국)  1964년생. 보스니아계 미국인 작가이다. 2008년 『라자루스의 계획』으로 전미도서상을 받았다. 『뉴요커』, 『에스콰이어』, 『파리 스리뷰』, 『뉴욕 타임스』 등의 매체에 기고하고 있다.

**앨런 홀링허스트**Alan Hollinghurst(영국)  1954년생. 소설가이자 시인, 비평가이다. 동성연애자로서 받는 사회적 차별과 압력을 바탕으로 작품 활동을 했다. 1989년 서머싯몸상을 비롯해 여러 상을 받았고, 2004년에는 『아름다움의 선』으로 부커상을 수상했다.

**에드먼드 화이트**Edmund White(미국)  1940년생. 동성애를 다룬 작품을 주로 썼다. 『한 소년의 이야기』, 『아름다운 방이 비었다』, 『작별 교향곡』 자전적 소설 3부작은 세계적으로 주목받았다. 전미비평가협회상, 구겐하임 펠로십 등을 수상했다. 동성애 문학의 편집자이자 비평가였으며 2005년 회고록 『나의 인생』을 발표했다.

**에드문도 파스 솔단**Edmundo Paz Soldan(볼리비아)  1967년생. 볼리비아를 대표하는 작가로 상상의 공간인 '리오 푸히티보(Rio Fugitivo)'에 관한 작품 세계로 유명하다. 2003년 볼리비아 내셔널 북 어워드, 1997년 후안 룰포상, 2006년 구겐하임 펠로우십을 받았다. 대표작으로『무의 학살』,『튜링의 착란상태』등이 있다.

**에드위지 당티카**Edwidge Danticat(아이티/미국)　1969년생. 아이티계 미국인 소설가로『하 퍼스 바자』에서 '20세기를 이끌어갈 20인' 중 한 명에 선정되었다. 또한『뉴욕 타임스』로 부터 '30세 이하 독자가 가장 사랑한 작가' 중 한 명에 이름을 올리기도 했다. 소설부터 에 세이, 어린이책까지 다양한 장르에서 활동 중이며 대표작으로『크릭? 크랙!』,『형, 난 죽어 가고 있어』,『등대의 클레어』,『이슬을 짓밟는 자』등이 있다.

**에이드리엔 리치**Adrienne Rich(미국)　1929년생. 미국의 시인이자 페미니스트로 20세기 후반에 가장 영향력 있었던 시인으로 불린다. 여성해방운동과 관련하여 여러 작품을 집필 하였는데, 대표작으로는『며느리의 사진들』과『잔해로 뛰어들기』등이 있다. 구겐하임 펠 로우십, 내셔널 북 어워드, 셸리 기념상, 국가예술훈장(수상을 거부했다), 하버드 대학교 명예박사 학위, 프로스트 메달 등을 받았다.

**에이미 탄**Amy Tan(미국)　1952년생. 모녀관계 속에서의 심리적 트라우마와 그에 대한 극 복, 그리고 중국계 미국인으로서 경험한 것들에 천착해 작품 활동을 하는 작가이다. 대표 작이라 할 수 있는『조이 럭 클럽』은 35개 언어로 번역되었고, 1993년에는 동명 영화로 제작되어 큰 성공을 거두었다.

**엘리프 샤팍**Elif Shafak(프랑스/터키)　1971년생. 프랑스 태생의 터키계 작가로 초반에는 터 키어로, 2004년부터는 영어로 작품을 썼다. 데뷔작『핀한』은 1998년 루미상을 수상했 고, 세번째 소설『마흐렘』은 터키작가협회상을 받았다. 2010년에 발표한『40가지 사랑의 법칙』은 60만 부 이상 팔리며 세계적으로 주목받았다.

**오르한 파묵**Orhan Pamuk(터키)　1952년생. 현대 터키 문학을 대표하는 세계적인 작가이 다. 문명 간의 충돌, 이슬람과 세속화된 민족주의 간의 관계 등을 주제로 작품을 써온 파 묵은 2006년 '문화들 간의 충돌과 얽힘을 나타내는 새로운 상징들을 발견했다'는 평가를 받으며 노벨문학상을 수상했다.『새로운 인생』은 터키 문학사상 가장 많이 팔린 소설이라 는 기록을 세웠고,『내 이름은 빨강』은 현재까지 35개국에서 번역 출간 중이다. 그 외에도 『제브데트 씨와 아들들』,『검은 책』,『이스탄불』등이 있다.

**올리버 색스Oliver Sacks(영국)**　1933년생. 뇌신경학자이자 베스트셀러 작가. 임상 경험을 바탕으로 신경병 환자들의 이야기를 흥미롭게 그려냈다. 대표작으로 『아내를 모자로 착각한 남자』, 『깨어남』, 『목소리를 보았네』 등이 있다. 특히 『깨어남』은 영화로 만들어져 크게 흥행하기도 했다. 2015년 8월에 별세했다.

**윌레 소잉카Wole Soyinka(나이지리아)**　1934년생. 영국에서 교육을 받은 후 극작가로서 영국과 나이지리아를 오가며 활동했다. 1967년의 나이지리아 내전 당시 정부에 의해 구금당하기도 했던 그는 아프리카에 만연한 독재와 군부정치에 대해 오랫동안 비판해왔다. 1986년, 아프리카계 이주민으로서는 처음으로 노벨문학상을 받았으며, 대표작으로 『사자와 보석』, 『숲의 춤』, 『해설자들』이 있다

**윌리엄 T. 볼먼William T. Vollman(미국)**　1959년생. 소설가이자 저널리스트, 에세이스트이다. 오랜 시간에 걸쳐 폭력과 가난에 관한 다큐멘터리와 소설을 쓰는 등 사회적 약자 입장을 대변한다. 『글로리아를 위한 창녀들』은 최고작으로 꼽히며, 2005년 『유럽 센트럴』로 전미도서상을 수상했다.

**응구기 와 시옹오Ngũgĩ wa Thiong'o(케냐)**　1938년생. 1964년 영문으로 된 첫 소설 『아이야 울지 마라』를 발표했다. 이후 아프리카로 돌아와 모국어로 글을 쓰면서, 부패한 정치인들을 강력히 비판하는 작품을 발표하다가 수감되기도 했다. 대표작으로는 『피의 꽃잎』, 『한 톨의 밀알』 등이 있으며, 맨부커상과 노벨상에 여러 차례 후보로 지명된 바 있다.

**이언 매큐언Ian McEwan(영국)**　1948년생. 2008년 『더 타임스』는 그를 '1945년 이래로 가장 중요한 영국 작가 50인'에 꼽았다. 맨부커상 후보에 여섯 번이나 오른 것으로도 유명하며, 『암스테르담』으로 실제 부커상을 수상하기도 하였다. 영화로 각색된 그의 소설로는 『첫사랑, 마지막 의식』, 『시멘트 가든』, 헤롤드 핀터가 대본을 쓴 『이방인의 편안함』과 『속죄』가 있다.

**임레 케르테스Imre Kertész(헝가리)**　1929년생. 홀로코스트 생존자이다. 1975년 나치의 강제수용소 체험을 다룬 『운명』을 발표해 세계적인 명성을 얻었다. 이후 『좌절』과 『태어나지 않은 아이를 위한 기도』를 써서 '운명 3부작'을 완성했다. 브란덴브루크문학상, 벨트문학상 등을 받은 데 이어 2002년 노벨문학상을 수상했다.

**제니퍼 이건Jennifer Egan(미국)**　1962년생. 1994년 발표한 첫 장편 『보이지 않는 서커

스』는 2001년 카메론 디아즈 주연의 영화로도 제작되었고, 『나를 봐』로 전미도서상 최종 후보에 올랐다. 또한 『깡패단의 방문』은 『뉴욕 타임스』 선정 '올해 최고의 소설' 2위에 오른 것을 시작으로 퓰리처상, 전미비평가협회상 등을 수상했다.

**제럴딘 브룩스**Geraldine Brooks(미국/호주)　1955년생. 『월스트리트 저널』 특파원으로 일하며 중동, 아프리카, 발칸 등 분쟁 지역을 취재했고, 이슬람 여성의 삶을 기록한 논픽션을 펴내기도 했다. 2001년 첫 소설 『경이의 해』를 발표해 세계적인 작가로 발돋움했고, 2006년 두번째 소설 『마치』로 퓰리처상을 수상했다.

**제임스 우드**James Wood(미국)　1965년생. 소설가, 에세이스트로 『가디언』, 『뉴 리퍼블릭』, 『뉴요커』 등에서 비평가로 활발히 활동하고 있다. '코울리지와 해즐릿의 대를 잇는, 오늘날 가장 탁월한 현역 비평가 중 한 사람'으로 손꼽히고 있으며, 『소설은 어떻게 작동하는가』로 한국에서 첫 소개되었다. 그 외에도 소설 『신에 맞서는 책』과 서평집 『깨어진 유산』, 『무책임한 자아』 등으로 저명하다.

**제프 다이어**Geoff Dyer(영국)　1958년생. 영국의 에세이스트이자 소설가로 존 버거의 에세이집의 에디터이기도 하다. 그는 지금까지 네 권의 소설과 세 권의 에세이집 등을 펴내며 각종 상을 수상하였고, 영국 언론을 비롯한 미국과 유럽의 문화계는 그를 '국가적인 보배', '영국 문학의 르네상스인'으로 손꼽는다. 주요 작품으로는 소설 『파리, 트랜스』, 『탐색』, 『꼼짝도 하기 싫은 사람들을 위한 요가』, 『지속의 순간들』 등이 있다.

**제프리 유제니디스**Jeffrey Eugenides(미국)　1960년생. 1988년 첫 단편집을 출간했다. 첫 장편소설 『처녀들, 자살하다』는 1993년 출간 즉시 베스트셀러가 되었고 미국도서관협회(ALA)에 의해 '올해의 책'으로 선정되었으며 지금까지 25개 이상의 언어로 번역되었다. 또한 이 작품으로 유제니디스는 1995년 해럴드 D. 버셀 기념상을 수상했고, 구겐하임재단과 전미예술재단의 지원금을 받기도 했다. 두번째 장편소설 『미들섹스』로 2003년에 퓰리처상을 수상했다.

**조너선 사프란 포어**Jonathan Safran Foer(미국)　1977년생. 대학 졸업하고 완성한 첫 소설 『모든 것이 밝혀졌다』 출간 후 '분더킨트(신동)'라는 찬사를 받았다. 30여 개 언어로 번역된 이 데뷔작으로 포어는 『가디언』 신인작가상, 전미유대인도서상, 『LA 타임스』 '2002 최고의 책' 등을 수상했다. 『엄청나게 시끄럽고 믿을 수 없게 가까운』, 『동물을 먹는다는 것』, 『뉴 아메리칸 하가다』 등 논쟁과 찬사를 불러오는 작품을 꾸준히 발표하고 있다.

**조너선 프랜즌**Jonathan Franzen(미국)  1959년생. 1996년 권위 있는 문예지 『그란타』에서 선정한 '미국 문단을 이끌 최고의 젊은 작가 20인'에, 1999년 『뉴요커』에서 발표한 '40세 미만 최고의 젊은 작가 20인'에 선정되었다. 1988년 데뷔작 『스물일곱번째 도시』를, 1992년 두번째 장편소설 『강진동』을 출간하였고, 2001년에 발표한 세번째 장편소설 『인생수정』으로 전미도서상을 수상하였다. 나아가 영미 주요 언론 및 젊은 작가들의 찬사뿐 아니라 오프라 윈프리 북클럽 선정 도서가 되는 등 그해 최고의 화제작이 되었다.

**조이스 캐롤 오츠**Joyce Carol Oates(미국)  1938년생. 1963년 처음 소설을 펴낸 이후로 1천 편이 넘는 단편과 50편이 넘는 장편소설 등을 썼다. 에이드리언 리치, 마가렛 애트우드와 더불어 우리 시대의 가장 중요한 페미니스트 작가로 꼽힌다. 대표작으로 전미도서상을 수상한 『그들』과 『좀비―어느 살인자의 이야기』, 『악몽』, 『폭포』 등이 있다.  2004년부터는 유력한 노벨문학상 후보로 거론되고 있다.

**존 어빙**John Irving(미국)  1942년생. 26세 때 『곰 풀어주기』를 선보이며 작가 생활을 시작했다. 『가아프가 본 세상』, 『뉴햄프셔 호텔』, 『사이더 하우스』, 『네번째 손』 등 선 굵고 정열적인 작품을 연이어 발표하면서 미국 최고의 이야기꾼으로 인정받았다. 록펠러재단상, 구겐하임재단상, 오헨리상 등을 수상했다.

**존 업다이크**John Updike(미국)  1932년생. 1960년 『달려라 토끼』로 작가적 지위를 확립하였고,  그 뒤 발표한 『돌아온 토끼』, 『토끼는 부자다』 역시 동일한 인물의 뒷이야기를 추적하고 있는데, 1982년 『토끼는 부자다』로 퓰리처상을 받았다. 그 외에도 내셔널 북어워드, 오헨리상, 전미비평가협회상, 퓰리처상, 포크너상, 맨부커상 등을 수상했다. 미국을 비롯한 세계의 작가들이 가장 사랑하는 작가 중 한 명이다.

**짐 크레이스**Jim Crace(영국)  1946년 영국 출생. 무장 해제와 식민지의 독립을 위한 사회 운동을 하였고,  BBC에서 교육 프로그램 작가로 활동했다. 첫 장편소설 『대륙』으로 가디언문학상, 안티코 파토레상 등을 수상했고, 『그리고 죽음』으로 1999년 전미도서비평가협회상을 받았고, 휘트브레드 어워드를 2차례 수상했다.

**찰스 프레지어**Charles Frazier(미국)  1950년생. 1997년 남북 전쟁을 다룬 첫 소설 『콜드 마운틴의 사랑』을 발표했다. 그해 전미도서상을 수상했으며, 영화로 제작되어 더 크게 주목받았다. 이후 『13개의 달』, 『밤의 숲』을 썼다.

**카릴 필립스Caryl Phillips(영국)**  세인트 키츠 섬에서 태어나 네 살 때 요크셔로 이주했다. 주로 영국과 캐리비안 해, 미국 등지로 이주한 아프리카계 이주민들의 디아스포라에 대해서 쓰며, 에세이스트이자 인류학자, 극본가로 활동 중이다. 『강 건너기』로 영연방 작가상과 제임스 테이트 블랙 기념상을 수상했고, 부커상 후보에도 올랐다. 그 외에도 마틴 루터 킹 기념상과 두번째의 영연방 작가상을 수상했다.

**키란 데사이Kiran Desai(인도)**  1971년생. 인도에서 태어나 영국과 미국에서 수학했다. 영문으로 쓴 첫 장편소설『구아바』가 베티 트래스크상을 받았고, 이후 8년의 시간 동안 집필한 두번째 소설 『상실의 상속』으로 맨부커상을 수상했다. 인도의 사회 구조적 문제, 세계화와 이민의 문제를 날카로우면서도 생생하게 표현해냈다는 평가를 받았다.

**토니 모리슨Toni Morrison(미국)**  1931년생. 1993년 미국 흑인 최초로 노벨문학상을 수상해 세계의 이목을 흑인 문학에 집중시켰다. 『술라』와 『빌러비드』, 『재즈』, 『어둠 속의 유희』 등의 소설에서 흑인 문제를 정교한 문체와 서정적 어구로 구현해 감동을 자아낸다는 평을 받는다.

**톰 울프Tom Wolfe(미국)**  1931년생. 미국의 저널리스트이자 언론인. '뉴 저널리즘' 운동과 특유의 흰색 정장으로 유명하다. 『스프링필드 유니온』지를 시작으로『워싱턴 포스트』, 『에스콰이어』, 『롤링스톤』지 등 다양한 신문과 잡지에서 활동하였다. 소설로는『허영의 불꽃』, 『한 남자의 모든 것』, 『내 이름은 샬럿 시먼스』, 『귀향』 등이 있다. 이런 다양한 저술 활동으로 내셔널 북 어워드, 전미도서협회 공로상, 전미인본주의 메달 등을 받았다.

**폴 서룩스Paul Theroux(미국)**  1941년생. 예술가 집안에서 태어난 폴 서룩스는 여행 작가이자 소설가로 활동 중이다. 장편소설『모기 해변』, 『그림 궁전』 등을 출간했으며, 여행기인 『위대한 철도 바자』로 가장 유명하다.

**프랭크 매코트Frank McCourt(아일랜드/미국)**  1930년생. 아일랜드계 미국인 교육자로 자신의 아동기를 다룬 회고록『안젤라의 재』로 퓰리처상과 전미도서비평가협회상을 수상했다. 후속작『그렇군요』 역시 전 세계 독자들의 많은 사랑을 받았으며, 이후 발표한 『선생 노릇』 또한 베스트셀러에 올랐다. 평생을 학교에서 청소년들을 가르치며 보냈고, 2009년 78세의 나이로 타계했다.

**피터 케리Peter Carey(오스트레일리아)**  1943년생. 1988년과 2001년에 부커상을 두 번 수상하였다. 그 외에도 부커상에 다섯 번 후보로 지명되었고, 영연방작가상을 두 번 수상했다. 그는 오스트레일리아에서 노벨상을 수상할 유력한 작가로 거론된다. 대표작으로 부커상을 안겨준 『오스카와 루신다』와 『잭 매그스』가 있고, 그 외에 『사기꾼』, 『켈리 갱당의 진짜 역사』, 『일리웨커』 등이 있다.

**필립 로스**Philip Roth(미국)   1933년생. 미국을 대표하는 소설가 중 한 명이다. 1959년 전미도서상을 받은 이래로 전미도서비평가협회상, 펜/포크너상, 퓰리처상 등을 수상했다. 대표작으로 『미국의 목가』, 『포트노이의 불평』, 『휴먼 스테인』, 『에브리맨』, 『네메시스』 등이 있다. 한결같이 독창적이고 탁월하다는 평가를 받는다.

**할레드 호세이니**Khaled Hosseini(아프가니스탄/미국)   1965년생. 미국에서 의사로 활동하며 집필한 첫 소설 『연을 쫓는 아이』를 통해 소설가로 이름을 알리게 되었다. 이후 『천 개의 찬란한 태양』, 『그리고 산이 울렸다』 등을 발표하며 아프가니스탄의 비극적인 현대사와 그 안에 던져진 인간의 삶을 그려냈다. 난민을 돕기 위한 NGO 활동을 이어가고 있다.

**히샴 마타르**Hisham Matar(리비아/미국)   1970년생. 리비아계 미국 작가인 히샴 마타르는 독재 정권 아래 성장해가는 소년의 이야기를 그린 첫 소설 『남자들의 나라에서』로 2006년 맨부커상 후보에 올랐다. 그의 에세이는 『가디언』과 『뉴욕 타임스』 등에서 주목을 받았고, 두번째 소설 『소멸의 해부』는 2011년 출간되었다. 현재 런던에서 살며 작품 활동을 이어가고 있다.

**A. S. 바이어트**A. S. Byatt(영국)   1936년생. 현재까지 서른 권이 넘는 책을 써냈다. 바이어트 작품 중 최고의 걸작으로 꼽히는 『소유』는 1990년 부커상과 1991년 영연방작가상을 수상하였고, 바이어트를 베스트셀러 작가 명단에 합류시켰다. 이 외에도 『정원의 처녀』, 『태양의 그림자』, 『설탕과 그 밖의 이야기들』 등이 있다.

**E. L. 닥터로**E. L. Doctorow(미국)   1931년생. 1960년 서부극 패러디 소설 『하드 타임스에 온 것을 환영하네』를 발표했다. 1971년 '로젠버그 부부 스파이 사건'을 소재로 쓴 『다니엘서』가 극찬을 받았고 뒤이어 발표한 『래그타임』으로 큰 성공을 거두었다. 과대 포장된 미국의 역사를 냉정하게 서술했다는 평가를 받았다. 전미도서상, 전미도서비평가협회상, 펜/포크너상 등을 수상했다.

# 차례

# 당신과 나

내 우상이었던 존 업다이크, 그리고 뼈저린 교훈

내가 뉴욕 브루클린에서 처음으로 구했던 갈색 사암 아파트는 잡지 편집자와 그녀의 조용한 책벌레 남편이 소유하고 있었다. 그 집에는 계단을 따라 긴 서가가 설치되어 있었다. 나는 먼지가 잔뜩 쌓인 서가 앞에서 많은 시간을 보냈다. 서가에서 'F'로 시작하는 작가들의 책을 꺼내려면 계단을 반쯤 올라 난간 너머로 몸을 기울여야 했다. 그러던 어느 날, 말수가 적은 책벌레 남편이 3미터 높이에서 아슬아슬하게 몸을 빼고 플로베르의 『감정 교육』을 손에 쥐고 있던 나를 발견했다. 그러자 그가 수다스러워졌다. 파이어 섬에서 여름을 보내던 십대 시절에 프루스트에 정신없이 빠져들었다고, 대학생일 때는 톨스토이를 열정적으로 파고들었다고 했다. 나는 뒤늦게 독서에 빠진 터라 그의 서가와, 책에 파묻혔다던 그 한가롭고 문학적인 여름날이 부러웠다. 나는 그에게 책을 추천해달라고 했다. 그는 먼저 존 치버의 단편집을 한 권 꺼내줬고, 다음에는 존 업다이크의 『달려라 토끼』를 건넸다.

치버의 단편집은 끝까지 읽지 못하고 덮어버렸다. 징징거리고 지나치게 꽉 짜인 것 같았으며, 결말은 너무 말끔하게 세공한 것 같았다. 하지만 업다이크는 달랐다. 나는 후텁지근한 열기에 휩싸인 뉴욕에서 가는 곳마다 『달려라 토끼』를 들고 다니면서 불과 며칠 만에 책을 독파했다. 대학 시절에는 잭 케루악의 『길 위에서』에 빠졌었다. 미국의 길을 사랑해마지않는 샐 패러다이스의 이야기 말이다. 이 책, 『달려라 토끼』는 생판 정반대의 소설이었다. 감옥이나 진배없는 소도시에 스스로를 가둬놓고 가정생활을 영위하는 남자의 이야기로, 그가 행하는 반문화적 행동은 탁 트인 고속도로로 떠나는 게 아니라 외도 상대와 잠자리를 갖기 위해 차를 타고 동네를 가로질러 달리는 것이었다.

업다이크의 소설은 나와 희박한 연관성이 있었다. 어렸을 때 동부 펜실베이니아에서 6년을 살았던 나는 성장하는 동안 그 지역을 둘러싼 분위기를 또 다른 부모인 양 느꼈고, 성인이 되고 나서야 당시 내가 숨 막히게 갑갑한 인생을 살았다는 것을 깨달았다. 업다이크의 산문은 이를 뛰어나게 묘사하고 있었다.

업다이크에 대한 찬탄은 책에서 또 다른 책으로 이어졌고, 오래 지나지 않아 나는 업다이크 광이 되었다. 나는 전부 50권이 넘는 업다이크 초판본을 거의 다 모았다. 업다이크에게 전혀 매력을 느끼지 못했던 여자 친구는 이런 내 모습을 당혹스러워하면서도 종종 나를 따라 서점에 가서 책에 사인을 받곤 했다. 나는 작가가 되기로 결심했고, 업다이크가 40년 전에 했던 일을 따라 했다. 여자 친구와 함께 뉴욕을 떠나 뉴잉글랜드의 하얀 미늘벽 판잣집으로 이사한 것이다. 그곳에서 여자 친구는 기술 연구를 수행하는 일자리를 구했고, 나는 글을 쓰기 시작했다. 아니다. 나는 글을 쓰는 대신 업다이크를 읽으며 시간을 보냈다. 그러면서 업다이크는 내 나이에 이미 시집과 단편을 발표하고 있었다는 사실을 서서히 깨닫게 되었고, 그의 작품에 드러나는 압도적인 슬픔에 대해서도 더 분명히 인식하게 되었다. 그 슬픔은 회복할 수 없을 정도로 망가진 가족에서, 또한 서서히 갇혀 간다는 두려움을 해소코자 육욕에 빠져들지만 그런 시도가 계속해서 실패로 끝난다는 데서 기인하는 것이었다. 밤마다 침실에 놓인 책장을 가끔 바라볼 때면, 나는 내용물의 무게를 이기지 못한 책장이 무너져 잠든 우리를 덮칠지도 몰라 불안했다.

하지만 낮에는 한결 상쾌한 분위기가 감돌았다. 점점 늘어만 가는 업다이크의 책들은 다시 한 번 신호등이 되어주었다. 내 석사 논문의 주제는 업다이크가 눈에 보이는 세계의 온갖 구체적인 부분들을 꼼꼼하게 살피고 세공한다는 주장이었다. 가장 우울한 소설에서도 그의 이런 측면을 볼 수 있었다. 업다이크라는 작가가 내게 작가의 방식을 보여주는 모델이었다면, 나라는 개인이 점점 더 닮아가게 된 그의 인물들은 인간의 행동 방식에 대한 반면교사가 되었다. 나는 반복적으로 업다이크의 책을 읽으며 그의 인물들이 끝없이 환기시키는 희생적인 관계를 피하는 방법을 찾고 있었는지도 몰랐다.

혹은 그렇다고 생각했다. 『타잔』을 어린이용 책으로 축약하는 일자리를 구한 나는 나와 업다이크의 관계도 이처럼 우울한 일거리의 속성과 유사하다는 것을 깨달았다. 나는 다른 작가의 삶에 나의 삶을 겹쳐 놓고 있었던 것이다. 나의 개인적 삶 역시 그의 인물들을 모방하려다 고통스러워하고 있었다. 하루 일과가 끝나고 처마 밑으로 뉴잉글랜드의 차가운 공기가 내려앉으면 나와 여자 친구는 점점 더 자주 서로를 원망하며 몰아세우고는 했다. 나는 글을 쓰고 있지 않아서 불행했다.

그녀는 나로서는 잘 알 수 없는 이유로 불행했다. 우리는 고작 이십대 중반이었지만 기회를 모두 잃고 말았다는 느낌에 시달리고 있었다.

우리보다 두 배쯤 나이가 많은 커플 사이에서 1년을 보내고 나자, 여자 친구와 나는 할 만큼 했다고 생각했다. 우리는 뉴욕으로 돌아갔다. 업다이크적 인생의 예정된 파국에서 벗어난 우리는 가능성이 재충전되고 있다고 느꼈다. 나는 그녀에게 청혼하기로 결심했다. 그러니까 반지가 필요했다는 말이다. 나는 마지막으로 업다이크에게로 향했다. 전부터 나는 그의 책들을 시급한 수술을 요하는 암 덩어리처럼 주기적으로 책장에서 몰아내며 애서광적 기질을 억누르고 있었다. 이 기질은 언제나, 가끔은 더욱 치명적으로 강력해져서 돌아오곤 했다. 그러나 이번에 나는 어느 때보다도 극단적인 수술을 감행했다. 업다이크의 책을 전부 싹 치운 것이다. 택시를 세 대나 불러야 했지만, 고작 몇 시간 만에 나는 책장 세 개에 꽂혀 있던 책들을 전부 뉴욕 서적상에게 보낼 수 있었다.

일주일 후, 택시를 타고 파크 애비뉴를 지나가는 내 무릎에는 작은 빨간색 가죽 상자가 놓여 있었다. 개운한 기분이었다. 내가 업다이크의 책들을 통해 흡수했던 온갖 마음고생과 지혜, 그리고 나약함이 영원하고 순수한 결정, 즉 결혼반지로 응축되어 있었다. 더는 가시 돋친 책들이 우울한 비난 조의 눈빛으로 나를 쏘아보지 않을 것이었다. 나는 자유로이 한 여자의 남편이 될 수 있었고, 그러고 싶었다. 나는 업다이크 같은 작가가 되려고 했으나 이제 그런 것은 아무래도 좋았다. 한때 업다이크를 통째로 집어삼켰던 나는 그 뼈까지 모조리 뱉어냈다.

모든 것이 산산이 부서지는 속도에 대해서는 놀라지 않을 수 없다. 아내와 나는 결혼하고 1년 뒤 별거했다. 그녀와 사이가 틀어질 때마다

젊은 업다이크처럼 다락방에서 글을 쓰며 홀로 지내는 생활에 환상을
품었던 내게 나만의 공간이 생기자, 나는 사방을 담배꽁초로 채웠다.
창밖을 내다보며 담배를 피우고 있노라면 지난 10년간 읽었던 업다이
크의 모든 작품이 머릿속에 떠올랐다. 그러면 전쟁을 방불케 하는 그
의 소설 속 상황들을 보아온 것이 내게는 별로 안 좋게 작용했다는 생
각이 들었다. 그의 책을 연구하며 나는 더 좋은 작가, 더 좋은 평론가
가 될 수 있었지만, 삶에서는 그의 인물들이 저질렀던 실수를 반복하
고 있었을 뿐이었다.

　아내와 나는 가을에 이혼했다. 우리가 결혼식을 올렸던 메인 주 법
령에 의하면 둘 중 하나가 이혼에 필요한 마지막 절차를 밟아야 했다.
그녀가 캘리포니아로 이사한 뒤였으므로 나는 혼자 뉴욕에서 출발해
곧 법적으로 남남이 될 전처의 가족을 만났고, 해변에 있는 그들의 집
에서 참으로 경사스럽게도 가재 요리로 저녁 식사를 했다. 다음 날 아
침, 나는 장모를 모시고 법정으로 갔다. 장모는 나와 그녀의 딸을 연결
하고 있던 가냘픈 법적 고리가 끊어지는 동안 바깥의 빈 대기실에서
기다리고 있었다.

　나는 곧장 집으로 향하지 않았다. 마치 운명의 장난처럼 그날 오후
에 보스턴 미술관에서 존 업다이크와의 인터뷰가 예정되어 있었다. 그
는 미술에 대한 에세이집인 『고요한 응시』를 막 출간한 뒤였고, 인터
뷰 중 그림을 감상하며 그의 작품평을 실시간으로 듣기로 되어 있었
다. 그를 인터뷰하는 것이 처음은 아니었다. 결혼하고 4개월 뒤, 나는
그의 스무번째 소설 『내 얼굴을 찾으라』가 출간되었을 때 그를 인터뷰
한 적이 있었다. 당시 그가 보여준 온화함과 방대한 지식에 반했던 나
는, 그를 내가 버려야 했던 꿈의 화신이라기보다는 인터뷰 대상으로

대할 수 있어 안도했다.

나는 미술관에 가다 길을 잘못 드는 바람에 늦게 도착했다. 카키색 바지와 스포츠 재킷 차림의 업다이크가 로비에서 기다리고 있었다. 막 일흔 살을 넘긴 그는 여전히 무성한 머리숱에 단단한 체격을 유지하고 있었다. 우리는 전시실 몇 곳을 통과했다. 업다이크는 다정하면서도 훌륭한 유머 감각을 갖춘 평들을 내놓았다. 마치 산문시를 듣고 있는 듯했다. 그는 조금도 힘들이지 않고 찬사의 말을 내놓을 수 있는 사람이었다. 그러다 어느 시점에선가 나는 긴장의 끈을 놓치고 말았다. 그가 나를 바라보며 이렇게 말했기 때문이었다. "여기까지 할까요? 당신이 좀 피곤해 보여서 말입니다. 듣기로는 버몬트에서 왔다면서요?"

나는 버몬트가 아니라 메인에서 출발했다고 대답했다. 거기서 뭘 하고 있었느냐는 그의 질문에 이혼 절차를 밟았다고 대답했다. 인터뷰가 갑자기 뚝 끊어졌다. 그는 진짜 감정이 실린 얼굴로 나를 바라보았다. 빈정거리듯 굴던 태도도 허물어졌다.

"정말로 유감입니다." 그가 말했다. 그는 막 이혼했다는 사실을 내가 가볍게 넘기도록 두지 않았다. 그는 자신도 예전에 같은 일을 겪었다고, 지옥 같았다고 말했다. 나도 익히 아는 사실이었다. 그는 간결한 조언을 해주었다. 그러나 직접 자신의 삶을 언급하는 그의 목소리를 듣고 있다 보니 너무나 초현실적인 기분에 휩싸였던 나는 지금 그가 했던 말을 거의 기억하지 못한다.

하지만 그는 나를 기억했던 모양이었다. 그의 스물한번째 소설 『테러리스트』의 출간이 임박했을 무렵, 『오스트레일리안』의 편집자가 내게 한 번 더 존 업다이크를 인터뷰해달라고 요청했다. 나는 그의 출판사에 전화를 걸어 서둘러 약속을 잡으려고 했지만 번번이 성사되지 못했다. 그러다 결국 그의 홍보 담당자와 연결되었다. 담당자는 스피커폰으로 하던 통화를 수화기로 바꿔 솔직한 말을 꺼냈다.

그의 말에 의하면, 존 업다이크가 지난번 인터뷰에 대해 다소 복합적인 반응을 보였다고 했다. 찢어진 청바지와 이틀간 면도하지 못한 얼굴이 좋은 인상을 남기지 못했을 것이고, 인터뷰 중간에 구구절절한 개인사를 늘어놓았던 것이 (내 기억으로는 어쩌다 보니 나온 말이긴 했는데) 아마도 그를 불편하게 만든 모양이었다. 나는 존이 '고루한 사람'이라는 사실을 받아들일 수밖에 없었다.

상처를 받고 당황한 나는 당장 무슨 말을 꺼내야 좋을지 알 수가 없었다. 그러나 이내 보다 신중해졌다. 전에는 몰랐던 것을 이제는 알고 있었다. 독자가 자신의 인생에서 겪는 문제들에 대한 해결책을 간접적인 방식으로 알아내고자 작가와 작가의 책을 만나는 것은 각자에게 사생활이 있다는 합의를 위반하는 것이다. 이는 작가의 삶을 지나치게 문자 그대로 그의 작품과 엮으려고 하거나, 소설의 기능이 실수를 연발하는 인물들을 통해 제대로, 혹은 행복하게 살아가는 방식을 간접적으로나마 배우는 것이라고 말하는 인터뷰나 전기가 범하는 오류다.

나는 인터뷰를 하게 해달라고 홍보 담당자를 설득했다. 그리고 성공했다. 나와 존 업다이크는 헬리콥터를 탄 기분이 들 정도로 높디높은 맨해튼 미드타운 고층 건물의 어느 회의실에 자리를 잡았다. 업다이크는 중간중간 칠면조 샌드위치를 베어 물며 9·11에서 무엇을 보았는지를 이야기했다. 나는 결혼할 때 입었던 가장 좋은 정장 차림이었다. 업다이크에게는 이에 대해 말하지 않았다. 그리고 마치 눈송이들을 흩날리듯 시적인 문장들을 나열하는 그의 말에 단 한 번 끼어들었을 뿐이었다. 강력하면서도 내밀한, 그리고 아주 조금 기묘한, 완벽한 업다이크적 순간이었다. 그는 나의 소설이나 인생의 형태나 의미에 대해서는 어떤 영향도 미치지 못했다. 그건 내 일이기 때문이었다.

*

나는 언제나 작가들과의 만남에는 뭔가 짜릿한 것이 있다고 생각해왔다. 우연히 유명 인사를 만났을 때, 화면으로 먼저 봤던 인물의 물리적인 실체에 두 눈이 재적응하는 경험을 말하는 것이 아니다. 이는 독자인 당신이 허구의 세계, 그러니까 묘하게 육체에서 분리된 기분을 느끼면서도 당신 안에서 살아 숨 쉬는 세계를 창조한 이가 정신적인 존재가 아니라 실제로 살과 피를 가진 살아있는 인물이라는 사실을 깨닫는 것과 관련이 있다.

  나는 내가 작가들에 관해 썼던 글이 그 때 가졌던 만남의 본질을 드러내기를 바랐다. 내가 한두 시간, 혹은 그보다도 오랜 시간 동안 대화하며 바라본 그들의 모습을 독자들에게 전해주고 싶었다. 하지만 인터뷰는 진짜 대화가 아니다. 그보다는 대화의 한 형식이며, 따라서 인터뷰와 말하기의 관계는 허구와 삶이 지닌 관계와 유사하다. 허구가 제대로 작동하려면, 허구는 스스로를 정의하는 일련의 규칙들을 준수해야 한다. 그게 보이지 않을지라도 말이다. 따라서 인터뷰가 두 사람이 주고받는 대화처럼 흘러가야 한다면, 이 역시 대화와 관련한 일련의 관습을 따라야 한다. 한데 이러한 관습 중 몇 가지는 우리가 자연스러운 상호작용에 대해 알고 있는 바와 상당히 모순된다. 다시 말해서 인터뷰를 진행하는 사람은 온갖 질문을 던져야 하고, 인터뷰 당사자로부터 더 많은 것을 이끌어낸다는 목적에만 부합하는 정보들을 말해야 하며, 무엇보다도 진행자나 당사자 어느 쪽도 대화가 인위적으로 흘러가고 있다는 사실에 대해서는 신경을 꺼야 한다. 나는 업다이크와 인터뷰를 하는 도중에 개인사를 드러내는 바람에 이러한 세 가지 규칙을 전부 위반하고 말았다.

소설가들은 결코 자기 작품의 대변자였던 적이 없다. 이 점은 중요하다. 물론 찰스 디킨스는 책이 나올 때마다 여러 날에 걸쳐 기차에 몸을 싣고 50여 개 도시를 순회했다. 하지만 그는 예외였다. 그는 유명한 사람이었다. 마크 트웨인이나 오스카 와일드, 거트루드 스타인, 그리고 정도는 다르지만 어니스트 헤밍웨이도 마찬가지였다. 그리고 그들은 온갖 종류의 일에 대해 글을 쓰고 발언하면서, 자신들의 유명세를 통해 19세기 소설이 지니고 있던 권력을 공론의 장으로 이어지게 했다. 심지어 순문학 소설의 독자층이 꾸준한 감소세로 들어서기 시작했던 때였는데도.

1980년대에 체인 형태의 서점들이 확장세를 보이고 각종 문학 축제들이 발전하기 시작하면서, 대중을 상대로 한 낭독회도 인기를 얻게 되었다. 그즈음 나와 인터뷰했던(이 책에도 실려 있다) 가즈오 이시구로는 백여 번째로 단상에 오르러 가던 때를 기억했다. 그는 부커상과 노벨상을 수상하고도 대중 낭독회에 나서야 했던 윌리엄 골딩과 함께 낭독했다. 이시구로의 기억에 의하면 골딩은 초조해서 연신 몸을 떨고 있었다.

샐린저나 토머스 핀천 등의 소설가들은 대중적 역할에서 빠지는 쪽을 선택했다. 어떤 작가들은 이에 본격적으로 뛰어들었다. 업다이크를 포함한 많은 작가는 애매한 태도를 취해왔거나 취하고 있는데, 이는 작가 본인들이야 대중의 주목을 즐길지 모르겠으나, 방구석에 혼자 앉아 있던 그들을 세상의 빛에 노출시킨 그 작품 자체는 독자, 저널리스트, 팬들과 공개적으로 자신에 대해 논하는 걸 전적으로 반대하기 때문이다. 인터뷰를 시작했을 때, 나는 준비를 지나치게 했다. 때로는 20개나 되는 질문을 미리 작성하기도 했다. 나는 충실히 인터뷰를 하려면 그 정도는 해야 한다고 생각했다. 하지만 질문 목록은 점차 줄어들었고, 어느덧 나는 책만 읽었을 뿐 질문 하나도 미리 생각하지 않고 인터뷰 장소로 가게 되었다. 그래서 나는 상대방의 말에 귀를 기울일 수밖에 없었고, 이는 우리가 진짜 대화를 할 수 있게 되었다는 의미였다. 예측할 수 없는 새롭고 훌륭한 대화를.

나는 진짜 이야기꾼이란 쓸 수 있어서가 아니라 써야만 하기 때문에 쓴다고 믿는다. 그들은 세계에 대해 말하고자 하고, 이때 오직 이야기로만 말해질 수밖에 없는 것들이 있다. 이 책에 수록할 인터뷰들을 선택해야 했을 때, 나는 절박한 필요라는 감각을 느꼈던 작가들을, 그와 동시에 중요하고 아름다우며 즐길 수 있는 작품을 썼던 작가들을 가장 먼저 떠올렸다. 인터뷰 도중 로버트 피어시그는 '강요받았다'는 단어를 사용했다. 그는 『선과 모터사이클 관리술』을 쓰도록 '강요받았다.' 부분적으로는 자신이 온전한 정신을 유지하기 위해서였다. 이는 세계의 이질적인 부분들과 그의 경험을 전체로 만드는 하나의 방식이었다.

'서사가 주는 위로'라는 이 주제는 인터뷰마다 꾸준히 등장했다. 에드위지 당티카나 알렉산다르 헤몬, 피터 캐리를 비롯해 나와 대화했던 몇몇 소설가는 두 세계에 발을 걸치고 살아가며, 그들은 이러한 삶을 살기 전과 후로 양분된 시기를 갖고 있다. 그들은 자신의 책이 문학작품이기도 하지만 이러한 두 세계 사이의 거리를 가늠하기 위한 방식이기도 하다고 말했다. 기억을 살아 있게 하는 방식 말이다. 그리고 나는 인터뷰를 진행하는 사람의 역할이란 이곳과 저곳, 조각난 것과 하나였던 것 사이의 간극을 좁히는 것이 아니라 그 간격을 더욱 신비스럽게 하는 데 있다는 사실을 깨달았다.

토니 모리슨이나 옹구기 와 시옹오, 루이스 어드리크와 같은 작가들에게 어떤 장소에 관한 이야기를 하는 것은 정치적인 차원과 관련되어 있다. 역사를, 그리고 역사가 억압하거나 감춰온 감정들을 가시적으로 드러나게 하는 것이다. 데이비드 포스터 월리스와 같은 작가들은 언어에 대한 집착 때문에 글을 쓰게 됐고, 그들의 작품은 이 최초의 불꽃에서부터 점점 더 심오한 차원으로 발전되었다. 마크 다니엘레프스키나 수잔나 클라크와 같은 작가들은 그들이 사로잡혀 발전시키고 있던 것을 글로 써서 막 출판하기 시작한 상태였고, 그들은 말을 아끼는 법 없이 자신들의 작업에 대해 수많은 얘기를 해주었다. 한편 어떤 작가들은 작가 생활의 막바지에 다다라 있었다. 필립 로스나 노먼 메일러가 이런 작가들이다. 이들은 더 이상 글을 쓰지 않게 되었을 때나 세상을 떠나고 난 뒤 자신들의 작품이 읽혀야 하는 방식을 이미 고민하고 있었다.

이 책에 수록된 모든 글은 신문이나 잡지의 마감일에 맞추어 쓰였다. 2013년부터 포함시킨 글은 예외다. 설사 내가 신문이나 잡지에 글을 쓰지 않았더라도, 최소한 미국에서는 1인칭에 끔찍하리만치 관심이 없기 때문에, 이 책에 실린 글에서 나를 많이 드러냈다면 꽤나 거창하게 군다는 소리를 들었을 테다. 나는 아마도 내가 던지는 질문들에, 그리고 내가 기록하는 것들 속에 자리할 것이다. 나는 그들의 책에서 내가 파악한 것들과, 우리의 만남이라는 서사에 흐름을 부여하기 위해 선택한 인용문 속에 존재한다. 인터뷰를 진행하는 사람이라면 누구나 그러해야만 하듯이. 하지만 내가 깃들어 사는 자아, 우연적이고 선택적인 요인들로 만들어진 나라는 사람은 글에서 분리되었길 바란다. 나는 독자들이 보다 쉽게 이러한 구도 속으로 걸어 들어가 독자들 자신도 그곳에 있다고 상상하기를 바라며 인터뷰를 해왔다. 소설가 중 알렉산다르 헤몬과 피터 캐리, 에드위지 당티카는 내 친구들이기도 하며, 따라서 나는 그들에 대한 글을 쓰기 위해 그들과 거리를 두어야 했다. 한편 20년간 인터뷰를 하지 않았던 로버트 피어시그나 좀처럼 인터뷰에 나서지 않는 임레 케르테스, 모옌과 같은 작가들을 대할 때, 내가 인터뷰의 열쇠를 쥐려고 했다면 솔직히 터무니없는 일이었을 것이다.

또 나는 기교에도 그다지 신경을 쓰지 않았다. 기교를 개념으로 접근할 때 생기는 문제는 작가의 머릿속을 벗어나지 않은 아이디어와 마찬가지로 기교 또한 지나치게 이상적이 될 수 있다는 것이다. 나무는 다른 환경에서는 다르게 조각된다. 서사도 그러하다. 따라서 나의 또 다른 희망은, 이러한 개략적인 인터뷰들이 작가의 생애와 작품에 대한 이야기에 어떤 분위기로 이루어진 맥락을 다시 불어넣는 것이었다. 책들이 꽂힌 서가는 그 무게와 부피로 말미암아 모종의 필연적인 느낌을 불러일으킨다. 그러나 나와 만나 대화한 작가들은 모두 작품을 구상했을 때 그것이 얼마나 잠정적으로 보였는지, 작품을 완성한다는 생각을 할 때마다 얼마나 머뭇거리고 두려웠는지, 특히 혼자만의 수많은 생각과 기회와 실패의 결과가 그들의 손을 떠나 세상으로 나갔을 때 얼마나 무서웠는지에 대해 이야기했다.

소설가가 진짜로 하는 일을 알아내기 위해 인터뷰 진행자가 할 수 있는 건 그들의 입을 열도록, 이야기를 하도록, 생각을 말하도록 하는 것뿐이다. 이는 결정적인 삶의 순간을 포착하는 것이라기보다는 움직이는 창문 너머를 슬쩍 엿보는 것에 가깝다. 작가들은 늘 진화하고 있으며, 꾸준히 책을 출간하고, 다른 작가들과 항상 직간접적으로 대화를 나누고 있다. 1990년대 초 뉴욕 시에 살았던 조너선 프랜즌과 제프리 유제니디스는 미국 소설에 19세기 소설의 향취를 되살리려는 노력을 공유했다는 이야기를 각각 내게 들려주었다. 이러한 과정에서 그들이 달성한 바는 한때 디킨스가 그의 시대에 미국과 영국에서 성취했던 단계에 도달했다. 유제니디스는 타임스 스퀘어 광고판에 등장할 수 있는 유일한 순문학 작가일 것이다. 프랜즌은 업다이크 이후 최초로 『타임』의 표지를 장식한 소설가다.

인터뷰를 하면서 알게 된 작가들의 이러한 관계는 대부분 사적이라기보다는 문학적이었다. 모옌은 귄터 그라스에게서 영감을 받았다. 모옌과 귄터 그라스는 둘 다 윌리엄 포크너에게서 영감을 받았다. 포크너는 토니 모리슨과 조이스 캐롤 오츠에게 등불이 되어주었고, 조이스 캐롤 오츠는 조너선 사프란 포어를 가르쳤다. 포어는 데이비드 포스터 월리스를 차용(비록 포어는 최근까지 월리스를 읽은 바 없지만)했다는 말을 들었고, 월리스의 나침반은 돈 드릴로에게 향해 있으며, 드릴로 자신은 영향이라는 주제에 대해 침묵을 지키고 있다. 이런 식이다.

이러한 유대감, 즉 작가, 그리고 독자로서의 작가 사이의 깊은 관계는 희망적이다. 독자인 사람과 작가가 되고자 하는 사람이라면 누구나 같은 유대감을 느낄 수 있기 때문이다. 13년간 작가들을 인터뷰하고 글로 묶으면서 나는 이 점을 늘 중요하게 다루어왔다. 읽는 것은 기쁨이다. 물론 읽기가 힘겨울 때도 있지만, 그런 와중에도 기쁨은 존재한다. 하지만 좋은 글을 쓰기란 늘 어렵다. 노벨상이나 퓰리처상을 받은 작가든 10년에 걸쳐 첫 소설을 쓴 작가든 모든 작가는 하나의 작품을 완성할 때마다 어떻게든 끝냈다는 사실에 충격을 받는다.

그러다보면 두 개의 힘을 서로 분리하기가 불가능해진다. 작가들을 작품에서 분리하기가 반드시 필요하지만 어려운 일인 것과 마찬가지다. 그들의 몸은 그들 작품의 몸이며, 업다이크처럼 수많은 작품을 쓴 작가들도 빛의 소멸에 맞서고자 하는 의지를 보인다. 회상록『자의식』에서 그는 이렇게 썼다. "우리의 육신이 썩어 먼지로 돌아가고 무덤을 표시했던 비석조차도 아무것도 아닌 것으로 흩어지는 동안, 우리가 수백 년 동안 한 조각의 꿈도 없이 잠을 잔다는 생각은 사실상 소멸 그 자체만큼이나 무시무시하다." 그리고 그는 2004년의 인터뷰에서 내게 이렇게 말했다. "저는 많은 글을 썼습니다. 제 삶과 경험의 거의 모든 면면을 어디선가 썼을 겁니다. 그런데도 빠진 것들이 남아 마지막까지도 포착되지 않으리라는 두려움에 사로잡혀 있지요." 이 책에서 70명의 작가는 그들이 빠뜨리고 싶지 않은 것이 무엇인지를 말하고 있다.

토니 모리슨은 미국 문학의 과거와 현재를 잇는 가교다. 소설 『술라<sup>Sula</sup>』 (1973)와 『빌러비드<sup>Beloved</sup>』(1987)에서 잔혹한 미국 노예사를 마술 같은 솜씨로 그려낸 바 있는 그녀는 『솔로몬의 노래<sup>Song of Solomon</sup>』(1977)와 『재즈<sup>Jazz</sup>』 (1992)를 통해 흑인들이 저임금을 받고 노동력을 착취당했던 사실과, 이것이 오늘날의 아프리카계 미국인들에게 미친 영향에 관한 이야기들을 직조해냈다. 2000년대 초부터 그녀는 짧고 함축적인 소설 연작을 발표하기 시작했다. 이 인터뷰가 이루어질 당시 나왔던 2003년의 『러브<sup>Love</sup>』와 2012년의 『집<sup>Home</sup>』이 이런 작품들이다. 정확하고 시적인 언어를 구사하는 그녀는 서정적 모더니즘을 선보인 윌리엄 포크너의 직계 후손이라 할 수 있다. 오늘날 미국에서 살고 있는 사람 중 그 누구도 그녀만큼 미국 토착어의 음성적이고 음악적인 면을 잘 알지 못한다. 인종 문제와 미국에 대해 쓴 그녀의 글들은 『어둠 속의 유희<sup>Playing in the Dark</sup>』(1992)와 같은 책에 수록되어 있는데, 인종이 유전적 조건이 아닌 구성된 것이라는 생각을 이해하는 데 중요한 역할을 한다. 1931년 오하이오 로레인에서 클로이 아델리아 워포드로 태어난 그녀는 1993년 노벨문학상을 수상했다.

▼

토니 모리슨은 날마다 뉴욕의 청소차들이 쓰레기를 수거하고 조간신문의 잉크가 채 마르지 않은 이른 시각에 잠에서 깬다. 책 작업 중이건 아니건, 미국에서 가장 커다란 찬사를 받는(그리고 아마 가장 높은 인세를 받을) 이 작가는 연필과 노란색 공책을 들고 자리에 앉아 손이 아파 올 때까지 글을 쓴다.

"전 오래 글 쓰는 걸 좋아하지 않아요." 맨해튼의 고급 주택에 놓인 긴 의자에 반쯤 몸을 기대앉은 일흔세 살의 작가가 말했다. 그녀는 하얀 티셔츠에 검정 카디건, 그리고 선이 똑 떨어지는 검은색 바지 차림이었다.

"'그렇게 일찍 일어나다니 정말 성실한 작가로군'이라고 사람들은 생각하죠." 모리슨이 흡연자 특유의 키들거리는 웃음을 뱉으며 말했다. "꼭 제가 성실해서는 아니에요. 제가 일찍 일어나는 이유는 첫째, 해가 떴기 때문이고, 둘째, 아침에 머리가 더 잘 돌아가기 때문이지요. 저녁에는 글을 쓰기가 힘들어요."

모리슨은 글을 쓰기 시작한 이후로 이러한 스파르타식 생활 습관을 바꾼 적이 없다. 맨해튼 미드타운에서 편집자로 일하는 싱글맘이었던 그녀는 다섯시에 일어나 아이들을 깨워 학교에 보내기 전에 잠시 짬을 내어 글을 쓰고는 했다(다섯시보다 더 일찍 일어날 때도 있었다). 이미 오래전에 거장의 반열에 오른 그녀가 거의 20년간 이렇게 생활해왔다는 사실은 간과되기 쉽다. 모리슨의 걸음걸이나 크게 웃음을 터뜨리고 난 뒤에 금세 확고함을 되찾는 눈빛에는 여전히 이러한 이중생활에 요구되는 강인함이 담겨 있다.

모리슨에게는 웃음을 보일 만할 이유가 있다. 1970년에 데뷔작 『가장 푸른 눈The Bluest Eye』을 출간했을 당시, 그녀는 서른일곱 살의 무명작가였다. 그 후로 그녀는 여섯 권의 소설, 흑인 문제를 탐구한 책 『어둠 속의 유희』, 여러 권의 아동도서를 발표했고, 다수의 앤솔러지를 편집했으며, 뮤지컬을 다룬 책 『뉴올리언스New Orleans』를 썼고, 『에밋을 꿈꾸며Dreaming Emmett』라는 희곡을 썼다. 1989년부터는 프린스턴 대학에서 창작을 가르치고 있다. 전미도서상National Book Awards 후보에 두 번 선정되었으며, 『빌러비드』로 퓰리처상을 수상한 그녀는 1993년에 아프리카계 미국인으로서는 최초로 노벨문학상을 수상했다.

작품들이 엄청난 반향을 일으키면서 경제적 어려움은 옛말이 되었다. 한때 모델이나 연예인이 거주하는 것으로 유명했던 옛 지역자치단체 건물에 위치한 모리슨의 아파트는 작가의 골방치고는 꽤나 고급스럽다. 소호와 트라이베카 사이에 위치한 이 건물은 비밀 유지와 보안을 중요하게 생각하는 사람들이 사는 곳처럼 보인다. 여가를 즐길 때면 그녀는 허드슨 강의 보트하우스에서 시간을 보내곤 한다. 작가가 일반적으로 즐기는 삶의 방식은 아니다. 그녀는 실제로 수십 년간 고된 노력을 한 끝에 아마도 존 업다이크나 필립 로스, 그리고 애니 프루 정도만 들어갈 수 있을 미국 문단의 성충권에 진입할 수 있었다. 그녀의 계약금이나 인세는 알려지지 않았다. 최고급 레스토랑은 메뉴에 가격을 명시하지 않는다. 오직 주인만이 금액을 알고 있다. 그녀 역시 이에 대해 말하지 않는다.

대단한 성공을 거두고 난 뒤에도 모리슨은 지칠 줄 모르고 연구와 글쓰기를 지속해왔다. 올해 초, 그녀는 자신의 최고작 중 하나가 분명한 『러브』를 발표했다. 짧지만 강력한 이 이야기는 다섯 명의 여자와 죽어서까지 그들을 소유하려 드는 매력적인 남자를 다룬다. "과거는 죽지 않는다. 그것은 과거조차도 아니다"라는 윌리엄 포크너의 유명한 비명碑銘처럼, 이 여자들은 모욕과 차별, 성적 학대에 대한 기억에서 벗어나지 못한다.

"그들은 꼼짝도 못하죠." 자기 인물들을 지옥으로 떠밀며 즐거워하는 꼭두각시 조종사처럼 사악한 미소를 빛내며 모리슨이 말했다. "자신들을 도와줬고, 혹은 상처를 줬고, 자신들의 분노를 선물처럼 받아들이는 그 남자한테 단단히 얽혀 있는 거예요."

자신의 작품에 대해 말할 때, 모리슨은 거의 학자적인 태도로 언어를 사용한다. 그녀는 자신이 텍스트의 주인이며 열쇠를 쥐고 있다는 사실을 의심하지 않는다. 하지만 그녀의 모습에서는 이러한 기색이 잘 드러나지 않는다. 작은 키에 할머니 같은 온화한 풍모를 지닌 모리슨은 다정하게 보이지만, 지적인 화제가 나올 때면 목소리가 무겁게 가라앉아 낮게 속삭이는 듯하다.

그녀는 오랜 세월 머리를 길게 길렀다. 지금도 여러 갈래로 땋은 긴 머리카락이 그녀의 머리에서 자라나고 있다. 『러브』 역시 그렇게 자라난 소설로, 모리슨이 평소와는 다르게 온전히 자신의 머릿속에서 생각해낸 작품이다. 네다섯 편의 전작은 그녀가 어떤 이야기를 듣고 생각해낸 것이다. 그녀는 자기 딸을 살해한 흑인 노예 마거릿 가너에 관한 기사를 읽고 『빌러비드』를 착안했고, 1998년 작 『천국Paradise』은 19세기에 오클라호마가 자유의 몸이 된 흑인들을 받아들였다는 오래된 흑인 신문을 읽고 이야기를 떠올렸다. 그리고 1992년에 발표한 『재즈』는 파티에서 질투에 눈이 먼 연인에게 살해된 열여덟 살 소녀의 사진을 보고 영감을 얻었다.

『러브』에서도 생사를 결정짓는 질투가 곳곳에서 발견된다. 책을 파고들수록 '러브'라는 제목은 점점 더 많은 층위를 만들어낸다. 모리슨이 말하는 사랑은 온기와 헌신이며, 그녀의 인물들은 그 사이에서 균형을 잡아야 한다. 그 결과 소설의 언어는 팽팽하지만 열정적이고, 구어체 관용구를 풍부하게 구사하며, 소설의 배경인 플로리다의 일부를 집어삼킨 허리케인처럼 소용돌이와 거친 바람 소리로 가득하다.

모리슨은 엄청난 공을 들여 이처럼 뛰어난 문장을 구사한다. 먼저 손으로 쓴 다음 컴퓨터로 옮기고, 그다음에는 끝없이 퇴고하는 것이다.

1980년대 중반까지 랜덤하우스에서 편집자로 근무했던 그녀는 편집의 가치를 알고 있다. 그렇기에 계속해서 다듬고 고치는 것이다. "언어는 고유한 음악을 가져야 합니다. 장식적이어야 한다는 말은 아닙니다. 독자가 읽을 때는 아무런 소리도 눈에 띄어서는 안 되니까요. 하지만 구어적인 성격을 갖고 있어야 하죠. 표준 영어와 토착어, 일반 구어체가 혼재되어 있어야 합니다."

수많은 회상 장면과 여러 화자의 목소리가 등장하는 『러브』는 복잡한 언어에 걸맞은 구조를 갖고 있다. 정보는 살인 사건의 단서처럼 조금씩 흘러나오고, 인물들의 정확한 역할이 밝혀지기까지는 시간이 다소 소요된다. 의도적인 전략이다. 모리슨은 이러한 '심층 구조'를 소설의 기술이라고 생각한다. "플롯이란 흥미로워야 하고, 인물들은 매혹적이어야겠고, 장면은 포괄적이어야 하겠죠." 모리슨이 말했다. "그러나 소설의 진짜 기술적인 부분은 심층 구조예요. 정보들을 드러내고 감추는 방식 말이에요. 그래야 독자들이 사건들을 적당한 때에, 또는 독서를 내밀한 경험으로 만드는 시간 틀 속에서 발견하게 되는 거죠."

이런 의미에서 모리슨이 중요한 정보를 두고 벌이는 숨바꼭질 게임은 사람들이 서로를 알고 있다고 생각하는, 질투와 열정이 혼재되어 있지만 어디서도 평안을 찾을 수는 없는 불길한 분위기 속으로 독자를 밀어 넣는다. 모리슨에 의하면 작은 마을에서는 "증오는 심각하고 뿌리 깊으며, 열정과 이례적인 침묵이 깊이 배어 있어요. 거기서 벗어날 수 없기 때문에 그토록 큰 문제인 거죠."

1931년 클로이 아델리아 워포드라는 이름으로 오하이오 로레인에서 태어난 모리슨은 이러한 공동체를 잘 알고 있다. 그곳에 관한 글을 쓰려면 그곳을 떠나야 했다. 워싱턴으로 이주해 하워드 대학을 다녔고, 이후 뉴욕 코넬 대학에서 영문학을 공부했다. 이 시기에 그녀는 미래의 남편이자 후에 이혼한 해럴드 모리슨을 만났다. 텍사스 서던 대학에서 영문학을 가르치며 여러 해 동안 생계를 꾸렸고, 하워드로 돌아갔다가 결국 랜덤하우스에서 일하게 되었다. 그리고 전업 작가가 되기 위해(그리고 학생들을 가르치기 위해) 출판사를 퇴직했다.

그녀가 주로 폐쇄된 공동체를 다루어온 반면, 그녀를 지지하는 독자들의 공동체는 나날이 확장되어왔다. 오프라 윈프리가 (지금은 사라진) 자신의 북클럽에 한두 번도 아니고 네 번이나 그녀의 책을 선택하면서 더욱 그러했다. 오프라 윈프리 북클럽의 선정 도서가 될 때마다 그녀의 책은 백만 부 이상 팔려나갔다.

노벨문학상 수상에 더하여, 그녀의 작품들은 대학에서 교재로 채택되었다. 영화(〈빌러비드〉에는 대니 글로버와 젊은 탠디 뉴턴, 그리고 오프라 윈프리가 출연했다)로 제작되기도 했다. 그녀의 열렬한 독자층이 확장되면서 그녀는 아프리카계 미국인 작가 중 독보적인 판매고를 기록하는 작가가 되었다.

『인생 수정』이 북클럽에 선정되었을 때 오프라 윈프리와 시청자들을 조롱했던 조너선 프랜즌과는 달리 모리슨은 선정에 전적으로 열린 태도를 보였으며, 그것이 작품의 품격을 떨어뜨린다고 생각하지 않았다. 그녀는 텔레비전 쇼를 미국에서 가장 힘 있는 도서 판매책으로 변모시킨 오프라 윈프리가 대단하다고 생각한다. "저는 그녀의 영향력이 대단히 긍정적이었다고 생각해요. 사람들을 걸려들게 한 거죠." 그녀가 말했다. "텔레비전을 끄고 책을 읽으라고 말하는 텔레비전 쇼가 있다니 놀라울 따름입니다."

그녀는 노벨문학상 수상이라는 주제에 민감하다. 그런 상을 받을 만한 자격이 없다고 생각해서가 아니라("제 작품이 자격이 없다고 생각한 적은 한 번도 없습니다"), 비평가들이 그녀의 작품들을 상을 받기 전과 후로 나누어 생각하기를 원치 않아서다. 노벨문학상을 수상한 것은 벌써 거의 20년 전이다. "그 상은 절 규정하지 못해요. 그저 노벨위원회가 제 작품을 대단히 뛰어나다고 생각했다는 것을 드러낼 뿐이죠. 그게 다예요. 해마다 또 다른 수상자가 나오잖아요. 수상은 중요하고, 상금은 기막히게 좋죠. 하지만 그다음도 중요하죠."

모리슨에 따르면, 25년 전에 자기는 높은 판매고와 문학상 수상 등의 눈에 띄는 업적 때문에 어쩔 수 없이 스포트라이트를 받게 되고 흑인 공동체를 대변하게 되리라는 느낌이 들곤 했다고 말했다. 하지만 그녀는 더 이상 그렇게 생각하지 않는다. "이제 그들은 직접 입을 열고 있습니다." 그녀가 말했다. "전 편집자로서 밖으로 나가서 에이전트들이 아직 찾지 못한 새로운 작가들을 발굴해야 한다는 책임감을 느꼈어요. 활동가들이 자신의 목소리를, 의견을, 이야기를, 분석을 여과되는 것 없이 고스란히 배포할 수 있도록 책 출간을 돕고 싶었죠."

출판업자의 입장에서 그녀는 자신에게 쏟아지는 관심을 떨쳐버리고 싶은 듯 보이며, 미국 문학의 미래를 희망을 품고 바라보고 있다. 그녀는 전망이 밝다고 생각한다.

그녀는 미국 문학의 개념을 확장시키고 있는 작가들에 대해 열정적으로 이야기한다. 이창래, 줌파 라히리, 콜슨 화이트헤드가 그런 작가들이다. 그녀는 그들이 다문화적이라는 말은 하지 않지만, 그들이 소설 속에서 미국적 삶의 팔레트를 넓히고 있다며 박수를 보낸다. 그녀의 말을 듣다 보면 그녀 역시 이러한 가능성을 일구어왔다는 것을 스스로도 알고 있다는 인상을 받는다. 보다 중요한 것은 그녀가 독자로서의 삶도 게을리하지 않았다는 것이다. '아무런 조건 없이' 수많은 책을 받지만, 그녀는 여전히 직접 책을 잔뜩 산다. 책은 그녀의 첫사랑이다. 그리고 그녀가 가장 사랑하는 것은 언어일 수밖에 없다.

"영어는 여러 언어로 구성되어 있어요, 그래서 영어로 글을 쓰면 설렐 수밖에 없죠. 영어 안에는 너무나 많은 언어가, 너무나 많은 층위가 있어요. 그러한 언어, 혹은 또 다른 전통에서 솟아오른 소설을 읽을 때면 전 정말 즐겁습니다. 정말 큰 즐거움이죠."

2004년 8월

토니 모리슨

# 조너선 사프란 포어

Jonathan Safran Foer

조너선 사프란 포어는 스물네 살 되던 해 장편소설 『모든 것이 밝혀졌다Every-thing Is Illuminated』(2002)로 데뷔했다. 조너선 사프란 포어라는 이름의 주인공이 홀로코스트 때 할아버지의 생명을 구해준 여인을 찾기 위해 우크라이나를 방문하는 내용의 열정적이고 가슴 뭉클한 책이다. 주인공 포어의 우크라이나인 가이드인 알렉산더 알렉스 페르코프는 뒤죽박죽의 영어로도 여자들과 람보르기니 쿤타치, 카푸치노를 가리지 않고 시적으로 묘사하는 재주를 갖고 있다. 이따금 포어의 글은 희극적 면과 비극적 면을 동시에 결합시킨다. 또한 엄청난 상실 앞에서 맞닥뜨리게 되는 언어적 한계를 탐구한다.

포어의 2005년 작 소설 『엄청나게 시끄럽고 믿을 수 없게 가까운Extremely Loud and Incredibly Close』이 출간되었을 때 그와 이야기를 나누었다. 소설은 무역센터 테러로 아버지를 잃은 한 소년에 대한 이야기다.

이후 10년간, 그는 식생활 윤리를 탐구한 『동물을 먹는다는 것에 대하여Eating Animals』(2009), 「출애굽기」와 유월절 예식 규범에 대한 유대 문서를 개작한 『뉴 아메리칸 하가다The New American Haggada』(2012)를 썼다. 이 두 권의 책을 통해 의미를 향한 그의 탐구는 소설에서 비소설의 영역으로 옮겨 왔다.

1977년 워싱턴 D.C.에서 태어난 포어는 아내인 소설가 니콜 크라우스와 함께 브루클린에 살고 있다.

▼

금요일 아침 10시 15분, 맨해튼 스타이브센트 고등학교의 3교시 영어 시간은 졸업반 학생들로 소란스럽다. 줄줄이 교실로 들어서는 학생들이 교실 앞에 앉아 있는 검은색 스웨터와 청바지 차림의 작고 단정한 남자를 흘끗거린다. 수업 종이 울리자, 남자가 자신을 소개한다.

"안녕하세요. 저는 조너선 사프란 포어입니다. 저는 살아 있는 작가입니다."

킥킥거리는 웃음이 터져 나온다. 하지만 교실은 곧 조용해진다. 학생들은 포어의 첫번째 소설 『모든 것이 밝혀졌다』를 읽고 있다. 자신들이 읽고 있는 책의 작가를 직접 만나는 건 얼마쯤은 『호밀밭의 파수꾼』의 홀든 콜필드를 초대 손님으로 맞는 것과 비슷하다. 그러고는 곧 그 홀든 콜필드가 변장한 진짜 샐린저라는 것을 발견하게 되는 것이랄까.

하지만 오늘 포어의 등장은 특히 더 의미심장한 데가 있다. 그가 학생들과 이야기 나눌 소설 『엄청나게 시끄럽고 믿을 수 없게 가까운』은 9·11 테러로 아버지를 잃은 아홉 살 소년을 둘러싸고 전개되는 이야기다. 3년 반 전, 두 대의 비행기가 세계무역센터와 충돌했을 때 이 교실에 있는 학생들은 갓 고등학교에 입학한 신입생이었다. 사건 현장은 학교에서 4백 미터 정도 떨어져 있었다. 빌딩들이 붕괴했을 때 가까운 거리에 있던 학교의 유리창은 죄다 부서졌다.

포어가 방문한 날, 그라운드 제로(테러 현장)는 텅 빈 공사장 구덩이 상태다. 그날에 대한 이야기 또한 교실 안의 텅 빈 구덩이다. 학생들이 초조해하는 것을 느끼며 포어는 그가 쓴 두 소설의 도입부를 연이어 읽은 다음 두 소설의 공통점에 대해서 이야기하기 시작한다. 학생들이 손을 든다. 문학에 대한 폭넓은 토론이 열기 속에서 시작된다.

바로 이 지점에서 포어는 예상치 못했던 문학적 영웅이 된다. 그는 부담 없이 다가갈 수 있는 사람이고 싶다. 그는 학생들이 그들 또한 세기를 넘어서, (그들이 원한다면) 비극 또한 넘어서 그들의 목소리를 전달할 수 있다고 믿게 하고 싶다.

그가 『엄청나게 시끄럽고 믿을 수 없게 가까운』을 통해 해낸 일이 바로 그것이다. 그는 여전히 상처로 가득한 9·11 테러 사건의 핵심으로 향하는 글을 써냈다. 소설은 뉴욕에 사는 조숙한 소년 오스카 셸의 시점으로 전개되는데, 그는 아버지가 남겼다고 생각되는 한 열쇠에 맞는 자물쇠를 찾고 있다. 그의 아버지는 (세계무역센터에 있는) '세계의 창' 레스토랑에 사람을 만나러 갔다가 목숨을 잃었다.

오스카는 미친 듯이 계속 생각하는 것으로 아버지를 잃은 슬픔을 극복하려 한다. 그는 말할 수 있는 주전자를 발명하고, 스티븐 호킹 등 그의 영웅들에게 편지를 쓰고, 마주치는 모든 사람에게 말을 건다. "독자들은 그의 정신이 억지로 버텨내고 있다는 느낌을 받게 되죠. 그는 자기 파괴적이 될 수도 있어요. 비버들이 이빨을 쓰지 않으면 그 이빨이 뇌를 뚫고 자란다고 하잖아요."

포어는 다시 한 번 상실에 대해, 또한 언어가 불완전하게나마 의미를 감당해내는 방식에 대해 쓰고 있다. 오스카의 이야기와 동시에 펼쳐지는 드레스덴 폭격의 생존자인 그의 할머니와 할아버지의 이야기

조너선 사프란 포어

에서, 그들은 자신들이 앞으로 입에 담지 않을 것들을 구분해놓는 언어를 발명한다. 그 시도가 실패했을 때 그들은 편지를 쓴다. 편지조차 실패했을 때 그들은 더 이상 함께하지 못한다.

직접 얼굴을 대고 말할 때 포어는 이 (언어에 관한) 우려가 더 짙어진다. 하여 그는 몹시 신중하고 모호하게, 종종 은유나 이야기를 통해서 질문들에 답하는데, 그런 그는 마치 인간 '매직 8볼'* 같다.

아내와 함께 지내는 연립주택의 정원에서 그는 지워지는 것의 매혹에 대해 설명하려 한다. "제가 기억하기로 어렸을 때, 전화번호부를 읽고는 생각했어요. 이 사람들 모두 백 년 후에는 다 죽어 있겠지."

그런 자신에 대해서 병적이라고 생각하는지 물었다. "글쎄요. 저는 지금 제가 두려워하는 것에 대해서 써요. 왜냐하면 때때로 제가 두려워하는 것들을 다른 사람들 역시 두려워하고 있다는 게 밝혀지거든요."

그 두려움들과 함께 포어는 한 시대의 전형적인 중산층 유대인 소년으로 자라났다. 그는 많은 성과를 내야 했다. 홀로코스트는 지난 세대의 이야기였다. 그의 3형제 모두 아이비리그 대학에 진학했다. 그들은 부자가 아니지만 여유로운 중산층이며, 모두 글을 쓴다.

이렇게 가족의 지원을 받고 특권을 누렸지만 뭔가 잃어버린 것도 있다. 해서 포어는 대학 시절 우크라이나에 갔고, 그곳에서 그의 할아버지가 살던 유대인 마을에 가는 것을 상상했고, 그다음에는 과거로 향하는 상상을 하는 자신을 상상했다. 이 두 가지 상상의 상호작용을 통해 책『모든 것이 밝혀졌다』가 탄생했다.

지금의 세상은 이 책을 깜짝 성공으로 여기지만, 4년 전까지만 해도

---

* 운세를 보는 장난감.

연봉 만 2천 달러의 접수계원이었던 포어는 전혀 그렇게 느끼지 못했다. "에이전트 여섯 군데에서 퇴짜를 맞았어요. 마침내 한 군데에서 받아주었죠. 뉴욕의 모든 출판사에 원고를 보냈는데, 죄다 퇴짜를 맞았어요. 그게 그냥 출판만 되었어도 저는 마냥 좋아했을 거예요." 그 대신에 약간의 수정과 새 에이전트를 거쳐 그 책은 베스트셀러가 되었고, 2002년의 데뷔작 소설 가운데 가장 주목을 많이 받았다.

『모든 것이 밝혀졌다』가 지난 10년간 가장 찬사 속에서 등장한 데뷔 소설이라면, 반면 『엄청나게 시끄럽고 믿을 수 없게 가까운』은 뉴욕 출판계에서 노골적인 악평을 받았다. 미국의 다른 지역에서 긍정적으로 반응하기 전까지 말이다.

나는 포어에게 초기의 가시 돋친 평들에 대해 지금 어떻게 생각하느냐고 묻는다. "미국 문화가 지금 굉장히 자기 파괴적인 지점에 와 있다고 느껴요. 뭔가를 비판하는 걸로는 충분하지가 않아요. 아예 밟아 죽여야 하죠."

어느 쪽이든, 그의 책을 향한 강렬한 반응은 그가 뭔가 아픈 데를 건드렸다는 얘기다. 낭독회에서는 길게 늘어선 줄이 그를 맞이했고, 사랑하는 사람을 잃은 사람들이 그에게 편지를 보내왔다.

포어의 집에서 맨해튼으로 기차를 타고 돌아오는 길, 부조리하게 느껴질 만큼 너무나도 간단하게, 새 무역센터 건립을 위해 다 파헤쳐진 기초공사 현장에 도착하게 된다. 세계무역센터가 무너졌을 때 역시 파괴되어 뼈만 남은 역의 창 너머로 보이는 그 구덩이는 먼지로 가득하고 갈색이며 텅 비어 있다.

2005년 7월

# 무라카미 하루키

Murakami Haruki

무라카미 하루키는 일본의 소설가이자 단편작가, 번역가, 저널리스트, 전직 재즈 바 사장이다. 그는 첫 장편 『바람의 노래를 들어라』(1979)를 쓰기 위해 밤 생활을 포기했고, 이후 30년 동안 인간 상상력의 어둡고 기묘한 모퉁이를 탐사했다. 그러다 달리기를 시작했고, 2008년에 쓴 책 『달리기를 말할 때 내가 하고 싶은 이야기』에서 이 주제를 다루었는데, 이 인터뷰의 초반에 이와 관련된 이야기가 나온다. 그의 소설들은 『양을 쫓는 모험』(1982)과 『세계의 끝과 하드보일드 원더랜드』(1985) 같은 초현실적 판타지에서부터 『노르웨이의 숲』(1987)과 『스푸트니크의 연인』(1999)처럼 청춘의 아노미 상태를 쾌활하고 섹시하게 다루는 작품에까지 뻗어 있는데, 이 소설들은 고양이, 재즈, 파스타, 불현듯 끼어드는 기묘한 사건, 다른 우주를 향한 입구 등의 요소로 가득하다. 그의 가장 야심 찬 작품인 『태엽 감는 새』(1997)는 그의 이런 이야기 방식이 모두 결합된 소설이다. 유쾌하면서도 기묘하지만, 또한 현대 일본을 탄생시킨 폭력에 대한 공포에 푹 젖어 있다. 2011년에 출판된, 부분적으로는 조지 오웰의 소설에 대한 응답이기도 한 세 권짜리 책 『1Q84』는 전 세계적으로 화제를 불러일으켰다.

어떤 사람들은 교회에서 계시를 얻는다. 또 어떤 이들은 산꼭대기에서 그렇다. 무라카미 하루키의 계시는 1978년 4월 1일, 도쿄의 진구 구장 뒤편의 풀이 우거진 언덕에서 찾아왔다. 소설을 써보는 건 어떨까?

그 후 30년간 거의 서른여섯 권에 달하는 책을 내면서, 무라카미가 그 부름에 제대로 응답했다는 사실이 분명해졌다. 『양을 쫓는 모험』에서 『어둠의 저편』에 이르는 그의 기묘하면서도 빼어난 소설들은 전 세계적으로 컬트적인 인기를 누렸고, 48개의 언어로 번역되었다.

하지만 그의 회고록인 『달리기를 말할 때 내가 하고 싶은 이야기』에서 설명하듯, 이런 폭발적인 생산성은 그 오래전 동시에 찾아왔던 또 다른 계시, 하루에 담배 세 갑을 피우는 흡연자에게는 어울리지 않는 그런 계시가 아니었다면 불가능했을 것이다. 그 계시란 다음과 같다. '조깅을 하러 나가보면 어떨까?'

맨해튼 도심에 위치한 호텔의 흐릿한 조명이 설치된 로비에 앉아 있는, 벌써 잠에서 깨어나 조깅을 하고, 글을 쓰고, 다른 인터뷰를 소화한 에너지 넘치는 쉰세 살의 소설가는 막연한 예감에서 시작된 것이 어쩌다 자기 인생의 체계적인 원칙이 되었는지를 설명했다.

"제겐 이런 이론이 있어요." 그가 묵직한 바리톤 음성으로 말했다. "무척 반복적인 생활을 하면 상상력이 정말 잘 작동한다는 거죠. 무척 활발하게요. 그래서 저는 매일 아침 일찍 일어나서 책상에 앉아 글을 쓸 준비를 합니다."

자신의 글쓰기에 대해 이야기할 때 무라카미의 말은 실존주의자, 프로 운동선수, 자기계발 강사가 기묘하게 혼합된 것처럼 들린다. "글쓰기는 어두운 방에 들어가는 것과 같습니다." 그의 목소리가 느릿해진다. "그 방에 들어가서 문을 열지요. 방은 어둡습니다. 완전히 캄캄해요. 하지만 저는 무언가를 볼 수 있고, 그걸 만질 수도 있어요. 그런 다음 이 세계, 이쪽 편으로 돌아와 그것에 대해 글을 쓰는 거지요."

그는 마치 퀘이커교도가 침묵하듯 오랫동안 말을 멈췄다가 다음과 같은 경고를 덧붙였다. "강해져야 합니다. 거칠어야 하고요. 그 어두운 방에 들어가고 싶다면 자신이 하고 있는 것을 신뢰해야 하는 겁니다."

일본에서 지내지 않을 때조차 무라카미는 평소의 생활 습관을 엄격히 지킨다. 그는 일찍 일어나서 몇 시간 동안 글을 쓰고, 달리기를 한 다음, 오후에는 문학작품을 번역하며 시간을 보낸다. 그는 『위대한 개츠비』, 『호밀밭의 파수꾼』, 그리고 가장 최근에는 레이먼드 챈들러의 『안녕 내 사랑』을 번역했다.

하지만 그의 등장인물들만큼 그의 패턴화된 일상과 다른 존재는 없을 것이다. 무라카미는 우연 또는 이상한 상황으로 말미암아 정상적인 삶에서 벗어나버린 사람들에 대해 쓴다. 『해변의 카프카』에는 말하는 고양이가 나온다. 『신의 아이들은 모두 춤춘다』에는 거대한 개구리가 도쿄를 구하려 한다고 믿는 남자에 대한 이야기가 수록되어 있다.

엄격한 일련의 습관과 규칙에 따라 살고 있지만, 무라카미는 운명이 어떤 식으로 인생을 바꿀 수 있는지 안다. 그의 외부에서 일어난 두 가지 사건이 무라카미 본인을 크게 바꿔놓았다. 첫번째 사건은 1980년대 후반에 일어났다. 그가 도쿄 문단의 "음주와 뒷담화"라 부르는 것에, 또한 자기 자신을 외부인으로 여기게 되는 상황에 지친 그는 고국을 떠나 『노르웨이의 숲』이라는 소설을 한 편 썼다.

"그 책은 정말 많이 팔렸습니다. 지나치게 많이 팔렸어요." 무라카미가 웃으며 말했다. "2년 동안 2백만 부가 나갔어요. 그래서 어떤 사람들은 저를 더 싫어했지요. 지성인들은 베스트셀러를 좋아하질 않으니까요." 무라카미는 더 멀리, 미국으로 자리를 옮겼고, 1995년에 돌아왔다.

그해 일본은 금융시장 붕괴와 옴진리교의 지하철 독가스 테러 공격으로 고통을 겪었다. 무라카미는 고국으로 돌아와 1년 동안 테러 생존자들의 목소리에 귀를 기울였고, 결국에 가서는 그 목소리들을 『언더그라운드』라는 구술사 책에 쏟아부었다. 그 경험은 그 자신과, 그가 등장인물들을 쓰는 방식을 바꿔놓았다. "아시겠지만 많은 사람들은 다른 사람들의 이야기에 귀를 기울이지 않습니다." 그가 말했다. "그들 대부분은 다른 사람들의 이야기가 따분하다고 생각해요. 하지만 만약 열심히 귀를 기울인다면, 그들의 이야기는 매혹적입니다."

그 이후 무라카미는 별나게 쓰인 등장인물들만을 만들지 않는다. 그의 표현에 따르자면, 가끔 창문을 연다. 1년에 두 달 동안 그는 독자들이 보낸 이메일에 답장을 한다. "그저 독자들에게 말을 하고 싶었거든요." 그가 말했다. "독자들의 목소리도 듣고 싶었고요."

그런 다음 그는 창문을 닫는다. 글을 써야겠다는 결심은 여전히 음파의 형태로 그를 떨리게 한다. 그는 각각의 책이 서로 다르길, 전작보다 더 낫길 바란다. 그는 여전히 또 다른 계시가 올지도 모른다고 의심하고 있다. "그때 기분이 어땠는지 기억할 수 있어요." 그가 첫 소설을 썼을 때의 얘기를 했다. "무척 특별한 감정이지요. 하지만 저는 한 번이면 충분하지 않을까 싶어요. 저는 모두가 그런 계시를 인생에서 한 번은 받는다고 생각합니다. 많은 사람들이 그걸 놓치게 될까 걱정이에요."

2008년 12월

리처드 포드

Richard Ford

리처드 포드는 미시시피에서 태어나 미시간에서 수학했고, 몬태나에서 뉴저지로, 루이지애나에서 메인으로 미국을 가로지르며 살아왔다. 그의 글에는 떠도는 사람들(1976년의 『내 마음의 한 조각A Piece of My Heart』), 독립적 사상가(뉴저지 교외에 살고 있는 전직 스포츠 기자 프랭크 배스컴에 대한 3부작 소설), 결혼 생활에 어려움을 겪고 있는 남자(다수의 단편소설)들로 가득하다. 포드는 친구인 소설가 레이먼드 카버의 격려를 받아 단편소설을 열심히 쓰기 시작했다. 그 결과로 나온 단편집 『록 스프링스Rock Springs』(1987)는 포드의 가장 빼어난 책일 것이다. 그 책에서 작가는 섬뜩한 힘을 가진 절망적이고 폭력적인 남자들의 삶을 고고하면서도 명료하게 응시한다. 이 인터뷰는 배스컴이 등장하는 마지막 소설인 『대지의 형세The Lay of the Land』(2006) 때문에 이루어졌다. 여러 해 뒤, 포드는 부모가 은행 강도 혐의로 체포되었을 때 유괴를 당한 소년의 이야기인 『캐나다Canada』를 2012년에 발표하면서 황야와 북쪽의 세계로 돌아왔다.

▼

리처드 포드는 글을 쓰고 있지 않다. 한 줄도. 실은 프랭크 배스컴이 등장하는 세번째 장편인 『대지의 형세』를 끝낸 뒤로, 퓰리처상을 수상한 바 있는 이 미국 소설가는 글을 쓰는 것만 빼고는 거의 뭐든지 다 했다.

포드와 그의 부인 크리스티나는 지난겨울 내내 예전 연고지인 뉴올리언스의 집을 새로 지었고, 여전히 허리케인 카트리나가 남긴 상처를 회복하고자 분투하고 있다. 우리가 이야기를 나누기 위해 자리에 앉았을 때, 포드는 조금 전까지 대학 농구 결승전을 보고 있었다고 내게 말했다. 그는 뉴욕에서는 스쿼시를 친다. 글쓰기에 관해서라면, 그는 완전히 기진맥진해 있다.

"제가 할 수 있는 방법은 모두 동원했습니다." 예순세 살의 포드는 리버데일에 있는 집 거실에 앉아 『대지의 형세』에 대해 그렇게 이야기했다. 그 집은 뉴올리언스의 가든 디스트릭트 지역에 있던 옛 자택을 장식했던 골동품과 가구에 둘러싸여 있었다. 창밖으로는 소리 없이 유유히 흘러가는 휴스턴 강이 보였다.

"소설을 마무리 지을 때쯤 몸이 아팠습니다. 몇 달을 육체적으로 병이 들어 있었어요."

키가 크고 팔다리가 긴, 보라색 셔츠와 리바이스 청바지 차림의 포드는 딱히 피폐하게 보이지는 않는다. 하지만 그가 얘기하고 있는 건 그 문제가 아니다.

"책 한 권을 쓰는 동안 저는 제 내면에 갖고 있는 걸 전부 다 써버립니다. 그래서 [책을 다 쓰고 나면] 밖을 돌아다니면서 다른 글감을 발견할 필요가 있을 뿐만 아니라 작가로서의 사명감 전체를 어느 정도는 다시 일으켜 세워야 해요."

포드는 『뉴욕 타임스』에 기고한 글에서 자신이 "글쓰기에서 멀어진 호사스러운 시기"라 표현했던 것을 만끽하고 있었다.

작품 사이에 7년 이상의 간격이 벌어지면 전설에 나올 만한 사건이 되어버리는 미국 문학계의 다소간 일중독적인 풍경 속에서, 포드의 접근법은 특별하다. 혹자는 이게 책 장사에는 나쁜 거라고 주장할지도 모른다.

하지만 포드는 출세 지상주의적 작가의 길을 즐기거나 걸었던 적이 결코 없었다. 그의 첫번째 소설은 신新남부 고딕의 경향에 속하는 것이었다. 두번째 소설은 스릴러의 범주에 집어넣을 수 있었다. 그는 인생에서 늦은 시기에 소설을 쓰기 시작했는데, 그것도 어느 정도는 레이먼드 카버의 격려에 힘입어서였다.

"그에게 제 첫 단편을 보여주었을 때가 기억납니다." 포드가 그의 단편 「록 스프링스」에 대해 이야기했다. "그는 처음엔 그 소설을 좋아하지 않았어요. 전 그가 틀렸다고 말했고요. 그가 '그럴지도 모르지, 그럴지도 몰라'라고 중얼거리며 담배를 피우던 모습이 아직도 눈에 선합니다."

초기 작품들 때문에 남부소설 작가로 분류되었을 때, 포드는 돌연 일을 그만두고 다른 곳으로 이사한 다음 『록 스프링스』처럼 단편을 모은 소설인 『야생동물Wildlife』 같은 단편집을 써냈다. 뉴저지를 배경으로 교외의 삶을 다루는, 배스컴이 등장하는 첫 소설인 『스포츠라이터Sportswriter』가 나왔을 때는 서부소설 작가로 분류되었다.

"뉴저지는 저에 대한 권리를 주장해주었으면 싶은 유일한 곳입니다. 절대 그런 적이 없지만요." 포드는 웃으며 그렇게 말하고는 창밖으로 허드슨 강 건너편을 바라본다. 그의 얼굴은 고뇌에 찬 무사라는 아이로니컬한 표정으로 비틀려 있었다. "저는 전화가 오길 기다리면서 여기 앉아 저쪽을 간절히 바라보고 있지요."

포드가 이런 농담을 할 수 있는 까닭은, 카버라면 이렇게 썼을 것 같은데, 엄밀히 말해 그에게 전화를 걸어대는 곳이 뉴저지만은 아니기 때문이다. 뉴저지에 더하여, 포드는 캘리포니아, 시카고, 미시시피 삼각주에도 들렀고, 미시시피에서는 농장 저택을 한 채 사서 잠시 살기도 했다. "거긴 정말 좋았습니다." 그가 말했다. "하지만 성장을 멈출까 걱정이 되었고, 그건 젊은 작가로서는 좋은 게 아니라는 생각이 들었지요." 그는 또한 파리, 매사추세츠, 미시간, 몬태나에서도 살았고, 그가 현재 대부분의 시간을 보내고 있는 메인 주에서 여전히 집을 유지하고 있다.

한자리에 있으면 발이 근질거리는 그의 이런 성격은 어느 정도는 그가 새로운 자극을 추구하기 때문이다. 다른 한편으로는 근 40년간 같이 산 아내 크리스티나의 직업 경력과도 관련이 있다. 포드는 종종 그녀를 화제에 올리는데, 인터뷰가 이루어지는 동안 그녀는 부엌에 앉아 마틴 에이미스의 『돈 혹은 한 남자의 자살 노트』를 읽고 있었다. 포드의 소설들은 전부 그녀에게 헌정되고 있다.

"크리스티나는 전문직 생활을 훌륭하게 해왔습니다." 그가 말했다. "미줄라에서는 도시계획 책임자였어요. 뉴욕대에서는 교수였고, 뉴올리언스에서도 도시계획의 책임자 역할을 했지요. 그래서 그 일들이 끝나면 슬렁슬렁 이동했어요."

이런 계속되는 이사의 결과(포드는 몬태나에 있는 이삿짐 보관 창고를 영원히 사용해야 할지도 모른다고 생각한다), 그는 지극히 미국적이면서도 의

외의 방식으로 고유함을 유지하는 자신의 산문에서 어조, 짜임새, 미국적 운치를 발전시켜왔다. 존 업다이크의 래빗 앵스트롬 다음으로, 전후 미국 소설 속에서 프랭크 배스컴처럼 보통 사람이면서도 독자의 상상력을 사로잡아온 인물은 드물다. 어린 시절의 이른 상실, 직업 변화, 이혼, 그리고 질병에 시달리면서, 배스컴은『대지의 형세』로 비틀비틀 들어가 마치 집어삼키기라도 할 것 같은 시선으로 미국을 바라본다.

포드는 자신이 배스컴과 오랫동안 즐겁게 지냈다고 말했지만, 그가 등장하는 세 권의 소설이 어떤 식으로건 주인공이 성장하는 모습을 보여주었다는 생각에는 동의하지 않았다. "그런 생각은 그저 어떤 사람들이 우리 인생이란 게 연속적이라고 생각한다는 걸 수사적으로 표현한 것에 불과합니다. 그저 우리 자신을 위로하기 위해 만들어낸 말일 뿐이지 않을까요."

『대지의 형세』에서, 프랭크는 포드가 '영원한 정체의 시대'라 일컫은 상황으로 진입한다. 거기서는 개인의 발달이라는 환상이 전부 정지하며, 길 위의 모든, 혹은 대부분의 분기점이 모두 탐색되었으며, 남아 있는 것이라고는 제목이 지시하듯 그저 대지의 형태뿐이다.

포드가 측정하고 있는 것은 배스컴의 내적인 삶뿐 아니라 미국의 풍경이기도 하다. 1980년대를 배경으로 하는『스포츠라이터』에는 레이건 시대 미국의 전망과 부의 기미가 느껴졌다. 1990년대가 시대 배경인『독립기념일Independence Day』에는 그 시대에 대한 짙은 향수와 목가적인 풍요가 있었다. 불안에 들끓는 2000년대 후반이 배경인『대지의 형세』는 스트립 몰*과 SUV, 곰팡이처럼 퍼진 패스트푸드점과 브랜드 이

---

* strip malls. 식당과 상점이 줄지어 위치한 번화가.

름을 내건 상점 위를 오래도록 머문다.

포드는 자신이 그런 세부 사항들을 소설 속에 적절히 배치한다고 말했다. "그게 그 책을 쓰면서 누린 가장 큰 자유 중 하나였습니다. 저는 기억력이 꽤나 좋고, 언어의 기묘함에 대해서도 귀가 제법 밝아요. 거기서 전부 다 얻을 수 있었습니다. 제 주변에서 이런 사항들을 전부 다 날라 오지요."

하지만 그는 『대지의 형세』를 미국의 쇠락에 대한 만가(挽歌)로 읽어야 한다고 추정하는 건 실수가 될 거라고 말했다. "이 책은 일종의 광시곡입니다. 굳이 명명을 해야 된다면 말이지요. 하지만 수동적인 의미에서의 광시곡은 아니라고 생각해요. 당신은, 그리고 우리 중 많은 사람들도 그러겠지만, 차를 타고 미국을 돌아다니면서 이렇게 말할 수 있을 겁니다. '아, 정말 엉망이야. 우리가 환경에 한 짓을 보라고. 이 엄청난 잔해를 보란 말이야.' 만약 당신이 여기서 오히려 긍정적인 행위자가 되겠다고 결정한다면, 당신이 할 수 있는 일 중 하나는 이 사태에 대한 책임을 지는 겁니다. 이 상황을 어떤 식으로건 당신이 자발적으로 벌인 일의 결과라고 받아들여야 하는 거죠."

포드에게는 미국이 좋든 싫든 영원한 정체의 시대에 다다를 수 있다는 생각이 그저 부패의 서사에 굴복하고자 내미는 변명만은 아니다.

"커트 보네거트의 부고 기사에 인용된 기막힌 구절을 아세요?" 포드가 말했다. "당신은 여기서 보네거트의 소설이 미국을 좋아하지 않았다는 결론을 내려야 한다.' 제 생각은 그렇지 않아요. 전 그런 결론을 내리지 않을 겁니다. 왜냐하면 이건 제가 붙들고 씨름해야 하는 문제니까…… 심지어 제가 생각하는 것과는 조금 다른 미국의 일부가 있다손 치더라도, 지금 이것이 제가 누리는 삶입니다. 저는 미국을 계

리처드 포드

속, 생각 없이, 자동 반사적으로 편하하지 않을 겁니다."

또한 그는 배스컴과의 관계를 아무 생각도 없이 자동 반사적으로 지속하지도 않을 것이다. 포드는 이제 그와 영원히 끝을 냈다고 주장했다. "제가 그의 앞에 서서 보내는 인생의 시절에 대해 이야기할 만한 흥미로운 게 더 있는지 모르겠습니다."*

이제 포드는 컬럼비아 대학에서 진행하는 창작 교실을 끝낼 것이고, 몇몇 모임에 참석할 것이며, 자신의 영감을 새롭게 충전할 것이다. 그는 마음속에 소설 거리를 하나 갖고 있지만 성급히 시작하지는 않으려 한다. "전 지금껏 예순세 살이 되어본 적이 없어요." 그가 말했다. "예순세 살로 있는 게 좀 좋긴 하네요. 당분간은 그냥 예순세 살로 살아보려고 합니다."

2007년 5월

---

* 포드는 또 다른 '배스컴 소설'인 『Let Me Be Frank With You』를 2014년 말에 발표했다.

# 응구기 와 시옹오

Ngũgĩ wa Thiong'o

응구기 와 시옹오는 케냐의 소설가이자 산문가, 희곡 작가다. 1938년 출생 당시 제임스 응구기라는 세례명을 받았다. 1962년 캄팔라에 있는 마케레 레 대학을 졸업했다. 영국 유학 당시 첫번째 소설 『아이야 울지 마라Weep Not, Child』(1964)가 출간되었다. 동아프리카 작가가 쓴 소설 가운데 최초로 영어 로 출간된 책이다. 그다음 해, 마우마우 반란 시기를 배경으로 삼은 후속작 『사이로 흐르는 강The River Between』이 출간되었다. 세번째 소설의 출간과 함께 아프리카로 돌아온 그는 식민주의자로서의 과거와 공식적으로 결별한 뒤 이름을 응구기 와 시옹오로 바꾸고 스와힐리어와 기쿠유어로 글을 쓰기 시 작한다. 1977년 그가 집필하던 희곡이 케냐 정부의 주의를 끌게 되어 1년 넘 게 투옥되었다. 감옥에서 그는 화장실 휴지 조각에 소설을 썼는데, 그것은 기쿠유어로 된 최초의 근대소설이다.

『탈식민주의와 아프리카 문학: 아프리카 문학에서의 언어의 정치Decolonis-ing the Mind: The Politics of Language』(1986)에서 응구기는 모국어의 멸종을 막기 위 해 아프리카 작가들이 모국어로 귀환해야 한다고 주장한다. 그의 후기작에 는 현대 아프리카 문학의 필수 고전이 된 『피의 꽃잎Petals of Blood』(1977), 그리고 그의 케냐 귀환과 동시에 출간된 『까마귀 마법사Wizard of Crow』(2006) 등이 있다. 『까마귀 마법사』의 출간 시기에 이 인터뷰가 이루어졌다. 2010년 그는 회고록 3부작을 쓰기 시작했다.

▼

케냐 군부는 두 차례나 응구기 와 시옹오의 입을 막으려고 했다. 1977년, 당시 부통령이었고 이후 대통령이 된 다니엘 모이는 정부에 비판적인 희곡을 공동 집필했다는 이유로 재판도 없이 그를 중범죄 교도소에 수감시켰다. 1년 후 감옥에서 풀려난 그는 교수직이 박탈되어 있었다. 신변의 안전을 우려한 그는 1982년 고국을 떠났다.

한동안 그는 다시는 돌아오지 못할 것처럼 보였다. "모이가 그랬죠. '누구든 용서할 수 있다. 응구기만 빼면.'" 어바인에 있는 자택에서 예순여덟 살의 소설가가 말했다. 그는 캘리포니아 대학교 어바인 캠퍼스에서 영문과 교수로 재직 중이다. 겨우 150센티미터 남짓한 키에 킬킬대며 웃는 그는 전혀 강철 같은 혁명가로 보이지 않는다. 모이가 임기 제한을 받아들이기로 했을 때, 그리고 모이가 손수 고른 후계자가 선거에서 졌을 때, 응구기는 자신에게 고향으로 돌아갈 기회가 생겼다는 걸 깨달았다. 좋은 타이밍이었다. 그때 그는 『까마귀 마법사』라는 여섯 권짜리 소설을 막 끝냈다. 가상의 아프리카 독재자에 대한 현란한 풍자극이자 그의 모국어인 기쿠유어로 쓰인 가장 긴 소설이었다.

그는 자신의 귀향을 북 투어로 만들기로 결심했다. 그와 그의 두번째 아내 응제리는 전통적인 방식의 결혼 생활을 한 적이 없었다. 무엇보다도 그들은 한 가족으로서 케냐에 머무른 적이 없었다. "공항에 군

중이 몰려나왔는데, 몇몇은 울고 또 몇몇은 내 책을 쥐고 있었어요."

"몇몇 책은 흙투성이였어요." 응제리가 맞장구쳤다. "그이의 책이 판금되고 나서 땅에 파묻어야 했거든요. 숨겨야 했으니까요."

그런 뒤 상황이 완전히 틀어졌다. 2004년 8월 11일, 응구기의 자택에 강도가 침입했다. "평범한 강도가 아니라는 걸 느꼈어요. 왜냐하면, 일단 그들은 아무것도 훔치지 않았어요. 그냥 어슬렁거리면서 뭔가 일어나길 기다렸어요. 솔직히, 전 우리가 살해당할 거라고 생각했어요." 응구기가 회상했다.

그들은 가까스로 살해당하진 않았지만 대신 악몽 같은 시간을 살아내야 했다. 응구기의 아내는 그의 앞에서 칼에 찔리고 강간당했다. "저는 계속해서 도와달라고 외쳤어요. 그리고 그들은 계속해서 조용히 하라고 윽박질렀죠." 그녀는 기억했다. 응구기가 가로막으려 하자 그들은 그의 이마와 팔을 담배로 지졌다. "그는 아주 까맣게 되었어요. 말 그대로 낙인이 찍힌 거예요." 말을 잇는 응제리의 눈이 눈물로 가득 찬다.

하루 뒤 둘은 병원을 빠져나왔다. 그리고 응구기는 비통하지만 성숙한 내용의 성명을 발표했다. "들고일어나야 합니다." 그는 말했다. "저를 공격한 케냐인들은 케냐의 새로운 정신을 대변하지 않습니다."

공격한 무리의 하수인들이 병원으로 찾아와 공개 발언을 하지 말라고 그의 아내에게 경고했다. "우리는 그에 대해 말하지 않습니다." 그때 그들이 그녀에게 시킨 말이다.

하지만 응구기도 아내도 그들에게 굴복하지 않았다. 강도와 강간에 대한 재판이 계속되는 동안, 그의 아내는 자신이 겪은 일에 대해 공개적으로 발언했다. 그사이 응구기는 자신의 대표작을 기쿠유어에서 영어로 번역했다. 766쪽이 넘는 책을 번역하는 것은 그리 쉬운 일이 아니었다. "먼저 범위를 가늠하고, 그다음 옮겨놓는 겁니다. 그저 한 걸음 한 걸음 따라가는 수밖에 없죠."

아내가 기르는 망고와 아보카도 나무가 있는 정원 옆 테라스에 앉아, 분수의 물소리를 들으며, 응구기가 왜 기쿠유어로 소설을 써야 했는지에 대해 설명했다. "만약에 제가 이 책을 먼저 출판했다면." 그가 영어판을 들고 말했다. "이 책은." 그가 다시 케냐판을 두드리며 말했다. "존재하지 않았겠죠."

가상의 아프리카 공화국 아부리리아를 배경으로 한 그 소설은 우스꽝스러운 아첨을 늘어놓는 장관들에 둘러싸여 있는 한 독재자를 비꼬는 내용이다. 어떤 장관은 그가 사람들이 말하는 것을 모두 듣고 있다는 것을 증명하기 위해서 귀 확대 수술을 받았으며, 또 한 각료는 국민을 계속해서 감시하고 있다는 것을 보여주려고 눈 수술을 받았다. 독재자의 생일을 맞아 장관들은 독재자가 신과 직접 이야기를 나눌 수 있도록 천국에 닿는 탑을 건설할 것을 제안한다.

탑을 건설할 자금을 대기 위해서 자아도취의 위풍당당한 아부리리아의 독재자는 세계은행으로 향한다. 하지만 한편으로 국민의 조롱에 끊임없이 맞서 싸워야 한다. '민중의 목소리를 위한 운동'이라는 이름의 지하 저항 단체는 그의 탄생 기념 의식에 맞서 저항을 벌인다. 한편 길게 늘어선 실업자들의 모습은 독재자가 자신의 국민을 보살피는 데 실패했음을 은연중에 폭로한다.

"사람들이 아프리카에 대해서 말할 때, 종종 한쪽의 시각으로만 판단하고는 아프리카가 혹은 그곳의 사람들이 변하지 않는다며 불평하죠." 그가 말했다. "저는 이 책에서 모든 것을 보여주고 싶었어요. 인도적 지원의 영향, 자본의 신식민주의, 그리고 이런 것들이 아프리카 사람들에게 어떤 영향을 끼치는지까지를요."

저항의 중심에는 거지 소년 카미티와 그가 사랑에 빠진 니아라가 있다. 가짜 마법사 사업을 시작한 카미티는 적을 무너뜨리고 싶어 하는 사람들에게 조언을 해주며 자신에게 예언자가 될 가능성이 있다는 것을 깨닫는다. 종종 일이 생길 때면 니아라가 그를 대신한다.

"이 책에서 사기꾼 캐릭터는 매우 중요해요." 응구기가 말했다. "모든 등장인물은 스스로를 연기하고 있어요. 그들은 매 순간 스스로를 발명해요." 특히 독재자가 그렇다. 넘치는 자만감으로 그는 말 그대로 국가 자체가 된다. 국가가 앞날에 대한 기대감으로 들뜨자 그는 뜨거운 공기로 가득한 풍선처럼 부풀어 오르고, 투기를 야기하며, 결국 하나의 저주가 그에게 달라붙는다.

"소설 속 언어유희는 이 소설을 쓴 언어와 큰 관련이 있어요." 작가가 설명했다. "기쿠유어에서 '임신'은 용어이자 관용구예요. 이상한 일들이 일어날 때면 이렇게 말하죠. '그녀는 (여러 가능성을) 임신했어.' 그러니까 일종의 경고인 거예요."

지도자의 서양식 옷차림이 모이의 자칼 같은 말쑥함을 떠올리게 하기는 하지만, 응구기는 이 소설이 단순히 케냐라는 나라와 인도적 지원의 실패에 대한 것만은 아니라고 주장한다. "저는 여러 제3세계 독재자에게서 아이디어를 얻었습니다. 모이뿐 아니라 모부투, 이디 아민, 피노체트를 떠올렸죠. 그들 모두에게서 영감을 얻었어요. 1982년 케냐에서 추방되었을 때 저는 런던에서 생활하며 케냐 정치범 석방을 위한 위원회에서 일했습니다. 칠레와 필리핀에서 온 사람들과 함께 일했죠."

응구기가 그들과 나눈 것 중 하나가 식민지 경험이었다. 그는 나이로비 북부의 시골 마을에서 제임스 시웅오 응구기라는 이름으로 태어나 기독교도로 키워졌다. 그는 미션스쿨을 다녔고, 거기서 로버트 루이스 스티븐슨을 읽었다. 월레 소잉카와 치누아 아체베가 그랬듯이 그는 아프리카를 떠나 영국으로 유학을 갔고, 리드 대학에서 학위를 땄다.

케냐로 돌아온 그는 나이로비 대학의 영문학과를 아프리카어문학과로 바꾸는 데 성공했고, 곧 원래 자신의 서양식 이름을 버리고, 기쿠유어식 이름으로 바꾸었다. 그가 예전에 한 번 설명했듯이 "언어는 인간적 문화를 매개합니다. 문화는 인간적 가치를 매개하고요. 그리고 가치는 사람들의 자기 인식의 토대죠."

응구기는 소설 『까마귀 마법사』와 10년을 함께했다. 그가 미국에서 지내며 한 강사직에서 또 다른 강사직으로 옮겨 다니는 동안 그 책만이 유일하게 그와 함께했다. 이제 그 소설이 완성되었고, 그래서 그의 아내가 농담하듯, 그들은 이제 영화를 보러 갈 수도 있다(그녀는 그러고 싶다). 그리고 체스 게임도 할 수 있다.

날씨 좋은 캘리포니아 남부에서의 삶 때문에 종종 과거의 일이 비현실적으로 느껴진다고 응구기가 말했다. "네, 그 참상 말이에요!" 손으로 정원의 무성한 나무들을 손으로 쓰다듬으며, 그가 아이로니컬한 어조로 말했다.

응제리가 웃음을 터뜨렸다. "그야말로 초현실적이네요." 그녀가 말했다. 하지만 그 초현실이 바로 지금 그들의 보금자리다.

그리고 이곳에서 해야 할 중요한 일도 있다. 대학 캠퍼스의 화창한 햇살과 당당히 활보하는 치어리더들만 봐서는 얼마나 중요한 일인지 쉽게 알 수 없을지도 모르지만 말이다. 응구기는 2003년부터 인문학부의 석좌교수이자 어바인 대학 글쓰기-번역센터의 센터장을 맡고 있다. "독재의 진짜 끔찍함은 목소리를 빼앗아 간다는 거예요." 그가 말했다. 그는 영어가 가진 국제적 지배력이 토착민들의 성대를 겨눈 칼을 날카롭게 벼르고 있다고 주장한다. "만약 모든 언어가 어떤 의미를 갖기 위해서 무조건 영어를 거쳐야 한다면 그건 제대로 된 방정식이 아니죠."

2006년 8월

# 귄터 그라스

## Günter Grass

권터 그라스는 독일에서 가장 유명한 생존 작가다.* 극작가이자 시인, 시각 예술가이기도 한 그는 1927년 단치히에서 태어났다. 그의 부모는 당시 폴란드령이었던 단치히에서 식료품점을 운영했다. 십대 때 잠수병에 지원했던 그는 1944년, 열일곱 살 생일이 지나고 얼마 되지 않아 나치 친위대에 자원했다. 그는 2006년에 발간된 회고록 『양파 껍질을 벗기며 Peeling the Onion』에서 이 사실을 밝혔다. 이 인터뷰는 그 시기에 이루어졌다. 권터 그라스가 나치 친위대에서 복무했다는 사실이 밝혀졌을 때, 독일에서 엄청난 반응이 나왔다. 권터 그라스는 정신병원에서 결코 어른이 되지 않겠다고 선언한 당시를 회상하는 한 인물의 이야기인 1959년의 첫 소설 『양철북 The Tin Drum』으로 가장 많은 찬사를 받아온 소설가다. 『양철북』은 그라스의 단치히 3부작 중 1부로, 전체 3부작은 그가 태어난 도시인 단치히에서 제1, 2차 세계대전과 그사이에 있었던 일들을 다루고 있다. 1969년 발표한 『국소마취약 Local Anaesthetic』을 비롯한 그의 소설들은 잘못된 권력에 대한 풍자적인 공격과 정의로

* 그라스는 2015년 4월 13일 타계했다.

운 생각에 대한 믿음을 이야기한다. 1977년 발표한 『넙치 The Flounder』는 어부와 그의 아내에 대한 알레고리적 동화로, 그가 제2차 세계대전이라는 주제에서 벗어나 쓴 첫번째 소설이다. 1986년의 『쥐 The Rat』와 통일에 대한 장대한 서사시인 2000년의 『아득한 평원 Too Far Afield』, 그리고 1999년의 『나의 세기 My Century』를 포함한 여러 소설이 그가 노벨상을 수상하던 해에 [영미권 독자들을 위해] 출간되었다. 그리고 2010년 그의 세번째 회고록이 독일에서 출간되었다.

▼

반세기 넘게 소설을 써오면서 귄터 그라스는 범상치 않은 흡입력을 갖춘 인물들에 대한 편애를 보여주었다. 걸작의 반열에 오른 데뷔작 『양철북』의 화자는 세 살배기 천재다. 『쥐』에는 설치류가 뉴욕 지하철보다 더 많이 등장한다. 그러나 인간과 다른 생물종들을 통틀어 가장 독보적인 동시에 그에게 가장 힘겨운 고난을 안겨준 주인공은 『양파 껍질을 벗기며』의 중심인물, 바로 그 자신이다.

"열네 살, 열다섯 살의 저와 지금의 저 사이에는 긴 거리가 있죠. 낯선 사람을 보고 있는 것 같습니다." 여든이 가까운 독일의 노벨상 수상자가 뉴욕 호텔 방에서 파이프 담배를 피우며 말했다.

그의 말이 옳다. 우리가 『양파 껍질을 벗기며』에서 만나는 그라스는 W. G. 제발트부터 존 어빙에 이르기까지 수없이 많은 소설가에게 영감을 주었던 단치히 3부작을 통해 '민족의 양심'을 보여주었던 작가의 모습과는 꽤나 거리가 멀게 느껴진다. 십대 후반의 소년 그라스는 나치주의를 맹신했다. 열 살에 히틀러 소년단이 된 그는 열여덟 살에 잔인함으로 악명 높은 엘리트 집단, 나치 친위대에 들어갔다.

전방에서 몇 주를 복무할 당시 그라스는 총 한 번 쏘지 않았다. 그리고 포로가 되어 미국의 수용소에 수감되었다. 지난여름 그가 인터뷰를 통해 이러한 경험을 밝히자 독일의 언론들은 격분에 휩싸였다. "나는 진심으로 실망했다." 그라스의 전기를 썼던 미하엘 위르그스가 당시 이렇게 말했다. "그가 열일곱 살에 나치 친위대였다는 사실을 진작 고백했더라면 아무도 신경 쓰지 않았을 것이다. 하지만 그가 지금껏 우리에게 말해온 모든 것이 도덕적 관점에서 의심의 대상이 될 수밖에 없다."

그라스는 1960년대에 이미 나치 전력에 대해 말한 적이 있다고 한다. 하지만 "누구도 신경 쓰지 않았습니다." 그리고 "점차 당시 벌어졌던 범죄에 대해 자세히 알게 되면서 저는 부끄러움으로 입을 열지 않게 되었습니다."

그라스는 2006년 여름의 격렬한 분노를 '캠페인'이라고 부른다. 그로서는 『양파 껍질을 벗기며』로 촉발될 수 있었던 독일 과거사에 대한 보다 복합적인 논의가 이러한 '캠페인'에 가려진 것이 안타깝다.

"평단의 반응이라는 게 있는 법이죠." 그라스가 짜증을 숨기면서 말했다. "하지만 독자들은 평자들과 다릅니다. 이 책을 읽고 편지를 보내온 사람이 수없이 많았어요. 제 세대, 나이 든 사람들, 젊은 사람들이 편지를 보내왔죠. 이렇게 말하더군요. '마침내 나는 아이들에게 전쟁 당시 내가 어떻게 살았는지를 말할 수 있었습니다.'"

그라스는 많은 독자가 편지를 보내오는 까닭이 그가 『양파 껍질을 벗기며』를 통해 나치에 복무했던 전력보다는 1945년부터 그를 괴롭혀온, 집안 내부의 은밀한 침묵을 폭로하는 데 주력하고 있기 때문이라고 생각한다. 그는 이 책을 쓰고 난 뒤에도 당시의 침묵이 이해가 가질 않는다.

『양파 껍질을 벗기며』에서 그라스는 나치에게 즉결처분을 받고 처형당했던 조종사 삼촌에게 무슨 일이 있었던 것인지 한 번도 묻지 않았다고 말했다. 그는 사라져버린 선생님에 대해서도, 소총을 갖고 있지 않았던 동료 병사의 운명에 대해서도 묻지 않았다.

"한 여성에게서 편지와 함께 사진을 받았죠." 그가 말했다. "그녀가 이렇게 썼더군요. '강제수용소에서 그 남자를 봤어요.' 그 남자가 제 선생님이었죠. 1980년대까지 살아 계셨다고 들었습니다."

『양파 껍질을 벗기며』를 쓰면서 이러한 소년 시절의 침묵을 이해하고 싶었다고, 어린 자신에게 왜 질문할 용기를 내지 못했는지 묻고 싶었다고 그라스는 말했다. 그러다 그는 기억이 자신을 배반했으리라는 생각에 이르렀다.

"저는 어려서부터 거짓말쟁이였어요." 그가 말했다. "어머니는 제가 어머니를 어디로 데려가서 뭘 할 거다 하는 식의 이야기를 좋아하셨죠. 이런 이야기가 제 글쓰기의 근간을 이루었어요. 그러므로 기억을 믿어서는 안 됩니다. 기억은 실제로 있었던 일을 더 근사하게 보이도록 하는 경향이 있으니까요. 기억은 복잡한 것을 단순하게 만듭니다. 그리고 저는 이러한 기억에 대한 불신에 관해 쓰고 싶었습니다. 이는 제가 이런 식으로 시작되어 수정과 변주가 가해지는 이야기를 하는 이유 중 하나입니다."

그라스가 발표한 책 중에서 형식적으로 가장 느슨한 『양파 껍질을 벗기며』는 이야기를 불러내고, 파고들고, 몇몇 사건을 예로 들면서 어떤 일이 일어날 수 있었을지를 상상한다. 어쩌면 진실을 되찾을 수 없을지도 모른다는 것을 인지하면서.

그라스의 전력을 비난했던 비평가들은 이러한 태도가 기억에 대한 태만이라고, 용서받을 수 없는 자기 보호라고 할 것이다. 오스트리아 빈에서 태어난 작가 에이머스 엘론은 그라스에게 비난의 화살을 퍼부었다. "어째서 60년이나 기다리고만 있었습니까?" 그의 질문은 많은 박수를 받았다. 그리고 이 질문에 대한 그라스의 답변 역시 박수를 받았다.

호텔 방에 앉아 있는 여든 살의 그라스에게는 철학적으로 엄정한 분위기가 있다. 인터뷰 내내 그는 파이프 담배를 피우며 연기 사이로 눈을 가늘게 뜨고는 했다. 마치 어리고 '미숙하던' 젊은 자신에 대한 스스로의 질문에 대한 답이 저 하늘에 있는 것처럼.

"전 그 어린 소년에게로 가까이 다가가고자 이 책을 썼습니다." 그라스가 지친 목소리로 말했다. "그 애와 이야기를 나누고 싶었죠. 하지만 그 애는 너무 방어적이었어요. 가끔은 거짓말도 했죠. 제가 소년이었을 때 그랬던 것처럼 말입니다. 이 책은 점점 더 가까이 다가가는 두 명의 낯선 사람들처럼 여겨집니다. 언젠가는 만나겠죠."

2007년 8월

나딘 고디머

Nadine Gordimer

나딘 고디머는 1923년 요하네스버그 외곽에서 영국인 어머니와 유태계 리투아니아인 아버지 사이에서 태어났다. 1951년부터 단편을 발표하기 시작한 그녀는 1960년대에 접어들어 남아프리카공화국의 반아파르트헤이트 운동에 가담했다. 그녀가 1979년 발표한 소설 『버거의 딸Burger's Daughter』을 로번아일랜드 감옥에 수감되어 있을 때 읽었던 넬슨 만델라는 석방되자마자 나딘 고디머를 초청했다. 그녀는 부커상Booker Prize을 수상한 『보호주의자Conservationist』(1974)를 포함해 열다섯 권의 장편소설과 희곡, 에세이, 단편을 발표했다. 1991년 노벨문학상을 수상한 그녀는 요하네스버그에 거주하며 유엔 친선대사로 활동하고 있다. 내가 그녀를 인터뷰하기 전날, 그녀는 맨부커상 초대 심사위원으로 위촉되었다.

▼

최근 나딘 고디머는 몇 권의 책을 다시 읽는 중이다. 지난 11월 이후로 여든세 살의 이 노벨문학상 수상자는 제2회 맨부커상 심사위원으로 위촉된 콤 토이빈과 일레인 쇼월터와 첫번째 회동을 했다. 그녀는 돈 드릴로, 도리스 레싱에서 카를로스 푸엔테스와 앨리스 먼로에 이르는 열다섯 명의 작가들의 작품을 꼼꼼히 읽고 있다. "계획을 세워서 읽었죠. 작가들의 첫 두 작품을 먼저 읽고, 그다음에는 한 작품 정도 더 읽고, 그다음에는 '바로 이 작품'이라고 생각하는 작품을 읽는 거죠." 고디머는 심사를 앞두고 이런 전략을 세웠다. "그다음에는 요새 출간된 작품을 읽었어요. 그러면 한 작가의 발전 과정을 볼 수 있죠." 이처럼 그녀는 애정을 담아 책을 읽다가 소소한 발견을 하기도 했다.

"제가 '바로 이 책'이라고 생각했던 작품이 기억보다 훨씬 더 뛰어난 작품인 경우가 두 번 있었어요. 제가 변했기 때문이겠죠." 펜 월드 보이스 페스티벌PEN World Voices Festival을 위해 뉴욕으로 여행 온 그녀가 자신의 호텔 방에 앉아 말했다. "저는 오래 살았어요." 그녀가 말을 이었다. "많은 경험을 했죠. 그리고 이런 책들에는 예전에는 이해할 수 없었던, 이제야 이해하게 된 것들이 있습니다. 지금 읽는 책을 20년 뒤에 다시 읽어보세요. 또 다른 것이 보일 겁니다."

많은 작가가 고디머의 나이에 도달하면 더는 글을 쓰지 않거나 적어도 옛 책들을 편애하는 경향을 보인다. 하지만 고디머는 고집스럽게도 진화를 멈추지 않는다. 1923년 트랜스발 스프링스에서 태어난 그녀는 일찍이 정치적 의식에 눈을 떴고, 얼마 지나지 않아 반인종주의적 행동주의를 표명한 글을 발표했으며, 『보호주의자』로 1974년 부커상을 수상했다. 아파르트헤이트가 종식되자 그녀의 작품이 생기를 잃을 것이라는 예측을 내놓는 사람들도 있었다. 그러나 남아프리카공화국이 최초로 자유선거를 치렀던 1994년 이후로 그녀는 에이즈 창궐, 빈곤, 범죄로 이동한 국가적 문제들에 초점을 맞춘 열 권의 책을 세상에 내놓았다.

크림색과 회색의 우아한 옷차림에 완벽하게 손질한 헤어스타일을 하고 호텔 방 소파에 앉은 그녀는 좀체 고분고분한 예술가처럼 보이지 않는다. 그녀의 자세는 완벽하며 귀는 뾰족하다. 그녀의 말을 듣다 보면 세대 차이가 강하게 느껴진다. 똑 부러지는 발음과 완벽한 문장 구조는 과거의 유물이 되었지만, 총기 소지나 버지니아 공대 총기 난사, 이라크 전쟁, 남아공의 불안한 행보 등 그녀의 관심사는 대단히 동시대적이다.

"그레이엄 그린이 이렇게 말했습니다. '당신이 어디 살든, 그곳에 어떤 형태의 폭력이 일어나든, 이는 당신의 인생과 당신이 살아가는 방식의 일부가 된다.'" 고디머가 말했다. 그녀와 총의 관계가 이러하다. 그녀는 버지니아 공대 총기 난사 사건과 그녀가 1998년 발표한 소설 『하우스 건The House Gun』의 유사성을 발견하고 충격을 받았다. 『하우스 건』의 젊은이는 치정에 얽힌 범죄에 연루된다. 그녀가 이 책에서 다루지 않았던 문제는 2005년 작 『새로운 삶Get a Life』에 등장하며, 이 책에서 그녀는 다른 걸 예견했다. 2006년 가을, 그녀는 무장을 하지 않은 침입자 세 명에게 집에서 공격을 받았다. 그들은 그녀에게서 돈을 빼앗았다. "그 사람들은 나이 든 여자 둘을 강탈하는 것보다 더 나은 일을 했어야 했어요." 당시 그녀는 이렇게 말했다.

고디머는 이런 사건을 겪고서도 모국에 대한 믿음을 버리지 않았다. 그녀는 이 사건을 극복한 것처럼 보인다. "그 변화 이후에 일어난 수많은 일 때문에 우리가 좀 놀랐었다고 생각해요." 그녀는 아파르트헤이트 이후의 삶에 대해 말했다. "우리는 인종차별을 철폐했고, 이를 축하하자마자 서로의 민낯을 바라봐야만 했죠. 상당한 용기와 투지가 필요한 일이었다고 꼭 말해야겠군요. 잘못도 많았지만 남아공의 과거를 극복하려는 수없이 많은 위대한 일도 있었습니다. 우리는 지금 숙취로 말미암은 두통에 시달리는 것이죠."

그러나 아파르트헤이트 때문에 침묵할 수밖에 없었던 목소리들이 나타나기 시작하면서 꼭 고통스럽다고 할 수는 없는 적응의 시기가 있었다. 펜 페스티벌에서 그녀는 요하네스버그 출신의 시인이자 소설가인 친구 먼게인 월리 세로티Mongane Wally Serote의 작품을 반복적으로 칭송했다. 세로티는 젊은 시절 시와 소설을 쓰면서 아프리카민족회의의 오른팔로 활동했다. 고디머에 의하면 그는 암살의 위기를 몇 번씩이나 넘겼다고 한다. 잠시 미국에서 체류하던 세로티는 남아공으로 돌아가 사상 첫 자유선거로 구성된 정부의 구성원이 되었다. "맨땅에서 의회를 만든 거죠." 고디머가 말했다. "그러니 정말이지 엄청난 일이었어요."

최근 세로티는 또 하나의 변화를 일구어냈다. 자기 자리에서 물러난 그는 줄루랜드로 가서 전통적인 치료사, 혹은 주술사를 의미하는 '상고마Sangoma'가 되었다. 얼마 전 고디머는 그에게 연락했다가 새로운 지식을 얻었다. "저는 그에게 사랑의 묘약이나 증오의 묘약을 만들고 있느냐고 물었죠. 그러니까 절대로 아니라고 대답하더군요. 그래서 제가 다시 물었어요. '누가 심각하게 아프거나 에이즈 증상을 보일 때 당신은 성수를 주나요?' 그러자 그는 절대로 아니라고 하면서 이렇게 말하더군요. '나딘! 당신 정말로 무지하군요!' 그래서 제가 '좋아요, 월리, 좀 알려줘봐요.' 그랬더니 그는 제게 지식을 전수해주었어요."

귄터 그라스에 대해서라면 고디머는 자신이 알고 있는 바를 철회하지 않을 생각이다. 그가 말년에 이르러서야 십대 시절에 나치 친위대원이었다는 사실을 공개하면서 논란이 불거졌지만, 그녀는 자신의 친구와 그의 작품을 재평가할 생각이 없다. 사실 그녀는 미디어가 스캔들에 중독된 문화를 부추기면서 중요한 맥락을 놓치고 있다고 파악한다. "히틀러가 자기가 전쟁에서 지고 있다는 것을 알고 있던 1944년에 귄터 그라스가 '가기 싫다'고 말했다면 그는 살해당하고 말았을 겁니다." 그녀가 흔들리지 않는 눈빛으로 말했다. "그가 왜 침묵을 지켰느냐고요? 글쎄요, 그는 입을 다물지 않았어요. 당시 사람들에게 일어났던 일들을 놀라운 솜씨로 보여주는 그의 책들을 읽어보면 알 수 있죠. 그런 경험을 하지 않았더라면 그는 그런 책들을 쓸 수 없었을 겁니다. 그가 피할 수 없었던 상황의 압박을 생각하면 그를 비난할 이유가 없다고 생각합니다. 그는 거부할 수 없었던 겁니다."

자신의 정치적 의식을 되짚는 회고록을 출간한 귄터 그라스나 월레 소잉카, 다리오 포 등의 노벨문학상 수상자들과는 달리 고디머는 같은 길을 걸어볼 생각이 없다. "남편과 제가 활동가로서 어떤 일들을 했는지 말할 생각은 없습니다." 그녀가 얼굴을 찡그리며 말했다. "작가로서 저는 세 권의 책을 판금당하는 일을 겪어야 했어요. 하지만 제게는 전선에 서겠다는 최후의 용기가 없었어요. 그런 책을 쓰려면 저의 사생활을 철저히 파고들어 낱낱이 밝히는 과정이 필요할 겁니다. 그러려면 다른 사람들의 이야기를 쓸 수밖에 없겠지요. 게다가 무엇보다도 제 책들이 이 세상에서의 제 존재에 대해 가장 잘 말해주니까요."

나딘 고디머와 귄터 그라스에게는 이런 차이가 있다. 하지만 고디머가 통일 이후의 독일이 생각보다 힘들 것이라고 경고했던 그라스에게서 일종의 동류의식을 느낀다는 점은 분명하다. 고디머는 조국이 같은 문제를 갖고 있다는 것을 알고 있다. 아파르트헤이트가 종식되고 일자리를 잃은 군인 상당수가 용병이 되었다. 현재 이라크 용병의 상당수는 남아공 출신이다. 한편 남아공에는 인접 국가 사이에 벌어진 전쟁에서 들어온 총기가 넘쳐난다. 요하네스버그에서는 AK-47 소총을 쉽게 구할 수 있다. "요새 총은 집에서 기르는 고양이처럼 흔합니다." 고디머가 말한다. "늘 서랍에 들어 있죠. 서랍을 잠가놓을 수도 없어요. 누가 집에 침입하면 빠르게 꺼내야 하니까요. 그래서 총은 평범한 물건이 되었어요. 최근에는 선생님에게 화가 난 학생 하나가 집에 있던 총을 꺼내서 선생님을 쏴버린 일이 있었어요."

인종차별 문제도 여전히 남아 있다. 그녀는 『베토벤의 16분의 1은 흑인Beethoven Was One-Sixteenth Black』이라는 제목의 단편집에서 이 이야기를 다룰 생각이다. 그녀는 라디오를 듣다가 이 제목을 떠올렸다. "가끔은 우연히 얻어걸리는 경우가 있죠." 그녀가 환한 미소를 지으며 말한다. "클래식 음악방송을 듣고 있었어요. 그 방송에는 가끔 옛날 디스크자키처럼 말하는 사람들이 나오죠. 아나운서가 베토벤의 작품을 소개하면서 말했죠. '사실 베토벤 혈통의 16분의 1은 흑인이었습니다.' 저는 이러한 유전적 사실에 대단한 흥미를 느꼈습니다."

여든넷이 되어가는 고디머는 또 하나의 신작을 발표할 예정이다. 그녀가 남아프리카공화국의 신문 일요일판에 단편을 발표하면서 데뷔한 지 꼭 70년이 되었다. 그녀는 자축할 생각이 없는 듯하다. 지금 그녀는 맨부커상 수상자를 선별하는 일에 집중을 다하고 있다. "더블린에서 한 번 더 모일 예정이에요. 거기서 진짜 수상자가 가려질 겁니다. 우리 세 심사위원은 각자 호오가 있어요. 이 일의 장점은 기념비적일 정도로 엄청나게 많은 책을 읽어야 한다는 거죠. 다들 자기 숙제를 해야 했어요."

2007년 5월

나딘 고디머

# 데이비드 포스터 월리스
David Foster Wallace

데이비드 포스터 월리스는 미국의 소설가로 대학에서 글쓰기를 가르쳤으며, 다수의 단편소설과 에세이를 남겼다. 그는 2008년, 일생 동안 계속된 우울증과의 사투 끝에 자살했다. 그의 죽음은 현대 미국 문학에 큰 손실로 남아 있다. 그는 1996년 작 『인피니트 제스트<sup>Infinite Jest</sup>』로 커다란 찬사를 받았다. 그러나 그를 순식간에 제2의 잭 케루악으로, 그의 책들을 힙스터의 상징으로 쓰이게 한 것은 언어학적으로 완벽하게 쓰인 문장들 위에 층층이 쌓아 올린 레퍼런스와 유머, 자기 비하적 신경증으로 이루어진 매트릭스라는 그 특유의 스타일이다.

월리스는 1962년 뉴욕 주 이타카에서 태어나 일리노이에서 자랐다. 부모는 양쪽 다 교수였다. 청소년기 그는 전미 순위권 안에 드는 테니스 선수였다. 이후 앰허스트 대학에 진학한 그는 철학과 영문학을 전공했고 특히 수리철학에 관심을 가졌다. 그 시기 월리스는 최초로 일련의 신경쇠약을 겪게 된다. 그의 처녀작인 『시스템의 빗자루<sup>The Broom of the System</sup>』(1987)는 현실의 본성을 향한 철학적 탐구로 조너선 스위프트와 토머스 핀천의 영향을 받은 작품이다. 그 후 단편소설집 『별난 머리카락의 소녀<sup>Girl with Curious Hair</sup>』(1989)를 냈고 이어 『인피니트 제스트』를 발표했다. 『인피니트 제스트』는 현대 미국 사회의 해악에 관한 뒤죽박죽의 걸작 소설로, 질병이 아닌 중독이 일상의 삶을 정의하는 메타포가 되어버린 세계를 다룬다.

1990년대 초 『인피니트 제스트』를 쓰고 있었을 때, 몇몇 편집자들이 월리스에게 기사 쓰기를 제안했다. 월리스는 과연 어떻게 소설을 쓸 때와 같은 엄격한 회의주의를 적용하여 테니스 경기나 지역 박람회같이 지루한 행사들을 묘사할까. 그건 굉장히 멋진 아이디어였다. 그의 두번째 에세이집인 『바닷가재론Consider the Lobster』이 출간된 직후인 2006년 초에 그를 인터뷰했다. 그가 살아 있는 동안 출간된 마지막 책이었다. 그의 세번째 에세이집 『육체이자 아닌Both Flesh and Not』(2012)과 미완성 장편소설 『창백한 왕The Pale King』(2011)은 사후에 출간되었다.

▼

데이비드 포스터 월리스는 미국인들이 언어를 사용하는 방식에 깊은 관심을 갖고 있지만 식사 도구 사용법에 대해서는 별 흥미가 없다. 맨해튼의 한 스시바, 빠르게 조잘거리는 마흔네 살 소설가는 젓가락으로 식사를 시작하지만 곧 포크를 집어 든다. 하지만 포크는 잠시 동안만 쓸 만했다. 곧 문제가 생긴다. 뭐랄까 너무 뾰족하다. 결국 월리스는 손으로 초밥을 집어, 감자 너깃처럼 입에 던져 넣기 시작한다.

많은 독자가 이 식사 대참사를 용서하려고 할 것이다. 월리스는 천재니까. 문학적 명성 따위에 쉽게 굴복하지 않는 이 도시에서, 그가 나타나면 공기가 들썩이기 시작한다.

이 광풍은 월리스의 야심작 『인피니트 제스트』(도스토옙스키의 『카라마조프의 형제들』을 미국의 테니스 학교 캠퍼스를 배경으로 다시 쓴 천백 페이지짜리 소설)와 함께 시작되었다. 10년 전 그 소설은 엄청난 찬사 속에 서점에 나타났다. 평소 칭찬에 인색한 비평가들조차 예외가 아니었다. 『타임』지에서 월터 컨은 이렇게 극찬했다. "경쟁은 끝났다. 이건 폴 버니언이 미국프로풋볼[NFL]에 참가하거나, 혹은 비트겐슈타인이 퀴즈쇼〈재퍼디!〉에 나간 것과 같다. 넋을 쏙 빼놓게 혼란스러우며, 또한 말도 안 되게 훌륭하다."

그 후 월리스는 수학적 개념으로서의 무한에 대한 짧은 책과 함께 두 편의 짧은 소설을 발표했다. 후속 장편소설은 아직 없다. 하지만 대신 아주 반가운 성과가 있다. 그는 비저널리스트 출신 저널리스트로서 빼놓을 수 없는, 인기 작가로 부상했다.

"저는 진짜로 계속해서 『하퍼』지 사람들한테 말했어요. 저는 저널리스트가 아니라고요. 그랬더니 그러더라고요. '오호라, 좋아요, 우리는 저널리스트를 원하는 게 아니에요.'" 월리스가 말했다.

그는 제일 처음의 작업을 언급하고 있다. 유명 월간지가 그를 일리노이 주 박람회에 보냈고, 그는 소도시의 몰취미적 삶과 솜사탕의 횡포에 관한 한 편의 거대한 즉흥재즈곡 같은 글과 함께 돌아왔다. 한편 나이 든 승객들로 가득했던 유람선 여행은 그에게 미국인들의 삶의 큰 부분을 떠받치고 있는, 죽음을 거부하는 문화를 본격적으로 다루어 볼 수 있는 기회를 주었다.

지난 수년 동안 그에게 주어진 작업의 범위는 점점 더 확장되어 좀 더 진지한 작업도 포함하게 되었다. 그것을 살짝 맛보려면 『바닷가재론』을 들쳐보면 된다. 포함된 여러 편의 글 가운데에서도 특히 토크 라디오의 역학에 대한 장문의 기사와 미국의 정치체제에 대한 생생한 초상화, 그리고 존 업다이크에 관한 무자비한 분석이 인상적이다.

"제일 어려운 과정은 메모하는 거예요." 월리스가 말했다. "엄청나게 많은 것이 앞에 놓여 있죠. 하지만 저한테 흥미롭게 느껴지는 건 아주 적어요. 저는 아주 불안해지죠. 소설을 쓸 때의 저는 머릿속에 틀어박혀서 사람들에게 들려주고자 하는 것들의 세계를 지어나가요. 그게 힘들지 않다는 얘기는 아니에요. 하지만 적어도 해일이 밀려와 저를 덮치는 동안 그저 선 채로 바라보는 그런 느낌은 아니에요. 논픽션 글쓰기는 저에게 바로 그런 느낌이고요."

짐작건대 월리스와 이야기를 나눌 기회를 갖는 것은 매우 힘들다. 지난 수년간 '은둔하는'이라는 표현이 그의 인터뷰와 프로필에서 사용되었다. 그가 실제로는 응하지 않은 인터뷰도 하나 포함해서. 하지만 직접 만난 월리스는 재미있고 매력 넘치는 사람이었고, 자신이 토머스 핀천식 유령 작가의 명성을 얻게 된 것에 대해서 약간은 어리둥절해하고 있었다. 최근 그는 직접 프로필 형식의 글을 몇 개 썼고, 자신의 위선적 겸손에 대한 몇몇 기록을 발견했다.

"1990년대 초에 한 명인가 두 명의 잡지사 기자가 우리 집에 왔어요. 제가 키우는 개도 보았죠. 그중 한 사람이 되게 흥미로웠어요. 사실 그 취재는 『인피니트 제스트』가 나오고 난 뒤로 매스컴이 계속 호들갑을 떠는 일부이기도 했죠. 그 잡지사 기자가 질문을 했어요. 그리고 저는 꽤 단답형으로 대답을 했는데, '사실 나는 내 삶이 그렇게 흥미롭다고 생각하지 않는다.' 뭐 그런 거였어요. 그러자 그가 녹음기를 멈추고 말했어요. '정말이지 그렇게 보여요. 놀랍도록 전략적인 대답이에요. 당신의 인생사를 잘 담아낸 대답이면서도 동시에 자기 자신을 형편없게 낮춰 표현하는 것이죠.'"

월리스는 공식적인 자리와 만남은 죄다 각본에 따른 것이고, 바로 그게 사람들이 가진 진짜와 가짜를 판별하는 능력을 서서히 손상시킨다는 가설을 펼쳤다. 마치 때를 맞춘 듯, 여배우 에마 톰슨(혹은 그녀와 진짜 닮은 누군가)이 우리 곁을 지나갔고, 월리스는 특유의 즉흥 강의에 들어갔다. "우리가 유명 인사들에게 흥미를 갖는 이유 중 하나는 그 사람들이 언제나 매혹적이기 때문이지 않나요? 제 말은, 우리와 유명 인사들이 같은 종족에 속해 있기는 한가 말이죠?"

월리스의 아내 캐런이 낄낄거리기 시작했다. 그러자 월리스는 정겹고도 격하게 자의식을 털어놓는다. "그렇잖아요. 당신이 누군가의 프로필을 작성한다고 하잖아요. 그건 독자들에게 그 사람으로 살아간다는 것이 어떤 건지 조금은 명확한 느낌을 전달하려는 거잖아요. 혹은 당신한테 그 사람이 어떻게 보이는지 써서 독자들도 같은 식으로 느껴지도록 하려는 것이거나? 그렇다면 예를 들어 에마 톰슨에 대해서라면 당신은 어떻게 쓸 거 같아요?" 월리스가 말했다.

이런 식의 정신적 곡예는 참신한 글쓰기를 낳는다. 예를 들어 월리스의 새 책의 표제작은 한 식도락 잡지가 메인에서 열린 바닷가재 축제에 대해 써달라고 의뢰한 것인데, 바닷가재들이 어떤 식으로 죽임을 당하는가의 측면에서 축제를 묘사하고 있다. 성인비디오뉴스 시상식 기행문에서 그는 분량의 대부분을 그곳에 있는 육체들이 아니라 라이벌 포르노 배우 간의 싸움을 묘사하는 데 쓴다.

이런 식의 접근 방식은 특히 정치적인 글쓰기에서 전복적이다. 2000년, 공화당 대통령 예비선거가 치러진 일주일을 묘사한 「일어서라, 심바여!Up, Simba!」는 책의 보배와 같은 작품이다. 동행한 정치 취재 기자들과 달리, 그는 정보의 대부분을 수년간 무대의 막이 오르는 순간들을 목격하고 또 극 전체가 어떻게 대단원의 막을 내리게 되는지에 대해 꿰뚫고 있는 기술지원 스태프를 통해서 얻었다.

"제가 기술 스태프와 이야기하게 된 이유 가운데 하나가 뭐냐면, 그 사람들은 저한테 '누구쇼, 당신은?' 하는 식의 태도를 취하지 않았거든요." 월리스가 설명했다. 캘리포니아 밸리 지역의 가벼운 말투에 흠뻑 물든 그에게 심각한 학술적인 질문을 던지는 것은 불가능해 보인다. 그가 캘리포니아 퍼모나 대학에서 교수로 재직 중임에도 말이다. "(취재기자들이) 제일 처음 한 게 뭐냐면, 어떤 기관을 위해서 글을 쓰는가를 파악하는 거였어요. 그러고 나면 하나의 긴 줄에 닿게 되는데 그 줄에서 그들은 제일 꼬랑지죠. 그냥 아주 형편없는 사람들이었어요."

이 책에서 월리스의 접근법은 『뉴욕 타임스』의 전직 에디터 하웰 레인스의 "그 동네를 싹 쓸어버려"식 접근법(압도적인 숫자의 기자들을 현장으로 파견하기)의 파생품처럼 느껴진다. 한마디로 월리스는 1인 취재기자단처럼 구는 몹시 기민하고 지적인 관찰자다.

자신의 첫번째 취재에 대해서 월리스가 계속해서 말했다. "저는 진짜 괴상하게 보였을 거예요." 그는 메모장도 없이 그저 눈을 크게 뜬 채 미친 듯이 쓸거리를 찾아 헤매고 다녔다. "저는 그 박람회를 경험하지 않았어요. 그냥 기억에 새겼다고 하는 게 더 맞을걸요."

이야기만큼이나 질감과 형식에 예민한 그는 스스로 자신의 작업을 뜯어고치기가 힘들다. "보통 지면에 실리게 되는 건, 최대치로 따져서 제가 처음 보내는 양의 40퍼센트 정도예요." 그가 말했다. 하지만 자신이 작업과 관련해 어느 정도 자유를 누리고 있는 것을 잘 안다.

『바닷가재론』에 실린 한 글은 캘리포니아 지역의 보수 성향 토크라디오의 호스트에 대한 프로필로 시작해서 토크라디오 산업 전반에 대한 다층적 주해로 발전된다. 소설을 쓸 때 엄청나게 많은 주석을 다는 것으로 유명한 윌리스는 정치색을 강하게 띤 이 글을 균형 있고 공정하게 전달하기 위해 다수의 서사를 다수의 상자 속에 서술하는 방식을 사용했다. "주석을 달았다면 사이즈 6짜리 폰트를 써야 했겠죠." 그가 자신의 타협안에 대해 말하며 얼굴을 찌푸렸다. 마치 그 일이 방금 전에 일어난 일이기라도 한 듯이 말이다. "그러면 절대로 안 돼요. 주석은 부르기-대답하기 같은 거예요. 기본적으로 (동일한 크기의) 두 목소리를 갖게 되는 거라고요."

윌리스는 복잡성을 몹시 사랑하며, 그렇기 때문에 단선적인 이야기 구성으로 되돌아가는 것이 힘이 든다. 모든 것은 복잡하고 또 맥락을 갖고 있다. 하여 그는 머지않아 파워포인트 슬라이드 같은 모양새의 원고 뭉치를 갖게 된다.

그는 가짜 기자 행세하는 부업이 재미있다. 하지만 우리가 타인에 대한 공감의 감정을 발달시키는 데는 무엇보다도 소설이 가장 큰 힘을 갖는다고 생각한다.

"만약 소설에 어떤 가치가 있다면, 그건 우리를 [어딘가에] 속하게 하는 거예요. 우리는 서로를 즐겁고 기쁘게 할 수 있지만, 저는 당신 진심이 뭔지는 절대 알 수가 없죠. 당신도 마찬가지고요. 저는 당신으로 살아가는 것이 어떤 건지 전혀 알 수가 없어요. 그리고 제가 말할 수 있는 건, 그게 아방가르드건 사실주의건, 서사예술의 기본 동력은 어떻게 나와 타인 사이에 드리워진 막에 작은 구멍을 낼 수 있는가 하는 겁니다."

2006년 3월

데이비드 포스터 월리스

# 할레드 호세이니

Khaled Hosseini

할레드 호세이니는 1965년 아프가니스탄의 카불에서 태어나 테헤란과 파리에서 유년 시절을 보냈다. 열다섯 살이 되던 해, 그의 부모가 정치적 망명을 위해 미국으로 온 뒤에는 캘리포니아에서 자랐다. 1980년대와 1990년대 초에 걸쳐 생물학과 의학을 공부했다. 이후 틈틈이 쓴 소설이 세계적인 베스트셀러가 될 때까지 10년 가까이 내과의로 일했다. 9·11 테러로 촉발된 미국의 아프간 침공 직후 출간된 『연을 쫓는 아이The Kite Runner』(2003)는 수백만의 독자에게 평범한 아프간 사람들의 삶을 들여다볼 수 있는 강력한 창이 되어주었다. 소련 붕괴 이후 아프간 여성들의 삶에 초점을 맞춘 후속작 『천 개의 찬란한 태양A Thousand Splendid Suns』(2007) 또한 큰 베스트셀러가 되었다. 두 책을 합쳐 4천만 권 가까이 팔려 나갔다. 두번째 책이 출간되기 전날 밤 그와 이야기를 나누었다.

▼

4년 전, 베스트셀러가 된 『연을 쫓는 아이』가 출간되기 몇 달 전 호세이니는 아프간을 방문했다. 거의 20년 만의 방문이었다. 모든 것이 변해 있었다. 20년에 걸친 전쟁은 그의 조국을 초토화했다. 모든 도로가, 모든 기간 시설이 황폐화되어 있었다. 거기서 그는 한 무리의 여자들을 발견했다.

"그들은 2차원으로 된 존재들 같았어요." 마흔둘의 호세이니가 부르카와 차도르 차림의 여자들을 목격한 것에 대해서 말했다. "옷 속에 아무것도 없는 것처럼 보였어요."

맨해튼의 만다린 오리엔탈 호텔 35층 레스토랑의 구석 자리, 짙은 색 줄무늬 양복에 흰 셔츠를 입은 호세이니는 센트럴파크가 내려다보이는 바깥 풍경을 훑었다.

"제가 이 책을 쓰고 싶었던 이유 중 하나가 그거예요." 그가 자신의 새 소설 『천 개의 찬란한 태양』에 대해 말했다. "거리를 걸어 내려가는 여자를 봐요. 그녀의 부르카 속에 하나의 역사가 있죠. 거기 가슴 아픔과 희망과 기쁨과 그리고 행복과 또 거기 어리석음과 사랑과 그리고 쓰라림, 사랑, 질투가 있어요. 그 모든 인간적인 것이 부르카 속에 감추어져 있어요."

『천 개의 찬란한 태양』에서 호세이니는 이 외부인의 출입이 금지된 세계 속으로 걸어 들어가 전혀 다른 삶의 여정을 걸어온 아프간 여성 두 명의 삶으로 이야기를 이끈다.

한 부유한 사업가의 혼외정사에 의해 태어난 마리암은 자신이 전혀 알지 못하는 아버지에 대한 생각에 집착하며 자라난다. 어머니의 자살 뒤, 그녀는 열다섯의 나이로 마흔 살의 신발상 라시드에게 시집을 가게 된다.

좋지 않은 상황이지만 그들의 결혼은 순조롭게 시작된다. 하지만 마리암이 임신하는 데 실패하고, 대₩소비에트 성전과 내전, 그리고 탈레반의 부상 등 국내 정치 상황이 악화됨에 따라 그들의 삶 또한 내리막길로 치닫는다. 그러는 사이 18년이 흐른다.

그리고 열네 살의 라일라가 등장한다. 소련 침공 후 중도파와 이슬람 근본주의자 사이의 내전에서 고아가 된 그녀가 취할 수 있는 방법은 창녀가 되거나 매매혼을 하는 것이다. 결국 그녀도 라시드와 약혼을 하게 된다. 라시드는 그간 조국에 일어난 일들 때문에 성격파탄자가 되었다. 조금씩, 마리암과 라일라 두 여자는 라시드의 무자비한 가정폭력에 맞서 연대하게 된다.

『연을 쫓는 아이』는 전 세계적으로 8백만 부 이상 팔렸고 영화로도 만들어졌다. 하여 후속작에 대한 기대치가 아주 높아졌는데, 지금까지 보면 그 기대치는 충족된 것 같다. 비평가 조너선 야들리는 『워싱턴 포스트』의 서평에서 이렇게 썼다. "이 책이 『연을 쫓는 아이』만큼 훌륭한가 궁금하다면, 여기 답이 있다. 아니, 그 책보다 더 훌륭하다."

우리가 인터뷰를 하던 날 아침 서평들이 쏟아져 나오기 시작했고, 호세이니는 안도한 듯 보인다. 하지만 책을 끝낸 여파가 아직 남아 있다. 홍보를 시작한 지 겨우 하루가 지났지만 그의 눈빛은 지치고 피곤하다.

"이번 책을 쓸 때가 훨씬 힘들었어요." 그가 말했다. 제가 감당할 수 없는 일을 벌였다는 생각을 했던 시기도 있었어요. 하지만 한편으로 첫번째 책을 쓰는 데 제가 가진 모든 것을 쏟아부은 게 아니라는 걸 스스로에게 증명하고 싶기도 했고요."

호세이니는 매일 아침 병원에 나가기 전, 새벽 다섯시에서 여덟시 사이에 『연을 쫓는 아이들』을 썼다. 1년에 걸친 맹렬한 글쓰기였다.

2년 전, 그는 글을 쓰기 위해 의사 일을 완전히 그만두었다. 그것은 그가 이번 책을 제대로 끝내기 위해 좀 더 많은 시간을 문장과 이야기를 다듬는 데 쓸 수 있었다는 것을 뜻한다고 그가 말했다. 또한 중요한 리서치를 하기 위한 기회도 가질 수 있었다.

카불에 갔을 때 호세이니는 몇몇 아프간 여자들과 이야기를 나누었고 그들의 삶에 대해서 좀 더 잘 이해할 수 있게 되었다. "하지만 모두와 제대로 된 이야기를 나눌 수는 없었어요." 그가 한탄했다. 그가 사는 샌프란시스코의 베이 지역에는 커다란 아프간 이민자 커뮤니티가 있다. 그곳은 그가 자신의 부모가 자라난 헤라트 세계를 재창조하는 데 도움을 주었다.

마침내 자신의 과거에 대해서 쓰면서, 그는 한 가지 생각을 피하기가 어렵다는 것을 깨달았다. "제 어머니에게 그런 일이 벌어지지 않게 해준 어떤 운명의 손길에 대해 계속해서 감사했어요." 그는 아버지가 파리 주재 대사로 재배치되어 1976년 가족 모두가 아프간을 떠난 사실을 언급했다.

그들이 아프간으로 돌아올 준비가 되었을 때 공산혁명이 일어났다. 현대 페르시아어와 역사를 가르치는 그녀의 어머니는 아프간이 지금 겪고 있는 억압과 궁핍을 겪어본 적이 없다. 1980년 미국으로 온 호세이니 가족은 휴가수당을 낙으로 살았다.

어머니 외에 그의 삶 속 또 하나의 여자는 아내 로야다. 인텔에서 법률가로 일하는 그녀를 호세이니는 자신의 첫번째이자 가장 엄격한 독자로 묘사한다. "제 아내는 진짜 뼛속 깊이 솔직해요." 그가 크게 미소 지으며 말했다. "뭔가 잘 안되는 게 있으면 그녀는 바로 말해줘요. 가끔은 화를 내기도 해요. '여기서 뭘 하고 있는 거예요? 이게 뭐죠?'"

네 살과 여섯 살이 된 호세이니의 두 아이는 아버지가 대단한 사람임을 막 깨달아가고 있는 한편 점차 그에게서 멀어지고 있다. "아이들은 우리가 어디에서 왔는지를 알아요." 호세이니가 한탄했다. "페르시아어를 할 줄 알죠. 알아들어요. 지난 일이 년 사이 학교에 다니기 시작하면서 페르시아어로 대답하는 걸 상당히 꺼리기 시작했지만요. 아주 완곡하게 말해서 말이죠."

　이 전형적인 이민 2세대 간의 갈등이 호세이니에게 골칫덩이인 것은 확실하다. 하지만 『천 개의 찬란한 태양』을 떠올려보면 그들이 훨씬 무거운 걱정 속에서 살아갈 수도 있었다는 것은 좀 더 자명하다.

2007년 5월

할레드 호세이니

# 도리스 레싱

Doris Lessing

도리스 레싱은 런던 북부, 프로이트가 잠들어 있는 햄스테드 공동묘지 근처의 작은 연립주택에서 25년째 살고 있다. 대성공을 거둔 여성주의 소설 『황금 노트북 The Golden Notebook』(1962)을 쓴 자그마한 체구의 나이 든 작가는 매일 아침 다섯시에 일어나 황야의 수백 마리 새들에게 먹이를 준다. 그런 뒤 집으로 돌아와 아침을 만들고, 아홉시쯤 책상에 앉아 글을 쓴다. 그녀가 글을 쓰는 이유는 간단하고 명확하게 말해서, "그게 바로 내 일이니까."

레싱이 이렇게 자리를 잡기까지의 여정은 우여곡절로 가득하다. 다리를 다친 그녀의 아버지는 절단 수술을 받기 위해 입원한 페르시아의 한 병원에서 그곳에서 일하던 그녀의 어머니를 만났다. 1919년 바로 그 병원에서 레싱이 태어났다. 이후 그녀의 아버지는 옥수수 경작을 위해 가족과 함께 남로디지아(현 짐바브웨)로 이주했다. 그곳에서 레싱은 유년기를 보내게 된다. 로마가톨릭 수녀원 부속여학교를 다니던 그녀는 열다섯 살에 집을 떠났고, 이십대에는 이미 두 아이가 있었다. 그녀는 1949년 공산주의와 글쓰기를 향한 열망을 좇아 아이들과 두번째 남편을 떠나 런던으로 갔다.

몹시 추웠던 2006년 1월의 어느 오후(그녀가 노벨상을 받기 1년 전이었다) 레싱은 최근작『댄 장군과 마라의 딸, 그리오, 그리고 스노독의 이야기』The Story of General Dann and Mara's Daughter, Griot and the Snow Dog』에 대한 이야기를 나누는 것에 동의했다. 미래의 빙하기를 배경으로 한 이 책에서 그녀는 자신의 1999년 작 『마라와 댄Mara and Dann』(댄과 그의 여동생이 생존 가능한 기후를 찾아 나선 북부 대이동 그룹에 가담하는 이야기)의 주인공을 재등장시킨다.

▼

**Q**     이 책을 (다른 SF소설과 마찬가지로) 우리 시대에 대한 우화로 읽고 싶은 유혹이 드는데, 하지만 과거 당신은 이런 해석에 반발해왔죠. 여전히 같은 생각이신가요?

**A**     맞아요. 아시다시피 저는『마라와 댄』이라는 책을 썼는데, 가엾은 댄이 몹시 마음에 걸렸어요. 몇몇 사람은 그를 정말 싫어했죠. 그는 끔찍한 폭력을 저질렀어요. 하지만 저는 그가 흥미로운 인물이라고 생각했고 그래서 속편이 쓰고 싶어졌어요. 속편의 배경은 반쯤 몰락한 세계일 필요가 있겠다고 생각했어요. 그런 풍경을 상상하는 건 어렵지 않아요. 있죠, 소설『마라와 댄』은 내내 가뭄 동안 벌어지는 이야기인데 전 바로 그걸 아프리카에서 목격했었죠. 아들 존도 거기 있었어요. 가뭄을 경험해본 적 있나요?

**Q**     아뇨.

**A**     음, 힘들어요. 사람들이 죽어나가고 물이 바닥나고 나무들이 말라비틀어지고. 정말로 끔찍해요. 저한테는 억지로 상상할 필요도 없을 정도로 생생해요.

**Q**    댄이 조우하게 되는 난민에 대한 묘사를 보면, 당신이 1980년대에 아프가니스탄을 방문하고 나서 그에 대해 썼던 책에 나오는 페샤와르로 몰려드는 난민들에 대한 목격담이 떠오르는데요.

**A**    있죠, 이 책의 등장인물 모두가 난민이라는 생각이 책을 끝낼 때까지 떠오르지가 않았어요. 하지만 모두 내전이나 홍수, 가뭄으로부터 도망친 사람들이죠. 그 사람들에 대해서 많이 생각해요. 여기서 별로 멀지 않은 곳에 온갖 종류의 난민들이 죽 늘어선 길이 있는데, 사람들이 배관공이나 목수나 뭐 그런 사람들을 찾으러 거기로 가요. 공식적으로는 존재하지 않는 사람들이지만 거기 실제로 존재하죠. 제 친구 중 하나도 누군가가 필요하면 그리로 가요. 다들 아주 숙련된 일꾼들이거든요.

**Q**    1949년 런던에 처음 왔을 때는 어땠나요? 지금과 비슷했나요?

**A**    아뇨, 그때 제가 겪은 일은…… 제가 만난 모든 사람은 군인이거나 혹은 해병대 출신이거나 다 그런 식이었어요. 죄다 전쟁에 대한 이야기만 했죠. 1950년대 중반 무렵까지도 그랬어요. 그러더니 새로운 세대가 불쑥 튀어나왔죠. 그들은, 그 새로운 세대는 전쟁에 관심이 없었어요. 갑자기 아무도 전쟁에 대해서 이야기하지 않았죠. 저는 그게 좀 가슴이 아팠어요. 하지만 지금은 이렇게 생각해요. 온통 끔찍한 과거에 사로잡힌 채로 인생을 보낼 수는 없다고, 그렇지 않나요?

**Q**    신기하네요. 그때는 공산주의 사상에 대한 신념으로 이런 참극에 대항한 사람들이 있었을 것 같은데요. 하지만 요즘 사람들은 종교 너머의 어떤 이념이나 사상도 믿지 않죠.

**A** 더 이상 누구도 아무것도 믿지 않아요. 알다시피 이제까지 우리는 베트남전을 둘러싼 정치적 동요에 대한 텔레비전 다큐멘터리를 여러 개 봤어요. 그러고는 생각하죠. 이게 미국이군. 하지만 지금 뭔가 달라진 게 있나요?

**Q** 연애소설을 쓰고 싶었던 적은 없나요?

**A** 음, 알다시피 연애소설을 냉소적으로 쓸 수는 없죠. 그런 식으로 썼던 남자를 알아요. 그는 나중에 아주 열렬한 사회주의자가 되었죠. 그리고 저한테 말하길, "이걸 꼭 기억해둬. 이런 걸 쓸 때는 읽는 사람이 웃음이 터지게 해서는 안 돼. 나한테 감상주의자의 피가 흐른다니 천만다행이지 뭐야." 그는 자기 천성의 도움으로 아주 잘해냈죠.

**Q** 1950년대에 당신이 책을 내기 시작했을 때 자연주의 소설과 소위 장르소설 사이의 전환은 아주 흔치 않았던 일로 아는데요.

**A** 맞아요. 하지만 이제는 모든 경계가 흐려졌어요. 제가 처음 시작할 때 SF는 아주 조그마한 장르였고 거의 읽히지도 않았어요. 하지만 이제는, 예를 들어 살만 루시디를 어떤 장르에 넣을 건가요? 남미 작가들은요? 그들의 소설은 대체로 마술적 리얼리즘이라고 불리죠.

**Q** 당신은 많은 소설을 썼어요. 좀 더 읽혔으면 하는 책이 있나요?

**A** 제 SF 소설들이에요. '아르고호의 카노푸스^Canopus in Argos' 시리즈는 아주 많이 읽혔고, 심지어 종교 하나를 만들어내기도 했어요. 『시카스타^Shikasta』(시리즈의 첫번째 권)를 문자 그대로 받아들인 사람들이 미국에 공동체를 만든 거예요. 그들은 저한테 편지를 써서 물었죠. "신은

언제 우리를 방문하죠?" 제가 답했죠. "이봐요, 이건 우주론이 아니에요. 이건 소설이라고요." 그러자 그들이 다시 편지를 보내왔어요. "오, 지금 당신이 우리를 시험하고 있군요."

**Q**   요즘이라면 그런 일이 일어날 수 있을 것 같지 않네요.

**A**   그땐 달랐어요. 저는 샌프란시스코에 자주 갔었어요. 한번은 많은 독자를 마주했는데, 한 남자가 일어서더니 말했어요. "도리스, 앞으로 지루한 사실주의 소설을 안 쓰면 좋겠어요." 또 다른 사람이 일어나더니 말했어요. "도리스, 이런 바보 같은 SF소설을 쓰면서 시간 낭비하지 말았으면 싶어요." 그러더니 모두가 말다툼을 벌이기 시작했어요. 이런 일이 요즘 벌어질 리 없겠죠.

**Q**   1960년대 문화운동이 너무 극단화되었다고 생각하나요?

**A**   음, 그땐 아직 본격적인 마약이 이곳에 등장하기 전이에요. 그냥 대마초 정도였죠. 그리고 제가 항상 이해하기 어렵다고 느끼는 것이, 소위 성 해방이라고 하는 건데요. 왜냐하면 그건 마치 그 전에는 성혁명이 없었다는 것 같잖아요. 하지만 전쟁 동안 사람들은 정말 엉망진창이었어요! 그러니까 제가 1960년대에 대해서 잘못되었다고 생각하는 게 뭐냐면, 그걸 제2차 세계대전의 여파라고 하는 거예요. 저도 그때 엉망진창인 애들이 아주 많았다고 생각해요. 하지만 그 이유가 뭘까요? 한 번도 그렇게 누려본 적이 없으니까요. 한 번도. 1960년대에 무리의 리더 중 하나가 용감하게 큰 소리로 외쳤던 게 기억나요. "너희가 뭔가 특별한 일을 벌이고 있다고 생각하겠지. 하지만 아니야. 너희는 세계 최초로 등장한 청년을 타깃으로 하는 시장youth market일 뿐이야.

도리스 레싱

그게 바로 너희가 누리는 특권이지." 그 말 때문에 그는 엄청 욕을 먹어야 했죠. 하지만 저는 그가 옳았다고 생각해요.

Q    『황금 노트북』은 왜 그렇게 인기가 높았을까요?

A    한편으로는 그 책이 여성주의 사상을 담은 최초의 책이었기 때문에, 그리고 다른 한편으로는 제가 그 책을 쓸 때 엄청나게 열정적이었기 때문이라고 생각해요. 그때가 1950년대 후반이었어요. 제 개인사는 완전히 혼란에 가득 차 있었고 공산주의는 눈앞에서 갈가리 찢기고 있었죠. 그 모든 것이 책 속에 녹아들었죠. 확신컨대, 그 에너지 때문에 그 책이 여전히 인기를 누리는 거라고 생각해요.

Q    흠, 이번 책도 꽤 에너지가 느껴지는데요, 그런데 지금 당신은 무려 여든여섯이죠.

A    하지만 이 책 속의 저는 어떤 관념에도 도전하고 있지 않아요. 아무도 안 믿겠지만 『황금 노트북』을 쓸 때, 저는 제가 여성주의 소설을 쓰고 있다고 생각하지 않았어요. 왜냐하면 제가 책에 써넣은 건, 뭐랄까, 여자들이 부엌에서 나누는 이야기였거든요. 하지만 말하는 것은 쓰는 것과 같은 효과를 지니지 못하죠. 사람들은 제가 뭔가 대단한 걸 했다는 식으로 여기는데 사실 저는 그저 여자들이 이야기하던 걸 받아 적은 거예요.

Q    그래서 말인데요, 전에 한 인터뷰 중에 또 다른 빙하기가 가져올 위협 앞에서는 핵위협 따위야 강아지처럼 느껴질 거라고 하셨는데, 이 소설은 그에 대한 경고인가요?

**A**    음, 그 문제에 대해서 많이 생각해요. 왜냐하면 우리는 많은 빙하기를 겪었으니까요. 그리고 분명히 또 다른 빙하기를 겪게 될 거예요. 저를 가슴 아프게 하는 건 지금 우리 인류가 만들어낸 모든 것이 지난 만 년 동안 만들어낸 것이고, 그리고 그 대부분이 아주 최근에 만들어진 거라는 거죠. 빙하기는 그걸 싹 지워버릴 거예요. 그럴 거예요. 그런 다음 우리는 다시 시작해야겠죠. 그렇지 않겠어요? 그게 우리 인간들이 항상 해온 일이니까요.

2006년 1월

도리스 레싱

# 히샴 마타르

Hisham Matar

히샴 마타르는 시인이자, 예전에는 건축을 전공하는 학생이었고, 무아마르 카다피의 야만적인 정권하의 리비아에서 인간이 치르는 대가에 대해 쓴 소설인 『남자들의 나라에서In the Country of Men』(2006)와 『소멸의 해부Anatomy of a Disappearance』(2011)의 작가다. 마타르는 1970년에 뉴욕에서 태어났지만 그가 세 살 때 가족은 트리폴리로 돌아갔다. 아버지의 정치 운동 때문에 가족은 1979년 카이로로 추방되었다. 1990년, 마타르가 런던에 살고 있었을 때, 이집트 정보국 요원들이 그의 아버지를 납치했다. 마타르의 아버지는 1992년에 몰래 편지 한 통을 보냈고, 2002년에 살아 있는 모습을 보았다는 소식이 들린 걸 제외하면 그 뒤 그에 대해 알려진 건 거의 없다. 마타르는 아버지의 실종에 대한 대답을 찾아 나선 여정을 다룬 논픽션을 2014년에 출간할 예정이다. 그의 소설은 기억의 왜곡에 대한, 또한 일시적인 중단 상태(그 중단 상태가 납치로 인한 것이건, 혹은 수치스러운 순간을 둘러싼 침묵으로 인한 것이건 간에)를 통해 분명히 드러나는 삶의 고통에 대한 시적이면서도 함축적인 탐구이다. 나는 그의 첫 소설이 미국에 출간된 직후, 그러니까 혁명이 일어나 카다피가 권좌에서 고꾸라지기 몇 년 전에 그와 대화를 나누었다.

히샴 마타르

프루스트에겐 마들렌이 있었고, 스터즈 터클*에게는 오후에 마시는 스카치위스키가 있었다. 겨우 커피 한 잔을 마시는 동안 그가 만들어내는 연기의 장막으로 보건대, 히샴 마타르의 기억을 일깨우는 것은 담배인 듯싶었다. 서른일곱 살의 소설가는 런던에 위치한, 녹음이 우거진 홀랜드 파크 근처 카페에 앉아 순식간에 담배 반 갑을 태웠고, 아늑한 연기 기둥 속에서 그의 생각도 같이 피어올랐다. "뉴욕이 기억나요." 마타르가 말했다. 그는 맨해튼에서 태어났는데, 당시 그의 아버지는 국제연합에 고용되어 일하고 있었다. "차를 타고 시내를 돌아다니면서 빌딩들 꼭대기를 올려다보던 게 기억납니다. 무척 어릴 때였음이 틀림없어요."

다른 곳에서도 마타르가 누차 말하듯, 기억이란 과거로부터 불현듯 나타난다. 그것은 가볍고 투명하게 빛나며, 그저 살짝 가슴이 저미는 것 이상의 것이다. 이와 흡사한 느낌이 작가의 데뷔작이자 각종 문학상 수상작인 『남자들의 나라에서』에 내내 달라붙어 있다. 이 소설은 1970년대에 리비아에서 성장하는 술레이만이라는 소년의 이야기로, 그때는 자기 속마음을 말한다는 이유로 사람들이 사라지던 시절이었다.

소설이 진행되면서, 술레이만의 가족에 대한 충실한 마음은 한계점까지 뒤틀린다. 그의 어머니는 몰래 술을 마시고, 아버지는 무언가 위험한 일, 심지어 어쩌면 무모하리만치 정치적인 일에 휘말려 있다. 이 소설은 2006년 영국에서 출간되었고, 맨부커상과 『가디언』지의 신인

* Studs Terkel(1912~2008). 미국의 작가, 역사가, 배우, 방송인.

문학상 최종후보에 올랐다. 마타르는 지면에 수도 없이 소개되었고, 그를 인터뷰한 사람들은 모두 다음과 같은 가정을 가장 크게 염두에 두고 있었다. 그 소설이 자전적이라는 가정 말이다.

"처음엔 그것 때문에 화가 났어요. 그게 이 책을 읽는 데 있어 조잡한 방법이라는 느낌이 들었으니까요. 하지만 차츰 초연해지기 시작했습니다." 마타르가 조용히 말했다. 그의 일부는 어째서 그런 추측이 생겨났는지 이해한다. 마타르는 세 살 때 리비아로 돌아가 거의 아홉 살까지 거기서 살았다. 마타르의 가족은 아버지의 이름이 반체제 인사 명단에 올랐을 때 그 나라를 떠났다. 가족은 아슬아슬하게 탈출에 성공했다.

그들은 마침내 케냐로 이주했고, 술레이만의 가족이 그랬듯, 거기서 카이로로 움직였으며, 그 뒤 마타르가 학생으로 영국에 머무르던 때인 1990년의 어느 날, 카이로에 있는 본가의 문을 누군가 두드리기 전까지는 모든 게 다 괜찮았다. 마타르의 아버지는 이집트 정보부 요원들과 같이 집을 나섰고, 그 뒤로 행방이 묘연해졌다.

여기서 상투적 전개라면 이 경험이 마타르를 작가로 만들었다는 것일 테다. 하지만 그의 설명에 따르면, 그는 무척 어릴 때부터 작가였다. "저는 항상 제 짧은 시와 소설로 사람들을 즐겁게 했습니다." 그가 말했다. 그의 삼촌은 시인이었다. 아버지도 나름대로 지성인이었다.

비록 중동 지역에서 채 20년도 살지 않았지만, 마타르는 그곳의 카페 문화에 대한 움직이는 실례처럼 보인다. 그는 쏜살같이 기억의 샛길로 빠져들거나 아르헨티나 작가인 호르헤 루이스 보르헤스라는 문학적 미궁으로 재빨리 되돌아감으로써 질문에 답했다. 마타르와의 대화는 거의 항상 커피가 식고 나서도 쭉 이어졌다.

마타르는 거의 10년 전에 『남자들의 나라에서』를 쓰기 시작했는데, 그때는 시의 형태였다. 그가 말하는 걸 보면 그가 여전히 시를 보다 수준 높은 문학 형식으로 간주한다는 사실이 분명해진다. "중동에서는 시를 숭상합니다." 그가 말했다. "시집 수백만 부를 판매한 리비아 시인들이 있는데, 다른 곳에서는 사람들이 그분들 이름도 들어본 적이 없어요." 마타르는 시에 대한 이런 호감을 쭉 견지해왔다. 소설을 마무리하기 위해 전력을 기울이는 동안, 미국인 예술가이자 작가인 마타르의 부인과 마타르는 파리로 거처를 옮겼고, 거기서 그는 퓰리처상 수상자인 C. K. 윌리엄스와 마크 스트랜드와 친교를 맺었다. "제가 한 낭송회에 갔는데 그 두 사람이 있는 거예요. 저는 스트랜드의 시를 정말 좋아해서 그 사람과 인터뷰를 해야겠다고 마음먹었지요. 스트랜드가 옆 사람에게 이렇게 말했어요. '이 친구가 아랍 신문에 실을 인터뷰를 하고 싶대!'"

마타르는 아랍어로 말하면서 자라났지만 현재는 영어로 글을 쓰고 있다. 언어의 망명자라고까지는 할 수 없지만 한 언어에 온전히 정착하지도 않은 상태다. "영어는 일종의, 몸에 잘 맞는 정장 같은 겁니다. 자기 몸은 아니지만 기분은 괜찮은 거죠." 마타르는 영국에 대해서도 비슷한 기분을 느낀다. 뉴욕에서 태어나, 트리폴리와 이집트에서 자라고, 미국인과 결혼한 그는 망명을 몇 번이고 되풀이해온 셈이다.

가족을 보러 카이로로 돌아가면, 그는 자신이 채택한 문화가 자기가 뒤에 남겨놓고 온 문화에 침투하는 광경을 지켜본다. "정말 재미있는 게, 영어에서 특정한 단어들이 어떤 식으로 자주 사용되는지를 볼 수 있습니다. 품질이나 효율이나 책임 같은 단어들이에요." 그가 웃음을 터뜨린다. "그런 단어들은 중동에서는 죄다 빠져 있다는 걸 발견하게 돼요!"

이런 염세적인 유머는 정치에 대한 마타르의 접근 방식을 특징짓는다. 우리가 만났을 때 그는 카다피를 맹렬히 비난하기보다는 하비에르 마리아스*의 작품에 대해 이야기하곤 했다. 카다피는 마타르의 집안과 같은 가족들의 삶에 깊은 구멍을 파놓았음에도 불구하고, 서양에서는 테러와의 전쟁 과정에서 우군으로 부활했다.

"저는 가끔 저 같은 사람이 예술가가 될 수 있을지 궁금합니다." 마타르가 말했다. "이건 진지한 질문이에요. 정치라는 것 외부에서 글을 쓰는 것이 제게 가능할까요?" 마타르는 글쓰기에는 자신이 이 질문에 대한 답을 결코 알 수 없으리란 걸 확언할 만큼의 충분한 신비가 자리하고 있다고 믿는다. 그는 이 질문이 마음에 든다. 그가 품고 있는 수 없이 많은 열린 질문과 마찬가지로.

"제 아버지는 뉴욕과 로마를 사랑했어요. 이렇게 말하곤 했죠. '로마는 자기가 원하는 게 무엇인지 알고 그걸 만족스러워하는 사람들을 위한 도시다. 뉴욕은 자기가 원하는 게 뭔지 전혀 모르는 사람들을 위한 도시고.' 저는 항상 로마인이 되길 열망해왔지요." 그는 미소를 지으며 그렇게 말했다. 그 미소는 그가 로마인이 될 가능성이 무척이나 희박하다는 것을, 기억의 영토가 그렇게나 풍부하고, 거대하고, 어두우며, 여전히 많은 것이 탐사되지 않은 채 남아 있을 때는 특히나 더 그렇다는 사실을 알고 있다는 점을 보여준다.

2007년 3월

* Javier Marias(1951~ ). 스페인의 소설가. 대표작으로 『내일 전쟁터에서 나를 생각하라』가 있다.

# 시리 허스트베트 & 폴 오스터

Siri Hustvedt & Paul Auster

시리 허스트베트는 미국의 소설가, 에세이스트, 미술비평가이다. 1955년 미네소타에서 노르웨이 혈통의 부모에게서 태어났고, 1970년대 후반 대학원 진학 때문에 뉴욕으로 이주했다. 그녀는 『파리 리뷰』지에 시를 수록하면서 문학계에 데뷔했다. 첫 시집은 1983년에 나왔는데, 뒤이어 다섯 권의 소설과 네 권의 논픽션을 발표했다. 그녀는 1981년 폴 오스터를 만났다. 당시 오스터는 악전고투하는 작가이자 번역가였고, 뉴욕을 배경으로 하여 탐정소설의 열기를 빌려 재기 넘치면서도 서글픈 연작소설인 『뉴욕 3부작The New York Trilogy』을 1985년에서 1987년 사이에 발표하기까지는 아직 몇 년이 남아 있던 참이었다. 그 뒤 25년이 지났고, 오스터는 가장 왕성한 창작욕을 보이면서도 흥미로운 작품을 써내는 미국 작가 중 하나가 되었다. 그의 작품 범위는 『빨간 공책The Red Notebook』(1993)과 같은 회고록에서부터 시와 번역 작품에 이르기까지 다양하다. 허스트베트와 오스터는 근 30년간 브루클린에 거주해왔다.

시리 허스트베트 & 폴 오스터

잠에서 깼을 때 가장 먼저 귀에 들릴 것 같은, 낮게 속삭이는 목소리가 스피커에서 흘러나오기 시작했다.

그러더니 그 목소리는 점점 위로 오르면서 상실과 고독에 대해 노래하기 시작했다. 목소리가 다시 바뀐 지 몇 분 지나지도 않아, 이번에는 목구멍에서부터 으르렁대듯 블루지한 거친 목소리로 탈바꿈하는데, 거기에는 여성의 지혜와 오만함이 가득 깃들어 있었다. 브루클린에서의 최근 어느 오후, 이 노래를 들으면서 소설가 폴 오스터와 시리 허스트베트는 머리를 흔들고 발로 바닥을 탁탁 두드렸다. 오스터는 입이 귀에 걸릴 정도로 크게 미소를 짓고 있었고, 우쭐거리는 표정으로 두 눈을 꼭 감고 있었다. 기뻐하는 게 당연했다. 이건 그들의 딸이 부르는 노래였으니까.

"목소리 정말 좋지 않아요?" 오스터가 물었다. 스무 살의 소피 오스터는 뉴욕의 세라 로렌스 대학에서 학위를 따는 와중에 새 앨범을 제작했으며, 가끔 행사에서 아버지와 함께 무대에 오른다. 음악이 멈추자마자 오스터는 다른 데모 CD를 뒤지기 시작했다.

"아, 그 음반들 다 듣진 마세요." 허스트베트는 그렇게 말하고는 180센티미터가 넘는 몸을 안락의자에 접어 넣었다. 나는 이런 목소리를 가진 소녀가 도대체 왜 대학 때문에 고생을 하고 있는지 물었고, 허스트베트는 내게 근엄한 눈길을 보냈다. "어머니가 꿈을 품게 내버려 두세요." 그러고는 웃었다.

우리는 브루클린에 있는 그들 부부의 갈색 사암 아파트에 한 시간가량 앉아 오스터와 허스트베트가 곧 출판할 책에 대해 이야기를 나났다. 그들이 지금 행복한 게 자신들의 사업, 즉 창작이 가족 사업으로 커갔기 때문이라는 건 쉽게 알 수 있다. 작가 리디아 데이비스와 했던 오스터의 첫 결혼에서 낳은 아들 대니얼은 사진작가이자 DJ다. 그는 오스터가 각본을 쓰고 웨인 왕이 감독했던 1995년 영화 〈스모크Smoke〉에 카메오로 출연하기도 했다. 소피는 가수 경력을 착착 쌓아가는 중이다.

그렇다고 오스터와 허스트베트의 기세가 꺾인 것도 아니다. 오히려 더 속도를 내고 있다.

지난 10년간 이 둘은 17권이 넘는 시집, 에세이집, 소설, 그래픽 노블과 각본을 출판하거나 편집했다. 지난해 예순한 살의 오스터는 자기가 각본을 쓰고 감독한 영화 〈마틴 프로스트의 내면의 삶The Inner Life of Martin Frost〉을 발표했는데, TV 시리즈 〈소프라노스〉에 출연한 마이클 임페리올리가 주연을 맡았으며, 소피도 잠시 등장한다. 또한 오스터는 현재 새 소설을 작업 중이다.

쉰세 살의 허스트베트는 미술계의 지원에 크게 힘입은, 혹은 그 세계에 관한 일련의 책들을 이제 막 출간했고, 또한 『어느 미국인의 슬픔The Sorrows of an American』이라는 제목의 소설을 집필 중에 있다.

"우린 정말 조용하게 살아요." 허스트베트가 말했다. 그녀는 이제 붉은색 래커칠을 한 부엌 테이블에 앉아 있는데, 오스터의 첫 시집 권두 삽화로 사용되었던 알렉산더 칼더의 판화가 눈에 닿는 위치에 놓여 있다. 청바지 차림의 오스터는 가는 엽궐련 한 대를 뽑아 들고는 맛을 충분히 음미하며 담배를 태운다. 오후 다섯시에 그들이 사는 구역에 내려앉은 고요(우연하게도 이곳에 부커상 수상 작가 키란 데사이와 소설가 조너선 샤프란 포어의 집도 있다)는 호사스럽다. 허스트베트와 오스터는

1982년에 결혼하고 나서 25년 넘게 이곳에 거주했다. 동네가 깨끗해지면서 고급 주택가로 변하고, 그러고 나서는 한때 여기에 무리 지어 살던 작가들을 내쫓을 정도로 집값이 오르는 과정을 지켜보기에 충분히 긴 시간이다.

뉴욕에 사는 많은 사람들과 마찬가지로, 그들 역시 일종의 정신적 난민이다. 오스터는 뉴저지 뉴어크Newark 태생이고, 허스트베트는 미네소타에서 태어났다. 오스터는 1982년에 출간된 숭고하면서도 놀라우리만치 고통스러운 회고록인 『고독의 발명The Invention of Solitude』을 통해 자신의 유년 시절에 작별 인사를 고한 바 있다. 그리고 이제 허스트베트가 『어느 미국인의 슬픔』에서 같은 일을 할 차례가 되었다. 이 소설은 교수였던 아버지가 친구들에게 쓴 회고록 일부를 삽입하고 있는데, 그녀는 그 글들을 토씨 하나 안 바꾸고 소설에 집어넣고 있다.

"이 책을 쓰면서 『고독의 발명』 생각을 많이 했어요." 허스트베트가 오스터 쪽으로 몸을 돌리며 말했다. "이 책도 저이가 자기 과거를 자기 책을 통해 어느 정도 마음속에서 정리한 것과 같은 식의 작업인 거죠. 마음속을 과거로 거의 꽉 채우는 거요. 마치 마음이 스스로 생각하기라도 하는 것처럼." 『어느 미국인의 슬픔』에서 허스트베트가 만든 인물들(뉴욕에 사는 스칸디나비아계 남매인 오빠 에릭과 누이동생 잉가)은, 그들의 아버지가 자신이 살인 사건에 관련되었을지도 모른다고 암시하는 일련의 수수께끼 같은 편지를 남기고 사망한 뒤 그녀와 비슷한 고민에 빠져든다.

"아버지가 돌아가시기 전에 그 글들을 써도 되는지 여쭤봤어요. 허락하셨죠." 허스트베트가 말했다. "그 글들을 여기 집어넣는 건 제게는 큰 의미였어요."

"놀랄 만한 편지들입니다." 오스터가 덧붙였다. "그걸 소설에 집어넣자 완전히 새로운 뜻을 가진 글로 바뀌더군요."

허스트베트가 현실의 윤곽을 자기 소설에 삽입하는 건 이번이 처음은 아니다. 그녀의 전작 『내가 사랑했던 것What I Loved』에서는 쌀쌀맞은 시인, 유명 화가, 화가의 전 부인과 골칫거리 아들이 등장한다. 『어느 미국인의 슬픔』에서 정신과 의사인 에릭은 자기 환자들에게 깊이 의존하게 된 상황을 해결하려 애쓰는데, 그러는 한편 잉가는 의심스러운 편지를 받기 시작하고 최근 사망한, 유명 작가였던 남편에 대해 캐묻는 기자의 방문을 받게 된다. 저널리스트는 자신이 남편의 당혹스러운 비밀을 알고 있다고 주장한다.

이것이 예전에 오스터와 허스트베트의 사생활을 선정적인 매체에 실었던, 캐묻기 좋아하는 기자들에게 은근히 잽을 날리는 것이라는 사실을 깨닫기 위해 그리 열심히 책을 들여다볼 필요는 없다. 허스트베트는 농담 삼아 그들에게 동조했다. "있죠, 제가 폴을 죽였어요." 그녀가 잉가의 남편을 언급하며 웃음을 터뜨렸다. "진지하게 말하자면 사실 그는 폴과 닮은 데가 하나도 없죠. 더 늙은 데다가 완전히 다른 삶을 살았으니까." 자신들의 명성을 놀림거리로 삼는 것만큼이나, 허스트베트는 다른 사람들이 그러듯 이 책의 출판을 앞두고 자신이 단단히 마음을 먹고 있다는 사실을 인정한다.

"당신 너무 긴장했어." 오스터가 지적했다. 허스트베트는 자기가 서평이나 작가 소개 기사를 읽지 않는다고 말했다.

"비열한 글이라서가 아니에요." 그녀가 말했다. "별생각 없이 틀린 내용을 쓰는 글들이라 그런 거죠."

『어느 미국인의 슬픔』이 현실에서 끌어온 것은 허스트베트가 책에짜 넣은 정신의학과의 세부 사항들이다. 몇 년 전, 그녀는 지역 정신과 병원에서 창작 교실을 열어 환자들을 가르치는 일을 자원했는데, 그 경험이 에릭의 환경과 사고방식을 이해하는 길이 되었다. 어쩌면 너무 과하게 공부를 했던 건지도 모른다. 자기 가치를 증명하기 위해 뉴욕 주에서 발급하는 심리상담 자격시험을 통과했을 정도였으니까. 이 경험의 일부가 정신병에 대한 열 페이지 분량의 역사라는 형식으로 정리되어 다른 책에 실렸는데, 오스터는 그녀에게 이 부분을 삭제하라고 권했다. "포기하는 게 정말 내키지 않았어요. 물론 그가 옳았죠."

늘 하던 대로 오스터는 『어느 미국인의 슬픔』을 작품이 진행 중일 때 읽어봤다. "그이에게 여덟 페이지짜리 원고 뭉치를 보여주었어요." 허스트베트가 말했다. "'제대로 가고 있네. 계속해봐'라는 소릴 듣길 바라면서요. 대개 그렇게 말하긴 하지만요."

한편 오스터는 한 달에 한 번 그녀에게 『어둠 속의 남자Man in the Dark』를 읽어주었는데, 이 짧은 소설은 일흔 살의 불면증 환자가 이라크 전쟁이 일어나지 않았고 쌍둥이 빌딩이 무너지지 않은 세상을 상상한다는 내용의 작품이다.

이라크 전쟁은 오스터가 오랫동안 염두에 뒀고 이에 대해 비판적인 성명을 발표하기도 했던 사건으로, 이 작품에서는 이라크 전쟁이 무척 직접적으로 제시되어 있다. "책 전체의 사건이 하룻밤에 일어납니다." 오스터가 말했다. "침대에 한 남자가 누워 있는데 잠을 잘 수가 없는 거죠. 그러다가 이야기를 꾸며내고 자기 인생을 회상하는 겁니다. 하지만 그가 이야기를 만들어내는 까닭은, 생각하다 보면 너무 우울해지는 특정한 문제들을 생각하지 않기 위해서예요."

작품을 같이 살펴보면서, 허스트베트는 몇몇 단어를 바꾸는 문제에 대해 오스터에게 훨씬 적절한 피드백을 주고, 반면 오스터는 가끔씩 삭제할 수 있는 부분들을 알려준다. "저는 날이 밝을 때쯤에 아래층으로 내려와서 폴에게 계속해서 이렇게 말했죠. '또 한 박자가 끝났네.'"

"맞아. 그랬지." 오스터가 회상했다.

"매 박자가 나오는 지점에서 딱 숨을 멈추어야 하겠더라고요." 허스트베트가 계속 말했다. "저는 항상 다음 박자를 들으려고 귀를 기울였죠."

"시작 지점을 말이지." 오스터가 끼어들었다.

"저는 그 책을 일종의 푸가로 간주하기 시작했고요." 허스트베트가 오스터에게만이 아니라 내게도 다시 말했다.

오스터와 허스트베트는 이런 식으로 주거니 받거니 한다. 서로의 문장을 끝마치고, 그녀의 새 소설을 관통하는 언어와 기억의 문제에서부터 칸트와 인지과학에 이르는 주제 주변을 빙빙 돈다. "내가 지금 끼어들어도 돼?" 오스터가 대화 도중 어느 지점에서 그렇게 말했다. "저는 시리보다 더 그림을 자세히 살펴보는 사람을 본 적이 없어요."

"두어 시간은 거뜬히 보내죠." 허스트베트가 설명했다. 그러자 오스터는 허스트베트가 몇 년 전 마드리드의 프라도 박물관에 전시된 고야의 그림 속에서 유령의 이미지를 발견했던 일을 그녀에게 상기시켰는데, 그 사건은 미술계에 파문을 불러일으켰다.

오스터가 물었다. "구상화를 보고 있으면, 그림을 보는 게 텍스트를 연구하는 거랑 비슷하다고 말할 수 있지 않을까요? 극적인 그림을 보면 이야기가 떠오르고, 특정한 그림을 이해하기 위해서는 거기 담긴 이야기를 알아야 하는 겁니다."

허스트베트는 이 주장에 대해 잠시 생각해보았다. "저는 미술작품을 보는 데에서는 무척이나 상호 주관적인 방식을 취하고 있어요." 그녀가 말했다. "제가 무슨 초인이라도 된 것처럼 높은 곳에서 내려와서 그림을 설명한다는 얘기가 아니에요. 그림을 본다는 건 어떤 의식이 남긴 흔적과 제 자신의 의식 사이에서 벌어지는 대화인 거죠."

오스터와 허스트베트가 지적으로 상호작용하는 모습을 지켜보다 보면, 어째서 그녀의 작품 속에 예술가와 작가가 계속해서 등장하는지 이해할 수 있다. 어째서 그들이 한집에서 작업하지 않는지도 알 수 있다(5년 전 허스트베트와 인터뷰를 했을 때, 나는 누가 집에서 드럼을 두드리는 소리를 들은 것 같아서 말을 멈춘 적이 있었다. "폴이 타자기를 치고 있어요." 허스트베트가 짓궂은 미소를 띠며 설명했다). "이 집에서 4년 정도는 작업을 못 했습니다." 오스터가 말했다. "몇몇 작품은 집에서 같이 하기도 했는데 늘 방해를 받았어요. 그래서 이렇게 생각했죠. '아, 몰라, 그냥 집 밖에서 일하던 옛날 방식으로 돌아갈래.'"

걸걸한 목소리에 10야드 밖에서도 번쩍이는 게 보일 것 같은 눈, 기억과 우연과 정체성이 가진 파악하기 어려운 특성들을 다루는, 서가 한 칸은 너끈히 채우는 소설들을 떠올려보면, 오스터는 햇살이 내리쬐는 작업실에서 일을 할 종류의 작가처럼 보이지는 않는다. 하지만 바로 그게 그가 지난 몇 년간 근처 아파트의 맨 꼭대기 층에서 일을 해온 방식이다. "제 번호를 아는 몇 명을 빼면 아무도 전화를 안 겁니다. 만약 전화벨이 울리면 저는 그게 중요한 일이라는 걸 알죠." 그가 말했다.

비록 무척 가까이 붙어서 글을 쓰고 생각을 하긴 하지만, 오스터와 허스트베트는 일단 자기들의 책이 끝나면 함께 있을 시간을 갖기가 어렵다는 사실을 깨닫는다. 허스트베트의 소설은 다음 달에 출간될 예정이고, 그러면 그들은 제법 많은 시간을 떨어져 지내야 하는데, 바로 그게 그들이 애들레이드 작가 주간에 함께 참석하고자 오스트레일리아로 처녀항해를 떠나게 되었다는 사실을 그토록 반기는 이유다. "내 생각엔 그 사람들이 당신은 '삶'이라고 적은 패널에 세우고 나는 '죽음'이라고 쓴 패널에 세울 것 같아." 오스터는 그렇게 말하고는 웃음을 터뜨렸다. 이게 그저 전적으로 웃자고 하는 소리는 아니다. 그 둘이 서로 닮은 것만큼이나 그들의 작품은 무척이나 다르다. "누군가 그랬어요. 폴의 소설은 돌로 지은 것 같고 제 소설은 강물 같다고." 허스트베트가 말했다.

미국에서 가장 생산적인 문학적 방앗간은 그렇게 계속 작품을 만든다. 한 번에 한 단어씩.

2008년 3월

# 마크 Z. 다니엘레프스키
Mark Z. Danielewski

오늘날 가장 혁신적인 작가 중 한 사람인 마크 Z. 다니엘레프스키의 작품은 특정한 범주에 속하지 않는다. 강제수용소에서 살아남은 폴란드계 미국인 영화감독 아버지 밑에서 태어난 그는, 훗날 록 가수 '포Poe'로 활동하게 되는 여동생 앤과 이야기를 지어내며 어린 시절을 보냈다. 예일 대학과 버클리 대학에서 수학했고, 서던캘리포니아 대학에서 방송영화학을 전공했다. 그가 2000년 발표한 데뷔작에는 언어이론과 서사에 대한 관심이 상당한 정도로 녹아들어 있다. 집착과 공포에 관한 이 소설 『나뭇잎의 집 House of Leaves』에는 미궁 같은 각주가 겹겹이 달려 있다. 다니엘레프스키는 미국을 횡단하는 여행길에 나선 두 명의 십대에 관한 양면 플립북인 『오직 혁명뿐Only Revolutions』에서 이러한 형식을 더욱 밀고 나아갔다. 그 소설의 각 측면은 초기 미국어부터 오늘날 사용되는 속어에 이르는 언어의 진화 과정을 보여준다. 이 책은 전미도서상 최종후보작에 오르기도 했다. 데뷔 후 13년간 다니엘레프스키스는 동시대의 영상 문화와 영화 어법과 더불어 후기구조주의자들의 고상한 이론을 넘나드는 능력 덕분에 젊은 독자들에게는 컬트적인 인물이 되어왔다. 『나뭇잎의 집』은 페이퍼백만 수십만 부가 팔렸고, 초판본은 3천 달러

마크 Z. 다니엘레프스키

가 넘는 가격에 팔린다. 그는 2014년 『낯익음The Familiar』이라는 제목의 27권 짜리 연작소설을 출간하겠다는 기획을 갖고 있다.

우리는 『나뭇잎의 집』이 처음 출간되던 당시 어느 비스트로에서 만나 브런치를 함께 들었다. 이게 그에게는 첫번째 인터뷰였다.

▼

인터넷 판매업체들이 전자책을 차세대 주자로 선전하기 시작하자 책을 사랑하는 사람들은 말도 안 된다는 반응을 보였다. 감히 테크놀로지가 우리와 텍스트의 친밀하고 아늑한 관계를 방해한단 말인가? 마크 다니엘레프스키는 첫 책 『나뭇잎의 집』을 디지털inuniverse.com과 종이책이라는 두 가지 형태로 동시에 출간하면서 전통적인 형식의 책을 사랑하는 사람들과 디지털 매체에 충성하는 사람들 양쪽에 보기 좋게 발을 걸쳤다. 어느 쪽이라도 좋다는 소리였다. 다니엘레프스키의 문버팀쇠만 한 크기의 소설에는 꼭 맞는 전략이다. 이 소설은 마우스 클릭으로 상호작용하는 포스트모던적 시대정신과 우연히 발견된 원고라는 구식 소설 전략을 서로 어우러지게 한다.

완성하기까지 10년이 걸린 『나뭇잎의 집』은 로스앤젤레스의 문신 가게에서 일하는 조니 트런트가 최근 실종된 잠파노라는 남자의 아파트에 흩뿌려져 있던 원고를 발견하고 이에 집착하는 과정을 보여준다. 원고에서 잠파노는 지옥처럼 변해버린 시골 마을로 돌아간 영화 제작자 윌 네이비슨에 관한 영화 〈네이비슨의 기록〉을 해체한다. 네이비슨은 자기 시골집 내부가 외벽보다 0.25인치 크다는 사실을 발견한다. 어디선가 난데없이 출입구가 나타나고, 상황은 점점 더 이상해진다.

집 안의 네이비슨은 호기심을 억누르지 못한다. 늘 영화가 될 만한 소재를 찾던 그는 카메라를 손에 들고 돌아다닌다. 그러다 네이비슨에게 엄청난 혼란이 찾아온다. 그의 가족에게도. 그리고 책을 읽는 트런트에게도.

『나뭇잎의 집』을 읽는 사람들은 미칠 것 같은 기분에 시달리거나 짜릿함을 느낄 것이다. 서른셋의 다니엘레프스키는 "어떤 독자들은 엄청난 분노에 휩싸일 겁니다"라고 말한다. 하지만 이 작품이 천재적이라는 데 이견을 보일 사람은 없을 것이다. 영화를 자세히 읽어내는 잠파노는 하이데거에서 메리 셸리, 그리고 책에 나중에 등장하는 카밀 파글리아에 이르는 인물들을 언급한다. 예일 대학에서 문학을 전공하고 생계를 꾸리기 위해 배관공과 즉석요리사 등의 직업을 전전했던 다니엘레프스키에게 어떻게 처음부터 이토록 복잡한 소설을 쓸 수 있었느냐고 묻자 그는 웃음을 터뜨리며 반어적인 뉘앙스가 담긴 대답을 내놓았다. "에이, 전부 날조한 거죠."

브런치를 먹는 동안 작가는 잔뜩 흥분해서 데리다와 디자인 소프트웨어의 쓰임새, 그리고 자기 책의 섬세한 레이아웃에 대해 전광석화처럼 말을 쏟아냈다. 어떤 장면을 보여주겠다며 가제본을 넘기기도 했다. 불꽃을 터뜨리고 있는 건 그의 파란색 머리카락뿐만이 아니었다. 그는 진실한 신자, 선지자 같은 인상을 풍긴다. 그가 추구하고 있는 듯 보이는 건 서커스단의 곁다리 쇼가 아니다. 진정한 것, 정말로 진지한 문학관이다.

데이비드 포스터 월리스풍風의 자기 참조성을 극단적으로 밀어붙이는 『나뭇잎의 집』에는 수직적으로, 수평적으로, 때로는 반대 방향으로 배열된 각기 다른 크기와 형태의 글꼴을 지닌 각주가 달려 있다. 어떤 텍스트는 SOS 패턴처럼 만들어졌고, '집<sup>house</sup>'이라는 단어는 소설 내내 파란색으로 표시되며, 시와 사진 콜라주가 포함된 2백 페이지에 달하는 부록도 있다.

소설의 일부를 인터넷에 먼저 공개했음에도, 다니엘레프스키는 구식 종이책의 잠재성을 믿는 사람이다. "나는 월리스나 핀천, 개디스 같은 작가들이 '봐, 우리도 할 수 있어, 우리도 흐름을 탈 수 있다니까'라고 말하며 이처럼 거대한 물결에 동참하고 있다고 봅니다. 저는 더 많은 사람이 새로운 한계 너머로 책을 밀어붙이기를 바랍니다. 종이책들이 아직 발견되지 않은 엄청난 능력이 내장된 아날로그 컴퓨터 같다고 생각하고요."

그러나 컴퓨터 작업이 없었다면 이 책은 존재할 수 없었을 것이다. 이 소설을 쓰면서 그는 맥 컴퓨터 세 대를 날려먹었다. 책을 낸 출판사인 판테온의 사무실에 앉아 책의 판형을 잡느라 몇 주를 낑낑거렸다. 마치 자기가 네이비슨이라도 된 것 같았다고 했다. "한 챕터는 완성하는 데 아홉 달이나 걸렸죠." 그가 말했다. "영화라도 찍는 것 같았어요. 사전 제작이 오래 걸렸죠."

그의 아버지가 아방가르드 영화감독 내드 Z. 다니엘레프스키라는 점을 고려하면 그럴듯하게 들리는 말이다. 다니엘레프스키는 각본부터 쓰기 시작했다. 소설에서도 그는 셀룰로이드 이미지 위에 타이포그래피를 표현한다. "화면이 변화하는 방식을 활용해보고 싶어요. 페이지에 나타난 틈이나 침묵을 본 사람들은 이렇게 묻죠. '여기다 뭔가 넣고 싶나요?'" 하지만 그는 영상 문화에서 많은 것을 가져오거나 패러디하면서도 영화 판권을 팔 생각은 없다. "나는 영화가 책에서 뭘 훔친다고 생각합니다." 그가 말했다. 하지만 각본을 썼던 경험은 소설을 쓸 때 많은 도움을 주었다. "도면을 그리기에는 더없이 좋은 훈련이었죠. 그러다 집을 지어야 할 때가 되었던 겁니다."

책의 플롯을 복잡하게 만들기 위해 그는 네이비슨의 발견을 이중으로 사용한다. 네이비슨의 발견은 그와 그의 동반자 캐런 사이에 깊어가는 골을 드러내기 위한 은유이기도 하다. 그들은 한집에 살며 삶을 함께한다. 그러나 그들 사이의 정서적인 차이가 벌어질 대로 벌어지면서 그 차이는 벽과 그 너머 사이의 치명적인 0.25인치처럼 도무지 알 수도, 연결할 수도 없는 것이 된다.

이 책은 기호학자가 쓴 사랑 이야기처럼 보이기도 한다. 결국 다니엘레프스키는 록 가수인 여동생 '포'처럼 곡을 쓰는 사람의 마음을 갖고 있는 듯하다. 그는 사랑이 불러일으키는 심적 고통에 대해서도 데리다의 기호 이론에 대해서처럼 익숙한 사람인지도 모른다. 하지만 우리의 대화가 끝나갈 무렵, 그는 키보드에 배열된 열감지 센서를 통해 텍스트를 읽을 수 있는 감시 장비를 입에 올리며 화제를 다시 테크놀로지로 돌린다. 어쩌면 다니엘레프스키가 『나뭇잎의 집』을 쓰면서 그런 장치를 사용했을지도 모른다는 생각이 든다. 밝은 금속성의 파란색 불꽃을 읽어내는 장비로, 인터넷 시대에도 소설 속에는 여전히 작은 불꽃이 남아 있다는 것을 드러내면서 말이다.

2000년 3월

존 어빙
John Irving

스물여섯이라는 젊은 나이로 문단에 나온 존 어빙은 칠십대가 된 지금도 소년다움을 간직하고 있다. 그의 데뷔작부터 세번째 소설까지는 엇갈린 평가를 받았고 판매고도 높지 않았다. 그러나 네번째 소설 『가아프가 본 세상The World According to Garp』(1978)은 어마어마한 베스트셀러가 되었으며, 전미도서상을 수상했다. 이 소설에는 이후 그의 작품에 매번 등장하는 레슬링과 섹스, 그리고 소설 쓰기에 대한 수많은 비유가 처음으로 결합되어 나타나고 있다. 지금 이 소설을 다시 보면 이러한 결합이 신선하게 느껴진다. 한편 존 어빙의 소설에는 소설 속 소설, 곰, 사립학교, 그리고 젊은 청년의 동정을 빼앗는 나이 든 여자들도 등장한다. 그는 거의 40년간 베스트셀러 목록 상단을 지켰다. 이는 장르소설을 쓰지 않는 작가에게 주목할 만한 성취다. 『가아프가 본 세상』과 『뉴햄프셔 호텔The Hotel New Hampshire』(1981), 『사이더 하우스The Cider House Rules』(1985), 『오웬 미니를 위한 기도A Prayer for Owen Meany』(1989), 그리고 『일 년 동안의 과부A Widow for One Year』(1998)는 영화로도 제작되었다. 나는 그의 버몬트 자택에서 햄스트링 부상으로 휴식을 취하던 그를 만날 수 있었다.

존 어빙

도셋의 드높은 산꼭대기에 위치한 존 어빙의 성역으로 진입하는 방문객은 수없이 많은 나라에서 수없이 많은 언어로 출간된 존 어빙의 책들이 꽂혀 있는 긴 서가를 지나야 한다. 복도 끝에 집의 중심부가 있다. 뱃머리처럼 수평선을 향해 뻗어 있는 길고 아늑한 방이다. 그리고 그 방의 한가운데, 1978년 수많은 독자의 사랑을 받았던 소설 『가아프가 본 세상』과 레슬링에 대한 광적인 열정으로 널리 알려진 예순세 살의 작가 존 어빙이 자리하고 있다.

뉴햄프셔 엑세터에서 태어난 존 어빙과 그의 두번째 아내는 550제곱미터에 달하는 이 집에서 지난 14년간 살아왔다. 그러는 동안 그는 베스트셀러 고정 작가로 자리매김했고, 아카데미 각본상을 수상했다. "여기 살아서 가장 좋은 점이 뭔지 아십니까?" 그가 사무실이라고 부르는 방에 내가 들어서자 그는 전망이 훌륭한 창가 쪽으로 의자를 밀며 말했다. "겨울이죠. 나무 꼭대기까지 흰 눈이 수북하게 쌓입니다."

지금은 6월 하순이다. 그러므로 언덕들은 연무에 휩싸여 있다. 오전 아홉시, 존 어빙은 반바지에 운동용 티셔츠로 여름철 옷차림을 하고 있다. 그의 집에는 에어컨이 없다. 푸시업 백 번에 맞먹는 글을 막 완성한 듯, 그에게는 맥박이 거세게 뛰는 듯한 분위기가 감돌았다. 실은 그렇다. 그는 막 한 권의 책을 완성했다. 내가 그를 인터뷰하러 온 이유는 848쪽에 달하는 『당신을 찾을 때까지 Until I Find You』가 출간되었기 때문이다.

하지만 그는 운동을 하지 말라는 의사의 지시에 따르고 있다. 세 아들 중 막내인 에버렛의 도전으로 4백 미터 달리기 시합을 하다 탈장이 되었기 때문이다. "다시는 안 하겠다고 해야지 어쩝니까." 그가 사자 갈기를 연상시키는 머리를 흔들며 말했다.

존 어빙은 신중했어야 한다는 점을 시인했다. 그가 레슬링 시합에서 자기 나이의 절반에 해당하는 젊은 남자들을 쓰러뜨릴 수 있었던 때는 지나갔다. 미국의 헤비급 작가들에게 넬슨 기술*을 쓸 필요도 없다. 한때 톰 울프가 그의 판매고에 도전한 적이 있었지만, 싸움은 시시하게 끝나버렸다.

그가 얼마나 대단한 작가인지 알고 싶다면 그의 집을 둘러보기만 해도 된다. 미국 작가 사이에서 벌어진 문학적 전투에서 존 어빙은 늘 승리자였다. 그는 언제나 상대방을 단숨에 쓰러뜨렸다. 현관에 들어서자마자 그가 1985년 작 『사이더 하우스』를 각색해서 2000년에 받은 오스카상이 보인다. 책상 뒤의 벽에는 베스트셀러 목록을 넣은 액자 세 개가 걸려 있다. 모두 존 어빙이 1위를 지키는 목록들로, 그중 두 개는 지난 10년 동안 달성한 것이다.

그는 베트남전의 경험에서 영향을 받은 1989년 작 『오웬 미니를 위한 기도』가 살만 루시디의 『악마의 시』에 밀리지 않았더라면 네 개의 액자를 걸 수 있었으리라고 생각한다. "살만이 1위를 차지하자마자 그에게 전화를 걸었죠." 그가 약간 으스대며 말한다. "축하한다고 말해주었습니다. 우리는 전 세계에서 1위를 놓고 다투고 있었으니까요. 그는 웃음을 터뜨리더니 이렇게 받아쳤죠. '자리를 바꾸고 싶소?'"**

살만 루시디는 그로부터 16년 뒤에 대중에게 돌아왔다. 그러나 존

---

* 레슬링에서 상대편의 겨드랑이 밑으로 팔을 넣고 뒤통수에 팔을 돌려 목을 조르는 기술.
** 루시디의 소설 『악마의 시』는 이슬람을 모독했다는 논란에 휩싸였고, 1989년 이란 지도자 호메이니가 작가에게 사형선고를 내렸다. 루시디의 농담은 이 사건을 배경으로 나온 것이다.

어빙은 결코 독자들을 떠난 적이 없다. 최근 그는 열한번째 소설 『당신을 찾을 때까지』를 발표하며 다시 논쟁을 불러일으켰다. 이 소설을 둘러싼 무성한 뒷얘기에 실제 작품이 가려질 정도다. 『가아프가 본 세상』이나 『오웬 미니를 위한 기도』와 마찬가지로, 그의 신작 소설은 아버지 없는 소년이 세상에 나서면서 경험하는 모험을 그린다. 어빙도 그러했다. 그는 미혼모의 아들로 태어났고, 남다른 뉴잉글랜드 가정에서 자라난 그의 어머니는 아버지의 정체를 밝히려고 하지 않았다.

『당신을 찾을 때까지』는 북부 유럽을 누비는 신나는 장기 체류 생활로 이야기를 시작한다. 중심인물인 잭 번스(이야기가 시작될 때 그는 네 살이다)와 그의 어머니는 방만한 아버지, 몸에 바흐 소나타 문신을 점차 늘려가는 오르간 연주자를 찾아 돌아다니는 중이다.

끝내 아버지의 행방은 묘연한 채 남고, 잭과 어머니는 존 어빙이 오랫동안 제2의 고향이라 생각해온 토론토에 정착한다. 잭은 (어빙의 전형적인 수법대로) 여자들만 다니는 학교에 진학하고, 어머니는 문신 아티스트로 가게를 차린다. 그리고 성적인 장난기로 충만한 유년기와 청소년기, 그리고 청년기가 차례대로 펼쳐진다.

그 후 갑작스럽게 성공한 배우이자 국제적 섹스 심벌이 되어 로스앤젤레스에서 살고 있는 잭이 등장한다. 그는 모든 것을 가졌지만 진정으로 원하는 것은 아버지가 되는 것뿐이다. 그렇게 해서 그의 진짜 모험이 시작된다.

이 소설에서 아버지 없이 성장하는 아픔이나 섹스의 슬픔과 즐거움 등 그가 전에도 다룬 적 있는 주제들이 되풀이되고 있지만, 그는 이 책이 같은 주제를 가장 잘 표현하고 있다고 말한다. 그런데 이번에 그는 자신의 실제 인생에서 이러한 주제를 직접 파헤쳐볼 의지를 보이고 있다.

"가족 중 그 어떤 어른도 아버지가 누구인지 말해주지 않았다는 것이 제 어린 시절에서 가장 중요한 사건이었죠." 그가 말했다. 돌연 그의 잘생긴 얼굴이 깨어질 듯 나약하게 보였다. "제 이름은 본래 존 월리스 블런트 주니어였습니다. 1948년에 어머니가 계부 콜린 어빙과 결혼하면서 이름이 바뀌었죠. 그때 저는 여섯 살이었습니다. 전 새아버지를 좋아했어요. 첫아들의 이름을 그분 이름을 따서 콜린이라 짓기도 했죠. 새아버지가 생기자 제 삶은 훨씬 더 나아졌고 제가 진짜 아버지를 찾아 나서기라도 한다면 그분에 대한 배신이 될 거라 생각했죠. 이십대에도, 삼십대에도 이런 생각은 쭉 이어졌습니다."

지금까지 그는 자신의 사건을 직접 파헤치기보다는 소설로 풀어냈다. 그에게는 비록 지금은 약하지만 언젠가는 반드시 성공하겠다는 포부가 있었다. 이는 그의 문학적 원동력이었다.

어머니와 계부가 교사로 재직했던 뉴햄프셔의 상위권 고등학교 엑세터 아카데미를 졸업한 어빙은 피츠버그의 대학에 진학했고, 거기서 레슬링에 대한 사랑이 글쓰기에 대한 갈망에 자리를 내줬다. 1학년을 마치고 빈으로 학업차 여행을 떠났던 그는 그곳에서 화가 샤일라 리어리를 만나 결혼했다. 그들의 첫아들 콜린은 오스트리아에서 태어났다.

1970년 둘째 아들 브렌던이 태어났지만, 그들의 결혼 생활은 1981년 고통스럽게 끝나고 말았다. 어빙은 6년 뒤 캐나다 국적의 문학 에이전트 재닛 턴벌과 결혼했다. 그녀는 지금 그의 소설들을 담당하고 있으며, 그들의 아들 에버렛은 열세 살이다.

그는 아버지가 되었다는 사실을 특히 자랑스러워하는 것처럼 보인다. 아니면 특히 사진을 좋아하는 사람이거나. 그의 집은 대개 레슬링

복 차림인 콜린과 브렌던의 사진으로 도배되어 있다시피 하다. 어빙이 아들들에게 십대 때부터 레슬링을 가르쳤다는 점을 생각하면 놀랍지는 않다. 그의 두 아들은 아버지를 닮아 잘생긴 얼굴에 숱 많은 눈썹을 하고 있다. 어빙이 집 한쪽에 실제 크기로 만든 레슬링 경기장에도 그들의 사진이 잔뜩 걸려 있다.

어빙은 에버렛이 레슬링에 빠지지 않아서 다행이라고 여기는 듯하다. 하지만 이전까지 열정적으로 스포츠에 빠져들었던 그의 모습을 생각할 때, 이는 주목할 만한 변화다. 그는 뉴욕에서 첫째와 둘째 아들이 학교에 다니고 있던 뉴햄프셔까지 개인 교습을 해주러 차를 몰고는 했다. 그는 영화로 제작된 『가아프가 본 세상』에 레슬링 심판으로 출연하기도 했다. 하지만 이제 탈장이 된 그는 자신이 아직도 소년이라는 생각에서 서서히 벗어나고 있는 것처럼 보인다. "더는 젊은 애들을 따라잡으려고 기를 쓸 필요가 없죠." 그가 말했다.

어빙은 그간 과거와 관련된 이야기를 회피해왔다. 하지만 결국 남들보다 길었던 사춘기를 보냈음을 인정할 수밖에 없었다. 그는 그 이유도 알고 있다. 어빙도 잭 번스처럼 믿기지 않을 정도로 어린 나이에 첫 섹스를 경험했다.

"그녀는 이십대 초반의 젊은 여성이었어요. 저는 열한 살이었습니다." 그가 돌연 과거로 방향을 틀며 말한다. "주변의 어른들 모두가 그녀를 알고 있었지요. 그녀를 신뢰했고요."

어빙은 그 일을 성추행이라 하기를 망설이면서도 로빈슨 부인*풍의 짜릿함을 겪기에는 자기가 너무 어렸다는 점을 인정한다. "우리가 섹

---

* 영화 〈졸업〉에서 연하의 청년을 유혹하는 여성.

스를 하고 있다는 것을 인식하지 못할 정도로 어린 나이였어요. 나중에 나이를 먹고 첫 섹스를 하게 되었을 때 생각했죠. '제기랄, 이게 처음이 아니라니.'"

『뉴햄프셔 호텔』을 비롯한 어빙의 전작들에서도 젊은이와 연상의 여성과의 섹스는 슬픈 일임이 암시되고 인정되며, 여파를 남기는 일이라고 묘사되고 있지만, 이번 소설의 섹스는 지독하게 공허하다. 잭이하는 섹스는 이상하고, 살짝 기괴한 데다가 몹시 슬프다.

한편 이는 순수함은 잃어버리는 게 아니라 '빼앗기는' 것이라는 소설의 중심 주제를 드러낸다. 이는 친구의 어머니가 잭에게 자신을 드러내는 한 장면에서 전지적 화자에 의해 마치 비난처럼 나타난다.

이런 식으로, 그러니까 측량이 가능할 정도로 눈에 확 띄게 늘어나건 아니건 간에, 우리는 유년기를 강탈당한다. 대개는 결정적인 사건 하나가 아니라 소소한 강탈이 줄줄이 일어나는데, 결과적으로는 똑같은 손상을 입는다. 오슬러 부인은 분명 잭의 유년기를 강탈해 간 도둑 중 하나였다. 그녀가 그에게 상처를 줄 생각이 있었다거나 그런 일에 관심을 가졌기 때문이 아니다. 레슬리 오슬러가 순수함을 싫어하는 사람이거나, 혹은 자신에게조차 분명치 않은 이유로 순수를 경멸하는 사람이기 때문이었다.

어빙에 따르면 그는 시간이 지나면서 너무 이른 나이에 경험한 섹스로 생긴 연상의 여성 콤플렉스를 벗어날 수 있었다. 하지만 그가 아버지에 더욱 집착하게 된 몇 가지 사건이 있었다. 첫번째 사건은 그가 『뉴햄프셔 호텔』을 출간했던 1981년 일어났다.

"제가 서른아홉에 첫 아내와 헤어졌을 때 어머니가 식탁에 편지한 꾸러미를 내려놓았죠." 그가 말했다. "아버지가 인도 공군기지와 1943년 중국 병원에서 보내온 편지들이었습니다."

그렇게 해서 어빙은 제2차 세계대전 당시 조종사였던 아버지가 전장에서 격추당하는 바람에 미얀마와 중국에서 포로로 잡혀 있었다는 사실을 알게 되었다. 편지는 낙오자가 아니라 너무 일찍 아버지가 된 남자를 그리고 있었다.

그리고 20년 후, 보다 충격적인 사건이 일어나면서 어빙은 두번째 깨달음을 얻게 되었다. 텔레비전 다큐멘터리에 출연했던 어빙은 그 프로그램을 봤다는 크리스토퍼 블런트라는 이름의 남자로부터 전화를 받았다. "그가 이렇게 말했죠. '우리가 형제인 것 같습니다.'" 몇 시간 동안 이어진 대화로부터 두 남자는 자기들이 배다른 형제 사이라는 것을 알았다. 한편 어빙은 블런트로부터 아버지가 5년 전 세상을 떠났다는 것도 알게 되었다.

그리움으로 점철된 기나긴 세월이 지난 후에야 알게 된 충격적인 이야기였다. 블런트가 그에게 말해준 아버지는 세 번 결혼한 투자회사 매니저로 부유한 삶을 살았으며 조울증으로 고통을 겪었던 사람이었다.

"저는 아버지로부터 무엇을 물려받았는지 생각하기 시작했죠." 어빙이 말했다. 이 시점에 그는 이미 『당신을 찾을 때까지』를 쓰고 있었다. 기이한 운명의 장난인지 잭 번스의 아버지도 그의 아버지를 괴롭혔던 것과 유사한 정신적 문제가 있었다. 어빙은 처음으로 심한 우울증을 겪으며 끝이 보이지 않는 침체에 시달려야 했다. 그는 항우울제를 처방받았다. 하지만 약을 복용하면 글쓰기가 어려웠으므로 이내 투약을 중단하고 말았다.

2004년, 어빙은 결국 소설을 완성했다. 하지만 그것이 이 이야기의 끝은 아니었다. 1인칭으로 책을 썼던 그는 마지막 순간에 출판사에서 원고를 회수해 처음부터 다시 3인칭 시점으로 고쳐 썼다. 이 작업만 아홉 달이 걸렸다. 그러나 어빙은 이 작업이 자신과 잭 번스 사이에 거리를 두기 위한 것만은 아니라는 점에서는 확고했다. 그로서는 이야기를 더욱 잘 통제할 필요가 있었다.

"제가 이 이야기를 회고록으로 쓰지 않았던 것과 같은 이유입니다." 이렇게 말하는 그의 목소리가 고조되었다. "저는 단 한 권의 회고록(그가 영향을 받은 작가들과 레슬링 선수들에 관한 책인 1997년 작 『상상의 여자 친구The Imaginary Girlfriend』)만 썼습니다. 매우 작은 책이죠. 3인칭 시점으로 전개되는 이야기일 때 더 통제하기 쉽습니다."

어빙이 기자들과 적대적인 관계를 맺어온 이유 중에는 통제에 대한 강박도 있다. 이 인터뷰는 내가 그를 만나기에 앞서 『당신을 찾을 때까지』를 꼼꼼히 읽어야 한다는 조건하에 성사되었다. 내가 책을 읽지 않은 것이 탄로 나면 어빙이 인터뷰를 도중에 그만둘 것이라는 주의를 사전에 들은 바 있었다.

그는 소설의 화자나 찾아오는 손님들을 통제할 수는 있다. 하지만 비평가들을 통제할 수는 없었다. 그리고 비평가들은 그의 새 소설에 엇갈린 반응을 내놓았다. 소설이 서점에 나왔던 7월 중순보다 일주일 앞서 미국의 많은 주요 신문이 이 책에 대한 기사를 쏟아냈다.

소설가 매리언 위긴스는 『워싱턴 포스트』에서 곤혹스러움을 표출했다. "그는 의도적으로 이렇게 나쁜 글을 쓰기에는 너무나 훌륭한 장인이다." 출간 당일에는 『뉴욕타임스』의 전설적인 독설가 미치코 가쿠타니가 다음과 같은 판결문을 내놓았다. "잭의 '우울한 다변증'은 그럭저럭 쓸 만한 정신치료 효과야 낼 수 있겠지만, 이 책의 스토리텔링은 지루하고 방종하며 지독하게 눈을 혹사시키는 독서 경험을 안겨줄 뿐이다." 일요일판 『타임스』에 보다 긍정적인 평이 실렸지만, 이미 손상이 가해진 뒤였다.

어빙은 이미 예전부터 이러한 연타에 익숙했다. 하지만 늘 그렇듯 『당신을 찾을 때까지』에 대한 평들도 불만스러울 뿐만 아니라 부당하다고 생각한다. 그가 나중에 이메일로 전해 온 바에 의하면 매리언 위긴스에게는 그런 말을 할 만한 이유가 있었다(그는 살만 루시디를 언급하며 이렇게 썼다. "그녀의 인생에서 큰 의미가 있는 옛 애인이 제 친구 중 하나죠."). 그의 말에 의하면 그의 소설을, 특히 이번 소설을 제대로 평가할 수 없는 평자들의 무능력이 평가의 대상이 되어야 한다.

"이건 긴 소설입니다. 그리고 잭이 어려서 당한 학대로 유아적이고 자기주장이 없는 어른이 되었다는 주제라면 성적 묘사의 수위가 높아지는 것이 당연하죠." 어빙이 말했다. "이 소설은 고상한 체하는 사람들을 위한 것이 아닙니다. 그리고 다분히 목적이 있는 긴 길이 때문에 이 소설은 게으르고 참을성 없는 독자들의 손쉬운 공격 대상이 되죠. 서평가들의 60퍼센트 이상이 길고 플롯이 복잡한 소설을 싫어합니다. 제 독자들은 게으르지도 참을성이 없지도 않아요." 어빙이 말을 이었다. "제 소설처럼 길고 플롯이 정교한 소설을 좋아하는 독자라면, 그리고 저의 다른 긴 소설도 좋아했던 독자라면 이 책 역시 마음에 들어 할 겁니다."

아마 『당신을 찾을 때까지』에 대해 어빙이 받은 최고의 평가는 오랜 친구이자 한때 멘토였던 커트 보네거트로부터 온 것일 테다. 이 우상파괴적인 미국 작가는 30년 전 아이오와 작가 워크숍에서 어빙에게 이야기를 빚고 직조하는 기술을 가르쳐준 바 있다. 부정적인 평들이 나오기 전이었던 인터뷰 당일, 어빙은 내게 보네거트가 보낸 엽서를 건넸다. 앞면에는 "싫은 사람 상대하기에 인생은 짧다"라는 문구가, 뒷면에는 신중하게 쓴 메시지가 적혀 있었다. "인간미가 묻어 있는 완벽하고 훌륭한 작품. 당신은 찬사를 받을 자격이 있습니다. 당신을 알게 되어 자랑스럽습니다. 커트 보네거트. 2005년 5월 30일."

그리고 존 어빙이 세상에서 유일하게 확실하다고 생각하는 것은 다음과 같다. 바로 비평가들이 뭐라 말하든, 그가 찬사를 받을 자격이 있다는 커트 보네거트의 한마디가 언제나 옳다는 것.

2005년 7월

존 어빙

# 가즈오 이시구로

Kazuo Ishiguro

가즈오 이시구로는 1954년 일본 나가사키에서 태어나 여섯 살 되던 해 영국으로 이주했다. 켄트 대학교에 진학했고, 이후 이스트 앵글리아 대학에서 맬컴 브래드버리와 안젤라 카터의 지도 아래 문예창작 과정을 이수했다. 『그랜타』 매거진은 1982년 출간된 데뷔작 『창백한 언덕 풍경A Pale View of Hills』을 토대로 그를 마틴 에이미스, 팻 바커, 줄리언 반스, 이언 매큐언, 그레이엄 스위프트, 살만 루시디 등의 동시대 작가들(모두 부커상을 받았다)과 함께 제1회 최고의 영국 젊은 작가 목록에 올렸다. 이후 대영제국의 마지막 시기, 영국 영주를 돌보는 데 자신의 삶을 바친 집사에 대한 애절하고 고전적인 이야기인 『남아 있는 나날The Remains of the Day』(1989)로 부커상을 수상했다.

이시구로의 소설은 몹시 섬세한 아름다움을 지니고 있다. 이음매가 전혀 보이지 않게, 너무나도 매끈하게 다듬어져 있어서 그의 소설들이 가진 다채로움은 아직 그 진가를 충분히 인정받지 못하고 있다. 『떠도는 세상의 예술가An artist of the Floating World』(1986), 『우리가 모두 고아였을 때When We Were Orphans』(2000)와 같은 몇몇 작품은 이제는 사라진 일본과 일본이 과거에 가졌던 영향력에 대한 추억으로 넘쳐흐른다(두 작품 모두 부커상 최종심에 올랐다). 『위로 받지 못한 사람들The Unconsoled』(1995), 『나를 보내지 마Never Let Me Go』(2005)와 같은 또 다른 작품들은 좀 더 부드러운 카프카 같다. 이 인터뷰는 『나를 보내지 마』의 출간 시기에 이루어졌다.

▼

가즈오 이시구로가 경악한 표정으로 스콘이 담긴 내 접시를 바라보았다. "정말이지 엉망이네요, 아닌가요?" 우리는 오후의 차 시간, 런던 피카디리 거리에 있는 카페 리쇼에 있었다. 어쨌든 나는 이시구로 쪽에 흩어진 스콘 조각들을 그럭저럭 털어냈다. 그가 놀리듯 짜증스러운 표정으로 내 접시를 들여다보고는 설명했다. "먼저 크림을 바르고, 그다음에 잼을 얹어요. 이렇게요. 갓 내려앉은 새하얀 눈 위에 피를 뿌린다고 생각해봐요." 그가 말했다.

그가 이렇게 까다롭게 구는 것이 곧 이야기 나누게 될 새 소설 『나를 보내지 마』의 출간과 함께 이어질 수백 개의 인터뷰 가운데 첫번째인 이 인터뷰에 대한 전략, 그러니까 일종의 쇼인지는 분명하지 않다.

만약 내 생각이 맞는다면, 그를 비난하긴 어렵다. 지난 11월로 쉰 살이 된 이시구로는 성인이 된 뒤 대부분의 삶을 소설을 쓰면서 보냈고 (지금까지 다섯 권), 소설을 쓴 다음에는 여러 사람 앞에서 그에 대해 이야기해야 했다. 데뷔작 『창백한 언덕 풍경』에서 억눌린 집사에 대한 이야기이자 부커상 수상작인 『남겨진 나날』에 이르기까지 이시구로는 자신의 "확실히 불확실한" 화자를 그 예술적 정점까지 끌고 가서 최정상에 우뚝 세웠다. 무엇보다도 이런 탁월한 기술로 부커상과 휘트브레드상Whitbread Prize을 받은 그이지만 한편으로 이런 정교한 기술에 숙달되는 데서 오는 위험성 또한 인정한다.

"이야기를 하는 특정한 방식이 있죠." 그가 말했다. 그의 눈은 다정하지만 말투는 단호하다. "만들어낸 장면 가운데 중독성을 가지는 어떤 질감이 있어요. 기억의 질감이죠. 과거에 사용했던 같은 장치들을 계속해서 쓰지 않게끔 아주 조심해야 해요."

『나를 보내지 마』는 지금까지 나온 이시구로의 책 가운데 가장 근본적으로 형식적 일탈을 벌인 작품이다. 1990년대 후반의 영국을 배경으로 한 소설은 대체 역사물의 외양을 한 러브스토리다. 필립 로스의 『미국을 노린 음모』가 소설의 중심축으로 살짝 변형된 미국 정치사를 사용한다면 『나를 보내지 마』는 과학으로 관심을 돌린다. 소설은 핵기술이 아닌 유전공학이 제2차 세계대전이 이루어낸 가장 결정적인 기술적 진보인 어떤 세계를 그려낸다.

하지만 소설에는 기계장치도 과학기술도 없다. 이야기는 평행 세계에 존재하고 우리는 그 세계의 윤곽을 추측할 수밖에 없다. 검은 스웨터와 빳빳한 바지를 말쑥하게 차려입은 이시구로는 SF라는 용어가 튀어나오자 발끈한다. "소설을 쓸 때 저는 전혀 장르적인 관점에서 생각하지 않아요. 전혀 다른 방식으로 쓰죠. 이야기는 아이디어들에서 시작돼요."

『나를 보내지 마』는 평소 이시구로가 다루는 범위 너머의 이야기를 다루고 있지만 동일한 주제 영역인 기억 주위를 맴돈다. 책이 진행되며 주인공 캐시 H.는 시골의 영국식 기숙학교 헤일샴에서 보낸 어린 시절을 되돌아본다. 유명 정치가나 사회 지도층이 된 학생들의 소식은 없고 대신 그녀의 동창생들은 '간병자'나 '기증자'가 되어 있다.

그게 무엇을 뜻하는지를 알아내는 데는 시간이 걸린다. 하지만 이것

하나는 확실하다. 서른한 살의 캐시는 살날이 얼마 남지 않았고, 그녀가 자신의 이야기를 들려주는 것은 수명이 단축된 채 태어난 그녀 삶의 작은 위기와 소란들의 의미를 이해하기 위한 시도다.

"우리가 어떻게 살아가는가에 대한 꽤 훌륭한 은유였다고 생각해요. 저는 그저 하나의 장치를 통해서 기간을 단축시킨 거죠. 소설 속 인물들은 현실을 사는 우리와 똑같은 질문들을 마주하죠."

기증자와 간병자 사이의 격차, 그리고 일상적 근심거리들에 대한 등장인물들의 상대적 미숙함이 『나를 떠나지 마』에 섬뜩한 슬픔을 안겨준다. 책 속 사춘기 인물들은 호르몬으로 넘쳐흐르고, 쿨해 보이고 싶어서 어쩔 줄 모르며, 하지만 독자들만큼이나 학교 밖의 세상을 거의 알지 못한다. 오직 캐시와 그녀의 친구 토미, 그리고 토미의 여자 친구 루스만이 그들에게 어떤 운명이 닥치려는지 알아내고자 하는 지적인 호기심을 갖고 있다.

"정말로 중요한건, 당신에게 무슨 일이 벌어지는지 알고 있는가가 아닐까요?" 이시구로는 그들을 기다리는 것은 죽음이라고 말한다. "당신이 지키려는 건 뭐죠? 당신이 바로잡고 싶어 하는 건 뭔가요? 뭘 후회하죠? 뭐가 위안이죠? 만약 당신이 진실을 확인하려고 한다면 이 모든 교육과 문화 제도는 어떤 도움이 될까요?"

재즈의 고전인 제이 리빙스턴의 노래에서 따온 소설의 제목은 캐시가 토미에 대한 우정과 사랑을 회상할 때마다 반복해서 등장한다. 애초에 이시구로는 이 소설을 1950년대 미국을 배경으로 브로드웨이에 진출하려고 애를 쓰는 클럽 가수들의 이야기로 시작했다. "책은 그 세계를 다루는 동시에 그때의 노래들을 형상화하려고 했어요." 이시구로가 말했다. "그러다가 한 친구와 저녁을 먹게 되었는데 그가 요새 뭘

쓰냐고 물었어요. 저는 말하고 싶지가 않았어요. 왜냐하면 저는 제가 쓰고 있는 것에 대해서 말하는 것을 싫어하거든요. 그래서 구상 중인 다른 작업에 대해서 말했어요. 아주 짤막하게요. 아마도, 복제에 대한 책을 쓸 것 같다고."

1년 뒤, 이시구로는 그가 원래 구상했던 『나를 보내지 마』를 접고, 갓 출간된 그의 책을 다듬고 있었다. 이시구로가 원래 구상했던 책에 대해 털어놓는 것을 보아 그가 다시 그 재즈 테마의 책으로 돌아갈 것 같지 않다. 어떤 면에서, 그는 이미 그 책을 살아냈다. 이시구로에게 가사 쓰기는 최초의 문학적 활동이었다. 나는 그가 발라드 기타 곡으로 여자애들의 환심을 사려고 애쓰던 학창 시절에 대해 묘사해달라고 청했지만 그는 글쓰기로 대화의 주제를 돌려놓았다. "당신은 경험한 것을 글로 쓰죠. 기본적으로, 저는 노래 만들기를 통해 그것을 한 거예요."

많은 비평가가 이시구로의 초기작을 나가사키 출신인 그에 대한 은밀한 자서전으로 읽으려고 한다. 이시구로는 이런 시각에도 약간의 진실이 있다는 것을 인정하지만, 단점도 있다고 말한다. "계속해서 사람들이 물어요. 동서양을 잇는 가교가 되고 싶으냐고요. 그건 진짜 부담이죠. 저 자신이 완전히 사기꾼으로 느껴지기도 하고요. 저는 무슨 전문가가 될 수 있는 사람이 아니에요."

『남아 있는 나날』이 영화화된 후 그는 점점 더 많이 영화에 관여해왔다. 2003년, 그의 시나리오 『세상에서 가장 슬픈 노래The Saddest Music in the World』는 이사벨라 로셀리니를 주연으로 영화화되었다. 2005년에는 랄프 파인즈와 바네사 레드그레이브가 출연한 영화 〈화이트 카운티스The White Countess〉가 개봉했다. 리처드 루소처럼 그도 소설 쓰기와 영화 시나리오 쓰기를 병행하려 한다. 우리가 대화를 나누고 얼마 지나지 않아 그는 『나를 보내지 마』의 영화화 작업에 착수할 것이다.

소설들과 함께, 또 다른 영화 시나리오들도 작업 중에 있다. 그러는 동안 그는 끊임없이 자신의 삶에 대한 이야기를 들려줄 것이며, 영화 대본을 소설 속 산문만큼이나 완벽하게 다듬을 것이다. 그가 영화의 매 순간을 장악하고 있으리라는 것은 의심할 여지가 없다.

2005년 2월

찰스 프레지어

Charles Frazier

찰스 프레지어는 노스캐롤라이나 주에서 태어나 거기서 학교를 다녔고 현재도 살고 있으며, 이 주에 대한 세 권의 우아한 역사소설을 썼다. 그가 마흔여섯 살에 쓴 데뷔작인 『콜드마운틴의 사랑<sup>Cold Mountain</sup>』(1997)은 노스캐롤라이나 산맥을 넘어 집으로 돌아가는, 부상당한 남부연합 탈영병에 대한 이야기다. 남부의 서점 주인들이 이 소설을 읽어보라고 손님들을 구슬렸고, 마침내는 어마어마한 베스트셀러가 되었으며, 혼자 있기 좋아하고 상냥한 목소리로 말하는 이 소설의 작가는 자신이 보기에는 기껏해야 미심쩍은 것일 뿐인 세상의 이목을 끌게 되었다. 전혀 놀랍지 않게도, 그가 두번째 소설 『13개의 달<sup>Thirteen Moons</sup>』(2007)을 탈고하는 데는 거의 10년이 걸렸다. 내가 그와 이야기를 나눈 것이 이 책의 출간 직전이었다. 2011년 그는 세번째 작품이자 스릴러소설인 『밤의 숲<sup>Nightwoods</sup>』을 발표했다.

▼

찰스 프레지어가 고향인 노스캐롤라이나 주에 보존하고 싶어 하는 건 수없이 많지만, 지금 현재 그의 마음속에 크게 자리 잡은 건 다음의 두 가지다. 독립 서점과 체로키족 언어. 그의 새 소설인『13개의 달』이 어쩌면 그 둘 모두에 영향을 미칠 수 있을지도 모른다. 프레지어는 노스캐롤라이나의 롤리 시에 위치한 퀘일 리지 서점에 자리를 잡고 앉아 이 계획에 시동을 걸기 시작했다. 그는 미국 각지의 대도시와 아침 토크쇼에 유세를 하러 돌아다니고자 길을 떠나는 대신, 아마 최근 10년간 미국에서 가장 큰 기대를 모은 작품이었을『13개의 달』을 이 작은 독립 서점에서 공개하는 쪽을 택했다.

서점 안쪽 방의 분위기는 무척 들떠 있었고, 프레지어는 랜드로버 지프차 크기로 빽빽하게 쌓인 책 더미를 헤쳐 나가며 차례차례 책에 서명을 했다. 주위에 서 있던 점원들이 인간 벨트컨베이어가 되어 책을 나르고 있었다. 홍보 담당자가 위스키 한잔 하지 않겠냐고 그를 꼬드겼지만 그는 고맙지만 괜찮다면서 이제 겨우 아침 아홉시 아니냐고 대답했다.

"서점 주인들은 제가 고작 초보 소설가였을 때 저에게 모험을 걸었어요."『콜드마운틴의 사랑』의 작가가 그렇게 말했고, 그러는 동안 퀘일 리지 서점의 주인은 자식을 자랑스러워하는 어머니처럼 활짝 웃었다. 프레지어는 쉽게 당황하는 아들 같은 유순한 표정을 짓고 있었다. 그는 표백제로 가공한 청바지와 검은색 실크 셔츠 차림이었다. 하얀 턱수염은 바짝 깎여 있었다.

프레지어의 보은은, 그게 정말로 진실한 게 아니었다면, 억지로 하는 것처럼 보였을지 모른다. 어쨌거나 이 남자는 남북전쟁을 헤쳐 나가는 한 병사를 가지고 첫 소설을 쓸 생각으로 사십대 중반에 대학 교수직을 그만둔 사람인 것이다. "이 서점이 도시 반대편에 있던 시절이 생각납니다." 나중에 그는 주문서로 둘러싸인 작은 사무실에서 계속 말했다. "잘 알죠. 서점이 이사할 때 제가 상자 나르는 걸 도왔거든요."

『13개의 달』은 이 지역의 역사를 훨씬 더 멀리 거슬러 올라간다. 소설은 윌 쿠퍼라는 아흔 살 먹은 남자의 눈으로 본 체로키 국가(한때 미합중국에 존재했던 국가 안의 국가로, 오늘날의 노스캐롤라이나에서 애팔래치아를 거쳐 테네시 강에 이르는 영토를 갖고 있었다)의 멸망을 다루고 있는데, 쿠퍼는 열두 살 때 체로키 부족의 족장에게 입양되었다. 바로 그해 그는 평생을 사랑에 빠져 뒤를 쫓게 되는 한 소녀를 만난다. 그는 자신의 하나뿐인 진정한 사랑을 갈망하지 않을 때는 앤드류 잭슨 대통령이 1830년에 서명한 인디언 이주법에 의해 고삐가 풀리고 1838년에 군대에 의해 수행된, 서부로의 영토 확장과 불공정한 조약들에 맞서 싸운다. 쿠퍼는 끝에 가서는 체로키족을 위해 조상 대대로 내려오는 작은 땅을 확보하는 데 도움을 준다. 그 지역은 현재도 존재한다. 체로키 인디언 동부연맹이 바로 그것이다.

프레지어는 체로키 국가 시절의 사회 모습과 분위기를 재창조하고자 많은 노력을 기울였다. 그는 곰고기 수프와 밀벌로 만드는 스튜의 조리법을 배웠다. 소설의 한 짧은 대목에서 윌은 일종의 체로키식 야구를 하는데, 프레이저는 이 게임을 어떻게 하는지 확실히 모르는 채로 몇 날 며칠 동안 취재를 했다. 그러던 어느 날 정말 운이 좋게도, 그는 지역 체로키족 사람들이 해 질 녘에 그 게임을 하는 모습을 우연히 보게 되었다. "공이 정말 작았어요. 탁구공만 했지요." 프레지어가 말했다. 게임을 하는 모습을 보고 나서는 그걸 소설에 집어넣는 데 아무 어려움도 없었다.

자신들의 고유한 문화가 있었음에도, 체로키족은 인디언 이주법이

가결되었던 당시 미국 사회에 동화되기 시작하고 있었다. "그들은 원주민 회의소도 짓고 대법원 건물도 세웠습니다. 박물관도 운영하기 시작하던 중이었고요." 프레지어가 말했다. "조지아 주의 백인 노예농장에서 사람들이 살아가는 방식과 하나도 다를 게 없었던 거죠."

고등학교 교장과 학교 사서의 아들인 프레지어는 이 지역과 아주 가까운 곳에서 성장했는데, 당시에는 농부들이 노새로 밭을 가는 광경을 보는 게 생경하지 않았고, 그는 그곳 거주민들의 자녀 일부와 같이 학교에 다녔다. "옛날 방식으로 농사를 짓던 사람들이 있었던 게 아직도 기억나요." 그가 말했다. 자판기에서 돼지껍질 스낵을 팔았고 열차 차장이 사람들을 '부인<sup>ma'am</sup>'이라고 부르는 이 지역에서는 이런 것들이 중요하다. "찰스는 그냥 시골 소년이에요." 지역 유지 중 하나가 그에 대해 그렇게 말했다. 프레지어가 새 소설의 서점 판매용 책을 처음 받았을 때, 그는 자기 작가 친구들에게 책을 보낸 게 아니라 체로키 부족 의회의 생각이 어떤지 알기 위해 동부연맹에 그 책들을 가져다주었다.

"책을 원로들께 드렸어요. 힉스 추장과 그 공동체의 다른 분들께 읽어보시라고 보냈지요. 그런 다음 책에 대해 이야기하려고 점심식사 자리를 마련했고요." 프레지어가 말했다. "그날 제가 말했던 것 중 하나는 이거였어요. '제가 이 책에서 이루려고 노력하는 것은 여러분의 이야기를 들려주는 게 아닙니다. 저는 우리 이야기를 들려주려고 해요. 우리가 함께 살고 있는 이 땅에 대한 이야기요.'"

이런 행동이 가지는 중요성은 동부연맹에서 결코 헛된 것이 아니었다. 프레지어의 친척들은 근처의 체로키족을 쫓아낸 백인 정착민에 속한 사람들이었다. "제 조상들은 독립전쟁이 끝난 다음 애시빌 서쪽 땅을 백인들에게 점유하도록 열어주는 조약이 맺어진 직후에 (노스캐롤라이나로) 왔어요. 그때 벌어진 건 당시 흔히 일어나던 일이었습니다. 잘사는 사람들이 찾아와서 큰 땅덩어리를 사고, 그걸 자기보다 덜 잘사는 사람들에게 임대해주었지요."

『13개의 달』은 여러 가지 의미에서 이러한 유산에서 태어났다. 프레지어는 처음엔 윌리엄 홀랜드 토머스의 삶을 따라갈 계획을 세웠다. 토머스는 체로키족에 입양된 백인 남부연합 군인으로, 연방의회가 생기기 이전에 그들을 계속해서 대표하던 인물이었다. 그는 훗날 정신병원에서 사망했다.

토머스를 연구하기 시작하면서, 프레지어는 그가 별난 사람이 아님을, 정착민들과 이주민들의 삶이 훨씬 더 밀접하게 얽혀 있었음을 보여주는 문서들을 우연히 찾게 되었다. "군대가 체로키족을 내쫓으러 왔을 때, 체로키 사람들은 자기 소유 재산에 대한 원장을 지니고 있었습니다. 서부로 갔을 때 변상을 받게 될 거였거든요. 농장들을 쭉 조사하다 보면 그들이 가졌던 것 전부를 볼 수 있지요. 보면 볼수록 그 재산목록은 우리 조상들이 당시에 갖고 있었던 바로 그것들이었지 않나 싶습니다. 작은 오두막, 약간의 토지, 가축 몇 마리, 쟁기." 프레지어가 말했다.

어떻게 보자면 프레지어는 이 책으로 일종의 보상을 하려고 노력하는 중이다. 그는 체로키·인디언들의 이야기를 하는 것뿐만이 아니라 책의 수익 일부를 체로키 언어를 보존하는 데 집중하는 기금으로 모으기 시작했다. 프레지어는 이렇게 탄식했다. "이런 추세로 가면 체로키 언어는 20년 내지 30년 안에 사어가 될 겁니다."

번역 실험의 첫번째 프로젝트는 이 소설 중 '제거'라는 제목이 붙은 부분, 자기 땅에서 추방된 체로키족(개중에는 겨우 8분의 1이 체로키 혈통인 사람도 있었다)의 연대기를 다루고 있는 부분이 될 것이다. 프레지어는 이 프로젝트가 이제 겨우 시작이라고, "체로키 언어로 출판을 하는데 어떤 문제가 생기는지 배울" 수 있다고 본다. 그가 궁극적으로 희망하는 건 체로키족의 육아 프로그램 출신 아이들이 자기 언어로 읽을 거리를 갖게 되도록 어린 독자들을 위한 책들을 펴내는 것이다.

이런 관대함이 프레지어가 막대한 수입을 거둠으로써 생겨난 인식 때문에 흔들리지는 않는다. 이 소설은 몇 페이지짜리 집필 계획과 구상에 근거하여 8백만 달러에 팔린 것으로 단시간에 악명을 떨쳤다. 하지만 그를 아는 사람이라면 그가 그 8백만 달러짜리 계약이 불러일으킨 세간의 관심 때문에 당혹스러워했다고 말한다. 프레지어는 여전히 롤리에 살고 있으며, 근처에 말 농장을 하나 유지하고 있고 플로리다에 집을 한 채 갖고 있다. 그는 자기 인생이 거의 변한 게 없다고 말한다. "하루는 누가 저보고 뭘 하며 노냐고 묻더군요." 프레지어가 다시 한번 커다랗고 유순한 미소를 지으며 말했다. "저는 열두 살 때 하던 것과 똑같은 걸 하며 삽니다. 자전거를 타고, 책을 읽고, 숲을 산책해요. 음악도 듣고요."

이것들이 프레지어가 지난 10년간 『13개의 달』을 탈고하기 위해 노력하는 동안 자신에게 허락한 유일한 낙이다. 집필 초기 단계에서는 취재로 시간을 보냈지만 일단 글을 쓰기 시작했을 때도 속도는 무척 느렸다. "하나나 두 문단 정도 쓰게 되면 괜찮은 날이라고 말하곤 했어요." 그가 말했다. 몇 년 동안 그는 자기 대리인이나 출판사에게 소설에 대해 거의 입을 열지 않았다. "저는 그저 제 자신에게 계속해서 이렇게 말하려고 애썼지요. '『콜드마운틴의 사랑』을 재탕하는 일 없이 이 책을 다 쓰고 싶어'라고요."

미국 문학계는 거의 만장일치로 이 소설을 환영했다.『뉴욕 타임스』의 문학평론가 미치코 가쿠타니는 다음과 같이 썼다. "『콜드마운틴의 사랑』의 서사가 과일케이크처럼 풍부하고 농후하다면,『13개의 달』은 종종 침울한 주제를 다룸에도 불구하고 무척이나 가볍고 섬세한 결과물이다…… 코맥 매카시보다는 래리 맥머트리에 훨씬 더 가깝다." 소설은 혹평도 제법 받았지만 그것 때문에 판매고가 떨어지지는 않았다. 프레지어가 차를 타고 남부 도시들을 순회하자마자『13개의 달』은 『뉴욕 타임스』소설 부문 베스트셀러 순위에 2위로 데뷔했다. 그는 사람들이 이야기꾼에게 무엇을 바라는지, 그걸 어떤 식으로 들려줘야 하는지를 잘 아는 것처럼 보인다. 무엇보다, 그는 집으로 돌아왔을 때 숲이 자기를 기다리고 있으리라는 걸 안다.

2006년 11월

에드먼드 화이트

Edmund White

에드먼드 화이트는 글을 처음 쓰기 시작했던 열다섯 살 이후로 한 번도 글쓰기를 멈춘 적이 없다. 신시내티에서의 유년 시절과 에이즈 위기가 본격적으로 시작되기 전 뉴욕에서의 청년 시절에서부터 파리에서 보낸 10년의 세월에 이르는 그의 인생 이야기는 최초의 커밍아웃 소설로 간주되는『한 소년의 이야기ᴬ ᴮᵒʸ'ˢ ᴼʷⁿ ˢᵗᵒʳʸ』(1982)에서 출발하여 에이즈에 걸린 동성 연인의 죽음을 바라보는 애가(哀歌)인『결혼한 남자ᵀʰᵉ ᴹᵃʳʳⁱᵉᵈ ᴹᵃⁿ』(2000)로 끝나는 반자전적 4부작이 포함된 회고록과 소설들 속에 아름답게 녹아들어 있다. 에드먼드 화이트는 창궐 중인 에이즈에 대한 침묵과 맞서 싸우기 위해 뉴욕 시에서 GMHC*를 설립하는 데 기여했다. 그는 왕성한 집필 활동을 하면서도 다방면에 걸친 관심사를 보여주었다. 그는 마르셀 프루스트와 장 주네, 아르튀르 랭보의 전기를 썼으며 여러 권의 에세이집을 발간했고 게이 문학의 편집자로 활동한다. 그는 게이 문학을 수면 위로 부상시켰으며 게이 소설의 이후가 올 가능성을 열어주었다.

* 동성애자 에이즈 환자들을 돌보는 비영리기관.

▼

부동산 시장이 돌고 돌면서 일어난 우연한 사건들로 말미암아 맨해튼의 거리 하나는 미국의 게이 문학과 예술에서 독보적인 위치를 차지하고 있는 세 인물의 고향이 되었다. 길의 초입에는 시인 존 애시버리가 살았던 아파트가 있고, 더 올라가면 『치유들』이라는 책으로 남성 동성애자들을 자기혐오의 굴레에서 해방시켜준 에세이스트이자 역사학자 마틴 더버먼이 살았던 곳이 있다. 그리고 8번가 근처, 근육질 남성들이 공작처럼 뽐내며 걸어 다니는 곳에 에드먼드 화이트가 산다. 엎어지면 코 닿을 거리에 카페들이 있는 이곳은 미국에서 가장 게이가 많이 사는 도시에서도 가장 게이가 많이 사는 거리로 알려져 있다. 화이트의 집 바로 옆에는 교회가 있다.

이러한 배치가 드러내는 역설을 제대로 살펴보려면 몇 개의 숫자가 필요하다. 예를 들어 100이라는 숫자는 에드먼드 화이트가 열여섯 살의 나이에 유혹했던 남성들의 숫자와 대략 일치한다. 또 하나의 중요한 숫자는 20이다. 그가 HIV 양성반응 판정을 받고도 건강하게 살아온 세월이 20년이기 때문이다.

아직까지 화이트는 바이러스가 진행되지 않은 운 좋은 소수에 속한다. 그는 무수히 많은 기억과 현재를 즐기라는 '카르페 디엠'이라는 말로 소위 포스트-에이즈 세계를 버텨왔다. "의사가 뭐라고 하든 전 케이크를 한입만 먹고 그만둘 수가 없어요." 보기 좋을 정도로 통통한 예순다섯의 화이트가 말했다. "몸에 좋지 않다는 건 알지만요."

자기혐오를 극복할 수 있었던 화이트는 많은 사람에게 귀감이 되었다. 하지만 이는 때로 인터뷰를 어렵게 하기도 한다.

우리는 그의 회고록 『나의 인생My Lives』이 출간되기 전날 대화를 나누던 중이었다. 하지만 흔쾌히 어머니의 코르셋을 당겨주고 여드름을 즐겨 짜주던 남자에게 어떤 질문을 할 것인가? 당신이라면 지하 감옥에 묶인 상태를 여러 페이지에 걸쳐 서정적으로 묘사하는 작가에게 어떻게 질문할 것인가?

"저는 글에서는 꽤 과시욕이 강합니다." 이 순간의 어색한 침묵에 대해 사과하듯 화이트가 말했다. "하지만 제 사적인 삶에 대해서는 부끄럼을 많이 타요."

이는 사실이다. 치즈 냄새가 감도는 탁한 공기가 내려앉은 자기 집 거실에 앉아 있는 화이트는 약간 부끄러움을 타는 모습이다. 그가 『한 소년의 이야기』를 비롯해 가십과 문학 대담, 그리고 훌륭한 유머 감각 모두에 능하다는 사실은 그의 소설들로 증명되고 있다. 그의 빠른 입담은 막힘이 없고 어떤 화제가 나오더라도 능수능란하게 대꾸한다. 하지만 그는 에드먼드 화이트라는 존재에 대해서는 그다지 전문가라고 할 수 없는 모양이다.

그의 방대한 지식은 그가 써온 책들에 온전히 담겨 있다. 그리고 『나의 인생』은 그가 지난 30년 동안 구축해온 바로 그 책인 것처럼 보인다. "앨런 홀링허스트가 말하길, 이 책이 지금껏 썼던 책 중 단연 최고라고 하더군요." 화이트가 불쑥 말했다. 강아지를 연상시키는 그의 환한 웃음을 보면 이런 자기 자랑마저 용서가 된다. 축하한다며 아이스크림이라도 사주고 싶을 정도다.

그리고 부커상을 수상한 바 있는 홀링허스트의 말이 옳다. 화이트의 최고작인 이 책은 그의 섬세한 글쓰기를 드러내면서도 악취가 나기 전에 찬장 문을 닫는 솜씨 또한 보여준다.

이 책이 성공적일 수 있었던 이유 중 하나는 구조다. '나의 어머니', '나의 유럽', '나의 주네' 등의 제목이 붙은 긴 챕터들이 이어지는 『나의 인생』은 결과적으로 그가 살아온 인생과 속했던 시대를 보다 개인적이고 서정적으로 일별한다.

그의 자전적 소설들이 기억의 청사진이었다면 이 책은 기억의 축소 모형이라 할 수 있다. "완전히 다른 주제로 책 하나를 통째로 이렇게 쓸 수도 있었죠." 화이트가 말했다. 하지만 그는 고해실의 제물로 전락하고 싶지 않았다. "연대기적으로 쓴다면 어린 시절이 나오는 대목에서 진창에 빠질 게 뻔했어요. 그건 미국 특유의 불평 문화예요. 어린 시절에 대해 끝없이 우는소리를 하는 거 말입니다."

화이트에게는 불평을 늘어놓을 이유가 늘 무수히 많았다. 『나의 인생』에서 볼 수 있듯, 그는 공화당이 다시 집권하기 위해 동성애자에 대한 일반적인 편견을 도구로 이용하기 오래전부터 미국 보수주의의 중심부에서 성장했다.

화이트는 조지 W. 부시 대통령에 대해서보다 자신이 텍사스 출신이라는 것에 대해 할 말이 많다. 그의 가계 양쪽은 모두 텍사스에 뿌리를 내리고 있으며, 한 할아버지는 KKK단원이었고 다른 할아버지는 한쪽 다리를 잃은 부적응자였다.

『한 소년의 이야기』에서 몇몇 세부 사항이 드러나 있지만, 이것이 전부는 아니었다. 『나의 인생』은 화이트가 그간 자기 이야기를 대단히 완화해서 써왔음을 명백히 보여준다. 『한 소년의 이야기』에 대해 화이트는 이렇게 말했다. "저는 그 소년을 실제의 나보다 더 정상적으로 보이게 하려고 노력했습니다. 실제의 나는 지적으로도 성적으로도 조숙했거든요. 해서 나는 그 소년을 약간이라도 더 평범하게 보이게 하려고 노력했습니다."

시간이 지나면서 화이트의 소설 역시 그의 정상적이지 않은 삶의 방식을 따라가게 되었다. 에드먼드 화이트라는 사람을 형성하는 데 중요한 역할을 했던 뉴욕에서의 20년을 보내고 그는 파리로 이주했다. 그의 소설들도 그를 따랐다. 『한 소년의 이야기』는 『아름다운 방이 비었다The Beautiful Room Is Empty』로 이어졌고, 1997년에는 화이트가 자신의 마지막 소설이 되리라고 생각했던 『작별 교향곡The Farewell Symphony』이 이어졌다. 그리고 2000년, 그가 연인이었던 허버트 소린의 에이즈로 인한 죽음을 애도하며 쓴 소설인 『결혼한 남자』가 이어지면서 4부작이 완성되었다.

세 권의 에세이집과 장 주네와 마르셀 프루스트의 짧은 삶에 대한 전기, 파리에서의 삶에 대한 회고록, 세 권의 단편집, 여행기와 역사소설을 출간해왔음에도 화이트는 반자전적인 4부작 소설들로 세간에 알려져 있다. 1인칭의 힘이 이런 것이다.

이 책들이 성공할 수 있었던 이유 중 하나는 화이트에게 역사에서 기억을 분리하는 능력이 있기 때문이다. 그는 자신이 실제 살아온 길과 실제 쓸 수 있는 것 사이의 간극이 점차 줄어들었던 것을 낭만화하지 않으려고 조심한다.

그는 자기혐오와 자기회의의 대부분을 없애야 했다. 그의 이러한 성격적 측면은 『나의 인생』에 또렷하게 드러나 있다. "저는 많은 사람이 나중에 일어나게 된 일에 비추어 과거를 다시 쓰려는 경향이 있다고 생각합니다." 그가 말한다. "한 예로 1950년대에 스탈린주의자였던 사람이 자기가 사회주의자였다고 말하는 것과 비슷하죠. 저는 이렇게 자기들이 열렬하게 믿었던 것을 고스란히 고백하지 않는 사람들을 가끔

봅니다."

그가 초창기에 발표한 두 소설 『엘레나를 잊으며Forgetting Elena』와 『나폴리 왕을 위한 야상곡Nocturnes for the King of Naples』에서 동성애는 간접적으로 묘사되고 있다. 하지만 화이트는 당시부터 글쓰기에서나 개인적인 삶에서나 동성애에 대해 확고한 입장을 취해왔다. 그의 두번째 책은 테라피스트와 같이 썼던 『게이 섹스의 즐거움The Joy of Gay Sex』이다. 그 후에는 『욕망의 나라: 게이 미국으로의 여행States of Desire: Travels in Gay America』이 나왔다. 1982년에는 래리 크래머를 비롯한 몇 명의 사람과 에이즈에 무관심한 정부에 맞서 GMHC를 설립하기도 했다.

『나의 인생』은 그럴 수 있었음에도 불구하고 자잘한 사건을 많이 다루고 있지는 않다. 물론 조금은 찾아볼 수 있다. 수전 손택이 저녁 모임에 짧게 얼굴을 비추고, 프랑스 철학자 미셸 푸코도 등장한다. 화이트는 대중탕에서 LSD 환각에 시달리던 그를 구해준 바 있다.

화이트는 자신의 자제하지 못하는 유머 감각이 "자신을 많이 괴롭히게 될 수도 있다"는 것을 안다(그리고 두려워한다). 영국의 비평가 마크 심슨은 화이트의 '게이주의적' 이데올로기를 비난했다. 그는 화이트가 "미국의 발명품이자 수출품으로서 게이주의"를 퍼뜨리고 있다고 주장했는데, 그에 따르면 화이트의 게이주의는 "자기 노출과 완벽을 향한 미국식 성취에 대한 반정립이 아니라 그 성취 이데올로기를 체육관 운동광의 모습으로 체화하는 것"이기 때문이었다.

화이트의 파트너가 오래전부터 이러한 공격을 차단하고 있는 까닭에, 그가 이런 말을 직접적으로 듣는 경우는 많지 않다. 그렇다고 그가 이 주제에 관심을 갖지 않거나 자기 생각에 고착되었다는 소리는 아니다. "저는 앨런 홀링허스트의 『아름다움의 선』이 후기-게이 소설의 완벽한 예라고 생각해요." 그가 미래에는 게이 소설과 같은 표현이 사라질지도 모른다는 생각을 언급하며 말했다. "그는 이성애자였더라도 같은 책을 썼을 거예요."

화이트라면 그랬을 성싶지 않다. 사실 『나의 인생』이 세상에 나온 지금, 이는 절대로 가능할 것 같지 않다.

2005년 3월

제럴딘 브룩스
Geraldine Brooks

제럴딘 브룩스는 1955년 오스트레일리아에서 태어나 시드니 교외의 애시필드에서 성장했다. 그녀는 『시드니 모닝 헤럴드』의 신입 기자로 경력을 시작했고, 나중에는 남편이자 작가인 토니 호로비츠와 함께 『월 스트리트 저널』에서 일하면서 아프리카, 중동, 발칸 반도의 전쟁을 취재했다.

그녀의 첫 논픽션인 『욕망에 관한 아홉 개의 장<sup>Nine Parts of Desire</sup>』(1995)은 속세와 차단된 이슬람 국가 여성들의 삶을 탐사한 책이었다. 『해외 우편<sup>Foreign Correspondence</sup>』(1998)에서는 전 세계에 있던 그녀의 어린 시절 펜팔 친구들을 기념하고 기억했다. 소설가로서 브룩스의 관심은 마찬가지로 전 지구적인 것이었고 그녀가 그동안 파고든 막대한 양의 취재의 흔적이 드러난다. 첫 소설 『경이의 해<sup>Year of Wonders</sup>』(2001)는 선페스트의 습격을 받은 더비셔의 작은 마을을 배경으로 한다. 그녀의 가장 정교한 소설이자 퓰리처상 수상작인 『마치<sup>March</sup>』(2005)는 루이자 메이 올컷이 쓴 미국적인 고전에서 빠져나온 듯한 캐릭터들의 삶을 통해 남북전쟁을 다시 그려 보였다. 『피플 오브 더 북<sup>People of the Book</sup>』(2008), 이 책 때문에 내가 그녀와 이야기를 나누려고 마서즈 비니어드 섬*을 향해 떠났던 것인데, 이 책은 세상에서 가장 오래된 세파르디 유대교 경전인 『사라예보 하가다』에 대해 이야기하며 시작된다.

▼

아마 제럴딘 브룩스는 자기 기자증을 안 쓴 지 오래되었겠지만, 해외 특파원 출신의 이 소설가는 주변에 녹아드는 데 있어 저널리스트의 요령을 계속 유지해왔다.

그 첫번째 증거로는 12월 말에 마서즈 비니이어드 섬에서 점심을 먹기로 한 결정을 들 수 있겠다. 대서양을 옆에 둔 그곳의 바람은 살을 에는 듯 차가웠고 하늘은 청명했지만, 사과처럼 발간 볼에 볼보 자동차를 모는 오스트레일리아 태생 작가는 여기야말로 훌륭한 로브스터 롤을 찾을 수 있는 완벽한 장소라고 생각한다.

쉰두 살의 브룩스는 벤치에 자리를 잡고 앉아, 뉴잉글랜드 사람이 자연의 두려운 냉대에 대해 숙고할 때마다 생겨나곤 하는 묵상 같은 침묵 속에서 샌드위치를 먹기 시작했다.

"이런 날은 관광객이 꼭 놓치지요." 동네 사람 하나가 바다로 걸어가며 소리쳤다. 브룩스는 그 농담이 외부인들을 겨냥한 것이라는 사실을 인정했다.

기르는 개 세 마리를 차 뒷좌석에 둔 채로, 퓰리처상을 수상한 저널리스트인 토니 호로비츠와 함께 살고 있는 그리스 부흥 양식의 커다란 저택으로 차를 몰고 가는 동안, 브룩스는 자기가 동네 토박이들을 놀리지 못한다는 걸 인정했다. "그 사람들 중 몇몇은 제가 최근에 해안

---

* Martha's Vineyard. 미국 매사추세츠 주의 남동 끝, 코드 곶(串)에서 남쪽으로 약 6킬로미터 거리의 바다에 있는 섬.

으로 날아가버렸다고 말했을걸요."

그렇다고 그녀가 멈출 성싶지는 않다. 그런 농담들이 미국으로 온 이민자 출신 작가가 대담하게도 미국에서 가장 사랑받는 소설 중 하나인 루이자 메이 올컷의 『작은 아씨들』을 빌려 와 남북전쟁 시기 미국을 재창조한, 2006년 퓰리처상 소설 부문 수상작인 『마치』를 쓰는 걸 막지는 못했다.

그녀는 『피플 오브 더 북』으로 다시 한 번 모험을 강행했다. 이 소설은 보스니아 내전의 와중에 도시의 도서관에서 자취를 감춘 『사라예보 하가다』(14세기에 제작된 희귀 유대교 채색 경전)에 대한 이야기다. 브룩스는 유대교 신자도 종교학자도 아니었지만 시간을 거슬러 하가다의 자취를 쫓아가며, 나치와 다른 소유자들을 아슬아슬하게 거쳐 경전의 창조자들에게까지 이른다.

동시에 소설은 현재와 가까운 맥락에서 활기차고 멋진 오스트레일리아 출신의 서적 보존 전문가인 해나에 대한 이야기를 다루고 있다. 그녀는 사라예보로 불려가 손상된 고문서를 되살리는 작업을 맡게 된다. 이 두 가닥의 이야기는 일종의 『다빈치 코드』 같은 종류의 문학작품으로 흘러가는데, 신앙이라는 비의적 신비보다는 책이 갖고 있는 사람들을 연결하는 힘에 대해서 다루고 있다.

"거두절미하고 본론으로 들어가자." 『샌프란시스코 크로니클』의 평론가는 이 책에 대해 다음과 같이 썼다. "『피플 오브 더 북』은…… 역사에서 수집한, 사람들에게 반향을 불러일으키는 교훈을 담고 있는 역작이다."

그 교훈이 무엇일지 물어보자 브룩스가 답했다. "우리가 서로 간의 차이가 가진 진가를 알아볼 때 우리 사회가 최선의 형태가 되고 가장 강해질 수 있다는 것이죠."

그녀는 이 교훈을 역사에서 배운 게 아니라 직접 체험했다. 그녀는
『월스트리트 저널』의 특파원으로, 소말리아에서 이라크에 이르는 전
쟁터와 기아가 만연한 현장에 파견되었으며, 호로비츠가 종종 그녀 옆
에서 기사를 작성했다. 그러는 동안 그녀는 이 교훈을 지키지 못하여
고통받는 사회들을 관찰했다.

이 특파원 시기가 끝날 무렵 그녀는 『사라예보 하가다』와 마주쳤다.
"저는 거기서 UN의 평화 유지 임무를 취재하고 있었어요." 그녀는 어
떤 전쟁터와도 멀리 떨어져 있는 세계인 그녀의 부엌에 앉아 말했다.

도시의 도서관은 불타버렸고 『하가다』는 사라졌다. "온갖 소문이 다
돌았어요. 책이 팔려나가서 그 돈으로 무기를 샀다는 말도 있었고, 이
스라엘 사람들이 그 책을 찾으려고 특공대를 보냈다는 얘기도 있었고
요." 그녀가 말했다. "그러다가 개전 첫날 사라진 한 이슬람 사서가 그
책을 구했다는 사실이 밝혀졌어요. 그 사람은 도서관의 소장품 중에서
만약 세르비아인들이 도서관을 점령하면 파괴해버릴 거라고 생각한
것들을 구해내려고 했던 거죠. 그는 그 책을 은행으로 들고 가서 안전
금고 안에 집어넣었어요."

브룩스가 그 책의 보존 작업에 참여해도 좋다는 허락을 받았을 때
책은 그 금고 안에 있었다. "보존 전문가가 실제로 일하는 과정을, 그
녀가 사용하는 도구와 훈련 과정이 어떻게 이루어지는지를 보자 엄청
난 깨달음이 찾아왔어요."

브룩스는 그 책이 제2차 세계대전 때도 비슷한 방식으로 나치에게
서 구출되었다는 사실에 대해 듣게 되었다. 그녀는 사라예보로 돌아갔
고, 우연하게도 약 50년 전 그 책을 나치에게서 구해낸 사서의 미망인

제럴딘 브룩스

이 아직 살아 있다는 걸 알게 되었다. 브룩스가 가진 이야기꾼으로서의 안테나가 뾰족 일어섰다. 그녀는 자기가 이야깃거리를 얻었다는 걸 알아챘다.

올해 초, 브룩스는 어째서 『사라예보 하가다』가 그렇게 중요한 책인지 설명하며 이리저리 강연을 다녔다. 그녀는 그 강연 내용을 살짝 알려주겠다면서 나를 위층으로 데려가서는 경전의 복제품 두 권을 보여주었다.

그 책은 예상했던 것보다는 작았지만 기가 막히게 아름다웠다. 브룩스는 잠시 침묵을 지키다가 작게 웃었다. 마치 우리가 보물을 바라보고 있다는 듯.

2008년 2월

# E. L. 닥터로

E. L. Doctorow

E. L. 닥터로로 더 잘 알려진 에드거 로렌스 닥터로는 1931년 유대계 러시아 이민 2세대 부모를 두고 브롱크스에서 태어났다. 케년 칼리지를 다녔고 연합군이 점령한 독일에서 1년간 군 복무를 했으며, 미국으로 돌아온 다음에는 한동안 영화사에서 각본을 검토하는 일을 하다가 출판업에 종사했다. 그는 1960년 서부극의 패러디로 출발한『하드 타임스에 온 것을 환영하네Welcome to Hard Times』로 처음 자기 소설을 선보였다. 하지만 그는 자신만의 방식으로 역사적 사건을 쓴 작가로 가장 잘 알려져 있는데, 이는 줄리어스와 에설 로젠버그의 간첩 혐의 재판을 박력 넘치게 재구성한『다니엘서The Book of Daniel』(1971)에서 시작하여 20세기 초기 미국의 초상인『래그타임Ragtime』(1975)을 거쳐 갱스터 더치 슐츠의 삶에 일부 근거를 둔 대하소설『빌리 배스게이트Billy Bathgate』(1989)에 이른다. 닥터로는 미국의 주요 문학상 대부분을 받았고, 그중 상당수를 두 번 수상했다. 전미도서상을 수상한『만국박람회World's Fair』(1985)는 작가와 똑같은 이름을 가진, 브롱크스에서 자라난 에드거라는 소년의 1인칭 시점을 통해 역사에 대한 작가의 관심사를 녹여냈다. 그의 단편들은 종종『뉴요커』에 실렸고, 나중에 단편집『세상의 모든 시간All the Time in the World』(2011)에 수록되었다. 나는 2005년, 그가 처음으로 남북전쟁 시기에 대해 쓴 소설인 『행군The March』을 발표했을 때 그와 대화를 나누었다.

▼

E. L. 닥터로는 '역사소설가'라는 단어가 마음에 안 들지도 모르겠지만, 그에게 과거란 놀라우리만치 손에 잡힐 듯 생생한 것이다. "셔먼 장군은 훌륭한 작가였습니다." 일흔네 살의 소설가는 마치 남북전쟁 시대의 그 장군이 어제 자기에게 엽서라도 보낸 것처럼 말했다. 그 순간은 심지어 기묘하기까지 했는데, 왜냐하면 닥터로는 지금 유리와 강철로 만든, 맨해튼에 위치한 출판사의 오피스 타워에 앉아 있었고, 19층 아래에서는 자동차들이 웅웅거리고 있었기 때문이었다. "셔먼 장군은 그랜트 장군만큼이나 글을 잘 썼어요. 둘은 미국 역사에서 가장 글을 잘 쓴 장군들이었지요. 놀라운 작가들이었습니다. 세부 사항을 엄청나게 잡아냈고, 특정한 세부 사항의 가치도 예리하게 짚어냈지요."

지난 30년간, 닥터로는 시대를 개의치 않고, 그 자신이 마치 그랜트와 셔먼 장군인 양, 미국 역사의 세부 사항을 페이지에 옮겨놓는 데 있어 대가임을 스스로 입증해왔다. 그는 엄청난 성공을 거둔 베스트셀러 『래그타임』에서 그 일을 해낸 바 있고, 최신작인 『행군』에서 다시 한 번 그 일을 하고 있다. 『행군』은 1865년 애틀랜타에서 캐롤라이나로 향하던 북부군이 벌인 파괴의 행진을 추적하는 작품이다. "그 행군은 다름 아닌 셔먼 장군의 아이디어였습니다." 닥터로가 본인 특유의 방식으로 역사에 끼어들며 말한다. 즉 역사적 기록을 자세히 설명하기보다는 바로잡는 것 말이다. "하지만 총력전, 그러니까 자급자족하고

E. L. 닥터로

약탈을 하며 치르는 전쟁이라는 개념은 그가 발명한 게 아니었습니다. 그건 미시시피에서 그랜트 장군이 창안했지요. 하지만 셔먼은 그걸 서사적인 규모로 키웠습니다."

닥터로는 사료를 읽기 때문에 이런 것들을 알고 있지만, 그렇다고 해서 그가 이른바 남북전쟁 마니아인 건 아니다. 사실 『빌리 배스게이트』에서 『래그타임』에 이르는 그의 다른 역사소설들에서도 그랬듯, 그는 『행군』을 즉흥적인 방식으로 구성한 다음 취재는 나중에 했다. 소설가 러셀 뱅크스가 소설 한 편을 쓸 때 조사를 얼마나 하느냐고 묻자, 닥터로는 이렇게 대답했다. "그럭저럭 적당히." 그렇다 하더라도 그와 한 시간 정도 앉아 있다 보면 1865년에서 온 타임머신에서 걸어 나온, 두 눈으로 그 시절을 목격한 것처럼 실감 나게 설명하는 사람과 이야기하고 있는 기분이 든다. "네이팜탄에 대해 생각하진 않았습니다." 가로 1.6킬로미터, 세로로는 몇 킬로미터에 걸쳐 종대로 늘어선 군인들이 초래한 파괴 행위가 어떻게 보였을지에 대해 언급하며 닥터로가 말했다. "기압이 어느 정도였을까를 생각하고 있었지요. 6만 명의 남자들이 땅을 쿵쿵 밟아대며 가로질러 가게 되면 거기만 따로 날씨가 바뀝니다."

이런 폭풍에 말려든 다수의 남녀들이 필사적으로 뛰어다닌다. 셔먼 장군에 더하여, 소설 속에는 백인으로 가장한, 최근에 해방된 노예 소년 고수鼓手와 나중에 미국 최초의 의무감醫務監이 되는 의사도 있다. 이따금 (톰 스토파드가 상상해낸) 로젠크란츠와 길덴스턴을 닮은 두 명의 갈팡질팡하는 군인들의 희생 덕에 희극적인 기분 전환도 이루어지곤 한다.

이런 인종적 혼합은 현재의 편리한 관점으로 보기에는 이상하지만,

닥터로는 이런 혼란스러운 움직임이 이 나라에 일종의 황폐한 해리성 둔주* 상태를 야기했다고, 그 상태에서는 색다른 흥정이 필요에 의해 이루어졌다고 말했다. "그 대열에 달라붙은 건 군인들만이 아니었습니다. 해방 노예들도 그랬죠." 친구들에게는 에드거라는 이름으로 알려져 있는 소설가가 말했다. "그들의 안전과 행동의 자유는 군대에 소속됨으로써 가능했던 겁니다. 그들의 정체성을 포함하여 모든 게 변형되었죠."

셔먼 장군과 함께 약속의 땅으로 가기를 희망하는 노예들이 이룬, 이 혜성의 꼬리 같은 행렬은 장군으로 하여금 해방자의 역할을 하도록 몰아붙였다고 닥터로는 말했다. 그는 자신이 소설에서 창조한 셔먼 장군을 이 상황에 대해 조금도 흥분하지 않는 사람으로 만듦으로써 역사적 기록을 정확하게 반영했다.

"나는 한 부대를 6백여 킬로미터 정도 멀쩡히 행진시켰다." 닥터로가 만든 셔먼 장군은 기억할 만한 한 장면에서 이렇게 말한다. "나는 남부군이 쓰는 철로를 파괴했다. 나는 남부군의 도시를, 대장간을, 무기고를, 기계 공장을, 조면기繰綿機를 불태웠다. 나는 놈들의 곡식을 먹어치웠고, 가축을 잡아먹었으며 만 마리의 말과 노새를 차지했다…… 이걸로는 육군 장관의 성에 차지 않는다. 내 품격을 노예 수준으로 떨어뜨려야 한다."

다른 미국 작가들은 그렇게나 잘 알려진 역사적 인물에게 직접 말을 시킨다는 생각만으로도 얼굴이 하얗게 질렸을지 모르지만, 닥터로는 그렇지 않았다. 19세기 맨해튼의 역사적 이미지들을 병렬시킨 『래그

---

* 과거의 기억과 정체감을 상실하고 본래의 가정과 직장을 떠나 방황하거나 전혀 새로운 정체성을 가지고 살아가는 현상.

타임』을 발표한 이후, 닥터로는 사실과 픽션의 경계가 존재하지 않는 것 같은 영역에 발을 디뎠다. 그의 소설들은 취재 내용을 기록한 책처럼 읽히는 게 아니라 사건의 본래성이 회복되어 최근에 재발견된 책처럼 읽혔다. 『다니엘서』는 줄리어스와 에설 로젠버그 재판을 중심 사건으로 다루었고, 퓰리처상 최종후보작이었던 『빌리 배스케이트』는 갱스터 더치 슐츠에 바짝 접근하여 그의 모습을 펼쳐 보였다.

닥터로는 시간, 그리고 시간의 흐름이 자기가 소설의 틀을 짜는 데 핵심적인 도구라는 것을 인정하는 것 못지않게 '역사소설가'라는 단어 때문에 골치를 썩이고 있다. "저는 제가 역사소설을 쓴다고 생각하지 않습니다." 그가 이맛살을 찌푸리며 말했다. "물론 그런 장르가 있기는 하죠. 하지만 제가 거기에 속한다고는 생각하지 않아요. 역사소설이란 문학적인 역사를 만드는 소설이라고 생각합니다."

이건 닥터로가 제법 잘 알고 있는 분야다. 지난 30년간 그는 문학과 창작을 가르쳐왔고, 그중 23년은 뉴욕 대학교에 머물렀다. 그는 종종 위대한 작가의 작품에서 실례를 들면서 오후 라디오 방송의 진행자 같은 소탈한 매력으로 질문에 답하는데, 이런 여유 있는 태도 덕에 그가 말하는 건 뭐든 있는 그대로의 사실처럼 들린다. "아시겠지만." 그가 그런 식으로 말을 끊으며 말한다. "마크 트웨인이 『톰 소여의 모험』과 『허클베리 핀의 모험』을 썼을 때, 그는 그 소설들 속 사건이 벌어진 시기를 30~40년 전으로 잡았죠. 『주홍 글자』는 호손 본인이 살던 때보다 150년 전에 일어난 일이고요. 그래도 우리가 그 책들을 역사소설로 생각하지는 않잖습니까."

대공황 시절에 브롱크스에서 자라면서, 닥터로는 어릴 때부터 자주 이 작가들을 접했다. 닥터로의 아버지는 음반 가게를 경영했지만 책을 열렬히 사랑했으며 자기 아들의 이름도 시인 에드거 앨런 포의 이름에서 따다 붙였다. 닥터로의 어머니는 피아니스트였다. 닥터로는 한 인터뷰에서 자신은 이미 3학년 때 자기가 작가로 생계를 꾸리고 싶어 한다는 사실을 알았다고 말한 적이 있었다. 그는 갬비어에 위치한 케년 칼리지를 졸업한 다음 컬럼비아 대학에서 대학원 과정을 마쳤고, 미 육군 통신대에서 복무한 뒤 컬럼비아 영화사에서 영화 대본을 읽는 일을 하게 되었다.

그의 첫 소설인 『하드 타임스에 온 걸 환영하네』는 형편없는 서부극 각본을 엄청나게 많이 읽은 경험에서 나온 것이었다. "이 사람들이 해대는 것보다 훨씬 더 재미있게 서부에 대해 거짓말을 할 수 있을 거라는 생각이 갑자기 떠올랐던 거죠"라고 그는 『워싱턴 포스트』의 평론가인 조녀선 야들리에게 말한 바 있다. 두번째 장편에서 닥터로는 과학소설 장르로 방향을 틀었는데, 인간 형태의 거인 둘이 뉴욕항에 벌거벗은 채 나타난다는 얘기였다. 말할 필요도 없이 그 책은 혹평을 받았고, 닥터로는 그 책의 재판을 찍는 걸 허락하지 않았다. "세 권 정도 쓰니까 소설을 어떻게 써야 할지 감이 잡혔지요." 그가 말했다.

당시 닥터로는 다이얼 프레스 출판사의 편집자로 일하고 있었다. "혈기 넘치는 작은 회사였습니다." 이 작은 출판사가 노먼 메일러, 제임스 볼드윈, 마거릿 미드 같은 거물들의 책을 출판했다는 사실을 고려한다면 지나치다 싶게 겸손한 태도로 그가 말했다. 1968년에서 1969년 사이, 닥터로는 꾸준히 승진하던 중 출판 일을 그만두었다. "그런 다음 내가 해왔던 것 중 최고의 직업에서 걸어 나왔지요." 1971년에 발표한 『다니엘서』를 끝마치기 위해서였다. 그 시도는 보상을 받았다. 『다니엘서』는 전미도서상 최종후보까지 올랐다.

그 이후 닥터로는 학생들을 가르치고 글을 쓰는 일을 해왔는데, 이 중 후자는 그의 동시대 작가들보다 훨씬 느리게 이루어졌지만 차차 점점 더 많은 비평적 찬사를 받았다. 『래그타임』으로 누구나 알 만큼 유명한 작가가 되었을 때 그의 나이는 마흔넷이었다. 그 소설은 실제 삶에서 인물을 빌려 와서 허구의 상황에 그들을 집어넣었고, 이 모든 것이 래그타임 비트에 맞추어진다.

『래그타임』을 작업하면서부터, 닥터로는 이후 나올 거의 모든 책에 적용될 전략을 사용하기 시작했다. "시간과도 관련된 문제인데, 저는 늘 미국적 삶이 가장 생생하게 표현된 장소에 마음이 끌렸습니다." 그가 말했다. "국가적 정체성이 별안간 생겨나는 때라는 게 있습니다. 1910년에는 그 정체성이 출현한 곳이 뉴욕, 음악, 태도의 변화, 전반적인 기술적 혁명이었을 겁니다. 그래서 『래그타임』이 뉴욕과 교외를 배경으로 하는 거죠. 1930년대에 도시는 갱들 때문에 몸살을 앓았습니다. 전국의 모든 도시에서요. 그래서 『빌리 배스게이트』가 도시에 대한 소설인 거고요. 1865년에는 분쟁 지대가 조지아와 캐롤라이나에 있었습니다. 그래서 저도 거기 있었지요."

비록 닥터로가 비판자들 때문에 자신의 글쓰기를 철저히 점검했던 적은 없지만, 그를 요란스럽게 비난했던 몇몇 사람들도 『행군』을 읽고 나서는 결국 백기를 들었다. 지난 몇 년간 닥터로에게 맹공을 퍼부었던 미치코 가쿠타니는 『행군』이 "스토리텔링에 대한 고도의 예술적인 재능과 등장인물들에게 감정이입하는 본능적인 능력"이 두드러진다면서, "『신의 도시』 같은 그의 최근작을 곤경에 빠뜨렸던 자의식 강한 현란함과 젠체하는 추상성을 탈피하고 있다"고 썼다. 존 업다이크는 『뉴요커』에 실린 서평에서, 『행군』이 "내가 닥터로의 문제라고 생각했던 것들을 말끔하게 치료했다"고 하면서 평소와는 달리 훨씬 간결한 글을 썼다.

카키색 바지와 카디건 스웨터 차림으로 자리에 앉아 있는 닥터로는 이런 시끌벅적한 소란에도 무척 침착해 보인다. 그가 예전에 이런 광경을 못 본 것도 아닌 데다가(그는 펜/포크너상, 전미도서상, 두 개의 전미도서비평가협회상, 윌리엄 딘 하웰즈 메달, 미국문학예술아카데미에서 수여하는 상을 받은 바 있다) 상이란 게 중요하지 않다는 걸 알고 있어서이기도 하다. "저는 다른 사람들이 알아서 걱정하라고 놔둘 겁니다"라고 그가 말했다. 잠깐 그의 눈빛이 흐릿해지고, 그가 오래전 과거가 아닌 보다 최근의, 그리고 온전히 자기 자신과 관련된 일에 대해 생각하고 있다는 사실이 분명해진다. 어쩌면 그건 오로지 자기 자신에게만 명료하게 들리는 듯한 주파수를 다이얼을 돌려 찾아가면서 책상 앞에서 혼자 앉아 보낸 그 모든 시간일지 모른다. "그냥 자기 할 일만 하면 됩니다." 그가 수수께끼 같은 말을 했다. "그게 제일 중요하지요. 자기 일을 하는 것 말입니다."

2005년 9월

# 임레 케르테스

Imre Kertész

1929년 헝가리 부다페스트에서 태어난 임레 케르테스는 2002년 노벨문학상을 수상했다. 그는 십대 때 수없이 많은 헝가리 유태인과 함께 아우슈비츠 강제수용소로 끌려갔고, 이후 부헨발트로 이송되었다. 그는 그곳에서 살아남은 경험을 바탕으로 첫 소설 『운명Fatelessness』(1975)을 썼다. 극작가이자 소설가인 케르테스는 나치 이후의 헝가리의 몰락과 기억의 소멸, 그리고 공산주의의 붕괴를 정밀하게 추적한다. 이 인터뷰는 2003년 그의 소설 『청산Liquidation』이 출간된 당시 이루어졌다. 이 소설은 그가 살았던 것과 유사한 사회 내에서 홀로코스트에 대한 기억의 종말을 상상한다.

▼

50년 동안 자살을 생각해온 사람치고 임레 케르테스는 놀라울 정도로 환한 미소를 짓는다. "언젠가 알베르 카뮈가 말하길, 자살은 단지 철학적 문제일 뿐이라고 했죠." 그의 미국 출판사 사무실에서 통역자를 대동한 일흔다섯 살의 잘생긴 헝가리 노벨문학상 수상자가 말했다. "그 말에 동의하는 편입니다."

어쩌면 케르테스는 자기 자신을 놓고 진실 공방을 벌이고 있는 것인지도 모른다. 그의 최신작 『청산』에는 B라는 이름으로 자신이 등장하는 희곡을 쓰는 홀로코스트 생존자가 등장한다. 그리고 소설 제목과 같은 〈청산〉이라는 연극의 종결부에서 B라는 이름의 인물은 자살한다. 그리고 케르테스의 소설 도입부에서는 진짜 B가 자살한다. 동기를 밝히지 않은 채로.

케르테스의 모든 작품에는 일반적인 의미에서의 생존이란 순응이며, 진정한 생존은 때때로 독자적인 행동에 나서는 것이라는 형이상학적 역설이 자리하고 있다. 대량 학살이 벌어지는 세계로 아이를 데려갈 수 없는 홀로코스트 생존자의 시점으로 이러한 딜레마를 드러내고 있는 소설이 『태어나지 않은 아이를 위한 기도Kaddish for an Unborn Child』다.

노벨위원회가 케르테스의 걸작으로 꼽은 『운명』에는 아우슈비츠와 부헨발트에서 생존했던 케르테스의 십대 시절과 그 후 세계에서 자신의 인생을 현실로 만들면서 겪었던 경험이 반영되어 있다. 강제수용소에서의 삶과 생존 이후의 삶은 똑같은 철학적 문제를 제기한다. 산다는 것은 순응하는 것이다. 그렇다면 왜 사는가?

케르테스는 아우슈비츠에서 풀려난 이후 줄곧 이 질문을 생각해왔다. 그가 이 문제를 책이라는 형태로 표현하는 방법을 찾기까지는 거의 30년이 걸렸다. 풀려나고 난 뒤 그는 문학작품을 번역했고 1949년부터 1951년까지는 저널리스트로 일했다. 그러나 그에게 맞는 일은 아니었다.

"헝가리의 스탈린이나 다름없었던 마차시 라코시에 대한 기사를 쓸 때마다 우리는 반드시 세 개의 형용사를 사용해야 했습니다." 그가 말했다. "제 마지막 기사를 타이피스트에게 불러주던 때를 정확히 기억하고 있습니다. 형용사 두 개는 생각났지만 나머지 하나가 도통 생각나지 않았지요. 그녀의 손가락들이 자판 위 허공에 머물러 있었죠. 어서 인쇄를 해야 하는 상황이었는데, 좀처럼 세번째 형용사가 떠오르지 않는 겁니다. 그래서 저는 제가 그 일에 적합한 사람이 아니라는 것을 인정했습니다."

그로부터 30여 년 동안 케르테스는 문학 작업을 위해 코미디 뮤지컬 대본을 쓰며 생계를 유지했다. "순전히 먹고살려고 쓴 것들이죠." 그때 쓴 희곡을 언제 볼 수 있느냐고 묻자 그가 대답했다. "문학적으로 전혀 가치가 없다고 말할 수 있습니다."

당시 케르테스는 그가 진짜로 쓰고 있던 글에 대해서는 누구에게도 말하지 않았다. "그때 헝가리에서는 성공의 아우라에서 멀어져야 했습니다. 그 시스템에서 성공이란 완전히 잘못된 길이었으니까요. 공산주의 치하에서 살아본 사람이라면 누구나 『태어나지 않은 아이를 위한 기도』나 『운명』 같은 소설을 쓸 수 있을 겁니다."

초고에서 천 페이지도 넘게 덜어낸 끝에 케르테스는 마침내 마흔네 살의 나이로 『운명』을 완성했다. 1975년 이 책이 출판되었을 당시 헝가리에서의 반응은 미지근했다. 이 책은 오히려 독일에서 더 많은 반향을 이끌어냈다.

"독일 독자들에게서 수없이 많은 편지를 받았죠. 젊은 사람들의 편지도 있었습니다." 케르테스는 신랄한 기색 없이 말했다. 그러나 그가 영어권 독자들로부터 편지를 받기까지는 오랜 시간이 걸렸다. 1992년이 되어서야 비로소 작은 대학 출판부에서 『운명』을 출간했다. 그리고 2004년, 미국 빈티지북스에서 『태어나지 않은 아이를 위한 기도』와 함께 팀 윌킨슨의 새로운 번역으로 『운명』을 출간했다. 팀 윌킨슨은 케르테스의 에세이 몇 편도 번역한 바 있다.

케르테스는 『운명』이 영어권에서 실패한 까닭이 먼젓번 번역이 잘못되었기 때문이라고 생각하는 듯했다. "이렇게 말할 수밖에 없습니다. 대단히 유쾌하지 않은 상황이었죠. 그 소설은 이 출판사에서 더 나은 번역으로 다시 출간되었습니다. 제가 받아들일 수 있는 새로운 번역으로요." 그가 말했다.

영화로 제작된 『운명』이 개봉할 때 케르테스는 영어권 독자들을 다시 만나게 될 것이다. 영화는 제작비 문제를 해결하고 지금 촬영 중이다. 케르테스가 각본을 썼다.

"전문가들은 영화에서 매우 느리게 선형적으로 발생하는 사건들의 흐름을 따라가지 못합니다." 케르테스가 특유의 직설적인 어조로 말했다. "그들은 사건이 일어나지 않으면 영화가 지루해진다는 두려움을 갖고 있죠. 하지만 분석적인 산문은 스크린으로 옮겨질 수 없습니다. 해서 저는 바라건대 스크린에서도 제대로 표현될 수 있는 버전의 소설을 쓰려고 공을 들였습니다."

케르테스와 헝가리 독자들의 관계는 그간 긍정적이었다. 하지만 때로 갈등이 빚어지기도 한다. 우리가 인터뷰를 하던 날 있었던 낭독회에서 그는 대부분의 청중으로부터 기립 박수를 받았다. 그러나 몇몇 보수적인 강경파 헝가리인이 야유와 조롱을 퍼붓기도 했다. 그의 통역자에게서 케르테스가 노벨상을 받을 수 있었던 것이 '유태인 로비'의 결과라고 믿는 소수의 사람들이 있다는 설명을 들을 수 있었다.

이는 헝가리가 홀로코스트에 대해 모순된 감정을 갖고 있다는 사실을 보여주는 추악한 증거다. 제2차 세계대전 당시 친나치적이었던 헝가리 정부는 유태인 학살을 방조했다. 그 결과로 60만 명의 유태계 형가리인이 목숨을 잃었다. 이 시기의 헝가리가 보여준 행보는 여전히 민감한 주제다. 이에 대해 별다른 악감정은 없지만, 케르테스는 이 시기의 나치 협력과 이후 공산주의의 부상 사이에 모종의 연관 관계가 있다고 믿는다. 그는 『피아스코Fiasco』라는 소설에서 이에 관해 쓴 적이 있다.

보통 홀로코스트 작가로 분류되는 케르테스는 공산주의의 영향력도 홀로코스트 못지않게 강력했다고 말한다. 홀로코스트에 이어 공산주의에서 두번째로 생존하면서 그는 오늘날 작가가 되었다. "특히 독재국가에 살고 있다면 언제나 늘 자살을 생각하게 됩니다." 그가 말했다. "제가 민주국가에서 태어났더라면 매우 다른 소설을 썼을지도 모르지요."

이 시기를 이야기하는 케르테스의 시선에는 먼 곳을 바라보는 듯 애석해하는 눈빛이 담겨 있다. 마치 세계 내에서의 마찰이 없어 그를, 혹은 그의 작품을 낡게, 폐물로 만들었다는 것처럼. 『청산』에서의 B 역시 같은 우려를 하고 있다.

"진짜 암흑기였던 1960년대부터 1990년대 사이의 시기를 돌이켜보면 늘 자살을 생각하게 됩니다. '자살 게임'(나는 이 표현을 괴테적인 진지한 의미로 사용합니다)을 갈망하는 느낌이 들죠." 케르테스가 말했다. "당시에는 이러한 느낌이 제 사고를 발전시키는 데 유용한 기반이 되었습니다."

케르테스의 소설 중 영어권에 소개된 작품은 아직 많지 않다. 케르테스에 의하면 그의 소설들은 홀로코스트에 대한 4부작을 구성한다. 『운명』은 수용소를, 『피아스코』는 이후 헝가리의 상황을, 『태어나지 않은 아이를 위한 기도』는 생존자의 형이상학적 슬픔을, 그리고 『청산』은 생존자들이 차례로 사망하면서 소멸되는 홀로코스트에 대한 기억을 다룬다.

케르테스는 『청산』 역시 다른 소설을 쓸 때처럼 행복한 감정으로 썼다고 말한다. 내가 그에게 다시 한 번 그가 홀로코스트 소설들과 행복한 장소에서 기인하는 자살 충동이라는 일종의 뼈아픈 역설을 만든 것이 아니냐고 묻자 그가 웃으며 대답했다. "뭐, 저는 인물을 죽였죠. 제 자신은 살아남았고요."

2004년 12월

올리버 색스

Oliver Sacks

올리버 색스는 신경학의로 반세기 가까운 세월을 뉴욕에서 지냈다. 1966년 브롱크스에 있는 베스 에이브러햄 병원에서 만성 환자 병동의 상담의로 경력을 쌓기 시작한 그가 초창기 몇 년간 담당한 환자 가운데 기면성 뇌염 환자들이 있었다. 그 환자들과 그들에게 행한 치료는 색스의 두번째 책 『깨어남Awakenings』(1973)의 기초가 되었고, 이후 지속적으로 색스가 자신의 환자들을 치료하며 동시에 광범위한 비전문가 독자들을 향해 그 환자들에 대해 글을 쓰는 토대가 되었다. 그는 대중적 독자들이 신체와 의학적 치료에 관심을 갖는 시대가 오기 전부터 의학 분야에서 독창적인 저술 활동을 해왔다. 시각실인증視覺失認症을 겪는 사람들(『아내를 모자로 착각한 남자The Man Who Mistook His Wife for a Hat』, 1985), 투렛증후군(『화성의 인류학자An Anthropologist on Mars』, 1995), 그리고 환청과 또 다른 청각과 뇌의 장애를 가진 사람들(『뮤지코필리아Musico-philia』, 2007)까지 그의 작업은 다양한 사례를 다룬다. 마지막 책 『뮤지코필리아』가 출간되던 때 색스와 마주 앉았다.

희한하게도 색스는 착암용 드릴 소음을 신경 쓰지 않았다. 맨해튼 웨스트빌리지에 있는 그의 사무실, 대화를 시작한 지 10분이 지나서야 스웨터와 운동복 그리고 러닝화를 신은 일흔네 살의 신경학자는 거리를 뒤흔드는 소음 때문에 듣는 게 불가능하다는 것을 깨닫는다. "오, 이런!" 색스가 서둘러 창을 닫으며 말한다. "뉴욕은 제가 살아본 가장 시끄러운 도시죠." 그가 탄식하고, 이어 이야기는 즉석에서 샛길로 빠져든다. 그는 미국인들이 가진 소리에 관한 감각에 대해 이야기한다. "음악을 강요하듯 크게 틀어대는 게 싫어요. 반미적으로 들릴까 우려스럽지만, 미국인들은 다른 나라 사람들보다 대체로 큰 소리로 말하죠." 그가 계속해서 말했다. "어디에서든지 시끄럽게 떠들어대는 식의 소리를 들을 수 있죠."

색스와 이야기할 때는 이런 식의 부메랑 화법에 대한 마음의 준비가 필요하다. "방향 전환을 즐기죠." 그가 인정한다. 그리고 몇 분에 걸쳐 어느 정도 짜증을 가라앉힌 뒤에야 우리는 그의 책 『뮤지코필리아: 뇌와 음악에 관한 이야기들』에 관련된 큼직한 주제들로 돌아왔다. 거리의 소음이나 음성변조는 『뮤지코필리아』에서 색스의 환자들이 묘사하는 그들의 머릿속에서 들려오는 방울 소리, 교향곡, 메아리, 그리고 음악적 환각에 비하면 사소한 문제다. 가끔 그것은 하늘에서 온다. 번개를 맞은 뒤 작곡에 집착하기 시작한 마흔두 살의 신체 건강한 정형외과 의사인 토니 치코리아의 이야기다. "할 수만 있다면 그 음악 소리를 끄고 싶어요."

색스가 크리스마스캐럴과 옛날 노래들에 사로잡힌 한 여자, 그리고 유대교 기념일 노래들로 골치가 아픈 사람들의 이야기를 들려준다. "대개 10초나 20초 정도의 구절이 끝도 없이 반복돼요." 색스가 설명한다. 이 모든 게 그저 농담 같지만, 자신한테 벌어지면 사정이 달라진다. "정말로 깜짝 놀라게 되죠. 진짜로 방 안에 존재하는 것 같거든요. 거기 환자들의 어깨 너머에요." 그가 머리를 휙 돌리며 말한다. "만약 한 번이라도 겪어보면, 그 즉시 단순하게 머릿속에서 울려 퍼지는 노랫소리가 아니라는 걸 알게 될 거예요."

『깨어남』에서 『아내를 모자로 착각한 남자』까지 색스의 전작들처럼, 『뮤지코필리아』는 이런 장애들을 조사하며 우리의 뇌가 어떻게 작용하는지를 밝힌다. 그의 견해에 따르면 음악은 언어와 같이 뇌에서 태어난 것이다. 그는 음악을 듣고 이해할 수 있는 그 기능(아주 어릴 때 최고로 발전하게 되는)을 뮤지코필리아라 부른다. "뇌에는 듣기 또는 작곡에 대응하는, 우리가 아는 약 스무 군데의, 각각 다른 부위가 있습니다." 그가 말했다. 새로운 뇌 스캐닝 기술은 듣는 것과 음악을 연주하는 것과 관련된 뇌의 기능에 특화된 연구를 할 수 있게 한다.

"제 희망은 이런 뇌의 기능에 대해서 앞으로 더 많이 연구되었으면 하는 거예요." 그가 말했다. "그걸 통해서 우리가 배우게 될 것의 잠재력이 엄청나기 때문이죠." 새로운 뇌 스캐닝 기술은 그러나 뇌가 가진 이 음악적 기능의 신비로움을 제거하지는 않는다. "음악엔 단어가 없죠. 그리고 아무것도 뜻하지 않아요. 그러면서도 가장 깊은 수준의 감정을 고취하죠." 그가 강조했다.

색스는 의사로서 경력의 초창기부터 이런 종류의 작업, 즉 환상적인 이야기를 전해 들은 다음 그것의 역설적인 결과에 귀 기울이는 작업을 해왔다. 옥스퍼드 대학 졸업 후 런던의 미들섹스 병원에서 인턴으로 근무한 색스는 베스 에이브러햄 병원으로 옮겨 와 신경의로 재직하며 특이한 수면장애로 고통받는 한 무리의 환자들을 조우하게 된다. 그러다 마침내 파킨슨병의 치료제 'L-DOPA'의 투약을 통해서 몇몇 환자들을 소생시킬 수 있다는 사실을 발견했다. 이에 대한 그의 기록은 책 『깨어남』의 토대가 되었고, 이후 로빈 윌리엄스 주연의 영화로 만들어지게 된다. 이 시기의 한 환자(깨어난 뒤 자신이 1920년대 뮤직홀에서 들었던 장난스러운 발라드곡을 녹음하길 바란)는 『뮤지코필리아』에 재등장한다.

『깨어남』은 일종의 해피엔딩 스토리였다. 하지만 많은 경우 색스의 환자들은 치료법이 없다. 색스가 여든두 살 되던 해 비행기 여행 후 환청에 시달리게 된 저명한 정신분석학자 레오 란젤에 대해서 묘사했다. 그 환청은 결코 멈추지 않았고, 란젤은 그 소음을 '내 작은 라디오'라고 부르게 되었다. 란젤은 자신이 겪은 일을 책으로 쓰고 있다. 소아과 의사이자 뉴스 사이트 '슬레이트'의 의학 칼럼니스트 다르샤크 상하비는 그것이 전형적인 색스식 이야기라고 말했다. "의사가 제공할 수 있는 치료법은 제한되어 있기 때문에 신경학이 불만족하게 느껴질 수 있습니다. 그런데 바로 그렇기 때문에 색스가 흥미로운 사상가이자 작가인 것이죠. 왜냐하면 그는 환자들이 자신들의 병에 적응하고 거기에서 시적인 뭔가를 발견하는 데 초점을 맞추기 때문입니다."

몇몇 사례에서 색스가 상대하는 환자는 종합적인 치료를 거부한다. 어떤 종류의 뇌 손상 혹은 질병은 영감의 원천으로 느껴진다. 색스는 제거 불가능한 종양이 뇌의 한 부위를 압박하여 음악을 동반한 발작을 초래하게 된 한 남자를 회상한다. 윌리엄스증후군(증세로 얼굴 기형과 매우 낮은 지능을 포함한다)을 앓는 사람들 또한 환상적인 음악적 감각을 지니고 있다. 음악을 뺀 그들의 삶은 아마도 조금은 무가치해질 것이다.

이런 이야기들을 얻기 위해서 색스는 아주 부지런히 지낸다. 우리가 이야기한 날, 그는 새벽 네시 반에 일어나 수영을 하고, 업타운의 몇몇 환자들을 상담하고, 다시 다운타운에 있는 그의 사무실로 거슬러 내려왔다. 오전 열시에서 열한시 사이, 그는 사무실에 앉아 대략 하루 50통 가량 오는 메일에 답을 한다. "대개 저는 즉시 답을 줘요. 그리고 나서 또다시 메일을 주고받게 되면 전화를 걸어줄 것을 부탁하죠." 색스는 이렇게 메일을 주고받는 것을 아주 중요하게 여긴다. 그런 식으로 책에 구체적이며 인간적인 토대를 제공해주는 이야기들을 얻기 때문이다. "책에서 가장 좋아하는 부분이 여기예요." 그가 자신에게 이야기를 공유해준 150명이 넘는 사람들의 이름이 적혀 있는 감사의 글 페이지를 펼치며 말했다.

색스가 이 이야기를 들려주는 동안 그가 사무실에서 가장 많이 사용하는 것이 그의 기분과 관심 수준을 멋지게 묘사해주는 회전의자라는 사실이 명확해진다. 그는 자기 자신에 대해서 말할 때, 살짝 의자를 돌린다. 하지만 일화라든가 뭔가 구체적인 이야기를 할 때는 의자를 돌려 몸을 앞으로 숙인다. 그럴 때 그의 커다란 수염에 뒤덮인 얼굴과 주름진 눈에는 별안간 생기가 넘치며, 열중하기 시작한다.

"제 생각에 색스가 환자들과 친구가 될 수 있는 건 그의 진실된 태도 덕분이에요." 『뉴요커』지의 의학 자문인 하버드 의대 교수 제롬 그루프먼이 말했다. "마치 성직자와 합쳐져 있던 고대 의사의 역할을 대신하는 것 같죠. 어떤 면에서는 환자들이 자신들의 이야기를 털어놓게

하는, 고해성사를 듣는 신부처럼 말이죠. 의사의 기능을 보여준다고
할 수 있어요."

색스는 환자들을 인터뷰할 때 아주 조금 말한다고, 그건 거의 바꿀
수 없는 습관이라고 말한다. 그는 그의 사적인 일화를 최소한만 드러
낸다. 마치 그가 그의 2001년에 나온 자서전인 『텅스텐 삼촌Uncle Tung-
sten』에서 전쟁 중인 영국에서의 유년기, 기숙학교에 보내져 폭격에서
살아남은 이야기, 그 기숙학교에서 그와 그의 형제가 끔찍하게 얻어
맞은 이야기 따위를 밝혔을 때 자신의 이야기는 다 고갈되어버렸다는
듯 말이다. 음악만이 "제가 거기서 지낸 동안 좋았던 일이에요." 이제
그가 말한다. 오늘 아침, 그는 시계 라디오에서 흘러나오는 슈베르트
의 교향악 6번에 잠에서 깨어났다. "그 음악을 들으면 어머니가 생각
나요." 그가 살짝 미소 짓는다.

이렇게 나서지 않는 태도를 통해 색스는 의사로서 하나의 중요한 모
델을 보여준다. 그의 가장 큰 독자들이 그의 책을 읽고 조금씩 젖어들
듯 연민의 감정을 배운 야심 찬 의사들이라는 점에서 특히 그렇다. "올
리버 색스는 의사 업무와 환자들 삶의 인간적인 면을 끊임없이 부각
시켜왔어요." 컬럼비아 대학의 교직원이자 의사인 로버트 클리츠먼이
말했다. "그는 통째로 한 세대의 의대생과 의예과 학생, 젊은 혹은 숙
련된 의사들, 환자들과 그들의 가족에게 영감이 되어왔죠."

색스는 자신을 향한 존경에 대해 책임감을 명확히 인식하고 있다.
"환자를 착취하지 않도록 언제나 조심해야 해요." 그가 말했다. 그러
고 나서 자신과 이야기를 나누어준 사람들을 책에 포함하기 위해서
그가 어떤 식으로 고심하는지에 대해 설명했다. 현재 그가 주고받는
편지 중에 많은 양이 그가 이미 확장판 페이퍼백을 준비 중인 『뮤지코

필리아』에 대한 사람들의 반응과 관계가 있다. "모든 것을 구겨 넣을 수는 없죠." 그가 걱정했다.

하지만 꽤 많은 것을 채워 넣을 수는 있다. 관절염에도 불구하고(그는 이제 큼직한 펜을 사용한다) 색스의 사무실은 미래의 프로젝트를 위한 자료들로 꽉 들어차 있다. 그는 시각적 현상만큼이나 창조성에 엄청나게 큰 관심이 있다. 왜 어떤 사람들은 다른 사람들보다 더 많이 (창조성을) 갖고 있는지. 최근 몇 년 새 색스는 심도 지각력을 상실했다. 그것은 이런 뜻이다. "저는 지금 2차원으로 보고 있죠." 그가 당황스럽다는 듯 머리를 흔든다. 이어, 자신의 얼굴에서 그늘을 걷어낸 뒤, 재빨리 원통 모양의 금속 조각을 가져온다. "쥐어봐요." 그가 말하며 텅스텐 조각을 내 손에 떨어뜨린다. 그것은 놀랍도록 무겁고 신기하도록 조용하다. 묵직하다. 거의 세계의 무게처럼 느껴진다. "놀랍지 않아요?" 그가 환한 얼굴로 묻는다.

2007년 11월

알렉산다르 헤몬

Aleksandar Hemon

알렉산다르 헤몬은 사라예보에서 태어났으며, 전쟁이 그의 고향 도시를 덮쳤던 1992년 이후에는 시카고에서 지내왔다. 이 분쟁*이 남긴 상흔은 사실상 매 순간 헤몬을 따라다닌다. 그가 구사하는 어두운 유머는 친구와 가족이 그에게 들려주었던 이야기들에 얽혀 있는 것으로, 그가 쓴 가장 침울한 이야기에조차 붙어 있는 일종의 구두점 같은 존재다. 헤몬은 이야기를 할 때 웅얼거리는 편이지만(그는 "저는 위대한 오무래미들의 도시 출신입니다"라고 자주 말한다) 입을 크게 벌리고 웃음을 터뜨릴 때는 목소리가 커진다. 헤몬은 1990년대 중반에 나보코프의 많은 작품을 영어로 다시 읽기 시작하면서 영어로 글을 쓰기 시작했는데, 그의 소설은 풍부한 상상이 돋보이고, 은유와 직유로 엮여 있으며, 마치 시카고와 사라예보에 각각 심실이 하나씩 있는 심장처럼 펄떡인다. 그의 첫 단편집 『브루노에게 던지는 질문A Question for Bruno』은 2000년에 나왔고, 뒤이어 『어디에도 없는 남자Nowhere Man』(2002)가 발표

* 1992년 3월부터 1995년 11월까지 일어난 보스니아 민족 분쟁을 뜻한다. 유고슬라비아연방에 소속된 보스니아-헤르체고비나가 독립을 선언하면서 보스니아 내 민족 사이에서 갈등이 일어나 내전으로 치닫게 되었고, 이 과정에서 세르비아계 군대가 다른 인종에 대해 '인종 청소'를 자행하면서 (특히 무슬림인 보스니아계에 대한) 조직적인 학살과 강간이 벌어졌다.

되었는데, 이 소설은 자신의 과거로부터 분리되고 나서 일관된 자아의식이라는 문제와 고투를 벌이는 젊은 보스니아 남자에 대한 이야기다. 헤몬은 이 두 작품으로 맥아더 지니어스 기금을 받았고, 그 덕에 놀라운 장편 데뷔작 『라자루스의 계획The Lazarus Project』(2008)을 쓸 수 있었다. 『라자루스의 계획』은 두 갈래의 이야기로 이루어져 있는 작품으로, 시카고로 망명했다가 경찰에게 잔혹하게 살해당한 유대인 망명자와, 현재의 시점에서 어떻게 그런 범죄가 저질러진 건지 밝히려 노력하는 보스니아인 작가에 관한 이야기다. 이 소설은 전미도서상 최종후보에 올랐다. 헤몬은 축구와 정치에 대한 글을 종종 기고하고 있으며, 2013년에는 『내 인생이라는 책The Book of My Lives』이라는 회고록을 발표했는데, 내가 그를 만난 게 이때다.

▼

눈보라가 시카고를 향해 다가오고 있었고 알렉산다르 헤몬은 산책 중이었다. 납작한 모자와 검은 코트, 축구 경기 때 무릎에 입은 오래된 부상으로 약해진 걸음 때문에, 그는 실제보다 더 나이 들어 보인다는 인상을 주었다. 우리가 호수 쪽으로 한가롭게 걸어가는 동안 노스 사이드의 2층집들은 어두워지는 하늘 아래 옹기종기 모여 있었다. 강의를 나가는 날에는 양복 상의를 걸쳐 입는 이 사라예보 태생의 작가는 멋쟁이 기질이 있는 경비원을 닮은 구석이 있었다. 안경을 썼고, 팔꿈치에는 천을 덧댔다. 키는 컸고 머리는 깨끗하게 밀었다. 그를 조금이라도 아는 사람들은 모두 그를 사사라고 불렀다. 오늘 시카고의 겨울 날씨에 맞추어 옷을 입고 나온 그는 건장한 체구의 한량 같았다.

"처음 여기 왔을 때는 많이 걸어 다녔습니다." 우리가 작고 별다른 특징이 없는 가게 건물 앞으로 들어가는데 헤몬이 말했다. 지난 몇 년 동안 그는 낮에 글을 쓰기 위해 이 작업실을 찾았다. 그는 커피를 끓인 다음 우리를 조용한 회의실로 안내했다. 헤몬이 1992년 1월 26일 미국에 발을 디딘 것이 지금으로부터 21년 전이다. 사라예보에 대한 세르비아군의 끔찍한 포위 공격은 아직 벌어지지 않았고, 헤몬은 미국을 막 돌아보기 시작했던 젊은 보스니아 기자였다. 그는 새로운 경험이라는 문화적 자산을 얻어 집으로 돌아갈 계획이었다.

그는 도착 당시를 정확하게 기억했다. "D.C.에 내려서 미 공보국의 호위를 받았습니다. 저는 친구들을 보러 나갔죠." 헤몬이 당시를 회상했다. "조지타운에 차를 세웠어요. 그 거리가 기억납니다. 그중 하나가 뭐였냐 하면, 조지타운에 멋진 타운하우스가 한 채 있었어요. 집 안에 불이 켜져 있고 사람들이 안에서 돌아다니고 있었죠. 뭐였는지는 잘 알 수 없었지만 가구도 약간 보였고요. 이런 생각이 분명하게 바로 떠올랐어요. '난 절대 이런 집을 얻을 수 없을 거야.'

그런 생각이 든 근거가 있는 건 아니었어요. 여기 머무를 계획이 없었고, 미국에서의 경험도 전무했으니까요. 겨우 스물네 시간도 채 있지 않았는걸요. 하지만 제가 저런 곳에 들어가지 못하리란 걸 알았습니다. 여기서 '저런 곳'은 딱히 미국에서 사는 거라기보다는 어떤 사람들이 운 좋게 이 나라에서 누리는 화목한 삶의 방식을 뜻하는 거였어요."

그건 상서로운 첫인상은 아니었고, 잠시 동안은 같이 품고 살아야할 인상이기도 했다. 헤몬은 그 뒤 8년 동안 사라예보로 돌아갈 수 없었다. 그가 미국에 도착하자마자 전쟁이 보스니아를 덮쳤고, 친구들과 가족과는 연락이 끊겼다. 드물게 연결되는 전화 통화를 통해 뉴스가 전해졌다. 친구들이 군대에 징집되면서 부자 사이와 형제 사이가 갈라졌다. 그리고 살해당했다. 저격수들이 그가 살던 동네에 총구멍을 숭 숭 뚫어놓았다. 동물들이 포격을 예측할 수 있다는 사실이 알려지자 개들을 쏴 죽였다.

그곳에서 탈출한 수많은 사라예보 사람들이 가족을 모두 잃었다. 헤 몬은 그나마 운이 좋았다. 엔지니어와 교사였던 그의 부모는 포위 공 격이 이루어지기 전날 도시를 빠져나왔다. 그의 누이동생도 탈출에 성 공했다. 결국 그들은 캐나다에 머물게 되었다. 그들은 그곳에서 험한 일을 했지만 아버지는 양봉에 대한 사랑을 되살릴 수 있었다. 더는 즐 거운 여행을 할 수 없게 된 채 시카고에 정착하게 된 헤몬은 고향 도시 가 파괴되는 것을 지켜보았다.

사라예보를 잃어버렸다는 것은 헤몬에게는 일종의 형이상학적 상 실로, 그를 과거와 단절시켜버린 일이었다. 그는 지난 20년간 그 사건 을 총체적으로 서사화하고자 해왔다. 극단적으로 다른 여덟 편의 이야 기를 모은 데뷔 단편집인 『브루노에게 던지는 질문』에서부터 최근작 인 『사랑과 장애물Love and Obstacles』에 이르기까지, 그의 작품들은 본인 인 생의 윤곽에서 많은 것을 빌려 왔는데, 그로써 단순히 사랑과 헌신뿐 아니라 균열된 자아 내부에서 살아간다는 일의 어려움에 대해서도 다 루는 이야기를 들려주었다.

최근 그는 회고록 『내 인생이라는 책』을 썼다. 그가 소설에서 묘사 하는 그 모든 파열을 한 권의 책 속에 담은 이 작품은 사라예보에서의 어린 시절에서부터 시카고에서 보낸 최근의 인생을 망라한다. 이 책은 자서전이라기보다는 일련의 지도로, 그의 머릿속에 구성되어 있는 어 떤 행성의 안과 밖을 보여준다. 그 지도는 그가 아버지, 어머니, 여동 생과 같이 살며 성장했던 사라예보의 아파트 단지에서 시작하여 시카고에서 겪은 최근의 경험으로 끝난다.

헤몬이 겪은 추방의 경험을 이해하기 위해서는 그와 관련한 두 가지 점을 이해하는 게 중요하다. 하나는 그의 유년 시절이고, 다른 하나는 그가 어떤 장소에 대한 기억과 그곳에서의 감각적인 경험을 연결시킬 때 늘 사용하는 프루스트적 방식이다. 그는 이 두 가지를 『내 인생이라는 책』에서 솔직히 다 드러낸다.

헤몬은 행복한 어린 시절을 보냈다. 그는 축구를 했고, 수학 경시 대회에 나갔으며, 독서가가 되었고, 카리스마적인 지배자 같은 아버지에게서 체스 두는 법을 배웠다. 여동생은 모델이 되어 자기가 번 돈으로 멕이라는 이름의 아이리시세터 한 마리를 샀는데, 그녀는 나중에 그 개도 캐나다에 데리고 갔다.

많은 십대 소년들이 그렇듯 헤몬은 샐린저와 랭보에게 푹 빠졌고, 섹스에도 넋이 빠졌으며, 섹스 피스톨스의 음악을 들었다. 형편없는 밴드에서 연주도 했고 운전면허를 딴 뒤에는 과격하게 차를 몰고 다녔다. 그의 가족은 자신들의 머릿속에 있던 고상한 과거를 선별해서 들고 왔다. 그들은 이 과거 중 상당수를 잃어버렸는데, 사라예보를 떠날 때 자신들이 소유했던 것 대부분을 남겨놓고 왔기 때문이었다. "난민 신세가 된 사람들 입장에서는, 자기들이 한때 접근할 수 있던 대상을 통해 자기 삶의 이야기를 재구성하는 것은 가능하지만 아무 물건도 없다면 인생에 구멍이 뻥 뚫리는 셈입니다. 그게 보스니아에 살던 사람들이 불타는 집으로 돌아가 물건을 구조하려고 했던 이유예요. 그 물건은 사진이었습니다."

처음 시카고에 도착했을 때, 헤몬은 그저 사진만 없는 게 아니었다.

여벌 셔츠 하나 없었다. 그래서 그는 도시를 돌아다니면서, 체스가 벌어지고 담배 연기가 날리는 식당과 커피숍에 출몰하고는 그 경험을 이야기로 포장했다.『내 인생이라는 책』에서 그는 미국계 이라크인인 피터를 만났던 일을 서술하는데, 그는 유럽에서 살다가 가족을 모두 잃고 시카고에 혼자 정착한 사람이었다. 보다 유머러스한 다른 대목에서, 헤몬은 이탈리아, 카메룬, 나이지리아, 티베트, 그 외 각지에서 온 지저분한 이민자 무리에 섞여 축구를 했던 일을 쓴다.

헤몬보다 훨씬 더 트라우마가 컸을 피터의 이야기에서, 자신과 같은 사람을 찾으려고 애쓰는 헤몬이라는 젊은이가 보이는 기분이 드는 건 당연지사다. 과거와 현재가 다른 사람 말이다. 헤몬은 이것이 그런 경우가 아니라고 주장한다. 그가 찾고 있었던 건, 오히려 복잡함이었다. 헤몬에게 복잡함이란 그저 인간 조건의 근본에 존재하고 있는 것만이 아니라 우리가 자기 자신을 일컫는 이야기와 관련된 문제이기도 하다. "안정적인 중산층 부르주아적 삶의 특권이란 건 자신을 복잡한 사람이 아니라 견고하고 단순한 사람으로 여기는 척할 수 있다는 겁니다. 세련된 인생 목표가 있고 그런 성취를 한 사람 말이죠."

헤몬은 이런 것들이 외부에서 온다고 보았다. 왜냐하면 그는 말 그대로 최하층으로 굴러떨어지고 있던 중이었기 때문이다. 인생 처음으로 그는 가난을 맛보았다. 그를 미국으로 갈 수 있게 해준 지원금은 끊겼고 과도하게 부풀린 이력서 속 거짓말들(결단코 그는 영업 사원 일도 해봤었고, 얼씨구, 바텐더도 했었다!)이 그의 발목을 잡았다. 그는 노숙자나 다름없었다. 은유가 아니라 문자 그대로. 당시 그는 흡연자였는데, 담배를 사기 위해 "무슨 헤라클레스라도 된 것처럼" 안락의자를 뒤집어 흔들어 잔돈을 털어내려 애썼던 일이 기억난다고 했다. 형편없는 음식을 먹다 보니 살도 불었다. "오빠는 십대치고는 잘생긴 편이었어요." 그의 여동생이 내게 말했다. "여자애들이 꾸준히 전화를 걸었죠. '사사 좀 바꿔줄래?'" 태어나서 처음으로 그는 누구의 관심도 못 끄는 인간이 되었다.

글도 쓰지 않았다. 1992년에서 1995년에 이르는 3년 동안 헤몬은 그냥 한 줄도 쓸 수 없었다. "보스니아어로 글을 쓸 수가 없었어요. 전 그곳과 단절되어 있었으니까요. 정신적 충격이 컸죠." 그가 회상했다. 친구들이 멀리서 자기네 잡지에 특전을 써달라고 부탁했다. 그들의 방침은 만약 모두가 전쟁에 대해 얘기하도록 만들 수 있다면 전쟁에서 이긴다는 것이었다. 헤몬은 할 수 없었다. 그는 거리를 걷고 귀를 기울이고 담배를 피우고 자신이 잃어버린 것들을 생각할 틈을 안 주는 직장에서 일을 했다.

그러다 마침내 그는 다시 시작했고, 우선 글 쓰는 법을 공부하기로 마음먹었다. 그는 자기에게 중요했던 책을 다시 읽기 시작했는데, 이번에는 오로지 영어로만 읽었다. 샐린저는 다닐로 키슈Danilo Kiš*와 마이클 온다체가 그랬듯 여전히 좋았고, 다른 작가들은 그러지 못했다. "저는 제 미적 감각을 다시 평가해야 했어요." 헤몬이 말했다. "전쟁과 포위 공격 때문이기도 했고, 제 교수님께서 총으로 자살을 하지 않았다면 아직도 일을 하고 계실 거라는 사실 때문이기도 했죠."

『내 인생이라는 책』에 따르면 헤몬에게 비판적으로 읽고 쓰는 법을 가르친 사람은 전쟁 동안 우익으로 전향하여 집단 학살을 도운 것으

* 구유고슬라비아 출신의 소설가. 『죽은 자들의 백과전서』(조준래 옮김, 문학과 지성사, 2014)가 번역되어 있다.

로 밝혀졌다. 그가 헤몬에게 심어준 모든 것이 더럽혀진 기분이 들었다. 헤몬은 새로 시작했다.

개중 가장 잔인했던 건 자기 작품을 다시 읽었을 때였다. "제가 예전에 썼던 글들로 돌아갔습니다. 상당수가 1990년대에 썼던 거였어요. 제가 정말 괜찮다 싶었던 건 딱 한 단락이었습니다." 그 단락은 전후의 글과 분리되어 있었고, 강렬했으며, 감각으로부터 솟아오른 다수의 관념들이 연결됨으로써 구성된 단락이었다. 그는 자신이 원했던 게 여기 있음을 깨달았다. 그가 원하는 글쓰기 방식이 여기에 있었다.

활동 초기부터, 그러니까 그가 『스토리』와 『플로셔스』, 나중에는 『그란타』와 『뉴요커』 같은 잡지에 글을 싣기 시작했을 때부터 헤몬의 산문은 잘 다듬어져 있었고, 직접적이었으며, 직유가 듬뿍 담겨 있었다. 한 소년이 가족 휴양지로 떠난 여행을 기억하는 장면에서, 소년은 "민달팽이처럼 부드러운" 입술을 가진 친척을 만난다. 헤몬과 아주 다르지 않은 처지에 처한, 여행 도중에 미국에서 발이 묶인 요제프 프로넥이라는 보스니아 남자가 등장하는 중편소설에서, 주인공은 미국 스포츠캐스터를 당혹스럽게 쳐다본다. "프로넥은 그들이 마이크 앞에서 마치 맛있는 막대사탕이라도 되는 양 활짝 웃는 모습을 보곤 했다."

헤몬은 이런 문체가 창조하는 예측할 수 없는 이미지를 제시하는 것으로 널리 찬사를 받았지만, 그는 직유를 쓴다는 것이 한 작가가 이곳과 저곳을 연결하려 노력한다는 사실을 보증하는 것은 아니라고 말한다. 그의 문체는 신중하고, 잘 다듬어져 있었으며, 때로는 계획적이었다. "저는 강렬한 감각적 세부 사항으로 가득한 글을 쓰고 싶습니다. 더 고조된 상태를 불러일으킬 수 있도록 말이죠." 그는 마치 시인이 음절을 계산하는 것처럼 박자를 세며 문장을 쓰는 작가다.

헤몬은 어느 순간 만약 자신이 시카고에서 살아남고자 한다면 이 도시가 그에게 사라예보만큼이나 강렬하게 현실적인 곳이 되어야 한다는 결정을 내렸다. 그는 이 도시를 듣고 느끼고 맛볼 수 있어야 했다. 그와 동시에, 그는 그가 등지고 온 사라예보를 되살려 붙잡아둬야 했다. 기억과 변화하는 자신의 자아가 그 도시를 파괴하기 전에 말이다. "기억이란 자기 나름대로 얘기를 만드는 법이거든요." 헤몬이 경고하듯 말했다.

그래서 그는 사라예보로 돌아갔고, 이모 집에 머물면서 넋이 빠지는 혼란과 데자뷔 상태를 겪으며 거리를 거닐었다. 『내 인생이라는 책』의 한 장에서, 그는 우연히 맡은 냄새가 어떻게 한때 영화관이었지만 이제는 다른 것이 되어버린 장소에 대한 기억을 방아쇠를 당기듯 번뜩 불러일으키는지 묘사한다. 뒤에 남아 있던 사람들은 뻥 뚫려버렸다. 그들 주변에 있던 건물들처럼. 그는 점점 더 자주 과거로 돌아가기 시작했다.

헤몬은 또한 자기처럼 두 세계 사이에 사로잡혀서, 옛 세계가 껄끄러운 상태로 내면에 여전히 남아 있는 동안 새로운 세계를 서먹하게 바라보는 사람들에 대한 글을 계속 썼다. 헤몬의 두번째 소설 『어디에도 없는 남자』에서, 그는 프로넥이란 남자에 대한 일련의 확장된 단편斷篇들을 엮어내는데, 그는 『브루노에게 던진 질문』에서 등장했던 인물이다. "프로넥의 문제 중 하나는 그가 도덕적 연속성을 추구한다는 겁니다." 헤몬이 말했다. "만약 제가 갑자기 변해서 더는 현재의 나로 있지 않겠다고 결심을 한다면 나와 연결된 사람들에게는 무슨 일이 벌어질까요? 저는 어떻게 해야 일종의 도덕적 연속성을 유지할 수 있을까요?"

2008년에 발표된 장편 데뷔작 『라자루스의 계획』은 도덕적 일관성이라는 것이 어떻게 해서 과거와의 있음 직하지 않은 연결에서 비롯할 수 있는지를 보여주는 두 가닥의 서사를 통해 이 질문에 달려든다. 소설은 블라디미르 브릭이라는, 혼란에 빠진 보스니아계 미국인 작가의 초상을 그려 보인다. 그는 시카고에 살고 있으며 삶과 작업 모두에서 표류하고 있다. 그는 라자루스 애버부슈라는 유대인 이민자의 이야기에 점점 집착하게 되는데, 라자루스는 현재의 몰도바*에서 일어난 유대인 대학살을 피해 시카고로 왔다. 도착 직후 애버부슈는 경찰관에게 살해당한다.

먼 과거의 시카고에서부터 사진가 친구와 함께하는 브릭의 여정에 이르기까지, 소설은 함축적인 방식으로 이동하면서 기억과 기억이 갖고 있는 도덕적 구성 요소에 대한 생각을 맴돈다. 소설은 다음과 같이 묻는다. 특정한 기억들이 미국의 삶에서 희미해질 때 무슨 일이 벌어지는가? 만약 한 국가의 문화가 기억상실에 빠져 있다면, 국가는 도덕적 연속성을 어떻게 획득할 수 있는가? 헤몬은 이 소설을 부시 집권기의 절정에 집필했고, 그때 그의 관심은 사라예보에서 벗어나 새로 터를 잡은 국가가 테러와의 전쟁이라는 이름으로 벌이고 있는 짓으로 옮겨 가고 있었다. 소설 전체에 벨리보르 보조빅의 사진이 삽입되어 있는데, 이는 이 소설이 잠겨 있는 명상에 다큐멘터리적 서정을 부여한다.

소설은 비평적 성공을 거두었다. 전미도서상 최종후보에 올랐는데, 이 상은 오로지 미국 시민에게만 열려 있는 문학상이다. 선정 과정에

* Moldova, 루마니아 동부의 공화국.

서 헤몬은 인터뷰를 했고 신상이 알려졌으며, 그가 겪은 이야기는 지극히 미국적인 것이 되었다. 이 나라의 해안에 도착한, 전쟁으로 발이 묶인 이민자가 이 나라의 언어를 익히고 거대한 다인종 도시를 자기 고향으로 삼게 되었다는, 그것도 가장 높은 기준을 충족시킴으로써 그렇게 해냈다는 이야기 말이다.

물론 이 이야기에는 많은 진실이 담겨 있다. 하지만 헤몬을 영웅적 이민으로 보는 이런 이야기는 목적지를 향한 그의 여행이 그리는 등고선을 평평하게 깎아버리게 된다. 심지어 헤몬은 지금도 그 여행의 개념에 대해 극도로 혼란스러워하는데 말이다.

『내 인생이라는 책』을 쓰는 동안 헤몬은 늘 스파이에게 매혹되었다. 시카고에 머물면서 빌려 온 언어로 글을 쓰는 시간이 길어질수록, 강박관념이 강렬하고 감정적인 방식으로 그에게 되돌아오는 경우도 잦아졌다.

"이 간격이라는 건 언어나 문화적 차이라기보다는 일종의 형이상학적 틈인데요, 완전히 저 자신은 아닌 누군가를 상상하며 생기는 틈인 겁니다." 헤몬이 설명했다. "그러니까 제 자신이 가진 복잡 미묘함을 완전히 설명할 수가 없는 거죠. 따라서 바깥에 있는 나라는 존재와 내면에 있는 나라는 존재 사이에 차이가 있었던 겁니다. 그런데 스파이에게는 이런 간극이 자발적인 거잖아요. 그들은 자기들이 이런 간극을 세우지요."

헤몬의 소설에서는 스파이가 계속해서 나타난다. 그의 첫 단편집에는 일본 정보부에 침입한 뛰어난 소련 스파이 리처드 소지가 등장하는 40페이지 단편이 실려 있다. 『사랑과 장애물』의 한 단편은 헤몬이 가족과 방문한 적이 있는 1980년대 탄자니아를 배경으로 하고 있으며, 아프리카의 극장이 엄청난 첩보전의 일부가 된다.

이 간극에 대한 헤몬의 집착에서 파생된 것 중 하나는 대담한 솔직함이다. 무대 위에 있건 지인들 사이에 있건 그 솔직함은 노골적일 정도로 느껴진다. 친구들 사이에서 헤몬은 계속 슬랩스틱코미디를 하며 이 간극을 메운다. 피곤해지면 그는 사람들이 그에게 말을 걸건 그렇지 않건 간에 낮잠을 자고, 배가 고플 때면 집에 있는 것은 뭐든 먹는다. 심지어 그게 밀푀유 위에 누텔라를 발라 먹는 거라고 해도 말이다. 나는 그가 그러는 모습을 봤다. 그는 아무나 꼭 끌어안고 엉덩이를 툭툭 치는데, 싫을 경우에는 사람을 팍 쏘아본다.

그러다 보니 시카고의 몇몇 사람들이 헤몬의 스타일에 적응하는 데 시간이 좀 걸린 게 놀랄 일은 아니다. 초기에 그는 이성에게 매력적으로 보이려고 무척 애를 썼다. 하지만 그의 솔직함을 제한다 해도 다른 문제가 눈앞에 있었다. 그는 한 번도 여자에게 먼저 다가갈 필요가 없었다. 헤몬이 『내 인생이라는 책』에 쓴 바에 따르면, 사라예보에서의 삶은 그가 시카고에 와서 직면한 현실과는 여러 면에서 달랐다. 사라예보의 삶이란 공용이라고까지는 할 수 없어도 정해진 몇몇 사람과 함께 공유하며 살아가는 공간에서 이루어졌다.

"얼굴은 20년씩 봐왔는데 서로 말 한 번 안 붙여본 사람들로 이루어진 네트워크가 있었어요." 그가 말했다. "그러다 파티 같은 데 나가게 되면 데이트를 시작하거나 그냥 바로 친한 친구가 돼버리는 거죠. 하지만 들이대는 일 같은 건 없었어요. 당신이 뭘 갖고 있건 그걸로 다른 사람에게 깊은 인상을 심어줄 필요도 없었고요."

헤몬은 시카고에서는 한 장소의 지도를 그려가는 동안 모이게 되는,

가볍지만 친밀한 관계를 쌓는 편이 더 쉽다는 사실을 깨달았다. 푸줏간, 이발소, 빵집, 커피숍. 우연히 마주친 지인들. 즉석에서 결성된 축구팀.

그가 여기 도착한 지 20년이 지났고, 헤몬은 시카고에서 사랑받는 사람이다(이렇게 말하는 게 과장은 아니다). 그가 상징하는 것 때문이 아니라 그가 육체적으로 표현하는 애정의 강렬함 때문이다. 이 애정은 마치 권투 선수가 분노를 품듯 그의 몸 안을 돌아다닌다. 같이 길을 걷는 동안 그는 아랍 남자와 별반 다르지 않은 방식으로 상대의 팔을 꽉 쥔다. 여전히 그는 인터뷰하기에는 어려운 사람이다. 그가 문장을 만들어내는 동안에는 말을 꺼내는 데 몇 분씩 걸리기 때문이다. 그가 하는 이야기는 통째로 받아들여야 해서 쉽게 깎여 나가거나 한입짜리 너깃만 한 크기로 간단히 정리되지 않는다. 헤몬을 좋아하기 위해서는 느릿한 속도를 즐기고, 기꺼운 마음으로 편안히 앉아 그가 말하도록 내버려둘 필요가 있으며, 그럴 경우 그는 자기가 말을 끝없이 늘어놓고 있다는 사실을 인정한다.

그가 품고 있는 끔찍한 기억과 분노에도 불구하고, 마침내 헤몬은 리사 스토더라는 이름의 작가를 만나 결혼을 했다. 그의 초기 소설 두 권이 그의 작업에 대한 관심을 두 배로 부풀렸을 뿐 아니라 어느 정도는 그의 예민한 감각을 두 배로 가라앉혔을 때, 이 결혼은 그의 삶에 다소간의 안정을 제공해주었다. 『내 인생이라는 책』의 후반부 장에서, 헤몬은 느리지만 갑작스럽게 붕괴한 그들의 관계를 서술한다. 그는 문학적으로나 재정적으로나 다시 쓰레기 하치장으로 돌아가고, 심지어 거기서 더 편안한 기분을 느낀다.

『내 인생이라는 책』에는 이런 식으로 운이 뒤집히는 일이 허다하게 나온다. 그는 몇 번씩 사라예보의 삶을 되찾는 일이 불가능하다는 사실을 경험하는데, 그러는 한편 시카고에서 그에게 일어나는 일은 이곳이 안정되고 안전한 장소가 되리라는 생각 또한 죄다 위협하는 듯 보인다. 스토더와의 이혼 후 헤몬은 플로리다 출신의 사진 편집자인 테리 보이드와 재빨리 만나 결혼했다. 그들은 서로 눈이 맞아 달아난 뒤 결혼에 이르렀다. 둘 사이에서 딸 엘라가 태어났고 2년 뒤 둘째 딸 이사벨이 나왔다.

그리고 이 지점에서 『내 인생이라는 책』은 슬픈 마지막 장을 맞는다. 이사벨이 9개월이 되었을 때 진료 과정에서 아이의 머리가 보통보다 약간 크다는 이야기가 나왔다. CT 촬영 결과 무해한 통계상 예외가 아니라 두뇌에 땅콩 크기 정도의 종양이 생겼다는 사실이 드러났다. 즉시 수술이 잡혔고, 그 뒤로 두 번 더 수술이 이루어졌다. 아이는 드문 형태의 암에 걸렸고, 그 암의 생존 확률은 무척 낮았다. 하지만 헤몬과 보이드에겐 병과 싸우는 것 말고는 다른 선택이 없었다.

여덟 번의 수술과 수개월간의 항암 치료 후 이사벨은 세상을 떠났다.

「수조The Aquarium」라는 글에서 헤몬은 상상할 수 있는 최악의 사건 한가운데에 존재할 때 벌어지는 특이한 육체 이탈 현상에 대해 쓴다. 세상이 저 멀리 희미해지고, 바깥에서 돌아가는 세상을 둘러싼 법률과 우선순위가 더는 적용되지 않는다.

우리를 서로 연결시키도록 돕는 데 의의가 있는 도구인 언어가 작동을 멈춘다. 그러는 한편 스토리텔링은 본질적인 것이 된다. 헤몬은 자신이 아버지가 되었을 때 뭔가 끔찍한 일이 일어날지 모른다는 상상을 시작하다가 그런 상상을 하는 자신을 멈추어 세우곤 했던 과정을 기록한다. 그는 시카고에서 자신이 보냈던 인생을 상상하고, 그의 것이 아닌 경험에 자신의 언어가 따라잡을 수 있도록 몸을 던지고 나서, 이 짓이 위험한 불장난이었다는 사실을 알았다.

그러는 사이 맏딸 엘라는 밍거스라는 상상의 남동생에 대한 이야기를 들려주기 시작했다. 밍거스는 자기 형제자매가 따로 있지만 이사벨의 목소리로 말을 한다. 헤몬은 자기 딸이 예전에 자기가 시카고에서 살아남고자 기댔던 재능을, 오로지 이야기를 통해서만이 간파할 수 있는 무언가를 극복하기 위해 사용하는 모습을 지켜보았다.

우리는 인터뷰에서 이사벨 얘기는 하지 않았다. 그것은 겨울에 시카고는 춥다고 굳이 말할 필요가 없는 것만큼이나 더 설명할 필요가 없는 슬픔이다. 헤몬은 그의 몸에 슬픔을 지고 다닌다. 그 슬픔은 어떤 날에는 그를 짓누르고, 마치 무거운 짐을 짊어진 남자 같은 눈 속에 내려앉는다. 그는 자기가 느끼는 슬픔이 부끄럽지 않다. 그는 결코 딸을 잊지 않을 것이다. 딸의 사진은 그들의 아파트에 놓여 있으며, 『내 인생이라는 책』은 그녀에게 바쳐졌다. "이사벨에게. 너는 언제나 내 가슴에서 숨 쉬고 있단다."

이 구절을 읽으며 책 속의 또 다른 구절을 생각하지 않기란 어렵다. 그 구절은 아버지에게 체스를 두는 법을 배운 일에 대해 쓴 대목에 나오는데, 거기서 헤몬은 자기가 물려받은 낡은 장기판이 "한때 나였던 소년이 살았다는 증거"였다고 적는다. 나는 이 구절이 의미하는 바를 물어보았다. 워낙에 인상적인 문장이라서였다. 그러고 나서 우리는 다시 스파이 얘기를 하게 되었다. 헤몬에게는 언제나 사건 이전과 이후가 있을 것이지만, 또한 알다시피 항상 그 중간의 기간이란 것도 있을 것이다. 그가 자신이 누구인지에 대해 선택해야 했던 그 시간, 그가 나침반을 들이댔던 시간.

"저는 단절되어 있었습니다." 그가 힘주어 말했다. "언어도 통하지 않았고, 친구들은 모두 뿔뿔이 흩어졌지요. 연락할 방법이 없었습니다. 이 시절은 무엇보다 인터넷이 생기기 전이었고, 제게 돈이 생기기도 전이었죠. 전화도 못 걸었습니다. 그래서 이런 생각이 들었죠. '내가 인생을 완전히 새로 꾸며도 아무도 모를 거야.' 왜냐하면요, 그때 누가 '아냐, 아냐, 아냐. 걔는 저런 애가 아니었어. 이런 친구였다고'라고 말할 수 있었겠어요?" 책을 한 권 한 권 낼 때마다, 그는 자기 인생을 날조하는 걸 불가능하도록 만든다. 그의 인생이 모두 페이지 위에 있기 때문이다. 특히 『내 인생이라는 책』에는. 그건 어마어마한 일이다.

2013년 1월

# 키란 데사이

Kiran Desai

델리에서 태어난 키란 데사이는 십대 시절 영국을 거쳐 미국으로 이주했다. 그녀는 컬럼비아 대학의 베닝턴, 홀린스에서 공부했지만, 글쓰기에 대해서는 집에서 더 많이 배웠을 것이다. 그녀의 어머니는 세 번이나 부커상 최종 후보자로 선정되었던 아니타 데사이다. 1998년 출간된 키란 데사이의 첫 소설 『구아바Hullabaloo in the Guava Orchard』는 인도의 작은 마을에 사는 젊은이가 마을 사람들에게 자신이 앞날을 볼 수 있게 되었다고 믿도록 하는 이야기다. 그녀는 서른다섯이라는 나이에 방대하고 야심 찬 서사시라 할 수 있는 두번째 소설 『상실의 상속The Inheritance of Loss』으로 부커상과 전미도서비평가협회상을 받았다. 나는 이 책이 페이퍼백으로 출간되던 당시 맨해튼에서 그녀를 만날 수 있었다.

▼

키란 데사이는 분노한 여성으로 보이지는 않는다. 그녀의 목소리는 소녀처럼 톤이 높고 조용하다. 그녀의 첫인상은 수줍음, 혹은 겸손함이다.

그녀의 성격도 크게 다르지 않을지도 모른다. 하지만 가까이서 그녀의 말을 듣다 보면 사뭇 다른 인상이 나타난다. 데사이는 그저 세계의 현 상태를 걱정하고 있는 게 아니다. 그녀는 분노하고 있다.

"지금이 정말로 멋진 신세계일까요?" 그녀가 말했다. "누가 지금 그렇게 말하고 있는지는 몰라도 저는 세계화가 진행되고 있다는 것만은 분명히 알고 있어요. 매우 낡은 이야기로 보이죠. 게다가 썩을 대로 썩었고요."

그녀는 맨부커상을 수상한 힘이 넘치는 두번째 소설, 『상실의 상속』에 등장하는 인물들과 이러한 감정을 공유한다.

1980년대 히말라야의 외딴 산간 마을에서 벌어지는 이 이야기는 작별이 삶의 방식이며 새로 오는 사람들은 거의 모두 꿈을 산산조각 내기 마련이라는 믿음을 지닌 사회를 그리고 있다.

괴팍한 성미를 지닌 은퇴한 판사 제무바이를 보자. 벵골의 작은 마을에서 자라난 그는 가족의 꿈과 희망을 안고 케임브리지로 갔다. 데사이는 그가 억양 때문에 놀림을 받거나 수줍음으로 인해 차나 우유가 필요한데도 식료품점에 가기를 꺼리는 모습 등을 회상 장면으로 보여준다. 쓰라린 마음으로 인도에 돌아온 그는 사회 내 자신의 위치에 대해 혼란스러워한다.

도입부에서 제무바이는 다루기 힘든 조카 사이<sup>Sai</sup>를 자기 집에서 지내게 한다. 한편 마지막으로 남아 있던 하인은 자신의 아들 비주를 간신히 미국으로 보낸다. 데사이는 전체 서사에 녹아든 비주의 삶을 통해 능숙하게 이야기를 직조한다. 뉴욕에서 레스토랑 일자리를 전전하던 비주는 인도 카페에 정착한다. 그곳에서 그는 밤마다 식탁보를 덮고 테이블 위에서 잠든다.

"인도의 과거가 위대한 희망의 이야기라고 말하려는 사람들이 무척 많아요." 데사이가 말했다. "그 사람들 말로는 우리에게는 거대한 중산층이 있다는 거죠. 하지만 그 대가는 무엇인가요? 이곳의 이민자 사회는 언제나 그들이 경제적으로 가장 성공한 이민자들이라고 말하지만, 우리는 가장 가난한 이민자들이기도 해요. 물론 아무도 이런 이야기는 안 하죠."

이 책은 비주의 이야기를 통해 신참 이민자들을 이용해먹는 앞선 이민자들의 생존을 건 싸움이라는, 보이지 않는 각축전을 생생하게 되살려낸다. 우습고도 슬픈 한 장면에서 비주는 미국대사관 비자카운터에 제일 먼저 선다. "사정없이 밀치고 끼어드는 사람이 제일 먼저 일을 처리한다." 데사이는 이렇게 쓰고 있다. "그는 대단히 만족스러워하며 미소를 짓고 있었다. 그는 옷차림을 가다듬고 자신이 고양이처럼 세련된 몸가짐을 지닌 사람으로 보이게 한다. 전 문명인입니다, 선생님. 미국에서 체류하기에 마땅한 문명인이죠, 선생님."

다른 장면에서 비주의 룸메이트 한 사람이 잔지바르에서 갓 도착한 이민자의 전화를 피한다. 그는 이민자에게 일자리와 지낼 곳을 마련해주겠다고 고향에 있는 이민자의 부모에게 확언했다.

"이민자들의 내일은 늘 밝은 것만은 아니죠." 데사이가 말했다. "대부분은 다른 이민자들을 밟고 올라서야 내가 살아갈 수 있는 겁니다."

비록 이런 싸움을 할 필요는 없었지만, 그녀는 이를 가까이서 보아왔다.

"할렘 123로에 살았을 때 이 책의 한 부분을 시작했어요." 그녀가 말했다. "제가 쓴 것과 매우 비슷한 빵집이 근처에 있었어요. 책의 등장인물 상당수가 제가 거기서 알았거나 말을 섞은 적 있는 사람들로부터 나왔죠."

데사이는 궁지에 몰린 느낌을 알고 있다. 그녀는 델리에서 미래의 세계적 중심지에 산다기보다는 세계에서 밀려난 느낌을 받으며 성장했다. "책만이 저를 세계로 이끌어줄 수 있다는 느낌이 있었죠." 그녀가 말했다. "그래서 책을 정말로 열심히 읽어야 했어요. 그것만이 유일하게 할 수 있는 것이었으니까요."

그녀는 어머니를 닮아가고 있었다.

"글을 쓰는 어머니는 매우 다른 세계에 계셨어요. 그곳에 문학계란 존재하지 않았죠. 비용을 제공받을 수 있는 북 투어도 없었어요. 어머니는 그냥 책 뒷면에 있는 주소로 원고를 보냈어요. 1980년대까지도요. 저는 우리가 문화원에서 돈을 받아야 했던 때를 기억하고 있어요."

데사이도 사이처럼 히말라야의 외딴 산간 마을에서 1년 동안 지내야 했던 적이 있었다. 그녀는 이모와 생활했다. 그리고 이 경험에서 어떤 인상을 받았다.

"끔찍했죠. 몬순 한가운데 고립된 거였죠. 아예 아무것도 소비하지 않게 될 때까지 날마다 덜 소비하게 되었죠. 특히 가난한 사람들이 더 그랬고요. 특히 가난하다면요."

그녀의 책에서 이런 식으로 궁지에 몰린 사람들의 분노와 원한은 카시미르 일대의 저항운동으로 번져간다. 훌륭한 교육을 받은 중산층인 사이의 선생님은 사이에게서 멀어져 보다 위험한 행동에 나서게 된다. 오늘날 이런 행동은 테러리즘으로 불린다.

"어째서 폭력적인 일들이 이토록 많을까요?" 데사이가 의문을 표했다. "어째서 분노하는 사람들이 이토록 많을까요? 전혀 놀라운 일이 아니죠. 부유한 사람들과 가난한 사람들의 격차는 그 어느 때보다도 크게 벌어져 있어요. 그리고 가장 분노한 사람들은 양쪽 모두를 보아 온 사람들일 때가 많죠."

데사이 본인이 이런 사람일지도 모른다. 그녀가 이 소설을 완성하기까지는 8년이 걸렸다. 그러면서 그녀는 고독과 이동, 낮은 생계비로 혼자 살기, 그리고 가난한 사람들과 자주 어울리기 등을 배웠다.

그녀의 첫 책 『구아바』는 살만 루시디를 비롯한 많은 평자로부터 찬사를 받으며 반향을 일으켰다. 하지만 그녀는 주목을 즐기기보다는 도망치고 싶었다고 말했다.

"잠시 라틴아메리카에서 살았어요. 브라질, 칠레, 그리고 멕시코에서 작업했죠. 혼자서 많은 시간을 보내는 사람들에게는 매우 이상한 일들이 벌어진다는 생각이 들어요. 저는 사람들과 거의 말을 섞지 않았어요. 우체부라도 오면 숨어버렸죠."

그녀는 이제 젊고 근사한 소설가들의 일원으로 여겨지지만, 그녀 자신은 이러한 위치가 문학적으로 좋을 것이 없다고 생각한다. 유명세가 글쓰기와는 아무 관련도 없다는 것을 잘 알고 있어서다.

"누가 정직한 책을 쓸까요? 무언가를 똑바로 바라보려면 품이 많이 들죠. 그러니 누가 그걸 하려고 할까요? 전 모르겠어요. 아무도 나설 생각이 없는 것처럼 보여요. 문학 축제에서 샴페인 따위나 마시거나 컨퍼런스에 참석해서 즐거운 시간을 보내는 편이 훨씬 재미있겠죠. 이런 의미에서는 지금이 작가가 되기에 정말 좋은 시대예요. 얻는 것도 많고요. 요새 작가들은 여행잡지에 원고나 실으면서 아침부터 초밥을 먹죠."

키란 데사이

하지만 이 작가만큼은 진짜 이야기가 음식을 날라주는 사람들에게
서 나온다고 생각한다.

2006년 10월

필립 로스
Philip Roth

필립 로스는 전후 미국에서 가장 존경받는 소설가다. 또한 미국 소설가들은 장소에 대해 쓸 때 가장 생생한 표현력을 보여준다는 가설에 대한 살아 있는 증거이기도 하다. 로스는 1933년 뉴저지의 뉴어크에서 보험 외판원과 가정주부 사이에서 태어났다. 전미도서상을 수상한 데뷔작인『안녕, 콜럼버스Goodbye, Columbus』(1959)에서 그의 아버지에 대한 회고록인『유산Patrimony』(1991), 그리고 1960년대 대항문화혁명 시기에 가족들과 공동체들 속에서 들끓던 세대 갈등의 이야기이자 퓰리처상 수상작『미국의 목가American Pastoral』(1997)까지 그의 글쓰기는 반복해서 이 시기로 돌아왔다. 한 섹스 중독자인 젊은 유대인이 심리분석가에게 들려주는 조롱 투의 고백인『포트노이의 불평Portnoy's Complaint』(1969)은 하나의 돌파구이자 동시에 로스를 부자로, 선각자로, 그리고 페미니스트의 희생양으로 만들어주었다.

로스는 계속해서 이 악명의 안개를 뚫고 나가며 책을 냈고, 1979년 드디어 완벽한 소설『유령 작가The Ghost Writer』와 함께 그가 가장 사랑하는 분신인 네이선 주커먼이 소개되었다. 주커먼은 포스트모던한 발광체인『카운터라이프The Counterlife』(1986)에서 애가인『유령 퇴장Exit Ghost』(2007)까지 로스가 쓴

여덟 권의 소설 속에서 화자를 맡거나 혹은 조연으로 등장한다. 그는 돈 드릴로나 솔 벨로처럼 로스 또한 자신의 후기 스타일을 발전시키는 데 칠십대를 바쳤고, 그 노력이 그를 죽음과 윤리, 그리고 이 둘에도 불구하고 지속되는 욕망에 대해서 다룬 네 권의 중편소설로 이끌었다. 2012년, 미국의 비영리 문학 출판사 라이브러리 오브 아메리카가 그의 전집을 펴내는 것을 완료해감에 따라, 로스는 글쓰기를 중단할 것이며 앞으로 어떤 인터뷰도 하지 않겠다고 밝혔다.

▼

어떤 미국 소설가도 필립 로스보다 자신의 문장에 대해 잘 알지 못한다. 지난 10년간, 미국의 역사에 대한 놀랍도록 생생한 일련의 소설을 발표함으로써 그는 칠십대의 나이에 또다시 베스트셀러 작가가 되었다. 또한 추도문이라는 낯선 형식의 견습생이 되었다. "그건 제가 숙달하고 싶은 장르가 아니에요." 검은 스웨터에 푸른색 옥스퍼드 셔츠 차림으로 맨해튼에 있는 그의 문학 에이전트의 사무실에 앉은 그가 말했다. "저는 장례식에, 네 명의 친한 친구들의 장례식에 참석했죠. 하나는 작가였어요." 모두 예상 밖의 죽음이었다.

"일은 이렇게 흘러갑니다." 그가 설명했다. "조부모님이 돌아가시죠. 곧 부모님이 돌아가시게 되죠. 진짜 당황하기 시작하는 건 친구들이 죽기 시작할 때죠. 그건 전혀 예상에 들어 있지가 않아요." 로스는 이 경험으로 『에브리맨Everyman』을 쓰게 되었다고 말했다. 사건은 이름 없는 영웅의 장례식에서 시작된다. 이후 이야기는 거슬러 올라가 그 영웅의 인생 역정을 들려준다. 많은 면에서, 『에브리맨』은 전형적인 로스식 글쓰기에서 벗어나 있다. 주인공은 광고계에서 일하고, 긴 시간 헌신적인 아버지이자 남편으로 남는다. "저는 주류에 속한 인간을 원했어요." 로스가 말했다. "이 남자는 관습 안에서 삶을 살아가고자 하고, 하지만 바로 그 관습이 그를 좌절시키죠. 보통 관습이 관습적으로 행하듯 그렇게요."

시간이 흐르며 주인공의 몸은 쇠약해져간다. 그는 이혼을 하고, 형제와 사이가 틀어지고, 그림 그리기에 시간을 보내기 위해 광고 일을 완전히 그만둔다. 그러는 사이 그의 생체 시계는 째깍째깍 흘러간다. 사실상 그 소설은 정교한 의료 차트로 보이는데, 필립 로스 자신은 "의학적 이력"이라고 부르기도 했다. "사람들이 나이가 들어가며, 그들의 약력은 그들의 의료적 약력으로 좁혀집니다. 사람들은 의사의 치료, 병원과 약으로 세월을 보내고, 마침내 여기 책에서 일어난 것처럼, 의료적 약력과 동일해집니다." 3월에 일흔셋이 된 로스가 말했다.

숫자로만 따졌을 때, 로스가 이길 수밖에 없는 게임이다. 미국의 인구는 점차 늙어가고 있고, 사람들은 건강(죽음)의 문제에 대해 생각한다. 『뉴요커』의 의학 칼럼니스트이자 하버드 의대 교수인 제롬 그루프먼은 "여러 가지 의학적인 면에서 봤을 때 로스는 확실히 자신의 일을 해냈다"고 말했다. 여러 번의 수술 장면이 세부적으로 상세하게 묘사되어 있고, 수술의 세부 사항들도 마찬가지다. 그러나 그루프먼은 『에브리맨』이 그 이상의 것을 다루고 있다고 믿는다. "그 책의 의미는, 그 핵심에는, 이 남자의 이야기와 인간 됨의 조건이 있습니다. 또한 우리가 삶을 살면서 저지르는 실수들과, 그런 실수들이 어떻게 되돌아오는지, 우리가 스스로를 죽음 앞에서 느끼는 공포와 외로움에서 보호하기 위해서 저지른 그 실수들이 어떤 식으로 실패한 것으로 판명되는지가 있습니다."

이런 면에서, 소설은 활기찬 젊은이가 길 위에서 죽음을 만난다는 내용의 15세기 도덕극을 떠오르게 한다. "그렇다면 『에브리맨』은 초서의 죽음과 셰익스피어의 탄생 사이의 간극만큼이나 강력한 무언가를 말하고 있는 거죠." 로스가 옛 구절들을 음미하며 말했다. "오 죽음이여, 그대는 내가 그대를 가장 적게 그리워하는 순간 다가오는구나." 『에브리맨』의 주인공은 살아가며 종종 이런 식의 순간을 맞는다. 유년 시절, 그는 맹장 파열로 거의 죽을 뻔한다. 청소년기에는 해변가에 선 채 계시의 순간을 경험한다. "수많은 별이 그를 향해 분명한 목소리로 말했다. 너는 죽을 운명이라고." 로스가 책의 한 구절을 읽었다.

로스는 죽음에 관해 쓴 적이 있다. 전미도서평론가 서클상 수상작인 그의 회고록 『유산』에서 그는 비장한 톤으로 죽음에 관해 이야기했고, 또한 그에게 두번째 전미도서상을 안겨준 소설 『사바스의 연극Sabbath's Theater』에서는 히스테릭한 유머에 곁들여 말했다. 그 책의 마지막 줄은 이렇다. "어떻게 그가 떠날 수 있겠는가. 어떻게 그가 갈 수 있겠는가. 그가 혐오하는 모든 것이 여기에 있었다." 하지만 『에브리맨』에서는 이런 식의 과장된 수사는 없다. "아주 어두운 이야기죠." 퓰리처상을 수상한 시인이자 로스와 40년 이상 우정을 나눈 마크 스트랜드가 말했다. "평소 하던 것처럼 야단법석과 유머를 섞어 희석하지 않았으니까요."

로스의 독자들이 그를 따라 이 어두운 곳으로 향할지를 관찰하는 것은 매우 흥미로운 일이 될 것이다. 그의 전작 『미국을 노린 음모The Plot Against America』는 앞선 책들이 하드커버 판으로 팔린 것의 열 배만큼 팔렸다고 알려져 있다. 기쁘지만 한편 당황스럽다고 말하는 로스는 이 사실에 들뜨지 않는다. "음, 그게 최근의 문화적 양상에 대한 제 생각을 바꾸어놓지는 못해요." 그의 눈썹에 주름이 잡힌다. "만약 사람들의 마음을 사로잡은 것이 이 책이든, 아니면 존 디디온이든, 한때 독서를 마음의 양식이자 즐거움으로 삼았던 사람들에게 책이 더 이상 그런 존재가 아니라는 사실을 바꾸어놓지는 못한다는 얘기죠."

로스의 글쓰기 방식은 수십 년간 변하지 않았다. "저는 시작부터 끝까지 순서대로 씁니다. 초고에서, 그것들을 안에서부터 확장시키죠. 그건 제가 뭘 덧붙이는 방식으로 일하려 하지 않는다는 얘깁니다. 저한테 이야기가 있죠. 제가 발전시켜야 한다고 느끼는 것은 그 이야기 안의 재료들, 독자들에게 일격을 가하고 흥미를 강화하는 그런 재료들입니다." 그가 자신의 작업 방식에 대해 설명했다.

더 이상 작업을 할 수 없다고 느끼는 지점이 오면 로스는 선택된 초기 독자 집단에게 원고를 보낸다. "그러고 나서 그들을 만나요. 앉아서 세 시간이든 네 시간이든, 그들이 말하는 것을 듣는 거죠. 대부분 저는 아무것도 말하지 않아요. 그들이 뭐라고 하든 유용하죠. 왜냐하면 제가 그 과정을 통해 얻는 것은 제 책에 관한 타인들의 의견이거든요. 그게 저한테 유용한 거예요. 그들이 책을 펼쳐서 산산이 박살 내고 나면 저는 다시 돌아와 마지막 일격을 준비할 수가 있죠."

소설가 폴 서룩스는 그 책을 한자리에서 다 읽었다. 그리고 또다시 읽었을 때 "더 재미가 있었고 더 감탄스러웠다"고 말했다. 이야기에 대한 로스의 세심한 고려가 빛을 발한다고. "제가 로스에 대해서 깊이 존경하는 부분은 로스의 소설이 가진 표면적인 자연스러움이에요. 실제로 효과들은 아주 조심스럽게 쌓아 올려지죠." 이번 소설의 경우, 로스 특유의 묘기를 모두 제거한 채 작업한 점이 서룩스에게 몹시 인상적이었다. "그 소설이 가진 힘은…… 설득력 넘치는 묘사들과, 완전히 이해할 수 있는, 흔히 주위에서 볼 수 있는 그런 사람들, 특히 그들이 가진 약점에서 옵니다."

과거의 로스는 그의 소설 속 등장인물들과 그들이 가진 약점을 소설가 자신과 혼동하고 싶은 유혹을 느끼게 할 만큼 자전적인 소설을 썼다. 1960년대, 『포트노이의 불평』이 50만 권 이상 팔렸을 때, 심지어 『인형의 계곡』의 작가 재클린 수잔조차 로스를 만나고 싶기는 하지만 악수를 나누고 싶어질지는 모르겠다고 농담을 한 적이 있다. 물론 『에브리맨』에는 로스적인 순간들이 충분히 있다(예를 들어 책은 칠십대 노장의 놀라운 강건함을 잘 보여준다). 그러나 그 순간들은 좀 더 부드럽게 다듬어진 전기적 메모 같다. 책의 도입부는 로스의 친한 친구이자 문학적 스승인 솔 벨로의 장례식을 떠오르게 한다. 이후, 몇 번의 수술 끝에, 주인공은 그의 모든 병든 친구에게 전화해 작별 인사를 한다.

마지막으로, 주인공은 부모의 묘지를 방문하는데 거기서 부모의 묘지를 파헤친 것으로 짐작되는 남자를 만난다. "그것은 거의 백 퍼센트 로스의 개인적 경험에 바탕을 두고 있어요." 스트랜드가 말했다. "그는 아무것도 잊지 않아요. 이용할 수 있는 거라면 뭐든지 이용하죠."

그러나 로스가 떨리는 손으로 최후의 순간을 떠올리고 있을 것이라 생각하는 건 실수일 수 있다. 실제로 만났을 때 그는 건강하고 정정했으며, 방금 운동을 하고 온 양 더플백을 메고 인터뷰 장소에 도착했다. 그의 눈빛은 세고 강렬하다. 그는 죽음에 겁먹지 않는다. 『에브리맨』은 "제 자신의 죽음 때문에 쓰게 된 게 아니에요. 제 말은 희망이 아니라 실제로 제 죽음이 아직 임박하지 않았다는 겁니다." 그가 웃으며 말했다. 심지어 1988년 심장 수술을 받았을 때조차, 그는 최후에 대해 두

번 생각하지 않았다. "음, 저는 제가 끝날 거라고 전혀 생각하지 않았어요. 저는 의사들이 자신들이 뭘 하고 있는지 알고 있다고 확신했어요. 그들이 저를 고쳐줄 거라고요. 그리고 실제로 그랬죠."

"그도 늙고 있죠." 스트랜드가 말했다. "하지만 우리보다 더 강해지고 더 건강해졌어요. 제가 그를 만났을 때 그는 훌륭한 야구 선수였죠. 공을 치면 1마일은 날릴 수 있었어요. 그리고 지적으로도 그는 제가 만난 가장 탁월한 사람이에요. 그가 내어놓는 이야기는 대단해요. 말 그대로 혼을 빼놓는다니까요."

"제가 어렸을 때." 로스가 말했다. "아버지가 보험 통계 팸플릿을 갖고 있었죠. 보험 일을 하고 계셨거든요. 그걸 보고 저는 여자는 예순세 살까지, 남자는 예순한 살까지 산다는 것을 알게 되었어요. 그게 아마 지금은 일흔셋으로 늘어났을 거예요. 전후 의학 발전을 생각해봤을 때 획기적인 변화는 아니죠."

그루프먼은 여기에서 슬픈 진실을 본다. "인류가 가진 기술에 대해 널리 퍼진 환상이 있죠. 우리가 인류의 모든 의학적 성과를 통제했어야 한다는 그런 생각 말이에요." 하지만 로스의 소설 속 영웅이 깨닫듯, 또한 우리 모두가 알듯이, 그런 일은 벌어지지 않는다.

"고약한 계약이지만 맺을 수밖에 없어요." 로스가 냉혹한 어조로 내뱉는다. 톨스토이의 『이반 일리치의 죽음』과 같은 19세기 소설에서, 삶의 최후에 대한 자각은 등장인물들을 신에 닿도록 한다. 하지만 로스의 『에브리맨』에서는 아니다. 혹은 그것을 쓴 작가에게는. "어떤 것도 저를 재촉할 순 없어요." 그가 말했다.

2006년 5월

로렌스 펄링게티

Lawrence Ferlinghetti

로렌스 펄링게티는 여러 세대에 걸친 독자들에게 시, 저항, 그리고 문고판 서적을 소개해왔다. 그는 1953년, 샌프란시스코에서 훗날 막대한 영향력을 갖게 된 서점 '시티라이트'를 열어 케네스 렉스로스를 비롯한 옛 박식한 거장들과 앨런 긴즈버그 등의 젊은 신출내기들, 그리고 그들 밖에 있는 더 넓은 세계 사이의 간극을 좁혀왔다. 한편 시티라이트 출판사는 반세기 이상 프랑스와 과테말라, 칠레, 이탈리아 등에서 출생한 작가들의 작품을 출판해 왔다.

　로렌스 펄링게티는 1919년 용커스에서 태어났다. 그의 아버지는 경매인 이었으며 어머니는 프랑스, 포르투갈, 세파르디 유태인 혈통이었다. 그는 제 2차 세계대전에 해군으로 참전했으며, 이때의 경험과 소르본에서 받은 교육으로 인해 비트족의 원로 대변인 역할을 맡게 됐다. 그는 비트족 시인들의 작품집을 출판했고, 그들보다 오래 살았다. 그의 작품들은 1958년의 『마음속의 코니아일랜드<sup>A Coney Island of the Mind</sup>』부터 2007년의 에세이 『반란의 예술, 시<sup>Poetry as Insurgent Art</sup>』까지 걸쳐 있다. 그가 2005년 전미도서협회<sup>America's National Book Foundation</sup>의 평생공로상을 받은 직후 이루어진 이 인터뷰에서 그는

『마음속의 코니아일랜드』가 당시 백만 부 이상 팔렸다고 말했다. 활동가이자 서점 운영가인 펄링게티는 1948년부터 그림을 그려온 화가이기도 하다. 2010년에 로마에서 그의 전시회가 열렸다.

▼

과거에는 반문화 운동이었던 것이 이제는 주류가 되어버린 상황에서 혁명을 일으키기란 어렵다.

윌리엄 버로스는 「잭 케루악을 기억하며」라는 제목의 시에서 이렇게 쓴 바 있다. "케루악은 커피숍 백만 곳을 열었고 남녀 모두에게 백만 벌의 리바이스 청바지를 팔았다. 그의 페이지에서 우드스톡이 분출한다."

시인 로렌스 펄링게티는 이러한 역설을 이해하고 있다. 싸구려 잡화점에서나 문고본을 취급하던 시기에 펄링게티가 샌프란시스코에 문을 연 서점 시티라이트는 케루악이나 버로스와 같은 비트닉 시인들이 마음껏 지식을 공급받던 장소였다. 사람들은 늦게까지 문을 여는 시티라이트에서 마음껏 책을 볼 수 있었다. 이 서점은 좋은 책을 염가로 공급했다.

이는 오늘날 엄청나게 성장한 대형 서점 체인들을 훨씬 앞선 전략으로 보인다. 여든여섯의 펄링게티는 그들의 성공에 자신도 약간의 지분이 있다고 생각한다.

"그들이 우리를 따라 한 거예요!" 그의 작품을 출판하는 뉴욕 출판사 뉴디렉션을 찾은 시인이 농담을 던졌다. 그는 영원히 시대를 앞서는 시인일 것이다. "그때 서점들은 대개 오후 다섯시에 문을 닫았죠.

우리는 일주일 내내 밤늦게까지 영업한 최초의 서점이에요. 제기랄, 초창기에는 새벽 두시까지 문을 열고는 했죠."

1955년 펄링게티가 자신의 데뷔작 『사라진 세계의 그림들Pictures of a Gone World』을 출판하면서 시티라이트는 출판사로 거듭난다. '주머니 속의 시집' 시리즈의 네번째 책이었던 앨런 긴즈버그의 고전 『울부짖음』 (1956)은 금서가 되었다가 해금되는 해프닝을 겪었다. 그러면서 반문화 운동이 급격하게 확산되기 시작했다.

"샌프란시스코 경찰 덕에 우린 단박에 유명해졌죠." 긴즈버그가 법정에 섰을 때를 회상하며 펄링게티가 말했다. "우리로서는 엄청난 광고 효과를 본 것이었습니다."

그러나 비트 운동의 불길은 이내 사그라졌고, 주도적이었던 인물들도 그들이 한때 극도로 반대했던 시장의 논리에 흡수되었다.

그러나 맡은 바 임무를 꾸준히 수행한 시티라이트는 소설과 논픽션, 그리고 정치 선언문에 이르기까지 범위를 확대했다. 오늘날 서점은 3층으로 확장된 상태이며, 시티라이트 출판부 역시 니카라과의 작가 데이지 사모라부터 프랑스의 초현실주의 작가 앙드레 브르통에 이르기까지 2백 종 이상의 책을 출간하고 있다.

그리고 펄링게티는 쭉 글을 써왔다. 1950년대 후반부터 그는 시집, 소설, 여행기, 희곡, 전시 도록, 정치 선언문 등 수없이 많은 책을 출간해왔다. 종종 지식인들을 적대시하는 나라에서 50년 이상 아방가르드 문학을 출판해온 펄링게티는 현실에 대해 씁쓸한 인식을 가질 수밖에 없었다.

"시집 출판이란 다리 위에서 뭔가 떨어뜨린 다음 첨벙 하는 소리가 들리길 기다리는 것과 비슷하죠." 그가 말했다. "보통은 아무 소리도 들리지 않아요."

　펄링게티의 연보를 훑어보면 그가 시를 출판하는 사람인 동시에 시를 쓰는 사람이기도 하다는 사실이 묘하게 여겨진다. 1919년 뉴욕 용커스에서 로렌스 펄링으로 태어난 그는 아주 어렸을 때 프랑스로 보내졌다. 거기서 펄링게티를 펄링으로 줄였던 아버지가 사망했고, 어머니는 정신병원에 입원했다.

　다섯 살에 이모의 손을 붙들고 미국으로 돌아올 때까지 펄링게티는 영어를 배우지 않았다. 이모는 뉴욕 교외에서 펄링게티를 길렀다. 어느 저택에서 가정교사로 일했던 이모는 그를 방치했고, 아직 어린 소년에 불과했던 그는 1929년에 주식시장이 붕괴될 때까지 다른 가족과 함께 지냈다. 그 후 그는 또 다른 가족의 집에 얹혀살다가 도둑질을 한 것이 발각되어 기숙학교로 보내졌다.

　고아나 다름없었던 그는 가까스로 노스캐롤라이나 대학과 컬럼비아 대학, 그리고 소르본 대학에 다닐 수 있었고, 군대가 보조하는 장학금으로 박사 학위를 받았다.

　그리고 세계의 문화 수도가 프랑스에서 미국으로 넘어가는 시기가 도래했다. 그는 흐름에 발맞추어 시인 케네스 렉스로스의 제안에 따라 샌프란시스코로 거처를 옮겼다.

　"전 프랑스 베레모를 쓰고 샌프란시스코에 도착했죠." 펄링게티가 회상했다. "비트족이 아직 나타나지 않았을 때였어요. 저는 긴즈버그와 케루악보다 일곱 살 많았습니다. 버로스를 빼면 다들 저보다 나이가 적었죠. 후에 비트족 시인들의 작품을 출판하면서 그들과 어울리게 되었습니다."

그가 서점을 열게 된 것은 거의 우연이었다. 찰리 채플린의 영화 제목을 따서 『시티라이트』라는 문학잡지를 발행하던 피터 마틴이라는 친구가 있었다. 한데 잡지를 꾸준히 발행하려면 다른 수입원이 필요했다. 마틴이 펄링게티에게 서점을 열면 어떻겠느냐고 제안했다. 센 강을 따라 책이 빵처럼 쭉 진열된 도시에서 막 돌아온 참이었던 펄링게티는 그의 제안이 마음에 들었다.

사업적으로 제법 탁월한 결정이었다. 시티라이트는 문고본의 수요가 폭발적으로 늘었던 시점에 문을 열었다. 샌프란시스코는 독서를 사랑하는 사람들로 넘쳐나고 있었다.

"우리는 엄청난 수요를 충족시키고 있었습니다." 펄링게티는 『뉴욕타임스 북 리뷰』에서 이렇게 말한 적이 있었다. "시티라이트는 누구나 들어와서 편히 앉아 뭘 사야 한다는 강박 없이 책을 읽을 수 있는 유일한 공간이었습니다. 우리는 서점이란 이런 곳이어야 한다고 생각했죠. 한편 저는 서점이 지적 활동의 중심지여야 한다는 생각을 갖고 있었고, 자연스레 출판사도 운영하게 되었습니다."

펄링게티가 게리 스나이더나 긴즈버그, 버로스, 케루악과 같은 작가들의 작품만 출판한 것은 아니다. 그는 그들의 작품에 등장인물로 나타나기도 했다. 그는 케루악이 1958년에 발표한 고전 『달마 행자들』에 몬산토라는 이름으로 등장했고, 4년 후 역시 케루악이 캘리포니아 해변에서 황폐화되는 사람을 그린 소설 『빅 서 Big Sur』에도 등장했다.

"슬픈 소설이었죠." 펄링게티가 말했다. "케루악은 의욕을 전부 잃어버렸어요. 그의 초기 단편, 예를 들면 「시월의 레일로드 어스」와 이 소설의 힘 빠진 문장을 비교하면 이 소설이 모든 기력과 '삶의 의지'를 꺾고 있다는 것을 알 수 있죠. 『빅 서』를 썼던 1960년대에 그는 알코올

중독자였어요. 술을 마시지 않으려고 제 집으로 오고는 했죠. 물론 닐 캐시디가 가끔 찾아왔기 때문에 그가 술을 전혀 안 마실 수는 없었어요. 그는 다시 취했죠."

여느 비트 작가들이 재능을 소모하는 동안 펄링게티는 부지런하게 자기 작품을 창작했다. 시티라이트는 '주머니 속의 시인' 시리즈의 첫 책으로 그의 첫 시집을 출간했다. 그가 펄링게티라는 가족의 성을 되찾아낸 책이었다. 그의 두번째 시집, 『마음속의 코니아일랜드』의 분방하고 재즈적인 리듬은 기성세대에 맞서는 세대의 독자들과 공명했다.

…… 나는 내 번호가 불리기를 기다린다
그리고 나는 기다린다
가장 매력적인 것을
그리고 나는 기다린다
아버지가 집으로 돌아오기를
환하게 빛나는 은색 동전들로
주머니를 가득 채운
아버지가 집으로 돌아오기를
그리고 나는 기다린다
원자력실험이 중지되기를

백만 명 이상의 독자들에게 그의 메시지가 전해지면서 『마음속의 코니아일랜드』는 20세기에 출간된 베스트셀러 시집 중 하나로 등극했다. 이 책은 그를 단짝처럼 늘 따라다닌다.

로렌스 펄링게티

"요즘 대학에서 시를 낭독할 때마다 중년 여성이 다가와서 이렇게 말하고는 하죠. '디모인에서 중학교에 다니던 열네 살에 『코니아일랜드』를 읽었어요'라거나 '그 책은 제 인생을 바꾸었죠'라고 하는 겁니다. 그럼 전 늘 이렇게 말하죠. '세상에, 인생이 바뀌었다니요. 좋게 바뀌었나요, 나쁘게 바뀌었나요?'"

그의 최근작인 『아메리쿠스Americus』와 같은 후기 작품들을 접하는 독자들은 완전히 다른 시인의 모습을 발견한다. 활기차고 거의 초현실적으로 여겨지기까지 했던 그의 심상들은 보다 바로크적인 주술에 가까운 것으로 변화했다.

"제 스타일은 상당히 변화해왔습니다." 그가 말했다. "노력을 하지 않은 건 아니지만 『코니아일랜드』와 같은 시를 쓸 수는 없죠. 그냥 그렇게 된 거예요. 전 『코니아일랜드』를 불과 몇 달 만에 썼어요. 갑자기 불쑥 시가 튀어나왔어요. 마치 손이 마법에 걸려 저절로 시를 쓰는 것 같았죠. 하지만 그런 마법은 더 이상 존재하지 않아요."

그렇게 나쁜 일도 아니다. 펄링게티가 다른 작가들을 발굴하고 지원하는 일에 헌신할 수 있기 때문이다.

"저와 동료 편집자인 낸시 피터스는 오늘날 여성 작가나 제3세계 작가들이 가장 흥미로운 글쓰기를 보여주고 있다고 생각합니다." 그가 말했다. "새롭고 훌륭하고 혁명적인 미국 시인의 작품을 출간할 수 있다면 좋겠지만, 아무 일도 일어나지 않을 때 혁명적인 작품을 출간할 수는 없죠. 저는 정치적인 시를 쓰지 않으려고 노력하고 있어요." 그가 사과조로 말했다. "너무 지겨우니까요. 정치는 지겨워요. 사랑에 관한 시나 쓰는 편이 훨씬 나았으리라는 말이죠. 하지만 오늘날의 부시 행정부에서 부자들은 더욱 부자가 되고 가난한 사람들은 더욱 가난해지

고 있어요. 요즘 세상 돌아가는 꼴이 그렇습니다. 심지어 뉴욕에서도
요. 택시 기사들까지 그렇게 말한다니까요."

2005년 11월

로렌스 펄링게티

# 데이브 에거스

Dave Eggers

데이브 에거스는 출판인, 활동가, 회고록 작가, 그리고 소설가라는 다양한 이력의 소유자다. 1970년 매사추세츠 보스턴에서 태어난 그는 어려서 시카고 교외로 이사했다. 1992년 부모가 모두 암에 걸려 몇 달 간격을 두고 차례로 사망하면서 그는 어린 남동생 토프를 혼자 힘으로 돌보아야 했다. 이 경험은 2000년에 발간된 그의 데뷔작 『비틀거리는 천재의 가슴 아픈 이야기A Heart-breaking Work of Staggering Genius』가 탄생하는 결정적인 계기가 되었다. 리얼리즘이 신성시하는 대상을 중성자탄처럼 철저히 파괴하는 이 작품은 도널드 바셀미의 단편들을 떠올리게 하는 회고록이기도 하다. 이 소설을 쓰던 시점에 에거스는 이미 『마이트Might』라는 잡지로 실패를 경험한 바 있었고, 훗날 컬트적인 성공을 거두게 된 잡지 『맥스위니McSweeney』를 막 시작한 참이었다.

첫 책을 출간하고 10년이 지나는 동안 에거스는 한계가 없는 듯한 에너지로 한 사람이 얼마나 많은 일을 할 수 있는지를 꾸준히 증명해왔다. 그는 『맥스위니』를 출판사로 확장했고, 미국 8개 지역에서 비영리 창작교실을 열었으며, 『더 빌리버The Believer』에서 문학비평을 시작했다. 또한 무고한 죄수들부터 짐바브웨인들에 이르는 다양한 사람들의 삶을 가감 없이 기록하는 구술사 프로젝트를 시작했고, 각각 영화로 제작된 시나리오 두 편을 쓰는 와중에도 여러 권의 단편집과 네 권의 장편소설을 출간하는 등 자기 작품을 창작하는 일도 손에서 놓지 않았다. 그의 작품 중에는 메디치상 수상작이자 베스트셀러가 된 수단 난민에 관한 논픽션 소설『무엇은 무엇인가What Is the What』 (2006), 허리케인 카트리나로 집을 잃은 시리아 출신의 남자에 관한 책인『자이툰Zeitoun』(2009)을 포함한 여러 권의 논픽션도 포함되어 있다. 나는 교사들의 봉급 인상이 얼마나 중요한지를 역설하는 책『교사들에게는 권리가 있다Teachers Have It Easy』의 출간을 앞둔 에거스를 브루클린에서 만날 수 있었다.

▼

제법 추운 겨울날 오후 한시, 뉴욕 브루클린에 위치한 슈퍼히어로 서플라이 사무실에서 본 데이브 에거스는 일하는 중이다. 그는 최근 '826NYC'라는 글쓰기 센터를 시작했다. 이사진 회의를 끝낸 뒤, 젊은 작가이자 출판인, 문학잡지『맥스위니』를 만든 편집자인 데이브 에거스가 낡은 소파에 풀썩 주저앉는다. 하지만 이내 몸을 일으킨다. 쉴 생각이 없는 모양이다. 아직 쉴 때가 아니다.

이 인터뷰가 끝나면 에거스는 맨해튼 미드타운에서 두시 삼십분에 있을 회의에 참석해야 한다. 그러고도 만나야 할 사람들이 있다. 내일은 826NYC에서 영감을 얻어 설립된 워드 스트리트를 위해 기금을 조성하러 매사추세츠 피츠필드까지 오랜 시간 운전해서 가야 한다. 그의 검은색 여행가방이 어서 산책을 나가자는 강아지처럼 발치에 놓여 있다. "여행을 좀 줄일 생각이에요." 글을 쓸 시간은 있느냐고 묻자 에거스가 대답했다. "하지만 이런 일이라면 거절할 수가 없죠."

그는 데이브 에거스를 구성하는 가장 중요한 요소가 바로 속도라는 것을 첫 소설에서 잘 드러내지 못했다고 생각하는 것 같다. 그러나 아는 사람이 많지 않았던 풍자지 『마이트』의 말단 편집자였던 큰 키의 곱슬머리 작가가 미국에서 가장 예측하기 힘든 문학계의 스타, 유머 작가, 진지한 작가, 그리고 출판인으로 거듭나기까지는 채 10년이 걸리지 않았다. 본인이 직접 머리를 자르는 등 관습과는 거리가 먼 그의 낭독회를 보면 그가 이처럼 부상하게 된 진짜 원동력은 유명 인사처럼 행동하는 것이 아니라 재능이라는 것을 알 수 있다.

『비틀거리는 천재의 가슴 아픈 이야기』가 부모 모두를 세 달 간격으로 잃은 상실감을 회고록이라는 장르 특유의 신성함을 무너뜨리는 아이러니로 에둘러 표현하고 있다면, 고등학교 친구 둘이 사방에 돈을 뿌리려 애쓰면서 전 지구를 누비다가 자기네들의 관대함이라는 게 얼마나 자의적인 것인지 깨닫게 되는 이야기인 독창적인 첫 소설 『넌 우리의 속도를 알아야 해You Shall Know Our Velocity』는 아이러니를 더욱 극대화한다. 한편 지난가을에는 단편집이 나오기도 했다.

그는 앤솔러지를 출간하여 단편소설의 부흥을 꾀하고, 도서 리뷰에 '마땅한 관심'을 갖게 하기 위해 『더 빌리버』라는 잡지를 창간했으며, 기린에 대한 책을 만들고, 『맥스위니』를 출판사로 확대했으며, 해적 물품과 슈퍼히어로 장비들을 파는 가게를 내서 글쓰기 센터의 운영비를 마련하고 있다. 이제 에거스에게 장대한, 혹은 별난 야심이 있다는 것은 분명하다.

하지만 그의 가장 원대한 야심은 이제야 막 두각을 드러내기 시작했다. 그가 최근 발표한 단편집 『우리는 얼마나 배고픈가How We Are Hungry』를 두고 이야기를 나누는 동안, 나는 에거스가 사람들을 웃기고 싶어

하는 것만은 아니라는 것을 알게 되었다. 그는 독자들이 문화적으로도 스타일상으로도 자기네들이 머물러 있는 안전지대 너머로 나아가기를 원한다. 그는 독자들 역시 활동가가 되기를 원하고 있는 것이다.

지난 5년간 그는 스스로 본보기를 보였다. 그는 오늘날 글쓰기 센터의 모태가 된 샌프란시스코 발렌시아 826번지에서 일주일에 두 번 무료로 글쓰기와 독서를 강의한다. '미국에서 가장 읽을 필요가 없는 책'이라는 제목의 독서 수업은 휴튼 미플린 출판사에서 앤솔러지로 출간되는 결실을 맺었다. "일단은 학생들에게 뭐든 손에 잡히는 대로 읽으라고 합니다. 그러다 보면 독서가 다른 형태로 변화하기 시작하죠. 상담도 되고 창작도 되고요. 이 과정은 8개월에 걸쳐 진행됩니다."

에거스의 입지가 바뀌면서 826발렌시아와 826NYC에 출석하는 학생들의 유형도 조금씩 변화해왔다. 학부형들 역시 동네에서 무료로 수업을 진행하는 강사들의 역량에 의문을 표하지 않게 되었다. 그의 글쓰기 센터에서 학생들을 가르치는 사람들로는 '레모니 스니켓'의 숨은 실력자인 대니얼 핸들러와 퓰리처상 수상자로 공포 장르에 대해 강의하는 마이클 셰이본도 있다.

"재미있는 일이 있었어요." 에거스가 신나서 말했다. "마이클 셰이본이 스티븐 킹에게 '당신 작품으로 창작 수업을 진행할 거예요'라고 했죠. 그러자 스티븐 킹이 '그렇다면 나도 한번 가보죠'라고 대답했어요. 그리고 스티븐 킹은 학생들이 30명 남짓한 두 시간짜리 수업을 참관하러 비행기를 타고 메인 주에서 날아온 거예요."

그는 자신의 인생에 대한 열정과 예술가적 욕망을 실현하는 방식을 사람들 앞에 드러내고 많은 주목을 받는다. 유명 인사로서의 에거스가 지닌 매력은 여기서 드러난다. 그가 진행하는 프로젝트에 사람들을 참여하게 하기란 그에게는 거의 식은 죽 먹기처럼 보인다. 뉴욕 글쓰기 센터는 5백 명의 수강생이 몰렸다. 샌프란시스코 센터는 지난 학기만 해도 7천 개의 워크숍을 진행했다. 이와 더불어 8백 명에 달하는 자원봉사자가 따라붙었다. 로스앤젤레스 센터가 새로 문을 열었고, 시카고를 비롯해 시애틀과 앤아버에서도 시작되고 있다. 지금은 적은 숫자로 보일지도 모른다. 하지만 이들이 앞으로 꾸준히 성장해나가리라는 데는 이견이 없을 것이다. 옛날의 에거스가 보여준 낭독회는 다다이스트들의 해프닝처럼 보였다. 하지만 지금은 훌륭한 기금 조성 수단이다.

　에거스가 초창기에 지녔던 수동적-공격적 반응에서는 오늘날 대중의 눈에 아주 잘 부합하는 모습을 찾아보기 힘들다. 『비틀거리는 천재의 가슴 아픈 이야기』가 베스트셀러 목록에 진입하자 그는 에이전트를 해고하고 메이저 출판사들의 계약을 거절한 다음 혼자 힘으로 인터넷을 통해서만 첫 소설을 팔았다. 그는 그때처럼 무모하지 않다. 한시간 반쯤 인터뷰가 이어지는 동안 에거스는 친절하고 명랑한 어조로 연신 826프로젝트를 입에 올리며 글쓰기 센터를 운영하기 시작할 때부터 친구이자 동료였던 니나이브 캘리거리를 포함한 자신의 동료들에게 공을 돌린다. 니나이브 캘리거리는 오랫동안 교사로 일해왔다고 한다.

　에거스가 간단히 묘사한 바에 의하면 "사자처럼 일을 해치운" 대니얼 멀스롭을 비롯해 그들 셋은 『교사들에게도 권리가 있다: 적은 급여로 일하는 미국의 교사들은 크나큰 희생을 감수한다』는 제목의 책을 썼다. 교사의 1인칭 시점으로 진행되는 서사를 채택한 이 책은 미국의 공립학교가 더 높은 수준으로 거듭나는 유일한 방법이 교사들의 봉급을 대폭 인상하는 것뿐이라는 주장을 설득력 있게 제시한다.

　교육이 바로 서지 못하는 이유를 설명하는 많은 글이 있었지만 에거스와 공저자들은 새로운 이야기와 통계를 제시한다. 그들이 조사한 바에 의하면 교사들은 여름방학을 즐기지 못한다. 미국 교사들의 42퍼센트가 생계를 유지하기 위해 여름방학에도 아이들을 가르치거나 다른 일을 하고 있다. 이 책에 등장하는 중학교 교사 에릭 베너는 오전 여섯시에 출근해서 축구부가 오전 연습을 할 수 있도록 체육관을 여는 것으로 시작해 밤 열시에 가전제품 판매장에서의 부업을 마치고서야 하루를 끝낸다. 많은 교사가 이렇게 살아가고 있다.

　교육자 집안에서 성장한 에거스는 가르치기를 생업으로 하는 사람들에게 특히 관심이 많다. "어머니도, 여동생도, 저도 선생님이었어요. 샌프란시스코 센터를 운영하는 사람 중 하나인 나의 훌륭한 친구 케이시 풀러 역시 그곳에서 교사로 일했죠. 그녀가 열두 살이었을 때부터 알고 지냈죠. 저는 그녀가 학사와 석사 학위를 받았을 때를 기억합니다. 그녀는 초등학생들을 가르쳤고 나중에는 고등학교에서도 근무했어요. 제가 본 선생님 가운데 그녀는 가장 열정적이고 행복한 사람입니다."

　하지만 이 경우에도 풀러 역시 자신의 열정에 합당한 보수를 받지 못했다. "그녀는 5년간 학생들을 가르쳤어요. 하지만 시간이 지날수록 입에 풀칠하기도 힘들어졌죠. 그녀는 룸메이트를 구해야 했고 결혼이라도 하지 않는 한 생계를 이어가기 어려웠어요."

　정부가 이 문제에 관심을 보이지 않는다면 훌륭한 교사가 될 자질을 지닌 학위 소지자들이 점점 더 이 직업을 멀리하게 될 것이라고 에거스는 말한다. 2000년의 조사에 따르면 대학 졸업자들의 78퍼센트가

"전혀 합당한 처우를 받고 있지 않다"고 말했다고 한다. 이는 이들이 교육에 뛰어들기를 망설이게 하는 주요 요인이다.

에거스와 공저자들은 이런 이유에서 정부가 교사들의 봉급을 인상해야 한다고 주장한다. 에거스는 이렇게 말했다. "우리가 생각하는 바에 따르면 모든 문제가 거기서 나옵니다. 교사들에게 합당한 급여, 고용 조건, 지원책을 마련해주어야 하죠. 교사들 사이에서 활발한 커뮤니케이션이 이루어져야 하고, 교사들도 보조적으로 필요한 교육을 받아야죠. 그래야 학생들이 받는 교육의 질도 높아집니다."

어떻게 보면 미국에서 교사들은 눈에 잘 띄지 않는 존재이기에 이 책에는 이처럼 내러티브를 바탕으로 한 접근 방식이 유효하다고 볼 수 있다. 하지만 내러티브적 접근 방식은 그의 이야기에도 유효하다. 그는 부모를 잃은 상실감으로 괴로워하면서도 내러티브를 통해 자신의 애도를 표출할 수 있었다. 이야기의 힘은 그가 브루클린을 벗어나 캘리포니아로 돌아가게 해주기도 했다. 그는 지금 캘리포니아에서 소설가 아내 벤델라 바이다와 함께 행복하게 살고 있다.

『맥스위니』가 주변부를 벗어나 주류로 편입될 수 있었던 것도 이야기의 힘이다. 에거스가 자신의 책과 그가 믿는 작가들의 책을 출판할 수 있는 것도 이야기 덕분이다. 그리고 지금은 교사들의 이야기가 에거스의 메시지를 세상에 전달하기 위해 노력하고 있다. 이 이야기로 교사들은 무언가를 돌려받게 될 것이다.

2005년 6월

# 비크람 찬드라

Vikram Chandra

비크람 찬드라는 1961년 인도 뉴델리에서 출생했고, 미국에서 교육을 받았다. 그의 어머니는 시나리오작가이며 여자 형제 하나는 감독, 다른 하나는 영화평론가다. 그는 잠시 영화 학교에 매력을 느끼기도 했지만 볼티모어의 존스홉킨스 대학에서 도널드 바셀미, 존 바스 등 언어를 주목했던 미국 포스트모던 작가들을 공부했다. 그들의 경향은 찬드라에게도 영향을 미쳐왔으나, 그의 소설은 그들처럼 굴곡진 내면으로 향하지 않았다. 그의 데뷔작인 『붉은 대지와 빗줄기Red Earth and Pouring Rain』는 19세기 영국과 인도 혼혈 병사 제임스 스키너를 등장시켜 장대한 서사를 펼쳐낸다. 그는 2년 후 단편집 『봄베이의 사랑과 갈망Love and Longing in Bombay』을 발표했고, 2007년 소위 '뉴인디아'에 관한 통찰력이 빛나는 장편 『신성한 게임Sacred Games』을 출간했다. 40년의 역사를 지닌 부커상은 이 책을 놓치는 실수를 하고 말았다.

▼

작은 체구의 소설가 비크람 찬드라는 지난 7년간 매우 질 나쁜 사람들과 제법 어울렸다. 그는 생계형 살인자나 폭력배를 만나면서 그들의 은신처에도 출입하고는 했다. "총잡이 몇 명과 맥주를 마시러 나갔던 밤이 기억납니다." 최근 뉴욕을 찾은 마흔넷의 소설가가 말했다. "전 생각했죠. 제기랄, 이자들과 친구가 될 수도 있겠군. 사실 좋은 사람들이잖아. 그러다 전 그들이 아마 그날 밤 늦게 밖에 나가 누군가를 죽였을지도 모른다는 것을 깨달았습니다."

그가 단순히 재미로 그들과 어울렸던 것은 아니다. 그가 여러 해 동안 대작을 쓰려고 고심해온 결과가 『신성한 게임』이다. 이 소설은 범죄조직 두목과 시크교도 경찰조사관의 이야기, 그리고 그들의 삶의 방식과 (지금은 뭄바이로 불리는) 봄베이의 관계, 그리고 1980년대와 1990년대의 시대상을 다룬다. 『죄와 벌』과 교차된 〈대부〉에 드라마 〈소프라노스〉의 아이러니가 곁들여진 이 대단한 작품으로 찬드라는 고국 인도에서 갑자기 약간의 유명세를 얻게 되었다. "지금도 봄베이에서는 늘 총격 사건이 일어납니다. 방송에 출연해서 이에 대한 말을 해달라는 전화를 받고는 하죠. 가장 최근에 전화를 받았을 때 이렇게 말했습니다. '글쎄요, 전 사실 전문가가 아닙니다만.' 그러자 뉴스 진행자가 이렇게 말하더군요. '괜찮습니다. 아무튼 오실 수 있는 거죠?'"

조직적인 범죄와 봄베이에 대해 글로 쓴다는 것은 한물간 생각처럼 보일 수도 있지만, 찬드라는 봄베이의 상황을 전혀 가볍게 생각하지 않는다. 1980년대에 조직적인 범죄의 영향력은 너무나 커져서 선거에까지 영향을 미쳤다. 그 후 1990년대에는 일반인의 영역까지 침범당했다. "아침에 신문을 펼치면 총격 사건으로 네 사람의 사상자가 나왔다는 기사가 실려 있곤 했습니다." 찬드라가 말했다. "다음 날에는 여섯 명이 나왔고요. 날마다 크리켓 경기 결과를 보는 것 같았습니다."

중산층 시민들은 단순히 목격자로만 남지 않았다. 그들 역시 목표가 되었던 것이다. "아는 사람 중에 의사가 있었습니다. 그는 목숨이 아깝다면 돈을 얼마 보내라는 식의 전화를 받고는 했죠."

그 시절, 영화제작자인 찬드라의 매제는 경호원을 고용했다. 찬드라는 그때부터 이 주제에 관해 글을 쓰기 시작했다고 생각한다. 그는 사랑으로 괴로워하는 중년의 시크교도 경찰조사관 사트라지 싱이 등장하는 단편을 단숨에 써 내려갔다. 1997년 단편집 『봄베이의 사랑과 갈망』에 수록된 이 작품 하나로는 성에 차지 않았다. "전 일반 시민이 인도 경찰에 대해 알아야 하는 것보다 더 많은 것을 알아야 했습니다. 그래서 전 경찰들과 어울리기 시작했고, 그들 중 몇 명과는 친구가 되었죠. 그 이야기의 인물은 절 가만 내버려두지 않았습니다. 우리에게 미처 끝내지 못한 업무가 있는 것처럼 느껴졌죠."

그래서 찬드라는 이 프로젝트에 투신했다. 처음에 그는 짧은 책을 쓰고 있다고 생각했다. "한 2백 페이지쯤 될까 생각했죠. 아시다시피 첫 페이지에서 물에 빠져 죽은 시신이 등장하고 나머지 2백 페이지에서는 그렇게 된 사정을 설명하는 식으로요." 그러나 그가 실 한 가닥을 당길 때마다 또 다른 가닥이, 그리고 또 다른 가닥이 줄줄 따라 나왔다. 지역적인 현상으로 느껴졌던 일이 인도 전역과 인도아대륙 전체에 퍼져 있다는 사실이 밝혀졌던 것이다. 현재의 지정학적 상황과 '테러와의 전쟁'조차도 이로 설명될 수 있었다.

"정보기관들은 이러한 조직들을 군수 지원책으로 즐겨 활용합니다." 찬드라가 설명했다. "이들은 대단히 합법적인 무장 세력으로 기능하고, 따라서 정부는 하지 말아야 할 일을 하다가 실패한 경우, 언제나 책임을 회피할 수 있죠. 하지만 그들은 누구도 제어할 수 없는 일종의 사이보그가 되고 있습니다. 전쟁이라도 벌어지면 무기 거래 사업을 벌이는 이들 범죄조직에서 무기를 살 수도 있을 겁니다. 이들은 그 돈으로 아프가니스탄이나 파키스탄에서 헤로인도 거래하고 있습니다. 헤로인은 그들의 새로운 돈줄이죠. 대단히 근친상간적인 악순환입니다."

그중 가장 믿을 수 없는 사실은 인도에서 가장 거대한 범죄조직의 두목이 영화업계로까지 손을 뻗어 영향력을 행사하며 그들 스스로를 신화화하고 있다는 것이다. 『신성한 게임』의 주요 등장인물인 가이톤데라는 조직원은 발리우드의 중심부까지 진출하여 영화 산업을 이용해 돈을 세탁한다. 있을 수 없는 일로 들리겠지만 이 역시 다른 이야기들과 마찬가지로 현실적인 근거가 있다. "몇 년 전에 조직의 세계를 다룬 영화가 한 편 나왔는데 큰 상을 수상했죠." 찬드라가 말했다. "수상작이 발표되던 날 제작자가 무대에 올라 상을 받았습니다. 다들 그가 거물 갱 보스 중 한 명의 형제라는 것을 알고 있었고, 따라서 영화에서 묘사된 그의 모습이 실제 그의 삶에 근거하고 있다는 것도 알고 있었고요."

발리우드 영화계 한복판에서 성장했으므로 그가 이 분야를 다루면서 많은 조사를 할 필요는 없었다. 그의 가족은 시나리오작가, 프로듀서, 감독, 그리고 영화평론가로 구성되어 있다. 찬드라 자신도 테러리스트를 쫓다 살해한 남자의 아들을 입양한 경찰관에 관한 드라마인 〈미션 카시미르Mission Kashmir〉를 공동으로 작업하면서 영화판에 잠시 발을 들이기도 했다. 이 영화는 대단히 성공하지는 못했다. 그러나 마이애미 히트의 센터를 맡고 있던 216센티미터의 키에 154킬로그램의 몸무게를 자랑하는 샤킬 오닐이 〈MTV Cribs〉에 출연해 이 영화를 가장 좋아하는 영화로 꼽았을 때 미국에서 대대적인 주목을 받았다. "그래서 판매에 큰 도움이 되었죠." 찬드라가 말했다.

그는 영화판의 가장자리를 맴돌면서도 본격적으로 영화에 투신할 생각은 없다. 그는 뉴욕 컬럼비아 대학에서 영화를 전공했으나 1995년 서른셋의 나이에 출간된 첫 소설 『붉은 대지와 빗줄기』를 쓰기 시작하면서 그만두었다. 그 후 그는 컴퓨터 프로그래머와 소프트웨어 제작자로 일하기도 했다.

『신성한 게임』을 쓰고 나서는 이러한 부업이 필요하지 않게 되었다. 이 소설은 미국에 백만 달러 이상으로 팔렸으며, 영국에서는 그 여섯 배에 팔렸다. 찬드라가 캘리포니아에 근사한 집을 마련하기에는 부족하지만 여유 공간을 마련하기에는 충분한 액수다. 이제 그는 아내와 함께 살며 문학을 가르치는 캘리포니아 버클리와 인도로 삶을 양분한 국제적 인물로 살아가고 있다.

그는 두 세계에 발을 걸치고 살아가면서 별문제를 느끼지 못한다. 글을 쓰기 시작한 이후로 찬드라는 문화가 어디서, 언제, 그리고 어떻게 겹쳐지는지를 천착해왔기 때문이다. "봄베이라는 도시에서 놀라운 점 하나는 모든 것이 한데 묶여 있고 겹쳐져 있다는 것입니다." 찬드라가 말했다. 어떤 사람들에게 봄베이 여행을 망설이게 하는 책을 쓴 사람인데도, 그의 말은 어서 그곳에 가보라는 것처럼 들렸다.

"엄청난 땅값을 자랑하는 비싼 동네 바로 옆에 슬럼가가 있는 식이죠."

이런 충돌은 외부에서 보이지 않는다. 인도의 성장률은 지속적으로 찬사의 대상이 되고 있다. 그러나 그 기저에는 가혹한 진실이 자리하고 있다. 이 성장률이 중산층에게도 충분하지 않다는 것이다. "범죄 집단과 그 협력자들의 최전선에 총잡이로 나서는 젊은이들은 사실상 극빈자들이 아닙니다." 찬드라가 말했다. "아마 대학에 잠시라도 다녔을 법한 중하위층 젊은이들이죠. 조직원들은 정말로 똑똑해요. 조직원들이 그들에게 접근해서 이렇게 말하는 거죠. '좋아, 네게 오토바이를 주고 한 달에 1만 루피씩 주겠다. 네가 열심히 충성을 바치면 언젠가 메르세데스 벤츠를 받게 될 거다.'"

전혀 꾸며낸 말이 아니라는 듯 찬드라가 고개를 젓는다. "이런 이야기는 실제로 사람을 현혹시키죠." 그가 말을 이었다. "젊은이들 생각은 이렇습니다. '사무실에서 평생 일해봤자 결국 시내에 집 한 채 못 사겠지.' 해서 전 범죄가 발생하는 본질적인 요인을 한 가지 역학만으로는 설명할 수 없다고 생각합니다." 그리고 『신성한 게임』은 훨씬 더 많은 요인이 작동하고 있다는 것을 드러내고 있다.

2007년 1월

# 에이드리엔 리치

## Adrienne Rich

에이드리엔 리치가 첫 시집을 출간하던 당시 W. H. 오든은 생존해 있었고, 시문학상의 심사위원이었다. 에이드리엔 리치의 삶은 결혼과 시민운동, 자신의 시에 대한 극적인 변화 추구, 동성애자의 인권 신장, 그리고 수십 년에 걸친 여성과의 교제로 점철되어 있다. 이러한 개인사의 흔적들을 확인할 수 있는 그녀의 작품들은 작가들뿐만 아니라 독자들에게도 정치적 양심과 성적 권리를 촉구하도록 일깨우는 역할을 해왔다. 1929년 볼티모어에서 태어난 그녀는 음악을 사랑하는 가정에서 자라났다. 이른 나이에 테니슨, 키츠, 로세티 등의 시인들을 읽기 시작한 그녀는 당시 여성 교수가 전무하다시피 했던 하버드 래드클리프 칼리지에서 수학했고, 1953년 앨프리드 해스켈 콘래드와 결혼해 이후 10년간 아들 셋을 낳았다. 그녀가 1963년 발표한 『며느리의 사진들Snapshots of Daughter-in-Law』은 오늘날에도 실비아 플라스의 시집과 더불어 독자들의 사랑을 받고 있다. 1960년대에 그녀 특유의 예지적인 어조를 발전시켰던 리치는 1970년대에 접어들자 시가 한낱 생각에 불과하기만 한 것이 아니라 행동 자체이기도 하다는 생각이 뚜렷이 담긴 작품들을 발표하기 시작했다. 이런 과정을 거치면서 그녀는 자신의 작품 세계를 해체하는 동시에 재구성했다. 1990년대에 서정적인 면모를 보였던 그녀의 시는 2000년대 후반에 들어서서 추상적이고 불가사의한 내면세계를 드러내게 된다. 이 인터뷰는 그녀가 전미도서협회가 수여하는 평생공로상을 받았던 2006년 진행되었다. 그 자리에서 그녀는 "시에게는 메달이 필요치 않다"는 말을 남겼다.

▼

지난 10년은 미국 시단의 호시절이었다. 시인 데이나 지오이아가 미국예술기부재단의 장을 맡았다. 곳곳에서 낭독회도 많이 열렸다. 기업들의 후원도 계속해서 이어졌다.

2002년에는 한 제약업체의 상속녀 루스 릴리가 시카고에 기반을 둔 잡지 『포에트리Poetry』에 백만 달러를 기부하겠다고 발표했다. 작은 잡지사는 하룻밤 만에 미국에서 가장 부유한 출판사들과 어깨를 나란히 하게 되었다.

이처럼 좋은 소식들에도 에이드리엔 리치는 섣불리 축하의 말을 꺼내 들지 않는다. "시나 예술에는 하나의 기관에 수백억 달러를 투자하는 일이 필요 없어요." 일흔일곱의 시인이 얼굴을 찡그리며 말했다. "저는 예술가들이 보다 경제적으로 정의로운 사회에서 지금보다 좋은 작품을 내놓을 수 있다고 생각해요."

공짜 선물을 거절하는 것은 리치의 특기다. 미국 시인에게 주어질 수 있는 상을 거의 모두 수상한 바 있는 그녀는 몇몇 상에 대해 거절의 의사를 밝히기도 했다. 1978년, 그녀는 전미도서상의 단독 수상을 거절했다. 그래서 그녀는 "여전히 가부장적인 사회에서 목소리를 높이지 못하는 모든 여성의 이름과, 종종 엄청난 고통과 대가를 치러야 하는 이 사회에서 명목상으로 관용적인 대우를 받아온 우리 같은 여성들의 이름으로" 오드리 로드, 앨리스 워커와 함께 상을 받을 수 있었다. 그녀는 빌 클린턴이 수여하는 국가예술훈장 역시 거부했다. "클린턴 대통령이나 백악관이 주는 상을 받을 수는 없었어요. 예술의 진짜 의미는 이런 행정부가 보여주는 냉소적인 정치와는 무관하니까요."

맨해튼에 위치한 이탈리아 레스토랑에서 만난 에이드리엔 리치는 전혀 문제아로 보이지 않는다. 작은 몸집의 그녀는 점잖은 옷을 입고 있다. 즐거울 때, 그러니까 재즈나 영화, 젊은이들이 화제에 오를 때면 그녀의 두 눈은 기쁨으로 빛난다. 그러나 정부에 관한 이야기가 등장하면 그녀의 목소리는 금세 날카로워진다. "저는 아주 오랫동안 개인이 정치가 되는 것이 아니라 정치가 개인이 된다고 생각해왔습니다."

그간 여성들의 신체가 전쟁터였으며 여성들은 침묵해야만 했다는 메시지를 설파하기 위해 갖은 노력을 해온 시인의 이 말에는 주목하지 않을 수 없다. 그러나 그녀를 페미니스트들의 아이콘으로 만든 『며느리의 사진들』(1963)과 『잔해로 뛰어들기Diving into the Wreck』(1973)가 보여준 참여적이고 선언적인 작품들은 많은 부분에서 변화를 겪어왔다. 한때 페미니즘의 원동력이었던 그녀 개인의 서사는 잡지 『글래머』에서 고백적으로 밝혀졌다. 여성들은 이제 더 높은 급여를 받는다. 하지만 리치는 무엇을 대가로 치러야 했는지 알고 싶다.

"여성이 정치권력을 가지면 마거릿 대처가 될 수 있어요." 그녀가 말했다. "콘돌리자 라이스가 될 수도 있죠. 제 질문은 이겁니다. 우리가 갖게 된 권력으로 대체 무엇을 하고 있는가?" 리치는 시에 관해서도 비슷한 걱정을 하고 있다. 막대한 액수의 기금이 오늘날의 시단에 쏟아지고 있다. 전철 객차 안에서도 사방에서 시를 볼 수 있다. 최근 전 미도서협회가 수여하는 평생공로상을 수상하는 자리에서 그녀는 상 업화에 대한 우려를 표출했다. "시는 광고판이 아닙니다. 언어적인 아 로마테라피가 아니죠. 마사지도 아니고요."

리치는 특히 정치시의 지위를 우려한다. 미국에서 "늘 특히 참여시 를 반대하는 논쟁이 공공연히 벌어지기 때문"이다.

1929년 볼티모어에서 태어난 리치는 신비평의 흥성기를 지나왔다. F. R. 리비스나 윌리엄 엠프슨과 같은 작가들이 시를 시의 외부에서 볼 수 있다는 관점을 완전히 무너뜨렸을 때였다. 어떤 의미에서 그녀 는 두 번의 전투를 치러야 했다. 먼저 조각난 여성의 정체성을 새로이 구성해야 했으며, 그다음으로는 더 넓은 세계로 곧장 뛰어들어야 했던 것이다.

"최근까지 발표한 다섯 권의 책은 오늘날의 미국에서 살아간다는 것이 어떤 의미인지를 다양한 관점으로 보여주고 있습니다." 그녀가 말했다. "세계의 공적 조건들이 우리가 권력이나 특권을 가졌는가와 관계없이 우리의 사적 삶에 어떻게 영향을 주는지를 보여주고 있죠. 전 이러한 조건들이 분명 삶에 영향을 미친다고 믿어요."

리치가 말하는 실제 사례들을 찾으려고 멀리 갈 필요가 없다. "뮤리 엘 루케이저의 말을 빌리자면, 우리가 누구를 사랑할 수 있는지, 우리 가 개인으로서 무엇을 볼 수 있고 무엇을 보지 않는지에 대한 질문들 을 해야 합니다." 그녀가 말했다. "그리고 세계라는 개념에 대해서도 다시 생각해야 합니다. 미국인들은 미국이 곧 세계라고 생각하는 경향 이 있죠."

시집을 묶을 때마다 리치는 편협한 지역주의를 타파하려는 행보를 보여주었다. 최근 그녀가 가장 많이 대하는 청중은 대학생이다. 10년 전까지만 해도 미국 투어를 다닐 때마다 그녀는 "제 책도 출판될 수 있을까요?"나 "에이전트가 필요한가요?"라는 질문을 주로 들었기에 이는 하나의 변화라 할 수 있다. "그런 질문은 더는 나오지 않아요." 그녀가 미소를 지으며 말했다. "최근 노스웨스턴 대학을 방문했죠. 그곳에서 다양한 분야와 계층의 학생들을 만날 수 있었어요. 그들은 무엇보다도 예술과 정치에 대해 논하고 싶어 했어요."

에이드리엔 리치의 말대로 돈으로 살 수도 만들 수도 없는 왕성한 지적 호기심과 열정은 바로 시 자체에서 나온다. "시는 잠겨 있던 가능성의 방들을 부수어 열고 무기력한 느낌을 회복시키며 다시 욕망을 솟아오르게 한다." 언젠가 리치는 열정에 관해 이렇게 쓴 적이 있다. 이 말은 정치에도 적용된다. 그녀는 이 사실을 우리에게 늘 상기시켜주고 있다.

2006년 12월

톰 울프
Tom Wolfe

톰 울프는 존 디디온, 노먼 메일러, 헌터 S. 톰슨과 함께 뉴저널리즘의 초기 주창자 가운데 하나다. 1931년 버지니아 주의 리치먼드에서 태어난 울프는 전통적인 저널리스트로 저술 활동을 시작했다. 처음에는 매사추세츠 서부의 『스프링필드 유니온』지, 이후에는 『워싱턴 포스트』와 지금은 폐간된 『뉴욕 헤럴드 트리뷴』지에 수많은 기사를 썼다. 1962년의 신문 파업 당시 그는 『에스콰이어』지에 남부 캘리포니아의 개조 자동차 경주대회의 취재 글을 실을 수 있는지 물었다. 정상적인 형태로 글을 완성하기가 너무 힘이 든 나머지 그는 편집자에게 그가 쓸 수 없는 것에 대한 긴 편지를 써 보냈다. 그 결과물이 "저기 (부르릉! 부르릉!) 저 알록달록한 색깔의 (끼이이이이이익!) 귤 조각처럼 생긴 유선형의 귀염둥이가 (부아아아앙!) 커브를 돈다(부르르르르르르르르르르)"로 그의 첫번째 에세이집의 출발점이 되었다.

울프의 미국에 관한 관심 영역은 예측 불가로 광활하다. 블랙팬더당(흑표범단), 우주비행사, 현대미술, 그리고 스톡카 경주는 그가 써온 주제 가운데 그저 일부일 뿐이다. 1980년대 중반, 『롤링스톤』지의 발행인 잔 웨너가 울프가 쓰려고 생각해왔던 소설의 연재를 제안해 온다. 그는 그 제안을 승낙했고 다달이 연재를 시작했다. 그것이 1987년 작『허영의 불꽃The Bonfire of the Vanities』으로, 출간 즉시 베스트셀러가 된 그 소설은 거대한 꼬챙이처럼 1980년대 월스트리트 호황기 한복판의 유산자와 무산자를 엮어냈다. 이후 울프는 세 권의 소설을 더 출간했다.『한 남자의 모든 것A Man in Full』(1998),『내 이름은 샬럿 시먼스I Am Charlotte Simmons』(2004),『귀향Back to Blood』(2012)』이 그것이다. 미국 대학 내의 문란한 성문화를 다룬『내 이름은 샬럿 시먼스』가 나왔을 때 그와 이야기를 나누었다.

▼

자신의 트레이드마크인 흰색 정장, 남색 넥타이, 그리고 얼룩 한 점 없는 투톤 컬러의 짧은 각반을 찬 채로, 어퍼 이스트사이드에 있는 자신의 아파트 서재의 호화로운 황금빛 소파에 다리를 꼬고 앉은 톰 울프는 다른 어떤 미국인보다도 대학가 맥주 파티에 어울리지 않아 보인다.

그의 앞에 놓인 탁자 위에는 자그마한 마오쩌둥 조각이 놓여 있다. 우리를 둘러싼 벽은 플랑드르의 미술 거장들에 대한 책들, 근대 화가들의 화집들이 쌓인 책장들, 그리고 승마 복장을 완벽하게 차려입은 울프의 딸이 그려진 초상화들을 떠받치고 있다.

이런 환경에 놓인 울프를 보니 왜 미국 대학 캠퍼스의 생활이 그에게 아주 머나먼, 충격적인 현실로 느껴지는지 쉽게 이해가 간다. 실제로 그의 7백 장짜리 소설『내 이름은 샬럿 시먼스』는 모든 아버지가 상상하는 최악의 악몽처럼 읽힌다. 가상의 듀폰 대학을 배경으로, 책은 프라이드치킨처럼 바삭하게 튀겨진 미국의 정신을 향해 손을 뻗어 내렸다가 대학이라 불리는 16만 달러짜리 투자의 퇴폐적 공허가 만들어낸 선정적인 초상과 함께 귀환한다. 알코올과 파티, 비디오게임, 시험에서의 부정행위, 음탕한 섹스, 그리고 운동선수에 대한 숭배……

환각제를 남용한 소설가 켄 키지와 여행을 다녔고, 내스카 자동차 경주대회에도 참가했으며, 블랙팬더당과 어울려 놀며, 광란의 무리가 대체 뭘 하는 건지에 대한 이야기를 들려주는 것으로 떼돈을 번 그조차도 미국의 요즘 젊은이들이 약간은 타락한 것 같다고 인정한다. "제 아이들이 대학에 가기 전에는 이런 사실들을 전혀 몰랐다는 게 다행입니다." 그가 어색한 미소를 지으며 말했다.

미국에서 가장 탁월한 시대정신의 기록자인 그에게서 이런 발언을 듣는 것은 사실 좀 이상하다. 마치 9·11 이전의 세계가 어떤 식으로 그런 대학가 세태를 걱정했는지 상기시켜줄 뭔가가 필요하다는 듯, 울프의 서재에서는 멀리 과거 세계무역센터 자리가 바라다보인다.

혹시 시기를 잘못 맞춘 게 아닌지, 만약 어쩌면 이번에는 시대정신이 그를 스쳐 지난 게 아닌지 그에게 물었다.

"저는 멈추어 선 채 말했죠. 아시다시피. '잠깐만.'" 울프가 남부 출신 특유의 나른한 억양으로 말했다. "9·11 테러가 모든 걸 바꿔놨다고들 하죠. 하지만 오늘의 뉴욕을 봐요. 부동산은 통제를 벗어났죠. 그리고 저는 대학가에서 9·11 테러에 대한 반응이 제로에 가깝다는 걸 발견했죠."

왜 그들은 우리를 미워하나? 그들은 누구인가? 오사마 빈 뭐? 이것은 9·11 테러 이후 미국인들이 궁금해한 질문들이다. 그리고 만약 『내 이름은 샬럿 시먼스』에 그려진 울프의 묘사를 믿는다면, 대학생들조차 그 질문에 대한 답을 얻기 위해 오랜 시간 숙고하지 않았다. 울프 특유의 탁월한 내적 독백 기법을 이용하여 그 아이들은 무지하며 또 앞으로도 계속 그럴 것이라는 사실을 폭로한다. 왜냐하면 그들의 마음 속에는 딱 한 가지밖에 없기 때문이다. 그건 바로 섹스다.

비평가들은 이미 울프가 여자 주인공을 내세우기로 한 것이, 다른 이유들도 있겠지만, 그가 생생한 여성 인물을 만들어낼 줄 모른다고 사람들이 불평한 것에 대한 반응일 수 있다고 지적했다. 물론 울프는 동의하지 않는다.

"결국 제가 샬럿을 내세운 것은, 그녀의 순진무구함이 이런 식의 대학 생활을 소개하는 데 안성맞춤이었기 때문이죠. 그러면 그녀에게 폭로되는 모든 것이 독자한테도 하나의 발견일 테니까요. 그리고 제가 관찰한 바에 따르면, 성적인 면에서의 변화는 남성보다 여성에게 훨씬 더 가혹합니다."

톰 울프가 여성주의자라니? 사실상 이 책 속에서 벌어지는 사건들은 2000년 즈음 강렬하고 끊임없는 성적 자극이 범람함에 따라 젊은 이들이 사춘기가 되기도 훨씬 전부터 성욕으로 불타오르게 된 상황에 대해 쓴 울프의 에세이 「붙어먹기Hooking Up」에 포함된 주제와 관찰 내용을 문학적으로 극화한 것처럼 읽힌다.

듀폰 대학의 삶은 이 성적으로 과잉된 십대들이 대학에 갈 나이가 되었을 때 무슨 일이 벌어지는지를 보여준다. 샬럿은 도착한 첫날, 그녀의 룸메이트가 남학생을 데려와 섹스를 하는 바람에 기숙사 방에서 쫓겨난다. 남학생 사교클럽은 얼마나 빨리 신입 여학생들을 침대에 눕힐 수 있는지를 겨루는 시간제한 콘테스트에 참여한다.

이 모든 것은 멜로드라마처럼, 철저한 리서치를 거치지 않은 채로 쓰일 수도 있었다. 하지만 그는 4년간 열두 개가 넘는 대학을 방문했다. 학생들과 대화를 나누고 수업에 참여했다. 심장수술을 받은 지 겨우 수년밖에 안 된 그는 새벽 네시나 다섯시까지 집에 돌아가지 않고 남학생 사교클럽 지하의 구석에 선 채 귀를 쫑긋 세우고 있었다. 메모장은 가져가지 않았다.

그가 말하듯, 울프는 한 번도 섹스 장면을 목격한 적은 없다. 하지만 외설적인 춤을 추는 것은 수도 없이 봤다. 그리고 그가 '좆-속어'라고 부르는 욕(이 욕은 명사, 동사, 그리고 형용사로 쓰인다)에 해박하게 되었고 직접 쓸 줄도 알게 되었다.

미국 출판계에서 '10년에 한 번'류의 행사가 된 울프의 소설 출간은, 출간 전 작품의 유출을 원천봉쇄하려는 출판업계의 분투와 뒤엉켜 초미의 관심사가 되었다.

『허영의 불꽃』의 엄청난 판매량이 울프를 미국의 사회소설가 무리의 꼭대기로 밀어 올렸다면, 『한 남자의 모든 것』이 전미도서상 최종심에 오른 것은 울프의 비판자들이 동료들로부터 허를 찔린 사건이었다. 『뉴요커』지의 리뷰에서 존 업다이크는 그 책은 상업소설일 뿐 문학이 아니라고 혹평했다.

『내 이름은 샬럿 시먼스』를 둘러싼 먹이 싸움은 강렬했다. 『뉴욕 선』지의 아담 카르슈는 울프가 소설만이 줄 수 있는 깊이 있고 독특하며 흔치 않은 진실을 발견하는 데 한 번도 성공한 적이 없다고 주장했다. 『뉴욕 타임스』의 찰스 맥그래스는 울프의 경력을 저널리즘적 한계를 극복하고 문학적 성취를 이룬 또 다른 미국의 대가인 존 오하라와 스티븐 크레인과 비교함으로써 카르슈의 혹평에 응수했다.

울프는 『내 이름은 샬럿 시먼스』가 어떤 종류의 혹평에 맞닥뜨리게 될지 알고 있었던 것 같다. 그리고 그에 대한 응답으로서 새로운 에세이를 쓰기 시작한 것인지도 모르겠다.

"작가들을 위한 '히포크라테스 선서'를 쓰기 시작했어요." 울프가 말했다. "히포크라테스 선서의 첫 문장은 '첫째, 해치지 말 것'이죠. 제 생각에 작가들의 선서의 첫 문장은 '첫째, 즐거움을 줄 것'이 될 것 같아요. '즐거움을 준다<sup>entertainment</sup>'는 건 매우 단순한 단어죠. 저는 그 단어를 사전에서 찾아봤어요. 그건 사람들이 즐겁게 시간을 보낼 수 있도록 해준다는 의미죠. 모든 글은, 그게 시든 뭐든 상관없이, 첫째로 즐거움을 줘야 해요. 오직 전능한 지식인만이 이해할 수 있을 만큼 난해하게 쓴 글쓰기에 높은 점수를 주기 시작한 것은 아주 최근의 일이죠."

2004년 11월

톰 울프

로버트 M. 피어시그

Robert M. Pirsig

로버트 M. 피어시그는 철학자이자 두 권의 소설 『선禪과 모터사이클 관리술Zen and the Art of Motorcycle』(1974), 『라일라: 도덕에 대한 탐구Lila: An Inquiry into Morals』(1991)의 저자이다. 이 두 권의 소설은 모두 눈에 보이는 세계의 의미와 그 안에서 인간이 도덕적으로 살아가는 법에 대한 앎과 관련이 되어 있다. 두 소설은 모두 어떤 여정을 좇고 있는 내용인데,『선과 모터사이클 관리술』은 작가의 아들과 함께 모터사이클을 타고 캘리포니아로 향하는 여행을, 『라일라: 도덕에 대한 탐구』에서는 정신적으로 무너진 한 여성과 함께 보트를 타고 허드슨 강을 따라 내려가는 여정을 다룬다. 피어시그 본인의 삶도 일종의 정처 없는 유랑 그 자체. 그는 1928년 미네소타에서 태어났고, 대학에서는 생화학을 배웠다. 그 뒤 한동안 방황의 시간을 보냈다. 제2차 세계대전 당시 남한에 주둔했고, 공부를 더 하기 위해 시애틀로 갔으며, 거기서 다시 몬태나의 보즈먼으로 가 작문을 가르치다 미네소타로 돌아왔는데, 거기서 처음으로 우울증을 경험했다. 『선과 모터사이클 관리술』은 가정생활의 파탄과 우울증 이후 세계의 의미와 구조를 발견하고자 하는 노력에서 탄생한 작품이다. 나는 『라일라』의 재출간을 맞아 그와 이야기를 했는데, 이는

20년 만에 처음 이루어진 인터뷰였다.

▼

로버트 피어시그는 철학자들에게 할 말이 많다. 한 시대를 정의한 그의 소설 『선과 모터사이클 관리술』이 1974년 베스트셀러 목록에 높이 떠오르는 동안, 그가 철학자들에게서 들었던 것이라고는 불평밖에 없었다.

그 사람들에 따르면, 모터사이클을 타고 미국을 횡단하는 부자의 이야기를 다룬 이 소설은 철학을 그저 뼈대만 다룬 것에 불과했다. 그가 계속해서 말하고 있는 이 '가치의 형이상학'이란 게 정확히 뭔가? 자기들에게 그걸 설파하는 이 사람은 도대체 누구인가? 17년 뒤, 피어시그는 『라일라: 도덕에 대한 탐구』라는 5백 페이지짜리 소설의 형식으로 질문에 대답했다. 이제 마침내 이 세상의 사상가들은 자기들이 만지작거릴 만한 걸 갖게 된 것이다. 그들의 반응은 무엇이었을까? "침묵이었어요. 지지하는 사람은 하나도 없었고 엄청난 적의만 보였을 뿐이었지요." 피어시그는 영국에서 소설이 재출간되기 직전에 그렇게 말했다.

"한마디도 안 한 겁니다. 그뿐이었지요." 이제 피어시그는 자신의 철학을 대중에게 설명할 마지막 기회가 있다고, 그리고 그것이 은둔 상태에서 나오는 것을 뜻하는 것이라면 그것도 좋다고 믿고 있다.

그는 찰스 강이 내려다보이는 보스턴의 한 호텔에 앉아 있다. 발밑에는 명상용 매트가 깔려 있고 옆에는 부인 웬디가 있다. 미국에서 두번째로 깊이 은둔해 있는* 뉴잉글랜드 출신의 이 소설가는 대중에게 알려진 자신의 모습에 그리 근심하지 않는 것처럼 보인다.

일흔여덟 살인 피어시그는 무슨 경구에 나오는 것 같은 백발에 안짱다리인 괴짜 노인이다. 바다와 길에서 보낸 세월 때문에 그의 얼굴은 태양에 바싹 말라붙은 것 같은 인상을 준다. 그의 목소리는 강하고 선명하지만 뭔가 개념을 보여주려고 펜과 종이를 꺼내 들 때는 손이 부들부들 떨린다.

피어시그가 노트에 타원형을 그리며 말했다. "제가 이 두 권의 책에서 살펴본 것처럼, 선의 원형 주기라는 게 존재합니다. 여기서 선과 함께 시작하는 거지요." 그가 X자를 표시하며 계속 말했다. "그러면 여기서 깨달음으로 건너가게 되는데, 그걸 180도 선이라고 부릅니다. 그런 다음 출발했던 지점으로 돌아옵니다. 그게 360도 선이지요. 세상은 처음 떠났을 때와 똑같습니다." 피어시그는 뒤로 등을 기대고 앉아 이 설명이 충분히 이해되도록 시간을 둔 다음 덧붙였다. "그러니까 저는 『선과 모터사이클 관리술』이 밖으로 나가는 여정이고, 『라일라』가 이 여행에서 돌아오는 것이라 느꼈던 겁니다."

이것이 『라일라』가 전작처럼 보편적인 사랑을 받지 못했던 이유를 설명하는 건지도 모른다. 『선』은 쓰라린 경험을 겪었지만 더 나은 삶의 방식을 발견하여 나타난 사람이 쓴 진지하면서도 만족스러운 책이자 현대의 『월든』이었다.

또한 그것은 책 한 권 사이에서 발견할 수 있는 가장 그림 같은 미국 서부 여행기이기도 했다. 『라일라』는 전직 창녀와 사랑에 빠진 작가를

---

* 아마 첫번째는 J. D. 샐린저일 것이다.

소재로 한 거의 누아르에 가까운 소설이다. 그들이 음울한 강물을 따라 뉴욕을 향해 흘러가는 동안, 파이드루스*라는 이름의 작가(피어시그가 『선』에서 자신의 광적인 또 다른 자아에 붙인 이름이다)는 여성의 본성과 '질質의 형이상학Metaphysics of Quality: MOQ'에 대해 사색한다.

소설은 마치 수많은 수문이 설치된 강과 같은 구조로 이루어져 있고, 각각의 과정을 거치면 피어시그 철학의 새로운 단계로 진입한다. 이 관념들을 가늠하는 데 정신적 노동을 감수해야 한다는 점이 『라일라』가 60만 부 정도 판매된 이유를 설명한다. 결코 실패라고는 할 수 없지만 작가의 보다 유명한 다른 책의 판매 부수인 4백만에서 6백만 부에 비한다면 근처에도 미치지 못한다.

피어시그가 깨달은 바에 의하면 두 종류의 질이 있다. 역동적인 것과 정적인 것.

그는 한 에세이에서 이렇게 설명했다. "역동적인 질이 없이 유기체는 성장할 수 없다. 하지만 정적인 질이 없으면 유기체는 지속될 수 없다."

그런 주장이 우리가 선과 악을 초월하여 움직인다고 주장하는 문화적 상투구로 변해가는 동안, 피어시그는 정반대로 생각한다. 그는 MOQ가 혼란스러운 세상에 질서를 가져다주는 유용한 도구가 될 수 있다고 믿어마지않는다.

"MOQ의 구조는 이렇습니다." 그가 노트를 다시 꺼내며 말했다. "정적인 질은 지적, 사회적, 생물학적, 무기물적 영역으로 나눌 수 있

* '파이드로스'의 미국식 발음.

습니다. 고등한 질서를 정복하기 위해 하등한 질서가 감행하는 시도는 무엇이건 악을 상징합니다. 따라서 MOQ에 따르면 지적인 자유를 금지하는 그런 힘들은 악인 겁니다. 사회적 자유를 금지하는 경향이 있는 생물학적 힘이 악인 것과 마찬가지예요. 심지어 낮은 수준에서도, 생물학을 파괴하려고 획책하는 무기질적 죽음의 힘이 악인 것과 똑같은 겁니다."

악의 존재를 피어시그가 단언하는 데에는 고통스러운 개인적 사연이 있다. 1979년 11월, 아들 크리스가 샌프란시스코의 선 수련원 바깥에서 강도의 칼에 찔려 숨졌던 것이다. 스물세 살 생일을 맞기 2주 전이었다. 그때 피어시그는 영국에서 수상가옥에 거주하고 있었다. 그는 장례식 때문에 고향으로 돌아와 아들(『선』의 핵심에 있는 바로 그 아이)에 대한 감동적인 추도사를 썼고, 그 글은 이후 온갖 판본으로 인쇄되었다. 그가 겪은 이 상실감은 『라일라』에서도 느낄 수 있으며, 어쩌면 이 점이 그가 『라일라』를 쓰는 데 거의 20년이 걸린 이유를 설명할 수 있을지 모른다. "한 평론가가 이렇게 말합디다. '피어시그의 아들의 죽음이 책 전체에 그림자를 드리우고 있는 것 같다'고." 그가 당혹스러운 얼굴로 말했다. "당시에는 그게 진실이란 걸 몰랐어요. 하지만 이제 돌아보니 저는 무척 우울했습니다."

피어시그는 이제 사고가 가능한, 하지만 조금은 덜 우울한 세상으로 들어온 것처럼 보인다. 그는 1928년 미네소타 주 미니애폴리스에서 태어났고, 아홉 살 때 지능지수 측정 결과가 170이었던 영재였다. 피어시그는 초등학교에 너무 어릴 때 입학하는 바람에 괴롭힘을 당하기도 했다. 그는 열다섯 살에 대학에 입학했고, 학교를 중퇴하고서는 한국전쟁에 참전했으며, 철학에 대한 관심을 품은 채 고향으로 돌아왔다. 그는 결국 학부 과정을 마친 뒤 학업을 계속하여 인도의 바라나시 힌두 대학에서 동양철학 석사 학위를 땄다. 그의 떠돌이 인생이 시작되는 지점이 바로 여기다.

피어시그는 오십대에 미국으로 돌아온 다음 저널리즘을 공부했다. 그는 생계를 위해 대학 신문에서 기술문서 작성과 편집 일을 하기 시작했는데 거기서 첫번째 부인을 만났다. 이후 20년 동안 그들은 여기저기 옮겨 다녔고, 피어시그는 이런저런 잡다한 일을 했으며, 가끔은 영작을 가르치기도 하면서 두 아이를 키웠다.

부지불식중에 그는 일종의 내적인 철학적 탐구를 시작했지만, 지적인 탐색에 대한 그의 열정은 그를 벼랑 끝으로 몰아갔다.

1960년, 그는 정신장애 때문에 처음으로 병원에서 치료 과정을 밟기 시작했다. 피어시그의 아버지는 그를 병원에 보내라는 법원의 명령을 얻어냈고, 그는 그곳에서 전기충격요법 치료를 받았다. 치료는 효과가 있는 것 같았지만, 피어시그는 자기가 미치지 않았다고 계속 주장했다. "저는 제가 미쳤다고 생각한 적이 없습니다. 하지만 당시에는 그걸 누구에게도 말할 생각이 없었어요."

피어시그는 글쓰기가 마치 구명보트라도 되듯 거기에 매달렸다. 1965년 그는 모터사이클 한 대를 샀고, 1967년에 자신이 모터사이클 관리에 대한 에세이 모음이 될 것이라고 생각한 글을 쓰기 시작했다. 결국 그는 기술문서 작성자였던 것이다. 하지만 책은 충분히 독립적인 프로젝트로 커갔다.

1968년, 그는 122곳의 출판사에 견본으로 몇몇 장章을 첨부한 편지를 썼다. 딱 한 군데서 답장이 왔다. 그를 격려하는 데는 이것만으로도 충분했다. 그는 싸구려 여관에 방을 하나 임대한 다음 자정부터 새벽 여섯시까지 글을 쓰러 거기로 갔다.

그런 뒤 그는 일을 하러 나가곤 했다. 그는 매일 저녁 여섯시에 잠자리에 들었다. "그 책에서 강제에 대해 말했을 때, 제가 말하고 싶었던 게 바로 그거였습니다. 정말 '어쩔 수 없이 억지로' 그 책을 썼던 거죠." 피어시그가 말했다.

피어시그는 이 요법이 그가 일컫는 '집안 문제'만큼이나 자기 야망과도 많은 관계를 맺고 있었다는 사실을 인정했다. 『선』이 마침내 베스트셀러가 되었을 때, 그는 자기가 할 수 있는 최선을 다해 처신을 했고 그런 다음 도망가야겠다고 느꼈다. 그와 아내는 요트를 한 척 사서 세계 일주를 할 계획을 짰다. 하지만 여행을 떠나는 대신 둘은 이혼했다.

피어시그의 반응은 계속 움직이는 것이었고, 두번째 부인인 웬디 킴벌을 만난 것도 이런 방식을 통해서였다. 둘은 피어시그의 배가 플로리다에 정박했을 때 만났다. 그녀는 그를 인터뷰하고 싶어 했던 프리랜서 작가였다. 그는 그녀가 기자로 일하는 2년 동안 플로리다에 머물렀고, 그런 다음 그녀와 함께 여행하는 생활을 시작했다. 바하마스로 내려갔다가 메인으로 올라갔고, 거기서 결혼한 뒤 북대서양을 거쳐 영국으로 갔다. 여정이 너무 힘들어서 피어시그는 자신들이 해내지 못할지도 모른다고 생각했다. "나란히 늘어선 빙산이 우리 쪽으로 굉장히 빨리 다가오는 걸 봤어요. 제가 돌아서서 웬디에게 말했지요. '어, 자기야, 알게 돼서 기뻤어'라고요."

바다를 떠다니는 신혼여행에서 살아남았다는 기쁨은 같은 해 피어시그의 아들이 살해당하면서 산산조각이 났다. 시간이 흐르는 동안 피어시그는 앞으로 나아갔다. 그와 웬디는 1980년 넬이라는 이름의 딸을 낳았다.

    우리가 이야기를 나누는 동안에도 새로운 일이 시작되고 있다. 2006년, 데이비드 A. 그레인저라는 강단 철학자가 『존 듀이, 로버트 피어시그, 그리고 삶의 기술』이라는 책을 출판했다. 피어시그는 무척이나 기뻐했다. "이 책이 정말 제 백기사가 될 수 있을 겁니다."
    피어시그는 『선』의 꾸준한 판매고가 자신과 부인에게 '무척 멋진 삶'을 제공해주었다고 인정했고, 이런 선물에 대해 불쾌하다는 반응을 보이고 싶어 하지 않는다. 하지만 그는 『라일라』가 읽히길 바라는 게 자신을 위해서가 아니라고 덧붙였다. 그는 그 책이 사람들을 도울 수 있다고 진심으로 믿고 있다. "저는 이 책의 철학이 오늘날의 세상에서 우리가 갖고 있는 많은 문제를 처리할 수 있었다고 생각해요." 그가 몸을 앞으로 기울여 노트를 톡톡 두드리며 말했다. "이 철학에 대해 사람들이 알고 있는 동안은 말입니다."

2006년 9월

엘리프 샤팍
Elif Shafak

1971년 프랑스 스트라스부르에서 태어난 엘리프 샤팍은 어머니 밑에서 자랐다. 마드리드와 암만에서 어린 시절을 보냈던 그녀가 터키로 옮긴 것은 십대 때였다. 정치과학과 젠더를 연구하는 교수가 되기를 희망하던 그녀는 최근 몇 년 동안 터키에서 가장 왕성하고 독보적인 활동을 보여주는 젊은 소설가로 떠올랐다. 그녀가 발표해온 소설 여덟 권과 논픽션 세 권은 변화하는 경계선과 언어적 전통, 그리고 종교적 신념의 세계를 그리고 있다. 1998년에 발표된 데뷔작 『핀한Pinhan』은 해마다 신비주의에 관한 가장 훌륭한 책에게 수여하는 루미상Rumi Prize을 받았다. 또한 그녀는 시인 루미에게서 영감을 받은 책인 『40가지 사랑의 법칙The Forty Rules of Love』(2010)과 모성애에 대한 에세이 『검은 우유Black Milk』(2011), 모국인 터키 안팎으로 쿠르드족과 터키인 사이에서 불거지는 긴장 상태를 다룬 소설 『명예Honour』(2012) 등을 썼다. 2006년 출간된 『이스탄불의 사생아The Bastard of Istanbul』는 정부로부터 비난의 표적이 되었고, 그녀는 안전을 보장받지 못했다. 나는 당시 그녀를 만나 인터뷰를 할 수 있었다.

언젠가 살만 루시디가 1950년대에서 1970년대까지 식민지 지배를 받았던 경험이 있는 나라는 작가들에게 문학적 영감의 원천을 제공한다고 말한 적이 있다. "제국에 대한 글쓰기가 돌아왔다." 그는 이 현상을 이렇게 표현했다.

서른다섯의 작가 엘리프 샤팍은 이러한 표현이 터키에서 새로운 의미를 갖는다고 생각한다. 새로운 세대의 작가들은 그들이 속한 사회를 다시 상상하기 위한 도구로 서구로부터 온 형식인 소설을 사용하고 있다.

"터키의 작가들은 사회적·문화적 변혁을 이끄는 대단히 필수적인 역할을 맡아왔죠." 뉴욕의 한 호텔에서 진행된 인터뷰에서 엘리프 샤팍이 말했다. "이런 견지에서 우리는 서구보다는 러시아적 전통에 더 가까울지도 모릅니다."

작가들이 터키 사회를 논쟁적으로 다루면서 터키 정부는 '그들이 터키다움을 공격하고 있다'는 이유로 작가들을 고소하기 시작했고, 이스탄불의 작가들은 곤경에 처했다.

노벨상 수상자 오르한 파묵을 비롯한 수십 명의 작가들이 터키법에 따라 재판정에 서야 했다. 엘리프 샤팍 역시 그녀의 소설 『이스탄불의 사생아』의 몇몇 대목에서 아르메니아인들이 강제로 터키에서 쫓겨나거나 살해되었던 '아르메니아 대학살' 이후의 시간을 언급하고 있다는 이유로 법정에 섰다.

이 책은 터키에서 6만 부 이상이 팔린 베스트셀러가 되었다. 그러나 샤팍은 곤경을 면치 못했다. 『워싱턴 포스트』에 발표한 글에서 샤팍은 그녀가 아르메니아인 인물을 통해 오토만제국 시대의 강제 추방과 제1차 세계대전 당시 아르메니아인 대학살을 주도했던 자들을 '터키인 도축자'로 불렀다는 이유로 터키 비평가들이 그녀를 아르메니아인 편이라며 비난해왔다고 썼다. 샤팍은 무혐의로 풀려났지만 다른 작가들은 그다지 운이 좋지 못했다. 지난 1월, 그녀의 친구이자 터키 신문사의 수석 편집장이었던 아르메니아인 저널리스트 흐란트 딩크가 이스탄불 시내에서 살해되는 사건이 있었다. 초국가주의자를 자처하는 십대가 범인이었다.

"문학과 예술에 대한 논쟁은 상당히 정치 편향적이에요." 그녀의 목소리에는 고통스러움이 뚜렷이 배어 있었다. "가끔은 대단히 양극화되죠. 제 작품이 주목을 불러일으키는 이유는 제가 사람들이 따로따로 보려고 하는 것을 결합시키기 때문이라고 생각합니다."

그녀는 섹스와 종교, 믿음과 회의 등의 요소들을 『이스탄불의 사생아』에서 다루고 있다. 터키 무슬림 가족과 아르메니아 가족을 이야기하는 이 소설에서 인물들은 그들이 공통의 비밀로 연결되어 있다는 사실을 발견한다.

이스탄불을 주된 배경으로 삼는 이 이야기는 생동감이 넘치고, 미신을 믿고 수많은 민담을 알고 있으며, 복수하겠다는 계획과 불만스러워하면서도 복종하는 행동 규약들에 얽매인 강하고 수다스러운 여성들로 가득하다.

"여성의 자유도 면에서 터키는 다른 무슬림 국가들과 다르지 않아요." 샤팍이 말했다. "하지만 우리에게는 법으로 명시된 페미니즘의 전통이 있죠. 오늘도 우리는 여성의 권리를 입에 올릴 때마다 케말 아타튀르크가 우리에게 권리를 주었다고 말해요." 케말 아타튀르크는 터키공화국의 건국자이자 초대 대통령이다. "우리에게는 큰 의미죠. 지금 우리에게는 독립적인 여성운동이 필요해요."

어떤 사람들에게 샤팍은 모순덩어리로 보인다. 그녀는 급진적인 페미니스트인 동시에 터키 국적의 이슬람교도다. 섹스와 비속어에 대해 글을 쓰는 그녀는 어떤 사안에 대해서는 좌파적 시각을 드러내면서도 종교의 힘을 굳게 믿는 사람이다. 그녀의 정체성을 구성하는 모든 요소마다 정치가 개입되어 있다. 그녀가 사용하는 단어들의 유형 면에서도 그렇다.

"오늘날 사용되는 터키어는 매우 중앙집권화되었어요. 우리말은 원래 아랍어와 페르시아어, 그리고 수피어의 유산에 기원을 두고 있죠. 내 생각에 그러는 동안 언어의 뉘앙스들을 잃어버린 것 같아요."

프랑스에서 태어난 샤팍은 독일과 요르단, 스페인을 오가며 어린 시절을 보냈고, 그 와중에 터키에 간간이 들렀다. 그녀는 국제 관계에 대한 논문으로 석사 학위를 받았으며, 박사 논문 주제는 '남성성 담론을 통한 터키의 근대성 분석'이었다.

2003년부터 터키에서 살고 있는 그녀는 미국으로 강의를 하러 다닌다. 그녀는 자신을 이민자가 아닌 통근자로 생각한다.

"코란에 제가 무척 좋아하는 은유가 있죠. 허공에 뿌리를 내린 나무에 대한 이야기예요. 터키의 민족주의자 비평가들이 제게는 뿌리가 없으며 터키인이라고 부를 수 없다고 말할 때마다 전 그렇지 않다고, 제게도 뿌리가 있으며 그 뿌리는 땅이 아니라 하늘로 뻗어 있다고 대꾸합니다."

사람들은 흔히 이스탄불을 동서양이 만나는 거대한 장이라고 생각하지만, 샤푁은 이스탄불이 이러한 역할을 불편해한다고 말한다.

"계급 간의 지리적 이동이 존재하지 않는다는 점이 걱정스러워요. 미국에서처럼 동쪽에서 서쪽으로, 북쪽에서 남쪽으로의 이동이 없죠."

그러나 이스탄불은 그녀에게 무한한 영감의 원천이다. 이스탄불이라는 도시에서 그녀가 느낄 수밖에 없었던 수많은 절망에도 불구하고 그곳은 그녀의 집이 되었다. 그래서 그녀는 그곳에서 아이를 기르고 있다.

"특히 9·11 이후 서구의 민주주의와 이슬람 세계가 자연스럽게 공존할 수 있겠느냐고, 정반대인 힘이 어떻게 양립할 수 있겠느냐고 묻는 사람들에게 이스탄불은 대단히 중요한 사례가 될 수 있죠."

그녀의 작품으로 수없이 많은 논쟁이 빚어지고 실제로 그녀가 안전상의 위협을 받고 있는 상황이지만 그녀는 도전할 준비가 되어 있다. "이스탄불과 저와의 관계는 시계추 같아요. 이스탄불은 정말로 매력적이지만 가끔은 질식할 것 같은 기분이 들기도 하죠. 그래서 잠시 이스탄불을 떠났다가 다시 돌아올 필요가 있는 겁니다."

2007년 8월

피터 캐리

Peter Carey

피터 캐리는 오스트레일리아 멜버른에서 태어났다. 그의 부모는 그곳에서 제너럴 모터스 자동차 대리점을 운영했다. 1960년대 초 그는 광고 분야에서 경력을 쌓기 시작해서 근 30년 동안을 일했는데, 그 경력은 자기 소유의 회사인 맥스페든 캐리를 차리면서 절정에 이르렀다. 1990년에는 자기 지분을 처분했다. 그는 1970년대 초부터 단편소설을 발표하기 시작했고, 이 작품들은 『역사 속의 뚱보The Fat Man in History』(1974)와 『전쟁 범죄War Crimes』(1979)라는 두 권의 단편집에 묶였다. 1980년대에 그는 세 권의 탁월한 소설, 『더 없는 행복Bliss』(1981), 『일리웨커Illywacker』(1985), 『오스카와 루신다Oscar and Lucinda』(1988)를 발표했는데, 그를 주요 작가의 반열에 올려놓은 이 작품들은 그의 작가 경력 전체를 사로잡은 주제들, 즉 가정사의 혼돈, 막무가내의 강매 행위와 정교한 임기응변 사이의 아슬아슬한 줄타기, 오스트레일리아의 죄 많은 과거가 가진 지울 수 없는 얼룩 등을 제시했다. 캐리는 1990년 뉴욕으로 이주하여 뉴욕 대학교에서 교편을 잡았으며 이후 쭉 거기서 살고 있다. 2000년부터 2010년 사이, 그는 비견할 사람이 거의 없는, 10년에 한 번 나올까 말까 한 재능을 풀어놓는데, 그것은 범법자이자 저항 영웅이었던 네드 켈리에 대한 잔혹하리만치 시적인 역사소설이자 그에게 두번째 부커상을 안겨준 『켈리 갱단의 진짜 역사True History of the Kelly Gang』(2000)에서 시작하여 알렉시스 드 토크빌의 미국 여행을 재연한 자유롭고 환상적인 이야기인 『미국을 누비는 앵무새와 올리비에Parrot and Olivier in America』(2009)로 끝을 맺는다. 같은 시기 캐리는 헌터 대학 문예창작과 학과장이 되었다. 5년도 안 되어, 『US 뉴스 앤드 월드 리포트』지가 매긴 순위에 따르면, 그는 헌터 대학 문예창작과를 미국에서 가장 뛰어난 문예창작과 중 하나로 일궈냈다.

▼

'행복하다'는 단어는 피터 캐리의 입에서 좀체 나오지 않는다. 보통 그 단어는 그의 입술에서 풍자를 가득 머금은 물방울처럼 똑똑 떨어진다. 그 단어는 미국인, 애완동물, 십대에게나 쓰는 것이다. 하지만 얼마 전부터, 부커상을 2회나 수상한 이 소설가는 별다른 사과도 없이 그 단어를 자기에 대해 말하면서 쓰기 시작했다.

"저는 오랫동안 비참했습니다." 예순네 살의 캐리는 로어 맨해튼에 위치한, 바람이 잘 통하는 널찍한 위층 방에 앉아 그렇게 말했다. "이런 생각이 들었죠. 애들은 자랄 거고 나는 죽겠지. 그러다 육십대가 되니까 갑자기 정말로 행복해지더군요."

그의 뒤에는 인상적인 그림 두 점이 있다. 하나는 커다랗고, 다른 하나는 무척 작은데 둘 다 오스트레일리아에 살았던 화가들이 그린 것이다. 산타 모니카 고속도로를 묘사한 작은 그림에는 〈"교차로를 향하여" 습작 #3〉이라는 제목이 붙어 있다. 화가는 제임스 둘린이다. 다른 하나는 데이비드 랜킨의 〈세 교차점〉이다.

이보다 더 적절한 그림 선택은 있을 수 없지 싶다. 왜냐하면, 상상하기가 어렵겠지만, 두 개의 부커상을 수상하고 수많은 베스트셀러를 낸 뒤, 캐리는 또 다른 교차로를 건너고 있는 중이기 때문이다.

우리 인터뷰가 끝나갈 때쯤, 이런 변화를 일으킨 가장 큰 원동력이라 할 수 있는 사람이 오븐용 장갑 크기의 초콜릿 토르테를 들고 문으로 걸어 들어왔다. 프랜시스 코디는 출판업자이자 폴 오스터, 앨런 베넷, 역사가이자 활동가인 나오미 클라인 등의 작가와 오랫동안 편집자로 일해온 인물이다.

캐리와 코디는 거의 5년을 동거했고 이 아파트에는 2년 동안 살고 있다. 각자가 걸어온 길이 처음 교차한 건 1985년이었지만, PEN 작가협회가 주최한 만찬에서 마주치기 전까지는 제대로 만났다고 할 수 있는 사이가 아니었다. 그때 캐리와 당시 부인이었던 앨리슨 서머스는 이혼 수속을 밟는 중이었다.

"2년 정도 있다가 프랜시스에게 전화를 걸었습니다." 캐리가 옛일을 회상했다. "그녀는 항상 생명력과 에너지, 그리고 사귀는 사람으로 꽉 차 있었죠. 근데 제가 전화했을 때는 아니더군요." 그때 이후 그들은 같이 살았고, 재미있는 한 쌍이 되었다. 작은 체구에 눈이 크고 조잘대는 목소리를 가진 코디는 종종 캐리를 자극하고 구박하는데, 그러면 캐리는 슬그머니 도망간 다음 조용히 투덜거린다.

캐리의 믿을 수 없는 창작열이 이 새로이 발견된 가정의 행복과 얼마나 관련이 있는 건지 궁금해지는 건 자연스러운 일이다. 2003년 이래 그는 세 권의 소설을 발표했다. 우리가 만났을 때 그는 네번째 작품인 『그의 불법적 자아』His Illegal Self를 막 내놓은 참이었는데, 이 작품은 퀸즐랜드의 히피 공동체에서 여정의 막을 내리는 여행 소설이다. 그러는 와중에 체<sup>Che</sup>라는 이름의 일곱 살 소년의 이야기도 같이 진행되는데, 체는 뉴욕에 사는 부유한 할머니의 손에서 자란 아이다.

소설이 시작되면 체는 몰래 미국을 빠져나가고, 오지를 탐사하는 광란의 여정에 참가하여 자기 부모를 찾아다니는데, 소년의 부모는 FBI의 수배를 받는 유명한 범법자다.

이 책은 캐리의 열번째 장편이자, 두 장소 사이에 끼어 있지만 그중 어디에도 완전히 속해 있지 않은 인물에 대해 그가 지금까지 쭉 발표한 이야기로도 최신작이다. "이 문제에 대해 생각해보면, 제 이야기 각각은 이 아이디어, 그러니까 두 장소에 존재한다는 생각을 다루고 있는 것 같습니다." 캐리가 말했다.

풍경은 『도둑질, 연애 이야기<sup>Theft</sup>』와 『일리웨커』와 같은 그의 예전 작품에서도 소설로 들어가는 일종의 입구였는데, 새 소설에서도 비슷한 역할을 담당하고 있다. "『도둑질, 연애 이야기』를 쓸 때 정말 즐거웠습니다." 그가 말했다. "왜냐하면 제가 사랑했던 장소인 (오스트레일리아 빅토리아 주의) 바커스 마시 북부를 떠올리며 글을 썼거든요. 전 진짜 믿을 수 없을 정도로 그곳이 좋았습니다. 그래도 그 장소에 대해 그렇게 많이 기억할 수 있다는 게 믿기지 않더군요."

하지만 그가 다시 찾아가고 싶은 장소가 또 있다. 1970년대에, 광고계에서 처음 오랫동안 일하고 난 뒤 흡족하게 거주했던 퀸즐랜드 지역 공동체다. "아무도 저한테 '무슨 일 하세요?'라고 묻질 않았어요. 검소하게 사는 사람들이었죠." 캐리가 그때 일을 떠올렸다. "저는 오전에는 글을 쓰고 밤에는 책을 읽곤 했습니다." 당시 경찰이 부정직하고 위험했다는 점과 히피들이 모택동주의 경향이 있었다는 걸 제한다면 이상적인 삶이었다.

"갑자기 나타났던 미국인 친구가 기억나요." 캐리가 말했다. "대마를 계속 재배했어요. 어느 날 밤 엄청난 단속이 벌어졌습니다. 헬리콥터랑 막 그런 게 모조리 다 떴죠. 근데 그 미국인은 담낭 수술을 받으러 병원에 가야 해서 자리에 없었어요. 나중에 보니 진짜 수배 중인 사람이더군요. 우리가 텍사스에서 온 그 사람 변호사랑 얘기를 나누었거든요."

도주 중이던 그 남자는 자기 정체를 실토할지 말지 결정을 내려야 했다. 캐리는 정말 기꺼이 그 일에 개입했다. "한 여자랑 제가 단속이 있었다는 메시지를 책에 집어넣어서 전해주기로 했습니다. 책을 부치러 산을 탔어요." 그 남자는 메시지를 못 알아봤다. 책 뒷부분 백지에 적어놓아서였다. 결국 나중에 그 남자의 상반신 사진이 신문 1면에 실렸다.

"1960년대에 사람들이 가졌던 수많은 편집증이 나중에는 정말 근거가 있는 걸로 드러났습니다." 캐리가 말했다. 정부는 실제로 급진주의자들을 감시하고 있었고, 산간벽지는 한때 자신이 어떤 존재였건 간에 그 과거에서 달아나려 애쓰는 사람들로 꽉 차 있었다.

캐리는 이 시기의 일을 이미 예전에 『더없는 행복』에서 쓴 바 있고, 이제는 그 당시를 좀 덜 우스운 방식으로 아이의 관점을 통해 다시 돌아보고 있다. 그가 느끼기에 풍자는 실제로 선택하기가 어려웠다. "이 시기의 많은 급진주의자들은 정말 특권층 집안 출신이었습니다. 그리고 이 사람들은 결국 갈 수 있는 한 끝까지 갔죠. 수많은 모택동주의자 친구들이 제게 이렇게 말하곤 했습니다. '혁명이 벌어지고 나면 넌 총살당할걸.' 그냥 하는 농담은 아니었어요."

하지만 이 시기를 살던 사람들의 "협력적 공동체는 시대를 앞선 것이었습니다. 그 사람들은 탄소발자국*에 대해 걱정을 했고, 우리가 현재 유지하는 삶의 방식이 지속될 수 있을지 아닐지 고민했습니다. 이제 우린 현재의 삶의 방식이 지속 불가능하다는 걸 알죠."

『그의 불법적 자아』를 쓰기 시작하면서, 캐리는 이 세계를 그저 단순히 소환하지는 않으리라고 결심했다. "그때와 똑같은 장소일 수는 없지요." 그가 말했다. "그곳은 30년 전에 존재했던 세상이니까요. 제 머릿속에 남아 있는 건 그 세상에 대한 반영 또는 그림자입니다. 이런 잔상을 안고 작업을 하는 와중에, 저는 새로운 장소를 하나 만들어냈습니다. 지형지물과 거주자들이 그저 제가 쓰는 이야기에 기여하기 위해 존재하는 장소 말이죠."

나이가 들수록 캐리는 풍자에 대해서는 흥미를 덜 갖게 되었고 문장에 대해서는 관심이 높아졌다. "『켈리 갱단』이후에 저는 문맹자의 목소리에서 시詩를 만들고 싶은 열망을 품게 되었습니다." 그가 말했다. "그래서 그 이후 저는 문장을 구부리고, 끊어보고, 새로운 형태로 만들어보는 일에 집착하게 되었어요. 첫눈에 바로 읽히지 않는 방식으로 문장들을 이어보려고 노력하면서 말이죠."

코디가 그의 첫 관객이 되었다는 사실은 놀랄 일이 아니다. 그날 일과가 끝나면 캐리는 와인 한 잔을 놓고 자기가 그날 아침에 쓴 글을 그녀에게 읽어주었다. 캐리는 그녀가 자기가 쓴 것을 바꾼 적은 없지만 정말로 훌륭한 독자라고 말했다.

"그녀는 굉장히 잘 써진 부분을 제게 다시 들려줄 수 있어요. 글이

---

* carbon footprints. 사람의 활동이나 상품을 생산, 소비하는 전 과정을 통해 직간접적으로 배출되는 온실가스 배출량을 이산화탄소로 환산한 총량.

제대로 효과를 발휘하지 않는 경우에도 제게 말해주겠지요. 예를 들면 이 소설의 시작 부분에는 문제가 좀 있었는데 제가 그녀에게 말했죠. '걱정 마. 고칠 거니까.'"

캐리가 지금껏 주관해온 것이 오로지 이 워크숍만은 아니다. 그는 헌터 대학의 문예창작과에서 4년 동안 학과장을 역임한 뒤 지금은 행정 총괄직을 담당하고 있는데, 이 과는 아마도 분명 맨해튼에서 가장 저렴한 학비로 창작 학위를 딸 수 있는 곳이자 현재는 최고 수준의 문예창작과 중 하나일 것이다.

"이런 일을 맡아본 건 이번이 처음입니다." 캐리가 말했다. "이 과를 맡은 건 제가 뭔가를 해낼 수 있어서이기도 했고, 이 대학이 뉴욕 최고의 문예창작과가 못 되는 이유를 나로서는 도통 알 수 없어서이기도 했어요."

명문 학교에서 더 큰 이점을 누릴 나이에 이런 학교에 합류한다는 것은 사실상 노동계급 학생들과 정치적으로 연대하겠다는 성명이나 다름없다.

헌터 대학은 주 정부에서 운영하는 교육기관이며 예술 분야 석사과정을 따는 데는 1년에 1만 1천 달러가 든다. 컬럼비아 같은 아이비리그 대학에서는 그 네 배가 든다. 그리니치빌리지의 뉴 스쿨처럼 근사한 곳에 있는 것도 아니다. "학생들 상당수가 나이가 좀 있어요." 캐리가 설명했다. "자기네 집안에서 대학에 진학한 첫번째 세대지요. 종종 다른 일로 밥벌이를 하고요." 그중 상당수는 백인이 아니다.

하지만 "우리는 이런 점을 받아들였고 4년 만에 상황을 반전시켰습니다." 캐리가 몸을 좌우로 흔들거리는 동작을 취하면서 앞쪽으로 허리를 숙이고는 덧붙였다. 상황을 호전시키는 데 타고난 남자가 가진 열정으로 말미암아, 수압 펌프로 끌어올리듯 말이 솟구쳐 올랐다. 그는 자기가 무슨 수로 작가들에게서 강의 약속을 사전에 받아냈는지, 회의적인 후원자들에게서 돈을 끌어냈는지, 똑똑한 학생들에게 좋은 교육을 받기 위해 6만 달러를 빚질 필요가 없다는 사실을 확신시켰는지 설명했다. "현재 우리 과 학생들은 굉장해요."

캐리는 학생들에게 세계에서 가장 뛰어난 작가들, 그러니까 애니 프루와 이언 매큐언에서 마이클 온다체에 이르는 작가들을 대령하기 위해, 교수진(전기작가인 캐스린 해리슨과 소설가 제니퍼 이건 등)을 학생들과 짝지어주는 멘토링 프로그램을 마련하기 위해 전력을 다했고, 그 덕에 학생들은 단지 창작 지도를 받는 것만이 아니라 작가가 어떤 식으로 작업을 하는지 직접 경험할 수 있었다. 그는 여러 학생에게 다른 분야의 직업도 알선해주었다.

이런 노력들이 성과를 거두고 있다. 최근 몇 년간 그의 제자 중 상당수가 출판 계약을 맺었다.


헌터 대학에 활력을 불어넣기 시작하면서부터 캐리는 쉴 시간이 없다. 사실 매일 아침 여덟시부터 낮 한시까지, 그는 헌터 대학의 대학원생 중 한 명을 정예 조사원으로 활용해가면서 새 소설을 작업하고 있다. "이 친구 굉장해요. 고성固城의 평면도를 출력하잖아요? 그럼 한 장소에서 다른 장소까지의 거리를 정확히 알아내요." 그가 말했다.

캐리의 말에 따르면 다음 소설은 18세기와 19세기 프랑스와 영국, 미국, 오스트레일리아를 배경으로 한다. "수많은 사람이 저를 위해 자료 조사를 해주었습니다. 프랑스인 건축사학자를 포함해서요." 그는 이미 소설을 2백 페이지 이상 썼다고 말했다.

『일리웨커』가 그의 첫번째 부커상 수상작인 『오스카와 루신다』에 앞서 나온 것과 마찬가지로, 또한 『잭 매그스Jack Maggs』가 두번째 부커상 수상작인 『켈리 갱단의 진짜 역사』에 선행한 것과 마찬가지로, 『그의 불법적 자아』는 작품이 가진 추진력과 깔끔하면서도 짧고 산뜻한 문장으로 볼 때 캐리의 경력에서 새로운 단계가 시작되었다는 의미일지 모른다.

나는 창작에 대한 뚜렷한 감각이 사적인 생활에서 누리는 행복과 관계가 있는지 다시 물었고, 그는 다시 어깨를 으쓱했다. "저는 비교적 예민했던 시절에 『세무 조사원The Tax Inspector』이라는 소설을 집필 중이었습니다. 하지만 이 어두운 소설이 가진 느낌이 제 인생에 침투했을 성싶지는 않아요. 인생의 어떤 특징들이 작품에 들어가는지 아는 건 어렵습니다." 그 특징들이 무엇이건 간에 캐리는 그에 대해서는 너무 어렵게 생각하지 않을 것이다. 그는 지나친 자기 성찰이 작품뿐 아니라 행복도 끝낼 수 있다는 걸 알 만큼 충분히 오랫동안 세상 경험을 쌓아왔다.

2008년 1월

모옌은 중국이 낳은 저명한 소설가로, 그의 소설은 여러 나라의 언어로 번역되었다. 1955년 산둥 성에서 농민의 자식으로 태어난 그는 스무 살 되던 해인민해방군 입대와 동시에 글을 쓰기 시작했다. 필명 '모옌'은 중국어로 '말을 하지 않는다'라는 뜻이다. 중국 본토에서는 지나치게 정직하게 말하는 것을 피해야 한다는 것을 상기시키는 문장이다. 그는 여러 권의 장편소설과 단편소설집을 냈다. 『붉은 수수밭Red Sorghum』(1987), 『풍유비둔Big Breasts and Wide Hips』(1996), 『인생은 고달파Life and Death Are Wearing Me Out』(2006), 그리고 가장 최근 작품으로 『개구리Frog』(2009)가 있다. 그의 모든 소설에는 산둥 성 지방 토착어가 등장하고 마술적 리얼리즘의 이야기 구조가 사용된다. 2012년, 중국이 주빈국으로 선정된 런던 도서전에서 통역사를 통해 그를 인터뷰했다. 강인한 여성에 대한 묘사, 관용구와 동음이의어를 이용한 말장난을 번역 과정에서도 유지하는 것, 그리고 검열을 피하는 것에 관해 이야기 나누었다.

▼

**Q**  당신의 소설은 대부분 당신의 고향인 가오미 현을 기반으로 한 반#가상적인 장소를 배경으로 하는데, 이를테면 포크너의 미국 남부와 유사해 보입니다. 무엇 때문에 당신은 이 반#상상적인 공동체로 귀환하는지, 그리고 국제적인 독자들을 갖게 되어 관점의 변화가 일어나지는 않았는지가 궁금합니다.

**A**  처음 글쓰기를 시작했을 때, 소설의 배경은 바로 거기 있었고 아주 현실적이었어요. 이야기는 제 사적인 경험에 의거했죠. 하지만 점점 더 많은 책을 펴내면서, 일상의 경험은 고갈되었어요. 해서 약간의 상상력을, 가끔은 약간의 환상까지 첨가할 필요가 있게 되었지요.

**Q**  당신의 몇몇 소설은 귄터 그라스, 윌리엄 포크너, 그리고 가브리엘 가르시아 마르케스를 떠올리게 하는데, 청소년기 중국에서 이 작가들을 접할 수 있었나요?

**A**  제가 처음 글쓰기를 시작했을 때가 1981년이었고, 그때 저는 마르케스나 포크너의 책을 하나도 접하지 못했습니다. 1984년에야 그들의 책을 읽게 되었고, 의심할 여지 없이 그 둘은 제 창작물에 큰 영향을 끼쳤죠. 제가 살아오면서 겪은 경험들이 그들과 꽤 유사하다는 것을 알게 되었어요. 물론 사후적인 발견이었죠. 만약 그들의 책을 좀 더 일찍 읽었다면 진작 저도 그들처럼 걸작을 써낼 수 있었을지도 몰라요.

**Q**  『붉은 수수밭』과 같은 초기작은 좀 더 명백히 대중적이고, 심지어 몇몇은 로맨스 소설로 간주되기도 하는데, 그에 반해 최근 당신의

소설들은 좀 더 현대적인 구조와 주제로 옮겨 왔습니다. 이것은 의도적인 선택인가요?

A 『붉은 수수밭』을 썼을 때, 저는 채 서른 살도 되지 않았어요. 꽤 젊었죠. 제 조상들을 생각해봤을 때, 그 시절 제 삶은 낭만적인 요소로 가득했죠. 저는 그들에 대해서 썼지만 그들에 대해서 많이 알지는 못했어요. 해서 등장인물들에 많은 상상력을 가미했어요.『인생은 고달파』를 썼을 때, 저는 마흔 살이 넘었고, 청년에서 중년이 되었죠. 이제 제 삶은 다릅니다. 제 삶은 좀 더 동시대적이고, 현대적이며, 지금 우리 시대가 지닌 살인적인 잔혹함 덕분에 그때처럼 낭만적일 수가 없어요.

Q 당신은 종종 지방 서민들의 언어, 특히 산둥 사투리로 글을 쓰는데, 그래서 당신의 산문은 견고한 강렬함을 지닙니다. 몇몇 관용구, 동음이의어를 사용한 말장난이 영어로 번역되지 않을 수도 있다는 것에 좌절감을 느끼지는 않나요? 혹은 당신의 번역가인 하워드 골드블라트와 함께 그 부분을 해결하는 게 가능한가요?

A 음, 네, 초기작에서 저는 꽤 많은 양의 지방 사투리, 관용어와 동음이의어 말장난을 사용했는데, 그때는 제 작업이 다른 언어로 번역될 거라고 전혀 생각하지 않았거든요. 이후에 이런 종류의 언어가 번역가에게 큰 문젯거리가 될 거라는 걸 깨달았어요. 하지만 사투리, 관용구, 말장난을 사용하지 않을 수는 없어요. 왜냐하면 이런 언어들은 생생하고 표현적이며, 또한 한 개별 작가가 가진 고유한 스타일의 정수가 담겨 있는 부분이기 때문이죠. 그래서 한편으로는 관용구나 동음이의어 말장난을 사용하는 걸 약간 조절하거나 수정하고, 또 한편으로는 번역가들이 그것을 번역되는 언어에 반영할 수 있기를 바라죠. 아주 이상

적인 상황을 가정하자면요.

Q    당신이 쓴 다수의 소설 속에는 그 핵심에 강인한 여성들이 등장
합니다. 『풍유비둔』, 『인생은 고달파』, 그리고 『개구리』까지요. 당신
자신을 페미니스트로 여기시나요? 혹은 그냥 단순히 한 명의 여성의
시각에서 쓰는 건가요?

A    첫째, 저는 여성을 존경하고 존중합니다. 여성들은 몹시 숭고하
다고 생각해요. 여성들이 삶에서 겪는 것들, 그리고 또 한 여자가 견뎌
낼 수 있는 고난의 크기는 언제나 남자보다 훨씬 크다고 생각해요. 대
재난을 마주하게 될 때 언제나 여자들이 남자들보다 용감하죠. 제 생
각에 이것은 그들이 어머니이거나 혹은 어머니가 될 수 있기 때문이
라고 생각합니다. 이런 면에서 그들이 가지게 되는 힘을 상상하기란
불가능하죠. 소설 속에서, 저는 그들의 처지에서 생각해보려고 해요.
이 세계를 여성의 관점에서 이해하고 해석해보려고 하는 거죠. 하지만
결국 저는 여자가 아닙니다. 남성 작가죠. 제가 여자의 시점에서 해석
해본 이 세계에 대해 여성들은 동의하지 않을지도 몰라요. 하지만 그
에 대해서 제가 할 수 있는 일은 없죠. 여성을 사랑하고 존경하지만 저
는 결국 남자입니다.

Q    검열을 피하려면 섬세해야 하나요? 마술적 리얼리즘에 의해 열
린 길은 (좀 더 전통적인 묘사 기법만큼이나) 작가들이 그들의 관심사를
어느 정도 논쟁 없이 표현할 수 있게 해주었나요?

A    네, 맞아요. 문학에 대한 많은 접근법이 정치색을 띠고 있죠. 예
를 들어 우리의 현실 삶에는 그들이 건드리지 말았으면 하는 몇몇 첨

예하고 민감한 사안이 있어요. 이런 상황에서 작가는 자신의 고유한 상상력을 통해서 그 문제들을 현실 세계에서 분리시키거나 혹은 상황을 의도적으로 과장할 수 있어요. 그건 대담하고 생생하며 동시에 우리가 살아가는 현실 세계의 특징을 갖고 있어야겠죠. 사실 저는, 그렇기 때문에 이런 한계나 검열이 문학 창작에 큰 도움을 준다고 생각해요.

Q    영어로 번역된 당신의 가장 최근작인 짤막한 자서전 『민주주의 Democracy』는, 중국 내 한 시대의 종말에 대해서 소년과 남자로서 당신의 고유한 경험에서 이야기를 끌어내죠. 거기에는 감상적인 요소가 있습니다. 서구의 시각에서 봤을 때 어떤 면에서 놀랍기도 합니다. 우리는 종종 진정한 진보란 더 나아지는 것을 의미한다고 생각하는데 당신의 자서전은 (진보를 통해) 뭔가 잃어버린 게 있다고 말합니다. 타당한 묘사라고 보십니까?

A    그래요, 말씀하신 그 자서전은 제 사적인 경험과 일상으로 가득해요. 하지만 또한 뭔가 상상된 것에 대해서도 말하죠. 당신이 감상적인 어조라고 말한 것은 정확한 지적입니다. 왜냐하면 그 책은 지금은 사라진 어린 시절을 회상하는 마흔 살의 남자의 이야기이기 때문입니다. 예를 들어, 어릴 때 당신은 아마도 한 번쯤 어떤 소녀에게 반했던 적이 있을 거예요. 하지만 이런저런 이유로 그 소녀는 이제 누군가의 아내가 되어버렸고, 해서 그건 정말로 슬픈 기억이 되어버리고 말죠. 지난 30년간 우리는 중국이 놀라운 발전을 이룩한 것을 목격했습니다. 생활수준에서나 우리 중국 시민들의 지적 혹은 정신적 측면에서나, 가시적으로 나아졌죠. 하지만 일상생활 속에서 우리를 불만족스럽

게 하는 것이 많다는 것 또한 자명해요. 정말이지 중국은 발전했지만 발전 그 자체가 많은 문제를 야기했어요. 예를 들어 환경문제라든가, 도덕적 해이……. 그러니 당신이 언급한 그 책의 감상성은 두 가지 이유에서 비롯된 것입니다. 제 유년기가 진작 사라져버렸다는 것을 깨달은 것. 두번째로 현재 중국의 상황에 대한, 특히 제가 불만족스러운 부분에 대한 우려요.

2012년 4월

모옌

# 돈나 레온

Donna Leon

돈나 레온은 세상에서 가장 직관력이 넘치는 범죄소설가 중 한 명이다. 그녀는 쉰 살에 첫 소설 『라 트라비아타 살인 사건 Death at La Fenice 』(1992)을 발표했는데, 그 전까지는 스위스, 이란, 사우디아라비아, 중국 등 전 세계를 돌아다니며 살다가 마침내 베니스에 정착했고, 1981년부터 1990년까지 미 육군 기지에서 영어를 가르쳤다. 그녀는 데뷔 이후 매해 소설 한 편씩을 발표했는데, 그 작품 대다수가 베니스 혹은 그 주변 지역을 배경으로 하며, 이 작품들은 모두 최소 하루에 한 끼는 항상 집에서 식사를 하는 이탈리아인 경찰관 귀도 브루네티가 맡은 사건을 다룬다. 그녀의 소설들은 컬트적인 추종자들을 형성해왔고, 급기야는 브루네티가 먹는 식사가 나오는 요리책과 브루네티가 돌아다닌 베니스의 구역을 다루는 여행안내서가 나오기에 이르렀다. 레온은 책을 팔아 번 수입을 베니스 다음으로 그녀가 커다란 열정을 갖고 있는 것에 지원하는 데 써왔다. 그건 바로 오페라다.

영국 전역의 서점에 브루네티 형사 시리즈의 최신작이 상륙한 지 일주일이 지난 뒤라, 범죄소설가 돈나 레온은 평소보다 흥분한 것처럼 보였다. 푸른빛이 감도는 회색 머리칼과 활기찬 눈을 가진 예순두 살의 이 조그마한 미국인 작가는 트리플 샷 에스프레소라도 마신 것처럼 소란스럽게 런던 듀런츠 호텔로 날듯이 들어와 한 시간도 넘게 흥분한 상태를 지속했다.

"사실 좀 이상한 상황인 거죠." 회오리바람 같은 대화 중간에 잠시 숨을 멈추며 레온이 말했다. "저는 인터뷰에서는 말을 많이 해요. 하지만 이탈리아에서는 말을 안 하거든요. 제게 언젠가는 영광을 줄 수 있는 일을 언제면 찾게 될지 전혀 모르겠어요."

그녀가 오늘 말을 많이 하고 싶은 기분이 들게 하는 것은 책도, 심지어는 범죄소설(그녀가 오랜 세월 추구해왔던) 전반도 아니다. 그녀의 마음 가장 가까이에, 그리고 가장 소중히 간직한 열정인 오페라 때문이다.

"CD 속지는 많이 써요." 의자 가장자리로 다시 몸을 옮기면서 레온이 말했다. "하지만 이번에는 배역이 한 자리 생기는 거예요. 속지 맨 아래 이렇게 적히는 거죠. '검sword 역할: 돈나 레온.'"

레온이 그녀처럼 미국에서 건너온 친구 앨런 커티스와 함께 세운 오페라 회사에서 오페라(헨델의 〈버림받은 여자 마법사〉)를 녹음하고 있었고, 그 작품에서는 검이 땅에 떨어져야 했다. "이봐요, 돈나." 그녀가 사운드 기술자가 했던 말을 회상했다. "검 한 자루 떨어뜨릴 생각 없어요?"

그녀는 24개국에 자기 소설을 출판했고 가장 권위 있는 범죄소설상들을 수상해왔지만, 이보다 더 돈나 레온을 기쁘게 한 것은 없었을 것이다.

이 검 역할 카메오는 아마도 그녀가 소설 속에서 지금껏 바삐 해왔던 것을 현실 세계에서 가장 흡사하게 재현한 것이었을 테다. 지난 13년간, 뉴저지에서 태어난 오페라광이자 범죄소설가인 그녀는 수많은 생명을 자주, 그리고 민주적으로 처형해왔다. 어부, 복장도착자, 미군 병사, 심지어는 현란한 오스트리아 작곡가까지도 그녀의 작품에서 차례차례 죽어갔다.

누가 누구에게 무슨 짓을 했는지에 대한 의문을 처리하는 것은 항상 레온이 창조한 수줍고 상냥한 영웅인 브루네티 형사의 몫으로 떨어진다. 베니스 경찰이자 두 아이의 아버지인 브루네티는 국제적인 부패 행위, 성매매, 북아프리카의 불법 이민, 동물의 권리, 심지어는 가톨릭 교회까지도 수사해왔으며, 레온은 이를 통해 이탈리아 사회의 온갖 틈과 균열을 그려낼 수 있었다. 동시에 그는 그의 뻐딱하고 정치적인 아내 파올라가 차려주는 호화로운 식사를 앉아서 먹기 위해 항상 어떻게든 짬을 낸다.

『돌에서 흐르는 피 Blood from a Stone』는 시리즈의 열네번째 책으로, 이 소설은 비록 브루네티의 식습관을 방해하지는 않지만 우리의 영웅을 탁류 속으로 밀어 넣는다. 소설의 시작은 크리스마스 직전으로, 베니스 거리에서 짝퉁 핸드백을 팔던 세네갈 출신 남자가 대낮에 총에 맞아 살해된다.

목격자들이 있음에도 브루네티는 살인자 혹은 동기를 발견하는 데 곤란을 겪고, 얼마 안 가 경찰국 고위직의 누군가에 의해 사건에 접근하지 말라는 경고를 받는다. 남자가 살해된 건 그가 불법 이민자여서 였을까? 아니면 보다 위태롭고 거대한 무언가가 있는 걸까?

20년 이상 베니스에서 살아온 레온은 이 이야기를 최근 우연하게 발견하게 되었고, 소설 속에서 브루네티가 느꼈던 것과 마찬가지로, 바로 눈앞에 있었던 정의를 알아차리기까지 그렇게나 오랜 시간이 걸렸다는 사실 때문에 조금 당황한다.

"성 바울이 경험했던 것 같은 순간이 제게도 왔던 거죠." 그녀가 말했다. "3년 전에, 저녁 식사 약속이 있던 집으로 가면서 캄포 스테파노를 가로질러 걷고 있었어요. 그러다 발길을 멈췄는데, 대략 스무 명 정도의 남자들이 거리 양쪽에 있었던 거죠. 그때 중얼거렸어요. 이 남자들은 여기 있지만 보이질 않아. 저는 그때 제가 책을 한 권 써야 한다는 걸 깨달았죠."

예전 13권의 소설을 썼을 때와 마찬가지로, 레온은 『돌에서 흐르는 피』를 쓰기 위해 딱히 취재를 하지는 않았지만, 그렇다고 슬렁슬렁 넘어갔다는 소리는 아니었다. 그보다, 그녀의 소설들은 대화와 탐문의 합일을 통해 결합되는 것처럼 보인다. 레온은 마치 도시가 생각하고 있는 것을 녹음하는 것 같다.

레온은 일례로, 그녀의 다음 소설이 유아 밀매에 관한 것이 될 것이라는 말을 들은 한 이웃의 반응에 대해 말해주었다.

"그녀가 제게 말하더군요. '아, 알아요. 지난달에 본 것 같은 거 말이죠. 저 아파트에 임신한 여자애가 한 주 단위로 방을 임대한 걸 봤거든요.' 아 정말요? 제가 그렇게 말했고, 그다음 이어진 이야기가 수상쩍게 들리더라고요. 그 여자는 아이를 갖고 있었는데 그 사실을 다른 사람이 알아차리길 원치 않아 보였다는 거죠. 그러고는 단지를 떠났고요."

레온은 이야기의 결론을 말하기에 앞서 잠시 멈춘 다음, 브루네티가 그랬을 것처럼 사실들을 되새겼다. "이 여인은 분명 여기로 끌려와서 아기(병원에도 없었고 출생 등록도 되지 않았지요)를 낳은 거예요. 아기는 아기를 사고파는 시장으로 흘러들어갔고요." 그녀가 고개를 저었다. "이게 제 다음 책이에요."

베니스의 취약한 부분을 이런 식으로 흘끗 들여다보고, 거기에 우아하리만치 느긋한 가정사가 드러나는 장면들을 결합함으로써, 브루네티 시리즈는 전 세계적인 베스트셀러가 되었다.

하지만 레온은 자신이 창조한 침착하면서도 회의적인 영웅처럼 이 모든 것에 그리 크게 마음이 흔들리지 않는다. "저는 목수예요. 바이올린 제작자가 아니라." 그녀는 언젠가 그렇게 말한 바 있다. 그녀는 자신의 책이 이탈리아어로 번역되는 걸 거절했고, 그래서 베니스의 몇몇 친구들만이 그 소설들을 읽었다.

레온은 자신의 인생이 완전히 다른 방향으로 갈 수 있었다는 걸 어느 누구보다 잘 알고 있고, 그래서 자기의 색다른 존재감이 너무 심각하게 받아들여지지 않기를 열망하는 듯 보인다. "저는 제 첫 책을 농담처럼 썼어요. '어디 내가 할 수 있나 보자'는 식으로요." 그녀가 말했다. "저는 성공했지만 그건 결코 제가 원해서 그런 게 아니에요. 그저 우연히 찾아온 것이지요."

만약 레온의 과거를 재빨리 훑어보는 과정에서 그녀의 과거가 수많은 막다른 길과 1년짜리 직업으로 점철되어 있었다는 사실이 드러나지 않았다면, 그녀의 이런 발언은 좀 솔직하지 못한 것처럼 들렸을지 모른다. 그녀는 몇 년 동안 이란, 중국, 스위스 등지를 떠돌아다녔고 사우디아라비아에서는 영어 교사로도 잠시 일했다. 그녀는 1980년 대 초반 마침내 베니스에 정착했다. 거기 그녀의 친구들이 살았고, 그녀는 이탈리아어를 익혔다. "베니스는 제가 사람들을 다시 사랑할 수 있고 사람들도 저를 사랑할 수 있는 곳이라는 걸 알았죠." 레온은 이제 그렇게 말한다.

그녀는 잠시 동안 베니스의 미군 기지에서 일주일에 여섯 시간씩 사람들을 가르쳤다. 그러던 어느 날 밤, 그녀는 친구와 함께 오페라 극장의 무대 뒤에서 한 지휘자가 최근에 사망한 일을 놓고 심술궂게 고소해하고 있었다. 그들은 그 지휘자를 소설 속에서 한 번 더 죽이면 웃길 거라고 생각했다. 레온은 그렇게 했다. 그 뒤는, 사람들이 말하듯, 역사가 되었다.

2005년 4월

데이비드 미첼

David Mitchell

데이비드 미첼은 가장 흥미진진한 글을 쓰는 생존 작가 가운데 하나다. 미첼의 책을 펼치는 것은 모험을 떠나는 것과 같다. 그의 책은 동시대의 도쿄에서 먼 미래의 한국, 근과거의 영국, 그리고 나폴레옹 시대의 일본까지 온 세계로 뻗어나간다. 그의 책은 선장과 식인종, 테러리스트, 산파에서부터 작곡가와 불운한 연인들로 가득 차 있다. 유전자가 변형된 식당 종업원들도 있다. 그리고 그의 책은 하나의 사상을 위해 살아가는, 세상의 주변부로 밀려나버린 사람들에 대한 이야기다.

미첼은 영국의 사우스포트에서 태어났다. 우스터셔에서 어린 시절을 보내며 톨킨과 레이 브래드버리를 읽었다. 켄트 대학에 진학한 그는 영문학과 미국 문학에서 학위를 받았고, 비교문학에서 석사를 받았다. 1990년대 그는 일본에서 영어를 가르쳤고 1990년대 말 첫번째 소설 『유령이 쓴 책Ghostwritten』을 펴냈다. 무작위성에 대한 성찰을 다룬, 지구상의 각기 다른 지역에 배경을 둔 열 개의 연결된 이야기로 이루어진 초서풍風의 우화인 그 소설로 미첼은 존 루엘린 라이스상을 받았다. 2001년 출간된 『넘버나인드림Number9dream』은 네온사인으로 가득한 도쿄에서 아버지를 찾아 나선 열아홉 살의 일본 소년에 대한 미래파 스타일의 멋진 이야기로 부커상 최종심에 올랐다.

2004년 출간된 『클라우드 아틀라스Cloud Atlas』로 미첼은 영국에서 가장 선망받는 작가가 되었다. 연결된 여섯 개의 중편소설로 이루어진 소설 속 이야기는 수백 년의 시간을 넘나들며 러시아 인형(마트료시카)처럼 하나에서 다른 하나로 뻗어나가고 또 뻗어 들어간다. 워쇼스키 남매와 톰 티크베어가 이 책을 영화화했고, 톰 행크스가 출연했다. 후속작으로 2006년에 나온 『블랙스완 그린Black Swan Green』과 2010년에 출간된 『제이콥 드 조에의 천 개의 가을The Thousand Autumns of Jacob de Zoet』이 있다. 한때 서점을 하기도 했던 미첼은 아일랜드에서 아내 그리고 두 아이와 함께 살고 있다. 『블랙스완 그린』이 출간된 시점 그를 만났다.

▼

데이비드 미첼은 이야기를 가지고 노는 것을 사랑한다. 마치 서사 법칙이 적용되지 않는다는 듯 그는 이야기들을 뒤집는다. 두 번이나 맨부커상 최종심에 오른 그는 최근작에서도 같은 방식을 취했고 그것은 미첼 고유의 방식이 되었다. 그러나 이번의 뒤죽박죽 한판 승부는 단순히 또 다른 하나의 이야기가 아니다. 그의 삶에 대한 이야기다. "어떤 면에서, 저는 제 첫 소설을 네번째로 쓴 거죠." 처녀작은 종종 몹시 자전적이라는 세간의 인식을 암시하며, 서른일곱의 소설가는 말했다.

우리는 아일랜드의 클로나킬티의 한 해변가 식당에 있다. 미첼이 가족과 함께 사는 마을이다. 그가 『블랙스완 그린』에 대해 이야기한다. 주인공이자 화자인 제이슨 테일러는 자신의 창조자와 많은 것을 공유한다. 그 또한 미첼처럼 1980년대 우스터셔에서 자라났고 최악의 말더듬증을 앓았다. 그는 한때 미첼이 썼던 속어들을 사용하고 심지어 사춘기 시절 동일한 수모도 겪게 된다.

하지만 그들은 다른 길을 가게 된다. 제이슨에게 말더듬증은 문제의 시작일 뿐이다. 그가 성년기를 향해 나아가는 시기, 부모가 이혼한다. 이어 제이슨은 할아버지가 소중히 여겨온 시계를 잃어버린다. 도처에 불량배들의 위협이 도사리고 있다. 미첼은 이런 일들을 겪지 않았다.

또 한 번, 미첼은 능숙한 솜씨로 다른 장르를 모사한다. 이번에는 교양소설이다. 하지만 『블랙스완 그린』은 지난 수년 동안 자주 벌어진 일인 은폐된 자서전과 소망 충족 사이의 아슬아슬한 줄타기에서 떨어져버리는 실수를 저지르지 않는다. "사소설과 자전소설의 차이를 알게 된 것 같아요." 미첼이 말했다. "전자는 주인공과 작가가 많은 것을 공유하죠. 후자는 대체적으로 주인공이나 혹은 화자를 둘러싼 모든 사람과 사건을 작가의 삶에서 가져오고요."

『블랙스완 그린』은 자신이 무엇을 알고 있는지 모르는 한 소년에 대한 이야기다. 그는 온 세상을 자신의 안에 담고 있지만 도무지 그걸 뱉어내지 못한다. 그가 가진 말더듬증은 한 사람이 사춘기 동안 성장을 이루어내 빠져나가게 되는 사각지대에 대한 상징이지만, 말더듬증이 어떤 병인지에 대해서 작가는 실제로도 잘 이해하고 있다. "선의를 가진 사람들은 절대 그걸 언급하지 않죠. 상대방한테 부끄러움을 주거나 당황시키고 싶지 않으니까요. 그러면 더 더듬게 될 테니까요." 그가 말했다.

이상할 정도로 언어에 대한 재능이 넘치는 한 사람이 성장기에 말더듬증으로 고통받았다는 것은 잔인한 아이러니로 느껴진다. 이 불행이 그를 내향적으로, 글쓰기의 세계로 향하게 했을 것이라고 미첼은 결론 내린다.

"말더듬증 때문에 확실히 제 어휘량이 늘었어요." 그가 매 문장을 말할 때마다 몇 가지 종류의 '출구 전략'을 생각해놓은 것에 대해서 이야기한다. 그는 그 방법을 아직도 사용한다. 그 결과 그는 정확하고 완벽한 문장으로 말하며 그래서 거의 책을 읽는 것처럼 느껴진다.

"〈톰과 제리〉에서 도화선이 타들어가는 장면을 생각하면 돼요." 말더듬증과 함께 살아가는 게 어떤 느낌인지 그가 설명한다.

"도화선이 계속 타들어가죠. 어떤 단어를 뱉어내야 하는 순간이 왔는데 아직 당신은 그걸 말할 준비가 되지가 않은 거예요. 결국 시간은 다가오죠. 쾅음과 함께 폭탄이 터져요. 그제야 당신은 그 단어를 뱉어내요. 망한 거죠."

그가 말해준 요령이란 "그 도화선의 길이를 무한정으로 늘이는 거예요. 누군가 당신이 말을 더듬는 걸 보게 되든 말든 진심으로 신경 쓰지 말아야 해요."

그는 정말이지 열심히 말하기에 대해서 말했다. 그는 또한 자신의 책이 비슷한 성장기를 보낸 사람들에게 도움이 되기를 바란다.

"독자들이 말더듬증을 겪는 게 어떤 건지 현실적으로 느낄 수 있게 해주는 좋은 소설은 아직 없었던 것 같아요. 사람들이 말더듬증이 어떤 건지 알게 되는 작은 도움을 제 소설이 줄 수 있다면 좋겠어요." 그가 말했다.

미첼은 2004년 미국에서 출간된 그의 블록버스터 소설 『클라우드 아틀라스』와 비슷하게 전 세계를 무대로 삼은 야심 찬 후속작을 쓰지 않기로 결정했었다.

"『클라우드 아틀라스』에 대해서 이야기하지 않아도 돼서 정말 좋아요." 그가 『블랙스완 그린』의 복잡성에 대해서 논하며 말했다.

그는 글쓰기를 일종의 '통제된 성격장애'라고 생각한다. "통제되어야만 해요. 왜냐하면 이야기가 제대로 작동하려면 머릿속의 목소리들에 집중해야 하고 그런 한편 그들이 서로 이야기를 나누도록 해야 하니까요."

『클라우드 아틀라스』가 출간된 이래 그는 상당히 많은 시간을 오로지 그 책과 책 속 등장인물에 대해서 이야기하는 데 보냈다. 책은 맨부커상과 아서 클라크상, 그리고 전미도서평론가 서클상의 최종심에 올랐다. 그 책의 예외적 성공은 미첼에게 커다란 보상이 되었지만 동시에 그를 안절부절못하게 했다. 지금 그는 일본 앞바다 섬의 네덜란드 식민지를 배경으로 한 새 소설에 흠뻑 빠져 있다. 리서치를 위해 그는 네덜란드에 갈 것이고 또 아내의 고향인 일본에 가게 될 수도 있다.

그는 등장인물들만큼이나 기획도 좋아한다. 정확하게 규정된 조건들로 이루어진 기획이라면 더욱더.

"책을 쓸 때의 저는 엄격한 제약 조건에서 작업하는 것에 편안함을 느껴요. 할 수 있는 것과 할 수 없는 일을 적은 리스트를 만들죠." 그가 말했다.

그가 『블랙스완 그린』을 집어 든다. 그 책은 처음부터 끝까지 주인공인 제이슨의 시점에서 쓰였다.

"그러니까 1인칭 시점으로 책을 쓰면 주인공이 모르는 것은 독자에게도 알려줄 수 없어요. 화자의 멍청함을 통해 슬쩍 보여주는 식이 아니라면요. 혹은, 제이슨의 경우 그가 자신이 뭘 아는지를 모르는 사람이라는 장치를 사용했죠. 그렇게 한번 룰을 정하고 나면 일이 어떻게 진행될지가 정해지죠. 그러니까 사건을 만들어낼 필요가 없어요. 그냥 룰을 만들면 돼요.

미첼은 자신의 등장인물들을 만들 때도 그런 식으로 룰을 정한다. 이번 책의 등장인물 몇 명은 이전 소설에서 가져왔다. 몇몇은 어려졌고 몇몇은 나이를 먹었다.

"정말 재미있어요." 미첼이 책에 등장하는 조연들을 만들어낸 것에 대해 이야기한다. "창의적이며 동시에 경제적이죠. 만약 어떤 역할이 비면, 저는 (마치 개인 매니저처럼) 전에 썼던 책의 등장인물로 그 공백을 채워 넣어요. 인물들은 마치 준비된 것처럼 등장하죠. 이미 존재하는 인물들이니까요."

그가 어떤 식으로 글을 쓰는지, 어떤 식으로 하나의 소설을 쓰기 위한 리서치를 벌이는지(그는 종종 구인 광고를 읽는데, 왜냐하면 그것을 통해 구인 광고 속 사람들이 과거 무엇을 추구했는가를 알 수 있기 때문이다)에 대해 듣고 있다 보면 그의 소설들이 정교한 컴퓨터 프로그램같이 느껴지기 시작한다. 몇몇 비평가는 이미 둘을 비교한 바 있다.

그러나 미첼의 빈틈없는 설명에서조차 빠져 있는, 스스로도 완벽하게 설명할 수 없는 뭔가가 있다. 다른 세계 속에서 살 수 있게 해주는 창의력이 가진 마술 같은 힘의 사용법을 포함해서 말이다.

"보통 한 사람을 다른 사람과 구별해낼 수 있는 것은 그가 무엇을 믿는가를 통해서입니다. 만약 등장인물이 내가 잘 모르는 어떤 것, 이를테면 과학이나 철학을 믿는다면 저는 그것에 대해서 알아야 하죠."

미첼이 『블랙스완 그린』을 쓴 요령은, 그가 이전의 눈부신 소설들을 쓰기 위해서 습득한 모든 지식을 깨끗이 지워 없애버린 것이다. 그리고 그는 다시 한 번 열세 살 소년이 되었다.

데이비드 미첼

그가 지금까지 해온 것과 정반대의 방식이다. 그 도전을 마음껏 즐긴 만큼 그는 우리 대부분이 중학교에 대해 느끼는 것과 똑같은 것을 느끼며 그 도전을 끝냈다. "다시는 중학교 때로 돌아가고 싶지 않아요."

2006년 4월

존 업다이크
John Updike

시인이자 소설가, 평론가인 존 업다이크는 지난 60년간 미국 문화계를 지배해왔다. 펜실베이니아 레딩에서 태어난 그는 실링턴의 작은 마을에 있는 가족 농장에서 성장했다. 이곳의 분위기와 기억은 『같은 문The Same Door』(1959), 『비둘기 깃털Pigeon Feathers』(1962), 『올링거 이야기Olinger Stories』(1964)와 같은 초기 단편집들과 두번째 장편소설 『달려라 토끼(Rabbit, Run)』(1960)에 잘 반영되어 있다. 『달려라 토끼』는 왕년의 고등학교 농구 스타였던 주인공이 결혼과 가정생활, 그리고 가시적인 세계의 보이지 않는 수수께끼들에 관해 느끼는 모호한 감정을 다루는 이야기다. 업다이크는 격동의 1960년대와 그 여파가 남아 있던 1970년대, 부에 집착하던 레이건 시대의 대변동, 그리고 1990년대 미국의 불안한 평화를 통과하는 래빗을 따라간다. 업다이크의 주특기는 서정과 멜랑콜리지만, 한편으로 그는 스릴러(2006년 작 『테러리스트Terrorist』), 희극소설(1968년의 『커플들Couples』을 포함한), 그리고 책, 예술, 미국 대통령, 여행, 그리고 흔한 것들의 가치에 관한 무수히 많은 에세이와 평론을 썼다. 2009년 사망하기 전까지 그는 마지막 시집을 퇴고하고 있었다. 독자들은 이 시집을 통해 그의 마지막 숨결을 느낄 수 있었다. 이 인터뷰는 그가 세상을 떠나기 6년 전, 그의 20번째 장편소설『내 얼굴을 찾으라Seek My Face』가 출간될 당시 이루어졌다.

▼

소설을 쓰기 오래전, 존 업다이크는 만화가가 되고 싶었다. "전 미키 마우스와 동갑이죠." 어느 오후, 뉴욕에 위치한 알프레드 A. 크놉 출판사 사무실을 찾은 소설가가 반짝이는 눈빛으로 말했다. "디즈니는 스튜디오 작업 과정을 영화로 제작하고는 했어요. 그래서 전 만화가들의 삶이 어떤지에 대해 꽤 분명한 이미지를 갖고 있었습니다. 하지만 펜실베이니아 실링턴에서 캘리포니아 버뱅크로 가는 방법을 알 수가 없었죠."

그 대신 일흔한 살이 된 업다이크는 매사추세츠 교외에 정착했고, 그곳에서 미국 현대문학과 따로 떼어놓을 수 없는 장·단편소설, 시, 평론, 희곡, 그리고 어린이용 이야기를 무수히 많이 발표했다. 그의 스무번째 소설『내 얼굴을 찾으라』에서 작가는 예술에 대한 애정을 바탕으로 일흔아홉의 화가 호프 샤페츠를 그려낸다. 업다이크의 묘사에 의하면 '추상표현주의의 호시절'을 목격한 그녀는 누구보다도 오래 살아남아 당시의 이야기를 전하는 사람이다.

『내 얼굴을 찾으라』는 호프가 어느 날 뉴욕 출신의 이십대 예술사학자 캐스린 댄젤로와 인터뷰를 하면서 시작된다. 그들의 대화는 호프가 잭슨 폴록의 영향을 받은 폭발적인 재능의 소유자 잭 매코이와 결혼했던 청년기로 흘러간다.

존 업다이크가 뉴욕에 거주하던 시기, 폴록은 명성을 얻고 있었다.

업다이크는 이 위대한 화가를 한 번도 마주친 적이 없다. 선술집 시더 태번에서 그와 술잔을 맞부딪지도 않았다. 그는 그런 현장에 있지 않았다.

"하지만 늘 예술적인 분위기를 느꼈죠." 그가 말했다. 1950년대 후반, 러스킨 드로잉 학교와 옥스퍼드 미술대학에서 막 돌아온 그는 어쩌면 화가가 될 수 없을지도 모른다는 생각에 빠져 있었다. "저는 정물화를 그리고는 했죠." 그가 키득거리며 웃는다.

일종의 자기비하처럼 들리는 말에도 불구하고 업다이크는 분명 『아트 포럼』이나 『뉴요커』를 비롯한 유수의 매체에 예술에 대한 에세이를 꾸준히 발표하며 자신의 관심사를 진지하게 발전시켜왔다. 이 글들은 후에 『그저 바라보기Just Looking』(1989)로 묶여 출간되었다. 한편 그는 책을 제작하는 과정에 직접 참여하여 표지를 디자인하기도 하고, 전체적인 모양새에 대한 의견을 내놓기도 한다.

그러나 『내 얼굴을 찾으라』는 화가로서 실패했던 업다이크의 한풀이라기보다는 예술계에서 엄청난 성공을 거둔 한 남자와 그 때문에 그가 어떤 인생을 살게 되었는지를 상세하게 보여주는 쪽이다. 잭슨 폴록이 이 소설에 긴 그림자를 드리우고 있다는 것은 놀랍지 않다. 그러나 바로 이런 이유로 업다이크는 미국에서 다소 가혹한 비평을 받았다.

『뉴욕 타임스』의 평론가 미치코 가쿠타니는 "잭의 삶은 잭슨 폴록의 삶을 그대로 베낀 것 같다. 이 소설은 최근 예술사를 형편없는 솜씨로 다시 쓴 것처럼 읽힌다"는 혹독한 평을 내놓았다.

가쿠타니의 평가에 대한 입장을 묻자 느리고 정제된 말투의 업다이크는 눈을 가늘게 찡그린다. 그러더니 미소를 지으며 말한다. "많은 책이 실제로 있었던 사실들을 상세하게 설명하고 있습니다. 특히 제가 많이 참고했던 그의 전기가 그러했죠. 저는 실제로 있었던 사실들을 화분으로 삼아 뭔가 근사한 식물이 자라나는 법이라고 생각합니다."

실제로 호프의 삶은 폴록의 아내였던 리 크래스너를 닮아 있지만, 그녀의 초년 시절이나 말년은 상당 부분 업다이크가 꾸며낸 이야기다. 그녀의 내면세계도 마찬가지다. 소설이 진행되면서 호프는 팝아티스트, 금융가와 차례대로 결혼하지만, 그들 중 누구도 호프에게 알맞은 짝이 아니다.

평온과 고요를 찾아 1950년대 후반 뉴욕을 떠나 뉴잉글랜드로 갔던 업다이크 자신과 마찬가지로, 호프는 버몬트로 이주해 유기농 음식을 먹고 회화에 대한 자신의 재능에 다시 불을 붙이며 길고 느린 생활에 정착한다.

그러므로 『내 얼굴을 찾으라』가 다루는 주요 이야기는 전후 미국 예술에 대한 통찰이 아니라 이에 대한 이야기를 나누는 동안 커져가는 호프와 캐스린의 유대감이다. "호프가 이러한 친밀감을 만들죠." 업다이크가 설명했다. "그녀는 꽤나 툭 터놓고 말하는 경쾌한 사람으로 나오죠. 자신이 한편으로는 근사한 보헤미안적 삶을 살고 있다는 것도 알고 있어요. 하지만 그녀는 늙었고, 관절염으로 고생하고 있습니다. 그리고 그녀 앞의 젊은 여성은 매우 근사한 삶을 살고 있지는 않지만 젊은 여성이 가질 수 있는 모든 자산을 갖고 있죠. 그래서 그들은 서로를 질투하는 동시에 서로에게 매혹되는 것입니다."

두 여성에 대한 이러한 장면을 읽은 몇몇 페미니스트는 질색할지도 모른다. 유아적인 남성을 다루는 그의 소설들, 특히 1960년의 『달려라 토끼』에서 1990년의 『토끼 잠들다』Rabbit at Rest까지 40년가량의 시간을 아우르는 저 유명한 래빗 앵스트롬의 이야기는 몇몇 독자의 분노를 샀다. 여성을 대상화하는 시각 때문이었다. 이는 가벼운 비판이 아니다. 예를 들어 그가 1968년에 내놓은 강렬한 소설 『커플들』에는 여자의 음모 색깔에 대한 구절까지 있다. D. H. 로런스의 소설들이 인종적이라고 평가되던 시기였다.

그렇다면 『내 얼굴을 찾으라』는 일종의 사과로 생각될 수도 있다. 하지만 업다이크가 내게 지적한 대로 그가 여성을 주인공으로 내세웠던 것은 이 소설이 처음이 아니다. 1980년대에 그는 여성에 관한 세 편의 소설을 발표했다. 그중에는 너대니얼 호손의 『주홍글씨』를 헤스터 프린의 시점에서 다시 쓴 『S』와 뉴잉글랜드 마을에 새로 온 남자에게 주문을 거는 세 명의 마녀들의 이야기인 『이스트윅의 마녀들The Witches of Eastwick』이 포함되어 있다.

뉴잉글랜드의 청교도주의와 이를 위반하는 달콤한 즐거움은 『내 얼굴을 찾으라』에서 다시 한 번 중심에 놓인다. 인터뷰 도중 캐스린은 호프에게 그녀의 재정 상태와 부모로서의 역할, 심지어는 성생활에 대해서도 묻는다. 해서 호프는 50년 전 침실에서 벌어졌던 격정적인 일들을 회상하며 내면으로 침잠한다. 그녀는 캐스린에게 몇몇 이야기를 들려주면서도, 어떤 이야기에 대해서는 입을 다문다.

모든 이야기를 들려주지 않는 호프를 보면, 살면서 개인사에 대한 꽤나 직접적인 질문들을 받아온 업다이크를 연관 짓지 않을 수 없다. "대단히 유명한 사람에게 빠져든 사람이라면 캐스린처럼 행동할 수 있습니다." 그가 말했다. "사람들은 그런 인물이 백과사전이나 웹사이트처럼 연구 자원이 아니라 감정과 사생활이 있는 인간이라는 것을 망각하죠."

최근 몇 년간 업다이크는 인터뷰를 점점 더 많이 해야 했다. "제가 처음 인터뷰에 응하기 시작했던 1950년대에는 작가들이 책을 홍보할 필요가 없었어요. 판촉하러 다니거나 책에 사인할 필요가 없었죠. 그저 책을 쓰는 것, 그것이 작가로서의 의무였습니다. 하지만 이제는 나서서 책을 파는 것이 진짜 의무를 다하기 시작하는 것으로 여겨지고 있습니다."

비록 그가 "이 게임에서 맡은 역할을 점점 더 잘해왔고", 그러한 대화를 일종의 필요악으로 보게 되었지만, 그는 이런 일들이 예술에 미치는 영향을 걱정하고 있다. "자기 의견을 전달하려는 예술가는 설교자나 정치인이겠죠. 예술작품은, 문학작품은…… 일종의 오브젝트를 만들려는 시도입니다. 그 오브젝트가 지닌 신비함으로요. 사람들은 작품을 어떤 방식으로 바라보고, 다른 측면을 찾아내고, 다른 방식으로 바라봅니다. 예술가의 사생활을 캐내려는 모든 시도는 예술에서 이러한 신비를 걷어낼 위험이 있습니다."

그러나 업다이크는 인터뷰를 싫어한다고 말하면서도 전혀 거리끼는 기색 없이 한 시간의 대화를 유쾌하게 이끈다. 인물의 동기를 묻는 질문에는 몽상적인 산문시처럼 여겨지는 긴 대답이 몇 분씩이나 이어진다. 말의 휴지기마다 그는 눈을 움직이거나 눈썹을 찡그리거나 분홍빛이 감도는 옹이 진 손으로 동작을 표현한다. 그는 마치 그 손으로 평생 언어를 연마해온 것처럼 보인다. 그리고 무릎을 탁 칠 정도로 절묘한 말이 나올 때면 그의 푸른 눈은 자부심을 드러내듯 장난스럽게 빛난다.

인터뷰가 끝나갈 무렵, 그는 역시 녹음기 마이크 앞에서보다는 페이지 위에서 이러한 언어유희를 즐기는 사람이라는 것이 분명해진다. 아무리 날선 비판이라도 그를 멈추게 하지는 못할 것이다. "감사하게도 조판이 끝난 뒤에 그런 반응들이 나왔죠." 그가 농담을 던졌다. 업다이크는 호프와 마찬가지로 뭔가 새로운 작품을 만든다는 전망으로 날마다 설레고 있다. "밖에서야 그게 점점 더 멍청한 짓처럼 보일지라도 안에서는 그렇게 느껴지지 않죠."

그는 두려움에서도 동기를 부여받는다. "제가 해야 할 말을 하지 못했을 수도 있다는 두려움이 있습니다." 업다이크가 말했다. 이번에는 그의 목소리가 높아졌다. "그랬을 것 같지는 않지요. 전 많은 글을 썼습니다. 제가 살아온 인생과 경험을 구성하는 거의 전부를 어디선가 한 번쯤 썼겠죠. 그럼에도 빠진 것들이 남아 마지막까지도 포착되지 않으리라는 끈질긴 두려움이 뇌리에서 떠나지 않습니다."

이 말을 강조하기라도 하듯, 인터뷰를 하기 전날 업다이크는 에디터에게 커다란 소포를 보냈다고 했다. 다음 책의 원고였다. 원고가 아니라면 무엇이겠는가.

2003년 4월

셰이머스 히니

Seamus Heaney

셰이머스 히니는 아일랜드의 시인이자 번역가다. 북아일랜드의 캐슬도슨과 툼브리지 사이에 위치한 가족 농장에서 태어난 히니의 시에는 그곳 풍경에 흔한 피복토양과 토탄층이 늘 등장한다. 그는 벨파스트 퀸스 대학교에 다니면서 테드 휴즈의 『루페르쿠스』를 읽으며 글을 쓰겠다고 생각했다. 그의 첫 시집 『어느 자연주의자의 죽음Death of a Naturalist』(1966)에는 그의 동생이 네 살의 나이에 사고로 사망한 사건에 바탕을 두고 있는 「파기Digging」나 「중간 방학Mid-Term Break」 등의 시가 수록되어 있다. 이 시들은 영국 현대시선집에 가장 많이 재수록되는 작품들이기도 하다. 1966년 이후로 3년에서 5년을 간격으로 꾸준히 시집을 발표해온 그의 작품은 성숙하고 내밀하며 절묘하다.

이는 영어가 사용되는 방식과 그가 아일랜드와 영국에서 사용되는 영어의 차이를 『스위니의 방랑Sweeney Astray』(1983), 『베오울프Beowulf』(1999), 『크리세이드의 유언과 일곱 우화The Testament of Cresseid and Seven Fables』(2009) 등을 번역하며 연구하는 과정에서 방대한 영문학 지식을 축적한 덕분이다. 1995년 노벨문학상을 수상한 히니는 윌리엄 버틀러 예이츠, 조지 버나드 쇼, 그리고 사무엘 베케트 등의 아일랜드 계관시인들과 어깨를 나란히 하게 되었다. 이 소식을 들었을 때 그는 이렇게 말했다. "거대한 산맥 아랫자락에 있는 조그만 언덕이 된 것 같군요. 기대에 부응할 수 있다면 좋겠습니다. 놀라운 일이군요."

▼

셰이머스 히니는 언어에 관한 한 언제나 신비주의적 태도를 보여왔다. 1995년 노벨문학상을 수상하면서 그는 어렸을 적 라디오에서 들려오는 목소리가 마치 시간의 문 같았다고 말했다. 이러한 이국적인 소리가 그로 하여금 '드넓은 세상으로의 여행'에 나서게 했다고, 그는 '시에 대한 믿음'이라는 노벨상 수상 강연에서 밝힌 바 있다. "이는 차례대로 드넓은 언어로의 여행, 매번 어딘가로 도착하는 여행, 목적지가 아니라 중간 기착지만 나오는 여행이 되었습니다."

그리고 그는 북아일랜드의 50에이커 가축 농장에서 하버드 대학교로, 스톡홀름에서 국제 시 낭독회가 열리는 여러 장소로 여행을 계속해왔다. 여느 작가와는 달리 히니는 자신의 월계관에 안주하지만은 않았다. 노벨상을 받고 나서도 그는 네 권의 시집과 세 권의 산문집을 출간했고, 번역가로서의 활동도 게을리하지 않았다.

그리고 이제 히니가 한 바퀴를 완전히 돌았다는 것이 분명해진 듯하다. 『어느 자연주의자의 죽음』을 발표하며 시인으로 데뷔한 지 40년이 된 지금, 그는 웨일스의 맨해튼 호텔 안락의자에 앉아 있다. 예순일곱이 된 이 시인은 켄터키, 샌프란시스코, 뉴욕, 그리고 토론토에서 열린 낭독회를 마친 참이다. 일정이 너무나 숨 가쁘게 진행되어 그는 다니면서 읽을 책도 가져가지 않았다. 그에게는 시간이 없다. "아시다시피,

너무나 힘듭니다." 그가 말했다. "하지만 메일을 확인하는 시간이라도 있어서 다행이지요."

이처럼 힘든 일정을 소화한 까닭은 히니의 열여섯번째 시집, 『구역과 원District and Circle』이 막 나왔기 때문이다. 그의 생애와 작품을 반추하는 이 시집은 세상을 떠나거나 잃어버린 친구들을 애도하고, 순무 절단기나 모루, 대형 망치 등의 농기구들을 정확하고 구체적으로 묘사하기도 한다. 이 모두를 시에 담고자 했던 그는 언어의 음성과 주제마다 새로운 도구가 필요하다는 듯 소네트, 산문시, 자유시 등 여러 형식을 사용했다.

"이 책은 동시대적 경험으로 시작되었습니다." 히니가 말했다. "전철을 타러 내려가는 것 같은 경험이죠." '구역과 원'이라는 제목은 런던 지하철 노선도에서 나왔다. 도시로 진입하는 노선과 런던을 순환하는 노선은 런던 중심부에서 연결된다. 히니의 시집 역시 유사한 구조를 갖는다. 세상 밖으로 뻗어나갔다가 크게 한 바퀴 휘감고 돌아오는 식이다. "저는 지하로 깊이깊이 내려가면서 마지막 소네트를 떠올렸습니다." 히니가 말했다. "창에 비친 아버지의 얼굴을 보았고, 지하로 향하는 스틱스 강을 건넜죠."

어떤 사람들이 대중문화에 푹 빠져 살아가는 반면, 히니는 그보다는 훨씬 오래된 신화를 통해 자기 삶을 그려간다. 문학적인 것과 정신적인 것이 그것이다. 그중 후자는 그가 1996년 발표한 『정신적 단계The Spirit Level』이후로 꾸준히 커지고 있다.

이러한 변화에 대해 묻자 그가 말했다. "전 두 살부터 스물두 살까지 종교적 언어와 실천을 힘겹게 받아들이며 살았습니다. 하지만 아시다시피 사람은 이십대에서 사십대를 지나는 동안 종교와는 거리가 멀어져 세속화된 삶을 살게 되죠. 그러다 부모님이 돌아가셨고, 삶에서 죽음으로의 급격한 변화를 목격하고 나니 전 정신과 같은 단어를 전혀 두려워하지 않게 되었습니다."

아일랜드의 정치적 상황 때문에 히니는 신들이 인간사에 개입했던 그리스 시대로 돌아갈 때 보다 편안함을 느낀다. 그는 옆 동네 술집 주인을 화제로 삼을 때처럼 쾌활하게 오디세우스를 이야기한다.

히니의 인생으로 깊이 더 깊이 들어가는 『구역과 원』은 어릴 적 머리를 자르던 기억이나 힘든 일을 겪었던 기억들을 개인의 신화로 탈바꿈한다. 마을 사람들은 오래전 보내진 전령처럼 길 위에 불쑥 나타난다. 과거와 현재가 이런 순간들 속에서 하나로 섞이는 방식은 일종의 예술적 구멍을 만들어낸다. 그리고 히니는 이 구멍들을 다시 또다시 탐사한다.

히니는 쇠락해가는 농촌의 삶이나 감소세에 있는 선거구를 말하는 그의 시들을 둘러싼 어떤 이야기도 참을 생각이 없다. "시가 그 내용이 포함하고 있는 정보들과는 관계가 없다는 것을 기억해야 합니다." 그가 돌연 교수 같은 태도로 말했다. "시는 언어의 효과와 관계를 맺어야 하죠. 가장 기본적인 쾌락원칙에 대해 윌리엄 워즈워스가 한 말입니다."

이 말에 따르기 위해 히니는 카운티 위클로에 위치한 작은 오두막을 자주 찾는다. 1972년 아내와 함께 처음 빌렸던 집이다. 히니는 1987년에 이 오두막을 그에게 판 원 소유주에게 『구역과 원』을 헌정했다. "그집이 제 인생을 살렸지요." 히니가 말했다. "거기서는 작업만 합니다. 전화는 없지만 생활에 필요한 모든 것이 있죠. 조용하고 차분한 곳입니다."

셰이머스 히니

『구역과 원』에 수록된 수많은 아름다운 시편 중에서 몇몇 시는 후기 테드 휴즈와 체스와프 미워시를 연상시키기도 한다. 둘 다 히니의 지인이자 존경의 대상이다. 위대한 시인과 알고 지낸다는 것은 그의 인생에서 보상이기도 했다. "엘리자베스 비숍이 세상을 떠나기 직전에 그녀를 만났습니다. 저는 그녀를 여러 번 봤죠. 로버트 로웰도 몇 번 만났는데 우리는 일종의 치고받는 관계였습니다. 위대한 시인들로부터 배울 수 있는 건 그다지 많지 않아요. 당신이 정중한 대우를 받을 사람으로 여겨질 때 그들과 같은 줄에 앉게 되지요." 그리고 이제 히니는 자신만의 해안으로 돌아가고자 홀로 노를 젓고 있는 것처럼 보인다.

2006년 6월

조이스 캐롤 오츠

Joyce Carol Oates

조이스 캐롤 오츠는 소재의 범위에서는 빅토리아 시대 사람처럼 광범위하고, 몰입이라는 측면에서는 지극히 미국적인 수많은 작품을 창조해왔다. 경건함과 육체, 폭력과 그 여파 등 그녀가 집착하는 것은 그리 많지 않지만, 오츠는 이것들을 장편소설, 단편소설, 에세이, 시, 회고록 등을 통해 탐구해왔다. 뉴욕 주 북부의 밀러스포트라는, 노동계급이 모여 사는 작은 마을에서 자라난 오츠는 교실 한 개짜리 작은 학교를 다녔고, 가족 중 처음으로 고등학교를 졸업했다. 그녀는 장학금을 받아 시라큐스 대학을 다녔고 위스콘신-매디슨 대학에서 석사 학위를 받았는데, 거기서 40년 이상을 해로한 남편 레이먼드 스미스를 만났다. 2008년 스미스가 사망할 때까지 그들은 『온타리오 리뷰』지의 편집자로 일했다. 그녀에게 가장 큰 영예를 가져다준 작품은 전미도서상 수상작인 『그들them』을 포함하는 '원더랜드 4부작Wonderland Quartet'*으로서, 이 소설들은 1960년대 미국 노동계급의 몰락을 냉혹하게 묘사한다. 그녀는 또한 고딕 로맨스, 유명인을 다루는 소설(여기에는 2000년에 발표한 『블론드Blonde』가 포함된다), 두 개의 필명으로 쓴 미스터리 소설, 공포소설, 드라마, 열 권 이상의 비평집을 썼다. 그녀는 뉴저지 프린스턴에 거주하면서 30년 넘게 학생들을 가르쳤다. 나는 『사토장이의 딸The Gravedigger's Daughter』(2007)의 출간을 계기로 그녀를 만나기 위해 그곳으로 갔다.

▼

조이스 캐롤 오츠가 작품을 생산해온 속도는 놀랄 만하다. 1963년 이래 그녀는 천 편 이상의 단편과 50여 편의 장편, 열두 권 이상의 에세이, 희곡, 시집을 발표했다. 우리가 만난 해만도 그녀는 책 세 권을 냈다.

분명 지금까지 이런 창작 활동은 전혀 문제가 된 적이 없었다. 하지만 최신작을 발표하면서 상황이 변했다. 이제 이건 사적인 문제가 되었다. 10년 전, 그녀는 자신에게 진심으로 중요했던 실존 인물, 즉 그녀 할머니의 삶을 베껴 적기 시작했다.

나는 오츠를 만나기 위해 녹음이 우거진 안뜰에 둘러싸인, 통풍이 잘되는 모더니즘 스타일의 자택으로 갔다. 하지만 그녀의 최신작의 기원에 대해 그녀가 설명하기 전, 우리는 그녀의 방대한 창작물 중 어떤 부분을 토론할지 합의를 봐야 했다. "무슨 책 이야기를 하러 여기 오신 거지요?" 그녀가 난처한 표정으로 얼굴을 찌푸리며 물었다.

교통정리가 되고 나서, 우리는 『사토장이의 딸』에 대해 이야기했다. "저희 할머니께서 레베카에게 일어났던 것과 무척 비슷한 일을 아버지에게서 당하셨어요." 그녀가 말했다. 레베카는 이 소설의 여주인공으로, 소설은 아버지가 온 가족을 죽였을 때 거기서 달아난 여성에 대한 이야기를 하고 있다.

* 다른 세 작품은 『세속적 기쁨의 정원A Garden of Earthly Delights』, 『값비싼 사람들Expensive People』, 『원더랜드Wonderland』이다.

"실제로 제 증조할아버지는 사토장이였어요. 비록 부인을 죽이지는 않았지만요." 그녀가 담담하게 말했다. "증조할아버지가 증조할머니에게 부상을 입혔고, 증조할머니는 병원에 입원하셨답니다. 하지만 증조할아버지는 당신 딸을 정말로 협박했고, 나중에는 엽총으로 자살했어요. 다 사실이에요." 소설에서 레베카는 알코올중독자인 남편의 손아귀에 들어가는 신세가 된다. 그녀는 그가 폭력을 휘두르자 달아나고, 헤이젤 존스라는 여자로 변한다.

오츠는 수없이 소설을 새로 고쳐 썼다. "첫 장만 열다섯 번 수정했어요." 그녀가 말했다. "소설 마지막 부분에 다다른 다음엔 엔딩과 시작 부분을 동시에 새로 썼고요. 제겐 글쓰기란 그런 거랍니다."

소설은 몇 해 전에 완성되었지만, 오츠가 말하길, 출판 담당자의 표현에 따르면 보다 '논란이 될' 거라고 담당자가 믿었던 소설들, 이를테면 사라진 어머니와 그 일이 두 딸에게 미친 영향을 다룬 소설인 『사라진 엄마』 같은 책들 때문에 여러 번 출간 일정에서 제외되었다. 그러는 동안 『사토장이의 딸』은 오츠가 이미 다 쓴 소설들을 배양하고 문서들을 보호하는 불연성 서랍을 차곡차곡 쌓아둔 벽장에서 차갑게 식은 채로 있었다. "아마 집이 몽땅 타서 무너져도 우리 유언장은 멀쩡할 걸요." 그녀가 짓궂은 표정으로 말했다.

그녀는 변모에 대한 이야기를 수없이 썼는데, 특히 2001년에 발표하여 퓰리처상 최종후보까지 올라간 『블론드』는 메릴린 먼로의 삶을 상상하는 소설이다.

"노마 진 베이커는 어느 정도는 스스로를 메릴린 먼로로 바꾼 거죠." 오츠가 말했다. 그녀의 목소리는 높고 나긋나긋하지만 자신이 다룬 과거의 섹스 심벌과는 조금도 닮지 않았다. "레베카도 그렇고요. 헤이젤 존스가 되었으니까요. 그리고 많은 여성이 어느 정도까지는 헤이젤 존스가 됩니다. 항상 헤이젤 존스로 머무르지는 않지만요. 하지만 그게 일종의 미국식 이상이지요."

오츠는 극단적인 변신의 시대가 찾아오기 한참 전에 자신의 할머니가 비슷한 일을 해냈다는 데 매혹되었다. 그녀의 변신은 정신분석이 주류로 진입하기 훨씬 전에 일어난 일이었고, 그래서 그녀의 할머니는 그 사실을 얘기한 적이 없었다.

"제가 갖고 있는 할머니의 이미지는 한결같은 분이셨다는 거예요." 오츠가 계속 말했다. "제 말은, 할머니는 당신을 거의 죽일 뻔한 다음에 자기 머리를 엽총으로 날려버린 아버지를 둔 소녀가 결코 아니었다는 거죠. 절대 그런 소녀가 아니셨어요. 폭력을 휘두르다 떠나버린 남편을 둔 여자도 아니었고요. 당신께선 결코 그런 패를 쥐길 원치 않으셨을 거예요."

오츠의 할머니는 희생자, 즉 오츠가 오늘날 미국인들이 자기가 손해를 입었을 때 지나치게 과장하여 연기한다고 믿고 있는 역할을 맡지 않았다. 할머니가 살았던 시대에 대해 쓰면서, 그녀는 점차 그녀의 조상들, 그 남자들과 여자들이 느꼈을 어려움과 냉혹함을 깊이 이해하게 되었다.

"만약 1890년에 미국으로 와서 시골에 정착했다면, 그들은 개척자나 다름없었어요." 그녀가 말했다. "그 사람들은 아주 원시적인 환경에서 살고 있었고(물론 수도도 전기도 없었고), 묘지에 있는 돌집을 보면 그 사람들이 살았던 곳을 상상할 수 있죠."

레베카의 부모처럼 오츠의 조부모도(책에서처럼 1890년이 아니라 1936년에) 미국으로 건너와서 (모르겐슈테른에서 모닝스타로) 성을 바꿨다.

"그땐 그런 일이 흔했던 것 같아요." 그녀가 말했다. "조부모님은 당신들의 유대인 배경을 완전히 제거했는데, 제가 그저 상상밖에는 할 수 없는, 유럽에서의 트라우마나 약탈이나 테러나 경험에서 벗어나려고 하셨던 거예요. 우린 이런 얘기들에 대해 아무것도 몰랐고, 할머니나 부모님이 유대인이었다는 것도 몰랐어요. 그런 얘기는 화제에 오르지 않았죠."

우리가 그녀의 프린스턴 대학 동료인 에드먼드 화이트와 토니 모리슨뿐 아니라 멜빌과 호손의 작품에 둘러싸여 있는 거실에 앉아 있는 동안, 이 최근에 발굴된 역사가 거의 침묵에 가까운 묵직한 분위기 속에서 떠돌고 있었다. 그녀는 천천히 말하는 중간에 한참을 쉬었고, 그런 다음 다시 말을 시작해서 그녀의 할머니가 오츠라는 이름의 남자를 만났다고 했다. "그분은 작은 아이를 남기고 할머니를 떠났는데 그 아이가 바로 제 아버지였어요."

그녀가 이런 문제를 얘기하는 걸 듣고 있자니 뭔가 정말로 기묘했는데, 그건 그녀의 개인사가 폭로되어서가 아니라 그녀의 가장 유명한 소설들이(『그들』과 『쓰디쓰니까, 내 심장이니까』Because It Is Bitter, and Because It Is My Heart, 더불어 신랄한 에세이까지도) 여성적 의식에 대한 문화적 속기였기 때문이었다. 다시 말해, 오츠는 자기 할머니를 근거로 만든 여주인공은 고사하고 할머니 본인도 절대 파악할 수 없을 세계를 창조하는 데 기여했던 것이다.

"패를 돌리는 법을 다루는 소설에는 쓸 만한 교훈이 많아요." 오츠가 말했다. "당신이 쥔 패를 활용할 때는, 갖고 있는 패의 숫자에는 한계가 있으니 무척 신중하게 내밀어야 해요. 자기를 희생자로 내보이는 걸 선택하는 사람들은, 제 생각에는 실수를 하고 있는 거예요."

그녀는 『사토장이의 딸』에서 한 예를 들었다. 소설에서 레베카는 매력적인 낯선 남자를 만난다. "레베카가 (첫 남편) 닐스에게서 느낀 감정을 그 사람에게 느낄까요? 아니에요. 그녀는 결코 그 감정을 다시 느낄 수 없지요. 하지만 그는 꽤나 멋진 남자인데, 그녀가 굳이 자기 과거를 말해야 하느냐 이거죠."

2007년 8월

조이스 캐롤 오츠

# 폴 서룩스
Paul Theroux

"이제는 사람들이 섹스에 대해 쓰려고 하지 않아요." 토요일 아침 열시, 폴 서룩스가 불만을 제기했다. 북엑스포아메리카 도서전에서 서적상들과 이야기를 나누고 막 돌아온 전 세계적인 베스트셀러 여행작가는 이제야 속이 탁트인 기분이다. 하얀 리넨 재킷에 하얀 폴로셔츠를 입은 그는 둥글고 두꺼운 테의 안경을 쓰고 있다.

그는 합리적으로 보이는 외모에도 불구하고 자신의 스물여섯번째 소설, 『눈부신 빛Blinding Light』이 제공하는 진창 속으로 기꺼이 뛰어들어 뒹굴 의지가 있는 것처럼 보인다. 이 소설은 단 하나의 히트곡만을 발표하고 더는 곡을 쓸 수 없게 된 가수 슬레이드 스테드먼이 다시 한 번 창조력을 되찾을 수 있지 않을까 기대하며 환각제를 찾아 에콰도르로 떠난다는 내용의, 성적 에너지로 충만한 작품이다.

일단은 스테드먼의 생각대로 된다. 하지만 환각제의 부작용으로 일시적으로 앞을 못 보게 된 그는 예전 연인에게 자신의 눈이 되어달라고 요청한다. 그러면서 소설에는 에로틱한 분위기가 흐르고, 인물들은 본격적으로 에로틱한 행위에 돌입한다.

폴 서룩스

서룩스는 소설에서 섹스를 쭉 써왔다. 2003년에는 누구나 탐내는 상인 배드섹스상Bad Sex Award의 최종후보로 선정되기도 했다(한편 그는 소설 『모기 해변Mosquito Coast』으로 1981년 전미도서상 최종후보에 오른 적이 있고, 1978년의 『그림 궁전Picture Palace』으로는 휘트브레드상Whitbread Prize을 받았다). 하지만 2006년의 『눈부신 빛』은 그 어느 때보다도 멀리 나아간다.

▼

**Q** 소설에서 섹스를 점차 다루지 않게 된 까닭이 무엇이라고 생각하십니까?

**A** 책에서는 왜 그런지 모르겠습니다. 하지만 영화에서는 아이들이 보기 때문이겠죠.

**Q** 곡을 쓸 수 없게 된 스테드먼은 약물이 도움을 주리라고 생각합니다. 당신도 환각제를 복용해본 적이 있습니까?

**A** 이제는 전혀 하지 않습니다. 이 책을 쓰려고 에콰도르로 가서 환각제의 일종인 아야와스카를 해봤죠. 전 '모든 것을 한 번은 해본다'는 주의입니다. 하지만 글을 쓸 때 무엇보다도 도움이 되는 것은 숙면을 취하고 청구서를 제때 지불하는 것이죠. 사람들과의 관계도 원만해야 하고요. 조용한 환경도 필요합니다.

**Q** 그러니까 당신은 보들레르나 랭보와는 다른 유형의 작가라는 말씀이시죠? 그들 두 시인은 약물에 취한 상태가 시적 영감을 떠올리기에 가장 좋다고 생각했죠.

**A** 　어떤 답변을 유도하는 질문 같군요. 하지만 이 책은 도덕적 교훈을 주는 쪽에 가깝습니다. 약물을 오래 복용한 사람은 좋은 이야기를 쓰지 못하죠. 헌터 S. 톰슨은 중독자는 아니었지만 주기적으로 약물을 복용했습니다. 그의 이야기는 정말로 슬픕니다. 그는 똑똑하고 재미있는 사람이었지요. 하지만 그의 뇌는 손상을 면치 못했습니다.

**Q** 　섹스를 약물로 생각하십니까?

**A** 　아닙니다. 하지만 섹스는 중독적이죠. 섹스에는 마법적인 요소가 있어요. 제가 이 책에서 묘사하는 섹스는 황홀한 섹스입니다. 아시다시피 이웃집 여자를 유혹해서 하는 유형이 아니지요. 이 책의 섹스는 황홀경을 불러내는 섹스입니다. 정상 체위와 이러한 황홀경의 상태 사이에는 큰 차이가 있습니다. 자극이 잔뜩 고조된 상태에서는 많은 것이 가능하죠. 전 이런 것들이 포르노라고 생각하고 싶지 않습니다.

**Q** 　어느 시점에서 스테드먼의 전 여자 친구가 그에게 침을 뱉고 말합니다. "당신은 포르노 제작자에 불과해." 이 말에는 그가 여행자이자 작가로서 세상을 바라보며 원하는 것을 얻는 방식에 뭔가 통념에 어긋나는 것이 있다는 의미가 함축되어 있죠. 여행자와 작가의 시선은 둘 다 본질적으로 관음증적이라고 생각하십니까?

**A** 　물론입니다. 전적으로 그렇습니다. 작가라면, 여행자라면 그런 시선을 가질 수밖에 없죠. 대부분의 사람들은 관음증을 나쁘다고 생각합니다. 하지만 작가라면 관음증적인 시선이 필수적입니다. 보고 또 보는 것, 이는 작가의 역할이죠. 그래서 전 한 장소에 서 있는 사람들을 불편하게 생각합니다. 뉴욕을 떠나지 않는 작가들이 싫다는 말은

아닙니다. 다만 전 도시에 거주하는 대신 밖으로 나가 세계와 직면하는 작가들을 보다 친근하게 느낍니다.

**Q**  윌리엄 T. 볼먼처럼요?

**A**  그렇죠.

**Q**  그는 늘 위험을 무릅쓰는 것처럼 보입니다. 하지만 그와는 달리 당신은 그다지 위험에 끌리는 것처럼 보이지는 않습니다.

**A**  어떤 위험에요?

**Q**  개인적인 위험에요.

**A**  글쎄요, 전 위험에 끌리지는 않지만, 위험을 감수하죠. 카이로에서 케이프타운까지 혼자 여행하는 것은 절대로 바람직하지 않습니다. 특히 제 나이에 말입니다. 전 차를 빌리지도, 비행기를 타지도 않았습니다. 제 나이에는 털리기 십상이죠. 젊은 쪽보다는 제 나이의 사람들이 강도를 당하는 경우가 많습니다. 나이를 먹을수록 제물이 되기 쉬운 겁니다. 그리고 수감자들이 고통받고, 재판도 없이 갇히는 이런 세계는 여행자에게 좋지 못한 세계죠.

**Q**  그 여행은 『다크 스타 사파리Dark Star Safari』를 쓰기 위한 것이었죠. 왜 그런 여행을 하는지 궁금해하는 사람들은 없었습니까?

**A**  있었죠. 아디스아바바에서 나이로비로 갈 때 이렇게 묻는 사람들이 있었습니다. "거기까지 어떻게 갈 겁니까?" 그러면 전 이렇게 대답하죠. "차를 얻어 타고 국경까지 가서 버스를 탈 겁니다." 그러면 정

신 나갔느냐는 반응이 돌아옵니다. 하지만 전 그저 이렇게 답하죠. "그래서 뭐요? 그 이유 때문에 가는 건데."

Q    그 정도로 위험했습니까?

A    아닙니다. 하지만 케냐 북부의 사막을 통과하고 있다면 총을 맞을 수도 있죠. 전 총을 맞았습니다. 어떤 사람들은 대체 왜 그런 여행을 하느냐고 묻습니다. 하지만 책을 쓰고 싶다는 것이 이유죠. 비행기를 타버리면 쓸 것이 아무것도 없게 됩니다.

Q    섹스로 돌아가보죠. 이 책을 준비하는 과정에서 성적 묘사가 많은 소설들을 읽으셨나요?

A    아폴리네르가 쓴 시를 읽었습니다. 제목에 '숫처녀virgin'라는 단어가 들어가죠. 위스망스가 쓴 책도 읽었고요. 옥타브 미라보의 『고문의 정원The Torture Garden』도 읽었습니다. 싸구려 포르노가 아니라 고전을 읽으려고 했죠. 그리고 고전들은 정말로 재미있습니다. 가끔은 그런 책에서 영감을 받기도 합니다. 그렇지 않을 때도 있죠. 어차피 그런 책들을 읽어도 많은 것을 배울 수는 없어요. 기본적으로는 자기가 자기 글을 쓰는 것이니까요. 에로틱한 작품을 조롱하기란 너무 쉬워서 사람들에게 괴롭힘을 당하지 않기를 바랄 수밖에 없죠.

Q    섹스를 쓴다는 것은 확실히 뭔가를 많이 드러내죠.

A    그렇습니다. 게다가 많은 사람이 작가가 자신의 이야기를 썼다고 생각합니다. 아프리카로 여행을 갔을 때 『황금 팔라초의 이방인The Stranger at the Palazzo d'Oro』을 썼습니다. 에로틱한 중편소설이었죠. 하지만

사람들은 더는 노골적으로 에로틱한 소설을 쓰지 않습니다. 누가 마지막으로 그런 소설을 썼는지 기억나지도 않네요.

**Q**   필립 로스의『죽어가는 동물』은 어떻게 생각하십니까?

**A**   에로틱한 작품이죠. 그건 사실입니다. 하지만 그 작품은 중편 정도의 분량입니다. 저는 모든 것을 하나하나 상세하게 설명하고 싶었습니다. 약물을 찾아 나서는 첫 부분은 꽤나 길고 복잡합니다. 이야기가 난삽해지기를 바라지는 않았습니다만, 모든 것을 담고 싶었죠. 제가 아는 모든 것을요. 게다가 플롯은 이렇습니다. 한 남자가 찾고 있던 환각제를 발견하고 거의 투시력에 가까운 능력을 갖게 됩니다. 하지만 앞이 보이지 않게 된 그는 그 상태를 극복하려고 하죠. 전 지름길을 택하고 싶지 않았습니다. 그러니까 갑자기 시간을 건너뛰어 전부 다 해결된 상태를 말한다거나 하는 방식 말이죠.

**Q**   이 책을 쓰시면서 윌리엄 S. 버로스의『예이지 편지들』을 다시 읽어보셨습니까?

**A**   글쎄요, 전 그 책을 1960년대에 읽었고, 1990년대에 한 번 더 읽었죠. 전 1990년대 후반 에콰도르를 찾았고, 이 책에 등장하는 환각제 때문에 2000년 10월과 11월에 걸쳐 다시 그곳을 찾았습니다. 에콰도르의 수도 키토에서 미국 대통령 선거를 보게 되었죠.

**Q**   정말로 이상했겠군요.

**A**   전 앨 고어가 당선되는 장면을 보았죠.

**Q**   말씀을 듣다 보니 환각제를 찾는 여행을 한번 가볼 만하다는 생각이 드는군요.

**A**   그렇죠. 고어가 당선된 줄 알았는데 돌아와보니 그렇지 않았더군요.


**Q**   여행할 때 노트북을 들고 가십니까?

**A**   사실 전 전부 손으로 씁니다. (서류가방에서 공책을 꺼내며) 이런 공책에 쓰죠. 단 하나 문제가 있다면 사본이 없다는 겁니다. 그래서 20에서 30페이지를 쓰고 나면 복사해두죠.


**Q**   그러다 원고를 잃어버린 적은 없나요?

**A**   (테이블 상판을 두드리며) 없습니다. 한데 플로피디스크를 기억하십니까? 제가 『오세아니아의 해피 군도The Happy Isles of Oceania』라는 태평양에 관한 책을 쓸 때, 디스크에 원고를 저장했습니다. 정말로 잘 쓴 챕터 하나를 통째로 디스크에 저장했죠. 공책에 쓴 걸 컴퓨터로 옮기는 과정에서 전 원래 쓴 원고를 다듬고 고쳤습니다. 아주 탁월하게 편집했죠. 그런데 어느 날 그 디스크를 컴퓨터에 넣었는데 컴퓨터가 챕터를 통째로 먹어버렸습니다. 꺼낼 수가 없었습니다.


**Q**   그래서 어떻게 하셨습니까?

**A**   노턴 유틸리티를 만든 피터 노턴이라는 사람을 아십니까? 전 그와 아는 사이입니다. 그때 그에게 디스크를 복구해주기만 한다면 책을 헌정하겠다고 했죠. 하지만 그는 할 수 없었어요. 물리적으로 손상을 입었다고 하더군요.


폴 서룩스

**Q** 컴퓨터 때문에 문제를 겪은 적은 있어도 글이 막힌 경험은 없으시죠?

**A** 아시겠지만 전 엉망진창인 시기를 겪어왔습니다. 하지만 글을 전혀 못 쓸 때는 없었죠. 그럴까 봐 굉장히 두렵습니다. 하지만 나쁜 글을 쓰는 것이 더 최악일 겁니다.

2005년 6월

에이미 탄
Amy Tan

CWH

에이미 탄은 1952년 캘리포니아 오클랜드에서 태어났다. 그녀의 아버지는 침례교 목사였으며, 어머니는 자신의 과거와 함께 세 아이를 중국에 버리고 떠나온 사람이었다. 그녀의 가족은 주식거래를 오락거리로 삼아 어울리던 '조이럭 클럽'이라는 사교 모임에 참석했다. 어려서 아버지와 오빠를 잃은 그녀는 스위스에서 고등학교를 다니는 동안 반항아로 지냈다. 미국으로 돌아온 그녀는 오리건의 대학에 다니다가 거기서 미래의 남편을 만났다. 이후 그녀는 산호세 주립대학에서 언어학 박사과정에 등록했지만, 룸메이트가 살해당하는 사건이 일어나 학위를 포기하고 장애인들을 돌보는 일자리를 구했고, 그 후 삼십대 중반에 이르러 문학 창작에 매진하기 전까지 비즈니스 글쓰기 분야에서 일했다. 1985년 참석했던 어느 글쓰기 교실에서 그녀가 쓴 단편은 훗날 베스트셀러를 뛰어넘어 전 세계적 현상으로 발돋움한 『조이럭 클럽The Joy Luck Club』으로 발전한다. 전미도서상, 전미도서비평가협회상, 로스앤젤레스 타임스 도서상 최종후보작이었던 이 소설은 1993년 웨인 왕 감독에 의해 영화로도 제작되었다.

에이미 탄의 작품들에는 그녀가 살면서 실제로 겪었던 경험들이 견고한 스토리텔링의 원칙에 따라 굴절되어 녹아 있다. 그녀의 소설에는 버려진 딸들(『부엌신의 아내The Kitchen God's Wife』, 1991), 중국과 미국에서 태어난 자매들이 느끼는 거리감(『백 가지 비밀스러운 감각들The Hundred Secret Senses』, 1995), 중국에서 태어난 어머니와 미국에서 태어난 중국인 딸들 사이에서 불거지는 마찰(『접골사의 딸The Bonesetter's Daughter』, 2001)이 여과 없이 드러나 있다. 그녀가 가장 최근에 발표한 소설 『경이의 계곡The Valley of Amazement』(2013)은 3세대에 이르는 여성들에게 전해지는 그림에 관한 이야기다. 그녀가 2003년 세상에 내놓은 회고록 『운명의 반대The Opposite of Fate』에는 그녀의 소설에 담긴 사실적 정보들을 일부 확인할 수 있다. 이처럼 가족의 초상 깊숙이 간직되어 있던 소재들을 다양한 목소리로 전달하는 탄의 솜씨는 오늘날 동년배 작가들 사이에서 그녀의 작품이 가장 널리 읽히게 된 요인이다. 미국 작가 중에서 에이미 탄에 육박하는 판매량을 기록한 소설가는 코맥 매카시나 토니 모리슨 정도일 것이다. 이 인터뷰는 그녀가 다섯번째 소설인 『익사하는 물고기 구하기Saving Fish from Drowning』를 발표했던 2005년 진행되었다. 이 소설은 중국과 미얀마로 여행을 떠난 미국인 열두 명의 행적을 좇는다.

▼

에이미 탄의 다섯번째 소설 『익사하는 물고기 구하기』는 독자로서는 다소 잔인하게 느껴지는 거짓말로 시작한다. 소설의 화자로 등장하는 여성인 비비 첸은, 탄에 따르면 실존인물인데, 나중에 알고 보니 이미 죽은 사람이다.

  소호에 위치한 로프트에 릴리와 부바라는 이름의 혈기왕성한 요크셔테리어 두 마리에 둘러싸여 앉은 탄은 그런 거짓말을 한 것에 대해 전혀 미안한 마음이 없는 것처럼 보인다.

"그러니까 왜 저를 믿어요?" 선셋의 소설가가 말했다. "전 소설을 쓰는 사람이에요! 사건을 꾸며내는 사람이라고요."

사실 그렇다. 1989년 『조이럭 클럽』으로 데뷔한 이후 그녀는 장편소설 세 권과 아동도서 두 권, 그리고 에세이 한 권을 출간했다. 그녀가 기르던 샴고양이를 등장시킨 아동용 만화 히트작 『사그와Sagwa』의 자문을 맡기도 했다.

그런데 최근 그녀는 사람들이 눈앞에 보이는 사실을 조금도 의심하지 않고 믿어버리는 이유를 생각하고 있다.

"저는 우리가 어디서 진실을 구하는지 묻기 시작했죠." 그녀가 말했다. "그리고 저는 사람들이 권위적인 겉모습만 보고 진실하다고 믿는 경향을 보이는 이유에 관심이 있었어요. 이를테면 작가가 쓴 후기 같은 걸 읽고 자동적으로 그게 사실이라고 생각하는 거죠."

이런 의미에서 『익사하는 물고기 구하기』를 읽는 경험은 유령의 집에 있는 거울처럼 모든 것이 반대이고 뒤집힌 모습을 보는 것 같다. 진실이 곧 거짓이고 거짓이 곧 진실인 곳 말이다.

성가시지만 명랑한 비비 첸의 목소리로 전개되는 이 소설은 1990년 군사쿠데타가 일어났다 끝난 버마, 혹은 미얀마로 예술을 사랑하는 부유한 샌프란시스코 친구들 열두 명이 여행을 떠나면서 시작된다. 애초에 잘못 계획된 여행이다. 독자들은 이 소설에서 제프리 초서의 그림자를 어렵지 않게 찾아낼 수 있다.

"『접골사의 딸』을 다 쓰고 한 시간쯤 지나자마자 이 이야기를 구상하기 시작했죠." 에이미 탄이 말했다. "미얀마에서 벌어지는 『캔터베리 이야기』라면 어떨까, 하고요."

하지만 『캔터베리 이야기』에 나오는 여행자들은 탄이 그려낸 여행자들처럼 옴짝달싹하지 못하는 불통의 상황에 놓이지는 않았다. 대부분 부유한 백인이며 미얀마 문화에 전혀 친숙하지 않은 탄의 여행자들은 실수를 연발한다. 그중 가장 엄청난 사건은 바로 유명한 애견조련사가 신전에 소변을 본 일이다.

비비 첸은 빈정거림이 깃든 유머 감각으로 이러한 참극을 내려다본다. 그녀는 불교 국가에서 호텔 장식에 쓴소리를 늘어놓고 크리스마스 점심 식사를 하는 친구들을 비웃는다.

"그녀의 목소리는 분명 제 어머니의 것이지요." 탄이 말했다. 『백 가지 비밀스러운 감각들』과 『접골사의 딸』과 같은 탄의 전작들에서도 두드러진 역할을 맡았던 그녀의 어머니는 알츠하이머를 앓다 1999년 세상을 떠났다. 그 후로 탄은 대단히 힘든 시기를 보냈다. 먼저 같은 해 그녀의 몸과 뇌를 공격하여 환각에 시달리게 했던 라임병에 걸렸다. 그래서 그녀는 글을 거의 쓰지 못했다. 글쓰기가 치유이다시피 했던 작가에게는 크나큰 손해였다. 1980년대 IBM에서 기술작가로 주당 90시간 일하던 그녀에게 한 에이전트가 단편을 장편으로 써보라고 격려하면서 나온 책이 『조이럭 클럽』이었다. 아홉 달 동안 베스트셀러 목록에 올라 있었고 4백만 부 넘게 팔렸으며 영화로도 제작되어 비평가들의 찬사까지 움켜쥐었던 이 책 덕분에 그녀는 기술작가를 그만둘 수 있었다.

그녀는 라임병에서 회복된 후 『익사하는 물고기 구하기』를 쓰기 시작했다. 그녀는 "마침내 글을 쓸 수 있게 되어 그저 행복할 뿐이었어요"라고 말했다. "저는 처음부터 이 책이 코미디가 되리라는 것을 알고 있었죠."

미얀마라는 주제와 유머는 서로 어울리지 않을 것처럼 보인다. 하지만 탄은 독자를 뒷문으로 슬그머니 들어가게 해야 할 의무감을 느꼈다고 한다.

"허구가 체제 전복적이라는 사실은 너무나 근사해요. 작가는 허구를 통해 사람들을 대단히 불쾌한 상황에 빠뜨릴 수 있어요. 그리고 코미디는 사람들의 방어막을 해제시키는 하나의 방법이고요. 미얀마에서 너무나 부조리한 상황들이 실제로 일어나고 있다는 건 슬픈 일이죠. 미얀마에는 'SLORC'라 불리는 군사정권이 존재해요. 제임스 본드 영화에나 나올 법한 명칭이지 않나요? 국가법질서회복위원회State Law and Order Restoration Council의 약칭이라나요. 제 생각엔 누가 결국 '아시겠지만 좋은 이름이라고는 못 하죠'라고 했나 봐요. 그래서 그들은 워싱턴에 있는 홍보회사를 고용해서 이미지도 세탁하고 이름도 바꿨어요. 터무니없는 일이죠."

그녀는 한 무리의 미얀마 부족민에게 활기찬 여행자들이 납치당하는 사건을 통해 이러한 부조리를 부각시킨다. 미얀마 부족민들은 여행자 중 스티븐 킹을 좋아하고 카드마술을 할 줄 아는 십대가 자기들을 구해줄 전설적인 남자, '젊은 백인 형제'라고 믿는다.

앞에서 언급한, 신전에 소변을 본 조련사 해리가 뒤에 남겨지면서 납치당한 미국인들을 구해야 한다는 미디어의 광란에 불이 붙는다. 그는 본인도 모르는 사이 군사정권이 소위 글로벌 뉴스 네트워크, 즉 GNN을 통해 프로파간다를 퍼뜨리는 데 일조한다.

"뉴스가 그런 일을 가능하게 한다는 생각을 갖고 한번 놀아보고 싶었죠." 어째서 순진한 여행자들에게 벌어진 일이 미디어 서커스로까지 확장되어야만 했는지를 설명하며 탄이 말했다.

수많은 독자를 거느린 중국계 미국인 작가라는 위치 덕분에 그녀는 아시아에서 일어나는 부당한 일들에 서구인들이 보다 주목할 수 있게 도와달라는 미디어의 요청을 자주 받는다.

"천안문 사태가 일어난 직후, 제가 중국으로 가서 천안문 광장 앞에서 중국 정부를 맹렬하게 비난해야 한다고 생각하는 사람들이 많았어요." 그녀가 말했다. "하지만 전 그게 별 효과가 있을 것 같지 않았어요. 저는 미국인으로서 무엇이든 말할 수 있는 권리가 있지만, 이게 고통받는 사람들에게 진짜로 도움이 될까요? 그래서 이제 저는 최저 선을 정했어요. 제가 무언가를 한다면 사람들이 도움을 받을 수 있을까? 다치게 하지는 않을까?"

고아원에서 죽어가는 영아들을 비밀리에 촬영하여 제작한 〈죽음의 방〉이라는 BBC 다큐멘터리를 보고 몇 해가 지나 중국에 갔던 탄은 이러한 방정식에 익숙해지게 되었다. 다큐멘터리에 대한 보복으로 중국 정부가 서구인들에게 고아원을 개방하지 않았고, 구개열 수술을 중단했을 뿐만 아니라 후원금도 거절했던 것이다.

"그래서 저는 생각했죠." 탄이 말했다. "그 다큐멘터리가 하나의 생명이라도 구할 수 있었던가, 하고요."

탄이 묘사하는 바에 의하면, 다소 거들먹거리기는 하지만 기본적으로는 선량한 성격인 납치된 여행자들은 미얀마 정부의 탄압을 목격했을 때 이러한 딜레마를 직접 경험한다. 그들은 말해야만 한다는 생각에 사로잡힌다. 하지만 그들이 입을 열면 미얀마 정부에게 부족민들의 정확한 위치를 노출시킬 위험이 생긴다.

탄은 이처럼 진퇴양난의 순간들이 일상의 한 부분이라고 생각한다. 예를 들어 이 소설의 제목인 '익사하는 물고기 구하기'는 불교 신자들이 물고기를 잡아서 죽일 때 하는 생각이라는 것이다.

"그들은 물고기를 건져서 물가에 놓죠." 소설 속 남자가 여행자들에게 말한다. "그들은 물에 빠진 물고기를 구해주는 거라고 말해요. 하지만 불행하게도…… 물고기는 살지 못해요."

탄은 독자들이 미얀마를 다시 제대로 볼 수 있기를 바란다.

"버마에서 미얀마로 이름이 바뀌면서 사람들은 그 나라를 거의 잊고 있어요. 하지만 사람들은 그곳을 기억해야만 해요. 미얀마에서는 인권유린이 빈번하게 일어나요. 전 세계적으로 헤로인을 가장 많이 생산하는 곳이기도 하죠."

앞으로도 즐겁게 소설을 쓰게 될 에이미 탄의 현재 계획은 작업 중인 오페라 대본을 마무리하는 것이다. 그녀의 계획에는 자선사업에 참여하는 것도 포함되어 있다. 최근에 그녀는 데이브 에거스가 샌프란시스코에 위치한 그의 글쓰기 교실에서 진행했던 이벤트에 자기 이름을 빌려주었다. 그 때문에 다른 계획들을 취소해야 했던 그녀에 대한 보상으로 에거스는 대신 해줄 수 있는 일들(잔디 깎기에서 커피 심부름까지)을 목록으로 만들어 그녀에게 보냈다. 탄은 에거스의 첫째 아이를 달라고 했다.

"아들이라면 아무 이름이나 상관없고, 딸이라면 에이미 탄 바이다 에거스라는 이름을 붙이라고 했죠."

탄이 키득거렸다. 그제야 그녀가 농담을 하고 있다는 사실이 분명해졌다.

2005년 10월

돈 드릴로
Don DeLillo

돈 드릴로는 브롱스의 이탈리아 이민자 동네에서 유년기를 보냈다. 그곳에
서 그는 야구, 다채롭고 시적인 톤의 미국 영어, 그리고 도시 뉴욕에 대한 평
생에 걸친 애정을 키워나갔다. 브롱스에서 고등학교와 대학을 마친 뒤
출판계에서 직업을 구하려 했으나 실패한 그는 매디슨가에 있는 광고회사
에 취직했다. 1960년 첫번째 단편소설을 발표한 그는 광고 일을 그만두고
첫번째 장편소설을 쓰기 시작했다. 1971년 출간된 그의 데뷔작 『아메리카
나Americana』는 영화감독이 된 방송사 중역이 미국인들의 현실감각을 와해시
키는 영화와 기업화된 삶의 엄청난 영향력을 목격하게 되는 이야기다.

　1970년대 드릴로는 다섯 편의 장편소설을 추가로 펴냈다. 축구에서부터
록 뮤지션들과 그들의 자기 신화, 월스트리트, 테러리즘의 부상과 그것이
상상력에 미치는 영향 따위에 초점을 맞춘 기이하고 오컬트적인 소설들이
다. 1980년대에 그의 가장 중요한 소설 세 편이 발표되었다. 언어의 사용과
남용을 다룬 『이름들The Names』(1982), 전미도서상을 탄 『화이트 노이즈White
Noise』(1985), 그리고 『리브라Libra』(1988)까지. 1950년대에서 1990년대까지의
미국에 대한 변화무쌍한 서사시인 『언더월드Underworld』를 제외하면, 1980년

대 이후 그의 소설들은 짧고 생략적이며 초현실적인 이미지를 담고 있으며, 등장인물들이 하나의 세계 속에서 길을 잃는 가운데 조금씩 의미를 잃어가는 것을 집요하게 탐구해나간다. 형식적 측면에서 그 소설들은 1980년대 이후 그가 쓴 희곡들과 아주 닮아 있다. 그가 가장 최근에 펴낸 희곡을 계기로 이 인터뷰를 하게 되었다.

▼

돈 드릴로는 뉴욕 거리를 걷다가 딱 눈에 뜨일 만한 작가는 아니다. 그건 그의 프로필 사진이 아주 오래되었기 때문이 아니라 사진을 통해서는 그가 얼마나 작고 말랐는지 알 수 없기 때문이다. 최근 어느 오후, 『언더월드』와 『화이트 노이즈』, 그리고 다른 고전이 된 현대소설을 써낸 그가 자신의 책을 펴낸 출판사에서 잠시 출입 금지를 당한 것은 그런 이유 때문일 것이다. 드릴로는 자신의 신분을 적당한 방식으로 증명하지도, 혹은 자기가 출판사에 들어가야 하는 이유를 충분히 설명하지도 못한 게 분명하다. 안전요원은 한참을 성을 내고 눈을 굴린 다음에야 예순아홉의 드릴로가 엘리베이터 승강장으로 향하도록 해주었다. 그녀는 드릴로가 자신의 곁을 지나치는 동안 그의 어깨 너머로 나를 보며 눈썹을 치켜세웠다. '제가 이런 멍청이들 때문에 얼마나 괴로운지 아시겠죠?' 마치 이렇게 말하듯이 말이다.

하지만 곧 알게 된 것은 드릴로는 일이 이런 식으로 흘러가는 걸 더 좋아한다는 것이다. 몇몇 작가들이 대접받는 상태를 편안해하는 데 반해 그는 반대로 사회의 경계에 숨는 것을, 눈에 띄지 않은 채로 주목받을 수 있기를 바란다. 이런 이유로 그와 인터뷰하는 것은 쉽지가 않다.

혹독한 안전 관문을 통과한 드릴로는 텅 빈 사무실로 숨어들어 벽 쪽 의자에 앉았다. 그렇게 하자 그는 컴퓨터 모니터에 가려져 부분적으로 보이지 않게 되었고, 그런 그의 목소리는 육체와 분리된 속삭임이 되었다. "당신에게 진짜로 보이는 게 뭔가요? 진짜로 들리는 건요?" 내가 어떻게 미국적 삶이 펼쳐놓은 꿈의 바다에 계속해서 머물러 있을 수 있는지 물었을 때 그는 심사숙고 후에야 입을 열었다. "그게 이론상 작가와 작가가 아닌 사람들의 다른 점이겠죠. 작가는 좀 더 명확하게 보고 들을 수 있죠."

이번에 드릴로는 죽음의 영토에 귀를 기울였고 그 결과가 그의 네번째 희곡 『러브-라이즈-블리딩Love-Lies-Bleeding』이다. 3막으로 구성된 이 이야기는 한 죽어가는 남자와, 그 남자의 가족이 그의 생명유지장치를 유지할 것인지를 놓고 고심하는 내용이다. 극의 중심에는 두번째 뇌출혈로 의식을 잃은 화가 알렉스 매클린이 있다. 한동안 그를 만나지 않았던 알렉스의 전 부인 트와넷은 그가 고통에서 해방되어야 한다고 생각한다. 알렉스의 아들 션은 확신할 수는 없지만 기대를 버린 지 오래다. "그는 당신이든 나든 뭐든 아무것도 알아보지 못해요." 그는 알렉스의 애인이자 간호인 리아에게 말했다. "그는 생각도 할 수 없어요. 당신이 뭘 말하는지도 몰라요. 그에게 당신은 리아가 아니에요. 그는 알렉스가 아니니까요."

드릴로는 또 한 번 신문기자들을 따돌리고 특종을 따냈다. 우리가 대화를 나눈 날, 연방대법원은 미국 전체에서 오직 오리곤 주에만 존재하는 조력자살허용법을 유지하기로 결정했다. 드릴로가 희곡을 마무리한 뒤, 그의 상상에서 이끌려 나오기라도 한 듯 테리 샤이보가 뉴스를 점령했다. 다수의 공화당원들이 그녀의 생명유지장치를 떼내는 것은 시기상

조라고 주장했다. 하지만 샤이보의 남편 마이클은 합당한 처사라고 맞섰다. 그는 공론장에서 승리를 거뒀고, 영양공급튜브를 뗀 지 30일 만에 샤이보는 사망했다. "딱히 그녀를 마음에 담아두고 있는 건 아니었어요." 이 뉴스가 얼마만큼이나 세간의 화제가 되었는지를 의식한 드릴로가 슬쩍 논의를 피해 간다. "하지만 그 사건을 통해서 많은 걸 배웠죠."

드릴로는 이 주제에 대한 논의가 정치색을 띠지 않기를 바란다. 이 희곡을 쓸 때도 마찬가지였다. "등장인물들은 순수하게 고립되어 있어요. 변호사, 의사, 성직자들의 영향력 바깥에 놓여 있죠. 그저 그들이 자신들의 느낌과 감정 그리고 욕망과 직면했으면 했어요." 그가 희곡의 등장인물들에 대해서 말했다.

극 내내 알렉스는 자기 자신에게 가해지는 심판에 대한 침묵의 목격자처럼 무대 위에 앉아 있다. 의료 기구는 거의 없다. 미국에서 가장 거침없는 기술문명 비판자인 그가 이 희곡에서는 아주 다른 태도를 보인다. "아주 단출했으면 했어요. 영양공급튜브들이야 있죠. 하지만 병원이나 병원 침대처럼은 안 보였으면 했어요. 그가 누워 있기보다는 의자에 앉아 있기를 바랐어요." 그가 말했다.

상황의 극단적 단순성 때문에 『러브-라이즈-블리딩』은 섬뜩한 느낌을 주는데, 그것은 1985에 출간된 드릴로의 훌륭한 소설 『화이트 노이즈』(유독가스 살포 사건 때문에 공포에 휩싸인 중서부의 대학 캠퍼스에서 히틀러를 연구하는 한 교수의 이야기)를 떠오르게 한다. 하지만 희곡에서 이야기의 모호한 경계들은 좀 더 사적인 성격을 띠며, 등장인물들이 이야기를 할수록 모든 게 더 어렴풋해진다. 극의 절정인 회상부, 알렉스가 그의 죽음에 대해 내린 예언 속에서 묻힌 감정들이 깨어난다. "당신은 내가 아는 유일한 은총이오." 알렉스는 마지막 발작이 일어나기 1년 전 리아에게 말했다. "육체의 최후."

희곡은 드릴로가 사람들과 나누고 싶어 하는 것 가운데서 점차 더 큰 비중을 차지하게 되었다. 그는 소설가로서 가장 유명하지만 베케트와 핀터에 비견되는 희곡을 써낸 희곡작가이기도 하다. 이들의 영향에 대해서 묻자 그는 우쭐해지기보다는 혼란스러워했다. "베케트와 핀터를 언급한 몇몇 평을 봤어요. 뭐라고 해야 할지 모르겠어요. 저 스스로는 그런 느낌을 받지 않거든요."

『러브-라이즈-블리딩』을 쓸 때, 그는 출판은 되었지만 극으로 만들어지지는 않은 자신의 첫번째 희곡 『달빛의 기술자The Engineer of Moonlight』(1979)에서 대사와 구조적인 요소를 가져왔다고 말했다. "실험적인 작품이죠. 극으로 올리는 게 불가능하다고 생각했어요. 특히 2막 말이에요. 정말이지 추상적이거든요."

이후 펴낸 드릴로의 희곡들은 명목상으로만 덜 추상적이다. 『낮의 방The Day Room』(1986)은 흥미로운 2막극으로 병실에 있는 인물들이 대화를 나누는데, 2막에서 그것 자체가 하나의 극이라는 것이 밝혀진다. 『발파라이소Valparaiso』(1999)는 인디애나에 있는 한 도시로 향하는 비행기에 오른 남자가 칠레에 도착하게 되는 이야기다. 극의 마지막, 남자는 무대 위에서 살해당한다.

죽음이 이 두 희곡을 감싸고 있지만 그것은 관념으로서의 죽음이다. 하지만 『러브-라이즈-블리딩』에서는 현실이다. "이 극은 현대적 의미에서의 삶의 결말에 대한 이야기인 것 같아요." 드릴로가 말했다. "언제 끝이 나는가? 어떻게 끝이 나는가? 어떻게 끝나야 하는가? 무엇이 삶의 의미인가? 우리는 그것을 어떻게 측정할 수 있는가?" 한동안 이 질문들의 곁을 맴돌던 그의 이야기는 침묵의 바위 언덕을 미끄러져 내려와 완전한 몽상 속으로 빠져든다.

"바로 어제, 제 초기 장편소설 가운데, 아마도 『그레이트존스 거리Great Jones Street』 같은데, 거기 'NRBR(소생되지 않음)'라는 표식이 붙은 침대에 할당된, 영국에 있는 병원의 환자들에 대한 인용이 나온다는 걸 기억해냈어요. 만약 제가 그 부분을 삭제하지 않았다면요. 제가 그것에 대해 알게 되었을 때가 1970년대예요. 무슨 미래주의 소설의 엄청나게 황폐한 풍경처럼 느껴졌죠. 하지만 이제 소생되지 않는 사람들에 대한 이야기가 널리 퍼져 있죠."

드릴로는 아직 한 번도 그런 식의 결심을 내려야 할 상황에 처한 적이 없다. "그럴 일이 있었으면 아마 은밀히 말했겠죠." 그렇게 말하는 컴퓨터 너머 그의 눈빛이 강렬하게 타오른다. 살짝 유행이 지난 커다란 안경 너머 보이는 그의 눈은 크고 강렬하지만 악의는 느껴지지 않는다. 막 내가 그걸 눈치챘다고 생각했을 때, 그의 눈 주위 주름이 옅어지며 그가 시선을 돌린다. 그는 다음 질문으로 넘어가고 싶어 한다.

이런 그가 극장의 맨 앞줄에 앉아 자신이 쓴 대사를 말하는 배우를 바라보는 장면을 상상하면 좀 이상하다. 하지만 곧 실제로 벌어지게 될 일이다. 시카고의 스테픈울프 극장에서 연극의 공연 날짜가 잡혔다. 그는 배우와 무대에 빚을 졌다는 것을 꾸밈없이 인정한다. "오해하기 쉬운 게 있는데, 제가 쓴 건 결국 대사들뿐이에요. 훨씬 더 많은 과정이 다른 사람들에 의해서 이루어질 거예요. 희곡을 쓸 때 대본을 완성하고 나면 단지 이게 시작이라는 걸 깨닫게 되죠. 이게 3차원 공간으로 옮겨졌을 때 무슨 일이 벌어질 것인가. 바로 그게 시련이고 놀라움이죠."

올봄 드릴로는 또 다른 놀라움과 함께 찾아올 것이다. 그가 15년 전 쓴 영화각본이 마침내 영화 〈게임 식스〉로 탄생한다. 영화에서 마이클 키튼은 초연 날 그의 연극을 망쳐놓는 평을 쓸지도 모르는 한 비평가 때문에 노심초사하며 그 비평가를 만나기 위해 마을을 가로지르는 희곡작가로 나온다.

"그리고 여기 곧 무대에 오르게 될 희곡을 쓴 제가 있고, 바로 그 상황에 대한 영화가 있네요." 이야기하는 드릴로의 얼굴에 처음으로 진짜 미소가 번진다.

이야기 주제가 야구로 바뀌자 그는 좀 더 편안해한다. "야구에 대한 기억은 오래전으로 거슬러 올라가요." 뉴욕 양키즈의 오랜 팬인 그는 뉴욕 양키즈 구단이 선수들에게 지불하는 엄청난 돈에 환멸감을 갖게 되었다. 그는 매해 딱 한 게임을 보러 가고, 텔레비전 중계를 보지 않는다. 진지한 야구팬인 그는 앞으로도 이에 대한 예외를 두지 않을 것이다.

그러고 나서 드릴로가 천천히 대화에서 빠져나온다. 정확히 우리가 무슨 이야기를 나누고 있는지를, 우리가 어떻게 거기에 도달하게 되었는지, 내가 더 이상 알지 못하게 될 때까지, 그가 스스로를 한 조각, 한 조각 감추어나간다. 그를 데려가기 위해 홍보 담당자가 도착했을 때 드릴로는 거의 그저 사람 좋은 아저씨같이 보였다. 그는 홍보 담당자를 향해 우리는 사실 인터뷰를 하지도 않았고 그냥 카드게임이나 했다고 농담을 던졌다. 너무나도 그럴듯하게 그가 사라져버린 탓인지 집으로 돌아온 나는 녹음테이프가 텅 비어 있지 않을까 생각했다.

2006년 4월

윌리엄 T. 볼먼

William T. Vollman

미국의 기자이자 소설가 윌리엄 T. 볼먼의 인생과 작품에는 존 스타인벡의 굴하지 않는 영혼과 헨리 밀러풍의 퇴폐가 결합되어 있다. 그는 캘리포니아 로스앤젤레스에서 태어났지만 잠시 인디애나에서 성장하면서 중서부식 억양과 여러 구식 습관을 익혔다. 그가 아홉 살이었을 때 그가 보는 앞에서 여동생이 익사하는 사고가 있었다. 그의 소설에도 등장하는 이 사건은 사람들을 돕고 구하려는 그의 욕망에 대한 설명을 부분적으로 제공한다. 볼먼의 문장에서는 토머스 핀천이 느껴진다. 볼먼 역시 핀천과 마찬가지로 코넬 대학을 졸업했다. 그리고 1982년, 아프가니스탄에서 러시아 침공에 저항하던 무자헤딘의 편에 서서 싸웠다. 이 경험이 묘사된 『아프가니스탄 영화관An Afghan Picture Show』(1992)이라는 책은 미숙한 여행자이자 순진한 평화주의자였던 그가 같은 편에 부담을 주게 된 과정을 유쾌하고 상세하게 보여준다. 그 후 미국으로 돌아온 볼먼은 컴퓨터 프로그래머로 일했다. 책상 밑에서 자고 자판기 음식으로 연명하는 와중에 쓰기 시작한 첫 소설이 문명의 강요에 맞서 싸우는 곤충들을 빌려 우의적으로 전쟁을 묘사하는 『눈부신 천사들You Bright and Risen Angels』(1987)이다.

그로부터 25년 동안 볼먼은 폭력과 가난에 관한 다큐멘터리 보고서[3300페이지에 달하는 폭력에 대한 연구서인 『궐기와 하락Rising Up and Rising Down』(2003)과 캘리포니아의 임페리얼 밸리*를 다룬 1300페이지 책 『임페리얼Imperial』(2009)], 최상위층에 대한 역사소설을 오가는 거대 프로젝트들을 진행해왔다. 1990년에는 『차가운 셔츠The Ice-Shirt』가 출간되었다. 북아메리카 대륙을 정복하는 과정을 허구적으로 다시 풀어낸 7부작의 1부에 해당하는 이 책을 쓰기 위해 그는 북극으로 향했다. 동사할 때의 기분을 체험하고 싶어서였다. 볼먼은 사회 주변부에 위치한 사람들, 우울한 환경의 압박을 받고 도덕적 결정을 내려야 하는 사람들, 늘 약자가 될 수밖에 없는 사람들에 이끌린다. 그는 매춘과 관련한 세 권의 책을 썼다. 그중 최고작은 『글로리아를 위한 창녀들Whores for Gloria』(1991)이며, 다닐로 키슈의 작품을 모방한 소설 『유럽 센트럴Europe Central』(2005)은 제2차 세계대전과 관련된 많은 사람을 재조명한다. 그는 이 책으로 전미도서상을 받았다. 오랫동안 그는 캘리포니아 새크라멘토를 근거지로 삼아 반쯤은 익명으로 생활해왔다. 그는 긴 여행을 떠났다가도 이곳으로 돌아와 긴 책을 쓴다. 나는 매춘부들과 탐정 형제들에 관한 짜릿하고 본능적인 이야기인 『로열패밀리The Royal Family』가 출간되기 직전이었던 2000년에 캘리포니아 텐더로인에서 그를 만나 대화했다.

▼

선정적인 저널리즘과 필수불가결한 관계를 맺어온 윌리엄 T. 볼먼은 캘리포니아 새크라멘토의 조용한 주거지역에서 장식용 기둥이 서 있

---

* Imperial Valley. 캘리포니아 주 남동부의 농경 지대.

윌리엄 T. 볼먼

는 커다란 흰색 집에 살고 있다.

소파에 앉아 위스키를 홀짝이며 자신이 무엇을 읽고 무엇을 보도하는지를 말하는 윌리엄 T. 볼먼은 진심이 느껴지는 동시에 아주 겸연쩍은 것처럼 보인다. 내게 수제 탄환을 건넬 때조차도 그러하다. 그가 말하는 내용은 미국에서 가장 화창한 날씨를 자랑하는 이 지역의 아늑함과는 거리가 멀다.

"제가 이십대였을 때죠." 마흔한 살의 기자이자 소설가가 말했다. "제기랄, 백 년 전에, 아직 탐험가의 발길이 닿지 않은 미지의 영역들이 남아 있던 때에 살아보지 못하다니 얼마나 슬픈가, 하고 생각했죠. 하지만 전 그런 영역이 어딘가 여전히 남아 있다는 걸 깨달았습니다."

지난 20년간 볼먼은 인생을 바쳐 이러한 기회를 잡아왔다. 그는 일반적인 미국인들이라면 가지 않을 법한 곳도 많이 다녔다. 그가 1992년에 발표한 회고록 『아프가니스탄 영화관』은 코넬 대학에서 비교문학으로 받은 학위로 무장한 스물한 살의 젊은이가 이슬람 무장단체와 함께 전쟁으로 얼룩진 나라에서 동분서주하게 된 과정을 묘사한다. 그리고 그는 결국 같은 편에 도움을 주기는커녕 부담이 되고 말았다.

그때부터 그에게는 두려움을 모르는 사람이라는 수식어가 따라다녔다. 목숨이 위험한 상황에서도 기자로 나서는 그는 미얀마의 아편왕을 인터뷰했고, 태국의 미성년자 매춘부를 구해냈고, 코소보에서 저격수의 공격을 받고도 살아남았다. 마지막 사건에서는 두 명의 동료가 희생되었다.

"그들이 죽고 내가 산 것은 그저 우연일 뿐입니다." 그가 덤덤한 목소리로 말했다. "얼굴에 총을 맞은 사람은 시간이 오래 지난 뒤에야 사망했죠. 죽어가면서 연신 구토하는 듯한 신음 소리를 내뱉었습니다."
죽어가던 남자는 볼먼의 20년 지기였다.

이런 이야기들이 3,300페이지에 달하는 폭력에 관한 '에세이'『궐기와 하락』과, 전쟁 당시 도덕적 결정을 내려야 하던 시기의 나치와 적군과 장교들에 관한 단편 연작을 모은 보다 짧은(그러나 811페이지에 달하는) 분량의『유럽 센트럴』에 담겨 있다.

볼먼이 여느 소설가들과 다른 지점은 도덕적 의무에 대한 고집과 유연함이다. 전미도서상을 수상하며 볼먼은 이렇게 말했다. "초등학교에 다닐 때 오븐에서 꺼내진 불탄 시체가 끝없이 나오는 영화를 봤습니다. 후에 전 제게도 독일인의 피가 일부 흐른다는 것을 알게 되었죠. 그 일에 대해 저도 일정 부분 책임이 있을지도 모른다고 생각했습니다. 그래서 그 끔찍한 역사에 대해 읽고, 읽고, 또 읽었습니다. 이제 그건 끝났죠. 그리고 전 그때로 돌아가지 않아도 되어서 행복합니다."

톰 울프와 마찬가지로 볼먼은 긴 여행과 긴 독서를 앞두고 있다. 백인들의 북아메리카 대륙 정복기에 관한 역사소설 7부작의 1부인『차가운 셔츠』를 쓸 때, 볼먼은 자북극magnetic North Pole의 버려진 기상관측소에서 2주를 머물렀다. 그 지역을 통과한 탐험가들의 기분을 제대로 느끼기 위해서였다.

그러나 볼먼은 집과 가까운 곳에서 극한의 이야기를 찾아내기도 한다. 요 몇 년간 그가 가장 집착하는 대상은 매춘부들이다. 그들이야말로 "삶의 본질에 매우 가까이 있다. 폭력, 두려움, 경험, 도박 등의 모든 요소가 결합되어 있다"고 믿는 까닭에서다. 그의 초기작 중에는 사진작가 켄 밀러와 함께 작업한 매춘부들의 사진집도 있다. 새크라멘토

자택 인근에 사는 매춘부들이다.

이러한 매혹은 온갖 종류의 위험 요소를 끌어들인다. 에이즈와 마약에 노출되는 것은 위험도 아니다. 1991년 작 『글로리아를 위한 창녀들』을 준비하면서 그는 샌프란시스코의 매춘부와 마약 밀매자, 포주 수백 명을 인터뷰했다. 자신이 경찰이 아니라는 증거로 그는 그들과 코카인을 했다. 그는 150번쯤 코카인을 했다고 말한다.

혹시 중독된 건 아닐까?

"아시다시피 그들은 코카인에 중독성이 있다고 말하죠." 볼먼이 어찌나 덤덤한 목소리로 말하는지 처음에는 짐짓 꾸며내는 말투가 아닌가 싶었다. "아침에 일어나면 곧 여덟시가 되어 커피를 마시게 된다니 얼마나 좋은가 하고 가끔 생각합니다. 하지만 코카인에 대해서는 그런 생각을 해본 적이 없죠."

이처럼 화창하고 고요한 토요일 오후, 더럽고 추잡한 곳에 있는 볼먼을 상상하기란 어렵다. 키가 크고 우람한 볼먼의 목소리는 남부식으로 느릿느릿하다. 그는 상냥하고 격식을 차리는 예의 바른 사람이다.

그는 머뭇거리지 않고 위층으로 올라가 그가 가볍게 찍은 사진들과 코탄젠트 프레스를 위해 제작한 초호화 한정판 시집을 가져온다. 이 한정판에는 '창녀의 음모'로 만든 책갈피도 포함되어 있다.

그의 집에서 이야기를 나누고 샌프란시스코로 운전해 가면서 그는 열정적인 냉소주의자, 사람이 사람에게 가하는 끔찍한 짓들을 목격하면서 냉소주의에 도달하게 된 자유주의자의 모습을 드러낸다.

"제게는 미국이 쇠락의 시기로 접어든 것으로 보입니다. 곧 명백해지겠죠. 미국은 단 한 번도 풍요로웠던 적이 없고, 역시 단 한 번도 빈손이었던 적이 없죠." 그가 말했다.

하지만 캘리포니아 센트럴 밸리에 위치한 몇몇 쇠락한 마을을 지날 때, 볼먼은 돌연 담배를 피워 물며 말했다. "저런 마을에서도 꼭 한 번 시간을 보내보세요." 그가 바카빌이라는 이름의 우울하게 보이는 마을을 가리켰다. "뭔가 매혹적인 비밀을 찾아낼 수 있을 겁니다."

2000년 7월

윌리엄 T. 볼먼

# 루이스 어드리크

Louise Erdrich

루이스 어드리크는 시인이고 서점 주인이자 베스트셀러 소설가다. 어린 시절 어드리크의 가족은 노스다코타의 와페턴에서 살았다. 다트머스 대학교를 다녔고, 거기서 남편인 작가 마이클 도리스를 만났는데, 당시 그는 대학에서 진행하던 아메리카 원주민 연구 프로그램의 책임자였다. 어드리크는 도리스와 함께 여섯 자녀를 길렀고, 그중 셋은 입양한 아이들이었다. 도리스는 1997년 자살했다. 어드리크는 1978년부터 시와 단편소설을 발표하기 시작했고, 1984년에 시집 『섬광등Jacklight』과 장편소설 『사랑의 묘약Love Medicine』을 내놓았는데, 두 권은 각각 다른 개성을 보여주었다. 그녀는 『사랑의 묘약』으로 최연소 전미비평가협회상 소설 부문 수상자가 되었다. 1986년에 발표한 소설 『비트의 여왕The Beet Queen』에서 그녀는 자신의 소설 속 우주를 넓혀 노스다코타의 아르고스를 포함시키는데, 이후 30여 년간 작품 속에서 때때로 이곳을 방문했으며, 그렇게 해서 나온 작품에는 그녀의 최고작인 『리틀 노 호스에서 일어난 기적에 대한 마지막 기록The Last Report on the Miracles at Little No Horse』(2001), 『마스터 붓처 싱잉 클럽The Master Butchers Singing Club』(2003), 『비둘기 재앙The Plague Doves』(2008)이 있다. 어드리크의 소설은 아메리카 원주민의 구비문학 전통과 유도라 웰티의 소설에 등장하는 서사적인 교묘함이 혼합되면서 최면적이고 완전한 세계를 구현한다. 이 모든 요소가 결합된 그녀의 열두번째 작품 『비둘기 재앙』이 이번 인터뷰를 진행하던 당시에 발간되었다. 2012년 그녀는 이 작품이 3부작의 일부가 될 것이라고 밝혔다. 두번째로 나온 작품인 『라운드 하우스<sup>The Round House</sup>』(2012)는 전미도서상을 수상했다.

▼

윌리엄 포크너의 요크나파토파에서 개리슨 케일러의 워비곤 호수*에 이르기까지, 미국 소설가들이 심어놓은 허구의 마을 중에서 가장 복잡하고 빛나는 장소는 노스다코타의 아르고스라는 작은 마을일 것이다. 1984년 『사랑의 묘약』에서 이 마을을 처음 소개한 이래, 루이스 어드리크는 꾸준히 이곳으로 돌아왔으며, 이곳과 인접한 보호구역, 세대를 가로질러 순식간에 내달리는 연애사, 프랑스계 캐나다인과 가톨릭 신자와 오지브와<sup>Ojibwa</sup> 인디언 사이에서 서서히 끓어오르는 긴장, 그리고 그 사람들이 각기 품고 있는 신에 대한 대립되는 관념을 마술을 부리듯 생생히 그려냈다. 누군가 실수로라도 이 동네에 대한 『러프 가이드』**를 작성하지 않은 게 신기할 지경이다.

5월의 어느 비 오는 날 아침, 뉴욕의 펜 역에 있던 그녀에게서 발산

* Lake Wobegon. 방송인이자 작가인 개리슨 케일러가 진행했던 라디오 프로그램 〈프래리 홈 컴패니언〉의 배경으로 등장하는 가상의 마을. 이곳에서 여자는 모두 강인하고, 남자는 모두 잘생겼으며, 아이들은 모두 평균 이상인데, 자기 자신을 평균보다 더 낫다고 믿는 경향을 일컫는 '워비곤 호수 효과'는 여기서 유래한 것이다.
** 『Rough Guide』. 영국에서 발행되는 여행안내서.

되던 건 손에 잡힐 듯한 안도감이었을 것이다. 어드리크는 『비둘기 재앙』에 대해 이야기를 나누기 위해 도시를 빙 돌아서 왔는데, 이 소설은 그녀가 잠시 아르고스를 벗어나 새로운 인물과 지역을 도입한 첫번째 책이다. 어드리크가 교정 담당자인 트렌트 더피와 협력하며 유지하는 광대한 [소설 속] 시간표를 이번에는 상의할 필요가 없었다. 주요 등장인물의 일대기가 항로를 이탈할까 봐 걱정할 필요도 없었다. 그녀는 그저 이야기를 하기만 하면 되었다. 혹은, 그녀가 즐겨 쓰는 말에 따르면, 이야기가 다가오기를 기다리기만 하면 되었다.

"이 특이한 사건이 소설의 일부가 될 거란 걸 알았어요." 그녀가 말했다. "어떻게 접근할지만 몰랐을 뿐이죠." 어드리크가 언급하고 있는 것은 무척 끔찍한 사건이다. 1897년 11월 13일, 40명의 폭도가 노스다코타 감옥을 부수고 들어와, 백인 일가족 여섯 명을 살해한 혐의로 재판을 받고 있던 사람 중 아메리칸 인디언 셋(소년 둘과 어른 한 명)을 린치하여 살해했다. 『비둘기 재앙』은 이 사건을 새롭게 상상하여, 전적으로 상상의 산물인 노스다코타의 한 공동체를 되살려낸 다음, 그 범죄가 뒤이은 세대로 스며드는 동안 그것을 추적한다.

소설의 중심에 있는 인물은 무슘*, 그날 목이 매달렸지만 혼혈이라는 이유 덕에 살아남은 오지브와족 할아버지다. 무슘은 손녀인 이블리나 하프에게 그 사건에 대한 이야기를 들려주었고, 그때 이블리나는 한 교사에게 정신없이 빠져 있었는데, 그 교사는 나중에 그날의 살인에 책임이 있는 사람 중 한 명의 후손임이 밝혀진다. 소설의 후반부에서 그녀는 이 살인의 가계도가 자신이 사랑하는 사람을 향해 쭉 이어

---

* 할아버지를 가리키는 미치프어. 『비둘기 재앙』(정연희 역, 문학동네, 2010, 13쪽)에서 재인용.

져 있음을 발견한다. "나는 더 이상은 그 누구도 전과 마찬가지로 바라볼 수 없게 되었다." 이블리나는 그렇게 결론을 내린다.

어드리크의 다른 모든 책에서와 마찬가지로, 이 책의 주제도 복수다. 하지만 그 복수는 집안들이 다른 인종 간의 결혼에 매달리며 얽히는 동안 복잡하게 변한다. 기억은 전장이 된다. 부족의 구성원들은 민간전승을 통해 이야기를 생생하게 보존한다. 백인들은 그런 일이 결코 일어난 적 없는 척한다. "처음에는 백인들이 모든 권력을 갖고 있었어요." 어드리크가 말했다. "하지만 어느 평자가 말한 대로 '인디언들은 역사를 갖고 있지요.'" 이 긴장을 능숙하게 다루는 그녀의 솜씨는 미국 전역에 걸쳐 찬사를 받았다. 『뉴욕 타임스』의 미치코 가쿠타니는 "그녀가 쓴 가장 감명 깊은 작품"이라고 썼으며, 필립 로스는 "눈부신 걸작"이라고 환호했다.

이런 다양한 형태의 기억과 이야기 방식을 오가는 것이 어드리크가 일생 동안 해온 작업이다. 때로는 페이지도 그렇게 오가고 말이다. 가족 사이에서 전해 내려오는 얘기에 따르면 토네이도가 몰아치는 와중에 태어났다는 그녀의 아버지 랠프는 독일계 미국인이고, 어머니 리타는 프랑스인과 오지브와족 사이의 혼혈이다. 어드리크는 미네소타의 리틀 폴스에서 카렌 루이즈라는 이름으로 태어났고, 노스다코타의 와페턴에서 여섯 자매와 함께 자랐다. 와페턴은 약 9천 명이 사는 작은 도시로, 그녀의 부모는 인디언 사무국 학교에서 학생들을 가르쳤다. 학교에 있던 몇 안 되는 책 중 하나는 『존 태너의 포로 생활과 모험에 대한 이야기』로, 18세기 후반 오지브와족과 함께 살았던 남자에 대한 이야기였다.

어드리크 부부는 동네에서는 괴짜로 인식되었지만 엄격한 교사였다. 랠프는 자녀들에게 프로스트, 테니슨, 로버트 서비스, 롱펠로의 시를 외우도록 격려했고 시 한 편을 암송할 수 있게 될 때마다 5센트를 주었다. 그러니 어드리크 가족 중에 작가가 두 명 더 있는 게 놀랄 일이 아니다. 리즈는 어린이책 작가이고 히드는 시집 세 권을 썼다. 루이즈 어드리크 또한 세 권의 시집과 네 권의 어린이책을 썼다. "저는 정말로 근심 걱정 없는 어린 시절을 보냈어요. 무척 감미로운 유년기였죠." 그녀가 말했다. "우리 가족은 야외로 산책을 나가곤 했어요. 동물들과 함께 시간을 보냈고요. 텔레비전 없이 자랐답니다."

그녀는 또한 이야기꾼들과도 많은 시간을 보냈다. 『비둘기 재앙』을 비롯하여 그녀의 작품 전체에서는 나이 든 사람들이 이야기의 기반을 형성한다. 그들은 현재의 행동이 종종 유발하는 것들에 맞서는 오래된 기억을 상징한다. "저는 운이 좋게도 주변에 조부모님이 계셨어요." 어드리크가 말했다. 그녀는 그들의 이야기를 듣고 나서 질문을 했다. 지금도 노스다코다로 차를 몰고 가 이야기를 듣고 질문을 하며, 아이디어를 적기 위해 길 옆에 차를 대곤 한다.

『비둘기 재앙』에는 우스울 정도로 융통성 없는 등장인물이 나오는데, 그녀는 모습과 그의 형제들에게 '진짜 이야기'를 들려달라고 끊임없이 조르고는 사건들을 시간 순서대로 쭉 늘어놓는다. 나는 어드리크에게 혹시 자기가 이 여자처럼 느껴지는 건 아닌지 물었고, 그녀는 이 질문 때문에 기분이 상한 것 같지는 않아 보였지만 그 즉시 대답했다. "언제나 그래요. 저는 여전히 말하는 것보다는 듣는 쪽이라는 생각이 들어요."

과거와 오지브와의 뿌리에 대한 이런 끌림은 어드리크의 인생 전반에 스며들어 있다. 그녀는 1970년대에 평원을 떠나 다트머스 대학으로 갔는데, 그곳은 뉴잉글랜드 지역 아메리카 원주민의 교육을 위해 1760년대에 설립된 아이비리그 소속 학교였다. 그녀가 미래의 남편인 소설가이자 인류학자인 마이클 도리스를 만난 곳도 그곳이었다. 어드리크는 문예창작 석사 학위를 받은 다음 상주 작가로 돌아왔다. 도리스는 그녀가 자작시를 읽는 걸 듣고 그녀에게 강한 관심을 갖게 되었다. 그가 뉴질랜드에서 현장 연구를 하고 있는 동안 그들은 편지를 주고받았고, 그녀는 작품을 발표하기 시작했다. 그녀는 KFC에서 일하고 공사 현장에서 신호기를 흔들면서 생계를 유지했다.

두 사람은 1981년에 결혼했고, 이후 10년 이상 지속된 협업 관계가 시작되었다. 도리스는 그녀가 소설 작업을 할 수 있도록 격려했고, 심지어 『사랑의 묘약』을 출판사에 보내기 시작했을 때는 대리인 역할까지 했다. 양장본으로 40만 부가 팔려 나가기 전까지, 그 소설은 수많은 출판사에서 거절당했다. 그녀는 조그만 센세이션을 불러일으켰으며, 1990년 『피플』지가 선정한 '가장 아름다운 사람들'에도 이름을 올렸다. 하지만 여기서 불이 확 꺼지는 일은 없을 것이었다. 『사랑의 묘약』은 『비트의 여왕』(1986), 『흔적들Tracks』(1990), 『빙고 팰리스The Bingo Palace』(1994)를 포함하는 4부작의 시작이기도 했다. 그녀는 도리스와 함께 『2번 도로Route Two』(1990)와 『콜럼버스의 왕관The Crown of Columbus』(1991)을 쓰기도 했다. 도리스가 1997년 봄 자살했을 때, 그들은 별거하고 이혼 수속을 밟던 중이었다.

그 이후 어드리크는 언론을 경계하고 있지만 그녀의 소설이 시든 적은 없었다. 사실 그녀는 그때 이후 엄청난 양의 작품을 쏟아내왔다. 여덟 권의 성인용 소설을 썼고, 그중 한 권인 『리틀 노 호스에서 일어난 기적에 대한 마지막 기록』(2001)은 전미도서상 최종후보에 올랐다. 또한 다섯 권의 어린이용 소설을 쓰기도 했는데, 그중 『자작나무 껍질로 만든 집The Birchbark House』(1999) 또한 전미도서상 최종후보가 되었다. 그 외에도 시집, 단편집, 오지브와 지역의 책과 섬들에 관한 논픽션을 썼다. 그녀는 또한 미니애폴리스에 비영리 서점인 버치바크 북스를 설립했고, 자녀들을 기르고 있으며, 잊어버리게 될까 두려워 오지브와족의 언어를 꾸준히 배운다. 여동생 히드와 함께 터틀 마운틴에 창작 모임을 꾸려 사람들도 가르친다.

이런 수준의 활동을 보고 어드리크가 기꺼이 기다리길 좋아한다고 주장할 수는 없으리라. 하지만 개인적으로 그녀는 차분하고 표면에 나서지 않는 사람이다. 그녀는 『비둘기 재앙』이 나오길 기다리면서 이런 자질을 십분 발휘했는데, 이 작품은 1980년대 초반 그녀가 다른 소설을 작업하던 당시부터 쭉 그녀 곁에 있었다. 주요 인물들의 목소리(대학원생, 판사, 할아버지, 의사)가 시간이 지나면서 기묘한 순간에 찾아왔고, 그들의 이야기 또한 조금씩 나타났다.

"저는 제가 책을 쓰고 있는 중인지 확실히 알 수가 없어요." 어드리크가 말했다. "정말로 그 목소리들이 어디서 오는 건지 모르겠거든요. 저는 그저 그 목소리가 제게 하는 말들을 받아 적기 시작하는 것뿐이라는 기분이 들어요."

어드리크는 때때로 소설가라기보다는 영매에 가까운 소리를 한다. 하지만 그녀는 그런 인상을 바로잡고 싶어 한다. "어떤 이야기를 장악하는 목소리는 당신이 한참을 준비해서 만들게 될 사람의 목소리랍니다." 작품을 발표해온 25년 동안, 이 인물들은 세상이 얼마나 잔인해질 수 있는지 그녀에게 가르쳐주었다. "사람이 얼마든지 사악할 수 있다고 믿는 건 제 본성에 어긋나는 일이에요." 그녀가 말했다. "저는 자라면서 잔인한 일을 그렇게 많이 보지 못했어요. 세상이 제가 아이 때 알던 것과 다르다는 사실이 분명해졌을 때, 전 그걸 이해하는 데 오랜 시간이 걸렸답니다."

2008년 6월

노먼 메일러
Norman Mailer

노먼 메일러는 미국의 소설가이자 희곡작가, 전기작가, 저널리스트, 신문발행가, 시장 후보였고 그 외에도 다양한 일을 벌였다. 1923년 뉴저지의 롱브랜치에서 태어나 브루클린에서 자랐다. 버나드 맬러머드가 자신의 우화적 단편에서 다루었던 바로 그 지역이다. 하버드 대학에 진학했고 그곳에서 항공공학을 전공했다. 대학 재학 중 제2차 세계대전에 참전했고, 비록 전투는 거의 접하지 못했으나 그 경험이 촉매가 되어 글쓰기를 시작했다. 제2차 세계대전이 끝난 지 겨우 몇 년 뒤인 1948년 출판된 에너지 넘치는 데뷔 소설 『나자와 사자The Naked and the Dead』는 1년 넘게 『뉴욕 타임스』 베스트셀러 목록에 머물렀다. 이후 신좌파의 전성기, 브루클린의 하숙집을 배경으로 한 『바바리 해변Barbary Shore』(1951)』과 할리우드에서 지낸 시절에 대한 자전적 소설인 『사슴 공원The Deer Park』(1955)을 연달아 출간하며 금기를 넘나드는 특유의 스타일을 확립했다.

1950년대 중반에서 1960년대 중반까지 그는 장르 파괴적 논픽션 기사에 1인칭 소설의 유연성과 에너지를 지닌 주관적 목소리를 접목시켜 서사 전달법을 독창적 방식으로 재발명했다. 그 기사들은 『나 자신을 위한 광고Advertisement for Myself』(1959)와『대통령을 위한 백서The Presidential Papers』(1963) 두 권의 책으로 묶었다. 그런 뒤 마침내『에스콰이어』지에 연재된『아메리카의 꿈An American Dream』(1965)과 함께 소설로 돌아왔다. 그러나 메일러의 가장 성공적인 재발명작은 1979년에야 나왔다. 실존했던 살인자인 게리 길모어의 삶에 바탕을 둔 걸작 소설『사형집행인의 노래The Executioner's Song』를 완성하기 위해 그는 무모한 실패작들과, 무기력한 세월을 거쳐야 했다.

메일러의 삶은 논쟁과 주먹질, 불화(그는 한 파티에서 아내를 칼로 찌른 것으로 유명하다), 그리고 새 출발로 가득 차 있다. 그는 여섯 번 결혼했고 아홉 아이의 아버지다. 인터뷰 당시 자신의 마지막 소설이 된『숲 속의 성The Castle in the Forest』(2007)을 출판한 그는 매사추세츠의 프로빈스타운에서 휴식기에 든 온화한 사자가 되어 있었다.

▼

노먼 메일러가 '그 대작인 책'에 대해서 말하던 시절이 있었다. 1950년대 그가 했던 인터뷰들 사이를 거대한 흰 고래처럼 헤엄쳐 다니던 그 주제는 잠깐 수면 위로 솟구쳤다가는 다시 어둠 속으로 미끄러져 들어가 다음번 출간 날짜까지 나타나지 않았다.

매 시기,『아메리카의 꿈』에서『사형집행인의 노래』에 이르는 새로운 책들을 통해 메일러는 예정된 포획물을 해변가에 끌어다 놓은 것처럼 보였다.

『뉴욕 타임스』북리뷰의 존 디디온이 메일러가 마침내 그의 거대한 전리품을 손에 넣었다고 (사실상 네 번이나) 주장했지만 사자lion는 여전히 납득하지 못했다. 하지만 여든네 살 먹은 미국 최고의 싸움꾼 소설가는 뭔가 평소답지가 않다. 그는 아마도 그 물건을 잡는 데 실패할지도 모른다고 말하고 있다.

"아마도 50년 전이라면 사람들 앞에서 크게 떠들었겠죠. 앞으로 쓸 책의 성격에 대해서요." 어촌에서 주말 휴양지로 변신한 케이프코드의 끝자락, 프로빈스타운에 위치한 자신의 집에서 메일러가 말했다. "하지만 앞으로는 그런 예측을 하지 않을 거예요."

주목할 점은, 메일러가 이 선언을 그의 서른여섯번째 출간작이자 디터(아마 자신의 분신)의 눈에 비친 히틀러의 초창기 17년간의 이야기를 다룬 대담한 소설 『숲 속의 성』의 출간 전날에 했다는 것이다.

메일러는 처음 시작했던 글의 궤도를 이탈해버릴 정도로 긴 시간을 이 소설에 매달렸다. 그사이 다리가 고장났다. 그것은 그가 이제 두 개의 지팡이에 의지해서 걷는다는 의미다. 인터뷰를 하는 동안 그는 자리에서 일어나지 않았다.

"책이 나오고 얼마 안 되었을 무렵, 기본적으로 호의를 갖고 쓰인 서평이 하나 있었어요. 하지만 저를 엄청 짜증 나게 만들었죠." 순간 그가 옛 시절의 호전성을 드러내고, 미소가 사악하게 변한다. "그게 절 빌어먹게 짜증 나게 만들었다고 해두죠. 왜냐하면 그 서평가가 엄청 장황하게, '메일러는 그저 프로이트를 다시 썼다'라고 했거든요. 왜요? 제가 배변 훈련에 주목해서요? 아무렴, 애가 아홉 딸린 아버지로서 제가 배변 훈련에 대해 좀 알죠."

그가 한 말의 증거들이 그를 둘러싸고 있다. 방의 작은 탁자에는 그의 자녀들 사진이 네 줄로 늘어서 있다. 벽에는 메일러의 초상화가 여러 장 걸려 있다. 입구에 걸린 가장 큰 그림에는 아바나를 배경으로 그와 여섯번째 아내 노리스 처치 메일러, 그리고 그의 친구가 그려져 있다. 커다란 창들이 해안가와 그 너머의 바다를 향해 열려 있다.

메일러가 이렇게 편안한 환경 속에서, 『숲 속의 성』 내내 등장하는 "오줌의 악취, 똥, 그리고 루터의 피"를 파고들어야 했다는 게 좀 이상하게 느껴진다.

그러나 서평가들이 적었듯, 그는 바로 그런 이야기를 썼다. 이 유별나게 지저분한 책은 미국의 세계관을 60년쯤 전으로 되돌려놓기를 바라고 있다. 메일러는 세상이 신, 인간, 악마 이 3인조에 의해서 돌아간다고 생각한다. 그리고 히틀러는 예수 그리스도에 대한 악마의 응답이라고.

『숲 속의 성』에서 가장 생생한 장면은 히틀러의 부모가 벌이는 섹스의 절정에서 악마가 어린 히틀러의 영혼에 자기 자신을 불어넣는 부분으로, 히틀러에 대한 외설적이고 자극적이며 근친상간적인 관념을 포함한다. 자극적인 설정인 만큼 메일러는 그게 얄팍한 시도에서 나온게 아니라고 말했다. "어떤 식으로는 스탈린을 이해할 수 있어요." 그가 말했다. "스탈린에 관한 사실 중 하나는 그가 러시아에서 가장 거친 사람이었다는 거죠. 하지만 히틀러는 그렇지가 않아요. 차라리 어떤 이례적인 순간에 알 수 없는 재능을 부여받은 것에 가깝다고 할 수 있어요."

노력형의 메일러가 그런 식의 재능은 오직 악마를 통해서만 부여받을 수 있다고 말하고 있다. "아마도 매년 천 명쯤의 사람들이 악마에게서 그런 재능을 부여받을 거예요. 아니, 백만 명? 성공하거나 실패하거나 둘 중 하나겠죠."

메일러의 견해에 따르면, 그리고 그의 어머니가 아주 일찍 알아차린 바에 따르면, 히틀러는 전성기 시절의 악마가 이루어낸 작품이다.

"제 어머니는 히틀러에 엄청나게 관심이 있었어요." 그가 말했다. "제가 아홉 살 때, 정치가들이 알아차리기도 훨씬 전부터 그녀는 히틀러가 재앙이자 괴물이라는 걸 알았죠. 그가 아마도 유대인의 절반을 죽일 거라는 걸요. 아니면 전멸시키거나."

메일러는 오랫동안 자신이 이 책을 쓰게 될 거라고 생각해왔다.

하지만 그러기 전에 예수에 대해 다룬 『예수의 일기』를 써야 했다. 아이디어는 파리의 호텔 방에서 떠올랐다. 잠이 오지 않아 메일러는 성경책을 집어 들었다. "정말 재미있는 책이란 생각이 들더군요. 셰익스피어에 비견될 만한 문장들로 가득했지만 대체로 끔찍했어요. 생각했죠. 더 낫게 쓸 수 있는 작가들이 세상에 백 명쯤 있겠다. 나도 그들 중 하나이고."

책을 냈고, 메일러에게 혹평이 쏟아졌다. 그리고 오늘, 그 자신조차 실패를 인정한다. "제대로 해내지 못했다고 생각해요. 그저 그 소재에 손을 뻗어본 거죠." 그가 신중하게 말했다.

하지만 히틀러에 대해서 쓸 때는 그 벽을 느끼지 못했다고 말했다. 리 하비 오스월드에 대해서 다루었던 『오스월드 이야기 Oswald's Tale』를 쓰며 깨달았듯이 신참자로서 악당과 시간을 보내는 것은 문제가 되지 않는다. "등장인물들이 멋지고 마음 따뜻하고 인간적인 면모를 보여줌으로써 당신을 행복하게 할 필요가 없다는 걸 아니까요. 쓰는 행위 자체를, 그리고 그 주제에 대해 쓰는 걸 즐기는 한 당신은 괴물에 대해서 쓸 수 있어요."

예전의 메일러는 마라톤식 긴 글쓰기를 하곤 했지만, 이제는 한 번에 대여섯 시간 정도만 쓴다. 가끔 완전히 빠져들면 점심을 거르기도 한다. 이번 소설을 쓰는 데는 광범위한 참고 목록이 동원되었다. 하지만 메일러는 발견되지 않은 길을 헤치고 나아갈 때 더 즐거웠다. "히틀러의 어린 시절에 관해서는 거의 알려져 있지 않죠." 그가 말했다. "히틀러는 최고의 노력을 기울여서 자기 어린 시절의 대부분을 감추어버렸어요." 그래서 메일러는 임의로 여러 가지를 창조해냈다. 오래전이라면 그는 이 책을 쓰는 것에 대해서 조금은 불안했을지도 모른다. 어떤 식의 서평이 나올지 아니까. 하지만 이제 더는 상관하지 않는다고 말했다. "나이 드는 것의 한 가지 좋은 점은 정말로 더 이상 상관하지 않게 된다는 거예요. 어쩔 거예요? 와서 날 죽일 건가요? 좋아, 날 순교자로 만들어! 날 불멸의 존재로 만들라고!"

유대인 작가로서 그는 아주 오래전부터 히틀러를 냉철하게 다룰 준비가 되어 있었다고 말했다. "제가 처음으로 독일을 방문했던 게 기억나요. 1950년대였어요. 저는 엄청 긴장해 있었죠." 하지만 지금은 아니다. 현재 벌어지고 있는 일들의 양상을 봤을 때 메일러는 거기에 미국인들을 위한 교훈이 있을지도 모른다고 이야기한다. "제 현재 느낌은 모든 나라가 아주 흉악해질 가능성이 있다는 거예요. 지난 몇 년간의 미국을 생각해볼 때, 진짜 흉악해졌다고 할 수는 없지만 처음으로 그럴 가능성이 생겨났어요."

다시 말해, 히틀러의 부상이 전적으로 악마의 책임은 아니다. 조건이 그 사태를 가능하게 했다. 핵심은 경계하는 것이다. "제1차 세계대전 직후 독일은 끔찍한 상황에 처했어요. 아주 놀랍도록 철저하게 전쟁에서 패배했다는 부끄러움과 모욕감뿐만이 아니라 말이죠." 메일러가 히틀러의 부상에 관련된 사회적 맥락에 대해서 줄줄이 늘어놓는다. "그 모든 것을 합쳐서, 하나의 괴물이 독일을 집어삼킬 모든 조건이 거기 있었죠." 하지만 바로 그것들이 히틀러를 만들어냈다고 하는 것은 메일러에게는 여전히 반쪽짜리 설명이다. "제가 여기서 그걸 보증할 순 없어요. 하지만 제가 말하고 싶은 건, 신과 악마가 존재한다는 개념으로 돌아가지 않는 한 우리는 아무것도 이해할 수 없을 거라는 겁니다!"

2007년 2월

제임스 우드

James Wood

제임스 우드는 문학비평가, 소설가, 하버드 대학의 교수다. 영국 더럼<sup>Durham</sup>에서 동물학 교수의 아들로 태어났고 이튼 칼리지를 다녔으며 캠브리지의 지저스 칼리지에서 영문학을 전공했다. 우드는 무척 젊은 나이에 평론가로 경력을 시작했고, 이십대 후반에 『가디언』의 수석 서평가가 되었다. 비평에 대한 치열한 미적 접근과 목소리로, 우드는 주로 정체성 정치학에 대한 집중적인 논쟁이 불붙었던 지난 10년간 두드러진 인물이 되었다. 1990년대에 그는 돈 드릴로, 토니 모리슨, 필립 로스의 작품에 잇달아 통렬한 비판을 가했다. 그는 2007년 『뉴요커』의 필진으로 합류했고, 그 시기를 즈음하여 그가 쓰던 가차 없는 비평의 자리에 어느 정도 탐구적인 정신이 들어섰다. 그는 네 권의 비평과 에세이집을 냈고, 소설 『신에 맞서는 책<sup>The Book Against God</sup>』(2003)을 썼으며, 책 한 권 분량의 소설에 대한 연구 서적인 『소설은 어떻게 작동하는가<sup>How Fiction Works</sup>』를 발표했는데, 인터뷰는 이 책을 계기로 이루어졌다. 우드는 현재 매사추세츠 캠브리지에서 부인인 소설가 클레어 메서드와 함께 살고 있다.

▼

지난 15년간, 영어권 문학비평계에서 사람들의 입에 가장 많이 오르내린 인물은 더럼 출신의 껑충한 키에 깡마르고 상냥한 영국인으로, 정수리까지 벗겨진 짧은 머리에 어딘지 모르게 죄송스러워하는 분위기를 풍기는 남자다.

"시인 랜달 자렐이 칭찬을 할 수 없는 비평가는 비평가가 아니라고 그랬는데, 저는 그 말에 동의합니다." 마흔두 살의 제임스 우드는 그가 교편을 잡고 있는 하버드 대학 근처의 손님 없는 카페에 앉아 그렇게 말했다.

하지만 우드의 글에 익숙한 독자들이라면 이런 소리가 그와 어울려 보이진 않을 테다. 우드라는 사람은 맹수 같은 소설가들이 정글에서 느릿느릿 움직이는 동안 땅에 배를 딱 붙이고 엎드려서 문학상을 포식하여 뚱뚱해진 그들의 옆구리를 총으로 겨누어온 남자이기 때문이다. 토니 모리슨에 대해서는 "자기 등장인물보다 자기가 하는 말을 더 사랑한다"고 썼다. 우드에 따르면 돈 드릴로는 모든 사람이 노트북을 끼고 다니고 경증 망상증 환자가 천재로 취급받는 문화를 만들었으며, 존 업다이크는 소설을 언제 멈추어야 하는지 잊어버렸다. "존 업다이크는 책 쓰기를 자제하는 것보다 하품을 참는 게 더 쉬운 일처럼 보인다." 우드는 업다이크의 단편집 『사랑의 기회』에 대해 그렇게 썼다.

매사추세츠 캠브리지의 어느 춥고 바람 부는 날, 우드는 이런 표현들을 썼다는 점을 부인하지 않았다. 하지만 그는 자신이 논객 생활을 그만뒀다는 점 또한 시인했다. 만약 출판사가 이런 변화를 일으킨 사람에게 꽃이라도 보내고자 한다면, 아마 우드가 가르치는 학생들에게

제임스 우드

제일 먼저 보내야 할 것이다.

"길이 기묘하게 두 갈래로 나 있다는 걸 알아차렸어요." 우드가 살짝 부끄러워하는 표정으로 말했다. "제가 좋아하지 않는 작품들을 산산조각 내서 비판할 수도 있었겠지요. 하지만 강의실에서는 거의 그래 본 적이 없습니다. 학생들과 있으면 그럴 수가 없어요. 그들에게 편견을 심어주는 건 불공평한 일이니까요."

우드가 최근 펴낸 간결하고 읽기 쉬운 책인 『소설은 어떻게 작동하는가』는 학생들과 맺고 있는 이런 상태에서 생겨났다. 이 책은 그가 정말 좋아하는 것이 무엇인지 보여주고 자신이 보는 소설에 대한 관점을 설명하고자 하는 시도이다.

123개의 작은 단락으로 구성된 『소설은 어떻게 작동하는가』는 서술 기법, 문제, 세부 사항, 그 외 소설의 기본적인 요소들이 우드 특유의 산뜻한 산문으로 서술되어 있지만 아주 큰 변화가 있다. 이 책의 기본적인 서술 방식이 찬사라는 것 말이다.

이 책에서 우드는 자신이 생각하는 대가들의 작업 방식을 보여준다. 헨리 제임스는 우드가 '자유간접화법'이라 부르는 기법을 『메이지가 안 것』에서 사용하고, 조지 오웰은 『교수형』에서 능수능란하게 세부 사항을 선보이며, 이언 매큐언은 『속죄』에서 독자가 작중인물에 감정이입을 하도록 예민하게 서술을 다룬다.

우드가 보기에 현대적 소설은 플로베르의 작품에서 우리가 "발자크나 월터 스콧의 수다스러운 서술자를 삭제함으로써 획득한 고도로 선별적인 편집과 형상화"를 보게 되었을 때부터 시작되었다.

자유간접화법, 즉 우드에 따르면 기본적으로 한 인물이나 또 다른 인물에 밀착된 3인칭 서술을 의미하는 기법에도 불구하고, 우드는 소설이 다른 어떤 예술 형식보다도 더 많이 인간의 의식에 대해서 우리에게 알려준다고 말한다.

하지만 최근 그는 소설이 불필요한 사실과 언어로 비대해지고 있다고, 특히 미국 소설이 그렇다고 믿는다. 예를 들어 『인생 수정』 안에 파묻혀 있는 건 무척이나 좋은 소설이다. 조너선 프랜즌이 자기가 얼마나 박식한지 떠드는 걸 멈출 수 있기만 했다면 말이다.

"그 결과, 최소한 미국에서는, 자의식은 거대한데 자아는 한 톨도 없는 소설들이 판을 치게 되었다." 우드는 프랜즌과 몇몇 작가들이 쓰고 있는 미국식 사회소설에 대해 쓴 글에서 그렇게 말했다. "수많은 걸 알고 있지만 사람 한 명 제대로 파악하지 못하는, 특이한 방식으로 주목을 받는 정말 '똑똑'한 소설들 말이다."

한때 우드는 신문과 잡지에다 이런 점을 지겹도록 되풀이 말해왔지만, 이제는 자신의 의견을 학생들과 공유함으로써 더 큰 영향을 줄 수 있다고 느낀다. "저는 정말로 유대감을 느낍니다." 그는 특히 컬럼비아 대학의 예술 석사과정 학생들에 대해 그렇게 말했다. "왜냐하면 그 학생들은 예술 기법에 대해 특히 관심이 많고, 자기가 배운 걸 흡수해서 밖에 나가 적용해보려는 의지가 충만하거든요. 제가 이렇게 말할 기회가 생기는 거죠. '자, 여러분 모두 자유간접화법이라고 하는 이 방법을 써보는 겁니다. 직관적인 기법이지요. 여러분은 이 기법을 사용하는 데 쓸 자신만의 언어가 있어요. 여기서 이 기법의 역사를 배워보도록 하겠습니다. 여러분은 제인 오스틴, 심지어는 성서까지 거슬러 올라갈 수 있어요. 이 기법은 이야기를 서술하는 고유의 방법이에요. 전문용어도 좀 써가면서 이 기법에 대한 짤막한 역사를 가르쳐드리겠습니다.'"

제임스 우드

여러 면에서 우드는 이런 분야에 딱 들어맞는 인물이다. 다른 동기들이 럭비를 하는 동안 그는 F. R. 리비스, 어빙 하우, 포드 매독스 포드의 비평을 읽었다.

"기차 모델명 같은 걸 외우는 사람처럼 보이는 거 압니다." 그가 웃으며 말했다. "하지만 저는 침대에 앉아서 이런 책들을 읽곤 했어요."

그는 또한 미국에 홀리기도 했다. "미국과 관계가 있는 거라면 뭐든 사랑했던 시기가 있었어요." 그가 회상했다. "누가 제게 리처드 포드의 『스포츠라이터』를 건네주었는데, 그때 저는 스물한 살이었죠. 그책 때문에 완전히 나가떨어졌어요. 영국에서는 이런 식으로 책을 시작하는 작가가 아무도 없었거든요. '내 이름은 프랭크 배스컴. 스포츠 기자다.'"

우드는 케임브리지에서 캐나다 출신의 미국 작가 클레어 메서드를 만났고, 현재 그들 사이에는 두 자녀 리비아와 루시안이 있다. 메서드가 문학계에서 경력을 꾸리기 시작하는 와중에 우드는 10년간 런던에서 비평가로 이름을 날렸다.

하지만 결국 그는 그런 환경 때문에 숨이 막힌다는 사실을 깨달았다. "저는 누가 활동하고 있고 누가 이 바닥을 나갔는지 훤히 다 아는 경지까지 올라갔습니다. 온갖 신문의 기사란을 다 읽고 누가 뭘 하고 있는지를 지켜봤어요. 그렇게 이 일과 얽혀 있는 제 자신이 싫었어요."

1995년, 우드는 런던에서 편집자 레온 위즐티어를 만났고 그가 자신과 동류의 영혼임을 알아보았다. 위즐티어는 우드가 『뉴 리퍼블릭』에서 자신이 담당하고 있는 문학란에 글을 쓰도록 주선했고, 우드는 미국으로 갈 기회를 재빨리 붙잡았다.

"저는 언제나 미국에선 운신의 여지가 더 있을 거라고 느꼈습니다."

우드가 말했다. "충분한 공간이 있어서 사람들이 어느 정도는 각자 자기 일을 하도록 서로를 혼자 놔두는 거죠."

그는 즉시 센세이셔널한 존재가 되었다. 바깥에서 온 이방인인 우드는 미국의 가장 신성한 이름 몇몇을 사정없이 박살냈다. 작가 데일 펙이 떠맡으려고 노력했지만 딱히 세련되게 해내지는 못했던 역할이었는데, 왜냐하면 훌륭한 논객이란 그저 파괴자가 아니라 새롭게 생각하는 방향을 인도하는 사람이어야 하기 때문이다.

우드는 이내 이 나라가 얼마나 작을 수 있는지 알아차렸다. 1996년, 그는 펜/포크너 시상식 만찬에 참석했다. 메서드의 소설 『세계가 한결같았을 때』가 리처드 포드의 『독립기념일』과 더불어 최종후보에 올랐는데, 우드는 포드의 소설에 대해 장단점을 고루 지적하는 서평을 썼다.

"만찬이 절반쯤 진행되었을 때쯤 저를 옆에서 지켜보는 그림자가 느껴지더군요. 리처드 포드였던 거지요. 제 어깨에 손을 올리고는 이런 목소리로 말을 했어요. '얘기 좀 합시다.' 저는 즉시 클레어에게 이랬지요. '우리 여기서 나가야 해!'" 우드는 성공적으로 포드와의 만남을 피했다.

1999년, 우드는 자신의 서평을 모은 책 『깨어진 유산Broken Estate』을 발표했다. 『무책임한 자아: 웃음과 소설에 관하여The Irresponsible Self: On Laughter and the Novel』 다음으로 나온 이 책은 야심 찬 비평가들에게 비밀스럽게 내미는 악수가 되었다. 2003년에 소설 『신에 맞서는 책』이 나왔고, 놀랍게도 거의 보복을 당하지 않았다. "사람들은 전반적으로 무척 관대하게 제 소설을 봐주었습니다." 우드가 말했다. "하지만 제가 만약 소설을 다시 낸다면, 바꾸고 더 잘해낼 수 있는 것들이 있으리란 걸 압니다."

그러는 사이, 그는 이제 자기 평론을 더 많은 독자들에게 읽힐 기회를 얻게 되었다. 2007년 가을 그는 『뉴 리퍼블릭』에서 『뉴요커』로 자리를 옮겼고, 거기서 그 잡지의 수석 문학평론가 중 하나인 업다이크와 만나게 되었다. 같은 자리에서 일하게 되면서 어색한 게 있을 텐데, 그는 그 점에 대해서는 언급하지 않는다.

사실 우드는 젊은 비평가들의 말을 들으며 꽤 많은 걸 얻고 있는 듯 보인다. "저는 우리가 비평의 황금시대에 산다고 생각합니다." 우드가 주장했다. 그 세대는 그의 아이들과 함께 시작되었다. 그는 여러 작가들 중에서 베아트릭스 포터의 그림책과 J. M. 배리의 『피터 팬』을 읽어주었고, 몇몇 문학작품이 얼마나 훌륭한지, 작가가 독자들을 얼마나 짧은 시간 안에 설득해야 하는지 기억해냈다.

"이야기에 대한 가차 없는 심문관을 만나는 거죠." 우드가 자기 아이들의 안목에 자부심을 슬쩍 내비치며 말했다. "그 애들 말이 맞아요. 가끔 저도 제가 지루하거든요."

2008년 1월

마가렛애트우드

Margaret Atwood

마가렛 애트우드는 캐나다의 소설가, 단편작가, 시선詩選 편집자, 시인, 환경 운동가다. 그녀의 단편과 장편소설들은 페미니즘 운동의 중요한 텍스트이고, 그녀에게 부커상에서 캐나다 총리상(두 번 수상했다)에 이르는 거의 모든 주요 문학상을 안겨주었다. 1939년 오타와에서 태어난 그녀는 어린 시절 대부분을 북부 퀘벡의 숲을 탐사하며 보냈다. 그녀의 데뷔작 『식용 여자The Edible Woman』(1969)는 몸과 마음이 분리되는 느낌을 갖기 시작하는 한 여성의 이야기를 통해 성에 대한 상투적인 고정관념으로 뛰어들어 그것을 휘저어 섞었다. 『표면화Surfacing』(1972)와 『신탁 여인Lady Oracle』(1976)은 애트우드가 사용하는 언어의 범위와 특색을 확장시켰고 사회에서의 여성의 역할을 붙들고 씨름하는 과정에 깃든 신화적 힘에 깊이를 부여했다. 애트우드의 결정적 작품인 『시녀 이야기The Handmaid's Tale』(1985)는 코맥 매카시의 묵시록적 작품을 예견한 소설이다. 그 작품은 북미 대륙이 국수주의적 신정국가에 지배되어 길리어드 공화국이라는 새 이름으로 바뀌었다고 상상하는데, 거기서 여성들(그리고 불만분자들)은 모든 권리를 빼앗긴다.

사랑, 로맨스, 그리고 이야기를 하는 와중에 진실과 거짓의 경계를 이리저리 이동하는 수법은 그녀가 쓴 베스트셀러 소설인 『도둑 신부The Robber Bride』
(1993), 『그레이스Alias Grace』(1996), 그리고 부커상 수상작이기도 한 『눈먼 암
살자The Blind Assassin』(2000)의 핵심을 형성한다. 그 이후 그녀는 과학소설에
집중하기 시작했고, 그로부터 『인간 종말 리포트Oryx and Crake』(2003)에서 시
작하여 『매드애덤MaddAddam』(2013)에서 마무리를 짓는 3부작이 나왔다. 자연
과 금융*과 과학소설에 대한 애트우드의 사색을 통해 그녀의 가장 강력한 논
픽션 작품 상당수가 탄생했다. 그녀의 단편소설은 종종 시와 산문 사이의 경
계에 서 있다. 이 인터뷰가 이루어진 것은 그녀가 2006년 발표한 세 권의 책
중 한 권인 단편집 『도덕적 장애Moral Disorder』가 발간되었을 때였다.

▼

대개의 저자들은 서점의 딱 한 구역 선반에만 얹혀 있다. 하지만 마가
렛 애트우드는 아니다.

1960년대에 데뷔한 이래, 이 캐나다 작가이자 『시녀 이야기』의 저
자는 가능해 보이는 것보다 훨씬 더 많은 형식의 책들을 발표했다. 시,
단편소설, 아동문학, 스릴러, 로맨스 소설, 비평, 그리고 과학소설까지.

"서부극을 쓴 적은 없어요." 예순일곱 살의 작가가 뉴욕의 커다란 호
텔 스위트룸에 앉아서 말했다.

"제가 이런 식으로 사는 건 문예창작과에 가질 않아서 누구도 뭘 하
지 말라는 소리를 안 해서인 것 같아요. 아무도 '그걸 하려면 전문 지
식이 필요해'나 '맙소사, 정신 좀 차려' 같은 소릴 안 했죠."

* 마가렛 애트우드, 『돈을 다시 생각한다: 인간, 돈, 빚에 대한 다섯 강의』, 공진호 옮김, 민음사,
2010.

그래서 그녀는 그렇게 하지 않아왔다. 하지만 이제 그녀는 그녀로서는 가장 있을 성싶지 않은 역할, 페이지 위에서 창조하는 것만큼이나 위험천만한 역할과 씨름하려는 참이다. 발명가 말이다.

애트우드는 롱펜LongPen, 즉 작가가 원격으로 책에 사인을 해주도록 하는 기계장치의 배후 세력이다. 이게 있으면 마이애미에 사는 작가가 몸바사의 서점에 있는 손님에게 사인을 할 수 있고, 미니애폴리스의 변호사가 매니토바에 있는 서류에 사인을 할 수 있다.

"정말 긴 펜인 셈이죠." 애트우드가 말했다. "저는 그저 잉크가 다른 도시에 있는 것뿐이라고 말하고 다녀요."

인터넷 피드와 연결된 상태에서 작가 쪽에는 화상회의 시스템, 전자 태블릿, 마그네틱 펜이 갖추어진다. 수신자 쪽에는 비디오 스크린과 사인되는 서류가 있다. 초기 시범에서 롱펜은 장단점이 뒤섞인 결과를 냈지만, 애트우드는 출시 파티를 벌일 준비가 되었다고 말했다.

"그걸로 뭐든 쓸 수 있어요." 그녀가 눈에서 발명가 특유의 희망에 찬 반짝임을 내비치며 말했다. "조그만 그림도 그릴 수 있고요. 획을 한 번 긋기만 하면 계속 똑같이 그릴 수 있어요. 정확히 똑같은 압력을 가하면서요."

애트우드는 그녀의 문학적 자매이자 캐나다의 또 다른 국민작가인 앨리스 먼로와 함께 그 제품을 사람들에게 선보였다. 먼로는 온타리오 남부에서 토론토에 놓인 책들에 사인을 했다. 애트우드는 그 시스템을 통해 그녀와 인터뷰도 했다.

먼로의 출현은 그저 괜찮은 홍보 효과만을 노린 게 아니었다. 그것은 또한 어째서 캐나다 작가가 이 발명의 원동력이 되는 게 적절한지에 대한 이유를 입증하는 것이기도 했다. 애트우드는 이 제품을 그녀가 토론토에 차린 회사인 우노칫Unotchit을 통해 개발했다.

"캐나다는 정말 큰 장소예요." 애트우드가 말했다. "인터넷 서점 아마존이 있고, 서점은 더 많죠. 하지만 여전히 작가를 만나는 게 정말 어려운 일인 사람들도 많거든요."

애트우드는 이 점을 잘 이해했는데, 왜냐하면 작가 경력 초기, 순회 사인회를 도는 작가가 된다는 게 그리 대수로운 일이 아니었던 시절에 전국을 돌아다녔기 때문이었다.

"1960년대와 1970년대에는 제가 찾아갔던 몇몇 곳에는 심지어 서점도 없었어요." 그녀가 말했다. "사인할 책들을 들고 학교 체육관에서 열리는 낭독회에 갔어요. 책을 팔고, 거스름돈을 주고, 책 판 돈을 봉투에 넣어서 다시 출판사에 가져갔죠."

이제 그녀의 책은 35개국에서 출판된다. 출판사는 그녀를 비행기에 태워 전 세계로 날려 보내 초대형 서점에서 낭독회를 하도록 한다. 그녀가 여행하는 동안 일을 한다는 데는 의심의 여지가 없다. 우리가 만나기 전 열아홉 달 동안, 애트우드는 에세이집 한 권과 단편집 두 권, 오디세우스의 아내인 페넬로페의 삶에 바탕을 둔 소설 한 권*을 발표했다.

이 중 마지막 작품의 출판 행사는 런던에 차려진 무대에서 열렸고, 애트우드 본인이 페넬로페 역을 맡았다.

애트우드는 자신이 문학계의 슈퍼스타로 떠오른 이런 상황 때문에 시간을 쓰는 데 부담을 느낀다는 걸 인정하지만, 이것은 또한 그녀가 거둔 승리이기도 하다. 1980년대와 1990년대에 애트우드의 작품들(여

* 마가렛 애트우드, 『페넬로피아드』, 김진준 옮김, 문학동네, 2005.

성의 정체성, 폭력, 캐나다의 황무지에 대한 거듭되는 탐구)은 해체주의 이론에 의해 심하게 비판받았는데, 그 이론에서는 저자란 없고 오로지 '텍스트'만 존재한다고 가정했다.

하지만 흐름이 바뀌었다고, 애트우드는 체셔캣* 고양이 같은 미소를 지으며 말했다. 포스트모던 이론의 중요성이 쇠퇴하면서 "저자가 다시 살아났지요. 이런 말을 하게 돼서 행복해요." 다른 말로 하자면, 심지어 그녀가 자기 책에다 원격조정 펜으로 사인을 해도 그녀는 분명 그 책을 쓴 작가인 것이다.

그건 적절한 부활이다. 결국 애트우드의 장편과, 서로 맞물리는 작품으로 이루어진 근작 단편집 『도덕적 장애』와 같은 단편들은 종종 자신의 정체성, 혹은 타인들이 투사한 정체성으로부터 자유를 얻어내고자 고투하는 여성에게 관심을 기울이니 말이다.

"크게 본다면 당신이 곧 당신의 이야기예요." 애트우드가 설명했다. "하지만 다른 사람들이 갖고 있는 당신의 모습은 각기 다를 것이고, 그것들 모두가 당신이 생각하는 당신의 모습과는 다를 거예요."

애트우드는 젊은 시절에 이 사실을 깨달았고, 문학계 인사가 되었을 때는 두 명의 전기작가가 그녀에 대해 쓴 책 중 한 권을 검토하며 고생스럽게 알아차렸다.

"그 책에 제 하버드 시절 이야기가 있더군요. 제가 책상에 조개 한 마리를 놔뒀는데, 왜 그걸 좋아하느냐는 질문을 받으니까 이렇게 말했대요. '정말 충성스럽잖아.'"

애트우드가 피곤하다는 듯 한숨을 쉬었다. "우선, 조개를 병에 담아

* 『이상한 나라의 앨리스』에 나오는 고양이.

책상 위에 24시간 이상 놓아두면 안 돼요. 조개가 죽을 테니까. 둘째, 저는 조개를 병에 담아 책상 위에 올려둔 적이 절대 없어요. 셋째, 그 얘기는 제가 아니라 제 시누이 이야기를 슬쩍 바꿔 넣은 거예요. 시누이가 애완 소라게를 길렀는데 그 게에 대해 이렇게 말했거든요. '정말 충성스러워'라고요. 하지만 그 얘기는 슬프게 끝났어요. TV 세트 위에 올려둔 수조에 게를 집어넣었는데 TV가 지나치게 뜨거워졌거든요."

이제 그녀의 발명 덕택에 토론토에서 멀리 떨어진 곳에 사는 독자들도 애트우드가 자기 책상에 실제로 뭘 올려놓았는지 알게 될 것이다. 기묘하게 생긴 조그만 펜 말이다. 그녀가 진짜 펜으로 무엇을 쓰는지에 관해서라면, 그건 수수께끼로 남을 것이다. 그녀가 서부극을 쓰고픈 기분이 들게 될까? "제가 받는 유혹에 대해서는 절대 말 안 해요." 그녀가 말했다.

2006년 12월

마가렛 애트우드

# 모신 하미드
Mohsin Hamid

모신 하미드는 지금껏 살아오는 동안 세계화된 문화가 갖는 위험에 대해 드물게 입체적인 시야를 제공받아왔다. 1971년 파키스탄에서 태어난 하미드는 파키스탄과 미국에서 성장했으며, 경제학자인 그의 아버지는 미국의 대학에서 강의를 했다. 하미드는 프린스턴 대학에서 토니 모리슨과 조이스 캐롤 오츠의 지도를 받아가며 공부했지만, 계속해서 하버드 대학 로스쿨에 진학한 뒤 컨설팅 회사 매킨지앤드컴퍼니에 취직했고, 거기서 일하며 로스쿨에서 대출한 학자금을 갚았다. 그는 1년에 3개월 정도 글을 쓸 수 있는 시간을 낼 수 있었고, 그렇게 틈틈이 첫 소설『나방 연기<sup>Moth Smoke</sup>』(2000)를 썼다. 이 소설은 제이 매키너니의『불타는 도시의 밤』을 파키스탄과 인도의 핵무기 경쟁을 배경으로 바꾼 것 같은 종류의 작품이었다. 그의 두번째 소설『주저하는 근본주의자<sup>The Reluctant Fundamentalist</sup>』(2007)는 집필에 7년이 걸렸는데, 그동안 그는 런던으로 이주하여 광고회사에서 일을 하기 시작했다. 내가 그와 이야기를 나눈 게 이 시기였다. 2년 뒤 그는 파키스탄의 라호르로 돌아가 거기서 가족을 부양하면서 세번째 소설『부상하는 아시아에서 역겨운 부자가 되는 법<sup>How to Get Filthy Rich in Rising Asia</sup>』(2013)을 탈고했다.

▼

2001년 9월 11일의 공격 이후 수년 간, 서양 사회는 서점에 테러리즘과 급진주의 이슬람에 대한 집중 강좌를 쭉 개설했다. 강사는 저널리스트도 역사학자도 아니었다. 존 업다이크의 『테러리스트』에서 조너선 사프란 포어의 『엄청나게 시끄럽고 믿을 수 없게 가까운』에 이르는, 점점 늘어나는 소설들이 테러리즘이 미친 악영향을 설파했다.

하지만 『주저하는 근본주의자』가 등장했다. 이 작품은 이슬람 작가가 쓴 것으로는 9·11 이후의 미국에 대한 최초의 문학작품이다. 그리고 그는 살짝 다른 곡조로 노래를 한다.

"끔찍하고 틀리긴 했지만." 모신 하미드가 말했다. "9·11 공격은 대화 중에 끼어든 목소리였어요. 뭔가 끔찍한 것이 미국에 말을 건 거고, 그 말이 정치적인 차원에서 이런 대답이라는 게 즉시 이해된 거죠. '우린 너희 말을 들을 생각이 없어'라는 대답 말입니다."

공격이 일어난 뒤 수전 손택이 2주 뒤에 『뉴요커』에 이와 비슷한 논평을 내놓았을 때, 그녀는 비애국적이고 부적절한 사람이라고 광범위한 비판을 받았다.

로어 맨해튼의 호텔 바에 앉아 있는 하미드는 이제 그 대화를 다시 꺼내야 할 때가 왔다고 믿는다. 그는 자신의 두번째 소설이자 맨부커상 후보에 오른 『주저하는 근본주의자』가 거기에 기여하길 희망한다.

소설은 파키스탄 남자 찬게즈의 목소리로 진행된다. 그는 라호르의 카페에 앉아 독자의 눈에는 보이지 않는 미국인에게 자기 인생을 이야기하는데, 그 미국인은 그를 죽이러 온 CIA 요원일 수도 있고 아닐 수도 있다. 짧고 독백적인 장을 차례차례 지나면서, 찬게즈는 어쩌다 자기가 장학금을 받고 미국으로 유학을 떠나게 되었는지, 어떻게 프린스턴에서 좋은 성적을 받아 모두가 탐내는 컨설팅 회사에 취직하고 재빨리 승진의 사다리를 타고 올라갔는지를 설명한다.

하지만 찬게즈는 미국에 적응하는 데 지나치게 집착한 나머지 자기 자신을 잃어버린다. 그 사실은 그가 백인 미국인 여성의 애정을 확보하기까지 보낸 필사적인 시간을 통해 잘 드러난다.

"누군가가 무언가를 미워하기 시작하는 이야기가 아닙니다." 하미드는 그렇게 말했고, 그는 이 소설이 미국을 비판하는 책이 아니라는 점을 알리는 데 열심이다. "무언가를 너무도 사랑한 나머지 자기들의 사랑이 거부당한다는 생각이 들면 모욕적으로 느껴지는 행동을 기꺼이 하려 하는 사람에 대한 이야기인 거죠."

하미드는 찬게즈가 어떤 기분이었을지 안다. 그는 미국으로 건너와 프린스턴 대학과 하버드 로스쿨을 다녔고, 나중에는 몇 년 동안 맨해튼에 있는 경쟁력 있는 컨설팅 회사로 유명한 매킨지앤드컴퍼니에서 경영 컨설턴트로 일했다.

하미드는 극도의 피로감과 또 한편으로 팔려 나갔다는 기분을 끼고 살았다고 말했다. 비록 파키스탄 남성으로서 하미드가 품은 불편함이 보다 날카롭고 은밀한 관점을 취하고 있었지만 말이다. 그는 파키스탄과 인도 사이의 핵무기 경쟁에서 미국이 힘을 동원해 균형을 잡는 광경을 목격했다. 그의 소설 속 인물처럼 하미드도 아랍인이라고 오인당했다. 9·11 이후 이슬람 국가들을 침공할 때 미국이 내지른 환호성은 고통스러웠다.

실은 두 배로 고통스러웠다. 하미드가 소년 시절 캘리포니아에서 살았기 때문이었다. 그의 가족은 파키스탄으로 돌아갔지만 그는 대학 때문에 다시 미국으로 돌아왔다. 그는 지금까지도 "제가 가진 미국적인 것을 바깥으로 분리할 수 없습니다"라고 말했다.

하미드는 자기 자신에 대해 진실인 것은 대체적으로 세상에도 해당된다고 믿는다. 심지어 미국을 역겹게 바라보는 부분까지도 말이다. 그는 극단적 이슬람교의 신조에서도 심지어 미국의 메아리가 울려 퍼진다고, 영웅으로 자기 몸을 던지는 순교자들의 내면에서 특히 그렇다고 믿는다.

"세상 사람들 다수가 미국이 영화, 소설, 문화로 심각하게 영향을 끼친 방식을 통해 자기 자신을 바라봅니다." 그가 말했다. 폭탄 테러범은 자신을 "현대의 편력 기사遍歷騎士라고 생각합니다. 용을 죽이는 대신에 3천 명의 무고한 사람들을 살해하는 거예요. 이 모든 것에 깃든 미국적인 요소를 파악하는 데 실패했다는 것은 미국이 현재 벌어지고 있는 일을 모른다는 소립니다." 그는 자살폭탄 테러범들이 "다른 문화권에서 온 로봇이 아닙니다. 그들은 우리가 사는 곳과 똑같은 세계에서 왔어요. 약간의 차이만 있을 뿐이죠"라고 말했다.

하미드는 현재 런던의 브랜드 관리 대행사에서 시간제로 일하고 있다. 그는 자신이 이 소설을 통해 포착하려 하는 것이 미국식 사고방식에 숨겨진 보다 큰 변화라는 것을 알고 있으며, 거기에 장애물이 있다는 것 또한 안다. 이를테면 그가 감지하고 있는 것으로는 미국의 미디어가 아랍인과 파키스탄 사람을 단조롭게 묘사한다는 점이 있다.

"파키스탄에서 제일 인기 있는 텔레비전 토크쇼 진행자는 복장도착자예요." 하미드가 말했다. "우리나라엔 인디 록 신scene도 있죠. 거의 아무것도 안 입고 고양이 걸음으로 돌아다니는 패션모델도 있고, 엄청난 규모의 엑스터시 레이브 파티도 열려요." 하지만 미국 TV에서는 이런 것들이 안 나온다고 그가 지적했다. 우리는 "그 대신에 동굴에서 사는 남자들만 보는 거죠".

9월 11일 이후 나타난, 개인적 경험에서 또는 상상을 통해 꾸며낸 그 모든 이슬람 소재 이야기들에도 불구하고, 하미드는 그 이야기들이 특정한 관점에서 나왔다는 느낌을 종종 지나치다 싶게 받는다. "미국인들은 때때로 무척 안타까운 상황을 겪고 나서 이제는 거의 자기 정체성을 철저히 배격하기로 한 사람들이 쓴 글만 읽습니다. 아얀 히르시 알리*나 살만 루시디처럼 '우린 이슬람이 싫어요'라고 말하는 무슬림들이 쓴 얘기요."

아니면 존 업다이크의 『테러리스트』도 있다. 하미드는 절망스러운 기분으로 그 책을 읽었다. "『테러리스트』의 흥미로운 점은 그렇게 재능이 넘치는 작가가 어쩌다 기획 단계에서 그렇게 크게 실패할 수 있느냐는 겁니다." 하미드는 그렇게 주장했다. "그는 미국이라는 기획이 실패하는 것과 똑같은 이유 때문에 실패해요. 그런 식으로 비약해서 감정이입을 하는 건 너무 멀리 나가는 겁니다."

『주저하는 근본주의자』는 이 비약을 조금 좁히려는, 그리하여 이미 말잔치로만 가득 차 있는 균열을 건너는 다리가 되고자 하는 하미드의 시도다. 2백 페이지가 채 안 되는 분량이라 작은 책처럼 보일지 몰라도, 정말로 중요한 소설이다.

2007년 10월

* Ayaan Hirsi Ali. 소말리아 출신의 여성 활동가. 강제 결혼을 피해 네덜란드로 건너온 뒤 정계에 입문해 하원의원으로 활동했다. 자서전 『이단자, 아얀 히르시 알리』(2010, 알마)가 국내에 번역되어 있다.

모신 하미드

# 리처드 파워스

Richard Powers

세상에서 가장 지적인 작가군에 속할 리처드 파워스의 책을 읽다 보면 합창에서부터 컴퓨터 프로그래밍에 이르는 거의 모든 것에 대한 지식을 쌓을 수 있다. 그는 1957년 일리노이 에번스턴에서 태어나 열한 살에 가족과 함께 태국으로 이주했다. 미국으로 돌아와 고등학교를 다니면서 음악을 사랑하게 된 그는 기타와 첼로, 클라리넷을 연주하게 되었다. 그는 1980년 대학을 졸업하고 보스턴에서 컴퓨터 프로그래머로 일했다. 이 기간은 길지 않았다. 아우구스트 잔더의 사진 〈젊은 농부들〉을 본 그는 직장을 그만두고 첫 소설, 『춤추러 가는 세 명의 농부들Three Farmers on the Way to the Dance』(1985)을 쓰기 시작했다. 그 후 이어진 일곱 권의 소설들은 그가 남겨두고 떠나온 세계(과학, 테크놀로지의 수량화 능력, 경계 속에서 살아갈 수 없는 인간 정신 등)에 대한 일종의 명상으로 읽힌다. 그는 2006년, 기이하면서도 감동적인 아홉번째 소설 『메아리를 만드는 자The Echo Maker』를 내놓으며 머리로 소설을 쓰는 작가라는 한계를 돌파했다. 나는 이 책의 출간 당시 그를 인터뷰했다. 인터뷰가 있고 한 시간 뒤에 그는 전미도서상을 수상했다. 2009년에는 열번째 소설 『너그러움Generosity』이 나왔다.

뉴욕 전미도서상 시상식장에 도착한 리처드 파워스는 안절부절못하는 기색을 보였다. 호텔 방에 최종후보자 메달을 두고 왔기 때문이다. "다시 가서 가져와야겠어요." 매리어트 마키스 호텔 연회장에 들어선 파워스가 초조하게 주변을 둘러보며 말했다. 잔뜩 몰려든 편집자와 작가를 바라보던 그는 곧장 방으로 돌아갔다.

파워스의 예감이 적중했다. 그의 아홉번째 소설 『메아리를 만드는 자』가 마크 다니엘레프스키의 『오직 혁명뿐』과 다른 세 경쟁작을 물리치고 수상작이 된 것이다. 조녀선 프랜즌의 『인생 수정』과 토머스 핀천의 『중력의 무지개』도 이 상을 받았다. 가장 권위 있는 문학상으로 꼽힐 뿐만 아니라 판매에도 상당한 영향력을 미치는 전미도서상의 위치를 고려할 때, 파워스가 자신이 수상자가 될 가능성에 회의적이었던 것도 이해가 가는 일이다. 그러나 미국에서의 명성이 나날이 높아졌음에도 그는 유독 상과 거리가 멀었다. 전에도 한 번 전미도서상 후보에 오른 바 있었고, 전미도서비평가협회상 시상식에 네 번 참가했지만, 그는 그때마다 빈손으로 돌아와야 했던 것이다.

"전 여느 소설가보다 늘 운이 좋았습니다." 알곤킨 호텔 방에서 파워스가 수줍은 듯 말했다. 시상식이 열리기 한 시간 전이다. 좁은 듯 느껴지는 방 안에 앉아 있는 파워스는 키가 무척 크다. 검은색 타이를 매고 숱 많은 머리에 크고 자상한 두 눈의 그는 잘 차려입고 있긴 하지만 밖에 나가 장작을 패는 쪽을 더 좋아할 성싶은 걸리버를 닮은 데가 있다. "제가 첫 책을 발표한 뒤로 비평가들은 쭉 제게 관심을 보여왔죠." 그가 말했다. "제 세대의 작가들이 사십대에 접어들면서, 전 독자들이 테크놀로지가 '저 너머'가 아닌 우리 안에 있다는 것을 점차 편하게 인지하게 된 것 같다는 생각이 듭니다."

그의 지적인 소설들을 다소 버거워하는 독자들을 염두에 둔 말이다. 지난 20년간 그는 DNA(『황금벌레 변주곡The Gold Bug Variations』)에서 가상현실(『암흑을 쟁기질하기Plowing the Dark』), 의약품(『수술대의 방황하는 영혼Operation Wandering Soul』), 자본주의의 대두(『이득Gain』), 컴퓨터(『갈라테이아 2.2Galatea 2.2』), 그리고 노래(『우리가 노래하는 시간The Time of Our Singing』) 등과 관련한 방대한 지식으로 소설을 채워왔다. 소설가 콜슨 화이트헤드는 『뉴욕타임스』에 실린 서평에서 "왓슨과 크릭의 복잡한 DNA 이중나선구조와 가상현실, 인공지능과 좋은 품질의 비누를 만드는 법"에 관한 파워스의 소설에 대해 "그는 나날이 비상해진다"고 쓴 적이 있다. "그를 자신과는 거리가 먼 작가로 생각하는 사람들은 '냉랭한' 반응을 보일 것이다."

하지만 『메아리를 만드는 자』에 대해서는 이러한 반응이 나오지 않았다. 비평가들은 이 소설을 파워스의 작품 중 가장 신비롭고 따스하며 감동적인 작품이라고 평했다. 이 소설은 한밤중에 네브래스카의 도로에서 자동차 사고가 일어나면서 시작된다. 의식불명에서 깨어난 스물일곱 살의 마크 스클러터는 카프그라 증후군에 시달린다. 드물지만 실제로 존재하는 증후군이다. 그는 사랑했던 사람들을 알아보면서도 그들이 진짜인지, 아니면 그렇다고 우기는 자들인지 확신하지 못한다. 그의 침대 옆 탁자에서 "신이 나를 당신에게로 이끌었으니 살고 싶다면 누군가를 데려오라"고 적힌 쪽지가 발견되면서 문제는 더욱 복잡해진다. 마크가 자신의 삶을 돌아보며 쪽지의 출처를 알아내려고 고심하는 동안, 슬픔으로 가득한 카린은 그에게 자기가 누나라는 사실을 믿게 하려고 노력한다. 그러는 와중에 제럴드 웨버라는 이름의 신경과 학자이자 작가는 그의 사례에 집중하려고 하지만, 마크가 사고를 당한 지점 인근의 네브래스카 평원지대에 거의 50만 마리에 달하는 두루미 떼가 몰려오는 장관에 시선을 빼긴다.

파워스의 조카가 자동차 사고를 겪은 뒤 소설 속에 등장하는 것과 비슷한 수수께끼의 쪽지를 받은 적이 있다고 한다. 하지만 그가 이 소설의 가능성을 떠올렸던 것은 투손에 거주하는 어머니를 찾아가느라 중서부 도로를 달리던 중이었다. "해가 저물고 있었습니다. 전 네브래스카 한가운데 있었죠. 도로 밖으로 시선을 던졌을 때, 키가 1미터쯤 되는 아주 커다란 새를 보았죠. 그리고 또 한 마리를. 그렇게 끝없이 펼쳐지는 새 떼를 보게 되었습니다." 파워스는 딱 부러지는 거친 시카고 억양으로 말했다. 그의 말을 듣고 있노라면 미국 원주민들이 '메아리를 만드는 자'라고 불렀던 새들의 아름다움에 대한 긴 여담을 듣는 듯한 범상치 않은 기분이 든다. "도로에서 벗어날 뻔했죠. 최면에 걸린 듯 황홀한 광경이었습니다." 그가 말을 이었다. "전 여정을 변경해 가장 가까운 마을이었던 키어니로 갔습니다. 그날 밤 호텔 방을 하나 잡고 주변 사람들에게 이에 대해 질문을 던졌지만 비웃음만 샀습니다. 저는 그 광경을 우연히 최초로 목격했던 것이죠. 이제는 많은 사람이 미국 전역에서 새들을 보러 그곳으로 몰려들고 있습니다."

해마다 같은 장소로 돌아오는 거대한 새 떼에 대한 이미지는 파워스가 카프그라 증후군에 관한 글을 읽는 동안 되살아났다. "대단히 이상하고, 반직관적이고, 있을 것 같지 않은 증후군이죠." 카프그라 증후군으로 고통스러워하는 사람들의 인터뷰 영상을 수없이 본 파워스가 말했다. 그가 생각하기에 이 증후군을 통해 우리는 감정에 대해 이야기할 때 사용하는 잘못된 구분을 집중적으로 조명할 수 있다. "우리가 세계를 파악하는 각각의 방식은 전부 뇌에서 오는 겁니다." 그가 말했다. "그 방식들은 [따로따로 움직이는 게 아니라] 서로가 서로에게 의지하며 의미를 창출하지요."

열정적으로 말을 늘어놓는 그를 보고 있으면 너드 기질을 보이는 무척 영리한 아이였을 그의 어린 시절을 상상하게 된다.

1957년 일리노이에서 태어난 그는 음악이 흘러넘치는 가정에서 다섯 아이 중 첫째로 성장했다. 교장선생이었던 그의 아버지는 손님들을 초대해 함께 노래하고는 했다. 파워스는 첼로를 연주했다. 하지만 그는 과학에도 매력을 느꼈다. 십대 시절 그는 다윈의 『비글호 항해기』를 정신없이 파고들었고, 후에 테크놀로지에 대한 관심으로 일리노이대학교 어바나 샴페인 물리학과에 등록했다. 그는 컴퓨터 프로그래밍을 독학했고, 이를 바탕으로 보스턴에서 처음이자 마지막 직장을 다녔다. 아우구스트 잔더의 회고전에서 세 명의 농부들을 찍은 사진을 보기 전까지 단 한 번도 글을 쓰겠다고 생각한 적이 없었던 그는 사진을 본 지 이틀 만에 직장을 그만두고 그들의 이야기를 쓰기 시작했다.

젊은 소설가인 그에게 가장 많은 영향을 미친 작가는 제임스 조이스와 토머스 하디였다. 하지만 그가 한 권의 책을 완성하는 데 필요한 교육은 프로그램 코딩이 담당했다. "형식 면에서나 구조 면에서나 프로그램 코딩이 제게 소설을 쓰는 규칙을 가르쳐줄 수 있다고 생각했습니다." 파워스보다 한 해 전에 전미도서상을 수상한 윌리엄 T. 볼먼 역시 프로그램 코딩을 직업으로 삼은 바 있다는 사실을 기억해야 할 것이다. 이런 이력을 가진 작가들이 연달아 문학상을 받으면서 뉴욕 비평계에 속하는 다수의 사람들은 문학계에 일종의 변화가 일어나고 있다고 파악한다. 그러나 파워스는 자신과 같은 작가들이 주목받는 까닭은 독자들이 이야기를 말하는 새로운 방식을 받아들이기 시작했기 때문이라고 생각한다. "하나의 책이 인물과 감정에 관한 것이라거나 정치와 개념에 관한 것이라거나 하는 생각은 그릇된 이분법입니다. 관념이란 느낌을 표현한 것이자 우리가 세계에 대해 갖는 강렬한 감정들이죠. 카프그라 증후군이 드러내는 것 중 하나는 세상을 조금이나마 신뢰하기 위해서는 관념을 느끼는 것에 무척이나 의존해야 한다는 사실입니다."

『메아리를 만드는 자』는 특히 오랜 입원 생활에서 느껴지는 감정과 역학을 설득력 있게 그려낸다. 나아지고 있다는 기분이 들다가도 이내 그렇지 않다는 생각이 들고 마는 상황, 치료될 수 있으리라는 희망을 주는 연구 결과에 매달리다가도 효과가 확실치 않은 민간요법에 빠져버리는 긴장감을 이 소설은 상세하게 드러낸다. 파워스는 전작 『수술대의 방황하는 영혼』을 쓰면서 외과의로 일하는 남동생과 많은 시간을 보냈다. 이 소설은 근미래를 배경으로 아동병원에서 펼쳐지는 우화풍의 이야기다. "가까운 사람이 치료를 받는 도중 위험한 상황에 처할 때 우리, 그러니까 건강한 사람들이 스스로를 돌아본다는 이야기는 대단히 감동적일 수 있습니다." 그가 말했다.

한편 그는 우리가 자기 이야기를 할 때 테크놀로지가 일차적인 전달자가 될 수 있다고 생각한다. 그는 『노래하는 시간』은 무선 키보드로, 『메아리를 만드는 자』는 음성인식 소프트웨어로 썼다. 그는 소프트웨어를 대필자로 삼은 21세기의 헨리 제임스처럼 화면 앞에서 문장들을 불러주었다. "우리는 테크놀로지를 통해 우리의 불안과 욕망을 드러냅니다." 파워스가 말했다. "테크놀로지란 우리의 열정입니다. 그 열정은 우리 자신을 확장시킨 인공 기관에 응고되어 있는 거죠. 테크놀로지는 우리 자신이 직접 할 수 있으면 좋겠다고 꿈꾸는 것들을 반영하는 방식으로 자기 일을 하는 겁니다."

파워스는 몇 가지 규칙을 넘나들며 이 모든 꿈을 인식하고 탐구하는 일에 헌신해왔다. "소설 쓰기란 이런저런 일을 두루 겪어보고자 하는 사람이 유일하게 간접경험을 해볼 수 있는 장소입니다." 그가 말했다. "그래서 소설은 다양한 인물을 통해 역사와 생물학, 디지털컴퓨터 테크놀로지 등의 다양한 세계를 알아가는 갖가지 방법을 탐구해왔습니다." 그가 메달을 방에 두고 왔다고 말해줄 수 있는 컴퓨터가 있었다면 좋았을 텐데.

2006년 12월

# 앨런 홀링허스트

Alan Hollinghurst

2004년 10월 중순의 짧고도 강력한 시기, 앨런 홀링허스트는 문학계의 한복판에 있었다. 그는 부커상을 받기 36년 전에 이미 동성애에 관한 첫 소설을 발표한 바 있었다. 그로부터 2주 후 조지 W. 부시는 동성결혼을 금지하는 법안을 2차로 발의했다. 그러자 부커상을 받은 게이 작가에 대한 이야기들이 사라진 것처럼 보였다.

홀링허스트에게 부커상의 영예를 안겨준 소설『아름다움의 선<sup>The Line of</sup> <sup>Beauty</sup>』은 부시 행정부에 선행하는 마거릿 대처 영국 행정부의 통치 기간을 희화화하고 있다고 말해도 무방하다.

1983년과 1987년에 있었던 두 번의 선거 사이의 영국을 배경으로 하는 『아름다움의 선』은 옛 학우인 토비 페던의 고급스러운 노팅힐 저택으로 오라는 초대를 수락한 스물한 살의 옥스퍼드 졸업생, 닉 게스트를 다룬다. 닉이 환상과 사랑, 관심을 투사하는 대상인 토비는 게다가 토리당 하원의원의 아들이다. 이러한 설정 때문에 런던에서 게이로서의 인생을 살아가기 시작한 닉은 곤란한 상황에 처하게 된다.

세계가 그에게 행사하는 압력, 그리고 과시적인 달콤함은 『아름다움의 선』을 읽는 경험을 짜릿하게 한다. 닉이 순진한 동정남에서 백만장자 레바 논인을 애인으로 둔 코카인 파티광으로 거듭나면서 소설은 더욱 자극적으로 변해간다. 이처럼 『아름다움의 선』은 황홀하고 몽롱한 당시의 시대상을 통해 대처 정부가 통치하던 런던 교외의 타락상을 그 어떤 연구보다도 고스란히 드러낸다.

이 인터뷰는 2004년 그의 프린스턴 대학 연구실에서 진행되었다.

▼

Q  『아름다움의 선』에는 1980년대 런던에서 당신이 경험했던 바가 얼마나 반영되어 있습니까?

A  어떻게 보면 상당히 많습니다. 옥스퍼드에서 9년을 지내고 런던으로 옮긴 저는 눈앞의 세계가 지닌 전체적인 단계에 대해 어떤 인상을 받았습니다. 새로운 연애나 새로운 가능성들에 대해서 말이죠. 저는 설렘과 흥분으로 가득해 있었습니다. 그리고 『타임스 리터러리 서플먼트』에서 일하기 시작했죠. 근무시간 내내 열심히 일했고 집으로 돌아가면 첫번째 소설이 될 글을 썼습니다. 대단히 생산적인 시기였죠. 그 시기 신문들이 앞다투어 내놓기 시작한 기사들과는 달리 저는 부유하고 한가로운 인생을 살지는 않았습니다.

Q  이 소설에는 섹스에 대한 묘사가 무척 많습니다. 일부러 과하게 포함시킨 것입니까?

A  저는 섹스에 관해 늘 많이 쓰는 편입니다. 하지만 이 책은 첫 책보다는 그런 묘사가 덜하죠. 닉이 완전히 새로운 영역으로 진입하고

있다는 압도적인 기분을 느끼는 첫 섹스 장면은 물론 과하다고 할 만합니다. 하지만 그 후에는 사실상 섹스 장면이 거의 없죠. 책의 두번째 섹션에서 우리는 좀 달라진 닉을 보게 됩니다. 재미있게도 닉은 더는 순진하지 않습니다. 그는 셋이서 하는 섹스에 빠져들기도 하지만, 그 무엇에도 즐거움을 느끼지 못합니다. 전부 돈과 사물로 환원되어버리기 때문이죠. 책의 세번째 섹션은 에이즈를 다루고 있습니다. 하지만 에이즈를 인물의 행동에 대한 도덕적 심판으로 보아서는 안 됩니다.

Q     윌 셀프는 『도리안』에서 인물의 도덕적 타락에 대한 단죄의 형식으로 에이즈를 끌어들입니다. 아마 작가가 의도하지는 않았겠지만, 이로 말미암아 에이즈가 처벌이라는 인식을 굳어지게 한 것도 같습니다.

A     그렇게 보기는 어렵습니다. 하지만 당시 에이즈를 일종의 처벌로 보는 사람들이 매우 많았죠. 저는 에이즈에 대해 쓰기를 피했습니다. 제게 흥미를 불러일으킬 수 있는 방식으로 쓸 수 있는 방법을 몰라서였죠. 하지만 게이 작가로서 늘 그 주제에 어떤 부담을 느낄 수밖에 없었습니다.

Q     집필하시면서 섹스 체위에 대해 쓸 때 특별한 어려움은 없었습니까?

A     진지하게 글을 쓰고자 하는 사람이라면 신중하게 써야만 합니다. 저도 늘 그렇게 써왔죠. 저는 다른 소재와 마찬가지로 항상 섹스에 대해 신중하게 쓰고자 합니다. 있는 그대로, 함부로 다룰 수 없는 소재로 표현하기 위해서 말입니다. 취향의 문제가 있을 겁니다. 너무 기계

앨런 홀링허스트

적으로 쓰거나 포르노처럼 보이지 않기를 바랄 수 있겠죠. 이런 덫은 경계해야 합니다. 제가 성공적으로 썼는지는 모르겠습니다. 다만 얼버무리지 않으려고 노력했죠.

**Q**    최근 톰 울프가 모든 성은 사회적으로 결정된다고 말했습니다. 동의하십니까?

**A**    매우 동의합니다. 제 소설에서 닉은 중상류층 영국 젊은이를 사랑하게 됩니다. 철저하게 이성애자라서 그가 결코 가질 수 없는 남자를 사랑하게 되죠. 그와 동시에 어떤 충동에 의해 그는 다른 계급과 인종의 젊은이들과 일종의 에로틱한 모험을 하게 됩니다. 진부한 말이지만 동성애는 분명 사람들로 하여금 계급과 인종의 장벽을 넘게 합니다. 저는 계급과 인종과 성이 영국에서 상호적으로 작용하는 방식에 관심이 많습니다.

**Q**    지금은 미국에 살고 계시는데, 어떻습니까? 대처주의가 다시 위세를 떨치고 있다는 기분이 드시는지요?

**A**    그것뿐이겠습니까? 놀라울 정도입니다. 제조업의 몰락, 복지 예산 축소…….

**Q**    영국에서는 동성결혼이 합법이죠. 미국에서 동성결혼 금지법을 제정하고자 하는 움직임에 대해서는 어떻게 보십니까?

**A**    영국은 아마 세계에서 가장 종교적이지 않은 나라일 겁니다. 수없이 많은 미국인이 종교가 있다고 말하는 것을 들을 때마다 전 깜짝깜짝 놀라고는 합니다. 누가 동성결혼 합법화라는 주제를 꺼내기만 하

면 이 나라의 선거 판세가 뒤집힐 정도죠. 이런 분위기는 영국인인 저로서는 완전히 낯설기만 합니다.

**Q**  미국에서 당신의 책에 대한 부정적 반응을 접한 적이 있나요?

**A**  정부가 자기 존재를 비밀리에 감추면 편집증 상태에 **빠지기** 쉽죠. 그렇지 않나요? 하지만 아니더군요. 낭독회에 온 사람은 전부 제 작품을 읽고 좋아해서 참석하는 것으로 보입니다. 유일한 문제는 제 책이 미국에서 팔리기가 너무 어렵다는 것입니다. 미국 출판사들은 하나같이 제 책이 너무 영국적이라고 말합니다. 미국인들은 제가 소설에서 조롱하는 시기의 영국에 전혀 관심이 없는 것 같고요. 하지만 소설을 읽는 즐거움 중 하나는 분명, 모르는 것을 알게 되는 것이겠지요.

**Q**  이 소설에서 닉은 계속해서 헨리 제임스에 대한 논문을 쓰고 있습니다. 『아름다움의 선』은 영국에서 세번째로 출판된, 비평가 레온 에델의 표현에 의하면 헨리 제임스라는 '대가'를 새로이 조명하는 작품입니다. 이렇게 된 연유가 뭘까요?

**A**  저는 작가라면 누구나 그에게 관심이 있으리라고 생각합니다. 그는 흥미로운 작가였던 동시에 흥미로운 사람이었죠. 데이비드 로지는 작가로서의 헨리 제임스를 부각시키고 있습니다. 그의 소설은 일반적인 면모를 보여주는 듯합니다. 그리고 콤 토이빈은 훨씬 어두운 측면에 관심이 있죠. 그들이 창조한 두 인물은 서로 사뭇 다릅니다.

**Q**  그러면 당신은 헨리 제임스에게 어떤 관심이 있습니까?

**A**  저는 그가 부유한 권력층에 대한 글쓰기를 매우 흥미롭게 생각

했다는 것을 알고 놀랐습니다. 하지만 그는 그런 사람들이 인생이나 돈 따위를 어떻게 형성했는지는 관심이 없었죠. 그는 그들의 삶에 관심이 있었습니다. 저는 제임스의 이런 면이 나와 비슷하다고 생각합니다. 소설에서 상상을 정보로 대처하는 것은 형편없는 방식이죠.

**Q** 많은 비평가가 『아름다움의 선』이 보여주는 언어의 순수한 아름다움을 주목합니다. 이 역시 제임스에게서 어떤 영감을 받은 결과입니까?

**A** 소설을 쓰는 동안에는 신간 소설을 많이 읽지 못합니다. 특히 제게는 작가인 친구들이 많기 때문에 경쟁한다는 기분을 느끼고 싶지 않아서죠. 하지만 저는 헨리 제임스만 읽는 독서 모임의 회원이기도 합니다. 한편 19세기 러시아 소설도 많이 읽었습니다. 처음으로 『전쟁과 평화』를 읽었고 그다음으로는 투르게네프의 『아버지와 아들』을 읽었죠. 정치에 연루되어 움직일 수밖에 없는 사람들에 관한 소설을 읽고 싶었습니다.

**Q** 이 책을 쓰는 동안 전작들과 다른 점이 있었다면요?

**A** 이 책을 쓰는 동안 무엇을 빼고 무엇을 남겨야 할지에 대한 문제가 있었습니다. 저는 쓸 생각이 없었던 소재 상당수를 마지막에 가서야 집어넣었어요. 하지만 저는 보통 퇴고를 거의 하지 않습니다. 저는 원고 전체를 커다란 공책에 펜과 잉크로 쓰죠. 제가 느리게 쓰는 이유는 항상 처음부터 제대로 쓰려고 노력하기 때문일 겁니다.

2004년 12월

이언 매큐언

Ian McEwan

지난 10년에 걸쳐, 이언 매큐언은 영국에서 가장 인기 있으면서도 비평적 상찬을 받는 소설가가 되었다. 그는 1948년 햄프셔에서 군인의 아들로 태어났고, 싱가포르, 독일, 리비아를 오가며 어린 시절을 보냈다. 서식스 대학에서 공부했고 소설가 맬컴 브래드버리의 지도하에 이스트 앵글리아 대학에서 수학했다. 『첫사랑, 마지막 의식First Love, Last Rites』(1975)과 『이방인의 편안함The Comfort of Strangers』(1981) 같은 초기 소설들은 재기 넘치고 시적인 분위기가 짙게 깔려 있으며 노골적으로 선정적이다. 가즈오 이시구로처럼 매큐언 또한 1980년대에 영화 각본을 쓰기 시작했으며 지금껏 그 일을 하고 있다. 1990년대에 그는 가장 중요한 네 편의 작품을 발표했는데, 『이노센트The Innocent』(1990)와 『검은 개Black Dogs』(1992)는 배신과 역사라는 주제를 맴돌고 있으며, 『이런 사랑Enduring Love』(1997)과 『암스테르담Amsterdam』(1998)은 너무나 강렬한 나머지 비도덕적 집착으로 왜곡되는 관계의 양상을 탐구한다. 『암스테르담』은 앉은 자리에서 한 번에 다 읽을 정도로 재미있는 소설이지만 매큐언에게 부커상을 안겼고, 『속죄Atonement』(2001)는 영국 비평가상을 수상했다. 매큐언이 전 세계적인 베스트셀러 작가가 된 것은 이 두 권 중 후자 때문이었다. 그 이후 그는 계속 이 위치를 고수해오고 있다. 이 인터뷰는 『토요일 Saturday』(2005)의 출간으로 이루어졌다.

▼

수술실에는 두 종류의 사람이 있다. 겁먹은 사람과 그렇지 않은 사람. 이언 매큐언은 자기가 확실히 후자 쪽 진영에 속한다는 사실을 발견했다. 1년 전, 다수의 문학상 수상 경력이 있는 쉰여섯의 이 소설가는 새 소설을 시작했고, 취재의 일환으로 신경외과 의사가 뇌수술을 하는 자리에 동행했다.

"제 비위가 어느 정도까지 견디는 수준인지는 몰랐지요." 런던의 널찍한 자택에서 가진 인터뷰 자리에서 이언 매큐언이 말했다. "하지만 알고 보니 저는 완전히 수술에 매혹되었더군요. 머리 가죽을 가르려고 스킨 나이프를 맨 처음 사용할 때부터 그저 환상적이었습니다. 의사가 경뇌막을 가로질러 뇌에 다다를 때까지 기다릴 수가 없을 정도였어요."

비록 매큐언이 메스꺼움을 느끼지 않은 게 자기 자신한테는 놀랄 일이었다고 주장하더라도, 그의 초기 별명인 죽음의 이언 Ian Macabre*에 익숙한 독자들은 이 말이 잘 믿기지 않을 것이다. 어쨌거나 이 인물은 방부 처리된 페니스를 책상에 놓아두는 남자에 대한 단편인 「입체기하학 Solid Geometry」을 쓴 작가 아닌가 말이다. 매큐언이 1978년에 쓴 『시멘트 가든 The Cement Garden』은 부모를 무덤에 매장하는 아이들에 관한 이

---

* '이상한 방식으로 죽음, 혹은 폭력과 관련되어 있음'을 뜻하는 단어인 '머카브르 macabre'와 '매큐 언 McEwan'의 발음이 비슷한 것을 빗댄 별명.

야기다.

지난 30여 년 동안, 매큐언은 초기의 엽기적인 작품에서 졸업하여 가족에 대한 확고한 고찰(『우리 시대의 아이들 The Child in Time』, 『검은 개』)과 글 쓰는 삶에 대한 형이상학적 거래(『속죄』)에 이르는 기나긴 여정을 걸어왔다.

매큐언이 초기의 근원에서 얼마나 멀리 떨어졌는지를, 헨리 퍼론이라는 영국 신경외과의의 하루를 쫓아가는 매혹적인 소설 『토요일』보다 분명히 드러내는 것은 어디에도 없다.

사람을 현혹하는 뻔뻔함을 동원하여, 『토요일』은 매큐언이 말하듯 "현재 시제로 곧바로 돌입"하면서 소설이 이라크에서의 전쟁을 어떤 식으로 거론하는지도 언급한다. 그 과정에서 소설은 매큐언이 지금껏 써온 어떤 소설보다도 세밀하게 한 남자의 사고를 추적한다.

그렇다고 『토요일』이 위험이라고는 하나도 없는 소설이란 뜻은 아니다. 소설 초반부에서, 퍼론은 좀 과하다 싶을 만치 잘나간다. 그는 메르세데스 500SL을 몰고 디자인 잡지의 공상처럼 보일 법한 집에서 산다. 훌륭한 아내와 행복한 가정을 이루고 있고, 정말 건강하며, 음식 취향도 환상적이다.

하지만 2003년 2월의 이 토요일에 퍼론이 잠에서 깬 순간부터 뭔가 이상하게 돌아간다. 그는 한밤중에 침대에서 내려와 창가로 다가가서 비행기 한 대가 히드로 공항에서 추락하는 것 같은 장면을 목격한다.

이 무서운 광경이 그날 내내 어두운 그림자를 던지고, 그러는 와중에 퍼론은 도시 밖으로 떠났던 딸과 저명한 장인의 방문을 기다리고 있다.

퍼론이 아침을 향해 나아가고, 아침식사를 하고 메르세데스에 올라타 스쿼시를 치러 가는 동안에도, 그는 그 뜻밖의 순간을 마치 불안이 출렁거리는 도플러 파장처럼 품고 다닌다. 대규모 반전 시위대가 근처에서 분노하고 있는 바람에 길이 막혔고, 그는 운전대를 돌리다가 사소한 교통사고에 말려드는데, 그와 맞대면한 상대편 운전자는 정신적으로 불안정한 사람이고, 상황은 폭력적인 방향으로 악화된다.

"저는 어느 정도는 즐거운 일을 하고 싶습니다." 매큐언이 말했다. "하지만 쾌락과 불안이 서로 얽혀 있는 우리의 정신 작용을 세세히 묘사하고도 싶어요. 우리가 여기서 세계 정세에 대해 걱정하고 있기는 하지만." 남아시아에서 쓰나미가 일어난 직후 이루어진 이 인터뷰 자리에서 매큐언이 말했다. "그것에 대해 뭔가 할 생각도 딱히 없지 않습니까."

서양의 많은 사람들에게 불안이란, 매큐언의 말에 따르면 "우리의 쾌락과 함께 마치 푸가를 이루듯" 달리고 있으며, 자기 상대방의 화를 돋우지도, 그렇다고 압도하지도 않는다. 비록 우리는 쓰나미 지원 기금에 기부를 한다 하더라도, 그 문제 때문에 푸켓이나 바그다드로 비행기를 타고 가려 하지는 않는다.

『토요일』은 퍼론을 국제적인 재난으로 말미암아 생기는 것과 비슷한 수준의 무력감을 안기는 두 가지 상황으로 집어 던짐으로써 그에게 상처를 준다. 하나는 그 불안정한 운전자와 벌인 다툼으로, 그는 퍼론이 진단은 할 수 있지만 통제는 할 수 없는 폭력적인 사내다. 다른 하나는 어머니를 방문하는 일로, 그녀는 일찍이 매큐언의 어머니가 그랬듯 혈관성 치매, 다시 말해 기억을 죄다 빼앗기는 질환으로 고통받고 있다.

"어머니와 같이 앉아 있는데 그녀가 자식을 못 알아보는 게 어떤 느낌인지 포착하고 싶었습니다." 매큐언이 말했다. "산산조각 난 신경회로망과 심신의 결합에 대한 온갖 설명을 들어 알고 있겠죠. 하지만 그게 자기 어머니의 마음이 작동을 멈추고 있다는 비극에 대한 위로는 되지 않습니다."

아마도 『토요일』은 9·11 때문에 찾아온 느낌 중 우려감, 즉 우리가 나날이 품는 걱정들을 질질 끌고 다니면서 그것과 상호작용을 하는 감정에 대해 다루는 문학작품의 물결에서 맨 처음에 위치하는 소설 중 하나일 것이다.

매큐언은 자기가 이런 방향으로 나아갈 거라고는 예상하지 못하고 있었다. 2001년에 그는 코믹한 소설에 착수하려던 참이었지만 테러리스트의 공격이 벌어졌다.

"글을 쓸 생각이 전혀 안 들었습니다." 그가 말했다. "뉴스 프로그램을 보고, 신문을 읽고, 이슬람에 대한 책을 봤어요. 다른 사람들처럼요. 아마 그들도 그랬겠죠." 그는 두 편의 강렬한 글을 『가디언』에 쓰기도 했다. 이 시기에서 빠져나왔을 때, 매큐언은 현재 벌어지고 있는 상황을 다루어야겠다는 결심을 했다.

"그때 저는 이렇게 생각했습니다. 이제 이라크를 침공할 게 명명백백한데, 역사가 소설의 진로를 이끌도록 해야겠다고 말이지요. 그땐 그게 너무 복잡할 거라는 생각을 했습니다. 구조가 필요했고, 그래서 딱 하루 동안 벌어지는 일로 소설의 근거를 뒀어요."

비록 『토요일』이 매큐언이 지금껏 출간했던 작품들에 비한다면 당대의 일을 다루고 있고 보다 영화적이긴 하지만, 이 소설은 그의 전작들, 딱 꼬집어 말하면 『속죄』와 중요한 관계를 맺고 있다. 2001년에 발표한 『속죄』는 방대하게 뻗어나가는 소설로, 작은 소녀의 악의 없는 거짓말이 한 남자의 인생을 파괴하고 그녀를 그 과정에서 작가로 만든다는 내용을 담고 있다.

『속죄』가 출간되었을 때 라디오 내셔널과 가진 한 인터뷰에서, 매큐언은 자신이 소설의 화자인 브라이어니와 똑같은 나이에 어떻게 자의식을 갖게 되었는지를 설명한 바 있다.

"지중해 날씨 같은 봄날이었습니다. 저는 혼자만의 하루를 보냈고요…… 그러다가 이런 조그만 깨달음 하나가 찾아온 겁니다. '나는 나야.' 그와 동시에 모든 사람이 이렇게 느껴야 한다는 생각을 했던 거죠. 모두가 이렇게 생각해야 하는 겁니다. '나는 나야'라고요. 정말 무서운 생각이었습니다……. 하지만 다른 사람들이 존재한다는 사실에 대한 감각은 우리 도덕성의 근간 아닙니까. 제 생각에 다른 사람이 되어본다는 게 어떤 기분일지를 확실히 인식한다면 타인에게 잔인하게 굴 수 없을 겁니다. 다시 말해 잔인성이라는 건 상상력의 실패로, 공감의 실패로 볼 수 있다는 거죠. 다시 소설이라는 형식의 문제로 돌아와보면, 저는 소설이 우리에게 타인의 마음을 느끼는 감각을 부여하는 데는 최고의 형식이라고 봅니다."

『토요일』은『속죄』의 성인 버전의 대위선율로, 의식과 글쓰기에 대한 싸늘한 시선을 제공한다. 그날 내내 퍼론은 신예 시인인 딸 데이지가 읽어보라며 알려준 책인『마담 보바리』와 다윈 자서전을 떠올린다. 두 권 모두 그를 움직이지 못한다. 퍼론에게 문학이란 천재의 작업이 아니라 인생의 부가물이다. 문학은 그를 다른 사람의 머릿속으로 들어갈 수 있도록 해주지 않는다. 남의 머릿속에 들어가는 거라면 그가 가진 메스가 있다.

『토요일』에서, 매큐언은 한 남자가 종교도 예술도 아닌 물질에 기반을 두고 세계에 대한 공감을 드러내는 상황을 설명하는 데 착수한다.

"저는 항상 그게 일종의 유괴 행위가 아닌가 생각을 해왔어요." 매큐언이 심술궂은 미소를 지으며 말했다. "그러니까 세계의 주요 종교가, 종교라는 게 신이 도덕성에 베푼 은혜이고 용서는 오로지 종교를 통해서만 나올 수 있다고 우리를 쭉 설득해온 게 말입니다. 저는 퍼론이 완전히 다른 수단을 통해 비슷한 종류의 용서에 도달할 수 있다는 걸 보여주고 싶었어요. 의식이 물질에서 비롯하는 거라는 믿음이 인생을 붙들 수 있는 무한히 풍부한 능력을 부여할 수 있다는 걸, 그게 정말 기념할 만한 일이라는 걸 보여주고 싶은 거죠."

지난 5년 동안, 매큐언은 소란스러웠던 이혼에서 벗어나 재혼을 했으며, 베스트셀러 소설을 내놓았고, 영국비평가협회상과 LA 타임스 소설상을 받았다. 자기 작품을 영화관에서 다시 봤으며(한기가 돌 정도로 아름답게 각색한 〈이런 사랑〉), 런던 중심가 광장에서 멀리 떨어진 곳에 있는, 한때 V. S. 프리쳇이 살았던(비록 당시에는 그 동네가 그렇게 크지 않았지만) 아름답고 오래된 타운하우스로 이사했다.

이 모든 행운이 매큐언을 편집증 환자나 거들먹거리는 인간으로 만들지는 않았다. 그보다 그는 깊고 매력적인 안정감을 드러낸다. 몇 시간 동안 이루어진 인터뷰에서, 그와의 대화는 그가 '상원의원'이라 부르는 (필립 로스, 솔 벨로, 존 업다이크의 삼위일체로 이루어진) 작가들에서 이라크 전쟁으로, 요리에서 영국 수상으로, 어머니가 돌아가시는 걸 보며 느꼈던 슬픔까지 다양한 범위를 포괄했다. 그는 호기심 넘치는 사람이었다.

"종합건강검진을 받으러 갔을 때 느꼈던 순진한 놀라움이 기억납니다." 그가 말했다. "30분 정도 러닝머신에서 뛰게 하면서 내 심장을 모니터했지요. 그런 다음 전문의가 스캔 사진을 보여주었어요. 거기 말 그대로 제 심장이 있었습니다. 펄떡펄떡 뛰고 몸부림치는 심장 말이에요. 정말 놀랐습니다."

　그게 바로 매큐언이 가진 돌파력이다. 『토요일』은 그저 자기 자신이 생각하는 모습을 지켜보는 남자에 대한 소설이 아니다. 자기 자신을 느끼는 모습을 바라보는 남자에 대한 이야기이기도 한 것이다. 믿기 어려울 정도로 끈기 있게, 이 소설은 그 둘이 같은 것일지 모른다는 가능성을 고려한다.

2005년 3월

# 마이클 온다체
Michael Ondaatje

시인이자 소설가인 마이클 온다체는 본인이 살아온 궤적과 밀착된 것처럼 보이는 단편적斷片的이고 감각적인 스타일을 발전시켜왔다. 그는 1943년 스리랑카에서 태어나 1950년대에 영국으로 이주했고, 이후 퀘벡과 토론토에서 대학을 다녔다. 1970년부터 토론토에서 거주하는 그는 간혹 캘리포니아에 있는 작은 오두막으로 글을 쓰러 훌쩍 떠나기도 한다. 미국의 서부 문학과 이에 뿌리를 둔 탐사 문학 등이 미국 범법자의 신화와 전설을 다루는 소설인 『빌리 더 키드 전집The Collected Works of Billy the Kid』(1970)이나 뉴올리언스 재즈의 선구자 버디 볼든에 관한 소설 『슬러터를 지나며Coming Through Slaughter』(1976)를 비롯한 그의 초기작에 영향을 주었다.

온다체의 책들은 특정한 장르에 얽매이지 않는다. 그의 소설들은 회고록처럼 여겨지는 반면, 회고록인 『집안 내력Running in the Family』(1982)에는 소설처럼 여겨지는 장면들이 돌연 등장하다가 시처럼 읽히는 대목들도 나타난다. 토론토 건설에 일조했던 이주자들의 삶을 허구화한 『사자의 탈을 쓰고In the Skin of a Lion』(1987)와 같은 그의 최고작들은 대개 자신의 선택에 의해, 혹은 모종의 이유로 뿌리 뽑힌 인생을 살아야 했던 사람들을 다룬다. 가장 널리 알려진 그의 작품은 부커상 수상작인 『잉글리시 페이션트The English Patient』
(1992)다. 제2차 세계대전 당시 캐나다인 간호사와 심한 화상을 입은 수수께
끼의 환자가 등장하는 이 소설은 앤서니 밍겔라에 의해 영화로 제작되었고
최우수작품상을 포함해 아홉 분야에서 오스카상을 수상했다. 꾸준히 영화
에 관심을 가졌던 온다체는 각본 작업을 하기도 했고 위대한 영화 편집자들
과 음향 엔지니어들과의 인터뷰를 진행하기도 했다. 이 인터뷰는 창작자들
에 관한 책 중에서 지난 20년간 가장 유용한 책이라 할 수 있는 『월터 머치
와의 대화The Conversations: Walter Murch and the Art of Editing Film』(2002)에서 읽을 수 있
다. 나는 온다체가 소설 『디비사데로Divisadero』를 출간했던 2007년 그를 인터
뷰했다.

▼

마이클 온다체의 소설을 읽는 사람은 그의 언어를 사랑하게 된다. "그
렇게 말하는 편지를 제법 받았죠." 뉴욕의 출판사 사무실, 따스하고 부
드러운 눈빛을 지닌 작가가 말했다.
　온다체가 신작 소설 『디비사데로』를 통해 또 다른 배낭여행자 세대
의 로맨스에 불을 당기리라는 사실은 분명하다. 그가 지금까지 발표한
작품 가운데 가장 대담하게 수많은 것을 환기시키는 이 소설은 캐나
다에서 가장 권위 있는 문학상인 길러상Giller Prize의 후보작에 올랐다.
　"예술이 우리를 지키는 방식, 그리고 가끔은 우리를 감추는 방식에
대한 소설이죠." 온다체가 말했다. 1970년대의 캘리포니아 시에라에
서 출발한 이야기는 몇 년을 건너뛰었다가 그 후 시간의 흐름을 거꾸
로 거스른다. 그런 다음 소설은 프랑스에서 결말을 맺는다. 지금껏 진

행된 이야기에 자신의 인생과 작품이 관련이 있는, 오래전 사망한 작가에 관한 중편소설의 형식으로 말이다.

"윌라 캐더의 『교수의 집』을 좋아했죠." 책 속의 책이라는 구조를 염두에 둔 말이다. "훌륭한 이야기예요. 그리고 이야기 바로 한가운데 완전히 다른 이야기가 있죠. 전 이런 형식을 무척 좋아합니다. 이러한 형식이 하는 역할이 무엇이냐는 질문이 있을 수 있겠죠. 아마 모든 역할을 한다고 말할 수 있을 겁니다. 관련된 이야기에 깊이를 더하는 것이죠."

캐더의 소설에서는 집이 균열을 일으킨다. 온다체의 『디비사데로』에서는 시작부터 훨씬 폭발적인 사건이 등장한다. 상처한 미국인 농부가 있다. 그는 자신이 입양해서 일꾼으로 부려온 젊은이 쿱과 딸 애나가 관계를 갖고 있다는 사실을 알게 되고, 분노에 휩싸여 스무 살짜리 젊은이를 거의 살해할 뻔한다. 애나는 아버지에게서 영원히 도망치다 프랑스로 가게 된다. 다른 딸 클레어는 샌프란시스코 국선변호사 사무실에서 일하게 되고, 예전에 그녀의 가족을 덮쳤던 일을 연상시키는 법률적 분쟁이 벌어지는 소송 사건에서 사람들을 돕게 된다. '디비세라도'라는 제목은 이러한 분열을 암시한다.

온다체는 스탠퍼드 대학에서 학생들을 가르치던 때 이 책을 쓰기 시작했다. "저는 페탈루마의 농장 집에 살고 있었어요." 그가 말했다. "정말로 아름답고 근사한 시골이었죠. 저는 거의 도착하자마자 이 책을 쓰기 시작했습니다. 그로부터 3년이 지나 학생들을 가르치지 않게 되었을 때도 그곳으로 돌아가 집을 빌려 지내고는 했습니다." 그곳을 찾을 때마다 그는 그런 농장 집에 사는 특이한 핵가족을 떠올렸다. "저는 말들horses의 세계를 쓰기 시작했습니다." 그가 말했다. "미국 북부의 정상적인 속도를 벗어난 속도의 세계에 대해서요." 그는 산페르난도 계곡이나 베이커스필드, 프레즈노와 같은 장소에 대한 자료에 빠져들기 시작했다.

조사에 착수할 때마다 그는 방대한 자료 속으로 빨려 들어갈 위험에 처하고는 한다. "제가 흥미를 가졌던 내용들만 그 책에 썼죠." 그가 말했다. "호기심은 대개 집착으로 변합니다." 그는 첫 책을 출간했을 때부터 이런 방식으로 작업해왔다. "『사자의 탈을 쓰고』를 작업할 때는 마케도니아 사람들에 대한 모든 자료가 필요했죠. 그들은 앞마당 잔디밭에 특정한 종류의 보라색 식물을 심어 자기네들을 구분해요. 책을 끝냈을 때, 이런 생각을 세 번쯤 했죠. '내가 이런 디테일을 어디서 얻을 수 있겠어?'"

온다체의 말에 따르면, 그는 『디비사데로』에서 이런 정보들이 페이지에서 겉돌기보다는 인물들을 통해 은근슬쩍 드러나게 하려고 세심하게 주의를 기울였다. 타호 호수 인근에서 카드 판의 사기꾼으로 살아가게 된 쿱의 이야기는 카드 패를 섞는 사람의 솜씨처럼 휙휙 지나가는 단어들로 서술된다. 강렬한 기억들로 포화 상태에 이른 애나의 이야기는 보다 느리고 부드럽게 진행된다. 쿱보다는 그녀가 더 기억에 사로잡혀 있다는 사실은 분명하다. 그녀는 공부에 매달리며 이러한 상태를 이겨냈다. 하지만 그녀는 프랑스 소설가 뤼시앵 세구라의 삶을 조사하는 과제를 하던 도중 "단상들, 때로는 그림도 곁들여진 공책을 채우기" 시작한다. "책상 옆의 열린 문으로 새소리가 들려오기라도 하면 그녀는 그 소리조차도 공책에 음운론적으로 기록하려고 했을 것이다." 그녀 역시 뜻하지 않게 작가가 된다.

온다체의 책에는 상당한 숫자의 작가와 독자가 등장한다. 『디비사데로』의 인물들 대부분은 책을 일종의 부적이나 단서처럼 손에 쥐거나 가까이 둔다. 톰 웨이츠를 비롯한 노래들도 마찬가지다. "전 톰 웨이츠를 좋아해요." 온다체가 말했다. "레게도 좋아합니다. 전 우리 모두가 노래에서 태어났다고 생각하죠. 시는 고작 두세 편 외울 뿐이지만 노랫말은 수천 개쯤 읊을 수 있죠." 하지만 그는 더 이상 곡을 쓸 생각이 없다. "캐나다에서 한두 곡을 썼죠. 하지만 지금은 갖고 있지 않아요. 한 친구가 말하길 '매번 운율을 맞출 필요가 없어, 알겠지?'라고 하더군요. 더군다나 전 항상 동물에 대한 곡만 썼죠."

그러나 온다체는 꾸준히 시를 쓰고 있다. 2000년에 『아닐의 유령 Anil's Ghost』을 출간하면서 그는 뒤이어 『필적 Handwriting』이라는 시집 한 권을 세상에 내보냈고, 이 시집은 『아닐의 유령』에 대한 안내서처럼 여겨지게 되었다. 『디비사데로』에는 이러한 시집이 보태지지 않았다. 부분적으로는 그가 생각하기에 소설 속에 이미 시가 있기 때문이다.

"퇴고하다가 죽을 뻔했어요." 그가 말했다. "퇴고할 때면 암실에 4, 5년쯤 들어가 있는 듯한 기분이 들어요. 책을 보다 정교하게 다듬어야 하기에 계속해서 뒤집어 생각해보죠."

받아들일 수 없거나 받아들이기 싫은 반응에 대해서조차도 어떤 설명을 내놓으려고 노력하는 온다체는 인터뷰나 낭독회를 많이 한다. 그의 책에 신비주의가 담겨 있다는 것을 알고 있느냐고 묻자 그는 잠시 생각에 잠겼다. "그것도 의식한 적이 없습니다. 하지만 제가 지면에서 약간 떠오르고 있다는 건 알겠어요." 그가 손을 이륙 중인 비행기처럼 책상 위로 스치며 말했다.

"레이먼드 카버가 쓴 훌륭한 시가 하나 있어요." 그가 말했다. "쇼핑 목록처럼 보이는 시죠. '양파, 달걀, 우유, 뉴질랜드, 호주?'" 온다체는 당연히 이게 말도 안 되는 거 아니냐는 양 키득거렸다. 물론 세계는 이런 식으로 돌아가지 않는다. 하지만 우리의 정신은 가끔 옆길로 새기도 하고 상승 곡선을 그리기도 한다. 그리고 온다체가 이러한 정신적 움직임을 기록하고 있다면, 우리는 곧 이륙할 수 있을 것이다.

2007년 10월

카릴 필립스
Caryl Phillips

카릴 필립스의 인생은 이동으로 점철되어 있다. 그가 세인트 키츠 섬에서 태어나 4개월이 되었을 때, 그의 가족은 영국 리즈로 이주했다. 옥스퍼드 퀸스 칼리지에서 영문학을 공부한 그는 곧 희곡과 극본을 쓰기 시작했고, 그의 첫 작품 『이상한 과일Strange Fruit』이 스물셋에 출간되었다. 1985년 출간된 『마지막 통로The Final Passage』는 그의 가족처럼 1958년 영국으로의 대이주에 동참했던 서인도제도 출신 가족의 이야기를 들려준다. 자발적이든 강요된 것이든 이동은 필립스의 작품들을 관통하는 주제다. 1987년의 『유럽의 부족The European Tribe』은 디아스포라 이주민들의 궤적을 쫓아 유럽에서 변화가 많은 지역을 찾아다니는 여행기다. 많은 주목을 받았던 소설인 1993년 작 『강 건너기Crossing the River』는 서로 다른 세 시기를 살았던 흑인 세 사람의 여행을 다루고 있다. 토니 모리슨을 제외하면 생존 작가 중 그 누구도 카릴 필립스처럼 노예제도가 남긴 지리적이고 광대하며 신비로운 흔적을 그토록 깊이 탐사하지 못했다. 뛰어난 에세이스트이자 인류학자이며 극본가인 필립스는 현재 뉴욕에 거주하고 있다. 나는 뉴욕 극장들의 번성 초기를 살았던 두 흑인 배우의 인생을 다루는 소설이 출간되기 직전인 2005년 그를 만났다.

▼

카릴 필립스는 검은색에 사로잡혀 있다. 그가 가르쳤던 학생 하나가 이렇게 말한 적이 있다. "그 사람 물건들은 죄다 검은색이에요. 노트북도 검은색이고 옷도 검은색이죠. 그가 모는 메르세데스도 검은색이고요."

온통 검은색으로 차려입은 재즈 연주자와 상속녀가 넘쳐나는 맨해튼에서도 필립스는 눈에 잘 띄는 사람이다. 컬럼비아 대학 인근의 비스트로로 걸어 들어가는 이 마흔일곱의 소설가는 검은색 일색으로 차려입고 있다. 단순히 검은색 옷을 입었다고만 할 수는 없다(물론 그의 옷은 전부 검은색이다). 그는 검은색 안으로 사라지는 것처럼 보인다.

검은색이 한 남자를 삼킬 수 있는 방식. 우리는 세기 전환기의 배우였던 버트 윌리엄스의 슬픈 이야기를 다루는 필립스의 최신작 『어둠 속의 춤Dancing in the Dark』에서 이를 볼 수 있다. 서인도제도 출신으로 타고난 재능을 지닌 팬터마임 배우이자 짬짬이 괴테를 읽던 윌리엄스는 흑인으로 분장하고 무대에 올랐다. 다시 말해서 이는 서인도제도 출신의 인기 배우가 일 때문에 이미 검은 피부를 더 검게 칠하고 두툼한 입술을 빨간색을 칠해 더 두툼하게 과장해야 했다는 의미다.

이렇게 만들어진 민스트럴*쇼에 등장하는 흑인의 얼굴은 "오늘의 우리에게는 섬뜩하게 보인다"고 필립스가 건조한 목소리로 말했다. 그러나 1900년대 초반의 윌리엄스는 이 공연으로 많은 수입을 올렸

---

* 중세에 귀족에게 봉사하던 직업 연예인으로 주로 음악가를 가리켰다. 오늘날에는 경가극이나 쇼까지 포함하는 넓은 뜻으로 쓰인다.

다. 그는 백인들이 할렘으로 그들을 밀어내기 전까지 오랫동안 브로드
웨이에서 공연했다. 실제로 그는 〈지그펠드 폴리즈Ziegfeld Follies〉에서 가
장 높은 수입을 자랑하던 단원이었다.

이처럼 비참한 돈벌이에 내재된 파우스트적 본질이 평생 인종과 정
체성에 관한 글을 써온 필립스를 자극했다. "버트 윌리엄스에 대해 많
이 알게 될수록 대체 그가 무슨 생각을 하고 있었을지 더 많이 생각할
수밖에 없었죠." 신 레모네이드를 한 모금 마신 필립스가 얼굴을 찡그
렸다. "대체 어쩌다 자신의 본질을 망각하게 되고, 그들이 원하는 이미
지대로 계속 무대에 오르는 조롱을 감수하게 된 걸까요?"

『어둠 속의 춤』에서 우리는 몇 가지 답변을 찾아볼 수 있다. 이 소설
에서 버트 윌리엄스의 인생은 3막으로 구성되어 있으며, 각각은 작은
소설novelette로 이루어져 있었다. 1막에서는 버트 윌리엄스가 무대에 오르
기까지의 여정을 묘사한다. 2막에서는 화려한 명성 뒤로 술에 약한 그
의 모습이나 섹스 없는 결혼 생활, 그리고 그의 동업자인 아프리카계
미국인 스타 조지 워커 사이에서 불거진 문제들이 다루어진다. 그리고
3막에서 버트 윌리엄스는 짧고도 외로운 추락을 보여준다. 이는 그를
포함한 모든 사람에게 낯선 모습이었다.

희곡을 쓰면서 문학을 시작한 그는 리듬이나 무대라는 형식을 자연
스럽게 받아들인다. 그런 그에게는 전통적인 소설 형식을 자기 인식으
로 전환하는 것이 관건이었다. "저는 그가 사라지고 있는 것처럼 보이
기를 바랐습니다." 필립스가 말했다.

『어둠 속의 춤』에서 윌리엄스가 점점 사라지는 것처럼 보이면서, 우
리는 그의 내면과 점차 멀어진다. 마지막에 이르러 가면을 쓴 그의 모
습을 바라보는 우리는 말 그대로 관객이다.

필립스는 독자가 윌리엄스를 심판하기보다는 그에게 공감하기를 바란다. "당시 실제로 일어났던 상황만 비극인 것은 아니죠. 사람들 모두에 의해 이루어진 타협적 상황에 윌리엄스와 같은 개인이 일부 책임을 져야 한다는 것이 비극입니다."

윌리엄스가 진짜로 무슨 생각을 하고 있었는지에 대한 기록은 전무하다시피 하다(그의 자서전은 대필 작가가 쓴 것이고 그에 관한 필름은 하나만 남고 소실되었다). 그러므로 필립스는 윌리엄스의 외적 페르소나를 탐구하며 틈을 찾아야만 했다. 소득이 많지는 않았다.

"그와 같이 무대에 올랐던 여성과 말한 적이 있어요." 필립스가 말했다. 하지만 대단한 내용을 건지지는 못했다고 한다. "그가 늘 신사적이었고 말수가 적은 사람이었다고 하더군요."

필립스가 찾아낸 내용 중 가장 유용한 일화는 이미 잘 알려져 있다. 공연이 끝나고 윌리엄스는 필즈와 함께 볼티모어 인근 술집으로 들어가 술을 주문했다. 바텐더는 필즈에게 술을 따라주면서도 흑인에게는 꺼리는 모습을 보였다. 그는 윌리엄스에게 진 한 잔에 50달러라고 말했다.

"윌리엄스는 5백 달러를 꺼내 바에 올려놓았죠. 그러고는 이렇게 말했어요. '좋아. 그러면 열 잔을 마시지.'"

이런 행동은 오늘날 힙합 스타들의 생활 방식과 비교해볼 만하다. 제이-지Jay-Z나 피프티센트50Cent 등의 MC들은 폭력배의 인생이나 매춘 따위를 계속해서 랩으로 만들어 백인 미국인들에게 수백만 장의 앨범을 팔아왔다.

"랩에는 상업적 정언명령이 내장되어 있죠." 필립스가 접시에 담긴 파스타를 헤치며 말했다. "하지만 그때와 지금이 크게 다르지 않아요.

천박하고 폭력적인 민스트럴 이미지가 오늘날 우리 세대의 흑인 남성들을 지배하고 있죠. 그리고 백인들은 우리가 이런 식으로 행동하는 한 우리를 더 신뢰할 것이라고 말합니다."

미국의 과거와 현재를 이런 식으로 연결 짓는 작가는 필립스만이 아니다. 직설적인 화법을 구사하는 아프리카계 미국인 재즈 평론가 스탠리 크라우치도 1920년대와 1930년대 흥했던 민스트럴 쇼의 재즈적 인물들보다 오늘날의 흑인들이 퇴보했다는 논쟁을 계속해왔다.

"문제는 천박하고 반항적인 모습이 재즈적 정체성이라고 생각되어 왔다는 겁니다." 크라우치가 최근 인터뷰에서 말했다. "다시 말해서 사람들은 듀크 엘링턴을 비롯한 당시 뮤지션들이 말쑥하게 옷을 입었고 완벽한 화법을 구사했으며 비범하고 놀라운 음악을 연주했다는 사실을 망각하고 있죠. 우리를 다시 지배하고 있는 갱스터 랩 비디오와 같은 민스트럴 이미지에 그들이 저항하고 있었다는 것도 말입니다."

크라우치가 미국인의 입장에서 이런 말을 한다면, 필립스는 외부자의 시선으로 이를 바라본다.

카리브 해 지역에서 태어난 필립스는 영국으로 이주해 흑인 작가들의 문학작품을 조금씩 접하며 그곳에서 자라났고, 성년에 도달한 뒤에는 여행과 책을 통해 자신의 정체성을 지키는 동시에 탐구하는 법을 배워왔다.

그는 1970년대에 미국을 여행하면서 랠프 엘리슨과 리처드 라이트의 작품을 발견했다. 그리고 미국에서 흑인 남성으로 살아가야 했던 그들의 고통에 대한 기록이 그에게 말을 걸어왔다. 그는 언젠가 이렇게 쓴 적이 있다. "내가 계속 영국에서만 살았더라면, 내가 그곳에 속한 자가 아니라는 말을 지속적으로 들으면서도 나 스스로 영국인이라는 느낌을 갖는 모순을 어떻게 극복할 수 있었겠는가?"

졸업 후 얼마 지나지 않아 그는 에든버러로 이주해 그곳에서 BBC 방송국을 위한 극본과 시나리오를 쓰며 생계를 꾸렸다(한편 그의 말에 의하면 BBC는 1970년대 후반까지도 민스트럴 프로그램을 방영하고 있었다). 1980년대 초 그는 처음으로 다시 세인트 키츠를 찾았고, 더 나은 삶을 찾아 여행을 시작한 한 커플을 따라가는 『독립국가 A State of Independence』라는 제목의 소설과 더불어 많은 경험을 얻고 돌아왔다.

여느 작가들이라면 이 시점에서 런던에 정착하겠지만 필립스는 몸이 근질거렸다. 해서 그는 첫 소설에 주어진 선금으로 그 어느 때보다도 가장 길게 여행을 떠났다. 그가 모로코로 내려갔다가 스페인으로 올라갔다가 미국으로 건너가기도 하며 거의 1년을 떠돌아다닌 결과가 『유럽의 부족』이다. 당시 유럽에서의 삶을 규정하는 부족 의식에 대한 명상이라 할 수 있는 이 논픽션 작품이 보여주는 필립스의 통찰력은 지금 봐도 대단히 신선하다.

그 후로 20년간 필립스는 (부커상 최종후보에 오른 『강 건너기』와 커먼웰스 작가상 Commonwealth Writer's Prize을 수상한 『머나먼 해안 A Distant Shore』을 포함해서) 여섯 권의 소설과 두 권의 비평서, 두 권의 앤솔러지, 뿌리를 잃은 사람들과 여행에 대한 또 하나의 대륙적 명상이 담긴 여행서인 『대서양의 소리 The Atlantic Sound』를 출간했고, 이스마일 머천트가 영화로 각색한 V. S. 나이폴의 『신비의 안마사 The Mystic Masseur』를 시나리오로 작업했다.

그의 모든 작업은 어떤 형식으로든 여행과 관련되어 있다. 그러므로 그는 자주 비행기에 오른다. 그는 자신이 아마도 1년에 1백 일은 이동하며 보내리라고 짐작한다. 앞으로 예정된 것 중 가장 큰 규모의 여행은 그가 최근까지 가르쳤던 뉴욕 바드 대학교의 학생들과 배를 타고 가나로 향하는 것이다. 그곳에서 그는 가나 작가들과 예술가들과 교류할 예정이다. 그들이 그곳에서 흑인의 정체성에 대해 몇 가지 배우게 되리라는 점도 중요하다. 학생들에게 윌리엄스가 겪었을 고통을 체험하게 할 생각인 그의 목소리에는 일말의 연민이 배어 있다. "학생들은 정체성에 대해 한 학기 내내 강의실에서 공부했던 것보다 이 일주일 동안 더 많은 걸 배우게 될 겁니다."

2005년 10월

월레 소잉카

Wole Soyinka

월레 소잉카는 1934년 나이지리아 아베오쿠타의 요루바족 가정에서 태어났다. 나이지리아 역사에 능동적인 운동가로 투신해온 그는 주로 극작가로 활동해왔다. 이바단 거번먼트 칼리지에 이어 영국 리즈 대학교에서 수학한 그는 그곳에서 단편과 문학평론을 쓰기 시작했다. 그 후 연극으로 방향을 바꾼 그는 1958년에 첫 연극 『늪지에 사는 사람들The Swamp Dwellers』을 무대에 올렸다. 본질적으로 우의적인 동시에 정치적인 소잉카의 연극 작품들에는 요루바 전통과 유럽 연극의 유산이 결합되어 있다. 1960년대 초 그는 나이지리아로 돌아가 싼값에 랜드로버를 한 대 사서 아프리카 연극의 양식과 실제를 조사하며 전국을 돌아다니기 시작했다. 이 여행과 이후 나이지리아 내전으로 수감되었던 경험은 그에게 평화 의식을 고취했으며, 지금은 고전이 된 회고록 연작의 첫 책인 『그 남자는 죽었다: 옥중일기The Man Died: Prison Notes』를 쓰는 계기로 작용했다. 소잉카는 열정적으로 학생들을 가르치는 한편 여행도 계속해서 했다. 1986년 노벨문학상을 수상한 그는 나이지리아의 석유 매장량이 낙수 효과를 일으키지 않는다는 사실에 이의를 제기하는 나이지리아 내 극단주의자들과 정부 사이에서 자주 중재자로 나선다. 한편 소잉카는 시와 에세이도 쓰고 있으며, 매우 드물지만 소설도 쓴다.

▼

아프리카 최초의 노벨문학상 수상자인 나이지리아의 극작가 월레 소잉카의 삶은 둘로 나뉜다. 그는 전 세계를 돌아다니며 컨퍼런스에 참석하고, 각국 정부를 방문하며, 인도주의적 위기에 대해 강연하며 살고 있다. 그러나 무엇보다도 그는 엄청난 대가를 치르고 이러한 지혜를 얻었다는 사실을 간과하기 쉽다는 점에 대해서도 목소리를 높여왔다.

"할 수밖에 없도록 저를 강요하는 일들에 무척 분개할 때가 있습니다." 최근 소잉카는 이렇게 말한 적이 있다. "제가 하고 있던 일이 또 다른 파국으로, 받아들일 수 없는 또 다른 일련의 사건들로, 목소리를 보낼 수밖에 없는 사회 내 모순적인 사건들로 중단될 때죠. 제 삶이 어째서 이런 식으로 기울어졌는지 저 스스로도 궁금합니다."

그가 새로 출간한 회고록, 『당신은 새벽에 출발해야 한다You Must Set Forth at Dawn』는 지칠 줄 모르고 민주주의에 헌신해온 소잉카가 살면서 겪었던 위험들을 연대기적으로 기록하고 있다. 그는 수없이 여러 번 체포되었으며, 수감되었고, 살해 위협을 받아 나라 밖으로 피신해야 했다. 그럼에도 그는 계속해서 목소리를 내고 있다.

"나의 부모 세대는 바방기다와 아바차가 독재자로 집권하던 당시의 나이지리아 정치 상황에 대해 월레 소잉카가 가장 근접한 진실을 말해주리라고 기대한다." 소설가 헬렌 오이예미가 케임브리지에서 이렇게 쓴 바 있다. 그녀는 이렇게 말했다. "나는 그의 책을 읽기 훨씬 전부터 소잉카라는 이름을 알고 있었다." 소잉카의 회고록은 그녀가 이렇게 언급한 이유를 밝혀준다.

이 말에 의하면 소잉카가 흐트러짐 없이 방해받지 않고 글을 쓸 수 있었던 유일한 시기는 영국에서 체류하던 1950년대 후반에서 1960년대 초반까지였던 것으로 짐작된다. 그 후 나이지리아에 격변기가 이어지면서 그는 서로 적대적인 관계에 있던 무리 사이의 협상에 휘말렸다 1960년대 중반부터 스웨덴의 컨퍼런스로 몸을 피신하고는 했다. 이처럼 떠돌아다니는 삶은 『당신은 새벽에 출발해야 한다』라는 제목의 의미를 설명해준다. 소잉카는 1960년대 초 나이지리아로 돌아가면서 「여행자Traveller」라는 제목의 시를 쓴 적이 있다. "당신은 새벽에 출발해야 한다/ 나는 신성한 시간의 경이를 약속하노라."

뉴질랜드에서 로스앤젤레스로, 스웨덴에서 아프리카 각지로. 한 나라의 원수 정도는 되어야 소잉카만큼 무수히 많은 여행길에 오를 것이다. 순회강연을 하고 학회에 참석하는 것이 그가 잠시 쉬어 가는 때다. "그래서 제가 국제작가회의에 그토록 헌신적으로 참가하게 된 겁니다." 소잉카가 말했다. "서로 비슷한 마음으로 창작에 임하는 지식인들의 난민 캠프가 아닙니다. 한 걸음 더 나아가 문학이라는 상품이 사회를 지탱하며 진짜 인간 존재들에서 문학이 나온다는 것을 알게 해주는 곳이죠. 가끔은 가장 고통에 시달리는 사람들이 문학을 시작합니다."

소잉카는 이러한 인간 조건들을 누구보다도 잘 알고 있다. 그는 1965년 처음으로 법정에 섰다. 그와 몇몇 동료가 허위 선거 결과가 막 전파를 타려는 순간 총구를 들이대며 라디오 방송국을 접수한 사건 때문이었다. "이는 작은 사건들이 축적된 결과라고 생각한다." 그는 법정에서 이렇게 말했다. "나는 사람들에게 가해지는 직접적인 폭력에 대해 말하고 있다. 나는 빈곤화에 대해 말하고 있다."

당시 소잉카는 감옥행을 면했다. 그러나 2년 뒤에는 피하지 못했다. 1967년, 나이지리아 경찰은 반란군의 전투기 구입을 도왔다는 혐의로 그를 기소했다. 그는 2년간 투옥되었고, 그중 상당 기간을 독방에서 지내야 했다. 『그 남자는 죽었다: 옥중일기』는 이 시기의 힘겨움을 토로하고 있다.

정치적 드라마가 상당한 에너지를 소모시켰다. 그의 문학 작업은 정치 활동에 자리를 내주었다. 소잉카는 결과적으로 나이지리아 내부가 아닌 국외로 여정을 돌려야 했다. 1971년 나이지리아를 떠났던 그는 1975년에 귀국했고, 그 후 1990년대 중반 다시 고국을 떠났다. 그의 말에 의하면 '나이지리아 공동체를 결속'하기 위해, 그리고 이에 대한 인식을 촉발하기 위해 전 세계를 순회했던 것이다.

효과적인 결정이었다. 망명 중인 나이지리아 작가 다수는 그를 존경하게 되었다. "나는 언제나 윌레 소잉카를 존경해왔습니다."(『태양은 노랗게 떠오른다』를 쓴) 소설가 치마만다 은고지 아디치에가 내게 말한 적이 있다. "나는 확고한 진실성이 담긴 그의 공적 모습을 존경하죠. 나이지리아에서는 보기 드문 모습입니다."

그리고 소잉카가 발표해온 글과 활동가로서의 행보는 그를 그의 희곡에 등장하는 신화적 인물을 점점 더 닮게 했다. 그가 수없이 위험을 겪었을 뿐만 아니라 그 와중에도 유머를 잃지 않는 사람이었다는 사실을 드러내는 『당신은 새벽에 출발해야 한다』는 이러한 전설에 힘을 보탠다(일례로 그는 연극 시작 전 제공되는 식사 때문에 이탈리아에서 몰래 극장에 잠입한 적이 있다).

이 책을 보면 소잉카는 자신의 인생에서 40년에 달하는 시간을 나이지리아 밖에서 보냈다는 사실이 드러나는 바람에 약간 당황한 것처럼 보인다. "전 떠날 생각을 해본 적이 한 번도 없습니다." 그가 말했다. 그러고는 이내 환한 미소를 지었다. "정치적 안식년을 보낸 것뿐이죠."

2007년 7월

살만 루시디

Salman Rushdie

살만 루시디만큼 삶과 작품 전체가 정치색을 갖게 된 작가는 흔치 않다. 1947년 뭄바이에서 교사와 사업가의 자식으로 태어난 그는 일찍이 집을 떠나 기숙학교에서 생활했다. 케임브리지 대학교 킹스 칼리지에서 역사를 전공했다. 대학을 졸업하고 오길비앤드매더와 에어바커에서 카피라이터로 근무했다. 1975년 데뷔작인, 불멸의 능력을 부여받은 인도 여성에 대한 SF소설 『그리머스Grimus』가 출간되었다. 그러나 루시디를 최고의 이야기꾼으로 추앙받게 한 것은 두번째 소설 『한밤의 아이들Midnight's Children』이었다. 집어삼키듯 온 사방으로 가지를 뻗어나가는 마술적인 색채의 이 소설은 인도의 분단과 독립을 향한 이양기의 이야기를 들려준다. 1981년 부커상을 수상했다.

1988년 그의 네번째 소설 『악마의 시The Satanic Verses』가 출간되었다. 그 책에서 루시디가 이슬람교를 공개적으로 모독했다는 이유로 이란의 정신적 지도자인 아야톨라 호메이니는 루시디를 처형할 것을 명령(파트와)했고, 소설은 국제적인 이목을 끌게 되었다. 자신의 머리에 현상금이 내걸린 루시디는 몸을 숨겨야 했다. 이 책 때문에 일어난 폭동으로 여럿이 죽었다. 루시디의 일본인 번역가는 살해당했으며 이탈리아어 번역가는 폭행당하고 칼에 찔렸다. 마침내 루시디는 토머스 핀천이 탁 트인 시선 속으로 숨어드는 게 가능하다는 것을 증명한 도시, 뉴욕으로 이주했다.

파트와 시기를 거치며, 루시디는 왕성하게 작품들을 펴냈다. 단편집(『이스트, 웨스트East, West』, 1994), 에세이집(『상상 속의 고향Imaginary Homelands』, 1991 외), 소설 몇 권(『광대 살리마르Shalimar the Clown』, 2005 외), 그리고 파트와 시기에 대한 회고록(『조지프 앤턴Joseph Anton』, 2012) 또한 출간되었다. 그는 과격파 종교의 위험성에 대한 기탄없는 비판자이기도 하다. 2004년 그는 언론의 자유를 옹호하는 문학 단체인 펜PEN아메리칸센터 회장이 되었다. 이 시기 그와 인터뷰를 나누었다.

▼

두 달 전, 한적한 뉴욕의 그리니치빌리지, 노란 조명을 밝힌 강당으로 어떻게 문학이 공산주의 이후 유럽의 모습을 그려낼 수 있을지에 대해 논의하기 위해 세계적으로 이름난 작가들이 모여들었다. 수년간 노벨상 후보에 오른 세스 노터봄이 네덜란드에서 스페인을 경유해 도착했고, 안드레이 마킨은 그가 입양된 나라인 프랑스를 대표하여 참석했다. 관객들은 뉴욕 시민들로, 그들의 출신지 또한 다양할 것이다.

이 광경은 세상이 어떻게 바뀌었는지를 보여준다. 그곳에서 가장 주목받는, 국제사회의 위험성과 즐거움에 동시에 가장 가깝게 이어져 있는 문학계 인사가 아무에게도 들키지 않고 슬며시 뒷좌석에 앉아 주위를 바라보고 있는 것이다. 그 인사의 이름은 살만 루시디이다.

그 기다란, 예언자처럼 보이게 하는 특유의 수염이 없는 루시디는 더 이상 다른 사람들과 쉽게 구분되지 않는다. 익명성을 보장해주는 또 다른 장식들도 사라졌다. 어두운 안경, 야구 모자. 그 결과, 실제로 만난 그는 왜소하고 또 어느 정도는 보잘것없어 보인다.

여전히 그에 대한 귓속말들이 오가지만, 뭄바이 출신의 루시디가 아야톨라 호메이니의 파트와 명령 아래 살았던 것도 수년이 지났다. 1989년 호메이니가, 이어 이란의 근본주의 이슬람 공화국의 우두머리가 루시디에게 사형선고를 내렸다. 호메이니는 루시디를 그의 소설 『악마의 시』에서 이슬람을 모독했다고 규탄했다. 하지만 이제 『악마의 시』는, 바로 그 소설로 호명되기보다는 그저 여러 소설 중의 하나로 정의된다. 그리고 루시디는 다시 앞문으로 식당을 드나들 수 있게 되었다.

물론 여전히 루시디는 강력한 아이콘이다. 일종의 영구적인 자유의 상징으로서 말이다. 그는 펜아메리칸센터의 회장으로서 자신의 상징성을 이용하여 전 세계의 수백 명의 비평가와 소설가를 뉴욕 국제문학축제로 몰려들게 했다. 그 행사는 전 세계의 문학과 사상을 소개하는 낭독회와 토론회를 일주일간 치른 다음 패션 아이콘인 다이앤 본 퍼스텐버그가 주최하는 파티로 끝을 맺게 된다.

"행사가 잘 진행되어 뿌듯해요." 강의를 위해 뉴헤이븐으로 떠나기 전날 밤 루시디가 말했다. 뉴헤이븐에서 그는 글 쓰는 삶과 언론 자유의 중요성, 그리고 세속주의와 민족주의 등에 대해서 말할 것이다. "제가 정말 해보고 싶은 일이었어요. 문학의 국제적인 특성을 강조하는 동시에 뉴욕 사람들에게 세계에서 가장 훌륭한 작가들을 소개하는 것 말입니다."

루시디가 최근 『뉴욕 타임스』 북 리뷰에서 지적했듯, 역사적으로 미국으로 들어오는 외국 문학의 비율은 비참할 만큼 낮다. 마지막 펜 축제는 20년 전 뉴욕에서 열렸다. 냉전의 정점이었던 레이건 집권 기간,

노먼 메일러에 의해 전 세계의 작가들이 축제에 모여들었다. 팔레스타인 출신의 시인 마흐무드 다르위시도 있었다. 니카라과에서 온 반체제 인사 오마르 카베사스, 커트 보네거트와 수전 손택도 함께했다.

올해의 펜 축제 또한 세계 전 지역에서 작가들을 불러 모았다. 거기에는 아직 영어로 번역되지 않은 작가들도 포함된다. 행사는 크게 흥행하여 매진 행렬이 이어졌다. 독일 작가 패트릭 로스처럼 무명의 작가들의 경우도 마찬가지였다. 로스는 로스앤젤레스에 살고 있지만 그의 작품은 아직 영어로 번역되지 않았다.

루시디는 이 열렬한 환영이 미국인들이 얼마나 미국 밖의 것들을 읽고 싶어 하는지 보여준다고 생각한다. 이것은 그에게 큰 위안이 된다.

"부족한 번역은 미국인들이 좋은 작품을 만날 기회가 없다는 뜻이죠. 하지만 좋은 작품이 그들 손에 주어졌을 때 사람들은 매우, 매우 호응해줘요." 그가 말했다.

펜 축제는 또한 지금 루시디가 자유로우며, 자신의 네번째 아내인 모델이자 유엔여성개발기금의 대사이며 티브이 요리쇼의 진행자인 파드마 라크시미의 도움이 없이 조심스럽게 다시 사회로 발걸음을 내딛고 있다는 것을 보여주었다. 그들은 작년에 결혼했으며 즉시 뉴욕 사교계의 핵심 인사가 되었다.

최근 라크시미는 종종 자신의 신발과 남편의 책을 비교한다고 털어놓아 뉴욕의 가십난을 수놓았다. '왜 구두가 더 필요해?' 그가 그렇게 물으면 답하죠. '당신은 왜 책이 더 필요해? 나한테 구두는 당신한테는 책이랑 같아. 신발은 내 일부라고.' 그녀의 설명이다.


어쨌든 지난해 동안 루시디의 직업적 관심사는 펜아메리칸센터 회장 역할에 집중되었다. 그것은 단지 모금 행사뿐 아니라 소송을 제기하는 것도 포함한다. 미국 정부가 미국으로 수입되는 문학 책을 검열하려고 시도한다는 이야기를 꺼낸 루시디의 표정이 금세 심각해졌다.

"펜은 오랜 기간 그 규제와 싸워왔어요." 그가 규제의 세부 사항에 대해 설명한다. "미국 정부의 입장은 다시금 후퇴하고 있고요. 진짜 문제는 그 입장 변화로 말미암아 이미 피해가 발생한 것은 아닌가 하는 거죠."

생명을 위협하는 위기 속에서 살아남아, 9년 동안 거주지를 서른 군데나 옮긴 끝에 마침내 '자유의 땅'에 도착한 그가 발견한 것이 자유를 위한 캠페인을 처음부터 다시 시작해야 한다는 사실이라는 점은 어딘가 모순적으로 보인다.

그러나 원망이 있다 해도, 그는 그것을 드러내지 않는다. 루시디는 5년 넘게 뉴욕에서 살아왔고, 떠나지 않을 것이다. 적어도 지금의 그는 사진가들을 마주치지 않고 밖에 나가 동료 작가 조너선 사프란 포어와 탁구를 칠 수 있다. 루시디를 S로 칭한, 루 리드Lou Reed와의 영화 데이트를 묘사한, 그의 아내가 펴낸 일기가 아니었다면, 우리는 그간 루시디의 종적을 전혀 알지 못했을 것이다.

자신의 명성에 대해 루시디는 말했다. "이제는 식당에서 자리를 잡을 때나 쓸모가 있어요."

그의 태도는 다정하며 유머가 넘치고 또 친근하다. 그래서 오직 그의 소설 속에서만 그의 이야기를 들어봤다는 사실을 깨닫는 데는 시간이 좀 걸린다. 소설 속에서, 그리고 사적인 대화에서 그는 매력적인 속도로 편안하게 말한다.

빡빡하게 채워진 공식적인 스케줄을 소화하는 그가 여전히 새로운 책을 써낼 수 있을 만큼 긴 시간을 책상 앞에서 보낼 수 있을 거라 상상하기는 쉽지 않다. 하지만 지난 5년간 그는 소설 『분노<sup>Fury</sup>』, 에세이집 『이 선을 넘어라 <sup>Step Across This Line</sup>』, 부커상 수상작인 『한밤의 아이들』을 각색한 연극 각본, 그리고 수십 개의 기사(대체로 『뉴욕 프레스』지를 위해 쓴) 등을 썼다. 그에게 책상은 숨겨둔 정부가 되어버린 게 아닌가? "아뇨, 정부는요, 무슨." 루시디가 낄낄거리며 말했다. "아내죠. 그것도 바가지를 잔뜩 긁는."

실제로 그는 펜 축제 때까지 꽤 오랜 시간을 글쓰기에 보냈다. 그것은 그의 최신작 『광대 살리마르』가 출간되면 명백해질 것이다. 4백 페이지나 되는, 출간 예정인 그 소설에서 성공적인 귀환의 조짐이 엿보인다.

책은 1991년의 로스앤젤레스를 배경으로, 전직 인도 대사가 그의 카슈미르인 운전기사에게 칼에 찔려 치명상을 당하는 것으로 시작한다. 자기 자신을 광대 살리마르라고 부르는 그에 대해 곧 밝혀지게 되는 사실은 그가 유순하고 조용한 고용인이 아니라 극한의 인내 속에서 사건을 계획한 전직 전쟁 영웅이라는 것이다. 그의 삶 속으로 깊이 들어갈수록, 우리는 그 살인이 단지 정치적인 행위가 아니라 그의 개인사와 깊이 연결되어 있다는 것을 발견하게 된다.

전작 『악마의 시』와 『한밤의 아이들』처럼, 『광대 살리마르』도 단지 네 명의 핵심 인물에 대한 이야기만은 아니다. 소설은 그들이 살아가는 시대(과장법과 유혈 사태, 암살과 근본주의)에 대해 들려주는 거대하고 흥겨운 소설로 발전해나간다. 루시디는 인도 신화, 로스앤젤레스의 위선자들, 힌두 문화를 이용하고, 영어라는 언어는 이 모든 것을 담아내는 데 역부족이다.

루시디는 한 번도 덫에 갇히거나 포위되어버린 느낌을 가진 적이 없다. 그것은 한편으로 소설가로서 그가 갖는 참조 대상의 범위가 광활하기 때문이다. "작가로서 제가 가진 행운 중 하나는 많은 종류의 전통에 접근할 수 있다는 거예요. 단지 서구 문화 속뿐만 아니라, 고급문화와 하위문화까지도요. 알다시피, 저는 '60년대의 아이'예요. 1968년 저는 스물한 살이었죠. 영화문법과 열정적으로 사랑에 빠진 사람 가운데 하나였죠. 음악, 영화, 그 모든 것이 준비된 채로 놓여 있었어요. 억지로 찾아서 열심히 공부할 필요가 없었죠."

이런 점에서 루시디는 존 더스 패서스에서 하트 크레인에 이르는, 미국의 모든 풍경과 소음을 자신의 글 속에 구겨 넣고자 하는, 저널리스트에 가까운 충동을 가진 미국의 옛 시대 소설가들과 다르지 않다. 나는 함께 뉴욕의 거리를 걷는 동안 그의 생각을 물었다. 루시디는 깊이 숙고했고, 이야기가 지나치게 사적으로 되는 것을 원치 않았다.

"만약 어떤 사람이 소설가이고 똑똑하다면 그는 곧 소설이 이상적인 뭔가가 아니라는 것을 깨닫게 될 거예요. 소설에는 사람들이 무엇에 이르려고 하는지, 사람들의 머릿속에서 대체 무슨 일이 벌어지고 있는지, 사람들이 어떤 식으로 생각하고 느끼는지가 들어 있어야 하죠. 만약 이런 것들을 모르면 그에 대해 쓸 수 없어요. 경험의 범위가 더 두터워질수록, 작업은 더 풍요로워질 거예요. 제가 뉴욕을 좋아하는 이유 중 하나는 여기선 정말로 많은 일이 벌어지고 있다는 거죠."

그의 뉴욕 사랑은 계속되겠지만, 선택의 순간이 다가오고 있다. 루시디와 라크시미는 결혼했고, 그는 이중 국적을 취득할 수 있는 선택권을 갖게 될 것이다. 루시디는 그 기회를 덥석 잡지는 않을 것이다. "제 영국 여권으로 얼마든지 편하게 전 세계를 여행할 수 있어요. 만약 당신이 저처럼 인도 여권을 갖고 자랐다면, 그중 어떤 곳에는 들어가기 힘들거나 불가능하다는 걸 알 거예요. 그리고 영국 여권이 있는 걸 감사하게 여기게 될 거예요."

게다가 그는 이제 막 새 소설을 위한 리서치를 시작했고, 이야기가 그를 더 깊은 곳으로 끌어당기는 것을 느끼기 시작했다. "저는 지금 꽤 오랫동안 생각해왔던 한 소설에 대한 아이디어를 발전시키려고 애쓰는 중이에요." 그가 거침없이 이야기를 늘어놓는다. "이 소설은 역사 소설로 제가 인도와 로마의 천년 제국 간의 관계에 대해 상상한 바를 담게 될 것 같습니다. 인도와 마키아벨리 시대의 피렌체 사이의 충돌을 야기한 가상의 대사인 한 인물을 창조해내고자 합니다."

그것은 그가 즐겨 다루는 복잡한 플롯과 음모를 덧붙일 수 있는 완벽한 뼈대이자 근사한 연결이다. 순문학 작가로서 루시디의 위치를 손상시키지도 않을 것 같다. "모더니즘의 발생 시기에 소설에 일어난 일 중 하나는, 기가 막히게 재밌는 이야기지만 가치는 전혀 존재하지 않는 대중소설이 되어버리거나, 아니면 가치로 가득하지만 정작 아무 이야기도 없는 순문학 소설이 되어버리거나 그렇게 양분되어버린 거죠."

결과적으로, 이야기는 삶 속에서 항상 루시디를 움직이는 열정이 되어주었다. 그의 마술적인 소설 속 이야기들 속에서건, 그와 다른 사람들을 보호하기 위해 현실에서 목소리를 낼 때든 말이다. 그의 가장 중요한 관심사는 언제나 목소리들을 창조하고 사람들이 그것을 듣도록 하는 것이다.

그의 새로운 자유관의 측면에서 본다 해도, 살만 루시디가 패배한 싸움은 없다.

2005년 6월

# 짐 크레이스

Jim Crace

짐 크레이스는 영어권 작가 가운데 가장 광범위한 주제를 철저하게 다루는 소설가일 것이다. 그가 다루는 주제는 사막에서 40일 동안 단식한 예수의 모습을 다시 상상하기(『사십 일Quarantine』, 1997)에서 신석기 시대(『돌의 선물The Gift of Stones』, 1988), 그리고 정치적 인생의 의미(『이후의 나날들All That Follows』, 2010)에 걸쳐 있다. 1946년 허트포드셔에서 태어난 크레이스는 버밍엄 상업대학에서 영문학 학위를 받았다. 1968년 자원봉사단과 함께 수단을 방문한 바 있는 그는 1970년대 중반부터 1980년대 중반까지 영국 내 신문사들에서 프리랜서 기자로 생계를 꾸렸다.

　나는 종말 이후의 북아메리카를 상상하는 짐 크레이스의 열한번째 책『페스트 병동The Pesthouse』(2007)이 출간될 무렵 버밍엄에서 그를 만났다. 그는 버밍엄에 거주하고 있다.

▼

짐 크레이스는 자기 자신이 사실 여느 사람들처럼 밝고 명랑하다고 주장한다. 하지만 그는 자신의 명랑함을 다소 이상한 방식으로 드러낸다. 그가 1999년에 발표한 소설 『그리고 죽음Being Dead』은 두 주요 인물의 죽음을 노골적으로 맨 앞에 배치하면서 시작한다. 다른 소설들 역시 바람이 사납게 몰아치는 풍경이나 기아를 다룬다. 예수 그리스도가 황야에서 겪었던 시련과 고난을 그리는 소설도 있다.

햇살이 환하게 내리쬐는 버밍엄 자택 정원에 앉은 맨부커상 최종후보에 빛나는 작가가 이러한 주제와 배경이 어두운 영혼을 드러내는 건 아니라고 말한다. 다만 그에게는 특유의 반직관적 낙관주의와 버팀목이 있을 뿐이다.

"어느 날 무덤가에 갔었죠." 크레이스가 환한 웃음을 지으며 말했다. "거기서 이런 비문이 적힌 비석을 봤습니다. '신경 쓰지 마라, 난 그저 다른 방으로 들어갔을 뿐이다.' 죽음을 낙관적으로 바라보는 그 관점은 사실 틀렸습니다. 그런 문구를 보고 위안을 얻을 수는 있겠지만, 이러한 낙관주의는 가치가 없어요. 『그리고 죽음』에서 저는 눈 하나 깜짝하지 않고 죽음을 바라보았어요. '죽음' 안에서 낙관주의를 찾는 것은 마음속에 품을 가치가 있는 낙관주의를 찾는 것이지요. 그건 굳건한 낙관주의예요."

크레이스는 아홉번째 책 『페스트 병동』에서 이처럼 견고한 씨앗에서 자란 또 하나의 작물을 수확한다. 근미래의 미국 남동부를 배경으로 하는 그의 신작은 어쩌면 미국 독자들에게 가장 힘겨운 도전일 수도 있다. 이 소설의 인물들은 더 나은 삶을 찾아 미국을 버리고 다른 곳으로 떠나간다. 전염병과 무정부주의, 기아 등 20세기 아프리카와 중동의 가장 커다란 문제였던 것들이 이제 미국의 문제가 된 것이다.

핵무장을 포기하라고 주장하는 정치적 행보를 보여왔으며 미국과 애증의 관계를 갖고 있는, 스스로를 대의에 합류한 사람이라 일컫는 크레이스는 자기 소설 속에서 세계의 현 질서를 뒤집었던 데는 모종의 정치적 앙갚음이 있었음을 인정한다.

크레이스가 세계의 패권을 쥔 미국을 바라보며 불편함을 느끼기는 하지만, 그는 이 소설을 쓰면서 이러한 관점을 넘어설 수 있었다. "소설에서 미국의 꿈을 무너뜨리면서 정말 즐거웠죠." 그가 말했다. "책을 하나 써서 갚아줄 수 있었으니까요."

2007년 4월

짐 크레이스

# 메릴린 로빈슨
Marilynne Robinson

메릴린 로빈슨은 1943년 아이다호 주 샌드포인트에서 태어났다. 샌드포인트는 아이다호에서 가장 큰 호숫가에 있는 작은 마을로, 3면이 산맥으로 둘러싸여 있다. 이 세계의 질감은 로빈슨이 1980년에 쓴 데뷔작 『하우스키핑Housekeeping』에서 아름답게 소환되는데, 이 소설은 가정 내 균열의 순간을 숭고하고 정적인 예술로 끌어올렸다. 그녀는 장로교 교인으로 키워졌고, 워싱턴 대학에서 박사 학위를 받았다. 로빈슨은 신앙의 전통과 이야기 기법을 같은 비율로 이용할 줄 알며, 진지한 문학작품에서 영적인 삶의 중요성을 강력히 대변하는 드문 미국 작가 중 하나로 남아 있다. 서부에서 온 미국인으로서, 외경심은 그녀에게는 자연스레 찾아오는 것이다. 로빈슨에게 퓰리처상을 안긴 두번째 작품 『길리아드Gilead』(2004)는 조합교회주의 목사에 대한 이야기이고, 오렌지상Orange Prize을 수상한 세번째 소설 『홈Home』(2008)은 그 목사의 후손들이 어른이 되는 과정을 따라간다. 로빈슨은 1980년대 초부터 논픽션 에세이를 발표해왔는데, 이 인터뷰는 그녀의 네번째 에세이집이자 신앙, 민주주의, 공감의 문제에 대한 일련의 주장이 담겨 있는 『아이였을 때 나는 책을 읽었다When I Was a Child I Read Books』(2012)의 발간에 맞추어 아이오와 시에 있는 그녀의 자택에서 이루어졌다.

▼

그녀가 쓴 소설인 『하우스키핑』, 『길리아드』, 『홈』을 포함하여, 메릴린 로빈슨의 가르침과 글쓰기는 한 세대의 작가들에게 중대한 영향을 미쳐왔다. 이제 그녀는 몇 가지 수정 사항을 기록으로 남겨두고 싶어 한다.

"제게 하는 질문들이 집중하는 것 중 하나는 단순히 뭔가를 이해하고 생각하기만 하면 풀리는 문제예요. 질문이 제대로일 리가 없죠." 예순여덟 살의 소설가가 말했다.

책과 종이가 수북이 쌓여 있고 노트북 두 대가 올라 있는 테이블을 앞에 두고, 머리부터 발끝까지 검은색 옷을 입은 채 소파에 앉아 있는 로빈슨은 마치 무슨 사건을 조사해온 지적인 탐정처럼 보인다.

그녀는 예전에도 이런 방식을 취해왔다. 1998년에 발표된 독창적인 에세이집 『아담의 죽음The Death of Adam』에서, 로빈슨은 장 칼뱅의 가르침을 가리고 있는 잘못된 이해를 해체했다.

하지만 로빈슨이 지금 현재 사람들이 잘못 해석하고 있다고 우려하는 생각은 어떤 텍스트나 관념이 아니다. 미국 그 자체다. 미국이라는 말에서 로빈슨이 의미하는 건 민주주의고, 민주주의라는 말로 로빈슨이 지칭하고자 하는 바는 공동체의 힘에 대한 믿음과 존중이다.

"우리의 문화는 어떤 면에서는 예전, 아주 오래전에 그랬던 것보다 훨씬 더 거칠고 모욕적이에요"라고 그녀는 말했다. "이윤을 내려고 운영하는 교도소 같은 것들을 봐요. 그런 걸 찾으려면 18세기까지 거슬러 올라가야 해요."

로빈슨이 이런 사실들을 모를 수가 없다. 40년간 그녀는 소설가로서의 삶과 더불어 미국 연구가로서의 삶도 살아왔고, 이 나라가 들려주는 이야기, 누가 받아들여졌고 누가 쫓겨났는지에 대한 이야기를 듣고자 오래된 문서들을 샅샅이 뒤졌다.

『아이였을 때 나는 책을 읽었다』는 이런 태도로 수행한 사명의 최근 결과물을 담고 있는 책이다. 여기 담긴 에세이들은 세계적 금융 위기, 미국 정치사상에서 모세가 담당한 역할, 아이다호에서 보낸 저자의 유년 시절, 공동체에서 핵심적인 것은 관대함이라는 생각 등의 주제를 심사숙고한다.

첫번째와 두번째 소설 사이에 24년의 간극이 있는 작가로 알려진 것에 비하면 로빈슨은 말년에 다작을 해왔다. 이 책은 3년 만에 나온 두번째 에세이집이다. 에세이라는 방식을 통해 로빈슨은 랄프 왈도 에머슨, 윌리엄 컬렌 브라이언트 등의 인물이 사람들로 꽉 들어찬 강당에서 강의를 하던 시절로 거슬러 올라간 것처럼 엄격하게 격식을 차린다.

에머슨, 더 최근에는 배리 로페즈가 그랬던 것처럼, 그녀는 지적인 삶의 본질적인 부분으로서의 영혼이라는 관념을 주장한다. "제가 '영혼'이라는 단어를 사용하는 방식은, 한 개인이 자기 자신에 대해 겪는 가장 깊은 수준의 경험이라고 간주하는 것을 설명할 때 쓰는 것 같아요." 그녀가 말했다.

로빈슨은 시민들의 수준을 가른다기보다는, 이런 개인의 사색적이고 영적인 경험이 사람들 사이에서 공감이라는 미덕을 키울 수 있다고 믿는 쪽이다.

"우리가 우주의 필수 불가결한 부분이라는 점에 누가 이의를 제기할 수 있겠어요? 우린 다른 곳에서 온 존재가 아닌데 말이에요." 그녀가 월트 휘트먼을 실용적으로 인용하면서 말했다. 로빈슨은 1940년대에 시골에서 보낸 어린 시절이 고독을 즐기는 습관을 키웠다고 믿는다. 그리고 고독을 통해 그녀는 주의를 집중하는 법을 배웠다.

그녀는 펨브로크 칼리지, 브라운 여대의 전신이었던 학교를 다녔는데, 그녀가 에세이에서 쓴 것처럼, 당시 여성이 교육을 받는 건 남편감을 더 잘 심사숙고하기 위해서였다.

50년의 세월을 거치며 학구적인 분위기가 조성되었지만, 로빈슨은 여전히 여성들이 목소리를 높일 필요가 있다고 믿는다. "교사로서 보낸 삶을 돌이켜보면 여성들은 지나치게 조용했어요. 제 자신도 조용한 사람이긴 하지만요. 그렇다고 제가 대학원 시절 내내 딱 세 단어만 말했다고 생각진 않아요."

그녀는 25년 넘게 아이오와 작가협회에서 학생들을 가르쳐왔다. 그녀가 가르쳤던 학생들은 참다운 의미에서 젊은 작가 인명록이라 할 만한데, 그 목록은 네이션 잉글랜더부터 폴 하딩을 거쳐 치넬로 옥파란타에까지 이른다.

그들과의 수업은 엄격하고 시간이 많이 걸렸지만, 그녀는 그 수업을 자기 이름을 달고 나온 다른 소설과 바꾸지는 않을 것이다.

"학생들이 이야기하는 걸 들으면서 글쓰기에 대해 많은 걸 배웠어요." 그녀가 말했다. "학생들이 하는 말을 들으면 감각이 무척 예민해져요. 정말 중요한 게 뭔지 상기할 수 있고요. 아마 글은 좀 덜 쓰게 될지 몰라도 학생들의 말을 안 듣고 썼을 때보다 더 나은 글을 쓸 수 있을 거예요."

『길리아드』는 2005년 퓰리처상을 수상했다. 『길리아드』의 등장인물들이 이야기를 이어가는 『홈』은 2009년 오렌지상을 수상했다. 설사 이 소설들이 사적인 목적의식과 호기심으로 추동되는 작품들이라 해도, 로빈슨의 교육 활동과 더불어 그녀가 사는 지역의 통일그리스도교회에 대한 지속적인 헌신을 통해 그녀는 시민의 목적에 대한 더 넓은 식견을 얻을 수 있었다.

몇 달 뒤 그녀는 강의 활동을 위해 길을 떠날 계획을 세우고 있다. 처음에는 옥스퍼드 대학에서, 그런 다음에는 그리스에서 강의할 생각이다. "아테네에서 이 강의를 하고 나면 사람들이 아테네에서 학생들을 가르쳐달라고 말하는 거죠. 정말 괜찮은 생각 아녜요? 플라톤이 된 기분일 거예요."

2012년 5월

메릴린 로빈슨

# 에드문도 파스 솔단

Edmundo Paz Soldán

소설가이자 단편소설 작가인 에드문도 파스 솔단은 데이비드 미첼이 영국 문단에서 작업해온 것과 비슷한 작품을 라틴아메리카 소설에서 쓰고 있다. 그는 구비문학을 이리저리 엮고 여러 문화를 넘나드는 작가이며, 장르의 경계를 넘나드는 새로운 경향의 작가들을 선도한다. 마리오 바르가스 요사는 그를 "새로운 세대의 라틴아메리카 작가 사이에서 가장 중요한 사람 중 하나"라 일컬은 바 있다. 파스 솔단은 볼리비아에서 태어나 청소년기부터 진지하게 글을 쓰기 시작했고, 미국으로 이주한 뒤에는 버클리에 있는 캘리포니아 대학에서 라틴아메리카 언어와 문학 분야의 박사 학위를 취득했으며, 스페인어로 계속 글을 쓰는 동안에도 미국에 거주해왔다. 그의 첫 책은 1990년에 출판된 단편집 『무無의 학살Las máscaras de la nada』이었고, 이후 열두 권에 달하는 단편집, 소설, 라틴아메리카 문학 선집을 냈다. 나는 그가 교편을 잡고 있는 코넬 대학에서 그를 만났다. 2006년이었고, 그의 최신작 『튜링의 착란상태Turing's Delirium』가 영국에서 막 출간된 참이었다.

에드문도 파스 솔단

5년 전 에드문도 파스 솔단은 세계화에 대해 거의 회의를 품지 않았다. 하지만 국제시장의 붕괴, 특히 지적 자본의 왕국에서 벌어진 그 사건은 그에게 실로 제대로 효과를 발휘했다. 파스 솔단은 1988년 장학금을 받고 볼리비아에 있는 그의 고향 코차밤바에서 미국으로 왔고, 5년 뒤 라틴아메리카 문학 박사 학위를 땄다. 10년 뒤, 이 다부진 볼리비아인은 코넬 대학의 교수가 되었다. 블라디미르 나보코프가 사십대에서 오십대 초반까지 지냈던 바로 그 아이비리그 교육기관 말이다.

하지만 그때부터 진도가 느려지기 시작했다. 파스 솔단은 이내 자기가 러시아 출신의 그 소설가가 처했던 것과 흡사한 거북한 처지에 놓여 있다는 걸 알아차렸다. "사람들이 이렇게 묻곤 했어요." 뉴욕 이타카의 베트남 식당에 앉아 있던 파스 솔단이 회상했다. "언제 당신 소설을 읽어볼 수 있어요? 진짜 소설가이긴 해요?" 거의 20년 가까이 책을 내왔지만 그의 소설 중 영어로 번역된 게 한 권도 없었던 것이다. 그는 자기 인생이 어쩌다 그렇게 되었는지에 대한 변명을 따로 하나 만들어뒀다. 결국 그는 스페인의 일류 출판사인 알파과라에서 책을 냈고, 현재는 볼리비아와 칠레에서 칼럼니스트와 저널리스트로 꾸준히 청탁을 받고 있다.

그는 2000년 5월에 볼리비아로 돌아왔다. "벡텔이라는 다국적 물 기업이 용수 사용권을 사버렸어요." 파스 솔단이 말했다. "폭동이 일어나서 열 명에서 열두 명이 사망했습니다." 그런 혼란이 벌어진 결과 벡텔은 볼리비아에서 쫓겨났다. 반세계화 운동 진영의 몇몇은 처음에 그걸 승리라고 말했지만 사실 그건 절반의 승리였다. "현재 코차밤바는 여전히 물 때문에 고생하고 있습니다." 파스 솔단이 말했다. "가장 가난한 이웃들은 좋은 물을 쓰지 못해요."

그때 파스 솔단은 암호 생산자와 암호해독가 사이의 전투를 다룬 짧고 추상적인 소설을 작업 중이었다. 보르헤스나 나보코프 스타일 같은 작품이었다. "집에 도착했을 때 제게 진짜 필요한 게 뭔지에 대한 생각이 번쩍 떠올랐습니다." 그가 말했다. "이런 배경이 필요했던 거죠. 세계화라는 배경과, 다국적기업에 맞서는 저항이라는 배경." 이 결합은 폭발적인 것으로 드러났고, 『튜링의 착란상태』라는 제목으로 나온 이 소설은 파스 솔단에게 볼리비아 국립도서상을 안겨주었으며, 마침내 영어로 번역되기에 이르렀다.

소설은 파스 솔단의 그간 작품 속에서 핵심이 되는 장소인, 볼리비아에 있는 가상의 도시 리오 푸히티보를 배경으로 반세계화 운동 활동가 집단이 도시의 전력을 장악한 다국적기업 글로벌룩스와 정부를 공격하는 상황을 상상하고 있다. 활동가들의 무기는 컴퓨터 바이러스다.

일종의 주인공인 미겔 사엔스는 블랙 체임버라는 이름의 정부 첩보기관에서 근무하는 암호해독 전문가다. 과거에 사엔스의 암호해독 솜씨가 국가를 급진파와 쿠데타로부터 구해냈고, 그는 그 덕분에 유명 암호해독자 앨런 튜링의 이름에서 따온 튜링이라는 별명을 얻게 된다. 사엔스는 사이버 범죄자들의 이 새로운 침입이 자신에게는 예전의 영광을 회복하는 기회가 될 것임을, 컴퓨터가 자신을 퇴물로 만들어버리지 않았다는 사실을 증명할 기회로 자리매김하리라는 사실을 안다.

테크놀로지는 파스 솔단의 소설에서 늘 커다란 역할을 해왔다. 약 10년 전부터 그는 매콘도 문학운동McOndo Literary Movement에 참여했는데, 이 운동의 이름은 가브리엘 가르시아 마르케스의 소설 배경이었던 가상의 도시 이름에서 따온 것이다.*

칠레, 아르헨티나, 페루 작가들로 구성된 이 그룹은 보다 당대적인 방식으로 스토리텔링에 접근하는 것을 지지하면서 마술적 사실주의와 농촌 본질주의를 배격했다. "1980년대가 되자 라틴아메리카는 지방적 성격이 줄어들고 더 도시화되었습니다." 파스 솔단은 『보스턴 글러브』와의 인터뷰에서 그렇게 말한 적이 있었다. "세계에서 가장 큰 도시 네 곳, 그러니까 멕시코시티, 상파울루, 리우데자네이루, 부에노스아이레스가 모두 라틴아메리카에 있지요."

이런 변화를 단편과 장편에서 반영했다는 이유로 파스 솔단은 맨 앞에서 혹독한 비판에 시달렸다. "최근 15년 동안 도시를 배경으로 한 소설은 거의 없었어요." 그가 말했다. "볼리비아 소설가들 다수는 볼리비아의 상태를, 그러니까 볼리비아 시골의 모습을 보여줘야 한다는 의무감을 느꼈죠. 제가 1980년대 초에 소설을 발표하기 시작했을 때 비평가들이 말했던 게 기억납니다. '이 소설에 이야기는 있다. 하지만 볼리비아는 어디 있나? 마야인들은 또 어디에 있고?'"

그가 미국에서 거주하게 된 이래, 파스 솔단의 비판자들은 그가 멀리 떨어져 있다는 비난 또한 할 수 있게 되었다. "이런 식으로 죄책감을 주는 거죠. 마치 제가 훌륭한 볼리비아인이 아닌 것처럼." 그래서 그는 가상의 도시 리오 푸히티보를 창조했다. "무척 자유롭게 만들어냈습니다." 파스 솔단이 말했다. "하지만 제 친구 하나가 이 도시가 여전히 코차밤바와 무척 흡사하다고 말했던 게 기억나요. 그 친구가 말

---

* 마르케스의 『백년 동안의 고독』에 등장하는 도시 마콘도Macondo를 패러디한 것으로, 라틴아메리카에는 맥도널드, 매킨토시 컴퓨터, 콘도가 공존한다는 의미를 담고 있는 말이다. 파스 솔단을 비롯한 열일곱 명의 신진 작가들이 발표한 소설집 『매콘도』(1996)에서 유래했다.

했죠. '[비슷하게 보이지 않으려면] 밥 딜런 동상 같은 걸 광장에 세울 필요가 있어'라고요. 그래서 제 소설 『욕망의 문제』에 보면 거기에 밥 딜런 동상이 있어요. 이제 누구도 정확성에 대해 제게 말을 못 하죠."

하지만 그의 소설이 실제 세상을 완전히 벗어난 건 아니다. 특히 『튜링의 착란상태』에서는 더욱 그렇다. 글로벌룩스는 누가 봐도 벡텔과 유사성이 있고, 소설의 등장인물들은 모토롤라와 소니 에릭슨 휴대전화를 사용하며 휙휙 돌아다닌다. "이런 브랜드명은 볼리비아와 같은 나라에서는 많은 함축적인 의미를 담고 있습니다." 파스 솔단이 말했다. "볼리비아는 무척 가난한 나라지만, 사람들은 이 현대성을 상징하는 섬 같은 기계를 갖고 있죠. 제 친구들도 위성방송에, 아이팟에, 노키아를 갖고 다녀요. 옛날로 돌아가게 될까 두려워서 그런 걸로 자기 두려움을 과도하게 벌충하는 겁니다."

이타카에서 파스 솔단은 이 문제를 계속해서 생각할 것이다. 하지만 그에 대한 대답을 소설 속에 넣지는 않을 것이다. "이건 정치에 관한 소설이지만 정치적인 소설은 아닙니다." 그가 말했다. "제 생각에 둘은 달라요."

2006년 8월

# 아미타브 고시

Amitav Ghosh

1956년 콜카타에서 태어난 아미타브 고시는 델리 대학교를 졸업하고 옥스퍼드에서 사회인류학으로 박사 학위를 받았다. 그 후로 지금까지 고시는 여행으로 점철된 인생을 살아오고 있다. 1986년 출간되기 시작한 고시의 소설들에는 역사의 격랑을 사람들의 긴박하고 다양한 서사로 변모시키는 세계 시민적이고 포용력 넘치는 인간 정신이 드러나 있다. 그의 소설『캘커타 염색체Calcutta Chromosome』(1995)는 의학 스릴러이며,『굶주린 조수The Hungry Tide』(2005)는 벵골 만의 해양생물학자를 주인공으로 내세운다. 이 인터뷰가 진행될 당시 그는 자신의 경력에서 중대한 역할을 하게 될 '따오기 3부작Ibis Trilogy'을 막 쓰기 시작한 참이었다. 19세기 아시아에서 흔히 볼 수 있었던 인종 간 섞임, 상업과 무역에 대한 열망을 보여주는 이 작품의 배경은 아편전쟁이 발발하기 직전이다. 고시는 상당히 많은 논픽션 작품도 발표해왔다. 그 중에는『캄보디아에서 춤을, 버마에서 도주를Dancing in Cambodia, At Large in Burma』(1998)처럼 긴 형식의 여행기도 포함되어 있고,『고대의 땅에서In an Antique Land』(1992)와 같은 민족지학民族誌學 연구서도 있으며, 역사적 내러티브가 지닌 빈틈을 파고들어 무엇이 문명을 움직이는지를 탐구하는『타오르는 땅Incendiary Circumstances』(2006)처럼 논쟁을 불러일으키는 에세이도 있다. 전기작가 데보라 베이커와 결혼한 아미타브 고시는 주로 브루클린과 인도 고아에서 생활한다.

▼

인생에서 수없이 많은 시간을 덜컹거리는 버스 안에서, 기나긴 도로 위에서, 아니면 인도에서 미국으로 돌아오는 공항 보안검색대 앞에 늘 어선 줄에 서서 보내온 아미타브 고시는 이상하게도 '도착'이라는 개념에 별 감흥을 받지 않는다. "전 도착이라는 것이 존재한다고 생각하지 않습니다." 나는 은발의 소설가 아미타브 고시를 뉴욕에서 만났다. 그는 요새 들어 뉴욕을 집처럼 생각하게 되었다. "저는 사람들이 절대로 도착하는 법이 없다고 생각합니다. 우리가 정체성이라 부르는 것도 존재하지 않습니다. 항상 변화하는 과정에 있기 때문이지요."

물론 고시는 자신이 하는 말을 잘 알고 있다. 이제 쉰하나가 된 이 소설가의 지리적 역사를 곁눈질만 해도 금세 시차 피로가 발생할 정도다.

콜카타에서 델리로, 옥스퍼드에서 튀니스로 옮겨 다녔던 고시는 이집트에 '도착'했다. 그는 여기서 인류학으로 박사 학위를 받았지만, 그렇게 도착하고 난 뒤에도 여전히 긴 여정이 남아 있었다. "전 그냥 여행을 하고 싶었습니다." 맨해튼 호텔에서 차 한 잔을 앞에 둔 그가 특유의 절제된 어법으로 말했다. "제3세계 출신으로서는 학생이 되거나 노동자가 될 수밖에 없었죠. 당시 배낭여행이란 존재하지 않았고, 있었다 하더라도 비자를 받지 못했을 겁니다." 고시는 더 이상 이런 문제를 겪지 않는다. 지금껏 그가 출간해온 모든 책이 그가 스스로 결정한 여정대로 계속해서 이동할 수 있도록 전 세계에 그를 위한 길을 닦아 놓았기 때문이다. 토니 모리슨으로부터 엄청난 찬사를 받았던 야심 찬 데뷔작 『이성의 순환The Circle of Reason』을 필두로 그는 1986년부터 지금까지 열한 권의 소설과 논픽션을 출간해왔다.

그가 발표해온 모든 책은 이주라는 문제를 깊이 파고든다. 그러면서 여러 문화권이 충돌해온 과정을 드러낸다. 하지만 단연 극적인 책은 활극이 넘치는 신작, 『양귀비의 바다Sea of Poppies』일 것이다. 해양 모험소설로 분류될 수 있을 이 책에는 예전에 노예선으로 쓰였던 '따오기'라는 이름의 배에 탑승한 인도인, 미국인, 영국인, 그리고 동아시아인이 등장한다. 이들 무지몽매한 선원들을 태운 배는 어찌어찌하다 보니 영국 무역상들과 중국 사이에서 벌어진 1차 아편전쟁의 중심부로 향한다. 총 3부작에서 1부를 차지하는 『양귀비의 바다』는 이 인물들을 통해 제국주의 역사의 추레한 이면을 보여준다. 고시는 이 책이 그의 소설가 경력에서 결정판이 될 것이라고 말한다.

"『유리 궁전The Glass Palace』을 쓰는 동안에도, 다 쓴 뒤에도 저는 황폐한 기분에 시달렸습니다." 그가 말했다. "사람들이 서로 다른 문화권들을 연결할 때 발생하는 일들에 흥미가 있었죠. 이런 일들이 어떻게 이어지는지, 그리고 어떻게 세대를 거듭해 영속하는지에 대해서 말입니다. 이번 이야기를 통해 마침내 저는 그 방식을 알 수 있게 되었습니다."

'따오기'를 타고 항해하는 선원들은 실제로 배의 갑판을 물 위의 엘리스 아일랜드*처럼 변모시킨다. 그들 중에는 자기 자신을 도제노예로

* 미국 최초의 연방이민국이 있던 곳.

아미타브 고시

팔아버림으로써 양귀비를 재배하던 남편의 시신과 함께 화장될 위기를 모면할 수 있었던 인도인을 비롯해 백인으로 신분을 위장한 볼티모어 출신의 흑인 미국인도 있다. 인생을 아편에 건 배의 소유주는 리버풀 사람이다. 중국에 압력을 행사해야 하는 그의 서류며 탄원서가 영국에서 맡겨진 임무를 다하는 동안, 한편으로 그는 모리셔스에 '막노동꾼'을 실어 나르는 가욋일도 한다.

고시의 말에 의하면 오늘날의 세계화와 자유무역이라는 개념은 이러한 삼각무역에서 비롯되었고, 우리는 대영제국이 어디서 부를 축적할 수 있었는지를 잘 모른다. "사람들이 말하는 위대한 자유무역과 자본주의는 기본적으로 19세기 아편 자유무역에 뿌리를 두고 있습니다." 그가 목소리를 높였다. "보통 빅토리아 시대는 공손하고 예의 바른 시기로 여겨집니다. 하지만 그 시기의 사람들은 세계 역사상 그 유래를 찾아볼 수 없을 정도로 거대한 마약 산업을 발전시키고 있었죠."

이런 주제에 대해 말하는 고시의 목소리는 종종 한 옥타브 위로 올라간다. 하지만 지나치게 날카로워지지는 않는 그의 목소리에는 웃음기가 조금 감돈다. 그가 다루는 시대에 수많은 역사적 아이러니가 있기 때문일 것이다. 고시에 의하면 중국과의 아편전쟁을 밀어붙인 대부분의 무역상들은 복음주의 기독교도이기도 했다. "어느 아편 무역상이 남긴 일기에 무릎을 치게 만드는 구절 하나가 있습니다." 그가 킬킬거리며 말했다. "아편을 파느라 너무 바빠서, 오늘 성경을 읽을 수 없었다는 대목이죠."

부커상을 수상한 키란 데사이와 마찬가지로 고시는 그가 다루는 주제가 불러일으키는 정치적 파장과 늘 정면으로 맞설 수밖에 없다. 이주하는 사람들은 누구이며, 그 이유는 무엇인가? 이러한 이주에서 최대의 수혜자는 누구인가? 어떤 민족적 본성이 전쟁을 촉발하는가? 그가 발표한 세 권의 논픽션 작품은 이러한 사안들을 다룬다. 한편 1999년 발표한 『카운트다운Countdown』은 핵실험을 다루고 있다.

『양귀비의 바다』를 쓰면서 조사를 하던 중, 고시는 바다 위에서도 인종이라는 개념이 중차대해졌다는 사실에 놀라지 않을 수 없었다. "특히 1820년대에서 1830년대 사이에 인종 간 구분이 대단히 강화되었죠." 그가 말했다. "그 전까지는 배에서 일하는 흑인들이 매우 많았습니다. 하지만 1830년대 이후에는 흑인들이 뱃일을 하기가 사실상 불가능해졌죠."

선원들의 항해일지를 읽으며 그는 흑인들이 폭행당한 이야기나 배에서 내던져진 이야기(백인들도 그런 경우가 있었다)를 접했다. 하지만 당시를 살았던 사람들에게 요구되었던 기괴한 타협 한가운데서 유머의 힘을 잃지 않은 이야기들도 만날 수 있었다. "계약 노동자로 배에 탔던 여자들에 관한 이야기도 몇 가지 있습니다. 그들과 함께 항해했던 사람들이 남긴 기록에 따르면 그들은 엄청나게 잘 웃는 능력의 소유자들이었다고 합니다." 고시가 말했다. "그들은 늘 갑판에 나와 음악을 연주했고, 악기가 없으면 만들어서라도 음악을 즐겼다고 하더군요."

광범위한 사건들과 세계사에 관심이 있는 그는 당연하게도 소설을 쓰기 전에 조사에 착수한다. 그는 저널리스트로서 미얀마를 여러 차례 방문했다. 그는 거기서 반군 지도자들을 만났으며 미얀마 정부의 매복 작전에서 생존했다. 그는 캄보디아와 스리랑카, 그 외의 나라들도 여러 번 방문했다. 이 모든 여행이 그의 소설을 위한 재료가 되어주었다. 그가 지금껏 다루어온 주제들보다도 폭넓은 주제에 대해 쓰는 지금, 고시는 미소를 지으며 그저 자신에게 흥미를 불러일으키는 주제에 대한 글을 쓸 뿐이라고 말한다. 하지만 사실 그는 언제나 훌륭한 학생이었다.

고시의 아버지는 외교관이었다. 이는 가족이 이주하는 경우가 잦았다는 것을 의미한다. 고시는 열한 살에 기숙학교에 들어갔다. "인도는 매우 지방색이 강한 나라지만 그 학교만큼은 매우 범인도적인 곳이었습니다." 그가 말했다. "다들 집단적으로나 개별적으로나 스스로에게 범인도적 자아를 덧씌우고 있었죠. 그 경험이 제게 많은 영향을 주었다고 생각합니다." 이러한 경험은 고시를 이동하고 이주하게 했다(혹은 그러기를 강요했다). 이는 외교관 아버지를 둔 젊은이에게도 어려운 일이었다. "인도인의 해외 이주나 여행은 미국인이나 영국인의 그것과 의미적으로 상당한 차이가 있습니다." 그가 인도 사회의 계층 간 이동을 염두에 두며 말했다. 그는 그 안에 보수주의가 내재되어 있다고 생각한다. "저는 19세기에 이동과 이주를 감행했던 사람들에게 말로 형언할 수 없는 존경심을 갖고 있습니다. 저는 전통의 체계를 잘 알고 있죠. 제 안에도 그런 것이 있기 때문입니다. 그래서 전통이라는 체계를 뚫고 나갈 때 치러야 할 대가를 알고 있기도 하고요."

자신만의 가족을 구성하면서 그는 공식적으로 이주하는 삶을 살게 되었다. 첫 소설을 출간하고 델리에서 미국으로 거처를 옮긴 고시는 이곳에서 아내를 만났다. 그의 아내 전기작가 데보라 베이커는 시인 로버트 블라이와 작가 로라 라이딩, 그리고 인도의 비트족에 관한 책들을 썼다. 그들에게는 릴라와 나얀이라는 이름의 두 아이가 있다. 아이들은 각기 브루클린과 매사추세츠에 있는 학교에 다닌다. 그래서 고시는 적어도 연중 8개월을 브루클린에서 보낸다. "우리는 이렇게 삽니다. 아내는 여기서 딸과 함께 지내죠. 가끔은 제가 딸과 여기서 지내고요. 가끔 그녀는 저 없이 인도에 가 있고, 가끔은 같이 가기도 합니다."

다른 수많은 인도인과 마찬가지로 그는 이러한 균형 잡기에 익숙해졌다고 말한다.

하지만 '따오기 3부작'을 쓰는 고시는 베개나 접이식 테이블, 여권, 심지어는 신분도 없이 이주를 감행했던 사람들을 끝없이 생각한다. 가진 것 하나 없이 미지의 세계와 직면해야 했던 사람들 말이다. "그들의 역사에는 어떤 통렬함이 있습니다." 위험한 여행을 할 수밖에 없었던 사람들에 대해 고시가 말했다. 그는 바로 이런 사람들의 이야기를 하려고 한다.

2008년 7월

# 수잔나 클라크
Susanna Clarke

수잔나 클라크는 벼락 스타 같은 건 없다는 사실을 새삼 상기시켜주는 인물이다. 2004년, 그녀가 쓴 장장 8백 페이지에 달하는 판타지 소설 『조나단 스트레인지와 마법사 노렐Jonathan Strange & Mr. Norrell』은 마치 하늘에서 뚝 떨어진 것처럼 등장했지만 사실 그녀는 10년 동안 책 관련 일을 해왔다. 소설의 아이디어가 처음 떠오른 것은 1993년, 스페인에서 영어 강사 일을 하던 시절이었다. 그녀는 영국의 해변가 마을로 돌아와 자료를 모으며 글을 쓰기 시작했고, 자기가 쓴 글을 미래의 동반자가 될 콜린 그린우드와 작가 제프 라이먼이 운영하는 과학소설 워크숍에 가져갔다. 그들의 반응이 워낙 굉장해서 그녀는 계속 작품을 썼고, 그러는 한편 단편소설도 썼다. 그 단편들은 『조나단 스트레인지와 마법사 노렐』처럼 마법의 세계와 19세기적 어조, 제인 오스틴과 찰스 디킨스의 작품에서 나온 것 같은 등장인물들의 내적인 삶에 대한 작가적 접근이 흐릿하게 얽혀 있는 작품들이었으며, 2006년 『그레이스 아듀의 여인들과 그 밖의 이야기The Ladies of Grace Adieu and Other Stories』라는 제목으로 출판되었다. 나는 그보다 2년 전, 『조나단 스트레인지와 마법사 노렐』이 서점을 강타하기 직전에 더비셔에서 그녀와 이야기를 나누었는데, 클라크는 이제 막 일어나기 시작한 엄청난 일 때문에 말을 아끼고 있었고, 흥분해 있었으며, 방어적이었다. 인터뷰가 이루어지는 동안 우리는 시골 경치가 내려다보이는 바깥 자리에 앉아 있었고, 클라크의 동반자가 내내 옆을 지켰다.

▼

런던 북부에서 수 마일 떨어져 있는 곳에 있는 한 펍에서, 수잔나 클라크는 자리에 앉아 자기는 '앱솔루션' 맥주 한 잔이 필요하다고 선언했다. 가장 시끌벅적하고 기억할 만한 문학적 데뷔를 하기 직전인 까닭에, 그녀의 맥주 주문이 모종의 파우스트적 거래를 고백한 거라고 오해하는 게 어려운 일은 아니리라.

어쨌거나, 클라크는 19세기 초기에 활동한 두 명의 마법사를 다룬, 8백 페이지에 달하는 자신의 소설 『조나단 스트레인지와 마법사 노렐』이 불러일으킨 소란 때문에 필립 로스, 톰 울프, 그 외 여섯 명의 노벨문학상 수상자들이 쓴 신간들의 빛이 바래버린 상황에 대해 당혹스러운 심정을 표현했다.

"제 생각에 이 일과 관련된 사람들 대부분은 지금까지의 반응에 어느 정도 깜짝 놀랐을 것 같아요." 은빛 머리를 한 작가가 아이로니컬하게도 셰필드라는 이름이 붙은 양조장 제조 맥주*를 홀짝거리며 말했다. "전 확실히 그랬고요."

10년 전 판타지 소설 작법 강좌를 수강했던 전직 요리책 편집자에게 그건 그리 나쁜 일이 아니다.

* 은도금 동판을 'Sheffield plate'라고 한다.

『조나단 스트레인지와 마법사 노렐』을 5분만 읽어봐도 올해 마흔네 살인 클라크의 습작생 시절이 끝났다는 걸 알게 될 것이다.

무대 밖에서 사건을 관찰하는 짓궂은 목소리로 서술되고 가짜 학술 주석이 주렁주렁 달려 있는 이 소설은 가스등이 빛나던 섭정 시대* 영국을 소환하는데, 마법으로 묘기를 부리는 사람이 사교 모임의 인기인이 되는 시절이다.

이 공동체의 중심에 있는 인물이 바로 길버트 노렐이라는, 책을 쌓아놓고 사는 깐깐한 학구파다. 그의 입술이 달싹거릴 때는 이제는 사라진 진정한 마법의 기술에 대한 존경을 회복하고자 하는 노력의 일환으로 교회 건물에 새겨진 가고일 석상을 호출하여 춤을 추도록 주문을 외우는 경우 정도다.

소설의 플롯은 노엘의 평온한 존재 방식이 조나단 스트레인지라는 잘생기고 매력적이고 젊고 건방진 녀석이 나타나면서부터 날아오르는데, 스트레인지는 마치 보다 세련된 1800년대의 데이비드 블레인** 이기라도 한 것처럼 군중을 홀린다.

"그 둘은 완전히 정반대 성격이에요." 클라크가 말했다. "한쪽은 사교적이고 모험심이 강하고 경솔하죠. 다른 한쪽은 겁이 많고, 혼자 있길 좋아하고, 현학적이에요. 하지만 둘은 상대방의 지적 능력과 마법 실력이 동등하다는 걸 알아차리는 거죠. 그들에겐 다른 동료가 없고, 그래서 기묘한 방식으로 같이 지내게 돼요. 둘은 대중의 마음을 통해 연결되어 있는데, 그들이 점점 더 연결될수록(또는 구속될수록) 점점 더

---

* Regency era. 1811년에서 1820 사이에, 훗날 조지 4세로 즉위하게 되는 당시의 황태자가 정신병에 걸린 아버지 조지 3세를 대신해 섭정 역할을 했던 시기.
** David Blaine. 미국 출신의 인기 마술사. 거리 마술로 유명하다.

서로에게 화가 나는 거예요."

나폴레옹 전쟁이 벌어지는 동안 스트레인지는 아무 곳으로도 연결되지 않는 길을 만들어 프랑스 군대를 속이고, 마법을 건 명금鳴禽으로 음성 메시지를 보내서 연합군 사령관 웰링턴 공작을 돕는다. 스트레인지의 자신감은 그가 극악무도한 레이븐 킹에게 매료되면서 위험스러운 방향으로 돌아서는데, 레이븐 킹은 한때 영국의 왕이었던 자로, '요정faerie'이 길러낸 강력한 마법사다.

클라크가 보기에, 『해리 포터』에서 필립 풀먼의 『황금 나침반』 3부작에 이르는 소설 속 마법이 현재 누리는 인기는 그저 자연스러운 일일 뿐이다.

"사람들을 일상의 삶에서 빼내서 다른 곳으로 잠시 데려가는 건 소설의 무척 중요한 기능이에요." 그녀는 어린 시절 좋아했던 C. S. 루이스와 로알드 달을 예로 들며 말했다.

"마법을 다루는 소설은 바로 그 점에서 성과를 거두는 거죠. 왜냐하면 그 소설들은 결코 우리가 사는 세상이 아닌 곳에서 벌어지는 일을 다루거든요." 그녀가 말했다.

환상적인 요소와 신랄한 사회 논평을 결합함으로써, 클라크는 그녀가 똑같이 영향을 받은 J. R. R. 톨킨과 제인 오스틴을 있을 것 같지 않은 방식으로 뒤섞는다. 소설은 또한 호그와트를 벗어난 해리 포터 팬들에게 보다 정교한 스토리텔링이 전개되는 장소를 선사한다.

"제 소설이 뭔가 새롭게 보이나 봐요." 클라크가 말했다. "몇 개의 장르, 그러니까 판타지와 모험물과 대체 역사물을 뒤섞고, 거기에다 스토리에 대해 논평하는, 살짝 젠체하는 주석을 책 전체에 추가한 건데 말이죠."

직접 만나본 클라크는 내성적이었지만 수줍지는 않았다. 스트레인지보다는 노렐 쪽이랄까. 하지만 한 시간 정도 대화를 나누자 그녀 내면에 있는 열성 팬 기질과 외부의 문학적 위풍당당함이 완벽한 정렬을 이루었다. 우리의 토론은 그녀의 만화책 컬렉션과 그녀가 좋아하는 TV 프로그램(〈심슨스〉, 〈버피와 뱀파이어〉)에서 오스틴을 거쳐 다시 〈버피〉로 돌아갔다.

"팬 모임 장소에 가본 적은 없어요." 그녀가 말했다. "하지만 팬 중에서 최고로 세부 사항에 매달릴 자신은 있죠." 클라크가 훗날 환상소설 컨벤션에 특별 초대 손님으로 참가하는 건 당연한 일일 것이다. 명성이라는 클리그 등*이 벌써 환하게 타오르고 있다. 『조나단 스트레인지와 마법사 노렐』은 미국, 영국, 그 외 20개국에서 거의 동시에 출간되고 있고, 클라크가 참여하는 홍보 행사가 스무 개 도시에서 잡혀 있다. 소설이 발간되기 몇 주 전부터 독립 서점에서 소설을 밀기 시작하면서 초판만 20만 부가 팔려 나갔다고 알려져 있다.

클라크는 배우자이자 과학소설 작가이며 평론가인 콜린 그린우드에게 기대어 이 압력을 견뎌내고 있다. 그녀는 그 운명의 창작 교실에서 그를 만났다. 당시 그는 강사였고, 그녀는 그의 학생이었다.

"제가 출판에 대해 아는 건 전부 논픽션을 편집하면서 배운 거예요." 그녀가 말했다. "그래서 콜린의 경력을 길잡이로 삼을 수 있어서 좋아요." 설사 자신의 작품으로 인해 생긴 기회가 그녀를 친숙하지 않은 영역으로 들여보낸다 하더라도 말이다.

맥주를 다 마셨을 때쯤, 클라크는 직업소개소보다는 투명 망토를 선

---

* klieg light, 영화 촬영용 아크등.

호할 사람이 지을 법한, 살짝 긴장한 표정을 얼굴에 띠고 있었다. 하지만 설사 진짜 주문을 외우는 힘이 생기더라도 그녀는 사소한 일을 할 것이다. "제 휴대폰을 고슴도치로 변신시키는 일 같은 거요." 그녀가 농담을 던졌다.

"[주문을 외울 능력이 있다면 어쩔 거냐는 질문에] 제일 먼저 떠오른 생각은 세계 평화였어요. 하지만 제가 〈X 파일〉에서 멀더가 그러려고 노력하는 에피소드를 봤거든요. 근데 사람들이 몽땅 사라지더라고요."

2004년 8월

오르한 파묵
Orhan Pamuk

CWH

오르한 파묵은 소설가이자 회고록 작가, 그리고 문예창작을 가르치는 교수다. 아이의 시점으로 고향 이스탄불을 그린 그의 작품에는 터키의 역사와 오토만제국의 신화, 그리고 탐정 서사가 정교한 솜씨로 뒤섞여 있다. 한때 부유했으나 점차 쇠락해가는 상인 집안의 책벌레 어린이였던 파묵은 이 경험을 소설 『검은 책The Black Book』으로 썼다. 화가가 되려는 꿈을 포기하고 건축가가 되고자 했던 파묵은 이 역시 포기하고 글을 쓰기 시작했다. 이스탄불대학에서 저널리즘을 전공하고 1976년 졸업한 그는 1979년 첫 소설 『제브데트 씨와 아들들Cevdet Bey and His Sons』로 오르한 케말상을 수상했다. 이스탄불의 부유한 3대에 대한 이야기인, 아직 영어로 번역되지 않은 이 소설은 터키판 『마의 산』처럼 여겨진다. 시간이 지날수록 파묵의 소설들은 보다 복잡해졌다. 1983년 출간되었으나 2012년에야 영어판이 나온 소설 『고요한 집Silent House』은 터키 일일 드라마의 가쁜 호흡으로 쓰였다. 『하얀 성The White Castle』과 『고요한 집』에 먼저 등장했던 역사학자에 관한 액자식 이야기를 통해 그는 터키의 역사를 집중적으로 조명하기 시작한다. 그리고 2001년 작 『내 이름은 빨강My Name Is Red』에서 그는 오토만제국의 세밀화 화가를 통해 동서양의 긴장감과 인류에 내재된 세속적이고 종교적인 열망에 관한 연쇄적인 서사를 만들어낸다.

부유한 남자가 가난한 여인을 사랑하게 되면서 그녀와 관련된 물건들을 수집하는 것으로 그녀에 대한 욕망을 충족시킬 수밖에 없는 내용의 긴 소설, 『순수 박물관The Museum of Innocence』을 출간한 직후인 2010년에 나는 컬럼비아 대학에서 파묵과 대화를 나눌 수 있었다. 파묵은 2012년 이스탄불에 이 소설의 묘사에 기초한 박물관을 열었다.

▼

Q    여기로 오다가 결혼식 피로연장을 지났습니다. 3대에 걸친 위대한 사랑 이야기이자 남녀의 사랑 이야기인 동시에 한 남자와 이스탄불의 사랑 이야기이기도 한 『순수 박물관』에 대한 이야기를 나누기에 더할 나위 없이 적합한 전주곡처럼 여겨졌지요. 1970년대 이스탄불에 대해 한 말씀 들려주신다면 좋겠습니다. 『순수 박물관』이 이 시대의 이스탄불에서 시작하고 우리가 책 속에서 길고 환상적인 여행을 시작하는 장소이기도 하니까요.

A    사실 저는 이스탄불을 대표하는 작가로 자처할 생각이 없습니다. 저는 늘 제 자신이 일반적인 인간 존재에 보다 집중하는 작가라는 점을 강조하죠. 하지만 제가 이스탄불에서 휴머니티를 접할 때면, 그렇죠, 제가 이스탄불에 대해 엄청나게 많은 글을 쓰는 작가라는 사실을 간접적으로 깨닫고는 합니다.

저는 이스탄불에 대한 자서전적 책이자 스물네 살이었던 저의 자서전이기도 한 『이스탄불』이라는 책에서 한 도시에서 제법 오래 산 사람에게는 해당 도시가 그 도시에서 살면서 느낀 감정들에 대한 일종의 색인이 된다고 쓴 적이 있습니다. 분수대며 광장, 그리고 건물이 우리에게 행복과 광란, 무기력, 그리고 사랑과 관련된 시간들을 상기시켜주죠. 도시 안에서 살아가는 사람들에게 도시는 기억들을 통해 깊이와 의미를 얻습니다. 한편 외부자들에게 도시는 거리를 두고 떨어져서 바라보는 보다 낯선 무엇이죠.

하지만 이 책에서 인물들은 쉽지 않은 사랑에 빠져 있습니다. 따라서 다소 우울한 측면이 있죠. 하지만 저는 작가가 인물들이 느끼는 감정들에 일종의 객관적인 상관관계를 찾아낼 수 있을 때 위대한 소설을 쓴다고 생각합니다. 마지막 부분에서 저의 인물들이 느끼는 우울한 사랑의 슬픔은 이스탄불이라는 도시의 풍경을 통해 재현됩니다. 이는 우연이 아니죠. 저 역시 이러한 우울의 감정을 갖고 있었으니까요. 특히 이스탄불에서 어린 시절을 보내는 동안에요. 해서 제가 자서전적인 책에서 이스탄불에 관해 썼던 것들을 보다 정교하게 가다듬어 『순수박물관』이라는 소설에서 보다 장대한 스케일로 정확하게 쓰려고 했습니다.

Q     주인공 케말은 두 명의 여성 사이에 끼어 있습니다. 나이 차이가 많이 나는 먼 친척뻘의 여동생 퓌순과 그와 걸맞은 계층에 속하는 여성 시벨이 그들이죠. 그가 마음 가는 대로 선택할 수 없게 막는 요인은 무엇입니까?

A     전통에 대한 두려움이죠. 이 소설에 대해 핵심적이고 적합한 질문을 해주셨군요. 이 소설은 보다 깊은 차원에서 한 사회에 속한다는 것, 아무리 바보 같고 얄팍하고 무의미하고 이해할 수 없다 하더라도

사회적 절차들을 수긍하는 것에 관한 이야기입니다. 케말이라는 인물은 이스탄불의 전형적인 부르주아 상류층일 것입니다. 그러므로 그는 사회적 절차들이 정말로 필요한 것인지 논리적인 질문을 던지기보다는 그저 이에 따를 뿐이죠.

이처럼 사회에 소속되고자 하는 욕망, 아니 사실은 공동체와 어떤 분쟁도 일으키고 싶지 않다는 욕망이 있습니다. 억압된 사회에서는 사람들 대부분이 이런 욕망을 가지고 있죠. 그런 사회에서 사람들이 우선적으로 가지고 있는 본능은 합리적인 태도를 갖거나 자기 자신의 유머와 분노를 좇기보다는 그저 다른 사람이 하는 대로 따라가는 것이죠. 1975년의 터키에서는 누구도 다른 사람과 사랑에 빠졌다고 해서 약혼을 파기하지 않아요. 그건 비단 터키의 전통만이 아닙니다. 공동체 귀속이라는 전통은 인류의 역사 전체에 존재한다고 말할 수 있어요. 근대성이란 건 당신의 고유한 개성을 신뢰한다는 걸 뜻합니다. 그리고 당신이 서구화된 상류층 브루주아인 척 굴건 교육받지 못한 순박한 사람인 양 굴건 간에, 전근대적인 태도를 근거로 사회 전체를 판단한다는 걸 뜻합니다. 전근대는 사실 당신이 공동체에 소속되었다는 이유만으로 모든 일이 제대로 잘 풀릴 거라는 격언을 따르는 상황을 말하는 겁니다.

그리고 『순수 박물관』은 마지막 부분에서 공동체에 속하는 것과 속하지 않는 것에 대해 깊이 파고듭니다. 사랑을 따를 것인가, 살던 대로 살 것인가, 작가가 되겠다는 욕구를 따를 것인가, 자기만의 예술관을 따를 것인가, 아니면 그저 다른 사람들처럼 살 것인가를 말하고 있죠. 결국 사랑은 소설에서 표현된 이러한 두 가지 태도를 양극화하는 작은 도구 혹은 변명입니다. 당신의 질문은, 그래요, 제게 이 소설이 사랑에 관한 소설이라는 사실을 부각시키는 것처럼 보입니다. 사랑의 다양한 측면을 이해하려 하고, 우리가 아무리 같은 감정을 느끼더라도 결국 우리가 느끼는 감정들, 욕망들을 헤아리는 방식은 역사와 문화에 깊이 뿌리를 내리고 있다고 주장하면서요. 불행하게도 말이죠.

Q    지난 5년간 당신의 인생에는 드라마틱한 변화가 많았습니다. 노벨상을 수상했고, 터키법 301조 위반 혐의로 기소당했죠. 한 인터뷰에서 당신은 도시를, 이 소설에서는 이스탄불을 어슬렁거리면서 영감을 떠올리는 것이 작업 방식이라고 말한 적이 있습니다. 당신의 지난 4, 5년간을 고려할 때 이러한 작업 방식에도 변화가 있었으리라 생각됩니다. 그런 일들이 벌어지는 와중에도 작업 방식을 고수할 수 있는 방법을 찾으셨습니까?

A    사실 저는 지난 5년을 수월하게 버텼습니다. 어쩌면 전보다 수월했는지도 모르지요. 이 소설을 쓰고 있었기 때문입니다. 아침에 일어나서 일곱시에 책상에 앉아 다섯 시간 동안 글을 써서 소설에 한 페이지를 보탭니다. 두 페이지 반을 쓸 때도 있죠. 그러고 나면 남은 하루를 보내기가 훨씬 수월해집니다. 제게도 소설을 쓰려면 일상이 평온해야 한다는 말이 옳을 것입니다. 많은 소설가에게 그러하듯 말이죠. 하지만 저는 힘든 시간에 소설을 쓰는 버릇을 들여왔습니다. 사실 글을 쓰는 것이 삶에서 맞닥뜨리는 고난을 극복할 수 있도록 도와주었지요. 그것이 정치적 문제든, 개인적 문제든, 경제적 문제든, 그 어떤 문제라도요. 날마다 언론이 쏟아내는 이미지들과 거리를 두는 것, 그리고 글을 쓰는 것이 항상 저를 앞으로 나아갈 수 있도록 합니다. 그래서 제가 소설가가 된 거지요. 소설가는 현실을 지적하면서도 일부 환상 속에서

살아가니까요. 저는 소설을 쓰고자 하는 욕망과 현재와 거리를 두고자 하는 욕망이 꽤나 유사한 거라고 생각합니다. 비록 그 소설이 험난한 현실을 건드리는 것이더라도요.

**Q** 소설 『눈Snow』은 특히 현재의 세계를 배경으로 진행됩니다. 이 소설에는 『검은 책』이나 『내 이름은 빨강』, 그리고 몇몇 초기작이 갖고 있던 환상적인 곁다리 이야기들이나 우회적인 이야기들이 없습니다. 2000년대에 접어들고 그 후 10년 동안 예술가로서 어떤 생각의 변화가 있었는지 궁금합니다. 2000년 이후의 소설들은 전작들과는 매우 다르게 여겨지기 때문입니다.

**A** 좋은 질문입니다. 이렇게 대답할 수 있겠군요. 『하얀 성』을 비롯한 소설들을 쓰던 초창기에 저는 가족과 친구들에게 건축도 그림도 공부하지 않겠다고 선언했습니다. 소설가가 되겠다고 했죠. 그러자 다들 이렇게 말하더군요. "넌 고작 스물다섯 살이야. 그 나이에는 소설을 쓸 수가 없어. 인생에 대해 뭘 안다고?" 당시 저는 화가 나서 이렇게 받아치고는 했죠. "소설은 인생에 관한 것이 아니야. 소설은 문학이라고!" 그러면서 제가 보르헤스, 칼비노, 카프카를 좋아한다고 했습니다. 문학에 대해 쥐뿔도 모르는 사람들이라고, 그래서 그런 식으로 말하는 거라고 혼잣말을 했고요. 이제 그때로부터 35년인가 40년이 지났고, 혹시 그중에 살아 있는 사람이 있다면 이렇게 농을 쳐야죠. "어, 어쩌면 제가 스물다섯 때 당신들이 했던 말이 맞는지도 몰라요. 소설이야 당연히 '인생'을 다루는 거죠. 이제 저는 꽤나 인생을 겪었고요."

이런 의미에서 『순수 박물관』은 제가 1975년부터 몇십 년 동안 이스탄불에서 겪었던 것들이 담겨 있죠(1975년에 저는 소설 속에서 지적했듯 스물세 살이었어요). 이 소설은 이미지와 경험, 작고 세세한 내용, 사회적 절차, 관습, 인생, 결혼식, 클럽, 술집, 영화관, 신문으로 가득합니다.

**Q**    그리고 청량음료도요.

**A**    그래요, 제가 이스탄불에서 보아온 청량음료도 잔뜩 나오죠. 그런 것에 형태를 입혀 글로 쓴다는 것 자체가 대단한 기쁨이었습니다.

2010년 1월

아유 우타미
Ayu Utami

공식적으로 인도네시아에서는 아무도 섹스를 하지 않는다. 최소한 몇몇 하원의원은 그랬으면 싶어 한다. 2004년 이래, 이 무슬림 국가 정부 내의 소수 집단은 커플이 공공장소에서 키스를 하면 2만 9천 달러의 벌금을 물리는 반反포르노 금지 조치를 통과시키려고 애써왔다. 지나치게 짧은 스커트를 입은 가정주부는 11만 천 달러라는 어처구니없는 벌금을 물게 될 수도 있다.

"그 법안은 포르노와는 거의 아무 상관이 없었습니다." 인도네시아 소설가 아유 우타미는 최근 뉴욕으로 가는 길에 그렇게 말했다. "그저 사람들의 행동을 통제하려고 하는 방법일 뿐이었어요." 이런 맥락에서 우타미는 또다시 정치적인 소설가가 되었다.

1998년, 우타미는 첫 소설 『사만Saman』을 출판했고, 이 작품은 인도네시아에서 단독으로 출간된 최초의 칙릿 소설이었다. 거기서 이 장르는 '꽃띠 문학'이라는 뜻의 '사스트라 왕기sastra wangi'라는 말로 불리는데, 왜냐하면 이 분야의 또 다른 전문가인 제나르 마에사 아유와 데위 레스타리 역시 젊고 매력적인 여성들이기 때문이다. 이 일군의 작가 중 우타미는 가장 문학적인 작가이다.

『사만』은 다중 시점을 통해 여러 플롯을 따라가며 서술된다. 포크너의 『내가 죽어 누워 있을 때』가 인도네시아와 그 주변을 배경으로 하여 두 배는 더 화려한 산문으로 표현된다고 상상해보라. 소설에 그림자처럼 드리워져 있는 주인공은 공산주의자라는 혐의가 제기된 뒤 투옥된 가톨릭 신부다. 석방과 함께 그는 인권운동가가 되고, 성적으로 모험적인 여인의 애인이 된다.

그녀가 만든 등장인물을 통해, 우타미는 유정탑에서 일하는 이주 노동자들의 고난에서부터 가톨릭과 무슬림 사이의 긴장, 또한 평범한 시민들의 삶에 나타나는 관능성과 성적 욕망에 이르는, 현대 인도네시아의 삶에 대한 만화경처럼 다채로운 관점을 제시한다.

2006년 뉴욕에서 개최된 펜 페스티벌 행사에 마지막으로 참가한 뒤, 이 작고 맵시 있는 서른일곱 살의 작가는 맥주를 한잔 마시려고 첼시의 한 카페에 앉았다. 그녀는 자신의 정치적 의식이 다음 책을 쓰는 데 장애가 되는 이유를 솔직하게 털어놓았다.

▼

Q    '인도네시아 독립언론인연맹'이라는 단체에서 활동하셨지요.

A    몇몇 신문이 폐간되는 데 항의해서 친구와 함께 시작했어요. 그게 1990년대였는데, 당시 저는 아직 저널리스트였고 정부는 자유 언론을 탄압하려던 중이었거든요. 우린 그 사람들이 좋아하지 않는 일을 많이 했어요. 그러다 모종의 은퇴를 했던 셈인데, 그러고 나니까 이 반포르노 법안이 돌아왔지 뭐예요. 그러다 보니 다음 소설을 준비하는 대신 이 문제로 심란해지더라고요.

**Q** 최근에 중국 칙릿 소설가인 저우 웨이후이*라는 작가와 인터뷰를 했는데, 그분은 헨리 밀러가 자기에게 엄청난 영향을 미쳤다고 얘기했어요. 당신은 어떻습니까. 헨리 밀러의 영향을 받았나요?

**A** 미국 소설을 좋아했지만 어른이 될 때까진 밀러의 소설을 읽지 않았어요. 뭔가를 그냥 좋아하거나 싫어한다고 해서 그것에 영향을 받아 바뀌지는 않잖아요. 제 생각에 전 말랑말랑하지 않았거나, 아니면 말랑말랑해지기엔 너무 늦었던 것 같아요.

**Q** 『사만』은 자카르타에서 10만 부가 팔렸습니다. 그 덕에 인도네시아의 댄 브라운이 되었는데요.

**A** 『사만』은 수하르토가 축출되기 1년 전에 출간되었어요. 그래서 당시는 뭔가 돌파구가 열릴 거라는 희망 섞인 분위기가 있었던 것 같아요. 그의 몰락이 몇몇 끔찍한 일에 종지부를 찍었지요. 하지만 저는 그 책이 논쟁적이라고 보진 않아요. 그 책 속에서 언급한 대부분의 구절은 성서에서 가져온 것이었거든요. 저는 이슬람 관련 주제를 직접적으로 꺼내는 걸 지나치게 두려워했어요.

**Q** 하지만 소설에서 섹스가 등장하는데요.

**A** 겨우 약간 나온 거죠. 저는 섹스 장면을 쓰는 데는 크게 흥미가 없어요. 하지만 성적 욕망에는 관심이 많고 이 나라 사람들의 삶에서 그게 어떻게 표출되는지에 대해서도 흥미가 있어요. 제가 관심 있다는 건 이런 의미에서인 거죠. 소설에서 섹스가 나오는 걸 반대한다는 소

---

* 국내에는 『상하이 베이비』(김희옥 옮김, 집영출판사, 2001)가 번역되어 있다.

리는 아니지만 정말 시급한 건 사람들을 자극하는 게 아니라 사람들로 하여금 생각을 하도록 해야 한다는 거예요. 사람들이 성적 욕망이라는 개념을 찬미하도록 말이에요. 이 문제를 갖고 특이하게 굴고 싶지는 않지만 그렇다고 에로 소설을 쓰고 싶지도 않아요.

Q    이런 문제에 대한 호기심은 어디서 온 걸까요?

A    모르겠어요. 저는 무척 보수적인 집안에서 자랐거든요. 어머니는 신실한 가톨릭이시고 나중에는 아버지도 신앙을 갖게 되었죠. 하지만 부모님께서는 제가 뭔가를 했을 경우 그에 대한 결과 또한 제 책임이라는 점을 쉽게 받아들이신다는 점에서 무척 열려 있는 분들이세요. 여전히 저를 무조건적으로 사랑하시고요.

Q    부모님께서 『사만』을 읽고 전혀 충격을 안 받으셨나요? 그 책에는 자위에 대한 언급이 있는데, 제 생각엔 부모님이 보시면 눈살을 찌푸릴 것 같았거든요.

A    별로요. 이 점을 기억하셔야 해요. 인도네시아 사람들은 공식적인 매체에 오르내리지 않는 한 섹스에 관해 개방적으로 얘기할 수 있다는 사실 말이죠. 그러니까 지면에 인쇄되지만 않는다면 말이에요. 자카르타를 걸어 다녀보면 공적인 것과 사적인 것 사이의 차이를 느끼실 수 있을걸요. 공식적으로는 나쁜 일은 아무것도 일어나지 않지만 다들 사람들이 떼 지어 이혼하고, 섹스를 하러 호텔에 간다는 걸 알아요. 하지만 겉보기에는 올바름이라는 외관을 유지해야 하는 거죠.

Q    당신은 어떻습니까? 결혼하셨나요?

**A**　미혼이에요. 아이도 없고요. 결혼이 싫어서는 아니에요. 그 문제로 트라우마 같은 건 없어요. 그저 사람에겐 선택권이 있고 굳이 결혼할 필요가 없다는 사실을 존중할 수 있길 바라는 거죠. 여기 미국에서는 그게 큰 이슈가 아니지만 인도네시아에선 중요한 사안이거든요. 제 동거인을 어떻게 부르느냐가 여전히 문제예요. 남자 친구라고는 못 부르겠어요. 왜냐하면 그 사람은 확실히 소년은 아니니까요.

**Q**　연인이라고 해도 될 것 같은데요?

**A**　그건 너무 프랑스식이잖아요.

**Q**　무슨 말인지 알겠어요. 그렇게 부르면 남자가 마치 스모킹 재킷*을 입고 느긋하게 누워 있기라도 해야 하는 것처럼 들리긴 하죠.

**A**　앞으로 계속 생각해봐야죠. 일단은 동거인이라고 부를 거예요.

2006년 5월

---

* smoking jacket. 남성용 실내복. 실내에서 편안히 담배를 피울 때 입는 옷이라고 해서 이런 이름이 붙었다

프랭크 매코트

Frank McCourt

프랭크 매코트의 인생 역정은 대기만성형 작가들의 희망이다. 그는 1930년 뉴욕 브루클린에서 아일랜드계 미국인으로 태어났다. 대공황기에 그의 가족은 아일랜드로 돌아갔고, 리머릭에서 극심한 가난을 겪어야 했다. 이후 뉴욕에서 거의 40년간 교사로 근무했던 그는 은퇴를 전후로 자신의 인생담을 글로 쓰기 시작했다. 『안젤라의 재<sup>Angela's Ashes</sup>』라는 제목으로 1996년 출판된 이 책은 매코트가 리머릭에서 보낸 유년 시절에 대한 회고록으로, 늘 집을 비웠던 주정뱅이 아버지와 가족을 먹여 살리기 위해 소매를 걷어붙여야 했던 어머니에 대한 이야기를 담고 있다. 예순여섯의 나이로 출간한 이 책으로 그는 퓰리처상과 회고록 부문 전미비평가협회상을 수상했다. 그는 두 권의 회고록을 더 썼는데, 『티스<sup>Tis</sup>』(1999)는 1950년대 초 무일푼으로 혼자 뉴욕 올버니에 정착해야 했던 자신을 이야기하고 있으며, 『가르치는 사람<sup>Teacher Man</sup>』(2005)은 따뜻하고 감동적인 시선으로 교사로 근무하던 시절을 다루고 있다. 나는 『가르치는 사람』의 출간 당시 매코트를 인터뷰했다. 그는 2009년 세상을 떠났다.

▼

요새 프랭크 매코트의 얼굴에서는 미소가 떠나지 않는다. 하지만 내면의 어둠을 완전히 감출 수는 없다. 아일랜드의 가난한 가정에서 성장해 미국으로 이주하기까지의 과정을 담은 베스트셀러 『안젤라의 재』와 『티스』 이후, 그는 세번째 회고록 『가르치는 사람』을 출간했다. 이 책은 그가 뉴욕의 고등학교에서 학생들을 가르치며 보낸 세월을 기록한 연대기다. "언젠가 아이들에게 서로의 부고 기사를 쓰게 한 적이 있어요." 맨해튼에 위치한 출판사 사무실에서 인터뷰가 진행되는 동안 일흔다섯의 작가가 말했다. "그 과정을 '앙갚음'이라 생각하라고 했죠."

그가 말했다. "그 애들은 못된 짓을 많이 했어요. 불을 지르기도 하고 창문에서 뛰어내리기도 하고 철로에서 장난을 치기도 했습니다. 하지만 그 애들은 사랑하는 사람들에게 둘러싸인 고귀하고 고결한 죽음이 나오는 홀륭한 기사를 썼어요."

『가르치는 사람』이 흔히 접할 수 없는 독서를 경험하게 해주는 것은 바로 이런 까닭이다. 매코트가 순순히 인정하듯 그는 교육자로서 이야기 지어내기가 홀륭한 교육 도구라고 생각해왔다. 그는 이야기를 짓는 자신만의 방법을 가르쳐왔다. "학생들을 가르치는 저만의 방식을 찾아야 했죠." 매코트가 말했다. 말쑥한 정장용 셔츠에 청바지를 입은 그에게는 아직도 아일랜드식 억양이 남아 있다. "그 애들에게 문법이나 분석하는 법만 가르칠 수는 없는 노릇이었죠."

대신 그는 이야기를 들려주었다. 1958년, 스테이튼 아일랜드에 있는 랠프매키 직업고등학교에서 수업을 맡았던 첫날, 젊은 선생님은 아일랜드에서의 가난했던 어린 시절 이야기를 들려주면서 학생들을 조용하게 하는 법을 배웠다. 그리고 학생들에게 그들이 생각할 수 있는 가장 그럴싸한 변명을 써보라고 시켰다. 오늘날의 문예창작 수업에서 워크쇼핑workshopping이라 부르는 방식이다. 하지만 당시로서는 전례가 없었던 이런 수업 방식 때문에 매코트는 늘 해고될 위기에 놓여 있었다. "제가 아일랜드에서의 성장 과정에 대해 묻고 답하기를 통해 학생들에게서 뭔가를 끌어내고 있다는 사실을 그들은 모르고 있었죠. 안갯속에 있던 저는 서서히 거기서 빠져나오고 있었어요."

교사로 살아가기에 쉬운 시절은 아니었다. 매코트가 막 일을 시작하던 당시의 뉴욕은 위험한 곳이었다. 사방에서 싸움질을 해대는 갱들 때문에 〈웨스트사이드 스토리〉가 운동용 비디오처럼 보일 정도였다. "그들은 악하고 폭력적이었어요. 인종주의가 결부되어 있었죠. 아일랜드 사람도 이탈리아 사람도 자주 싸움질을 해댔죠. 흑인 갱단은 싸울 만한 상대로 여겨지지도 않았어요. 그들이 감히 할렘이나 베드포드스타이브센트에서 나오기라도 하면 아일랜드 사람들이 그들을 난폭하게 응징했죠. 하지만 이탈리아 사람과 아일랜드 사람은 서로를 존중했어요."

그러나 사회 분위기에는 인종에 대한 증오 이상이 있었다. "꽤나 퍽퍽한 사회였죠." 매코트가 회상에 잠겼다. "그때까지도 제2차 세계대전의 잔재가 남아 있었어요. 아이젠하워가 지휘권을 잡고 있었고, 이 나라에 대한 전망도 꽤나 밝았지만, 저편에 언제나 적이 도사리고 있다는 느낌을 떨칠 수 없었죠. 그리고 베트남전이 발발했고요. 전쟁터로 나갔던 아이들이 시체로 돌아왔던 거죠."

그가 말을 이었다. "대학을 졸업하고 선생님이 되면 군 면제를 받을 수 있었어요. 제가 두번째로 근무했던 스타이브센트 학교의 선생 대여섯 명은 오직 베트남전을 피하기 위해 교사가 되었죠. 가르치는 일에는 그다지 흥미가 없었던 사람들이라서 늘 불평만 해댔어요. 뉴욕에서 가장 좋은 학교에서 근무하면서도 하는 일이라고는 불평뿐이었어요. 제게는 천국처럼 여겨졌던 학교였는데도요."

매코트가 스타이브센트에서 근무할 수 있게 되기까지는 꼬박 10년이 걸렸다. 아직도 뉴욕 시에서 가장 좋은 고등학교로 꼽히는 이 학교는 수업료도 없다. 매코트는 1968년 대체 교사로 이곳에서 근무를 시작했고, 후에 전일제 정식 교원이 되었다. 몇 년 지나지도 않아 그는 대단히 유명해졌고, 그의 수업을 들을 수 있기를 희망하는 대기자 명단이 생길 정도였다. 그의 이야기는 『뉴욕 타임스』에도 실렸다. 그는 이 학교에서 대략 1만 1천 명의 학생들을 가르쳤으리라 추산한다.

하지만 이런 성공에도 불구하고 『가르치는 사람』의 대부분은 매키 고등학교에서 보낸 세월을 집중적으로 다룬다. 그가 가르치는 법을 배우던 때, 그와 학생들이 같은 처지에 놓여 있을 때다. 학생들과 마찬가지로 매코트 역시 미국으로 이주한 뒤에도 늘 약자였다. "미국이라면 모든 것이 다르리라고 생각했어요." 그가 말했다. "그렇지는 않았죠." 그는 부두 노동자로 일하며 생계를 유지하기도 했다. 그러므로 그가 학교에 갇힌 아이들의 기분을 헤아리기는 어렵지 않았다.

"학생들이 저를 어떻게 생각할지는 뻔했어요." 그가 말했다. "아일랜드에서 저는 학교를 '증오'했죠." 어떤 아이들에게 다가가려면 될 대로 되라는 식으로 접근해야 한다는 것을 그는 알고 있었다. 그는 어디에나 후드를 푹 눌러쓰고 다니던 발달장애가 있는 학생을 기억한다. 그는 미술반에서 수천 개의 물감 병 관리를 맡기는 것으로 그 학생을 자기편으로 만들었다. "그 애에게 일거리를 준 거죠. 하릴없이 있게 하지 않으려고요." 매코트가 저릿한 표정으로 말했다. "그리고 그 학생은 베트남으로 떠났어요. 그 뒤로는 그 애 소식을 듣지 못했습니다."

매코트는 매키 고등학교에서 처음으로 회고록을 쓰기 시작했다. 여기에는 잊히기에 아까운 이야기들도 포함되어 있었다. 하지만 학생들이 너무나 성실해서 5백 단어짜리 에세이 숙제를 내주면 천 단어쯤 써오는 스타이브센트 학교에서 그는 글쓰기를 다시 생각하게 되었다. 그가 가르치는 방식에도 약간의 변화가 있었다. "아이들에게 이렇게 말하고는 했죠. '이제 이건 나를 위한 거다.'" 그가 말했다. 농담하는 것 같지는 않다. "저는 그 애들보다 더 많은 것을 배울 수 있었죠. 그 말은 아이들을 앉아 있게 했어요. 하나의 도전이었어요."

학생들은 가끔 글쓰기가 너무 힘들다고 불평하기도 했다. 그 애들은 아일랜드에서 가난하게 자라지 않았기 때문이다. 그러면 그는 항상 이렇게 말하고는 했다. "위대한 글을 쓰기 위해 헤밍웨이처럼 스페인에 가서 투우를 할 필요는 없다. 전쟁에 나갈 필요도 없다. 위대한 글은 바로 너희의 눈앞에 있다."

두 권의 회고록과 퓰리처상, 영화 〈안젤라의 재〉, 그리고 그의 생활이 여전히 뉴욕에 일부 걸쳐 있다는 사실 덕분에 10년 전에 은퇴했음에도 그는 가끔 학생들과 마주치고는 한다. "가끔 아이들 소식을 들어요." 그가 치켜세운 눈썹에서 가끔이 아니라 자주 학생들을 만난다는 사실을 읽을 수 있다. "거리에서 우연히 만나기도 하고, 책이나 원고를 보내오는 학생들도 있죠."

최근 회고록이 급격하게 출간되고 있는 분위기가 매코트 본인의 책임, 혹은 덕택이라는 것을 인정하면서도, 그는 자신이 예순여섯 살에 두번째 삶의 이력을 시작하기 전부터 이런 현상이 나타나고 있었다고 생각한다. "분위기가 형성되어 있었죠. 평범하고 불쌍한 사람들이 토크쇼에 나와서 자기 이야기를 했죠. 지금은 텔레비전 리얼리티 쇼에서 볼 수 있고요. 사람들은 진짜로 있는 이야기를 원해요."

메리 카의 『거짓말쟁이 클럽』이나 제임스 프레이의 『백만 개의 작은 조각들』처럼 베스트셀러가 된 수없이 많은 회고록과 마찬가지로, 매코트 역시 회고록의 진실성에 대해 수없이 많은 질문을 받아왔다. 리머릭 주민 중에 매코트가 『안젤라의 재』의 상당 부분을 꾸며냈다고 주장하는 사람도 있다. 그는 어깨를 으쓱할 뿐이다. "저는 늘 고어 비달의 말을 생각하죠. 전기를 쓸 때는 사실을 반드시 고려해야 하지만, 회고록에서는 작가가 받았던 인상이 중요하다는 말이죠. 저는 그 모든 대화를 토씨 하나 빠뜨리지 않고 기억할 수 없어요. 그래서 그때의 느낌을 다시 만들어내야 할 때도 있죠. 전 이야기를 쓴 것이니까요." 그가 말을 이었다. "게다가 제게는 '우리의 역사'를 아무렇게나 쓴다면 저를 힘껏 야단칠 형도 셋이나 있어요."

매코트가 표적이 된 이유는 뻔하다. 『뉴욕 타임스』 베스트셀러 목록에 117주간 올라 있었던 『안젤라의 재』는 17개국 언어로 번역되었을 뿐만 아니라 영화화되기까지 했다. 그가 갑자기 부유해진 것이다.

뉴욕과 코네티컷 양쪽에 집이 있는 매코트는 『가르치는 남자』를 소설로 쓰려고 했다. 로마에서 글을 쓰던 그는 뉴욕으로 돌아와 『뉴스위크』의 서평가 맬컴 존스를 찾았다. "이렇게 말했죠. '맬컴, 가르치는 사람에 대한 소설을 쓰는 중인데 너무 힘드네요. 소설로 쓸지 회고록으로 쓸지 결정을 못 하겠어요.' 그러자 맬컴이 '당연히 회고록이죠!'라고 하더군요. 그래서 전 좋다고 했죠. 그리고 집으로 돌아가 회고록으로 다시 쓰기 시작했어요."

매코트는 이제 이 거리의 유명 인사다. 그는 자신의 명성을 기분 좋게 느끼지만, 그렇다고 그의 생각이 바뀐 것은 아니다. "제 형제들은 어퍼이스트사이드에서 화려한 사람들이 들락거리는 바를 운영했어요. 영화배우나 뭐 그런 사람들이 손님이었죠." 하지만 그는 삶의 자세를 낮추어 가르치는 사람이 되었다. "나중에 바에서 벌어지던 온갖 소란만을 돌이켜보고 싶지는 않았죠. 교사로서 은퇴하던 날 저는 집에 앉아서 포도주 한 잔을 마시며 생각했어요. '내가 이 일을 할 수 있었던 것이 기쁘다'고. 그리고 '내가 쓸모 있는 존재였다면 그로부터 뭔가 배울 수 있었으리라'고 말입니다." 매코트는 모든 사람이 그의 길대로 갈 수 없다는 것을 안다. 그는 스타이브센트에서 했던 수업 하나를 기억한다. 별로 인기가 있지는 않았던 수업이다. 그는 학생들에게 대학을 졸업하고 난 뒤 부모님에게 교사가 되기로 결정했다는 말을 전하는 자신의 모습을 상상해보라고 했다. "엄청난 논란이 불거졌죠. '고작 선생님이라니.' 이런 말도 나왔어요. 교사들은 쥐꼬리만 한 봉급을 받아요. 그러니 이 소식을 듣고 기뻐할 부모는 세상에 없을 거예요."

2005년 11월

세바스찬 융거

Sebastian Junger

세바스찬 융거는 미국의 저널리스트이자 다큐멘터리 작가다. 그는 1960년
대에 매사추세츠 벨몬트에서 자랐는데, 당시 그곳에는 '보스턴 교살자'라 불
리던 연쇄살인마의 영향이 여전히 남아 있었다. 그는 2006년 그에 대한 이
야기를 『벨몬트에서의 죽음A Death in Belmont』이라는 책으로 냈고, 내가 그를 만
난 게 바로 그해였다. 그는 웨슬리언 대학을 다녔으며, 문화인류학을 전공했
다. 그는 어린 시절부터 극단적인 상황에 매혹되었다. 벌채 회사에서 일을
하다가 전기톱 사고로 부상을 당한 뒤 그는 저널리즘에 초점을 맞추기 시작
했고, 특히 위험한 일을 하는 사람들에게 관심을 기울였다. 그는 1997년에
발표한 메가 히트작 『퍼펙트 스톰The Perfect Storm』의 작가로 가장 널리 알려져
있는데, 이 책은 보스턴의 한 트롤선이 떠난 불운한 항해를 자세히 진술하는
책이다. 『파이어Fire』(2001)는 미국 서부의 들불에서부터 전쟁 중에 있는 라
이베리아, 시에라리온, 코소보와 아프가니스탄에 이르기까지 세상에서 가
장 위험한 지역들에 특파되었을 때 융거가 쓴 기사를 모은 책이다. 분쟁을
보도하는 고급 잡지들의 아드레날린 충만한 세계에서, 융거의 글은 소재에
얽힌 이야기를 전달하는 또렷한 투지로 유명하다. 2010년, 융거는 2007년

에서 2008년 사이 173공정단과 함께 겪은 삶에 대한 숨 막히는 이야기를 들고 아프가니스탄 관련 보도 업무에서 빠져나왔다. 그 글에서 그는 전쟁이 가진 성적이고 감정적인 스릴에 대해, 그리고 동시에 그것이 입힌 상처에 대해 심사숙고한다.*

▼

맨해튼 서부 시간으로 오전 열시였고, 세바스찬 융거는 이미 녹초가 된 것처럼 보였다. 장의사가 입을 법한 정장 차림에 얼굴을 감싸는 선글라스를 쓴,『퍼펙트 스톰』과 그 외 여러 권의 책을 쓴 마흔넷의 작가는 자신이 운영하는 바인 '더 하프 킹'의 텅 빈 프런트 룸으로 들어와서는 힘들게 자리에 앉았다. 웨이트리스가 그에게 커피를 가져다주었고, 그가 말을 하는 동안 네 번이나 와서 계속 잔을 채웠다.

"서빙 일을 하던 시절 생각이 나요." 융거가 말했다. "한밤중에 벌떡 일어나서 이렇게 생각하곤 했죠. 'D2 테이블에 계산서를 가져가는 걸 깜빡했어! 그 사람들 레스토랑에 갇혀서 아직도 계산서를 기다리고 있을 거야.' 저는 저널리즘에서도 똑같은 짓을 하고 있어요."

융거는 머릿속이 복잡하다. 보스턴 교살자 사건을 다룬 그의 책『벨몬트에서의 죽음』이 출판되면서 책 속 내용이 진짜인지 알아보겠다고 덤비는 사람들이 한 무더기로 뛰쳐나왔기 때문이다. 이는 그가 1997년에 쓴 베스트셀러『퍼펙트 스톰』 덕에 어마어마하게 규모가 커진 독자층과는 상관이 없는 문제다. 그보다는 사실 왜곡을 담고 있었

* 이 경험을 담은 책이 『WAR: 아프간 참전 미군 병사들의 리얼 스토리』(성상원 옮김, 체온365, 2011)라는 제목으로 국내에 번역되었다.

던 걸로 드러났던 제임스 프레이의 회고록『백만 개의 작은 조각』과 연관된 문제다. 그 책으로 일어났던 대소동 때문에 실제 일어났던 사건을 지나치게 잘 써낸 사람에 대해서는 그게 누구건 의심의 눈길을 던지게 되었던 것이다.*

『벨몬트에서의 죽음』은 어느 정도는 일종의 '논픽션 소설'처럼 읽힌다. 40년 전 사람들 사이에서 시끌벅적한 소동을 불러일으켰던 트루먼 카포트의『인 콜드 블러드』처럼 말이다. 범죄로 시작한다는 점에서, 아니 그보다는 그 범죄가 가진 불가해한 특성에서 시작한다는 점에서 두 책은 닮았다. 1962년 6월에서 1964년 1월 사이, 최소한 11명의 여성이 '보스턴 교살자'라 불리게 된 용의자에 의해 보스턴 지역에서 살해당했다. 피해자들은 자기 집에서 공격당했으며 본인의 옷으로 목이 졸렸다. 상당수가 성폭행을 당했다. 최초 여섯 명의 피해자의 연령대가 55세에서 85세 사이였기 때문에 수사관들은 마더 콤플렉스가 얽힌 문제라고 생각하게 되었다. 그러다 일곱번째 희생자가 나왔는데, 이번에는 22세의 소피 클락이라는 여성이었다.

아무도 이 사건으로 재판을 받지 않았다. 왜냐하면 1965년에 강도와 성폭행 혐의로 재판을 받고 있었던 앨버트 드살보라는 남자가 자신이 보스턴 교살자라고 자백했기 때문이었다. 하지만 그는 살인의 세부 상황을 잘못 알고 있었고, 가끔은 신문에서 잘못 보도된 것과 똑같은 세부 사항을 말했다. 또 다른 사건에 대해서는 아무것도 기억 못 했다. 결국 드살보는 종신형을 받았다. 그는 1973년 자기 감방에서 칼에

* 제임스 프레이는 회고록『백만 개의 작은 조각』(2003)에서 자신이 겪었던 알코올중독과 약물경험 등을 밝히면서 베스트셀러 작가가 되었고, 이 책은 오프라 윈프리 북클럽에도 선정되었다. 그러나 훗날 이 책의 내용이 사실이 아님이 드러났고, 오프라가 자신의 토크쇼에 작가를 불러 질타하는 소동까지 벌어졌다.

심장을 찔려 사망했다.

융거는 1962년 보스턴 교외 지역인 벨몬트에서 태어났고, 그래서 그 사건은 항상 그의 곁에 가까이 있었다. 진짜 가까웠다. 그가 태어난 해 그의 어머니는 뒷마당에 화실을 차렸다. 이웃 중 한 명이 바로 드살보였고, 그는 한번은 그녀를 지하실로 내려가자고 꼬드기려고도 했었다. "어머니는 그에게 자기가 바쁘다고 말했다." 융거는 책에 그렇게 썼다. "그런 다음 지하실 문을 닫고 빗장을 질렀다." 아마도 그게 그녀의 생명을 구했으리라.

1963년 3월, 베시 골드버그라는 중년 여성이 벨몬트에 있는 자기 집 거실에서 목을 졸린 다음 강간당했다. 청소부였던 로이 스미스라는 남자가 이 범죄로 유죄판결을 받고 종신형을 언도받았다. 그는 1976년 폐암으로 사망했다.

융거는 줄곧 로이 스미스가 정말 골드버그의 살인범이었는지 궁금해했다.

그가 말했다. "그 사건에서 정말 진짜로 제 흥미를 불러일으켰던 점은, 제가 완전한 진실을 발견하지 못해도 책을 쓸 수 있느냐 하는 문제였습니다. 만약 40년 전에 그 흑인이 살인을 저지르지 않았다는 걸 밝혀낼 수 있다면, 명백하게 써도 될 책인 거죠. 자, 여기 제가 찾아낼 수 있었던 게 전부 다 있습니다. 이 사건과 관련된 중요한 것들은 전부 다요. 여러분은 어찌 생각하십니까? 이게 바로 사법 시스템이 움직이는 방식입니다. 어쨌거나 사람들은 제각각 자기 안에 내재된 편향을 드러내게 마련입니다. 하지만 배심원 열두 명이 있으면, 그 사람들이 많이 배웠건, 못 배웠건, 기계공이건, 법률가건 간에, 그 사람들이 평균을 낸 합의 결과는 실제로 무척 정확하다는 겁니다. 그런 식으로 일이 이루

세바스찬 융거

어지는 게 제가 책을 작업하면서 희망했던 바입니다."

이미 의견 차이가 나오는 중이다. 하버드대 교수인 앨런 더쇼비츠는 『뉴욕 타임스』에 쓴 글에서 책이 가진 추진력에 감탄을 보냈지만 몇 가지 의문을 제기했다. "비록 저자가 '종종 진실이란 그냥 보기만 해도 알 수 있는 건 아니다'라는 사실을 인정하고는 있지만, 그는 여전히 혼란스러운 사실관계를 자기가 이미 정한 줄거리에 끼워 맞추려 지나치게 열심히 노력하고 있다."

더 강력한 이견은 희생자의 딸인 리 골드버그에게서 나왔다. 그녀는 융거가 여러 가지 사실을 잘못 알고 있다고 주장하는데, 그중에는 스미스 사건의 평결이 내려졌을 때 그녀가 법정에 있었다는 이야기도 포함되어 있다. 사실 그녀는 자신이 그때 집에서 케네디 대통령 암살에 대한 보도 프로그램을 보고 있었다고 말했다. 그에 더하여 그녀는 다음과 같이 말했다. "저는 부모님께서 이제 그만 편히 쉬셨으면 좋겠어요."

융거는 이런 상황이 야기하는 미묘한 지점들과 정확성이 갖는 중요성, 그리고 깊은 상실감에 고통받고 있는 사람에게 말을 건다는 것이 어떤 의미인지를 이해한다. 그는 퍼펙트 스톰으로 목숨을 잃은 어선 선원들의 미망인들과 인터뷰를 하며, 또한 시에라리온의 전쟁 난민들에 대해 보도를 하며 이 점을 배운 바 있다.

"가장 먼저 해야 하는 건 이렇게 말하는 겁니다. '보세요, 저는 본래 당신을 흔들림 없이 존중합니다. 설사 제가 당신이 겪은 것을 완전히 다 이해하지는 못한다 하더라도, 제게는 헤아릴 수 없이 가치 있는 일인 거죠. 저는 그에 대해 더 알아야 하는 거고 그래서 제가 여기 온 겁니다'라고요. 그런 다음 어느 정도는 자기가 아무것도 모른다는 느낌

을 가져야 합니다. 어머니가 살해당했다는 게 어떤 의미인지 다 알 수
는 없으니까요."

　융거는 자기가 쓴 이야기를 사실관계에 대한 논쟁에서 보호하고자
무척 노력했다. "사실관계를 점검할 사람을 따로 고용해야 했죠." 그
는 그렇게 말하며 미국에서는 출판물은 법률상 면밀히 심사를 받지만
잡지 기사가 책 내용을 받아 적을 땐 편집이 철저하지 않은 경우가 왕
왕 있다는 점을 언급했다. "재판에서 피고 측 변호사와 원고 측 변호사
에게 모두 책을 주었습니다. 저널리즘에는 세 종류의 거짓말이 있습
니다. 하나는 별로 중요하지 않은 오류입니다. 이름을 틀리게 쓴다거
나 하는 거요. 이런 오류는 당신이 하고 싶은 말이나 결론에 아무 영향
을 미치지 않죠. 순전히 지엽적인 문제입니다. 다음으로는 심각한 오
류가 있죠. 의도적인 건 아니지만 당신이 쓰는 글의 핵심을 바꾸는 오
류입니다. 『뉴욕 타임스』가 아부그라이브 교도소에서 두건을 쓰고 고
문을 받은 남자에 대한 길고 멋진 기사를 썼죠. 훌륭한 기사였지만 엉
뚱한 사람을 인터뷰했던 걸로 밝혀졌습니다. 그건 중대한 오류죠. 기
사의 본질을 바꾸지만 일부러 그랬던 건 아니에요. 이라크는 복잡하고
혼란스러운 곳이고 아무도 신분증이 없으니까요. 그다음에 나오는 게
의도적인 왜곡입니다. 저널리즘의 입장에선 죽어 마땅한 죄예요. 대중
이 알 필요가 있는 건, 그리고 오류에 대해 보도하는 기자들이 알아야
하는 건, A가 B가 아니라는 사실이 B의 전부는 아니라는 점입니다. 이
차이를 알아야 합니다. 그렇지 않으면 모든 신문이 날마다 저지르는
종류의 사소한 오류를 저질렀다는 이유 때문에 문학적 세계나 저널리
즘의 세계에서 누군가를 효과적으로 목매달아버릴 수 있는 겁니다. 이
건 공정한 게 아니죠. 정확한 것도 아니고요."

그러니 『벨몬트에서의 죽음』에서 정말로 무서운 것은 바로 이와 똑같은 차이들이 형사사법제도를 흐리고 있다는 사실이 드러난다는 점이다. 이 제도에는, 가장 중요하게도, 사람의 목숨이라는 판돈이 정말로 크게 걸려 있는데 말이다.

2006년 4월

조너선 프랜즌은 미국에서 가장 인기 있는 순문학 작가다. 1959년 일리노이에서 태어난 그는 데뷔작『스물일곱번째 도시The Twenty-Seventh City』(1988)의 배경이 된 세인트루이스의 근교에서 자랐다. 스워스모어 대학에 재학 중이던 1980년대 데뷔작을 쓰기 시작했다. 보스턴을 배경으로 가족 내의 균열과 흔들림을 실제 지진 사태와 엮어낸 후속작『강진동Strong Motion』(1992)은 미국적 삶을 지배하는 시스템들(문화와 자본 양쪽에서)에 대해 다루는 돈 드릴로 소설의 계보를 잇는다. 이 두 권의 소설은 좋은 평을 얻었고 판매 실적도 나쁘지 않았다.

미국 문화에 큰 영향력을 발휘하는 소설가라는 존재는 존 업다이크가 1960년대 베스트셀러 리스트의 정상에 오른 뒤로는 한동안 찾아볼 수 없었다. 그리고 조너선 프랜즌은 사회소설의 중요성을 재사유하며 오랜 기간의 작업 끝에 완성한 그의 세번째 소설『인생 수정The Corrections』(2001)으로 바로 그런 존재가 되었다. 기능장애에 걸린 미국의 가족적 삶에 대한 눈물 나게 웃긴 관찰담으로 9·11 테러 직전에 출간된 소설 가운데 9·11 테러 관련 사안에 매몰되거나 빛이 바래버리지 않은 유일한 소설이다. 오프라 윈프리의 북클럽에 선정되기도 했으나 오프라 윈프리와 작가의 의견 불일치로 방영되지는 못했다. 이 책은 전미도서상을 수상했다.

프랜즌은 『더 멀리에 Farther Away』(2012), 『혼자 있는 법 How to Be Alone』(2002)을 포함해 여러 권의 에세이집을 내기도 했다. 『혼자 있는 법』에는 그가 1996년 『하퍼』지에 쓴 「우연히 꿈으로 Perchance to Dream」라는 글이 들어 있다. 그 글에서 그는 베이브 루스가 센터 필드 담장을 손으로 가리킨 다음 진짜로 홈런을 쳐내듯 자신감 넘치는 논조로 자신의 임무를 방기한 사회 속에서 사회소설이 가질 수 있는 역할에 대해 길게 나열한다. 그는 그 생각을 『인생 수정』을 통해 하나의 이야기로 옮겨놓았다. 긴 침묵 끝에 발표된 후속작 『자유 Free-dom』(2010)는 큰 상업적 거두었고 그는 일약 『타임』지의 표지를 장식하게 된다. 1982년 존 업다이크 이후 소설가로서는 처음으로 누리는 영광이었다.

▼

조너선 프랜즌은 사랑이란 주제에 사로잡혀 있다. 그것은 그의 세번째 에세이집 『더 멀리에』에서 반복되는 주제다. 12월의 어느 추운 오후, 맨해튼에 있는 그의 집 주방에서 대화를 나누는 동안 그는 특유의 방식으로 이따금 그 주제로 돌아왔다.

"토할까 봐 엄청 걱정했던 순간이 있어요." 프랜즌이 말했다.

"지금의 제 아내와 처음 데이트를 시작했을 때, 그녀가 비행기를 타고 뉴욕으로 저를 방문했어요. 두 번 왔었는데, 세번째 방문은 없을 거라는 걸 알았죠. 그래서 캘리포니아로 그녀를 방문하겠다고 했어요."

프랜즌은 비행기를 타고 (캘리포니아) 베이 지역으로 갔다. 아내가 차를 가지고 공항으로 마중을 나왔고 그녀의 집을 향한 긴 드라이브가 시작되었다.

"길이 진짜 구불구불했어요. 속이 울렁거리기 시작했죠. 미국 삼나무 숲 속에 있는 그녀의 집에 도착했을 때 완전히 토하기 일보 직전이었어요. 온종일 저는 그 나무들이 내려다보이는 침대에 누워 있었죠. 속은 계속 울렁거렸지만 하나도 부끄럽지도 뭐하지도 않았어요. 그냥 아주 안전하다는 느낌이었죠. 그렇게 제가 사랑에 빠졌다는 걸 알았어요."

트레이드마크인 뿔테 안경을 쓴 프랜즌은 몹시 비좁은 부엌에 앉아 상사병과 당황스러움이 뒤섞인 표정으로 자신이 만들어낸 방정식(사랑은 토하는 것, 그리고 부끄러워하지 않는 것과 동일하다)의 괴상함에 어깨를 으쓱한다.

"어쩌겠어요, 저는 1970년대 남자라고요. 제 말은, 과정이 중요한 남자라고요."

그는 컴퓨터 정보처리 모델이 우리가 경험을 이해하는 방식의 모델로 쓰인 시대의 미국에서 자라난 것에 대해 얼마간 암시하고 있다. 우리는 우리가 스스로에 대해 나눈 이야기 그 자체가 되었다…….

하지만 한편으로는 그가 소설가로서 어떻게 놀라운 도약을 이루어냈는지를 설명하는 중이다. 돈 드릴로의 그늘 아래서 두 권의 소설, 『스물일곱번째 도시』, 『강진동』을 펴낸 2류 작가가 미국의 대표적 순문학 작가가 된 비법을 말이다.

그는 독자들과의 내기를 통해서 그 일을 해냈다. "독자들에게 솔직하고 싶었어요. 그게 제가 내건 판돈이죠."

하여 여기 우리는, 그가 『더 멀리에』에서 썼듯이, "사랑이 우리 자신의 자기애적 거울에 운명적으로 흩뿌린 먼지"를 갖게 된다. 다시 말해 우리는, 우리를 제리 사인필드의 신경증 앞에서 웃음 짓게 하는 래리 데이비드를 사랑하듯, 바로 그렇게 그의 글 안에서 타인들을, 나아가 우리 자신을 보게 하는 프랜즌을 사랑한다. 물론 프랜즌의 솔직함이 코미디이자 동시에 문학적 장치라는 것을 알아보는 것에는 약간의 시간이 걸렸지만.

그가 1990년대 중반 『하퍼』지에서 사회참여를 방기했다는 이유로 미국 소설가들을 불러 세웠을 때 프랜즌은 불쌍한 국외자였다. 판 깨는 사람. 괴짜 왕. 내용은 옳았지만 그의 자기 확신은 지나쳤다.

하지만 그는 『인생 수정』의 출간으로 맨 뒷좌석에서 빈정거리고 야유하는 것 이상을 해낼 수 있다는 걸 증명해냈고 그렇게 모든 것은 바뀌었다.

그 책이 가진 큰 힘은 미국이란 나라의 성스러운 신앙인 가족과 소비 문화에 대한 그의 시선, 이 두 신앙이 우리가 고유의 가족(가족 2.0)을 형성함으로써 그동안 쌓여온 오류들을 개선할 수 있다는 믿음과 결합되는 방식을 응시하는 날것의 시선에서 나온다.

프랜즌의 초기 두 소설에는 유머가 있었지만 배를 아프게 하기보다는 머리로 웃게 하는 풍자이자 사회 비판이었다. "항상 코미디 작가가 되고 싶었어요. 아직도요." 프랜즌이 말했다.

『인생 수정』의 주인공 칩은 가방끈은 길지만 감정적으로는 미숙하다. 아이도 아내도 없이 학계에서도 밀려난 채 IT 붐의 정점에 있는 맨해튼에서 지내는 그의 삶은 자신의 중서부 출신 배경에 대해 우월한 위치를 유지하기 위해 늘어놓는 악의 없는 거짓말의 연속이 되어버렸다.

책의 긴 도입부, 가상의 세인트 주드 시에 사는 주인공의 부모 이니드와 알프레드가 비행기를 타고 뉴욕에 사는 그를 방문하는 부분은 현재까지 쓰인 미국 소설 가운데 가장 웃긴 장면 가운데 하나다. 여기, 소비자적 정체성으로 인해 생겨나는 온갖 압력(더 많이, 더 잘하라는 타인 지향적인 명령)이 그 메시지를 혐오하면서도 내면화한 누군가를 향해 돌진한다. 도입부의 정점에서 주인공 칩은 부모에게 깊은 인상을 안겨주길 바라며 자신의 국제 시민적인 세련된 기술로 슈퍼마켓에서 연어 스테이크를 훔쳐내어 가랑이 사이에 끼고는 마치 "차갑게 식어버린 똥 기저귀"를 찬 듯한 느낌을 받는다.

프랜즌은 1990년대 후반 이 소설을 쓰려고 했으나 실패했다. 하지만 그 실패는 그가 쓴 가장 훌륭한 몇 편의 에세이가 되었다. 미국 사회소설의 실패와 미국 사회의 실패와 그리고 그 자신의 실패에 대한 고찰들이 그것이다.

그는 그때 너무 화가 나 있어서 『인생 수정』을 쓸 수가 없었다고 말한 적이 있다. 하지만 지금 과거를 돌아보며 그는 그 분노가 축복이었다고 생각한다. "그런 분노를 갖고 있었던 것은 행운이었어요. 왜냐하면 그런 식의 분노는 코미디를 낳는 경향이 있는데, 아시다시피 그때의 저는 그 분노를 일종의 잔혹한 코미디로 변환하고 있었죠."

이 실패를 통해 그는 성공을 향한 길을 닦았다. 그의 두번째 소설과 세번째 소설 사이의 긴 공백 기간 미국의 출판계에는 엄청난 변화가 있었다. "『스물일곱번째 도시』가 출간되었을 때 저는 딱 한 번 서점 낭독회를 했어요. 그건 FGS 출판사의 야심작이었는데도요. 『강진동』 때는 두 번의 낭독회를 했죠."

1990년대 말, 서점 낭독회는 엄청나게 대중화되었다. 그리고 새 책이 나오지 않은 상태에서도 그는 "갑자기 문학계의 관례가 되어버린 낭독회를 위한 재미난 읽을거리가 지속적으로 필요하게 되었다."

"그 글들은 (소설과 달리) 큰 소리로 읽기 위한 것이에요. 저는 실제로 듣게 될 상황을 상상해서 기존의 문장들을 잘라내기 시작하는 거죠. 대부분 웃음을 유발하는 타이밍 때문이에요. '그래, 개그 하나 없이 너무 많은 문장이 이어지고 있어. 여기 문제가 있군. 잘라내야 해. 뭔가 잘라내야 해.'" 그가 덧붙였다. "그런 의미에서라면, 네, 저는 좀 더 의식적으로 코미디 작가가 된 걸지도 모르겠네요."

불과 몇 년 전만 하더라도 그는 여전히 논쟁적인 성향을 갖고 있었다. 하여 되돌아와 즉시 자신의 말을 번복했을 것이다. 그는 인터뷰를 할 때 인터뷰어의 질문에 대해 인터뷰하는 것으로 유명했었다.

맨해튼에 해가 지기 시작하고, 프랜즌은 사람들이 종종 묘사하는 것보다 좀 더 부드럽고 따뜻하고 재미있는 사람이라는 인상을 준다. 그는 캘리포니아에서 작가 캐시 체코비치와 함께 1년의 반을 지내는데 그곳에서 차를 몰 때 미치 헤드버그의 스탠드업 코미디를 틀어놓는다.

"그는 죽었죠. 헤로인 때문에 그런 것 같은데. 아무튼 그는 정말 웃겼어요. 그의 목소리는 완벽했죠."

프랜즌이 목소리를 아주 밋밋하게 만들더니 미치 헤드버그를 따라 한다.

"내가 테니스를 그만둔 이유: 벽이 나보다 공을 더 잘 받아치니까."

"한 번 벽을 상대로 친 적이 있는데…… 진짜 가차 없는 놈이었다."

웃느라고 더 이상 계속할 수 없을 때까지 그는 헤드버그를 따라 했다. 웃음이 잦아들고 나자 그는 주제를 바꿔 코미디 작가라고 생각된다는 카프카에 대해 이야기하기 시작한다.

"그는 「변신」 원고를 통째로 친구들에게 읽어줬는데, 그랬더니 친구들이 너무 웃겨서 웃느라고 숨을 헐떡거렸대요. 그렇죠. 「변신」은 진짜 웃겨요!"

글을 써온 지 벌써 25년이 된 그는 여전히 부적응자들을 위해 글을 쓴다. 한 남자가 벌레로 변하는 게 웃기다고 생각하는 사람들을 위해서 말이다.

"인종, 소득 계층에 상관없이, 남녀노소 가리지 않고, 모든 종류의 부적응자들을 위해." 자신 또한 여전히 그들 중 하나라고 나에게 암시하듯, 그가 말했다. "저한테 진짜 힘이 되는 건, 십대와 이십대가 보내오는 독자 메일의 양과 낭독회에 나타나는 그들의 숫자예요. 어쨌든 우리는 계속해서 만들어내고 있는 거죠. 부적응자들을요."

책을 냄으로써 프랜즌은 이들과 만날 기회를 갖는다. 『인생 수정』은 깜짝 베스트셀러였지만 9년 뒤 발간된 『자유』는 그게 단지 운이 아니었음을 증명해냈다.

『자유』는 발간 즉시 『뉴욕 타임스』 베스트셀러 1위에 올랐다. 오프라 윈프리가 자신의 북클럽 리스트에 그 책을 넣었고, 드디어 프랜즌은 쇼에 나타났다. 오바마가 그 책을 들고 휴가를 떠나는 것이 목격되었다.

만약 당신이 순문학이 미국 문화의 핵심에 있는 것을 응원한다면 이건 매우 근사한 일이다. 하지만 이 책이 미국과 미국의 가족적 삶에 대한 어두운 이야기를 아주 많이 늘어놓는다는 점에서 아주 이상한 일이기도 하다.

소설은 베르글룬드가 사람들, 그리고 그들이 복잡한 관계 앞에서 고투하는 이야기다. 소설은 제목에 쓰인 단어 '자유'라는 텅 비어버린 개념을 정면으로 문제시한다. 다시 말해 속박 없는 자유라는 우리의 개념은 가족이 하나 되게 하는 것, 예를 들어 자기희생과 충실성을 밑바닥부터 좀먹고 있다.

소설은 그 첨예한 갈등선을 쫓아가지만 『인생 수정』에서보다는 훨씬 덜 혹독하게 등장인물들을 다루며 소설의 문제의식 또한 새롭지 않다. 프랜즌은 이 분노의 결여를 그가 『자유』를 쓰던 당시의 미국의 상황과 관련이 있다고 주장한다. "덜 화를 내게 된 것도 있고, 그리고 또 무슨 이유 때문인지 미국과 관련해서 저를 열 받게 했던 모든 것이 지금은 덜 열 받게 되었어요."

하지만 이것은 그가 마침내 아주 차갑고 어두운 유머에서 미지근한 희극으로 옮겨 간 것에 가까운 것 같다. 그가 『뉴요커』지에 써온 단편소설들은 모두 이별 이야기로, 다 합치면 단편집 절반을 조금 넘을 분량이다. 하지만 그는 다음 책이 그와 비슷할 거라고는 생각하지 않는다.

"저는 더 이상 심술궂게 웃긴 마음의 상태에서만 가능한 글을 쓰고 싶지 않아요." 그가 말했다.

어쨌든, 그는 계속해서 쓴다. 대개 그는 글쓰기에 대해서 말하지 않는다. 하지만 사랑에 빠진 사람이 그러듯, 그걸 마음속에 담아둘 수만은 없다. "저는 푹 빠져 있어요." 그가 말했다. 그러고는 그것에 대해서 더 털어놓아서 자신의 글쓰기 징크스를 건드리기 전에 얼른 대화 주제를 바꿔 글쓰기에 푹 빠져 있는 게 어떤 것인지를 설명한다.

"냄새는 좀 더 강력하죠. 저는 지하철에 올라타 어딘가로 가요. 그리고 어딜 가든 그 어떤 냄새에 대해서 생각하죠……. 사물들이 좀 더 분명하게 보이고 색도 더 선명해요. 이런 순간 속에서, 일상에서라면 파편적으로 느꼈던 것들이 좀 더 총체적으로 느껴져요.

　지금까지 거의 30년간 책을 써왔어요. 네 권의 소설들을 쓰는 데 4년씩 걸렸어요." 여기까지 말한 그가 잠시 멈춘다. 그러고는 그와 삶을 공유하는 캘리포니아 사람을 "내 삶의 가장 행복했던 순간들의 한가운데" 조용히 위치시킨다.

　조너선 프랜즌이 행복하다고? 그의 책을 읽어본 사람들에게 그것은 한 남자가 잠에서 깨어나 보니 벌레가 되어 있었다는 것만큼이나 카프카스럽게 느껴질 것이다.

2012년 12월

제프리 유제니디스

Jeffrey Eugenides

제프리 유제니디스는 1960년 미시간 주 디트로이트에서 모기지 브로커였던 그리스계 미국인 아버지와 애팔래치아 출신 미국인 어머니 사이에서 아들로 태어났고, 디트로이트 시에서 가장 녹음이 우거지고 부유한 교외 지역인 그로스 포인트에서 성장했다. 이민자 집안의 아이로서 한 문화의 안과 밖에 동시에 존재한다는, 또한 외부인으로서 부유층의 안과 밖에 동시에 존재한다는 이중으로 겹쳐진 정체성이 유제니디스가 쓴 세 권의 소설을 통해 흘러나오는데, 그 소설들은 마치 세 명의 다른 작가가 쓰기라도 한 것처럼 각각 뚜렷이 구분된다. 어떤 의미에서 그 소설들은 각 작품 사이의 거리가 얼마나 멀리 떨어져 있는지를 우리에게 보여준다. 『처녀들, 자살하다<sup>The Virgin Suicides</sup>』(1993)는 스스로 목숨을 끊은 일단의 매혹적인 소녀들에 대한 기민하고 어두운 우화 한 편을 제시한다. 유제니디스가 두번째 소설 『미들섹스<sup>Middlesex</sup>』(2002)를 쓰는 데는 9년이 걸렸는데, 이 작품은 (양성정체성은 제외하고) 유제니데스와 무척 닮은 환경에서, 그러니까 디트로이트의 그리스 이민 2세대 가정의 아이로 성장한, 자라면서 남자가 된 여성인 칼 스테퍼니데스라는 인물의 삶을 통해 한 가정의 역사를 다룬다. 유제니디스의 첫 소설이 깔끔하고 시적이었다면, 『미들섹스』는 엄청나게 부풀어 오른 옛날 방식의 '위대한 미국 소설'로, 전작이 냉정을 유지했던 지점에서 아주 진지한 모습을 보인다. 나는 유제니디스의 세번째 소설인 『결혼 음모The Marriage Plot』(2011)가 페이퍼백으로 막 출간되었을 때 그와 만났는데, 이 소설은 사랑과 스토리텔링에 대한 무척이나 호감 가는 이야기다. 우리는 유제니디스의 개가 우리 발 냄새를 킁킁거리며 맡는 동안 난롯가 앞에 앉아 이야기를 나누었다.

▼

제프리 유제니디스는 반항아가 되는 법에 대한 재미있는 아이디어를 갖고 있다. 손가락 관절이 떨어져 나갈 것처럼 추운 프린스턴에서의 어느 월요일, 나는 수업 전날 밤에 재즈 음반을 트는 일에 연루되었다. 슬리퍼와 터틀넥 스웨터 차림을 하고 매처럼 날카로운 눈을 한 쉰두 살의 퓰리처상 수상 소설가는 까치발을 하고 계단을 내려오며 자기 딸이 침대에 들 준비를 하고 있는지 확인했다. 이제 그는 덱스터 고든의 음반을 찾으면서 한가득 쌓인 LP를 획획 훑어보고 있다. 레코드를 돌리자 색소폰이 부드럽고 따스하게 울린다. 마치 유제니디스가 조금 전 건넸던, 두꺼운 컷글라스 텀블러에 든 버번 같은 소리다.

30년 전 그가 브라운 대학교 학생이었을 때, 유제니디스가 떠올렸던 반항 아이디어는 조금 더 금욕적이었다. 당시는 1980년대 초였고, 그의 동기들이 담배를 피우고 다니면서 책을 해체하거나 친숙하다 싶기만 하면 어떤 생각이건(그 생각들이 사이비라는 생각만 빼고) 다 사랑하는 법을 배우던 와중에, 유제니디스는 과격한 짓을 저질렀다. 종교에 귀의한 것이다. "펑크록 밴드에 들어가서 모호크 머리를 하고 다닐 수 있었으면 그게 정상처럼 보였을 겁니다. 하지만 퀘이커교도 모임에 진짜로 참가하거나 가톨릭 미사가 어떤지 보러 가는 건 진짜 이상하고 반항적인 행동이었죠."

만약 여러분이 이 경험을 윌리엄 제임스가 말한 종교적 경험의 다양성에 대한 스펙트럼을 따라 특징짓고자 한다면 이게 미적지근한 편에 속하긴 하겠지만, 그래도 그건 진짜 경험이었다. 독서가 탐구로 이어지고, 마침내 유제니디스는 진지하게 종교에 헌신하게 되었다. "저는 종교에 대한 매혹이 그저 지적인 차원이어서는 안 된다고 생각했습니다." 그가 옛일을 회상했다. "내가 콜카타로 가서 병자와 빈자에게 헌신할 수 있을까? 아니면 나는 그런 사람은 아닌 걸까? 아직 모르겠다. 난 스무 살밖에 안 되었으니까. 그러니 내가 할 수 있는지 일단 보자. 그렇게 생각했죠. 제 자신을 시험하고 싶었습니다."

유제니디스는 대학을 1년간 휴학한 뒤 1982년 1월에 짐을 싸서 인도로 떠났다. 그는 콜카타에 도착했고, 무척 빨리, 더불어 무척이나 엄청나게 시험에 실패했다. 그는 성자가 아니었다. 성자 근처에도 못 갔다. 고통이 그를 거북하게 했고, 그는 자기부정에 그리 능숙하지 않았다. 하지만 그 여행과 여행이 준 자극은 그의 곁에 남았다. 20년 동안 그는 그것에 대해 쓰려 노력했고, 마침내 몇 년 전 그는 자신의 신작인 『결혼 음모』에서 그에 대해 말할 수 있는 장소를 발견했는데, 『결혼 음모』는 대학 생활에 대한 소설이라는 가면을 쓴 채로 사랑에 대한 소설인 척 가장하지만, 실은 믿음의 상실(그저 신뿐만 아니라 이상, 사람, 이야기를 한다는 것에 대한 믿음 모두)을 다루는 이야기다.

소설은 삼각관계로 시작한다. 여주인공 매들린 한나는 곱게 자란 뉴저지 토박이로, 연애에는 통 운이 없고 해체주의 이론에 매력과 거부감을 동시에 느낀다. 이 두 경향은 그녀가 롤랑 바르트의 『사랑의 단상』을 읽게 되면서 충돌하는데, 유제니디스는 이 책이 자기 대학 동기들이 품고 있던 사랑에 대한 이상을 마구 베어 쓰러뜨렸던 걸로 기억한다. "다 읽고 나면 사랑에 대해 무척 회의적으로 변할 겁니다." 유제니디스가 그 책이 미친 영향을 회상하다 웃음을 터뜨렸다. "하지만 책을 읽는 중이라면 자주 사랑에 빠졌을 거예요!"

매들린에게도 같은 일이 벌어진다. 그녀는 레너드 뱅크헤드라는 남학생과 사랑에 빠졌다가 깨지는데, 뱅크헤드는 키가 크고 정신적으로 불안정한 천재로, 본인의 심약한 마음이 겪은 경험으로 말미암아 세상에는 믿을 만한 가치가 있는 생각은 하나도 없다는 걸 배우게 된다. 미첼 그래마티커스는 근거리에서 매들린을 지켜보는데, 그는 자신이 홀딱 반한 이 여성이 그런 거만하고 무책임한 인간을 짝으로 골랐다는 사실에 괴로워한다. 이 문제에 대한 미첼의 해결 방법은, 유제니디스가 그랬듯 이 나라를 떠나 테레사 수녀를 돕기 위해 콜카타로 가는 것이다.

작업실 소파에 앉아 있는 유제니디스는, 자기가 실제로 했던 여행에서 30년 정도 떨어진 채로, 토머스 머튼*의 책을 점점 더 열심히 금욕적으로 읽던 젊은 시절의 자신을 가혹하게 비판하고 있다. 방정식에서 욕망을 제거함으로써 욕망을 정복할 수 있다고 믿었던 젊은이 말이다. 소설에서는 미첼에게 해당되는 이야기다. "하지만 이런 질문이 생겨나는 거죠. 욕망을 갖지 않겠다는 것도 일종의 욕망 아니냐는." 유제니디스가 말했다. "그리고 심지어 성인연하는 것도 일종의 탐욕 아니냐

---

\* Thomas Merton. 1915~1968. 가톨릭 수사이자 사상가. 『칠층산』 등의 저서를 남겼다.

는. 확실히 우리는 우리가 원하는 그 모든 것 때문에 수많은 곤란을 겪지 않습니까."

미국이 깊이 종교적인 국가이긴 하지만, 이 문제에 대한 유제니디스의 탐구는 문학계 내부에서도 다소 별난 구석이 있다. '힙'하지 않다고 말할 수도 있을 것이다. 문학계는 대체적으로 무신론자들이 지배하고 있고, 메릴린 로빈슨과 몇몇 유대인 작가를 제한다면 신에 대해 이야기하는 사람은 거의 없다. "제 보기엔 아무도 이 문제를 말 못 하는 상황이 이상합니다." 유제니디스가 살짝 짜증스럽게 말했다. "분명 많은 사람이 여전히 이런 질문에 관심이 있어요. 그런 질문들은 아직 완전히 사라지지 않았단 말입니다."

유제니디스는 그리스정교로 세례를 받았지만 종교는 그의 어린 시절에서 그리 큰 비중을 차지하지 않았다. 그는 1960년 미시간 주 디트로이트에서 태어났다. 아버지는 모기지 브로커인 그리스 이민 2세였고, 아버지의 성공 덕에 가족은 디트로이트를 벗어나 그로스 포인트로 이사했다. 유제니디스의 어머니는 아일랜드계 미국인으로 "애팔래치아에서 정말, 정말 가난하게 자랐습니다." 유제니디스는 그렇게 말했다. 외가 가족들은 자동차 공장에서 일하기 위해 켄터키에서 디트로이트로 건너왔다는 말도 덧붙였다. 유제니디스의 삼촌은 연장과 금형을 다루는 노동자였다. "삼촌은 항상 공장에 일하러 갔고 노상 해고당했지요."

당시 디트로이트는 지금과 마찬가지로 가진 자와 못 가진 자로 나뉜 도시였다. 1970년대에 디트로이트 시는 계급 간의 경계를 무너뜨릴 방법을 찾기 시작했다. 시에서는 부자 동네 아이들을 시내 학교까지 버스로 통학시키는 방안을 고려했고, 그런 사연으로 유제니디스가 유니버시티 리젠트 스쿨에 다니게 되었는데, 이 학교는 엄격하리만치 학구적인 예비학교로, 그곳의 교육 목적은 와스프*가 생각하는 미국의 가치를 주입하고 훗날 동부, 다시 말해 아이비리그에서 교육을 받을 수 있는 부잣집 자제들을 준비시키는 것이었다.

유제니디스만 이 상황에 완전히 적응하지 못하는 게 아니라는 사실이 곧 드러났다. 이민자 집안 부모들은 자기 아이들을 도심에 있는 학교로 보내는 데 대해서는 똑같은 두려움(유제니디스는 이 공포가 얼마간은 인종주의적이라는 걸 인정한다)을 느꼈던 것이다. "저는 전학 온 이 그룹 애들과 잘 어울렸어요. 왜냐하면 우리 모두가 거기 사는 것도 아니었고, 인종적으로도 엄청나게 다양했거든요. 이탈리아 아이들도 있었고, 그리스 아이들도, 아랍계 미국인 아이들도 있었죠. 옷도 다르게 입었고 집안 돌아가는 방식도 다 달랐어요. 저는 그 학교에 다니면서 미국의 계급 구조에 대해 진짜로 감을 잡게 되었고, 그래서 일종의 와스프의 생활양식에, 그때 이후 미국에서 거의 사라져버린 상류층의 행동에 동화되고 싶었죠."

그를 관찰자이자 참여자로 만든 내부인-외부인스러움이라는 경험 말고도, 학교는 그에게 또 다른 값진 것을 선사했다. 로마 시인 카툴루스였다. 유제니디스로 하여금 작가를 꿈꾸게 만든 것이 바로 카툴루스의 연애시였다. 유제니디스는 수년 동안 계속 시를 썼다. 브라운 대학에서는 심지어 시로 백일장에서 최우수상을 받기도 했다. 소설가 메그 울리처가 2등을 했다. 하지만 그 뒤 시에 대한 그의 관심은 시들었다.

* WASP, White Anglo-Saxon Protestant. 앵글로색슨계 백인 신교도. 미국 사회의 가장 영향력 있는 계층.

"그때 이후 저는 시인이 되는 걸 결코 진지하게 고려하지 않았어요." 유제니디스가 말했다. 그가 정말 되고 싶어 하는 건 소설가였다.

스탠퍼드에 입학해서 길버트 소렌티노의 가르침을 받게 되었을 때, 어떻게 해야 자신의 미학적 완벽주의에 불을 붙일 수 있는지 유제니디스가 이해하기까지는 꽤 시간이 걸렸다. 소렌티노는 자기 학생들이 이야기를 전달하는 방법을 새롭게 발명하길 바랐다. "그분은 『뉴요커』에 실린 거라면 죄다 싫어하셨죠." 유제니디스가 회고했다. "거의 대부분이 성에 차질 않았고, 그 때문에 피곤해하셨는데, 그분이 짜증을 낸 건 멍청해서가 아니라 믿을 수 없이 똑똑해서였어요. 작가들이 실제 무슨 짓을 하고 있는지 꿰뚫어 보실 수 있었거든요."

유제니디스는 어쩔 수 없이 얌전히 있긴 했지만, 작가로서 평생 끈질기게 지속된 패턴에 의거하여 자신만의 결심을 간직했다. 그래서 그는 리얼리즘을 조롱하는 단편들을 쓰기는 했지만 플롯과 스토리를 완전히 포기하지도 않았다. 그로스 포인트에 사는 여섯 자매가 자살한다는 내용의 첫 소설 『처녀들, 자살하다』를 쓰면서 취했던 접근법이 바로 이것이었다. 소설은 복수의 1인칭 화자들*의 목소리로 이야기를 하는데, 이는 지금껏 미국 문학에서 성공을 거둔 바 없던 방식이었다.

하지만 유제니디스는 플롯과 서스펜스를 버릴 생각은 없었다. "잠깐 동안은 자매들을 장마다 죽도록 해봤어요." 유제니디스가 기억을 돌이켰다. "그러자 진짜 뻔해지더군요. 그냥 끔찍했어요. 그때 깨달았죠. 일단 한 명을 죽인 다음 아무도 죽지 않으면 독자는 무슨 일이 벌

---

* 이 소설의 화자는 '우리'다.

어졌는지 안다고 해도 책을 끝까지 읽기 시작하면서 이렇게 생각하는 거죠. 어떻게 이 사람들이 모두 죽게 되는 거지?"

『처녀들, 자살하다』는 문학계 용어로 말하자면 수수한 성공을 거두었다. 하드커버로는 제법 팔렸고 문고판 출간 도서목록에도 오르기 시작했다. 1996년 유제니디스는 『그란타』지의 최우수 신인 미국 소설가 중 한 명으로 선정되었다. 그 목록에 오른 소설가 중에는 뉴욕에 거주하고 있는 중서부 출신 작가 하나가 있었는데, 그의 이름은 조너선 프랜즌이었다. 유제니디스와 마찬가지로 그도 소설 한 권을 작업 중이었지만 진도가 잘 나가지는 않고 있었다.

테니스를 같이 몇 번 치고 저녁 식사를 하고 나자 두 사람은 친구가 되었다. "당시 그 친구는 훗날 『인생 수정』이 될 소설을 쓰고 있었는데, 무척 힘들어했어요. 저는 『미들섹스』를 쓰고 있었고 역시 엄청나게 힘든 시간을 보내던 중이었지요. 조너선은 그때까지 쓴 것 거의 대부분을 폐기했어요. 다시 써야 했던 거죠. 저도 비슷한 일을 겪었습니다."

그들이 겪었던 환멸은 자신들의 소설에서 뭔가가 잘 돌아가지 않아서만 생겨난 게 아니라 소설이라는 형식 자체에서부터도 태어난 것이었다. "우리는 소설이 죽었는지 아닌지에 대해 정말 많은 대화를 나누었습니다." 그리고 이른바 '시스템'을 다루는 작가로 알려져 있는 토머스 핀천, 윌리엄 개디스, 돈 드릴로 등이 그 분야에서 가장 똑똑한 친구들이라고 보편적으로 간주되었던 바로 그 연령대에 한창 글을 쓰고 있던 두 젊은 작가는 놀라운 발견에 이르렀다. 19세기 소설에 뭔가 중요한 게 있었던 것이다.

물론 유제니디스는 형식의 역사에 전적으로 무지하지는 않았다. 그는 십대 때 『죄와 벌』을 읽고 그 책에 매료되었다. 하지만 자의로 진지하게 19세기로 돌아오기까지는 무척 오랜 시간이 걸렸던 것이다. 그는 이십대 후반이 되어서야 마침내 『안나 카레니나』를 읽었고, "그때 스위치가 켜졌습니다." 그가 말했다. 프랜즌과 이야기를 나누고, 『미들섹스』를 작업하면서, 그는 사람을 빠져들게 하는 19세기 소설의 특징을 21세기에 이입시키는 방법을 이해하게 되었으리라.

『결혼 음모』의 기원 역시 이런 뒤바뀜에서 나온 것이다. 매들린은 "우리 시대를 사는 소설가들이 처했던 것과 똑같은 상황에 처한 겁니다." 유제니디스가 말했다. 그녀가 사랑이란 죽었고 그건 화학적 반응에 불과하다고 배운 것과 마찬가지로, "우리는 서사란 케케묵은 거라고, 나올 만한 이야기는 다 나왔다는 소리를 듣고 있는 거지요. 그럼에도 서사가 가진 매력은 서사를 금지하는 이런 규정들을 압도하는 것 같습니다."

다시 말해 스토리텔링과 플롯, 그리고 실제처럼 느껴지는 인물에 대한 깊은 몰입은 언제나 중요하리라는 얘기다. 유제니디스가 이런 깨달음으로부터 나온 책인 『미들섹스』를 쓰는 법을 이해하게 되기까지는 수년이 걸렸다. 그는 독일에서 장학금을 받았고, 글쓰기에서 멀어졌던 시절에 만난 새 부인인 조각가 캐런 야마우치와 함께 베를린으로 이사했다. 장학금이 떨어지고 나서도 그들은 계속 거기 남았다. "베를린은 물가도 싸고 훌륭한 데다 내 고향과 비슷한 느낌이 드는 도시였어요."

디트로이트 출신 소년에게 유럽의 도시에서 산다는 건 짜릿한 일이었다. 그건 그저 유제니디스와 아내가 살았던 아파트가 데이비드 보위가 1980년대에 지냈다던 건물과 똑같은 곳에 있었기 때문만은 아니었다. 베를린은 역사가 손에 잡힐 것처럼 선명한 도시였고, 열차도 잘 운행되었다. 사람들이 떠나질 않았다. "유럽인들은 우리가 그러는 것처

럼 도시를 버릴 수가 없어요. 살 공간이 충분치 않거든요." 유제니디스
가 자기가 관찰한 바를 말했다. "우리가 그러는 것처럼 러스트 벨트*를
떠나 애리조나로 갈 수가 없는 거예요. 그 사람들은 자기 동네에서 타
협을 봐야 하는 거죠."

이런 지식 중 일부는 『미들섹스』에 확실히 스며들었다. 『미들섹스』
는 양성을 한 몸에 지닌 칼이라는 어린아이에 대한 이야기로, 그는 유
제니디스가 그랬듯 1960년대의 디트로이트에서 자신이 어디에 속하
는지 혼란스러워하며 성장한다. 하지만 그는 또한 자기 성性이 어느 쪽
인지에 대해서도 혼란스럽다. 칼의 부모와 조부모, 그리고 그들이 겪
은 소아시아에서 미국에 이르는 여정에 대한 이야기에서부터 성전환
수술을 받기 위한 칼의 탐구 여행에 이르기까지 사방으로 가지를 뻗
어대는 이 책은 19세기 소설의 크기에 육박하는 거대한 이야기다.

프랜즌은 『인생 수정』으로 최고의 순간을 맞았다. 2001년 출간된
이 책은 전미도서상을 수상했고 오프라 윈프리가 자기 북클럽에서 읽
을 책으로 선정하면서 어마어마한 베스트셀러가 되었다. 유제니디스
는 『미들섹스』로 돌파구를 열었다. 부분적으로는 영화감독 소피아 코
폴라의 비범한 데뷔작 덕에 당시 컬트 소설이 되었던 『처녀들, 자살하
다』 이후 12년 만에 나온 『미들섹스』는 열광적인 반응과 판매고를 거
두면서 퓰리처상을 수상했다. 윈프리는 2007년 자기 북클럽에 이 책
을 선정했다. 『미들섹스』는 출간 이후 미국에서 4백만 권 이상이 팔렸
다. 제프리 유제니디스는 더 이상 컬트 작가가 아니었다.

---

* Rust Belt. 미 북부와 중서부 지역의 공업지대로, 제조업의 불황으로 사양화된 지역을 일컫는 말.

제프리 유제니디스

바깥바람은 더 강해졌고, 유제니디스는 다른 레코드를 내게 들려주고 싶어서 간간이 말을 멈췄다. 그는 턴테이블에 음반을 올려놓은 뒤 난로에 불을 붙인 다음 집에 설치된 바로 가서 내게 맥주를 꺼내 주었다. 이곳의 식사는 훌륭했고 유제니디스는 인심 좋은 주인이었다. 그는 내가 기분이 편안해지면서 날씨가 너무 나빠질 경우 여기서 하룻밤 자도 될 거라는 사실을 깨닫고 나자 자기 자리에 편안히 앉았다. 그는 슬리퍼를 신은 발을 개에게 디밀었다. 음악도 더 틀었다. 그는 자기 혼자 즐기는 법을 아는 사람이라기보다는 손님을 맞는 걸 더 행복해하는 사람이라는 인상을 주었다.

그의 소설이 거둔 상업적 성공이 유제니디스의 인생을 재정적으로 편하게 해주긴 했지만, 그게 그의 작가 인생을 바꾸지는 않았다. 그의 완벽주의는 여전히 남아 있고, 심지어는 더 강해졌다. "사방에 페이지가 널려 있습니다. 대학살이에요." 글을 잘 쓰는 게 얼마나 어려운지에 대한 얘기를 시작하자 그의 기분이 가라앉았다. "엄청나게 많이 버렸어요." 확실히 유제니디스는 자기가 손이 느린 작가로 여겨지는 걸 좋아하지 않는다. 심지어 때때로 자기보다 훨씬 더 느긋하게 글을 쓰는 작가들(프랜즌이 특히 유명하긴 하지만 주노 디아즈와 메릴린 로빈슨과 에드워드 P. 존스도 있다)이 있을 때는 특히 더 그렇다. 하지만 그는 다른 방법이 없다는 걸 안다.

"계획을 세워서 소설을 쓸 수가 없습니다. 전혀요. 그래서 글을 쓰는 동안에는 등장인물들과 함께 저 역시도 책이 겪는 경험을 같이 살아내야 해요. 그리고 플롯이 품은 가능성들이 어디로 갈지 이해해야 하죠."

이런 식의 삶에서 글을 쓰는 데 가장 큰 장애물 중 하나가 제프리 유제니디스로 살아가는 것이라는 점은 결코 놀랍지 않다. 그저 단편소설

쓰기가 힘들다는 소리가 아니라 성공을 거두는 바람에 자기 책이 시장에 나가는 걸 상상하게 된다는 얘기다. 그는 책이 어떻게 홍보되고 얼마나 팔릴지를 상상해볼 수 있을 텐데, 그의 말에 따르면 정말로 그렇게 될 경우 작업은 끝장이라는 것이다.

그래도 그는 불평하지 않을 것이다. 그는 자기 인생과 경력이 다른 쪽으로 갈 수도 있었다는 걸 안다. "도박인 거죠." 그가 말했다. "저랑 대학원을 같이 다녔던 사람들을 생각해봅니다. 다들 정말로 실력이 뛰어났는데 지금 그들 중 상당수에 대해 별로 들은 말이 없어요. 어찌 되었는지도 모르고요. 이 일은 힘들어요. 운도 따라야 하는 거죠."

이제 그와 프랜즌은 미국의 작가군 중에서도 으뜸에 있다. 유제니디스가 방어할 수 있는 위치는 아니다. 그는 결국에는 새로운 물결이 오리라는 걸 안다. 심지어 어떤 면에서는 지금 그 물결이 오는 걸 볼 수 있다. "가끔 문인들 파티에 가보면 절 바라보는 친구들이 있습니다. 예전의 제 모습 같은 친구들이죠. 그 친구들이 저랑 똑같은 흥분을 품고 저랑 똑같은 상태에 있으며, 야망이 넘치고 수다스럽고, 자기 작품을 친구들에게 보여주고 있다고 확신합니다. 분명 여전히 이런 일이 계속되고 있는 거겠지요. 그 친구들의 눈길을 보면 1992년에 저도 딱 저렇게 보이는 눈을 하고 있었을 거라는 생각이 들어요."

2013년 2월

제프리 유제니디스

에드위지 당티카

Edwidge Danticat

에드위지 당티카는 기억을 파고드는 작가다. 단편소설, 장편소설, 회고록, 에세이, 어린이책, 각종 선집을 아우르는 그녀의 책들은 그녀가 1980년대 초반 아이티를 떠나 미국에 정착한 인물들(과 그들의 선조들)이 맞닥뜨린 세계의 변화상을 고스란히 담고 있다.

굳건한 가톨릭주의를 기저에 둔 그녀의 소설들은 거침없지만 정밀하고, 섹시하지만 천박하지 않다. 그녀는 십대 시절부터 잡지에 소설을 발표하면서 엄청난 지지층을 갖게 되었다. 그녀의 훌륭한 작품들은 구조적으로는 단편적(斷片的)이지만 그 효과 면에서는 완전무결한 총체를 구성한다. 처음으로 전미도서상 후보에 올랐던 1995년의 단편집 『크릭? 크랙!Krik? Krak!』은 현대적인 민담처럼 여겨지며, 2007년의 회고록 『형, 난 죽어가고 있어Brother, I'm Dying』는 각각 폐섬유증과 심부전에 걸린 아버지와 그의 형에 대한 가슴 아픈 이야기를 다루고 있다. 미국에 여러 차례 온 바 있는 그녀의 삼촌은 국토안보부에 이유 없이 거칠게 구금당했을 때 심부전을 일으켰다. 그는 여든한 살의 나이에 공항에서 오도 가도 못하는 신세가 되어야 했다. 한편 『등대의 클레어Clare of Sea Light』(2013)는 아이티의 작은 해변 마을에서 한 소녀가 사라지면서 벌어지는 일련의 이야기들을 하나로 연결한 장편소설이다.

이 인터뷰는 스토리상Story Prize을 받은 소설 『이슬을 짓밟는 자The Dew Break-er』가 출간되었던 2004년 진행되었다. 현재 마흔네 살인 에드위지 당티카는 어머니와 두 딸, 그리고 크레올 번역 에이전시를 운영하는 남편 페도 보이어와 함께 살고 있다.

▼

1981년, 열두 살의 나이에 아이티에서 뉴욕 브루클린으로 이주했던 에드위지 당티카는 항상 아이티와 미국 문화 양쪽에 발을 걸치고 있었고, 글쓰기는 그 둘을 연결하는 방식이었다.

"처음 미국에 왔을 때, 전 많이 방황했죠." 당티카는 최근 매사추세츠 해들리에 있는 마운트 홀리오크 대학에서 강연을 해달라는 전화를 받았다.

"글쓰기는 제 세계를 해석하는 하나의 방식이었죠." 그녀가 말했다. "제가 배워야만 하는 새로운 것들을 빨리 제 안으로 받아들이기 위해서요."

당티카는 빨리 배우는 사람이었다. 훗날 오프라 북클럽 선정도서가 된 그녀의 첫번째 책 『숨결, 눈, 기억Breath, Eyes, Memory』은 그녀가 고등학생일 때 쓰기 시작했다.

연작소설집 『크릭? 크랙!』이 1995년 전미도서상 최종후보작이 되었을 때 당티카는 스물다섯 살에 불과했다. 『뼈 농사 짓기The Farming of Bones』는 1999년 미국도서상American Book Award을 수상했다.

작가로서 그녀는 과거와 미래 사이의 틈에 낀 인물들을 탁월하게 묘사하는 것으로 이름을 날려왔다. 과거라는 수렁에 빠진 아이티와 과거의 잔재가 초현실적으로 사라지는 미국에 대한 묘사는 그녀의 장기다.

당티카의 세번째 장편 『이슬을 짓밟는 자』는 잔인하게도 아이티가 거의 무정부 상태에 빠질 위기에 처했을 때 출간되었다. 이 책은 뒤발리에 행정부의 고문자였던 '이슬을 짓밟는 자'에 대한 이야기로 시작한다. 고문자들에게 이슬을 짓밟는 자라는 이름이 붙여진 까닭은 그들이 이슬이 내릴 무렵 희생자들을 찾아왔기 때문이다.

이 책은 이슬을 짓밟는 자가 과거를 뒤로 묻고 브루클린으로 이주한 뒤인 2000년으로 시작한다. 하지만 도입부에서 딸이 자신을 모델로 조각을 만들려고 할 때, 그는 자신이 저질렀던 죄를 떠올릴 수밖에 없다.

"카야." '대역 배우'를 뜻하는 별명으로 딸을 부르며 그가 말한다. "네가 만든 내 조각을 처음 봤을 때, 나는 그것과 함께 묻히고 싶었다."

당티카의 후기를 보면 이 소설이 『숨결, 눈, 기억』과는 달리 자전적인 성격을 갖지 않는다는 점이 분명하다.

"『이슬을 짓밟는 자』의 첫 연재분이 『뉴요커』에 실렸을 때 친구들이 이렇게 말했어요. '사람들이 네 아버지가 고문자였다고 생각할까 봐 걱정도 안 돼?'"

사실 당티카의 아버지는 택시 기사였다. 하지만 그녀로서는 악랄한 범죄를 저질렀을지도 모를 사람들과 얼굴을 맞대고 살아야 했던 기분을 짐작하기 힘들다.

"브루클린으로 이주했던 당시 전 열두 살이었어요. 이민자들의 물결이 엄청났죠. 독재 초기였던 1950년대와 1960년대에 이미 두뇌유출이 시작되었어요. 그리고 1980년대에는 더 많은 사람들이 아이티를 탈출했죠. 그들 중에는 시골 사람도 섞여 있었어요. 희생자 사이에 가해자도 있었죠. 누가 싹 다른 사람이 됐다더라는 속삭임이 늘 들려왔어요."

『이슬을 짓밟는 자』는 여러 사람이 돌아가면서 하는 이야기로 서사를 끌어가는 방식으로 이러한 공포와 두려움이 불러내는 전율을 극화한다. 이슬을 짓밟는 자의 딸 시점으로 시작하는 첫번째 이야기는 그가 사는 동네인 이스트 플랫부시 이웃들의 시점으로 확장된다. 이발소 손님들, 그의 손아귀를 간신히 벗어났던 아이티계 미국인들, 그리고 그의 부인이 등장하는 몇몇 이야기는 그를 등장시키지 않고도 폭력의 위협 아래서 살 수밖에 없었던 잔인한 기억을 불러내기에 충분하다.

"그들은 나뭇잎마다 이슬이 맺히고 있을 때, 새벽이 내리기도 전에 희생자의 집을 덮쳤어요. 그리고 어딘가로 데려갔죠." 은퇴한 양재사가 기억을 더듬는다.

작은 이야기들이 서로 맞물리면서 만들어진 이 책의 구조는 이들 공동체의 구조를 고스란히 반영하며, 책의 구성이 스스로에 대해 말하는 이야기들을 통해 직조될 수밖에 없다는 사실 또한 드러낸다.

"이 책은 그 남자에 관한 이야기이기도 하지만 공포나 두려움을 벗어나 예술을 창조하는 것에 관한 소설이기도 해요." 당티카가 말했다. "우리에게 던져진 단편적이고 이질적인 조각들로 전체를 만들 수밖에 없는 것에 관한 소설이죠.

당티카의 일부는 늘 아이티에 남아 있다. 그녀가 그곳의 과거를 간직하고 있을 뿐만 아니라 여전히 정치적 격변에 시달리는 친척들이 그곳에 있기 때문이다. 그녀로서는 걱정이 되지 않을 수 없다.

"다른 사람들처럼 저도 자주 그분들에게 연락을 드려요." 그녀가 말했다. "감사하게도 그분들은 아직까지는 큰 문제가 없는 지역에 사세요. 다른 사람들처럼 그분들도 좋은 결과를 위해 기도를 드리고 있죠. 제가 여기 오기 전까지 함께 살았던 저를 길러주신 삼촌은 이제 여든한 살이 되셨어요. 삼촌은 수도에 사시죠. 그분들은 힘센 사람들이 아니에요. 그저 상황이 안정되기를 기다리고 계신 거죠."

최근 남편과 플로리다로 이주한 당티카는 이제 아이티와 더욱 가까이 있다. 아이티에 충분히 가까이 살고 있다고 할 수는 없지만, 두 세계를 오가며 총체적인 글을 쓰는 그녀로서는 만족스러운 삶이다.

"두 장소에 깃들 수 있다는 건 축복이죠. 모든 예술가가 바라는 풍요로운 삶이니까요." 그녀가 말했다. "두 개의 다른 문화 사이에서 미묘한 차이를 찾아내어 무언가를 창조할 수 있다는 건 위대한 점이에요. 그러니까 비극이라고는 할 수 없어요. 근사한 가능성이 많으니까요. 층위를 하나 더 갖는다는 것은 한 사람분의 인생을 더 사는 것이나 마찬가지예요."

당티카는『이슬을 짓밟는 자』로 소설에 어떤 근사한 층위가 더 쌓일 수 있는지를 증명하고 있다.

2004년 3월

# 제프 다이어

Geoff Dyer

제프 다이어는 영국의 에세이스트이자 소설가이며 각종 상을 수상한 바 있는 문학평론가이다. 첼튼엄에서 태어나 노동자계급의 부모 밑에서 성장한 그는 장학금을 받아 코퍼스크리스티 칼리지에서 영국 문학을 공부했다. 후에 『그란타』지에 실린 주목할 만한 에세이, 「지붕 위에서On the Roof」에서 회고하는 바에 따르면, 그는 1980년대 영국에서 실업수당을 받으며 지냈다. 그는 1987년 존 버거에 대한 짧은 연구서 『말하기의 방식들Ways of Telling』을 발표하며 문단에 나왔다. 다이어는 끝없이 형식을 변주하는 존 버거의 방식을 본받아 지난 10년간 두 권의 소설(『기억의 색The Colour of Memory』 1989, 『탐색The Search』 1993), 장르를 규정할 수 없는 재즈 관련 책 『그러나 아름다운But Beautiful』(1991), 기억과 제1차 세계대전에 관한 명상을 보여주는 『솜의 실종 용사The Missing of the Somme』(1994), 그리고 D. H. 로런스에 대한 책을 쓰지 않기에 관한 책 『순전한 분노에서Out of Sheer Rage』(1997) 등을 발표했다. 그는 이러한 작품들을 통해 열정적인 딜레탕트, 문화적 도락가, 게으른 독학자의 페르소나를 구축했다. 사진에 관한 책인 『지속의 순간들The Ongoing Moments』(2005)과 온갖 것을 다루는 『우리가 생각하는 인간의 조건들Otherwise Known as the Human

Condition』(2011)은 그에게 여러 상을 안겨주었다. 토마스 만의 『베니스의 죽음』을 유쾌하게 개작한 소설 『베니스의 제프, 바라나시에서 죽다Jeff in Venice, Death in Varanasi』(2009)로 그는 가장 뛰어난 희극 소설에 수여하는 볼린저 에브리맨 우드하우스상Bollinger Everyman Wodehouse Prize을 수상했다.

나는 장르를 규정할 수 없는 또 하나의 책, 『꼼짝도 하기 싫은 사람들을 위한 요가Yoga for People Who Can't Be Bothered to Do it』(2003)가 출간되던 시기에 그를 만났다. 이 책은 미국에서는 논픽션으로, 영국에서는 소설로 출간되었다.

▼

제프 다이어는 타성에 젖었다는 생각이 들 때마다 짐을 꾸려 길을 떠난다. 영국에서 가장 '힙한' 중년의 소설가 겸 비평가는 여러 번 이런 식으로 지구를 돌았고, 뉴욕과 뉴올리언스에서 로마와 파리에 이르기까지 여러 도시에서 생활한 여행담을 대단히 소설적인 논픽션 혹은 대단히 자전적인 소설로 만들어왔다.

"다른 곳으로 간다는 것이 중요하죠." 마흔네 살의 제프 다이어가 현재 머물고 있는 런던 자택에서 수화기 너머로 말했다. "기분이 정말로 엉망일 때면 집을 나서서 한 시간쯤 산책하라는 것이 고전적인 조언이죠. 전 다만 스케일을 키웠을 뿐입니다."

늘 새로움을 유지한다는 전략은 새로운 도시가 그를 종종 슬프게 혹은 유쾌하게 밀어낸다는 사실을 고려할 때 합리적으로 보이지는 않는다. 스콧 피츠제럴드의 『밤은 부드러워』풍의 소설을 쓰고 싶었던 그는 1990년대 초 파리를 찾았지만, 무위도식하다가 결국 책도 쓰지 못하는 남자에 관한 책을 쓰게 되었다. 그리고 그는 발리와 캄보디아, 로마

등의 장소에서 첫발부터 잘못 내디뎠던 유머러스한 이야기들을 한데 모아 『꼼짝도 하기 싫은 사람들을 위한 요가』라는 책을 내놓게 되었다. 이 책은 다른 장소에 대한 매혹, 그리고 그저 존재하기의 즐거움에 관한 생각들을 기록하고 있다. 유럽의 어느 도시에서 사람들 사이에 섞여 사라져버리고 싶다는 환상을 가진 사람이라면 성서로 받들 책이다.

이 책의 첫 꼭지인 '수평선상의 이동'에서 다이어와 여자 친구는 로스앤젤레스에서 뉴욕으로 차를 배달한다. 그들은 공짜로 빌린 셈인 차를 타고 잭 케루악의 소설 『길 위에서』에서 40년 전의 딘 모리어티와 샐 패러다이스처럼 미국의 중부를 감상한다. 그러면서 그들은 뉴올리언스를 지나는데, 다이어는 이 도시를 무척 사랑해서 후에 그곳으로 돌아가 세 달을 지내게 된다.

이어지는 이야기들은 이상한 이름을 지닌 애인들과 함께 즐기는 대륙 간 사방치기 게임처럼 보인다. 한 사람은 '아찔한'이라는 뜻의 데이즈드라는 이름을 갖고 있고, 또 한 사람은 자신을 '동그라미'라는 뜻의 서클이라 지칭한다. 그리고 심각할 정도로 약물을 즐기는 친구들도 있다. 한 챕터는 비에 젖은 암스테르담에서 환각버섯에 잔뜩 취해 보낸 하루를 묘사한다. 파리를 배경으로 하는 챕터에서 다이어는 한 여성 친구를 설득해 '스컹크'(강력한 마리화나의 일종)를 피우게 한다. 그녀는 예상을 훨씬 뛰어넘어 취하고 만다. 이 책의 제목은 동남아시아로 여행을 떠났다가 소위 '자아를 발견하는 여행'을 하는 사람들을 수없이 만났던 다이어의 경험에서 나왔다. 그들은 요가처럼 신체적인 활동을 하기에는 국수를 삶느라 너무 바빴다. 다이어는 관습적인 삶을 멀리하는 사람들을 위한 일종의 자기계발서를 써야겠다는 생각을 농담처럼 떠올린다.

이러한 짤막한 이야기들은 1960년대에 흠뻑 취했다가 빠져나온 사람들의 삶의 단면으로 오해되기 쉽다. 하지만 『꼼짝도 하기 싫은 사람들을 위한 요가』로 전 세계 보헤미안의 영웅으로 떠오르고 싶지 않았던 작가는 책에서 묘사된 모든 사건이 꼭 실제로 일어났던 일은 아니라는 점을 밝힌다. "물론 실제로 있었던 일과 크게 다르지는 않죠." 이 책이 소설인지 아닌지와 관련된 수수께끼에 대해 여간해서는 답할 생각이 없는 작가가 말했다. "하지만 예술이란 그 작은 차이에 있습니다."

다이어는 이 책에서 시간의 흐름을 압축시키고, 이름을 바꾸었다. 몇 가지는 단순히 꾸며내기도 했다. "누군가가 제게 묻더군요." 다이어가 말했다. "제가 관련된 그런 일들을 폭로하는 것이 부끄럽지 않느냐고요. 하지만 이상하게도 전 전화로 저 자신에 관한 이야기를 하는 지금이 더 부끄럽게 느껴집니다. 왜냐하면 책 속의 화자인 '나'는 사실상 저라고 할 수 없으니까요."

기록에 연연하지 않는다는 것은 다이어에게 숨을 수 있는 장소를 제공하는 한편, 대개 형태가 없었던 그의 여행으로 서사를 빚을 수 있게 했다(말해두자면, 그는 2년 반 전에 결혼했고, 그의 말에 의하면 더는 마약을 하지 않는다고 한다). 그렇게 해서 『꼼짝도 하기 싫은 사람들을 위한 요가』는 250페이지에 걸쳐 동요하는 존재에서 '구역the Zone'에 이르는 여정을 따라간다. 다이어에 의하면 '구역'이란 '절대적인 만족을 느낄 수 있는 장소'로, '다른 장소에 대한 갈망으로 번민이나 고뇌에 빠지지 않을 수 있는 장소'이다.

이처럼 아름다운 단계에 도달하는 것과 이를 추구하는 과정을 근사한 이야기로 풀어내는 것은 전적으로 다른 일이다. 운 좋게도 다이어는 둘 다 할 수 있는 사람이다. 『꼼짝도 하기 싫은 사람들을 위한 요가』는 로마에서 아무것도 하지 않으면서 지내기와 발리에서 끝없이 탁구하기를 정교하고 서정적인 솜씨로 묘사한다. 여행 내내 그를 동반한 신발 테바스에 대한 찬가도 있다.

다른 작가였다면 독자들은 이렇게 늘어지는 이야기 앞에서 하품을 참지 못했을지도 모른다. 하지만 제프 다이어는 독자들로 하여금 속도를 낮추고 그의 생생한 문장과 번뜩이는 표현을 만끽하게 한다. 그런 언어를 접하는 독자는 다이어에게 전염된다. 시계는 거들떠도 보지 않고 건방지고 퇴폐적으로 인생을 대하는 작가처럼 독자 역시 이 책을 그렇게 대하기 시작하는 것이다.

그러나 이 책에는 너무 많은 시간을 게으르게 보내는 데 대한 반작용으로 일종의 자기혐오가 깃든 구절도 등장한다. "아마도 내가 그저 게으른 인간에 불과하다는 두려움도 늘 갖고 있다." 다이어가 순순히 인정한다.

다이어가 특유의 솜씨로 능숙하게 빚어내는 논픽션과 소설의 혼종인 글쓰기를 부를 적당한 명칭이 없는 까닭에 그의 책은 서점에서 늘 분류상의 문제를 겪는다. 작가로서도 끝없는 자기 회의에 시달리고 있다.

"소설을 쓴다고 생각해봅시다." 그가 말했다. "잘될 수도 있고, 잘못될 수도 있죠. 하지만 적어도 대부분의 작가들은 자기가 쓰는 글이 소설이 되리라는 것을 알고 있습니다. 전 제가 쓰는 글이 어디로 향할지 모른다는 점에서 두 배로 불안합니다."

관습적인 장르를 쓰는 것이 더 쉬울 수도 있다. 하지만 다이어는 소설을 또 쓰게 될 것인지 아직 모르고 있다(그는 지금까지 세 권의 소설을 썼다. 1998년의 『파리, 트랜스$^{Paris, Trance}$』가 근작이다). D. H. 로런스에 관한 책을 쓰기에 실패하기에 관한 책 『순전한 분노에서』처럼 그는 향후의 책 역시 어떤 집착에서 나오리라고 생각한다. 현재 그는 사진에 관한 책을 쓰고 있다. 그가 『꼼짝도 하기 싫은 사람들을 위한 요가』에서 건드린 바 있는 관심사다. 그가 말하길 아직까지는 잘되지 않는 것 같다고 한다. "어디서 끝날지 알 수가 없어요." 그가 한숨을 내뱉듯 말했다.

다이어가 또 다른 도시, 샌프란시스코로 눈길을 돌리고 있었다는 사실은 놀랍지 않다. 그는 최근 아내의 안식년을 맞아 그곳에서 몇 달 머무른 바 있다. 샌프란시스코라는 지명을 입에 올리는 그의 목소리가 부드러워진다. 『꼼짝도 하기 싫은 사람들을 위한 요가』에서 번민과 유혹을 넘어선 장소인 '구역'에 대해 쓰고 난 다음에도 그가 여전히 현혹되기 쉬운 사람이라는 점이 이렇게 드러난다.

"거기서 생활할 수 없다면 정말로 슬플 겁니다." 다이어가 말했다. 그의 목소리가 잦아든다. "믿을 수 없을 정도로 비극적이겠죠. 전 어느 정도 운명적이라고 느끼고 있습니다."

2003년 1월

A. S. 바이어트

A. S. Byatt

A. S. 바이어트는 영국 셰필드 출신의 소설가, 단편작가, 비평가이다. 퀘이커 교도인 판사 아버지와 브라우닝 연구가였던 어머니를 둔 바이어트는 본인 또한 1960년대에 교수가 되었는데, 당시는 학계에 여성이 있다는 사실이 논쟁의 대상이 되어야 했던 시절이었다. 그녀의 데뷔작인 『태양의 그림자The Shadow of the Sun』는 1964년, 그녀가 채 서른이 안 되었을 때 출간되었다. 훗날 바이어트는 자기가 학계에서 보냈던 초기 시절을 소설로 꾸민 자전적 4부작을 발표한다. 이는 『정원의 처녀The Virgin in the Garden』(1978)로 시작하여 『휘파람을 부는 여인A Whistling Woman』(2002)으로 마무리되었다. 그녀는 1990년 발표한 빼어난 소설인 『소유Possession: A Romance』로 베스트셀러 작가가 되었다. 이 소설은 빅토리아 시대의 시적인 로맨스와 오래전 벌어졌던 연애 사건의 문학적 조각들을 찾아다니는 현대 학자들의 이야기가 중첩된 소설이다. 바이어트는 또한 수많은 단편소설의 작가이기도 한데, 이 소설들은 그녀의 장편들이 두껍고 냉소적인 것만큼이나 어둡고 신비스럽다. 젊은 작가들의 관대한 후원자로서, 바이어트는 학계와 일반 대중 사이를 이어주는 몇 안 되는 필수적인 가교 중 하나이며, 안젤라 카터와 살만 루시디가 불러일으킨 스토

리텔링의 부흥을 지속하고 있다.

▼

"만약 제가 여기 없었다면 '과학은 우리의 새로운 신화인가?' 같은 문제를 토론하는 사람들과 어울리고 있지 않았겠어요?"라고 A. S. 바이어트가 뉴욕에서 말했다. 박식가의 삶이란 그런 것이다. 예순여덟 살의 이 소설가는 영국에서 라디오 쇼에 나가기로 일정이 잡혀 있었지만 강연과 낭독 여행을 하는 대신 미국으로 날아와버렸다.

"제가 하는 강좌는 제가 많이 생각하는 것에 대한 거죠." 바이어트가 크고 매력적인 눈으로 말했다. "저는 기독교가 사라진 이후 문학 속 인물들이 얼마나 얄팍해졌는지에 대해 생각하고 있고요."

기독교가 소설에 은혜를 베풀었음을 이런 식으로 인정하는 게 태어날 때부터 퀘이커교도였던 사람에게서 나오기엔 좀 이상한 양보처럼 보이겠지만, 바이어트는 언제나 이데올로기로부터 눈에 띄게 자유로운 사상가였다. 그녀는 문학이 삶에 대한 주석이었던, 그 반대는 아니었던 시절에 케임브리지에서 영문학을 공부했는데, 이 덕분에 책의 의미에 대한 자신만의 해석을 자유롭게 형성할 수 있었다. 혹은 사람들이 그녀의 롤모델이 누구냐고 물을 때 그들에게 한창 자라는 소녀처럼 즐겨 이야기하듯, "저는 여러분이 자기 스스로 사물을 생각해야 한다는 사실을 믿도록 길러졌답니다."

이데올로기에 대한 짜증과 활기찬 자립심의 이런 혼합이야말로, 바이어트가 1990년에 발표하여 엄청난 성공을 거둔 부커상 수상작인 『소유』를 통해 학계의 신성한 가설을 지분거리면서, 혹은 『한 전기작

가 이야기The Biographer's Tale』에서 보즈웰*의 직업을 호되게 공격하면서 그
토록 즐거워했던 이유를 설명할 수 있지 않을까. 이 두 권의 소설 모두
이론이 가진 김 빼는 효과에 맞서 미소를 지어도 좋을 승리를 거두었
다. 학자들이 쓰는 이론적 도구가 제아무리 그 소설들을 따로따로 나
누어 파고들더라도, 바이어트의 스토리텔링이 가진 활기는 그 작품들
을 하나의 전체로, 예술적으로, 또한 신비스러운 상태로 유지시킨다.

이렇다 보니 바이어트가 영국 소설에서 스토리텔링이 거둔 광범위
한 승리에 대해 그 나름의 이론을 갖고 있는 게 놀랄 일은 아니다. "영
국 문학은 1970년대에 갑자기 꽃을 피우기 시작했어요. 왜냐하면 소
설가들은 자신들이 문학 이론에 아무 신경도 안 쓴다는 사실을 깨달
았기 때문이죠. 아니면 평론가에게 아무 관심도 없거나." 그녀가 말했
다. "그래서 작가들은 이야기를 쓰기 시작했어요. 아시겠지만 평론가
들이야 여전히 이렇게 말하고 다녔죠. '스토리는 통속적이다. 세상만
사는 무작위적이고, 무계획적이다. 이 거대한 독기여.' 그러는 사이에
살만 루시디나 안젤라 카터 같은 이야기꾼들은 계속 이야기를 썼죠."

바이어트는 대학교수로서 10년도 넘게 이 두 간극 사이에 다리를
걸쳤으며, 자신의 작업도 계속 그렇게 해나가고 있다(그녀는 지금까지
다섯 권의 비평서를 썼다). 그녀의 비평적 관심은 그녀의 소설에 자양분
이 되며 그 반대도 마찬가지다. 그녀에게 읽는 것과 쓰는 건 같은 활동
이다. 그래서 심지어 그녀가 더 이상 학생들을 가르치지 않는다 해도
(1984년부터였는데, 그녀의 말에 따르면 "뭔가 그만두기엔 좋은 해지요"), 그
녀는 계속해서 젊은 작가들에 대한 관심을 유지하고 있는 것이다. 애

---

* James Boswell. 1740~1795. 영국의 전기작가.『새뮤얼 존슨의 생애』(1791)로 유명하다.

덤 설웰, 데이비드 미첼(그녀는 미첼을 그가 워터스톤 서점에서 여전히 책을 팔고 있던 시절에 만났다), 로렌스 노포크 등이 그녀가 관심을 기울이는 작가인데, 그녀는 노포크에 대해서는 "위대한 소설가가 될 자질을 품고 있다"고 생각한다.

"영국 소설은 지금 현재 굉장한 단계를 거치는 중이에요." 그녀가 이 주제에 대해 열의를 띠며 이야기를 했다. 그녀는 모니카 알리의 『브릭 레인』과 제이디 스미스의 『하얀 이빨』이 미국식 르포르타주 기법을 동원했다는 걸 인정하면서 이렇게 말했다. "미국에서처럼 영국 소설도 사회를 묘사하는 방향으로 가는 거죠. 그저 사회에 대해 쓰는 게 아니라."

모니카 알리에다 존 더스 패서스*를 연결하는 건 다소간 비평적 공학 기술이 요구되겠지만, 바이어트는 그런 식으로 살펴보는 작업을 즐기는 듯 보인다. 본인의 작품에 대해 던진 논평이 종종 문학적 오존층을 뚫고 되돌아와 뜻밖의 장소에 떨어지기도 한다. 이를테면 에드나 에버리지 여사**라든가. "제가 다른 종류의 작가였다면 에드나 여사가 배리 험프리스를 얼마나 무서워하는지에 대한 이야기를 썼겠지요." 그녀가 심술궂은 어조로 말했다.

나는 바이어트가 이 아이디어를 계속 밀어붙여서 실행에 옮기도록 북돋아보려 하다가 그 생각이 길고 긴 대기 줄에 들어가게 될 거라는 사실을 깨달았다. "노트를 한 권 갖고 있는데." 바이어트가 말했다. "제 생각엔 지금 당장 쓸 수 있을 이야기 목록이 열여덟 편 이상 있어요.

---

* John Dos Passos. 1896~1970. 미국의 소설가. 『맨해튼 트랜스퍼』 등의 소설에서 파노라마적 기법으로 미국인의 삶을 들여다본 것으로 유명하다.
** Dame Edna Everage. 오스트레일리아의 코미디언 배리 험프리스Barry Humphries가 분장한 캐릭터.

이런 식으로, 예를 들면, 제가 『이야기가 담긴 작고 검은 책The Little Black Book of Stories』이라는 제목의 책을 쓰기로 결정했을 때, 저는 갖고 다니던 이 작고 검은 책 속에 들어 있던 아이디어를 집어 든 다음 그걸 썼던 거죠."

루이스 캐럴이 자기 독자들이 완전한 어른이었다면 썼을 법한 어두운 동화 같은 단편들이 담긴 『이야기가 담긴 작고 검은 책』은, 바이어트가 1998년에 쓴 밝은 분위기의 단편집 『엘리멘탈Elementals』의 반대쪽 면을 상징하는 책이다. 『엘리멘탈』 이전에도 이미 세 권의 단편집이 나온 바 있다. "'아라크네'라는 제목의 단편이 있어요." 바이어트가 말했다. "제가 정말 좋아하는 이야기라서 이 단편과 함께 엮을 수 있는 단편을 몇 편 더 써볼까 하는 유혹을 느끼죠. 그러면 저는 그 단편이 수록된 제 책 한 권을 갖게 되는 거잖아요. 하지만 제가 제 편집자한테 '우리 단편집 한 권 할 수 없나요?'라고 말할 때마다 그녀가 말해요. '그럼요, 그럼요, 제가 그것들 다 서랍에 모으고 있는 중이에요.'"

잠시 동안 바이어트는, 그녀가 한때 확실히 그랬을 법한, 까칠한 아이처럼 말했다. 침대에 누워 오스틴과 디킨스와 스콧트를 읽으면서 자기만의 플롯을 창조하며 시간을 보내던 천식 환자처럼 말이다. 그 당시 단편소설들은 그녀에게 영감을 불어넣지 않았다. 그 뒤로도 한동안은 그랬으리라. "만약 20년 전에 당신이 저보고 단편소설을 쓸 수 있겠냐고 물어봤으면 저는 이렇게 말했을 거예요. '아뇨, 난 못 해요'라고요."

하지만 그녀의 어린 아들이 1972년에 사망한 뒤(음주운전 사고로 희생되었다) 바이어트의 내면에서 뭔가가 바뀌었다. 그녀는 아들의 학비를 대기 위해 런던의 유니버시티 칼리지에서 교편을 잡았었는데, 일을 시작한 지 일주일 만에 아들이 사망했다. 어쩐지 그녀는 자기가 의도적으로 악몽을 실현시킨 것 같다는 느낌이 들었다. "그게 사고처럼 느껴지지 않았어요. 마치 제가 그것에 대해 생각함으로써 사고를 일으켰다는 기분이었죠."

아들의 죽음과 10년하고도 5년을 더한 숙고의 결과, 그녀는 스토리텔링에는 리얼리즘 이상의 무언가가 더 있어야 한다는 믿음에 이르게 되었다. 유일한 문제는 그녀가 소설가로 전향한 학자인 프레데리카 포터라는 이름의 여인에 대한 4부작 소설을 시작했다는 사실이었다.

"저는 이미 무척 다른 종류의 작가가 되었지만, 그래도 그 책들에게는 '부채감'이 있었어요." 바이어트가 말했다. "그 책들은 쓰여야 했죠. 그래서 저는 타협을 많이 했고, 사람들이 어떤 방식으로 영국적 리얼리즘에 속하지 않는 것들, 이를테면 제 소설 『바벨탑Babel Tower』에 들어 있는 그 끔찍한 동화들을 어떻게 영국식 리얼리즘의 영역에 집어넣을 수 있는지에 대해서도 많은 걸 발견했어요."

아마도 이것이 바이어트의 단편들이 그녀의 비평 충동과 창작욕 사이를 연결하는 가장 접근하기 쉬운 다리로 남아 있는 이유일 것이다. 그녀의 대작인 『소유』와 『바벨탑』은 독자들을 지적인 주제에 대한 토론으로 끌어들이지만, 반면 그녀의 단편들은 순수하게 유혹적이다. 그 단편들은 바이어트의 마음에 있는 열정을 취한 다음 그것들을 모종의 불길한 행동으로 옮긴다.

나는 이 이론을 바이어트와 공유하려 했지만, 그녀는 자신만의 다른 이론으로 먼저 선수를 쳤다. 그녀는 논리 정연한 강연자로 돌아와서는 필립 로스의 『죽어가는 동물』에 드러나는 포르노그래피적 공허함이 어떻게 작품의 실패가 아니라 일종의 선언이 되는지를 내게 설명했다.

A. S. 바이어트

"저는 로스가 종교가 없을 경우 우리는 섹스와 죽음으로 환원된다는 사실을 말하고 있다는 걸 깨달았어요." 그녀는 자신의 말이 서서히 끓어오르도록 잠시 내버려두었고, 그러다 보니 헤어질 시간이 되었다.

뒤늦게 생각난 듯 그녀가 물었다. "제가 오늘 밤에 무슨 책을 읽어야 할까요?" 나는 바로 대답하려다가 입을 열기 전 이게 그녀 자신에게 하는 질문인 것만큼이나 내게 던지는 질문이라는 사실을 알아차렸다. 그래서 나는 녹음기를 끄는 대신에, 대화가 끝난 뒤 찾아온 그리 어색하지 않은 침묵 속에서, 그녀의 얼굴에 이미 마음을 정한 사람의 표정이 자리 잡는 것을 바라보았다. 혹은 그걸 봤다고 생각했다.

2005년 3월

마이클 커닝햄

Michael Cunningham

마이클 커닝햄은 미국에서 가장 유혹적이며 나긋나긋한 글을 쓰는 작가 중한 명이다. 크리스토퍼 이셔우드가 1980년대에 뉴욕으로 이사했으면 썼을소설처럼 읽히는 『세상 끝의 사랑A Home at the End of the World』(1990)부터 버지니아 울프의 삶에서 영감을 받은 세 폭의 제단화 같은 이야기인 퓰리처상 수상작 『세월The Hours』(1998)에 이르기까지, 커닝햄은 소설을 발표할 때마다자신의 기교를 갱신한다. 그가 만든 인물들은 내면의 삶을 풍부하면서도 생생하게 재연해내며, 커닝햄은 이들을 통해 헌신과 사랑에 대한 질문을 극적으로 표현한다. 그의 작품에서는 대도시가, 보통은 뉴욕이 멀리서 내내 넘실거린다.

나는 2005년 부시 정권 중반기에, 『세월』 이후 오랫동안 기대를 모았던후속작인 『휘트먼의 천국Specimen Days』이 서점가를 막 강타하고 있을 때 그를만나 이야기를 나누었다.

▼

6월 맨해튼의 어느 뜨거운 여름날 저녁, 마이클 커닝햄은 많은 기대를 모았던 다섯번째 소설을 발간하면서 유니언 스퀘어의 반스앤드노블 서점에서 낭독회를 열었다. 5층짜리 대형 서점인 이곳은 세계 문학계의 가장 고상하고 이름 높은 귀부인들께서 뉴욕을 방문할 때 자신들의 작품을 읽는 곳이다. 수용 인원은 수백 명이었는데, 서점은 사람들로 꽉 차 있었다.

낭독이 끝나자 서점 전체에서 1분 이상 박수가 계속되었다. 커닝햄이 『세월』을 발표한 지 7년 만이었고, 데이브 헤어의 영화 각색이 오스카 각본상 후보에 오른 지도 3년 만이었다. 그곳에 모인 군중은 기다림이 끝났다는 사실에 감사하는 것 같았다. 키 크고 잘생긴 데다 연속극 주인공 같은 붙임성 있는 외모를 지닌 커닝햄은 빛 속에서 반짝거렸다.

작가와의 대화 시간이 시작되었다. 처음에는 야구 관련 이야기가, 뒤이어 좀 더 진지한 질의가 이어졌다. 그러다 마침내 『휘트먼의 천국』에 대한 질문이 나왔는데, 이 소설은 시인 월트 휘트먼이 내내 유령처럼 출몰하는 (혹은 영감을 주는) 이야기로, 사람들을 도발할 운명에 처한 작품처럼 보였다.

"천사의 존재를 믿나요?" 한 여성이 질문했다. 커닝햄은 그 질문을 비켜나려 했지만 그녀는 굽히지 않았다. "예, 아니오로 대답해주세요. 천사의 존재를 믿나요?"

커닝햄은 잠시 침묵을 지키더니 결심을 굳혔다.

"사실 저는 그 질문에 대답해야 한다고 생각하지는 않습니다." 그 여성은 다시 질문을 밀어붙이려 했고, 커닝햄은 상황이 어색해지기 전에 그가 지금껏 무척 잘해왔던 일을 했다. 임기응변 말이다.

"음, 죄송합니다. 저는 이 질문에 대답을 하지 않겠어요. 왜냐고요? 믿음의 문제에 대해 이쪽이냐 저쪽이냐를 이런 식으로 단정 짓는 것이야말로 현재 미국에서 우리가 처한 상황이니까요." 다시 박수가 터졌고, 이번에는 몇 분이 지나도록 멈추질 않았다.

2주 뒤, 커닝햄은 조금 긴장이 풀렸는지 침착한 태도를 취하고 있었다. 그는 독립기념일 전날 미시간에 있었고, 낭독회 투어 일정을 끝까지 쭉 소화하던 중이었다. "아름다운 앤아버 시를 내려다보고 있어요." 쉰두 살의 소설가가 수화기 너머로 피곤하다는 기색을 제법 내비치며 말했다. 다행스럽게도 뉴욕에서 있었던 천사 사건은 공화당과 민주당 지역을 두루 돌아다니는 전미 투어에서 이례적인 일이었음이 드러났다.

"이런 의문이 마음속에 스쳤어요. '이 투어가 도시마다 정신 나간 사람들을 끌어들이는 건 아닐까?' 하지만 그런 일이 일어난 건 그때 한 번뿐이었어요."

『휘트먼의 천국』을 읽어보면 커닝햄이 왜 이런 걱정을 하는지 알아차리는 게 어렵지 않다. 이 소설은 신앙과 내세가 어떻게 우리의 일상에 파고드는지를 탐사하는데, 이는 2004년 대통령 선거* 이후 이 나라의 전두엽에 쭉 남아 있는 문제다.

하지만 커닝햄이 쓰고 있는 심령론은 부활이나 교회에 대한 것이 아니다. 그보다는 신비주의라고 할 수 있다. 이 점에서 우리는 롱아일

* 부시 대통령이 민주당 후보 존 케리를 꺾고 재선된 선거.

랜드에서 태어난 시인 월트 휘트먼에게 감사를 하지 않을 수 없는데, 그는 마치 수호천사처럼 소설 전체를 돌아다닌다. 그 위대한 음유 시인의 시구들, "나는 전율을 노래하네"와 "내게 속한 모든 원자는 당신에게도 속하지" 같은 구절들이 한 인물의 목소리를 통해 계속해서 흘러나오는데, 마치 서정적인 투렛증후군 환자에게서 터져 나오는 폭발 같다.

소설의 제목은 휘트먼의 작품 중 덜 알려진 책인 『박제된 나날Specimen Days』에서 따온 것으로, 이 책은 여러 편의 에세이와 남북전쟁 당시 죽었거나, 죽어가거나, 불구가 된 병사들에 대한 르포르타주를 결합한 책이다. 책에는 정말 놀라운 아름다움을 뽐내는 일기도 포함되어 있다. 이런 대조는 인상적이다. 휘트먼의 시에서 진동하는 '다산多産에 대한 충동'이 남북전쟁으로 인해 순식간에 뒤집히면서, 이 책에서 끔찍한 혼돈으로 나타난다.

비록 커닝햄이 "듣기 좋아서" 이 제목을 골랐다고 말하고는 있지만, 휘트먼의 책과 그의 소설 사이에서 울려 퍼지는 반향은 웅숭깊다. 『세월』이 『댈러웨이 부인』에게 그랬듯, 이 소설은 『박제된 나날』에 기대면서도 그 책의 주제를 확장하고 있으며, 특히 휘트먼이 150년 전에 목격했던 죽음과 파괴의 장면을 9·11이 일어나던 동안 TV에서 그 사건을 포식했던 미국인들에게 결부시키려 애쓰고 있다.

커닝햄은 이러한 잔향을 인식하고 있으며, 그 잔향들은 그가 다시 한 번 고담*이 자신의 소설에서 중심이 되고 있다는 사실에 기뻐하는 이유가 된다. "저는 뉴욕을 사랑합니다. 어느 곳보다도 잘 알아요. 제

---

* Gotham. 뉴욕 시의 속칭

생각에 9·11은 뉴욕이 허약하다는 사실을 보여주었는데, 허약하다는 말이 뉴욕 거리를 걸을 때 떠오르는 형용사는 아니죠."

그렇긴 해도, 무너지는 쌍둥이 빌딩을 직접적으로 언급하는 조너선 사프란 포어의 『엄청나게 시끄럽고 믿을 수 없게 가까운』과 달리, 커닝햄은 이 트라우마를 측면에서 접근한다. 첫번째 이야기는 산업혁명기의 뉴욕에서 펼쳐지며, 두번째 이야기는 현재에 일어나고, 세번째 이야기는 먼 미래로 간다. 각 부분은 다른 문체와 장르로 쓰였다. 세 이야기 모두 한 남자, 한 소년, 한 여자가 각각 다르게 짝을 지어 등장한다.

이 작품을 데이비드 미첼의 부커상 최종후보작이었던, 이 책과 비슷하게 문체상의 탭댄스를 성공적으로 추어내고 과학소설에서 하드보일드 범죄소설까지 한 바퀴를 돌고 나서 다시 되돌아가는 소설인 『클라우드 아틀라스』와 비교하고 싶은 마음이 굴뚝같더라도, 이 작품을 비교하려면 커닝햄 자신의 작품을 들추어보는 것이 더 낫다.

광고회사 간부와 가정주부의 아들로 태어나 자신이 자란 캘리포니아 패서디나를 떠난 이후, 커닝햄은 작가이자 한 남자로서의 삶을 즉흥적으로 꾸려나가는 법을 배워왔다. 그는 작가가 아니라 시각예술가로 경력을 시작했고, 1972년 스탠퍼드 대학에 회화를 공부하기 위해 입학했다. "그림 실력이 나쁘진 않았어요." 그는 『밀워키 저널 센티넬』과의 인터뷰에서 그렇게 말했다. "충분히 좋지 않았을 뿐이었죠."

하지만 글은 충분히 잘 썼다. 그래서 그는 문학 과목을 수강했고 영문학으로 학위를 따서 졸업했지만 학위는 아무짝에도 쓸모가 없었다. 그러는 와중에 한 여성과 사랑에 빠져 그녀를 따라 네브래스카로 갔는데, 거기에는 그녀가 상속받은 황폐한 농장 하나가 있었다. 일은 잘 풀리지 않았고, 얼마 뒤 그는 라구나 비치와 프로빈스타운 같은 게이 친화적인 도시에서 바텐더 일을 하고 있었다.

자기 재능을 몽땅 하수구에 흘려버리기 전에, 커닝햄은 미국에서 가장 명망 높은 창작학교인 아이오와 작가 워크숍에 등록했다. 그곳은 그의 가장 강력한 문학적 조상 중 하나인 단편작가 플래너리 오코너의 모교였다.

교육과 훈련이 보상을 받았다. 그의 나이 스물아홉 살 때 그가 쓴 첫 단편이 『애틀랜틱 먼슬리』에 실렸다. 같은 해에 다른 단편들이 『레드북』과 『파리 리뷰』에 수록되었다. 커닝햄이 자기 길을 찾은 것이었다. 서른 살에 장편 한 권을 내려고 필사적으로 애쓴 끝에 커닝햄은 『골든 스테이트 Golden States』(1980)를 급히 써서 발표했는데, 그는 현재 이 결정을 후회한다. 그는 지금도 이 소설을 재간하는 걸 허락하지 않는다. "사람들이 그딴 책을 읽었을 거라고 생각하지 않아요." 커닝햄이 제발 이 얘기에서 좀 벗어나고 싶다는 듯 킬킬 웃었다. 이 소설은 희귀본으로 현재 온라인에서 4백 달러 정도에 거래되고 있다.

당시 그가 이 돈의 일부라도 쓸 수 있었으면 얼마나 좋았을까. 이후 5년은 커닝햄에게는 고난의 세월이었다. 그는 카네기 공과대학에 일자리를 얻었고 '액트 업 ACT UP'*이라는 단체에서 활동하게 되었는데, 이곳은 AIDS의 확산에 대한 제대로 된 인식을 키워야 한다는 목적으로 결성된 급진 운동가들의 단체였다. 커닝햄이 자기 몸을 백악관 정문에 사슬로 묶고 조지 H. W. 부시 대통령의 연설을 중단시켰다는 혐의로

---

* 'AIDS Coalition To Unleash Power'의 약자로, 1987년에 결성된 미국의 대표적인 에이즈 인권 단체. 에이즈의 확산을 의학적 문제가 아니라 동성애자에 대한 탄압이라는 정치적 관점으로 바라보았다.

마이클 커닝햄

체포되었던 것이 이 시기였다.

정치적 좌절이 예술적 난관과 긴밀히 연계되었다. 상황은 무척 힘들게 돌아갔고, 커닝햄은 매체에 단편이 실리는 게 얼마나 힘든 일인지 자기 동거인에게 보여주려고 『뉴요커』에 단편을 투고한 다음 곧바로 원고가 되돌아오길 기다렸다.

원고는 돌아오는 대신 잡지에 실렸고, 이 단편은 높은 평가를 받은 두번째 장편 『세상 끝의 사랑』의 씨앗이 되었다. 어린 시절 제일 친했던 친구와 살기 위해 뉴욕으로 온 십대 게이 소년의 이야기를 다룬 이 소설은 중산층의 미국과 게이들의 미국이 충돌하는 과정을, 또한 얼마나 많은 뉴요커가 과거로부터 도망쳐온 난민처럼 이 도시에 자리 잡는지를 묘사한다. 소설은 지난해 콜린 패럴 주연으로 영화화되었다. 각색은 커닝햄 본인이 했다.

그 이후 커닝햄은 작품을 발표할 때마다 형식과 문체를 갱신했고, 그런 만큼이나 미국의 가족을 구성하는 것은 무엇인지에 대한 질문의 경계를 미국 소설에서 확장했다. 『살과 피Flesh and Blood』(1995)는 대공황부터 현재에 이르는 시기 동안 그리스계 미국인 가족이 세 세대에 걸쳐 겪은 일을 사방으로 뻗어가며 서술하는 어두운 서사시였다.

"저는 매 소설들을 다르게 썼습니다. 한 분야만 파는 사람이라는 느낌을 피하기 위해서요." 커닝햄이 말했다. 담배를 피우면서 내는 것 같은 치찰음 섞인 숨소리가 전화기 저편에서 섯섯 들렸다. 그는 담배를 끊었지만 투어의 압박 때문에 다시 담배를 입에 물었다. "저는 가치가 있는 소설이란 아무래도 독자가 할 수 없는 일을 하려고 노력해야 하는 것이 아닐까 싶습니다. 안 그러면 치킨 맥너깃을 만드는 거랑 똑같은 거죠."

그래서 네번째 소설을 쓰기 시작했을 때, 커닝햄은 위험을 무릅쓰기로 했다. "그 소설은 제 나름의 예술적인 책이 될 예정이었습니다." 커닝햄은 1999년 『가디언』의 기자에게 이렇게 설명했다. "계획은 이랬습니다. 이번에는 예술적인 책을 쓰려 노력하고, 베스트셀러가 될 다음 책으로 손해를 벌충하는 거죠."

그 계획은 역풍을 맞았다. 왜냐하면 온갖 악조건을 딛고 출간된 책이 그를 부자이자 유명인으로 만들어버렸기 때문이었다. 『세월』(1998)에서, 커닝햄은 심호흡을 한 다음, 한 권의 책 사이에 포획된 한 예술가의 삶과 작품에 대한 가장 아름다운 반복 악절 중 하나를 불러젖혔다. 소설은 버지니아 울프 본인의 눈으로 본 자신의 인생과 작품, 1950년대의 캘리포니아에 살던 한 가정주부, 그리고 현재 뉴욕에 사는 댈러웨이 부인이라는 이름의 여성에 대해 쓴다.

소설은 엄청난 찬사를 받았고, 퓰리처상뿐 아니라 펜/포크너 상도 수상했으며, 2년 동안 베스트셀러 순위를 오르락내리락했다. 한때 가난한 문인이었던 커닝햄은 그 상황을 잠시 동안 기꺼이 받아들였다. "사실은 말이죠." 그 6월에 그는 반스앤드노블에서 사람들에게 말했다. "아무도 제게 낭독회를 하러 세계를 반 바퀴 돌고 싶은지 물어본 적이 없습니다. 전 마냥 좋다고 했을 텐데 말이죠!"

마침내 회오리바람이 멈췄고, 커닝햄은 글 쓰는 일로 돌아가서는 자신이 또다시 실험에 매력을 느끼고 있다는 사실을 알아차렸다. "1부와 3부는 둘 다 쓰기 어려웠지만 이유는 각각 달랐어요. 1부는 적절한 목소리를 잡아내는 게 정말 어려웠죠."

『휘트먼의 천국』을 구성하는 세 부분 중에서 1부가 가장 힘에 넘칠 텐데, 이는 20년 동안 커닝햄의 작품을 사로잡고 있는 상실과 기억과 가족이란 주제를 강력하게 다루고 있기 때문이리라. 주인공 루카스는 자기 형의 유령이 형의 목숨을 앗아 간 기계 속에 갇혀 있다는 사실을 확신하게 된다. 이 믿음은 자살이나 다름없는 결정으로 그를 이끈다.

"독자가 반드시 유령이 될 필요는 없는 유령 이야기를 창조하는 게 어려웠습니다." 종종 그러듯 기교에 대한 문제로 돌아오면서 커닝햄이 말했다. "제 본보기는 다름 아닌 헨리 제임스의 『나사의 회전』이었어요. 어느 쪽으로도 읽을 수 있는 소설이죠. 그 유령들은 여자 가정교사의 히스테릭한 환상이었을까요, 아니면 실제 혼령이었을까요?"

커닝햄의 모든 작품을 떠돌아다니고 있는 것 같은 유령은 뉴욕시 그 자체다. 뉴욕은 여러 가지 모습으로 변신하는데, 이는 『휘트먼의 천국』의 연기 자욱한 도시의 묵시록에서부터 『세상 끝의 사랑』을 대표하는 멋진 보헤미안 스타일의 아지트에까지 이른다.

커닝햄은, 가끔은 벗어났다 돌아오기도 하면서, 이 도시에서 20년을 넘게 살았다. 비록 이제는 여름을 프로빈스타운에서 보내긴 해도(그는 2002년에 뉴잉글랜드에 있는 이 작은 예술인 마을에 대한 짧은 여행기를 썼다)*, 대부분의 시간을 컬럼비아 대학에서 창작을 강의하고 월세 상한 정책이 적용된 시내의 작업실에서 일을 하며 지낸다.

이 동네는 커닝햄의 최근작에서 일종의 중심점으로 남아 있다. 헨리 제임스가 살던 워싱턴 스퀘어에서 휴스턴 스트리트까지 내려가는 동네이고 머서 스트리트와 8번가 사이에 있는 이 지역은 지도 위에 그리니치빌리지라고 표시되어 있다. 이 지역을 책에서 포착하는 것이 『세

---

* 『그들 각자의 낙원: 예술가들이 사랑한 땅, 프로빈스타운 여행기』, 조동섭 옮김, 마음산책, 2011.

월』의 목표 중 하나였다.

"『세월』에서 저는 울프가 어느 평범한 하루의 런던을 아름답고 서정적으로 찬양한 부분을 가지고 작업을 하고 있었어요. 제 생각에 서기 3000년의 사람들에게 울프가 1923년의 어느 날 런던에 대해 적은 묘사보다 더 나은 기록은 없지 싶어요. 그리고 저는 울프 같은 예술가가 아니죠. 저는 그저 그 당시 뉴욕이 어땠는지를 적어둘 수만 있으면 좋겠다는 희망을 품었던 겁니다."

그가 살던 세월 동안, 뉴욕은 약물과 빚으로 인한 빈곤으로 고통받는 폭발한 탄피 같은 도시에서 부자들을 위한 놀이터로 바뀌었다. 커닝햄은 오랜 시간 동안 도시를 지켜보았다.

2004년 대선 기간 동안 그는 '민주주의가 살아 있는 시내Downtown for Democracy'라는 조직에서 활동했는데, 이 단체는 조지 W. 부시를 '선거에서 패배시키고자' 기금을 모았다. 소호에 위치한 하우징 웍스 북스토어에서 무료 낭독회를 종종 열기도 했다. 하우징 웍스 북스토어는 HIV를 보유하고 있고 AIDS에 걸린 뉴욕의 노숙자들이 거처를 얻고 직업훈련을 받을 수 있도록 지원하는 돈을 모으는 비영리단체다.

그는 또한 다른 작가들에게 시간을 내느라 바쁘다. 조너선 사프란 포어가 『엄청나게 시끄럽고 믿을 수 없게 가까운』의 첫 대중 낭독회를 열었을 때 그를 소개한 사람이 바로 커닝햄이었다. 커닝햄은 그저 포어의 소설이 좋다는 이유로 행사에 참가했다. 때때로 그는 젊은 작가들의 작품을 엄청나게 과장해서 칭찬할 테다. 그건 도움이 된다.

하지만 그가 자신을 키운 이 도시에 선사한 가장 큰 선물은 『휘트먼의 천국』이 되지 않을까. 검댕투성이 사람들과 빈자들에게 손을 뻗쳤던 휘트먼 본인처럼, 커닝햄은 도시의 과거와 현재와 미래에 대한 이야기를 선보이고, 소설 속 모든 인물(기형 인간에서 미래의 거주자까지)에게 살아 숨 쉬고 노래하고 죽을 수 있는 장소를 제공한다. 그들이 무슨 생각을 하는지는 서기 3000년에 알게 되리라.

2005년 6월

제니퍼 이건

Jennifer Egan

미국의 소설가 제니퍼 이건은 오랫동안 다양한 장르에 속하는 장·단편소설들을 고루 써왔다. 1962년 시카고에서 태어나 베이 에어리어에서 성장한 그녀는 이십대 후반부터 소설을 발표하기 시작했다. 그녀의 데뷔작 『에메랄드 시티Emerald City』(1996)는 험난한 세계에서 끝없이 이동하며 시도하고 실패하고 성장하는 여성들을 보여주는 단편집이다. 그녀는 돈 드릴로와 마찬가지로 이미지 문화에 깊은 관심을 표명하는 작가로, 『보이지 않는 서커스The Invisible Circus』(1995)는 반문화 운동의 변주를, 『나를 봐Look at Me』(2001)에서는 테러리즘을, 『깡패단의 방문A Visit from the Goon Squad』(2010)에서는 음반 산업을 다룬다. 특히 빼어난 솜씨로 여러 장르를 교차시켜 불멸을 명상하는 가장 최근의 소설은 그녀에게 퓰리처상을 안겨주었다.

눈이 내리는 금요일 오후, 나는 브루클린에서 그녀를 만났다. 그녀는 책의 갑작스러운 인기로 시작된 3년간의 월드투어를 마침내 끝내고 남편과 두 아들과 함께 브루클린에 살고 있다.

▼

제니퍼 이건은 서른다섯 살이 될 때까지 언젠가 경찰이 되고 싶다고 생각했다. "제 나이가 드디어 지원 가능한 나이를 넘어서자 남편이 마음을 놓았죠." 브루클린의 비스트로에 앉은 쉰한 살의 소설가가 뉴욕 경찰 시험의 연령 제한을 언급하며 농담을 던졌다. "하지만 전 그 수많은 이야기와 범죄, 그리고 제복을 사랑했어요. 특히 제복을요."

보호구를 착용한 그녀의 모습을 어렵지 않게 상상할 수 있다. 제니퍼 이건은 강철을 연상시키는 여성이다. 희끗희끗해지는 긴 금발 머리를 지닌 그녀의 다정하고 온화한 표정에서 상당한 관록이 느껴진다.

이건은 집안 내력을 따라 오랫동안 품어온 환상을 현실로 만들 수도 있었다. 변호사로 일하는 이건의 자매는 미군 중장과 결혼했다. 그녀의 할아버지는 시카고 경찰이었고, 트루먼이 대통령에 당선되기 전과 후에 시카고를 방문했을 때 경호를 담당했다. 이건은 웃음을 터뜨리며 당시를 떠올렸다. "그때 할아버지가 뭘 보셨는지는 아무도 상상할 수 없을걸요."

두 가지 사건이 일어나는 바람에 이건은 경찰이 될 운명과 멀어졌다. 먼저 그녀가 여섯 살 때 부모가 이혼했다. 그녀의 어머니는 투자은행가 빌 킴튼과 결혼했고, 그녀와 함께 그의 직장이 있는 샌프란시스코로 거처를 옮겼다. 이건은 반문화 운동의 여파가 길게 남아 있던 1970년대를 그곳에서 보냈다. 그녀의 어머니와 킴튼은 그녀가 열여덟 살이 되었을 때 이혼했다. 후에 부티크 호텔 체인인 '킴튼 호텔'을 설립한 빌 킴튼은 2001년 사망했다.

그리고 이건은 당연히 글을 쓰며 살아왔다. 그녀가 지금까지 발표한 모든 소설에는 범죄 서사가 불러일으키는 전율이 노골적으로 혹은 미묘하게 녹아들어 있다. 여동생의 알 수 없는 죽음에 집착하는 한 여자의 이야기를 담은 1995년의 첫 장편소설 『보이지 않는 서커스』부터 음악 산업에서 벌어지는 이야기를 담은 연작소설 『깡패단의 방문』에 이르기까지, 그녀의 작품들은 이 세계가 보이는 것과 다르다는 사실을 또렷이 전달한다.

이건은 여성에게 벌어지는 사건을 통해 이러한 현실 인식을 전달하는 경우가 많다. 조이스 캐롤 오츠처럼 시체안치소에서 느낄 법한 감정을 불러일으키지는 않지만, 그녀의 소설 속 여성들은 빈번하게 나쁜 상황이나 위험과 직면하거나 무시무시한 위협에 시달린다. 세계는 일견 안전하고 아름답게 보이지만, 이내 전혀 그렇지 않다는 것이 드러난다.

『뉴요커』에 실린 단편 「블랙박스Black Box」에 등장하는 스파이는 범죄 집단에 잠입하고, 기지를 발휘해 그녀의 뇌에 이식된 칩으로 정보를 전송한다. 2인칭 시점으로 쓰인 이 이야기는 전보로 송신되는 정보처럼 짧고 간략한 이미지적 장면들로 진행된다. 「블랙박스」는 『뉴요커』 트위터를 통해 9일 동안 연재되었다.

이러한 형식은 단순한 전략이 아니다. 위험이 고조되면서 스파이로서의 의무와 누군가의 호감을 사야 하는 여성으로서의 일 사이의 구분이 흐릿해진다. "당신의 물리적 신체는 우리의 블랙박스다." 이야기는 이렇게 시작한다. 소설의 제목으로 따온 블랙박스는 비행기에 장착해야 하는 비행기록장비다. 희생양의 신뢰를 얻어야 하는 스파이가 그와 잠자리를 한 뒤, 이건은 이렇게 쓴다. "이 일을 비롯해 당신이 연루된 그 어떤 일에 대해서도 돈이나 그 무엇으로도 보수를 받지 않는다는 사실을 명심해야 한다. 이 일들은 희생이라는 형태로 진행된다."

소설가로 살아오는 동안 제니퍼 이건은 자신의 작품들을 통해 이미지 문화와, 이러한 문화가 여성들에게 미치는 영향력에 관해 많은 생각을 해왔다. 그녀는 그 이유를 알고 있다. 고등학교를 졸업하고 대학에 들어가기 전까지 그녀는 모델로 일했다. "오직 겉모습으로만 평가되는 경험은 제게 엄청난 영향력을 미쳤어요." 그녀가 말했다. 그녀는 모델로 성공하지 못했다. "사람들은 제가 10년 전에 훨씬 예뻤겠다고 말하곤 했죠. 전 실패하고 있다는 두려운 기분에 시달려야 했어요."

모델 일에서 아쉽게 실패한 경험은 그녀에게 엄청난 영향을 주었다. 이로 말미암아 당시 그녀의 자아관이 굳어져버렸기 때문이다. "어렸을 때 전 아주 예뻤어요." 그녀가 말했다. "백금발인 머리색이 사람들에게 미치는 효과를 잘 알고 있었죠. 하지만 몇 년이 지나기도 전에 외모가 변하더군요. 우리는 모두 나이를 먹으니까요. 그리고 전 제가 퇴보했다고 생각했죠."

이건은 1970년대 샌프란시스코에서 있었던 일을 돌이켜보며 거기서 어떻게 살아남았는지 가끔 궁금하다고 말한다. 그녀는 유별난 반항아는 아니었다. 하지만 지금 그녀는 생각 없이 감수했던 위험한 상황들에 몸서리를 친다. "열네 살에 환각제를 복용하기 시작한 저는 온갖 곳을 맨발로 돌아다녔죠." 학교에 늦으면 지나가는 아무 차나 얻어 타기도 했다고 한다.

급진적인 운동이 더 나쁜 쪽으로 기울어지기 시작했을 때인 1970년대의 샌프란시스코에서 성장한 여성의 이야기인 『보이지 않는 서커스』에서 이런 분위기를 찾아볼 수 있다. 당시는 반문화의 나날들과 더불어 계속되던 파티(그렇게 부를 수 있다면)가 이미 끝난 뒤였다.

"샌프란시스코의 1970년대에는 이런 재미있는 소강상태가 있었어요." 이건이 말했다. "지금은 좋지 못한 여파가 그때 그곳에 남아 있었다는 걸 알죠. 하지만 그때가 그립기도 해요. 당시 저는 저 자신이 추악한 여파에 속한다는 것을 모르고 있었어요."

반항기가 끝나자 이건은 그녀의 표현에 따르면 자기가 치명적으로 무지한 상태라는 것을 깨닫게 되었다. 그녀는 미국 동부에 위치한 펜실베이니아 대학에 진학했다. 비평 이론의 호시절이었다. 대학에서의 정신적 단련은 매력적이었다. 하지만 그녀는 여전히 진짜 경험을 갈구하고 있었다.

"당장 유럽으로 떠나지 않으면 못 살 것 같다는 기분이 들었죠." 그래서 그녀는 대학을 졸업하기 전후로 결코 지치는 일 없이 스스로 세계의 한계를 결정하는 사람처럼 꾸준히 여행했다. 아프리카와 극동아시아에 다녀온 경험은 그녀의 첫 단편집 『에메랄드 시티』에서 찾아볼 수 있다.

그러나 그녀는 결국 여행에서도 실패했다는 것을 깨달았다. "전 실제를 보고 싶었어요. 하지만 항상 제가 넘어보지 못한 새로운 한계가 나타났죠." 1980년대, 그녀는 천안문 사태가 발발하기 직전의 중국으로 향했다. 여기서도 그녀는 진짜로 용기 있는 행동이란 티베트로 넘어가는 것이었다는 점을 배우는 데 그쳤다. 그녀의 친구 하나가 승려로 위장하고 그렇게 했던 것이다. "'그래, 끝났어. 난 그건 못 해.' 이렇게 생각할 수밖에 없었어요."

이건이 부러워했던 것은 위험이 아니라 경험이었다. 당시 이십대 중반이었던 그녀는 자신만의 보물 창고를 찾는 방법을 깨달았다. 이야기를 쓰면 되었던 것이다. "어떻게 보면 완벽한 해결책이었죠. 다른 방식으로는 제가 원하는 경험을 결코 얻을 수 없으리라는 걸 깨달았으니까요."

이건은 5, 6년에 걸쳐 책을 완성한다. 그녀는 손으로 글을 쓴다. 테크놀로지에 대단한 관심이 있는 작가의 방식으로는 여겨지지 않겠지만, 그녀로서는 글을 쓰는 다른 방식을 알지 못한다. 한편 그녀의 작품들은 저마다 드라마틱한 차이를 보인다. "글을 쓸 때마다 늘, 처음부터 다시 시작하는 것 같아요." 그녀가 말했다.

이건의 말은 과장이 아니다. 『보이지 않는 서커스』는 그녀에게 지대한 영향을 끼친 로버트 스톤풍으로 쓴 스릴러다. 두번째 소설 『나를 봐』는 강력한 믿음이 테러리즘으로 기울어지는 방식에 관한 포스트모던적 정치소설이다. 네오고딕풍의 소설인 세번째 작품 『킵The Keep』에서는 핵발전소 사고나 교도소 수감 등 남성들이 전형적으로 겪는 사건이 여성들에게 일어난다.

『깡패단의 방문』에서도 그녀는 형식상의 변화를 꾀한다. 『킵』이 종래의 성역할을 뒤집었다면, 이 작품은 구조적인 단계에서부터 변화를 일으킨다. 서로 이어지는 단편들로 구성된 이 책은 음반 업계 종사자들을 통해 시간과 필멸이라는 주제를 드러낸다.

이건은 이 이야기들이 모여 하나의 책이 되리라는 생각을 하기도 전에 글을 쓰기 시작했다. "계속해서 인물들로 돌아갈 수밖에 없었죠." 그녀가 말했다. 각각의 이야기 속에서 그녀는 시간을 앞지르거나 되돌아가고는 했다. 그러면서 형식이 바뀌었다. 이 책에는 탐정소설로 읽히는 이야기도 있고, 로맨스로 읽히는 이야기도 있으며, 아예 파워포인트 슬라이드로 구성된 이야기도 있다. 그녀에게 포스트모던한 서사실험실을 만들 생각이냐고 묻자 그녀가 대답한다. "그냥 저 자신을 즐겁게 하고 싶었어요."

이 책의 주요 등장인물 중 하나는 남성이다. 남자답게 죽어갈 수 없어서 분노하는 그의 걱정거리는 외모와 몸무게, 호감도 등 대개 여성의 전유물로 생각되는 문제들이다. 이처럼 그녀의 작품에 분명히 내재된 여성과 권력의 상관관계에 대한 생각을 지적하자 그녀는 놀랍다는 반응을 보인다. 그녀는 이런 문제에 대해 본격적으로 쓸 생각이 없었다. 의도적으로 노력할 때도 소설에 어떤 생각들을 주입하려고 하지 않았던 것이다. "전 이제 이미지 문화에 대한 생각을 쓰는 것 이상으로 그 문제가 중요하다고 생각해요. 제가 테러리즘에 대해 쓸 수밖에 없었던 것처럼 말이죠."

그녀는 두 책을 동시에 쓰고 있다. 하나는 브루클린의 해군 조선소에서 벌어지는 누아르로, 소설 속에서 전쟁 중이기 때문에 대부분의 등장인물은 여성이다. 그녀의 소설마다 미국의 과거사가 드러나고 있는 까닭에 그녀에게 묻혀버린 역사를 가시적으로 드러내고 싶은 생각이 있느냐고 묻자 그녀가 다음과 같은 간단한 말로 대답했다. "여자들이 더 쉽게 잊히는 편이죠."

「블랙박스」는 그녀가 작업 중인 또 다른 프로젝트의 일부다. 이건은 이 프로젝트가 정확히 어디로 향하게 될지를 아직 모른다. 부분적으로는 「블랙박스」가 다음에 이어질 섹션들의 규칙을 다시 쓴 것처럼 보이기 때문이다. "제가 만들 수 있는 이야기보다 바깥에 위치한 테두리에 도달했다는 기분이 들어요." 경험에 대한 갈증을 해소하려고 글쓰기를 시작한 이 작가는 서사의 한계를 무너뜨려왔다. 당분간 그녀에게 여행 계획은 없다. "『깡패단의 방문』 덕분에 3년간 여행을 했죠. 이제 막 돌아왔고요." 이건이 말했다. "그리고 변화를 위해 한 장소에 머무는 것도 근사한 일이에요."

2013년 1월

제니퍼 이건

# 존 프리먼의 소설가를 읽는 방법

ⓒ 존 프리먼, 2015

초판 1쇄 인쇄일  2015년 10월 12일
초판 1쇄 발행일  2015년 10월 20일

지은이      존 프리먼
옮긴이      최민우, 김사과
일러스트    W. H. Chong
펴낸이      정은영
책임편집    유지서
펴낸곳      (주)자음과모음
출판등록    2001년 11월 28일 제313-2001-259호
주소        04083 서울시 마포구 성지길 54
전화        편집부 02) 324-2347  경영지원부 02) 325-6047
팩스        편집부 02) 324-2348  경영지원부 02) 2648-1311
이메일      munhak@jamobook.com
커뮤니티    cafe.naver.com/cafejamo

ISBN  978-89-544-3189-7(03840)

잘못된 책은 교환해드립니다.

이 도서의 국립중앙도서관 출판예정도서목록(CIP)은 서지정보유통지원시스템 홈페이지
(http://seoji.nl.go.kr)와 국가자료공동목록시스템(http://www.nl.go.kr/kolisnet)에서
이용하실 수 있습니다.(CIP제어번호: CIP2015026741)